AS HEROÍNAS DA SENZALA

CIP-BRASIL. CATALOGAÇÃO NA PUBLICAÇÃO
SINDICATO NACIONAL DOS EDITORES DE LIVROS, RJ

M13h   Machado, Clodoveu
        As heroínas da senzala / Clodoveu Machado. – 1. ed. – Porto Alegre [RS] : AGE, 2023.
        455 p. ; 16x23 cm.

        ISBN 978-65-5863-176-7
        ISBN E-BOOK 978-65-5863-175-0

        1. Romance brasileiro. I. Título

23-82091   CDD: 869.3
                              CDU: 82-31(81)

Camila Donis Hartmann – Bibliotecária – CRB-7/6472

AS HEROÍNAS DA SENZALA

CLODOVEU MACHADO

Editora AGE

PORTO ALEGRE, 2023

© Clodoveu Machado, 2023

Capa:
Nathalia Real,
utilizando imagem de robin.ph/Shutterstock

Diagramação:
Nathalia Real

Supervisão editorial:
Paulo Flávio Ledur

Editoração eletrônica:
Ledur Serviços Editoriais Ltda.

Reservados todos os direitos de publicação à
LEDUR SERVIÇOS EDITORIAIS LTDA.
editoraage@editoraage.com.br
Rua Valparaíso, 285 – Bairro Jardim Botânico
90690-300 – Porto Alegre, RS, Brasil
Fone: (51) 3223-9385 | Whats: (51) 99151-0311
vendas@editoraage.com.br
www.editoraage.com.br

Impresso no Brasil / Printed in Brazil

HOMENAGEM

Este trabalho é dedicado à minha querida esposa, Vera Regina de Almeida Machado, à qual eu devo tudo que me foi possível assimilar no cenário maravilhoso da literatura. Vera Regina e eu nos conhecemos dentro de uma Faculdade de Letras, numa cidade do interior do Estado, em 1969.

Após sete anos de Escola Militar, submetido a um currículo escolar de doze horas por dia, talvez o que menos eu quisesse fazer seria abrir um livro. Comparando os afazeres de um cadete envolvido completamente com as lides acadêmicas militares e aquele início de trabalho na caserna, no comando de um pelotão, sobrava quase exatamente um tempo que incluía namorar e não fazer nada. Este não fazer nada é que preocupava Vera Regina.

Naquele tempo, o namoro adquiria eficácia a partir de visitas frequentes ao domicílio da moça, bem fiscalizada por um irmão mais novo e pelos olhos bem abertos da futura sogra.

Quanto mais eu conhecia minha namorada, eu desconfiava que ela, Vera Regina, já nascera uma pessoa afeiçoada às artes, sendo que a literatura desde criança ocupou os espaços de sua mente privilegiada. Numa daquelas noites de namoro, quando eu voltava para meu quartel, Vera Regina lembrou-se de "meu tempo de não fazer" nada e perguntou: Tu já leste a trilogia de *O Tempo e o Vento*, de Érico Veríssimo?

A partir daquela data o livro mudou a minha vida.

Algum tempo depois, já casados, Vera Regina fez vários cursos de atualização e foi diplomada em Direito pela UFRGS.

Porém, o evento literário que Vera Regina guarda com mais carinho e orgulho foi um curso de doze meses, em 1985, realizado na Praia Vermelha, no Rio de Janeiro, sobre "Atualização da literatura brasileira e portuguesa". Nesse evento ela sentiu-se honrada por ser aluna de Josué Montello, Arnaldo Niskier, Eduardo Portela e principalmente Raquel de Queiroz, que foi paraninfa da turma.

SUMÁRIO

Introdução 11

Pelotas, charqueada Santo Antônio, século XIX 19

Reunião de família e o preconceito 38

Viagem para São Paulo 40

Maria Antonieta e seus documentos falsos 47

Maria Antonieta, Afonso e a família Gonçalves 55

Maria Antonieta, Afonso e as alianças 59

Afonso, Maria Antonieta e Zé Luís 69

Maria Antonieta e Felipe em Campinas 78

Maria Antonieta, Felipe e Maria Francisca 82

Maria Antonieta, Maria Francisca e o sonho da associação 90

Conteúdos do Projeto Gonzaguinha Presidente 94

Gonzaguinha e os jovens negros de sua geração 106

Juliana, Julinho, Preta, Lídia e Leda 110

Bem-vindos à Vila Valquíria 119

A importância da autoestima para os jovens negros da geração
    de Gonzaguinha 129

Importância de saber ler e escrever 135

O nascimento de Maria Antonieta 141

Izabel, Alice e Jacaré 153

Nascimento do menino Jacaré 158

Jacaré, Mis. Elizabeth e Dóris 164

Os segredos de Dóris e sua chavezinha de ouro 176

Elizabeth, Dóris, seus pais e Jacaré 178

Maria Antonieta e a continuação dos projetos 183

Os gêmeos filhos de Pedro e Florinda 185

Maria Antonieta e seus irmãos de criação 188

Mudanças de senhoria na charqueada São Luís 195

Pedro, a esposa Luíza e Florinda 202

Apresentação de Pedro na charqueada São Luís 206

O casamento de Luíza e Pedro 217

Luíza viaja para a Alemanha com Pedrinho e Carolina 222

Luíza, Pedrinho e Carolina regressam da Alemanha 231

Florinda eufórica com sua gravidez 234

Um pai, duas mães e quatro filhos 238

Maria Antonieta, Afonso e a armadilha da separação 243

O casamento de Afonso e Maria Antonieta 252

Associação dos Amigos dos Ex-Escravizados do Sul do Brasil 254

Retomada do Projeto Gonzaguinha Presidente 279

A nova vida de Maria Antonieta e Afonso 281

Nascimento das gêmeas em Buenos Aires 289

Um passeio pelo São Gonçalo e pelo arroio Pelotas 292

Jantar de agradecimentos e despedidas 296

Pedro inicia a construção do Recanto Brasil 300

Declínio das charqueadas em Pelotas 304

Gonzaguinha, humilhado e discriminado em público 316

O casamento de Gonzaguinha e Maria Assumpção..331

Décimo aniversário de casamento de Gonzaguinha e
   Maria Assumpção..340

Os Sete Belos e a incrível fortuna da família 345

Luíza viaja para a Europa para indenizar crimes praticados
   por seu pai..349

Herculano Filho, Felipe e a política 352

O parque esportivo idealizado por Jacaré 358

O falecimento de Herculano pai..361

Mais um aniversário de casamento de Gonzaguinha e
   Maria Assumpção..366

Alguns anos depois, um Brasil melhor? 374

Maria Assumpção e os sobrinhos de Gonzaguinha 377

As mudanças no cenário político do Brasil 381

Maria Antonieta, Afonso, Gonzaguinha e as emergentes
   lideranças brasileiras..386

Afonso e Maria Antonieta completam setenta e cinco anos de idade 394

A política sob a Constituição de 1946 401

O racismo no futebol e a primeira lei 408

O Brasil sem a influência de Getúlio Vargas..414

A nova Diretoria da Associação dos Ex-Escravizados 425

O aparecimento de dona Cora, mãe adotiva de Pedro..428

Reunião das "crianças" com noventa anos de idade..432

Afonso, Maria Antonieta, Gonzaguinha e as lideranças brasileiras..437

A liderança transmitida para uma superbisneta..444

A eterna sabedoria de Maria Antonieta 453

INTRODUÇÃO

O fato de Gonzaguinha ser um brasileiro negro, pobre e vindo ao mundo poucos anos após ter sido abolida a escravatura no Brasil causou grandes preocupações à sua pequena família, constituída por ele mesmo, sua querida avó Maria Antonieta, que foi escravizada durante algum tempo, e por sua mãe, Maria Francisca, que já havia nascido livre.

As duas mulheres, muito inteligentes e ainda jovens, perceberam imediatamente as dificuldades que Gonzaguinha e os jovens negros de sua geração teriam no enfrentamento de um cenário social altamente desfavorável aos negros recém-libertados da senzala, bem como aos nascidos logo após a abolição da escravatura.

O diagnóstico realizado pelas duas lindas mulheres, avó e mãe de Gonzaguinha, foi perfeito, porque para um grande número de brasileiros que viveram no final do século XIX a abolição da escravatura significou uma enorme perda financeira. Entretanto, felizmente para o Brasil, foi a restauração de uma dolorosa ferida que sangrou durante três séculos e meio.

A Nação Brasileira desde que nasceu esteve focada na busca de seus objetivos de liberdade, sem afastar-se dos melhores parâmetros que pautariam seu desenvolvimento. Entretanto, a mão de obra nacional realizada por pessoas escravizadas, ou seja, pela escravidão negra, era um parâmetro negativo que o Estado Brasileiro não conseguia controlar e muito menos dominar.

Quando finalmente foi abolida a escravidão no Brasil, em 1888, cerca de setecentos mil ex-escravizados em todo o país passaram a constituir um grupo social brasileiro completamente desorganizado, excluído socialmente, extremamente miserável, discriminado e sem quaisquer perspectivas de uma vida futura razoavelmente digna.

Dona Maria Antonieta e Maria Francisca sentiram que Gonzaguinha precisaria de orientação e ajuda para enfrentar aquele novo cenário social e ter seu lugar como cidadão brasileiro. Viram também as jovens avó e mãe que outros jovens negros da geração de Gonzaguinha enfrentariam idêntica situação.

Sem titubear, aquelas duas heroínas da senzala decidiram articular um projeto de recuperação, fundamentado em pequena ajuda material, vivência escolar, conhecimento, cultura e busca de autoestima, não somente direcionado para Gonzaguinha mas para outros jovens negros de sua geração. Elas entenderam que o projeto precisava ter um nome que espelhasse rigorosamente a enorme abrangência de seus conteúdos. O projeto saiu do papel imediatamente, tendo como nome provisório "Projeto Gonzaguinha Presidente".

A terra brasileira já nasceu e continua sendo abençoada por todos os santos, iniciou dona Maria Antonieta, dizendo a seu neto Gonzaguinha e aos jovens negros de sua geração, vendo quase todos ainda um pouco sonolentos. Entretanto, a alma brasileira demorou muito para libertar-se de seus grilhões, ela tentava explicar aos jovens.

Dona Maria Antonieta, a exemplo de muitas mulheres negras que estiveram sob o jugo da senzala e seus arredores, não sabia ao certo quem fora sua mãe. Ela tinha conhecimento apenas de que era filha de uma negra escravizada. Com relação a seu pai, ela apenas desconfiava, mas não sabia ao certo quem teria sido.

Se, por um lado, o seu nascimento tenha decorrido de uma tragédia, a sua infância e adolescência foram amplamente iluminadas pela sorte, porque com poucos dias de vida, ela foi acolhida por uma família culta, muito religiosa e riquíssima. Naquele ambiente, Maria Antonieta enfrentou todos os tipos de discriminação e preconceitos que pudessem existir contra uma mulher negra e escravizada.

Entretanto, naquelas circunstâncias positivas e negativas, o mundo se abriu para Maria Antonieta. Ela teve momentos de verdadeira amizade, felicidade e, o mais importante de tudo, ela encontrou e conviveu intimamente com os dois homens que ela mais amou em sua vida.

Por outro lado, a filha de dona Maria Antonieta, Maria Francisca, mãe de Gonzaguinha, nasceu livre da senzala e seus arredores, mas o assunto a respeito de seu pai fora um segredo que a transtornou durante muito tempo e quase destruiu a sua vida.

Gonzaguinha nasceu no início do século XX, recebendo todas as heranças positivas e negativas que vieram do século XIX. A herança mais negativa veio trazendo muito preconceito e discriminação, como previa dona Maria Antonieta, em razão da forma como foi abolida a escravatura.

A Lei Áurea não poderia ter sido mais perversa pelo seu projeto de exclusão social. Foi uma legislação omissa, com apenas dois lacônicos artigos que mais condenaram do que libertaram.

A avó de Gonzaguinha, dona Maria Antonieta, pedia a ele e aos jovens negros de sua geração que colocassem toda a sua atenção nos acontecimentos ocorridos no século XIX. Ela afirmava sem medo de errar que aqueles anos de 1800 foram um presente quase divino para o Brasil.

Havia sido ofertado à Pátria Brasileira todo aquele século para que, naqueles cem anos, os brasileiros resolvessem, por eles mesmos, o que fazer com suas próprias vidas.

Dona Maria Antonieta, muito religiosa, falava com todas as letras, não somente para seus curiosos jovens ouvintes, mas para quem tivesse fé, que a existência da terra brasileira é muito abençoada e protegida por todos os santos.

Uma das provas mais evidentes da afirmação feita por dona Maria Antonieta estaria na exuberância e na amplitude da terra brasileira, com seus generosos atributos agrários, envolvidos caprichosamente por um belíssimo litoral com mais de sete mil quilômetros.

Indiscutivelmente, meus queridos jovens, falava com entusiasmo dona Maria Antonieta, quando olhamos para o Brasil no mapa da América do Sul, temos a visão de um milagre. Para orgulho de todos os brasileiros, o que se vê é um país continental na comparação com o tamanho das demais nações sul-americanas.

Outra prova de influência quase divina nos acontecimentos históricos brasileiros, dizia Maria Antonieta a seu querido neto e aos jovens negros de sua geração, foram os fatos ocorridos no mundo logo no início do século XIX, que contribuíram para elevar o Brasil à categoria de Reino em 1815 e em seguida à Independência, em 1822.

Em 1804, Napoleão Bonaparte, imperador da França, expandia seu domínio por grande parte do continente europeu. Em 1806, aquele militar francês declarou o famoso bloqueio continental contra a Inglaterra, um dos poucos países da Europa que ainda não era dominado pelo imperador Bonaparte.

Portugal, país aliado e fiel à Inglaterra, não concordou com aquela determinação francesa, o que fez com que Napoleão Bonaparte preparasse a invasão do território português.

Antes da invasão o Rei de Portugal deslocou suas cortes para a colônia brasileira, elevando-a em seguida à categoria de Reino, unido a Portugal. A partir daqueles primeiros anos do século XIX, o Reino do Brasil começou a dar seus primeiros passos em direção a sua própria Independência, resultando num Brasil independente a partir de sete de setembro de 1822.

Continuando os ensinamentos a seus seletos ouvintes, a avó de Gonzaguinha lhes mostrava que não era tudo fácil, porque em 1831, D. Pedro I, Imperador do Brasil, foi obrigado a voltar para Portugal, deixando no Brasil como sucessor seu filho Pedro de Alcântara.

Pedro era o herdeiro do Império Brasileiro, mas ele tinha somente pouco mais de quatro anos de idade, impedido, portanto, de ser coroado Imperador do Brasil, conforme a Constituição de 1824. A solução encontrada pelos políticos da época foi a Regência, período em que brasileiros foram eleitos para governar o país até a maioridade de Pedro de Alcântara.

Com o advento da Regência, a Pátria Brasileira teve que enfrentar uma grande instabilidade política, pela disputa do poder, aparentemente sem titular. Revoltas ocorridas no Sul, no Norte e no Nordeste do país davam conta de nossa momentânea fragilidade política.

Resolvida a questão da maioridade de D. Pedro de Alcântara, tivemos um primeiro mandatário nascido no Brasil e que provou amar sua Pátria.

D. Pedro II fortificou a alma brasileira, garantindo a unidade territorial, sobretudo com a vitória brasileira na Guerra do Paraguai.

Vejam bem, meus estimados jovens, falava dona Maria Antonieta, que eram necessários ainda dois importantes acontecimentos para que o Brasil pudesse formatar para sempre a sua estrutura territorial de mais de oito milhões de quilômetros quadrados e libertar totalmente sua alma.

Os dois grandes eventos seriam a abolição da escravatura e a Proclamação da República. Os resultados de ambos teriam de ser de natureza definitiva, porque resgatariam para sempre a identidade do Brasil.

Nesse momento Maria Antonieta precisou de muita cautela para falar a seu amado neto e aos jovens negros de sua geração, porque a escravidão negra havia permanecido no Brasil por mais de trezentos anos.

Como explicar a jovens nascidos livres que seus bisavós estiveram escravizados durante tanto tempo? Que eles foram sequestrados na África e transportados como animais para nossa Pátria? Com explicar que suas queridas vovós e os vovôs estiveram em solo brasileiro, sob o jugo de uma senzala e arredores, obrigados a trabalhar gratuitamente, humilhados de forma degradante mediante a força e a tortura?

Aos poucos e com muito cuidado, dona Maria Antonieta explicou a Gonzaguinha, e aos jovens negros de sua geração que muitas pessoas não concordavam com aquela esdrúxula situação. Ela garantiu àqueles olhinhos arregalados que a fitavam que o trabalho escravo foi assunto que provocou muitos debates políticos no Brasil, sobretudo ao longo do século XIX.

Desde o início daquele século, no contexto do movimento de Independência do Brasil, o Patrono da Independência, José Bonifácio defendia que a escravidão fosse abolida. Sem meias-palavras, o Patriarca da Independência afirmava que não poderíamos lutar por liberdade, e ao mesmo tempo escravizar nossos irmãos.

Mas tudo foi muito difícil, explicava dona Maria Antonieta a seu neto Gonzaguinha e aos jovens negros de sua geração. As oligarquias brasileiras não queriam abrir mão de sua situação de conforto, e havia interesse do comércio internacional em sustentar aquela aberração.

Somente na década de 1850 foi possível no Brasil concentrar ações eficazes a serem tomadas para combater o tráfico negreiro, como medidas preliminares para chegar à abolição. Em 1866 e 1867, por duas vezes, foi proposta ao Conselho de Estado uma reforma que abolisse a escravidão dos filhos dos escravos, mas nenhuma foi aceita.

Até que no dia 28 de setembro de 1871 entrou em vigor a Lei do Ventre Livre. Esta lei libertaria, a partir de sua entrada em vigor, os filhos das mulheres escravizadas.

Além disso, a Lei do Ventre Livre obrigava os senhores do local de nascimento da criança a cuidar dos filhos da escravizada até seus oito anos completos. Em seguida, uma nova situação seria atribuída ao filho ou à filha da escravizada.

A Lei do Ventre Livre era conservadora e foi criada com o intuito de prorrogar o fim da escravidão no Brasil. Entretanto, aquele período de liberdade de oito anos sob supervisão deu chance ao filho ou à filha da escravizada de sentir a liberdade, tendo um mínimo que fosse de apoio em termos de futuro.

A Lei do Ventre Livre concretizou um projeto de inclusão à sociedade brasileira, na medida em que oferecia aos filhos das escravizadas um período de transição em que a escravizada mãe teria para preparar um futuro digno para a criança.

A Lei Áurea, ao contrário, concretizou um projeto que criou mecanismos de exclusão aos ex-escravizados, aos quais foi dada uma liberdade ardilosa, que relegou a população negra e seus descendentes a uma condição de subcidadania. Assim ocorrendo, os escravos ganharam liberdade, mas foram condenados à miséria social, ao preconceito e à discriminação.

Dona Maria Antonieta e sua filha Maria Francisca tinham certeza de que somente o estudo, o conhecimento e a educação poderiam conduzir à verdadeira liberdade. Elas sabiam que Gonzaguinha e os jovens negros de sua geração precisariam ser muito estudiosos e competentes para enfrentar tantas desigualdades que estavam por vir.

O raciocínio das duas mulheres era muito simples e objetivo. Gonzaguinha e os jovens negros de sua geração eram um fato novo na sociedade brasileira que teria agora o acréscimo de ex-escravizados e imigrantes europeus.

A partir dessa constatação, não era difícil perceber que para seus pupilos serem aceitos em seus respectivos grupos sociais e nele se sentirem confortáveis, eles precisariam estudar muito e fortalecer seus conhecimentos de cultura geral.

Maria Antonieta, avó de Gonzaguinha, foi uma das filhas de escravizadas nascidas com o benefício da Lei do Ventre Livre e, a partir de sua experiência de liberdade com apoio, mesmo ainda adolescente, conseguiu assimilar conhecimentos e cultura geral que no futuro teriam grande importância para ajuda e apoio a seu neto Gonzaguinha e aos jovens negros de sua geração.

Maria Antonieta nasceu e sobreviveu a partir de um milagre ocorrido na noite do dia 31 de dezembro de 1871, quase três meses após ter sido promulgada a Lei do Ventre Livre.

Ela foi abandonada, ainda recém-nascida, por sua mãe, uma mulher negra escravizada que a jogou no portão da charqueada de Santo Antônio, situada às margens do arroio Pelotas, na cidade de Pelotas, no sul do Brasil.

Naquele mesmo dia, hora e ano ocorreram outros dois milagres semelhantes, na charqueada São Francisco e na charqueada São Luís, sendo que nesta veio ao mundo um casal de gêmeos.

Aquelas quatro crianças nasceram sem referências paternas, sendo fruto de um sistema perverso em que senhores, capatazes, feitores e quaisquer outros homens brancos que tivessem um mínimo de poder, o utilizavam para submeter as negras escravizadas à promiscuidade sexual forçada.

Eles, alegres, confiantes e bem alimentados, não tinham a mínima responsabilidade com a vida de suas vítimas e pouco se importavam com as consequências de suas ações ilegítimas.

Elas, tristes, inseguras e mal alimentadas, quando ficavam grávidas, abortavam suas infelicidades ou, vendo nascer seus filhos totalmente desprotegidos, sabiam que somente lhes restava rezar pedindo proteção a Deus.

Mas a Lei do Ventre Livre mudou consideravelmente aquele cenário. A partir de 28 de setembro de 1871, todos os filhos de escravizadas eram livres, pelo menos em seus primeiros oito anos de vida.

Maria Antonieta, Jacaré, Luís e Luíza foram quatro crianças que nasceram quase na mesma hora e no último dia do ano de 1871.

Todas elas foram beneficiadas pela Lei do Ventre Livre, souberam aproveitar aqueles anos de liberdade controlada e, mesmo sendo adolescentes, já lideravam pessoas e movimentos que em seguida transformariam as senzalas em museus.

Maria Antonieta, que já havia nascido líder e heroína, lutou até o fim de seus dias pela abolição definitiva da escravatura no Brasil, que no seu entendimento não era somente uma questão de datas, mas também de organização social.

Ela também percebeu que o governo brasileiro estava providenciando imigrantes europeus para compor a mão de obra no Brasil, um país em desenvolvimento que em pouco tempo construiria seu parque industrial.

Maria Antonieta não teve dúvidas de que, tão logo ocorresse a abolição, os ex-escravizados, analfabetos e enfraquecidos física e psicologicamente não teriam condições de concorrer a uma vaga no mercado de trabalho com estrangeiros alfabetizados e preparados física e mentalmente.

Por isso o futuro de seu neto Gonzaguinha e o dos jovens negros de sua geração já estava articulado e planejado. Era necessário agora ampliar o "Projeto Gonzaguinha Presidente" para incluir os ex-escravizados do Sul do Brasil.

Maria Antonieta, naquela época, início do século XX, era uma jovem e linda vovó, e seu otimismo não tinha limites. Além de tudo, ela sabia que as razões para aumentar a autoestima de seus pupilos teriam inspiração e calor no afago de uma das mais charmosas cidades do Sul do Brasil.

PELOTAS, CHARQUEADA SANTO ANTÔNIO, SÉCULO XIX

A charqueada era a área de propriedade rural onde se produzia o charque. A indústria saladeiril e o ciclo do charque deixaram suas marcas no extremo sul do Brasil, tornando a cidade de Pelotas referência histórica e cultural, sobretudo na segunda metade do século XIX.

A consolidação das charqueadas aconteceu no século XIX, às margens dos arroios Pelotas, Santa Bárbara e canal São Gonçalo. A indústria do charque promoveu o surgimento e o crescimento de várias atividades econômicas colaterais, como a atividade hoteleira, comercial e cultural.

Das atividades culturais sobressaiu-se em Pelotas a construção do Teatro Sete de Abril, erguido em 1834 e que é um dos mais antigos em atividade no país.

Maria Antonieta, avó de Gonzaguinha, nasceu na charqueada Santo Antônio, no dia da virada do ano de 1871. Milagrosamente, em razão de sua inteligência privilegiada, ela foi escravizada e pessoa livre ao mesmo tempo.

Seu nascimento ocorreu numa noite clara ao relento, num dos portões da charqueada Santo Antônio e, em seguida, ela foi abandonada por sua mãe, que fugiu em estado de choque.

Nos termos da Lei do Ventre Livre, recentemente promulgada, Maria Antonieta teria que ficar à disposição de seu senhor até os oito anos de idade, e aos vinte e um anos seria estudado um novo destino para ela.

Entretanto, o Dr. Herculano, senhor da charqueada Santo Antônio, sequer admitia receber o bebê, que depois teve o nome de Maria Antonieta. O argumento do poderoso latifundiário, pecuarista e empresário tinha fundamento no fato de que, naquele mesmo dia, quase na mesma hora, havia nascido Afonso, terceiro filho seu e de sua esposa, dona Cecília.

Dona Cecília, esposa de Herculano, encerrou a pequena discussão que havia iniciado dizendo que sonhava ter uma filha, e seu sonho havia sido realizado. A família passaria a ter quatro filhos, e ponto-final.

Assim começou a vida de Maria Antonieta, que comandaria as heroínas da senzala.

O Dr. Herculano, senhor da charqueada de Santo Antônio, tentando vingar-se de Cecília, sua mulher, utilizou-se do excessivo pátrio poder daquela época e não registrou a criança como filha. Sequer a matriculou no órgão público, como determinava a Lei do Ventre livre. Maria Antonieta, por isso, oficialmente, nunca teve pai, mãe nem sobrenome.

Este foi o primeiro atrito sério havido entre o casal por causa de Maria Antonieta, e assim iniciou de fato a vida da menina cujos irmãos de criação chamavam de Neta ou Netinha.

Herculano Filho já tinha quatro anos quando ganhou o irmão e uma irmã, que não foi chamada. Felipe tinha dois anos e adorava os recém-nascidos. Afonso e Netinha cada dia que passava ficavam mais parecidos. Os dois bebês eram do mesmo tamanho, tinham quase a mesma cor da pele e dos cabelos, e ostentavam lindos olhos verdes.

Nas conversas de senzala comentava-se que Afonso e Netinha poderiam ser gêmeos por parte de pai, mas não entendiam por que Netinha tinha aquele tom de pele diferente.

O segundo atrito sério entre o casal Herculano e Cecília ocorreu quando Afonso estava para completar cinco anos e Maria Antonieta também, é claro, já que ambos haviam nascido quase na mesma hora do mesmo dia e ano. Haveria uma festa e seriam convidadas as crianças moradoras de outras charqueadas das imediações.

Herculano disse que mandaria convite somente em nome de Afonso, porque Maria Antonieta não era filha dele. Dona Cecília disse que então não haveria festa. Acabaram mandando o convite em nome das duas crianças.

Maria Antonieta e seus irmãos de criação viviam diariamente em festa porque eram três homens adorando uma mulher, embora a mulher tivesse pouco mais de cinco anos idade. Acontece que eram cinco anos de muita inteligência e esperteza. Maria Antonieta era rápida, imprevisível e aprendia tudo com muita facilidade.

O terceiro atrito havido entre dona Cecília e Herculano pai, Senhor da charqueada de Santo Antônio, ocorreu na época em que Afonso foi matriculado na escola. Maria Antonieta, tendo a mesma idade que Afonso, também teria que ser matriculada. Dessa vez Cecília chamou Herculano de autoritário, preconceituoso e covarde, mas ele não matriculou Netinha.

Os olhos verdes de Maria Antonieta nunca haviam chorado tanto, porque Herculano filho, que gostava de colocá-la onde era seu lugar, disse-lhe que se não fosse ao colégio ela seria uma analfabeta.

Por outro lado, Felipe, que era apaixonado por Netinha, apareceu com uma ideia segundo ele genial. Comprariam material escolar para Netinha e quando Afonso chegasse da aula Maria Antonieta copiaria tudo. Felipe seria o professor de Netinha, sem favorecimentos, e aplicaria as provas com muito rigor. E assim foi feito.

Herculano filho ficou impressionado com o comportamento de Netinha. A menina organizou-se de tal maneira que a impressão que todos tinham era de que o aluno era ela e o voluntário era Afonso.

Quando chegou a época dos exames, Netinha ficou muito triste porque ela queria muito fazer os exames. Herculano filho disse que lhe pagaria a dívida que tinha com ela e procurou a direção da escola, pedindo cópias das provas.

— Por que tu queres cópias dos exames, meu filho, disse a diretora da escola, um tanto desconfiada? Tua irmã não pode caminhar até aqui?

— Ela não é minha irmã. Ela é escravizada de meu pai, contando em seguida toda a história.

— Tu tens como trazê-la aqui no mesmo horário? Ela tem material para fazer a prova?

— Tem sim, e lhe agradeço muito. Na quinta-feira estaremos aqui.

No dia da prova lá estavam os três. Herculano filho, que já se considerava pai dos dois, e os dois candidatos ao segundo ano.

— Tu és a Maria Antonieta, certo? Muito bem! Qual teu nome completo?

— Maria Antonieta.

— E o sobrenome, perguntou a diretora, já meio constrangida.

— Eu não tenho sobrenome, respondeu Maria Antonieta.

— Como é o nome completo dos teus... do teu irmão, o menor que é teu colega?

— Afonso de Oliveira Lang.

— Aqui neste colégio teu nome passa a ser Maria Antonieta de Oliveira. Se passares nestes exames, frequentarás aqui o segundo ano.

Foi um dos dias mais felizes da vida de Maria Antonieta, porque ela se sentiu como se tivesse dado um passo à frente para ser gente. Poderia ser uma pessoa com endereço e referências; enfim, estava acreditando que cidadania era algo concreto.

Mais feliz ela ficou ainda quando vieram os resultados, apontando-a em primeiro lugar. Afonso não ficou muito satisfeito, mas sentiu-se feliz por ter passado de ano. Mas a felicidade maior foi saber que no ano seguinte teria Netinha a seu lado todos os dias na sala de aula.

Alguns dias antes de iniciar o ano letivo, chegou às mãos de dona Cecília uma correspondência vinda da diretora da escola. Estava sendo pedido com urgência o comparecimento de um dos pais, ou o responsável por Maria Antonieta para a confecção do cadastro da menina.

Ela não tem pai, nem mãe, ficou pensando dona Cecília; ela é uma escravizada. Se meu marido se recusa a reconhecê-la como filha, como eu me apresentaria lá. Vou chamar Valquíria.

Valquíria era escravizada na charqueada Santo Antônio, mas exercia as funções de governanta e era pessoa de confiança de dona Cecília. Elas não tinham segredos, e alguns fatos guardavam somente entre elas. Saíam juntas para onde quisessem sem dar satisfação a ninguém.

Dona Cecília pediu a Valquíria que fosse na escola e se apresentasse como responsável de Netinha, não esquecendo de dizer que havia sido feita na escola uma certidão de nascimento provisória para Netinha com o nome de Maria Antonieta de Oliveira.

No dia e hora marcados, Valquíria estava diante da diretora.

— Boa dia, disse Valquíria à diretora com deferência e educação.

— Bom dia, disse a diretora meio com pouco caso. Queres alguma coisa? Podes falar com a secretária, que ela vê do que se trata.

— É sobre o cadastro de uma aluna. Seu nome é Maria Antonieta de Oliveira. Ela deverá ir para a terceira série o ano que vem.

— Olhe, infelizmente não há mais vagas.

– Deve haver um engano, disse Valquíria. Foi recebido um documento...
– Trouxeste o documento?
– Não mas...
– Está bem, minha filha. Procura outro colégio, porque aqui não há vagas para escravizados.

Chegando em casa, Valquíria foi direto à dona Cecília para relatar o acontecido. Dona Cecília não conseguia conter sua raiva, que não era somente do colégio, mas também de seu marido Herculano por recusar-se a registrar Maria Antonieta como filha.

Afonso, quando ficou sabendo, desesperou-se. Por que sua amada irmãzinha não seria sua colega de aula? Foi correndo interrogar sua mãe.

– O que aconteceu, mamãe? Netinha está doente? Alguma doença contagiosa? Nós já tínhamos preparado todos os livros, cadernos, lápis de cor. Diga-me o que aconteceu, mamãe.

– Eu não sei como te falar, meu querido, mas a escola não quis aceitar Maria Antonieta.

– Como não, mamãe? O que foi que ela fez. Eu vou lá naquele colégio. Eu sou um homem ou não?

Dona Cecília jamais imaginou que Afonso fosse tirar satisfações no colégio. Para isso ele teria que conseguir uma condução, conhecer o caminho, trocar de roupa. Não! Seria impossível; ele só tinha sete anos. Pobre de minha filha!

Menos de duas horas depois estavam os dois, Maria Antonieta e Afonso, de mãos dadas no gabinete da diretora. Estavam com a mesma roupa que haviam usado poucas horas atrás para correrem tentando pegar um bezerro que fugira do cercado

Os lindos rostinhos estavam vermelhos de excitação. Os dois eram muito parecidos. Eram quase da mesma altura; tinham algumas poucas diferenças na cor da pele. Mas o que mais chamava atenção eram os olhos de ambos. Eram olhos verdes com um brilho encantador que pareciam iluminar a secretaria do colégio.

– Quem são vocês? Esqueceram alguma coisa?
– Queremos falar com a diretora. É um assunto urgente e muito importante, porque em seguida as aulas vão começar.

— Eu sou a secretária, resolvo quase tudo aqui e vocês podem me dizer do que se trata.

— Queremos falar com a diretora. Meu nome é Afonso Oliveira Lang, e o assunto é de extrema urgência.

Diante daquele sobrenome, a secretária levou os dois imediatamente até a diretora, que os recebeu na hora.

— Bom dia. Meu nome é Afonso de Oliveira Lang. Queremos saber por que minha irmã não pode ser matriculada. Deve haver algum engano.

— Eu sinto muito, disse a diretora, mas esta escola não pode mais matricular escravizados.

— Nós somos escravizados? A senhora está brincando. Nós não somos escravizados. Nós somos irmãos, nascemos no mesmo dia do mesmo ano. Estamos sempre juntos. Brincamos o dia inteiro juntos, dormimos na mesma casa, o ano passado...

— Um momentinho, Afonso, a diretora o interrompeu. Tu não és escravizado, mas Maria Antonieta é. Vocês cresceram como irmãos, mas Maria Antonieta é escravizada. Pergunte a sua mãe.

— Mas o que há de diferente entre nós, olhando com carinho e amor para Netinha? Pode olhar, diretora, ela não tem defeito nenhum. Ela é até parecida comigo, e, confesso, ela é um pouco mais bonita e mais inteligente, mas como ela pode ser escravizada? Todas as pessoas dizem que nós somos irmãos, não escravizados. Eu não posso entender, diretora. Minha irmãzinha só quer estudar, ela é inteligente até um pouco mais do que eu. A senhora acha que ela tem que ser analfabeta?

— Vamos fazer o seguinte, Afonso. Eu vou abrir uma exceção. Pede para teu pai vir aqui na escola, e ele assina uma autorização especial. O que tu achas, Afonso, falou a diretora, visivelmente cansada.

— Meu pai não virá. Ele diz para todo mundo que... Netinha não é filha dele, e começaram a chorar. Duas crianças abraçadas chorando e clamando por educação e conhecimento.

— Muito bem. Eu vou abrir uma exceção. Maria Antonieta está matriculada.

Cinco anos depois, os dois eram os melhores alunos dos que já haviam passado por aquela escola. O irmão Felipe, que tinha dois anos a mais do que Afonso e Netinha, foi alcançado pelos dois, mas incentivava aquela dupla que ele tanto amava.

Com doze anos de idade, Afonso e Maria Antonieta, que agora não era mais chamada de Netinha, juntavam suas energias, formando uma dupla invencível em qualquer tipo de atividade.

Dr. Herculano, que aparentemente detestava Maria Antonieta, tornou-se amigo da dupla inseparável, que, juntando suas capacidades, o assessoravam até na administração físico-financeira das fazendas de café que a família possuía na Província de São Paulo.

Aos treze anos, Maria Antonieta parecia uma princesa. Ela havia copiado e assimilado a elegância de sua madrinha, dona Cecília, e era dona de um porte físico e dos olhos verdes sobre cuja origem ninguém se atrevia a dizer qualquer coisa ou fazer perguntas.

Um dia dona Cecília chamou Dr. Herculano, seu marido, para uma conversa séria, o que era sinônimo de novo atrito.

— Veja, Herculano, falou dona Cecília, Maria Antonieta já menstruou. Tu sabes o que significa isso, não é? De repente podemos ter uma forte dor de cabeça se ficarmos apenas olhando, simplesmente observando esta linda mulher no meio desses lindos garanhões. Afonso de fato a tem como irmã e jamais admitiria qualquer tipo de maldade sobre sua intocável irmãzinha.

Felipe é apaixonado por Maria Antonieta, assim como Herculano, que disfarça esse sentimento com um falso desdém pela lindinha.

— Eu acho que precisamos conversar com eles, arriscou Herculano, aparentando pouco importar-se. Foste tu, Cecília, que arranjaste este problema, cabendo a ti portanto, dar a solução.

Assim que puderes volta a conversar comigo, porque temos um outro problemão para resolver.

Dona Cecília naquele mesmo dia chamou Maria Antonieta para uma conversa.

— A senhora me chamou, dinda? Eu e Afonso estamos numa enrascada medonha. Convidamos até o Felipe para nos ajudar. Existem algumas fazendas de café em São Paulo que estão em situação difícil, quase dando prejuízo por problemas de mão de obra.

Temos que apresentar um relatório ao Dr. Herculano para que ele possa estudar e decidir o que será feito.

— Mas o que está acontecendo com as fazendas de café, perguntou dona Cecília. Até há pouco tempo estavam dando bastante lucro. Aconteceu alguma coisa?

— O problema, minha dinda, é que a escravidão negra está chegando a seu final. Primeiro foi proibição de entrar escravizados no Brasil. Depois a Guerra do Paraguai e em seguida a Lei do Ventre Livre. Após esses três acontecimentos, está havendo uma diminuição gradual da mão de obra escravizada.

— Vocês agora não têm mais tempo para brincar como antigamente. É impressionante como vocês cresceram e estudaram, estando já em condições de assessorar o Dr. Herculano.

— É mesmo, dinda, eu fico me lembrando de quando não queriam me aceitar na escola e Afonso foi lá e acabamos conseguindo minha matrícula. Hoje em dia sabemos tanta coisa que nos permite até assessorar um grande empresário.

— E a respeito de gravidez, meu amor, tu já tens conhecimento? Sabias que tu já estás em condições de ser mãe?

— Nem me fale uma coisa dessas, minha dinda, falou Maria Antonieta com o rosto completamente vermelho. Nunca estive nem pretendo estar muito perto de um homem.

— Ué, minha querida, em volta de ti estão sempre no mínimo três homens, contestou-a dona Cecília. E são homens muito bonitos, que não demora andarão atrás de mulheres como eles gostam.

— Tu estás preparada para repeli-los se algum deles te procurar como mulher? Nenhum deles nunca te beijou? Estou falando beijo na boca, língua na língua.

— Uma vez nós tentamos e fizemos eu e Afonso quando estávamos lendo uma revista.

— E como foi? Perguntou Cecília com curiosidade.

— Eu senti uma quentura no corpo e Afonso saiu disparando a correr. Mas, dinda, nós todos vivemos como irmãos.

— Vocês todos nunca fizeram sexo então? São todos virgens?

— Pelo que eu ouvi eles falarem, somente Herculano já fez sexo de verdade, afirmou Maria Antonieta.

— Pois eu tenho quase certeza de que Felipe e Afonso são apaixonados por ti. Eles nunca te fizeram essa declaração pessoalmente, perguntou, curiosa, dona Cecília?

— Sim, respondeu Maria Antonieta, mas eu falei a eles que eu jamais estarei envolvida com um homem nesta vida. Eu estou aqui em razão de uma missão, missão que eu cumprirei, mesmo com o sacrifício da minha própria vida.

Na noite seguinte, após o jantar o Dr. Herculano estava curioso para saber da conversa de sua mulher com sua afilhada Netinha. Quando Cecília terminou a história, Herculano não parou de rir durante quase meia hora.

Depois de esgotar o riso, Herculano resolveu falar sobre outra bomba que estava prestes a explodir.

— Teremos que viajar e passar pelo menos dez dias em Londres, e não podemos levar Netinha conosco. Meus pais nem sabem da existência dela e já são muito idosos para experimentarem grandes emoções.

— Herculano, presta bem atenção: eu não vou atravessar o oceano e deixar aqui sozinha minha afilhada.

— Por que não deixas ela com Valquíria? Falou Herculano como se o problema estivesse resolvido.

— Valquíria vai conosco, Herculano, falou Cecília com ares de quem chamou Herculano de ignorante a respeito da sensibilidade feminina. Tu achas que vou chegar em Londres na casa de teus pais com meus cabelos de qualquer jeito e com as roupas todo amassadas?

— Deixa de exageros, Cecília, falou Herculano. Na mansão de meus pais o que não falta são criados para resolver problemas de todo tipo.

— Pois então vão as duas, falou Cecília, como se tivesse encontrado a solução para o problema.

— Reservaremos um quarto de hotel bem próximo da mansão de teus pais onde Netinha e Valquíria ficarão. O que achas?

— A ideia não é ruim, respondeu Herculano, revelando concordância.

A viagem a Londres era para comemorar as bodas de prata dos pais de Herculano, que não conheciam os netos brasileiros.

No dia e hora, cumprindo o rigor da pontualidade britânica, todos estavam na enorme sala de jantar da mansão dos pais de Herculano, em Londres.

A mãe de Herculano, dona Glória, que não conhecia os netos brasileiros, estava eufórica, o que agradava muito Cecília. Entretanto ela sabia que não podia perder a sogra de vista, por saber das perguntas indiscretas que ela faria a seus filhos.

Dona Glória, mãe de Herculano, era portuguesa e achava que o Brasil estava situado no fim do mundo. Herculano era filho único, e ela não se conformava com o fato de ter uma nora brasileira.

A lua de mel de Herculano e Cecília foi na Europa, mais precisamente em Paris, mas dona Glória obrigou seu filho a passar alguns dias em Londres, o que desagradou muito Cecília. Mas pior ainda foi a sogra querer que o casal ficasse dormindo na mansão, quando sabia muito bem que eles estavam em lua de mel.

Dona Glória não largava o filho, suprimindo do casal momentos importantes da lua de mel. Utilizava como pretexto o fato de que não sabia mais quando iria vê-lo.

Dona Glória passava o dia inteiro criticando Herculano porque eles estavam indo para uma terra de clima hostil, muito quente, sujeito a doenças tropicais e outros defeitos que ela mesma havia observado no Rio de Janeiro.

De nada adiantava Cecília explicar que eles iriam morar no sul do Brasil, onde a temperatura é amena e que na cidade onde iriam viver raramente a temperatura baixava de oito graus centígrados, e o verão tinha muito sol e deixava todo mundo alegre.

Quando viu os netos que tinha, aí mesmo é que dona Glória se arrependeu por não ter obrigado Herculano e Cecília a viverem em Londres. Como são lindos, ela pensava. Como fui estúpida em não mantê-los perto de mim.

Como a maioria das mulheres, dona Glória encantou-se por Afonso. Ela nem acreditava que fosse avó daquele príncipe, que ainda era pouco mais do que um adolescente.

Depois do jantar daquele primeiro dia em Londres, dona Glória tentou conversar particularmente com Afonso, utilizando aquele seu português de Lisboa. Ela quase se desmanchou quando Afonso disse que gostaria que ela fosse morar no Brasil com eles.

Depois, pensando na vida, dona Glória acabou achando que o Brasil talvez valesse a pena. Só pelo fato de conseguir produzir criaturas tão alegres e encantadoras o Brasil mostrava sua qualidade.

– Por que estás tão quieto, Afonso? Perguntou-lhe dona Glória? Aposto que estás com saudades da namorada, ou das namoradas, porque tens cara de quem tem muitas. Fala para esta vovó que te ama.

– Ah, vovó, eu estou sentindo falta é de minha irmãzinha, disse Afonso. Eu não consigo passar um dia sequer sem ela.

– O quê! Vocês deixaram no Brasil uma irmã? O que está acontecendo com este mundo?

– Não, vovó. Ela está aqui ao lado, num hotel, com a criada da mamãe; ela não é exatamente uma irmã. Ela nasceu no mesmo dia em que nasci e cresceu junto conosco, mas papai afirma que ela é escravizada perante a lei.

Dona Glória procurou Herculano imediatamente. Ele, seu pai, dona Cecília, Herculano filho e Felipe estavam conversando alegremente.

– Que história é esta, Herculano, de trazer uma menina criada por vocês e deixá-la num hotel com a criada! Esta não foi a educação que te demos nesta casa. Como isso foi acontecer? Que vergonha, meu Deus, e começou a chorar. Por favor, alguém vá buscar esta pobre menina e conduza-a para minha casa.

– Eu vou buscá-la, vovó, gritou Afonso, e já ia sair correndo, quando sua mãe o deteve.

– Ela nem trouxe roupas adequadas, dona Glória, disse Cecília, e essa foi uma decisão minha e de Herculano.

– Como ousas tratar-me dessa maneira, Cecília? E tu, Herculano, meu filho, o que está acontecendo? Perdeste toda a educação que te dei? Vocês criam uma moça como se fosse filha e têm a coragem de escondê-la de mim? Herculano, meu filho, se ainda me tens como mãe, traga logo essa menina para minha casa, senão eu mesmo vou buscá-la.

– Já estou indo, mamãe, disse Herculano, sendo imediatamente interrompido por Cecília.

– Deixa que eu vou buscar Maria Antonieta, Herculano, disse Cecília, antes dirigindo-se à sua sogra. Minha querida sogra, dona Glória, aceite minhas humildes desculpas. Jamais sequer pensaria em ofendê-la.

Em pouco mais de meia hora, Maria Antonieta chegou acompanhada de sua madrinha. Ela estava linda como sempre; parecia uma princesa, e impressionou até seus irmãos de criação, com os quais ela vivia diariamente. Dona Glória procurava as palavras, mas não conseguia falar.

— Meu amor, disse dona Glória, quando conseguiu controlar-se. Abraçou-a e quase gritou. Quem me dera ter uma netinha tão linda como esta. Seja bem-vinda a esta casa, e se eles fizerem isso contigo novamente aquela porta sempre estará aberta para ti.

Após o jantar, os jovens retiram-se para uma antessala para ouvir música e dançar, enquanto os adultos, na antessala oposta, iriam tentar colocar a conversa em dia.

O pai de Herculano, Lorde Albert, cobrou de seu filho notícias melhores sobre o Brasil.

— O que os brasileiros estão esperando para abolir a escravatura, Herculano? O país está se atrasando, periga sofrer um colapso de mão de obra e D. Pedro II parece que não se importa com nada.

— Infelizmente tu tens razão, pai. As nossas lideranças não querem sair da situação de conforto. E pior que é uma situação de falso conforto porque a abolição está ocorrendo por si só, aos trancos, sem qualquer controle ou planejamento do governo.

— Agora que estamos aqui, somente os adultos, disse dona Glória, vamos tentar resolver o problema dessa menina, Maria Antonieta. Por favor, nada de mentiras. Talvez seja a última vez que uma reunião como esta possa acontecer.

Meu adorado netinho Afonso me disse que Maria Antonieta não tem sobrenome.

Se eu não conhecesse vocês tão bem, meu filho e minha nora, eu diria que vocês estão executando um exercício de maldade.

Esta menina é igualzinha a seus irmãos de criação, é muito parecida contigo, Herculano. Pensem um pouco no futuro dessa criança. Quem de nós nunca cometeu erros?

Será que já existiu equívoco maior do que a escravidão negra? Será que a vida ainda nos reserva mais crueldades como esta.

Pensem bem, meu filho e minha nora. Maria Antonieta já é uma mulher, mas não tem pai nem mãe, nem sobrenome. Graças a Deus que ela tem Afonso. Talvez tenha também Felipe, e é só.

Eu ainda sou tua mãe, Herculano, e me lembro muito bem de quando tu eras pequeno, adolescente e jovem. Nunca foste capaz de mentir para mim. Agora és um homem casado, com lindos filhos, meus netos. Eu sei que tens tua própria vida, mas ainda tens mãe. Acho que não tenho mais o direito de exigir de ti qualquer tipo de resposta. Agora eu somente posso pedir.

Herculano jurou para sua mãe, na presença da esposa, dona Cecília, e de seu pai, Lorde Albert, que não havia a mínima chance de Maria Antonieta ser sua filha, garantindo que se houvesse alguma dúvida jamais admitiria aquele convívio quase íntimo com seus filhos.

Um pouco depois, dona Glória e dona Cecília tiveram uma conversa particular, quando dona Glória ficou sabendo de toda a fantástica história do nascimento de Maria Antonieta. A partir daquela narrativa, dona Glória começou a pensar que a mãe da menina estava bem próxima dela.

– Bem; já estou cansada, vou me recolher. Amanhã teremos no horário de almoço uma espécie de churrasco, como vocês dizem no Brasil. Teremos convidados. Será uma reunião bem informal.

A festa foi no setor campestre da mansão. Era o lugar onde ficava a piscina, a quadra de tênis, espaço para caminhadas e um recanto onde havia balanços, escorregadores e outras atrações próprias para crianças.

Na entrada do grande local, existia um local coberto bem amplo, com mesas e cadeiras, instalações sanitárias e a grande cozinha, onde cozinheiros profissionais preparavam a alegria de todos.

Os anfitriões recebiam seus convidados num reservado, conversavam um pouco com eles e os liberavam para juntar-se aos outros convidados.

Herculano, Cecília, os filhos e Maria Antonieta chegaram e ficaram sentados no reservado, junto com os anfitriões, até porque dona Glória queria mostrar a todos seus lindos netos.

Não demorou muito, Afonso e Maria Antonieta saíram para caminhar e conhecer o local, que realmente chamava atenção pela exuberância dos jardins, pela vegetação regiamente cuidada, pelas fontes de água e, sobretudo, pelas quadras de esporte.

Não muito depois da fuga dos inseparáveis Afonso e Maria Antonieta, chegaram os amigos, Mr. Petersen, Mrs. Alda e a filha adotiva, Dóris.

Quando começaram a conversar, Glória fez questão de apresentar seu filho, a nora e os netos, que haviam chegado havia pouco do Brasil, onde moram. Dona Glória sabia que o casal Petersen havia passado uma temporada a serviço no Brasil.

Dóris não reconheceu Herculano de imediato e perguntou em que parte do Brasil eles moravam. Quando Herculano começou a explicar, ela imediatamente o reconheceu e começou a sentir-se mal.

Em seguida chegaram como sempre, ansiosos, os dois inseparáveis Afonso e Maria Antonieta, que também foram apresentados. Ao encarar Dóris, Maria Antonieta sentiu o aviso de alerta que fazia muito tempo não a incomodava.

Quando Dóris e Maria Antonieta se apertaram as mãos, Dóris desabou no chão e perdeu os sentidos.

Dona Glória, que conhecia a história de cada uma separadamente, entendeu logo e falou no ouvido de Cecília que Maria Antonieta, quase que com certeza, havia encontrado sua mãe.

Mr. Petersen imediatamente atendeu sua filha adotiva e com ajuda de amigos a deitaram num sofá que estava próximo. As pessoas se afastaram discretamente, ficando apenas os anfitriões, os pais adotivos de Dóris e dona Cecília.

Quando Dóris acordou estava quase descontrolada e começou a gritar e chorar copiosamente.

– Encontrei minha filha, gritava Dóris. É Maria Antonieta o nome dela, ela é linda e é minha filha. Chama ela, pai, por favor. Graças a Deus. Eu sempre rezei. Eu sabia, mãe, que um dia eu a encontraria e... caiu em sono profundo em seguida, pelo efeito do calmante que seu pai adotivo lhe havia aplicado com uma injeção.

Quase ninguém se deu conta do que havia acontecido, a festa continuou e os anfitriões ficaram conversando com os pais adotivos de Dóris, sendo que Mr. Petersen não parava de olhar o relógio, esperando que sua filha acordasse.

Dóris acordou bem calma, pedindo para ir embora, como se precisasse refletir com calma em casa sobre os acontecimentos. Olhava para todos os lados, procurando por sua filha, e não encontrou ninguém. Despediu-se de todos rapidamente, como se estivesse pedindo desculpas, e seguiu junto de seus pais adotivos.

Mais tarde, em casa, conversou com calma com seus pais.

– A probabilidade é de noventa e nove por cento de que Maria Antonieta seja minha filha, meus queridos pais. Trata-se do mesmo dia, quase da mesma hora, do mesmo local.

— O que você acha, minha filha, de um jantar aqui em casa, disse seu pai adotivo? Poderíamos convidar também Elizabeth e Jacaré, para aliviar a tensão.

— Quem sabe, meu pai, não seria bom convidar também o Dr. Herculano, dona Cecília e os filhos, e aproveitar para desfazer definitivamente aquela possibilidade de ele ser o pai de Maria Antonieta.

No dia e hora marcados, estavam todos lá para jantar e conversar. Herculano filho e Felipe já haviam assumido um compromisso muito importante, que consumiria quase toda a noite, e por isso não compareceram.

Após o jantar, o ambiente estava um pouco tenso e ninguém se atrevia a iniciar o assunto que havia motivado a reunião. Maria Antonieta não estava à vontade e não se desgrudava de Afonso.

Agora não esconderiam de ninguém que eram namorados e que se amavam. A partir da certeza de que não eram irmãos, a vida tinha mudado para eles. Agora não se separariam jamais.

Dóris tomou coragem e resolveu iniciar o assunto. Sua mãe adotiva, Mrs. Alda, sendo psiquiatra, passou quase todo o tempo disponível orientando sua filha para enfrentar todas e quaisquer hipóteses com um mínimo de controle. Dóris olhou para os dois pombinhos engalfinhados e arriscou.

— O que tu achas, Maria Antonieta? Poderias ser a minha filha que eu tanto rezei para reencontrar? Será que aconteceu o grande milagre que eu esperava?

— Eu não tenho mãe nem pai, falou Maria Antonieta. Nunca tive essas pessoas para me acalentar. Muitas vezes eu precisei, mas tive que engolir a necessidade. Não fosse minha dinda e meu Afonso, eu não sei o que teria sido de mim.

Dóris quase desabou, mas a intervenção de Jacaré deu-lhe tempo de respirar. Foi uma intervenção que surpreendeu a todos.

— Aconteceu quase a mesma coisa comigo, disse Jacaré. Eu fui achado recém-nascido numa cozinha meio abandonada na charqueada de São Francisco na virada do ano de... Elizabeth não quer que eu fale em datas.

Todas as pessoas riram e o ambiente ficou mais descontraído. Mas Jacaré, com aquela boca grande, continuou a falar.

— A verdade é que eu também fui recolhido quase na rua por uma menina. Mas eu não tive a mesma sorte que tu tiveste, Maria Antonieta, porque após os oito anos de liberdade queriam me escravizar.

Após um briga mortal com caçadores de escravizados tive que fugir do Brasil. Mas foi muito melhor, falou Jacaré, olhando emocionado e com amor para sua querida Elizabeth.

— Ah, uma coisa interessante, disse Jacaré, foi que na charqueada São Luís também aconteceu quase a mesma coisa e no mesmo dia, mas as crianças eram gêmeas e quase morreram afogadas no arroio Pelotas.

Dóris, sentindo-se refeita e mais animada, voltou a manifestar-se.

— Quem sabe, Maria Antonieta, perguntou Dóris cautelosamente, tu não passas uns dias conosco aqui em Londres? Afonso talvez quisesse ficar contigo.

— Eu sou escravizada, respondeu Maria Antonieta, e dependo das decisões de meu senhor. Além disso, eu e Afonso deixamos em Pelotas muito trabalho atrasado referente às fazendas de café de São Paulo. Ficaram em nossas mesas muitos documentos dependentes de análises para posterior decisão do Dr. Herculano.

— Achas que eu tenho alguma chance de ser perdoada, voltou a perguntar uma Dóris quase chorando, mas controlada.

— Eu apenas gostaria de saber por que fui abandonada. Qual seria a ideia de uma mãe quando entrega seu filho ao Deus dará. Eu não cometi crime nenhum. Não faltei com respeito a ninguém.

Essas maldades todas aconteceram em razão de quê? Será porque existe ódio, falta de amor, falta de vergonha?

Nesse momento Dóris abandonou a sala aos prantos, enquanto Maria Antonieta tentou continuar falando. Mas uma outra intervenção apareceu.

Mrs. Alda Petersen interrompeu Maria Antonieta, repreendendo-a por falar daquela forma de sua filha, chamando atenção da jovem que pelo menos deveria tentar saber o que realmente se passou.

Maria Antonieta desculpou-se, dizendo a Mrs. Alda que não estava se referindo a sua filha, uma pessoa até então desconhecida para ela. Na verdade, ela se referia a uma tese generalizada de conduta das pessoas. Disse ainda a jovem que não existe certeza de que ela, Maria Antonieta, seja filha de Dóris. Muitos anos já se passaram. Existem algumas coincidências de datas nos acontecimentos, e é só.

O certo é que Maria Antonieta, recém-nascida, foi encontrada, à noite, no meio da rua naquele último dia do ano. Os tropeiros que a encontraram assistiram à mãe livrar-se da criança e fugir. Era noite de virada do ano e, com dificuldades a recém-nascida foi entregue como se fosse um pacote na cozinha da charqueada Santo Antônio.

É também certo que nada se ficou sabendo a respeito da mãe da recém-nascida. Os tropeiros que assistiram à criança viram apenas uma mulher fugindo desesperada. O que se falava muito nas conversas de senzala era que o normal seria que a mãe da criança tivesse morrido naquela noite ao fugir sangrando como estava.

Naquela madrugada, a cidade de Pelotas sofreu um violento vendaval, seguido de inundações nas pequenas estradas e campos. Após isso, a região das charqueadas ficou coberta pela lama durante vinte quatro horas. Até alguns animais não conseguiram resistir àquele temporal.

Anos depois, casualmente Maria Antonieta vem a Londres e, simplesmente sua mãe apresenta-se a ela com uma história que com certeza é verdadeira, mas por enquanto somente para ela.

Na verdade, Maria Antonieta até gostaria que fosse possível provar que ela tem viva ainda sua mãe. Mas, infelizmente, ela passou sua infância, adolescência e agora passa sua juventude sem ter por perto sua mãe verdadeira. São etapas da vida de uma pessoa que não se pode recuperar.

Guardando as devidas proporções, seria algo semelhante com o que se passou em nossa Pátria durante trezentos e tantos anos de escravidão negra. Não há como culpar alguém pelas famílias destruídas, pela posse covarde sobre os corpos das negras escravizadas, pelo enriquecimento ilícito de poucos em detrimento de muitos. São fatos históricos que poderão ser corrigidos ou não.

Maria Antonieta diz, com visível otimismo, que acredita na correção dos fatos e que a solução está no futuro, este período de tempo maravilhoso quase fugaz que ainda não está em nossas mãos, mas com o qual podemos sonhar planejando sempre dias melhores.

Ela mesma, colocando toda a modéstia à parte, sente-se uma pessoa privilegiada. Ela nasceu, foi abandonada pela mãe, mas em seguida ganhou uma madrinha, dona Cecília, senhora da charqueada Santo Antônio que a protegeu e sempre a quis a seu lado, não obstante a veemente contrariedade de seu marido, Dr. Herculano.

Valquíria, governanta da casa e secretária pessoal de dona Cecília, assumiu o cargo de mãe de Maria Antonieta, cuidando de sua autoestima, de sua aparência e, muito mais importante, ouvindo-a como mãe desde seu nascimento.

Afonso e seu irmão Felipe apaixonaram-se por Maria Antonieta desde que ela começou a falar e lhes ofereceu seu primeiro sorriso. Foi um amor a três que se prolongou até a adolescência, quando, para tristeza de Felipe, Maria Antonieta confessou seu amor incondicional por Afonso.

Outro fato importante relacionado a Maria Antonieta foi ela ter nascido com um dom, uma espécie de alarme que chama sua atenção quando ela irá receber notícias fora do quotidiano. E o sinal ocorre sem qualquer tipo de provocação, pedido ou súplica de Maria Antonieta.

Quando Maria Antonieta olhou para Mis. Dóris pela primeira vez em Londres, aquele dom, ou sinal de alarme, chamou sua atenção de que alguma coisa fora do normal estava para acontecer.

Apesar de tudo isso, não obstante as coincidências de datas, acontecimentos vindos à memória e todo o empenho maternal de Mis. Dóris, não foi possível provar a sua maternidade em relação à Maria Antonieta.

Antes de voltar ao Brasil, Maria Antonieta manifestou-se no sentido de fazer um apelo a todos. Era sobre pequenos fatos milagrosos que têm acontecido logo depois que foi promulgada a Lei do Ventre Livre, em 28 de setembro de 1871.

Ela, Maria Antonieta, nasceu de uma escravizada, na noite do dia 31 de dezembro de 1871, no portão da charqueada Santo Antônio, mas talvez tenha conhecido sua mãe somente mais de quinze anos depois. Talvez fosse Dóris sua mãe, uma mulher bem-sucedida no ramo de confecção de roupas femininas em Londres, na Inglaterra.

Quase na mesma hora, dia, mês e ano na charqueada São Francisco, nasceu Jacaré. Ele, à semelhança de Maria Antonieta, tem sua história de abandono ao nascer. Também da mesma forma, sua mãe biológica evoluiu consideravelmente, transformando-se numa especialista em venda e distribuição de produtos alimentícios. Na mesma data, na charqueada São Luís, nasceram os gêmeos Luís e Luíza.

Naquele caso a mãe biológica, Florinda, teve que esperar mais de cinco anos para conhecer seus filhos. Um verdadeiro milagre levou aquelas crianças recém-nascidas ao pai biológico, que somente se deu conta de sua possível paternidade após quase cinco anos, quando as feições e o comportamento dos filhos gêmeos começaram a evidenciar a relação paterna.

Luísa e Luís cresceram à sombra de irmãos, sem saber que seus pais biológicos, Florinda e Pedro, eram famosos e reconhecidos internacionalmente como especialistas em floricultura e decoração de ambientes fundamentados em flores.

No brilhante raciocínio de Maria Antonieta, tudo indicava que aqueles aparentes milagres, que talvez tenham ocorrido também em outros pontos do país, na realidade foram oportunidades oferecidas a partir dos propósitos planejados no contexto da Lei do Ventre Livre, que oferecia de fato liberdade das senzalas acompanhada de apoio social de no mínimo oito anos.

Maria Antonieta tentava convencer a todos que aquelas coincidências, ocorridas em Pelotas, naquela última noite do ano de 1871, foram o sinal para o início de um grande projeto a ser realizado no sentido de recuperar socialmente os ex-escravizados do sul do Brasil e transformar em cidadãos os jovens brasileiros negros nascidos após a abolição da escravatura, grupo onde estaria incluído seu próprio neto Gonzaguinha, que nasceria no início do século XX.

Desde 28 de setembro de 1871, o ventre das negras escravizadas no Brasil não produziria mais escravidão. A partir daquele momento a autoestima das escravizadas em nosso país começou a nascer, na medida em que havia garantia que seus filhos, fosse quem fosse o pai, nasceriam livres.

O nascimento da autoestima nas escravizadas levou-as a pensar no futuro. Elas adquiriram o direito de sonhar como todas as mulheres do mundo que passam todo o período de gravidez aguardando felizes e ansiosas a chegada de seus herdeiros.

Maria Antonieta tinha certeza de que havia recebido a incumbência de coordenar a vontade dessas pessoas que acabaram ganhando um pouco além do que precisavam.

Ela falava com seu entusiasmo contagiante que estava chegando um momento histórico para o Brasil, que poderia mudar e melhorar os rumos do desenvolvimento pátrio. Sobre o projeto, Maria Antonieta dizia que mesmo já contava com a colaboração de dona Cecília dando assessoria jurídica, sua fiel amiga e governanta Valquíria e outras pessoas residentes no sul do Brasil, deixando claro que o projeto estaria sempre aberto e em condições de receber apoio de qualquer lugar do mundo.

REUNIÃO DE FAMÍLIA E O PRECONCEITO

Após o término da visita a Londres, e em seguida ao regresso à Princesa do Sul, foi marcada uma reunião de família pelo Dr. Herculano, senhor da charqueada Santo Antônio. Sem muitas explicações, mandou dizer a todos que era necessário preparar a família para grandes mudanças.

A reunião foi marcada para um sábado à tarde, em razão da existência de muitos assuntos a serem tratados e provavelmente muitas decisões a serem tomadas. Tudo teria que ser referendado pela família, sem contrariar as decisões de Dr. Herculano, as quais ele mesmo considerava perfeitas.

A relação entre Maria Antonieta e Afonso ficou um pouco mais íntima após o regresso de Londres, diante da certeza de que não eram irmãos. Mas, com relação à reunião de sábado à tarde, Maria Antonieta disse para Afonso que não iria, visto que ela não era da família. Ele teria que ir sem ela e se o Dr. Herculano aceitasse sua presença, ele viria buscá-la.

Mal a reunião começou, Afonso perguntou a seu pai se ele poderia trazer Maria Antonieta. O filho recebeu um não imediato de Dr. Herculano, dizendo com irritação que Maria Antonieta não é da família, que ela é uma escravizada. Dr. Herculano fez questão de deixar bem claro que Maria Antonieta é uma ótima pessoa, muito inteligente, mas é apenas uma escravizada.

Afonso levantou-se, pediu permissão para falar e disse a seu pai e a todos os presentes que existia um grande equívoco em relação a sua amada. O momento foi emocionante, porque logo após terem chegado a Pelotas vindo de Londres, onde tiveram certeza de que não eram irmãos, Afonso se referia à Maria Antonieta como sua namorada.

Deixou bem claro então que Maria Antonieta nunca foi nem é uma escravizada. Ela foi escravizada sim, mas a partir deste instante não mais o será, porque haverá um noivado na família. Afonso quase gritou que Maria Antonieta em breve será sua esposa.

A resposta veio imediata de Dr. Herculano, manifestando-se de forma veemente e dizendo que isso seria uma afronta a ele, sua mãe e seus irmãos.

Que ele nunca lhe daria consentimento para praticar tamanha loucura. Dr. Herculano, cada vez mais furioso, gritava que em sua nobre família jamais aceitaria uma negra escravizada.

O senhor da charqueada Santo Antônio, Dr. Herculano, falou bem alto e claramente para que todos ouvissem, dizendo que seu pai era um Lorde inglês e jamais permitiria que o sangue de sua família se misturasse com sangue de negros africanos.

Afonso contestou as afirmações de seu pai, argumentando e tentando explicar a ele que Maria Antonieta é vítima de um sistema infame que destrói pessoas humanas impunemente.

Afonso continuava afirmando que não via diferença entre Maria Antonieta, ele próprio, Herculano filho e Felipe com pessoas. Eles foram criados como irmãos, respirando juntos o ar de uma liberdade que não pode ser divisível e agindo quase como se tivessem os mesmos pais.

Afonso referiu-se à omissão de seu pai quando chegou a hora dele e de Maria Antonieta irem para a escola. Quem resolveu o problema foi ele, Afonso, quase implorando para que Maria Antonieta pudesse ser aceita na escola. A inteligência de Maria Antonieta ficou mais do que evidente à medida que os anos iam passando.

Afonso argumentou ainda que foi concedido à Maria Antonieta, quando ela foi abandonada, a chance de continuar a viver. Por que agora impedi-la de ser feliz com o homem de sua vida?

Felipe, irmão de Afonso, teve oportunidade de falar e afirmou sem receios que amou Maria Antonieta durante um certo tempo. Não escondeu sua certeza de que existem poucas mulheres neste mundo como ela. Felipe olhava para seu pai, sorria e dizia que não há discussão sobre o amor daqueles dois. Eles foram feitos um para o outro.

Finalizando, Felipe fez questão de afirmar a seu pai que Maria Antonieta não é uma pessoa comum. Trata-se de uma pessoa maravilhosa, uma bênção que vem recaindo suavemente sobre nós. Finalizando, disse que ficaria muito feliz se um dia ela viesse a ser sua cunhada e mãe de seus sobrinhos.

Dr. Herculano fez uma cara feia como se tivesse engolido algo indesejável. Anunciou que em seguida todos conheceriam sua decisão. Por fim, convocou a todos para o trabalho, antes que começasse uma choradeira.

VIAGEM PARA SÃO PAULO

Falando com se iniciasse uma grande mudança de foco na área administrativa, comercial e industrial nas empresas da família, Dr. Herculano foi logo anunciando que o ciclo do charque estava começando a terminar.

Dr. Herculano deu alguns segundos para que todos assimilassem a grande novidade, para que ele pudesse explicar resumidamente o que iria acontecer naquele período de transição, deixando desde logo a evidência de que o ciclo do café estava chegando, trazendo muitas novidades.

A grande novidade é que os indicadores econômicos-financeiros indicavam que o Brasil poderá ser um dos maiores produtores de café do mundo. Ao que parece, teremos grandes financiamentos, o que significa grandes produções nas fazendas de café na Província de São Paulo.

O ciclo do café efetivamente iniciou em 1727, no início do século XVIII, quando começaram a chegar ao país as primeiras mudas. A partir de 1870, o café teve seu grande momento no oeste paulista, nas cidades de Campinas e Ribeirão Preto, onde encontrou a terra roxa, solo rico para os cafezais.

O começo desse ciclo se deu em paralelo ao ciclo do algodão, momento em que a queda da exportação da cana-de-açúcar estava afetando a economia.

As previsões são de que a cafeicultura exportadora vai expandir-se e logo atingirá índices de maior produto de exportação do país. Entretanto, estaria existindo um sério problema em razão da carência de mão de obra. O sistema de parceria com os primeiros colonos imigrantes parece que fracassou, e precisaríamos administrá-lo melhor.

O senhor da charqueada Santo Antônio explicou que os indicadores econômicos apontaram o máximo possível de profissionalização do trabalho. Isso significa que quando o trabalho for assalariado e o pessoal da imigração for custeado pelo poder público, haverá uma solução para o problema.

A decisão de Dr. Herculano já estaria tomada: seria deslocado um de seus filhos para Campinas e Ribeirão Preto, na Província de São Paulo, "para resguardar nossos interesses e colocar em ordem a administração de nossas fazendas de café".

Demonstrando bom humor, Dr. Herculano informou a todos que havia lido na noite anterior durante quase três horas, os relatórios sobre o assunto preparados por Maria Antonieta e Afonso. Teceu grandes elogios ao trabalho, que estaria muito bom, bastante elucidativo, e que ele não teve dúvidas em decidir o que fazer.

Se Maria Antonieta é um gênio, Afonso não fica muito atrás, falou com pouca certeza. De qualquer forma, o trabalho dos dois está maravilhoso. Embora com má vontade, Dr. Herculano falou que os dois, quando estão trabalhando, são realmente imbatíveis.

As procurações foram todas assinadas, dando plenos poderes para que Afonso e Maria Antonieta tomassem todas as decisões necessárias para que tudo fosse feito conforme os projetos que foram assinados e aprovados na noite anterior.

Acrescentou ainda o pai de Afonso que Já havia reservado duas cabines de primeira classe para os dois no navio que sairia na noite do dia seguinte de Rio Grande para Santos.

Terminada a reunião, Afonso e Maria Antonieta foram preparar os documentos para as visitas às fazendas e em seguida fazer as malas, preparando-se para uma empreitada que poderia durar alguns meses.

Maria Antonieta e Afonso quase não tiveram tempo de falar sobre eles mesmos. No jantar, o assunto dominante era sobre a expectativa paulista com a produção e exportação de café. Após o jantar, todos um pouco cansados, se recolheram para dormir.

O filho mais velho, segundo a tradição familiar, tinha um quarto separado somente para ele, enquanto os outros dormiam juntos num quarto maior da casa, um pouco amontoados.

Felipe e Afonso dormiam no quarto maior, mas, antes de serem dominados pelo sono, conversavam até um dos dois adormecer e o outro dar-se conta de que estava falando sozinho.

O assunto predileto dos dois era sempre as mulheres, as quais eles amavam, a todas sem exceção, no seu devido tempo e em circunstâncias convenientes, é claro. Para eles, elas eram capazes de conduzir os homens aonde quisessem. As discussões entre os dois eram quase sempre para tentar descobrir como as mulheres conseguiam fazer mais de uma coisa ao mesmo tempo.

Quando Afonso estava quase dormindo, Felipe perguntou a seu irmão se ele estava preparado e se eles iriam trazer encomendado o seu primeiro sobrinho. Diante do total silêncio de Afonso que Felipe sabia que era sinal de muita irritação do irmão, Felipe perguntou logo direto para ele sobre a possibilidade de engravidar Maria Antonieta na lua de mel que o velho Herculano havia preparado para eles.

Afonso, após chamar seu irmão de sem-vergonha e sem respeito com sua querida irmãzinha, deu o assunto por terminado, acusando-o de analfabeto sobre o amor e sobre as mulheres. Ainda antes de adormecer, Afonso disse a seu irmão que hoje seus sonhos seriam os melhores de sua vida.

Felipe ainda tentou citar algumas frases sobre sexo, mas, perdeu seu tempo, porque Afonso já estava endeusando seu grande amor e afirmando a Felipe que ele nunca verá um amor igual ao dele e de Netinha.

Maria Antonieta é uma mulher incomum, ele dizia para Felipe, que vaiava como podia. Ela nunca fica tensa, nervosa e muito menos descontrolada. Mas não é irresponsável, e um dia as provas de tudo que eu estou falando serão conhecidas.

Ninguém poderá imaginar, dizia Afonso a Felipe, o quanto eu sofri quando existia uma possibilidade de que ela fosse nossa irmã de sangue.

Mas Felipe estava disposto a irritar o irmão e perguntou se eles não tiraram o atraso depois da notícia da certeza de que não eram irmãos. Aqueles beijinhos se desencantaram? E os abraços, agora mais apertados do que nunca? As mãos então! Saíram à procura de tudo? Felipe pediu a verdade a seu querido irmãozinho. Aquelas pequenas virgindades já eram!

No rosto de Afonso, embora os dois estivessem no escuro, era possível notar todo o vermelho da pele.

Afonso pediu a seu irmão que não o amolasse mais. Deixa disso, Felipe, falou novamente Afonso. Explicou depois que os dois continuavam virgens, embora, é claro, realmente, depois daquela importantíssima certeza que tivemos em Londres, as carícias se aprofundaram, mas nós não temos pressa. Apenas estamos um pouco mais felizes, e assim pretendemos estar até quando Deus quiser.

Maria Antonieta dormia num pequeno quarto confortável junto com Valquíria, que era com se fosse sua mãe. Antes de dormir, as duas conversavam muito e pensavam no futuro. Valquíria, Afonso e dona Cecília eram as pessoas que Maria Antonieta mais amava.

Valquíria começou a alertar sua quase filha Maria Antonieta para os perigos da viagem até a Província de São Paulo. Começou perguntando a Maria Antonieta se ela havia entendido exatamente qual foi a intenção de Dr. Herculano ao "mandar vocês dois juntos e sozinhos para viajar". Valquíria fez questão de dizer que respeitava sua inteligência e competência, mas que ela estava preocupada.

É importante observar que Dr. Herculano não quer ver seu filho caçula casado com uma escrava, ou, melhor dizendo, uma escravizada. Ao mandar o lindo casalzinho viajar, "o velho tem quase certeza de que vocês se transformarão em amantes e aí, na cabeça do velho, adeus casamento".

– Será que é isso mesmo, Valquíria? Mas ele está enganado, porque eu e Afonso já combinamos que jamais seremos amantes. Um dia nos casaremos, nem que seja quando estivermos velhinhos.

– Valquíria, emocionada, falou para ela. Por que vocês não se casam em Campinas? Eu tenho um irmão que é da Polícia Civil em Campinas e pode ajudar.

– Mas eu nem documento de identidade tenho, Valquíria. Eu às vezes tenho a impressão de que Dr. Herculano pretende mostrar exatamente o que eu sou, ou seja, uma pessoa escravizada. Em todo caso, gostei da tua ideia. Como poderíamos fazer isso?

– Eu vou escrever uma carta para meu irmão, que tu entregarás em mãos quando vocês chegarem a Santos. Meu irmão vai esperar vocês no porto de Santos e em seguida já terás documentos de identidade, e vocês poderão se casar.

Na viagem de Rio Grande para Santos, Maria Antonieta e Afonso estavam felicíssimos. Eles nunca haviam tido momentos como aqueles. Dois dias inteiros juntos, somente eles, com todo o tempo para o amor.

As cabines eram luxuosas, e eles tinham que evitar os encontros dentro daquela intimidade, visto que a atração era enorme, o amor maior ainda e o ambiente era o ideal, porque o romantismo estava no ar.

Maria Antonieta e Afonso passeavam então pelo navio, olhando o mar, fazendo planos como nunca na vida haviam feito. Até que chegaram, ilesos, a Santos. Seus corpos ainda não haviam sido fundidos em um só, mas eles estavam cada vez mais apaixonados.

Valter, o irmão de Valquíria, lá estava no porto de Santos a esperá-los. Muito parecido com Valquíria, ele havia tido quase o mesmo destino em termos de procedência familiar. Os dois irmãos não se viram mais desde que chegaram ao Brasil.

A família toda foi sequestrada na África e conduzida à força para o Brasil. Quando o navio negreiro chegou ao Rio de Janeiro, os pais de Valquíria e Valter foram separados, o que aconteceu também com o casal de filhos adolescentes.

Valter ficou com seu pai ao passarem em Santos e Valquíria seguiu para o sul com sua mãe.

Da mesma forma como Valquíria sobreviveu no Brasil com o carinho e o amor de dona Cecília, esposa do Dr. Herculano, Valter foi objeto das atenções de um Deputado provincial que mais tarde o encaminhou para uma Escola de Agronomia.

Com sua inteligência incomum, Valter, com o passar dos anos, aproveitou as oportunidades e em seguida passou a ser o principal assessor de seu protetor e Diretor da Secretaria de Assuntos Agrícolas da Província de São Paulo.

Os dois irmãos conseguiram manter-se em contato, embora de modo precário. Trimestralmente pelo menos, um assessor de Dr. Herculano em São Paulo ia a Pelotas, mais precisamente à charqueada Santo Antônio, para prestar contas dos trabalhos ocorridos nas fazendas de café em Campinas e Ribeirão Preto.

Dona Cecília soube da história de Valquíria e seu irmão Valter através de uma de tantas conversas que tinha com seu marido a respeito da escravidão no Brasil. Não foi difícil para ela mandar um desses assessores que viajavam à Província de São Paulo descobrir Valter.

Valquíria jamais acreditou que isso fosse acontecer. De seus pais ela nunca teve mais notícias, mas seu irmão estava vivo, e então poderia vê-lo, quem sabe. Agora seria uma questão de tempo.

Notícias ela já estava recebendo, e o assessor de Dr. Herculano, quando vinha, sempre trazia alguma coisa para Valquíria, e quando voltava levava alguma coisa para Valter.

De vez em quando os irmãos pensavam em encontrar-se em Pelotas, ou em Santos ou, quem sabe, em São Paulo. Mas eles tinham muito medo do reencontro e principalmente da lembrança da maldita viagem da África para o Brasil.

Valquíria falava toda hora para Cecília que achava não conseguir mais entrar num navio, mas gostou da viagem a Londres alguns anos atrás, nas bodas dos pais de Dr. Herculano.

Ela não gostava de lembrar, mas sabia que aquelas imagens horrendas jamais sairiam de sua lembrança. Ela não sabe como não enlouqueceu ou não morreu das porretadas que levou por todo o corpo durante aquela travessia do Oceano Atlântico.

Valter, seu irmão, foi estuprado várias vezes e os covardes queriam fazer o mesmo com ela. Ela cuspia no rosto dos estupradores, chamava-os de covardes, dizendo que não cederia jamais. Nenhum homem tocaria em seu corpo sem a sua permissão, ela gritava sempre.

Entretanto, o que Valquíria jamais imaginaria é que fosse gostar de uma mulher, como gostou de Dona Cecília assim que a viu..

Quando pensava nisso Valquíria tinha a impressão de que encontrara um anjo, em compensação aos momentos de inferno que passara na viagem de navio entre a África e o Brasil.

Já o navio em que viajavam Maria Antonieta e Afonso de Rio Grande para Santos era o paraíso. A embarcação partiu do porto de Rio Grande quase exatamente às 21 horas. Afonso ajudou Maria Antonieta a levar sua bagagem até sua cabine, e lá ficaram conversando até altas horas.

Naquelas horas em que estavam totalmente um ao alcance do outro, sem olhares fiscalizadores, valorizaram intensamente o amor e o respeito que eles tanto tinham e continuavam tendo um pelo outro.

Vieram todas aquelas lembranças dos momentos vividos com tanta intensidade na charqueada Santo Antônio, sobretudo aqueles cantos onde se escondiam para namorar.

Levantaram tarde de manhã, tomaram café, também num clima de romantismo, e nunca paravam de conversar. Os dois, sendo fluentes em inglês e francês, atendiam a curiosos brasileiros e estrangeiros companheiros de viagem que queriam saber tudo sobre a vida dos dois.

Se ainda não eram casados, por que estavam viajando juntos? Todos se surpreendiam com a inteligência demonstrada pelo lindo casal, que tudo sabia e tudo entendia.

O amoroso casalzinho de gênios chamava a atenção de todos os passageiros pela beleza de cada um e pela alegria de viver. Os dois há pouco tinham completado dezoito anos, e o destino deles era estruturar e modernizar as atividades das muitas fazendas de café que a família Lang possuía na terra paulista.

Ninguém acreditava e a maioria achava que eram jovens europeus bem nascidos viajando em busca de aventuras pelo mundo. Alguns até achavam que Maria Antonieta e Afonso eram jovens atores de teatro da Europa.

Aquela viagem de sonhos terminou em Santos um pouco antes do meio-dia. Valter, irmão de Valquíria, instalou os dois no hotel em quartos separados, como eles pediram, e saíram em seguida para almoçar.

Terminado o almoço, Valter pegou uma pasta com documentos e entregou-a a Maria Antonieta.

MARIA ANTONIETA E SEUS DOCUMENTOS FALSOS

— Aí tens todos os documentos para viver como mulher livre. Podes viajar à vontade, inclusive para o exterior, com o passaporte que tens aí. Teu nome de agora em diante é Maria Antonieta da Silva e és maior de idade.

— Eu não sei como te agradecer, Valter. Muito obrigada mesmo. Valquíria, tua irmã, deve estar também muito contente. Durante todos esses anos eu não sabia quem eu era. Tua irmã Valquíria tem sido minha mãe e dona Cecília, minha madrinha durante todos esses dezoito anos.

Eu gostaria, se possível, Valter, de saber como tu conseguiste estes documentos e se não existe uma possibilidade de eu ser barrada ou presa diante das informações contidas nestes papéis. Afinal, eu não tenho certidão de nascimento, que seria a base de partida para que eu me transformasse numa cidadã.

— Podes ficar tranquila, Maria Antonieta. A República está em seus primeiros anos e existe uma legislação que está tentando organizar a vida dos ex-escravos, que são muitos e todos estão nas mesmas condições em que tu estavas.

O ideal para que ficasses bem tranquila seria que pudesses ter algum bem material registrado em teu nome. Poderia ser um pequeno pedaço de terra, uma casinha de madeira, um cavalo ou até uma bicicleta.

Todos estes documentos estão com certidão de validade nos termos da legislação do Estado de São Paulo e têm abrangência internacional. Agora o ideal mesmo seria que tu arranjasses um marido, e nesse momento Valter olhou muito sério para Afonso, que acompanhava a conversa com atenção.

— Valter, falou Afonso, quase gritando! Estás diante do mais novo casal de noivos. Somente será preciso que me digas onde eu compro as alianças. Tu aceitas, não é, minha querida?

— Maria Antonieta disse que sim, mas gostaria que o pedido fosse feito na presença de sua mãe adotiva, Valquíria, e de sua madrinha, dona Cecília. Gostaria muito também que Felipe, teu irmão e meu maior amigo, fosse nosso padrinho de casamento.

— Bem que Valquíria me falou, disse Valter. A danada de minha irmã previu que tudo isso que está acontecendo seria concretizado a partir do momento em que eu explicasse o que já expliquei.

Mas o mais importante vem agora. Eu não sei como Valquíria consegue adivinhar tudo. Ela me mandou comprar as alianças e as entregasse a vocês neste momento.

Maria Antonieta foi às lágrimas imediatamente, sem saber o que fazer, mas em seguida controlou-se e explicou a Afonso que gostaria de usá-las somente após o pedido oficial à minha madrinha e à minha mãe de criação.

Algum tempo depois, ela procurou explicar a Valter o que sua irmã Valquíria significava para ela, Maria Antonieta, e também agradecer o esforço que ele fez no sentido de apoiar uma situação de tanto amor verdadeiro, mas que infelizmente corre perigo simplesmente por preconceito e discriminação.

Quando eu fui abandonada sem roupas e com fome na porta da casa de Afonso, ele era recém-nascido, como eu. Tudo indica, então, que ele nasceu para que eu pudesse viver.

Se não fosse Afonso eu não teria aprendido a ler e escrever, como a maioria das escravizadas negras. Agora, para ser uma cidadã, estou dependendo novamente de meu querido amor.

Maria Antonieta agradeceu a Valter novamente, guardou o envelope e pediu a Afonso que guardasse as alianças. Afonso agradeceu também e ficou pensativo.

À tardinha, após o jantar, eles examinaram os documentos, e estava tudo correto. De fato ela agora seria, para todos os efeitos legais, uma outra pessoa, uma cidadã paulista. Não era mais uma pessoa escravizada.

Na noite do primeiro dia de cidadã de Maria Antonieta, eles conversaram muito pouco. A viagem, embora confortável, fora um pouco cansativa, e os dois estavam sentindo muito calor em Santos. Maria Antonieta estava muito contente, mas se preocupava por ter que usar documentos falsos. Ela, Maria Antonieta, nunca dissera qualquer tipo de mentira.

De manhã cedo eles tinham que viajar de trem para Campinas e, em seguida, enfrentar uma pequena viagem desconfortável, até a fazenda sede das fazendas da família Lang.

Namoraram muito pouco naquela noite, e cada um seguiu para seu quarto, visto que precisavam descansar. Afonso dormiu imediatamente e, como era de costume, somente acordaria após no mínimo dez horas de sono.

Entretanto, Maria Antonieta não tinha conseguido conciliar bem o sono. Agora não era mais uma mulher escravizada. Tinha um sobrenome, um pai e uma mãe já falecidos, há muitos anos, numa cidade longínqua de que nem ela nem Afonso jamais tinham ouvido falar.

Como será não ser escravizada, pensava Maria Antonieta, tentando conciliar o sono. O que vem a ser a liberdade? Ela olhou algumas folhas de informações perto da cama dela, que diziam que o hotel oferecia serviços de lavanderia, pequenas refeições e muitas outras coisas que ela não sabia o que era, mas com certeza eram oferecidas para conforto do hóspede.

Acho que minha vida começa amanhã e com profundas modificações. Como serão essas cidades de Campinas e Ribeirão Preto? Serão como a minha Princesa do Sul?

Campinas, naquela época, final do século XIX, era uma cidade da ex-Província, agora Estado de São Paulo, que buscava o desenvolvimento de forma acelerada. Entre o final do século XVIII e meados do século XIX, a cidade teve a cana-de-açúcar e o café como importantes atividades econômicas.

O desenvolvimento pretendido pelos campineiros dependia dos meios de transporte, que ofereciam precárias comunicações com as cidades de Jundiaí, São Paulo e o porto de Santos.

O trem acabou chegando em 1872, com a Companhia Paulista de Estrada de Ferro, ligando Campinas a Jundiaí e completando com esse trecho a interligação com o porto de Santos, agora transformado em porto de escoamento do café.

Também em 1872 nascia em Campinas a Companhia Mogiana, com o objetivo de estabelecer a ligação com Mogi-Mirim e atingindo posteriormente as divisas com a Província, agora também Estado, de Minas Gerais.

Em sintonia com a riqueza gerada pelo café, a cidade de Campinas projetava-se na época como importante polo de atividades empresariais, comerciais, centro de serviços e destacado núcleo cultural.

Campinas chegou a ser a maior cidade exportadora de café do país em razão principalmente de seu solo, excepcionalmente propício à cultura do daquele produto.

Em Ribeirão Preto, o início do processo de utilização da terra ocorreu em torno de 1845. Naquela época as terras municipais eram utilizadas para a agricultura de subsistência e para a criação de gado, sendo estas duas atividades as responsáveis pelo aparecimento das primeiras fazendas.

Em 1876, alguns cafeicultores do vale do rio Paraíba fluminense introduziram na região de Ribeirão Preto o café tipo Bourbon e mandaram amostras da terra de Ribeirão Preto para serem analisadas na Bélgica.

Os resultados das análises mostraram que as terras, o clima e a altitude do Município eram excelentes para o cultivo do café. Esses fatos favoreceram a alta produtividade, o que proporcionou maiores lucros para os produtores.

Em 1883, foi inaugurada em Ribeirão Preto a primeira Estação da Companhia Mogiana de Estrada de Ferro, o que favoreceu o escoamento da produção de café e facilitou a chegada dos imigrantes.

A cidade de Ribeirão Preto passou a ser um centro distribuidor de mercadorias para as fazendas e para as cidades não servidas pela ferrovia. A partir de 1885, o café produzido em Ribeirão Preto começou a ser conhecido na Europa pelo nome das próprias fazendas que o produziam.

Com tantas novidades e informações, Maria Antonieta conseguiu conciliar o sono e só acordou quando já eram mais de nove horas da manhã. Ficou preocupada. Tinham que tomar café, embarcar no trem para Campinas e depois chegar ainda no mesmo dia na Fazenda Central, que alguns chamavam também de Fazenda Modelo e outros, de QG dos Langs.

Ela entrou no quarto de Afonso, e ele nem notou sua presença, dormindo como se estivesse colocando em dia o sono de dez dias.

– Acorda, meu amor. Temos um dia longo pela frente. Ainda temos que tomar café, prestar contas de nossa diária e seguir de trem para Campinas. Tu tens ideia de onde que fica a estação de trem?

— Não sei, minha princesa. Dá um beijinho aqui. Não, aí não. Bem aqui! Estou carente e necessitado, disse Afonso, ainda meio dormindo.

— Deixa de ser sem-vergonha, Afonso. Temos um dia longo a percorrer, e dez horas já se foram.

Quando os dois chegaram à sala de refeições para tomar o café da manhã, uma enorme surpresa os aguardava. Valter estava esperando os dois exibindo um sorriso tão lindo que parecia o de sua querida Valquíria.

— Bom dia, meus queridos, sejam bem-vindos à Província, Estado de São Paulo. Meu chefe e querido amigo, como vocês sabem, o Dr. Juca Gonçalves, gostaria de lhes dar as boas-vindas, representando o Presidente da Província. Em seguida conduziu-os a um salão reservado.

Afonso e Maria Antonieta ficaram um pouco contrariados, mas depois lembraram do enorme favor que o Dr. Juca Gonçalves lhes tinha proporcionado, transformando Maria Antonieta em uma pessoa livre, com nome e sobrenome.

Esta lembrança lhes colocou o melhor sorriso no rosto, e eles entraram no luxuoso salão, sendo recebidos efusivamente pelo Dr. Juca Gonçalves.

— Sejam bem-vindos, meus queridos. Vocês estão chegando à terra do futuro. Deixem-me lhes apresentar. Esta é a mãe de meus filhos, Marta, e aqui estão eles, meus filhos, o que existe de mais importante em minha vida. Marina, a princesa mais linda do Brasil, e José, que será Presidente da República tão logo se dê conta de sua enorme inteligência.

Meu querido Valter vocês já conhecem; nos acompanham ainda meus principais auxiliares, sendo que alguns deles não estão presentes, por estarem frequentando cursos na França, para mais tarde ajudarem a eleger nosso café o melhor do mundo.

Afonso e Maria Antonieta viram logo que estavam lidando com um político de futuro e se prepararam para o embate, porque, além das questões da terra, tinham muito que falar a respeito do futuro do Brasil.

Dona Marta, esposa de Juca Gonçalves, ficou encantada com Maria Antonieta. José, único filho de Juca Gonçalves, além de ter-se encantado por Maria Antonieta, apaixonou-se por ela, dizendo bem alto e de maneira descontraída que jamais havia imaginado que houvesse uma gaúcha tão linda.

Marina, única filha de Juca Gonçalves, quando foi apresentada a Afonso, abraçou-o e beijou seu rosto, deixando-o paralisado. Maria Antonieta teve que lhe dar um beliscão; ele caiu em si e o que lhe veio na boca foi a vontade de dizer a Marina, o que disse meio com cara de bobo, que ela também era muito linda, deixando Maria Antonieta furiosa.

A apresentação entre Maria Antonieta e Marina foi muito fria, e a paulista perguntou se tinha luz, muitas vacas e muitos bois onde ela morava e depois lhe disse com desdém: você é bem bonitinha e nem parece que foi escravizada.

Durante o café da manhã, que já era quase um almoço, dona Marta e a filha Marina conversavam, olhando para o casal de gaúchos que estavam atentos às novidades que Juca Gonçalves trazia para a cultura do café.

— Mamãe, dizia Marina a dona Marta. Olhe para aquele baita gaúcho, como eles gostam de dizer lá no sul. Os avós dele são ingleses, mamãe. Eu vou casar com ele; este gaúcho vai ser meu. A maioria das fazendas de café de Campinas e Ribeirão Preto pertence à família dele, mamãe.

— Mas você vai morar numa fazenda no meio do mato, minha filha? E não esqueça que ele e Maria Antonieta são noivos e devem casar muito em breve, se já não se casaram.

— Esses aí nunca vão casar, minha mãe. Aquela moça é negra e aquela família nunca vai permitir uma negra na família. Vou logo pedir a papai para mandar construir uma mansão em Campinas, porque eu não vou morar no meio do mato, é claro.

— Minha filha, você está me dizendo que aquela menina é negra, com aqueles olhos verdes? Como é possível? Com você ficou sabendo disso, minha filha?

Marina não teve tempo de responder, porque seu pai falou um pouco mais alto para que todos pudessem ouvir a novidade. Afonso e Maria Antonieta tinham concordado em passar dois ou três dias em São Paulo para conhecer a cidade e articular alguns projetos para uma superprodução de café.

Durante a viagem no vagão particular do governo da Província, Dr. Juca Gonçalves ia contando ao casal de gaúchos os principais aspectos da formação da Província de São Paulo.

A Província de São Paulo foi uma Província do Reino Unido de Portugal, Brasil e Algarves e posteriormente do Império do Brasil, tendo sido criada em 28 de fevereiro de 1821, a partir da Capitania de são Paulo.

A Capitania de São Paulo ganhou peso político durante a época da Independência do Brasil, pela figura de José Bonifácio, natural da cidade de Santos.

Em 1817, foi fundada a primeira fazenda de café de São Paulo, no Vale do Rio Paraíba do Sul e, após a independência do Brasil, o cultivo de café ganha força nas terras da região do Vale do Rio Paraíba, enriquecendo rapidamente cidades como Guaratinguetá, Bananal, Lorena, Pindamonhangaba, Taubaté e outras.

Com aquele enriquecimento rápido foi gerada uma oligarquia rural de cafeicultores, embora o restante da Província continuasse dependente da cana-de-açúcar e do comércio que foi se estabelecendo na cidade de São Paulo.

Toda essa riqueza teve reflexos positivos no desenvolvimento da cidade de São Paulo, que contou ainda com a fundação de uma Faculdade de Direito em 1827.

Entretanto, a exaustão dos solos do Vale do Rio Paraíba e as crescentes dificuldades impostas ao regime escravocrata levaram a uma decadência no cultivo do café a partir de 1860, e o Vale do Rio Paraíba foi se esvaziando economicamente.

Com isso, o cultivo do café acabou migrando em direção ao oeste da Província de São Paulo, resultando em grandes mudanças econômicas e sociais.

Em 1850, houve a proibição do tráfico negreiro, criando uma necessidade de buscar nova forma de mão de obra. A solução foi a imigração de europeus, que foi incentivada pelos governos imperial e provincial.

O escoamento dos grãos passou a ser feito pelo porto da cidade de Santos, o que levou à fundação da primeira ferrovia paulista. A São Paulo Railway, inaugurada em 1867, ligando as cidades de Santos e Jundiaí, passando por São Paulo.

Esse vagão pertence a um dos trens exclusivos da cúpula administrativa da Província de São Paulo foi construído para proporcionar aos altos funcionários do governo uma viagem a mais agradável possível entre a cidade de Santos e a capital paulista.

Embora sendo um trecho de apenas 72 quilômetros, o percurso levava naquela época em torno de duas horas, em razão de trechos muito íngremes.

Com isso houve bastante tempo para o Dr. Juca Gonçalves, Afonso e Maria Antonieta conversarem sobre o futuro da produção do café, enquanto os outros quase que só aproveitavam a paisagem.

O Dr. Juca Gonçalves continuava a explicar para os curiosíssimos Afonso e Maria Antonieta como a cidade de São Paulo começou a se transformar em importante entreposto comercial entre o interior cafeeiro e o litoral.

Essa foi a época em que o café foi adentrando o oeste paulista. Em 1870, a penetração da cultura encontra os férteis campos de cultivo de terras roxas do nordeste paulista, onde surgiram as maiores e mais produtivas fazendas de café do mundo.

O provável enriquecimento proporcionado pelo café e a perspectiva de chegada de imigrantes italianos, portugueses, espanhóis e árabes à Província, além do desenvolvimento de uma grande rede férrea, com certeza trará grande prosperidade a São Paulo.

Quase ninguém sentiu a viagem entre a cidade de Santos e São Paulo. Chegaram todos contentes e felizes por estarem numa cidade que no futuro, todos sabiam, seria uma das maiores e melhores da América.

Afonso e Maria Antonieta pediram para serem encaminhados a um bom hotel, visualizando uma antecipação da lua de mel, mas dona Marta não aceitou de forma alguma. Eles ficariam na mansão dos Gonçalves.

Marina, muito oportunista, rapidamente falou, deixando bem clara sua intenção.

– Mãe, não seja indiscreta. Você não vê que os pombinhos querem ter a sua intimidade?

– Maria Antonieta respondeu na hora, sem dar tempo para que alguém raciocinasse. Nós ainda não somos casados, Marina, muito obrigada.

A mansão dos Gonçalves não era uma simples residência; na verdade, era quase um palacete. Tinha sete suítes, quatro ambientes de sala separados, sendo um deles com um piano, salão de jogos, sauna e até um pequeno salão de beleza.

MARIA ANTONIETA, AFONSO E A FAMÍLIA GONÇALVES

A família Gonçalves, com sua descendência portuguesa, quando começou a plantar café no Brasil jamais iria imaginar que estava iniciando o plantio de grãos que desenhariam uma região maravilhosa na América Latina.

José Luís Silveira Gonçalves, conhecido como Juca Gonçalves, nasceu em Jundiaí, cidade bem próxima à capital São Paulo.

Quando jovem, frequentou a Faculdade de Direito de São Paulo, formando-se advogado em 1862, mas sempre teve um amor muito grande pelas questões ligadas à terra, e acabou formando-se também em Agronomia.

Nesse meio tempo, apaixonou-se também pela política, tendo sua base em São Paulo, mas circulando muito pelas cidades de Ribeirão Preto, Campinas, sua cidade natal, Jundiaí, e pela região da cidade de Santos.

Atualmente sua atividade principal concentra-se na política, mais precisamente nos planejamentos e desenvolvimento agrário da Província de São Paulo, onde chefia a secretaria do setor.

Em razão dos cursos que já frequentou no Brasil e no exterior, Juca Gonçalves tem certeza de que o Brasil é um país do futuro e que São Paulo terá um papel importantíssimo como locomotiva utilizada para percorrer aquele caminho que ele prevê maravilhoso.

Maria Antonieta sentiu logo ter afinidade com Marina, assim como Afonso tornou-se em seguida amigo de José. Os quatro tinham mais ou menos a mesma idade, mas Marina e José ficaram impressionados com a inteligência e rapidez de raciocínio dos gaúchos, como Marina gostava de falar.

Juca Gonçalves e dona Marta formavam um casal muito especial. Nos primeiros dez anos de casados foi como se eles estivessem morando no paraíso, mas as diferenças começaram a aparecer quando Juca começou a viver a política partidária.

Eles já não se encontravam mais em casa. No início ainda jantavam juntos no horário em que Juca chegava, que poderia variar no período compreendido entre vinte e vinte quatro horas.

Depois que Juca foi eleito deputado provincial, o contato entre marido e mulher passou a ser literalmente casual, e piorou muito quando Valter, irmão de Valquíria apareceu na vida do casal.

Dona Marta e Juca Gonçalves passaram a encontrar-se cada vez menos, e Dona Marta passou a preocupar-se apenas com a educação de José Luiz Filho e de Marina, que atravessavam um período difícil de suas vidas de adolescentes.

Quando o deputado Juca Gonçalves conheceu Valter, ele era ainda um adolescente. O jovem estava num hospital psiquiátrico público fazendo faxina e qualquer outra coisa que o mandavam fazer, inclusive manter relações sexuais com outros homens.

Juca tentou falar com o jovem, mas parecia que não havia chance. Ele balbuciava poucas palavras, dizendo sempre a mesma coisa: "está bom e eu gosto de ser escravizado".

Juca Gonçalves, altamente chocado com o que estava assistindo, foi até o gabinete do diretor do hospital pedir explicações.

– Deputado, disse o diretor do hospital, aquele menino é escravizado. Alguém o deixou aqui, disse que ele é escravizado e nunca mais voltou. – Mas ele nunca teve nenhum tipo de tratamento, Doutor? Nunca foi pesquisada a origem dele? Isto que está sendo feito com ele aqui é grave, seja ele escravizado ou não.

– O problema, Deputado, é que não há ninguém responsável por ele. Apenas sabemos que o nome dele é Valter. Ele, sendo escravizado, não tem direito a qualquer tipo de tratamento, a não ser em situação de emergência.

– Bem, doutor, a partir deste momento, eu passo a ser responsável por este jovem. Todas as despesas correm por minha conta; eu particularmente gostaria que você me fizesse um favor. Trata-se de pesquisar a procedência do menino. Tudo correrá por minha conta. Meu assistente deixará com você todos os meus contatos, e eu gostaria de ter esses dados com urgência. Você acha que isso é possível, doutor?

— Não tenha a mínima dúvida que em seguida o senhor terá todos esses dados. A propósito, deputado, sem querer incomodá-lo, eu gostaria de lhe pedir um favorzinho.

— Sem problemas, doutor. Agora você passou a ser meu amigo. Dê todos os dados a meu assistente e pode considerar seu pedido como deferido.

Dez dias depois, o deputado Juca Gonçalves recebeu um relatório. Um psiquiatra já havia atendido Valter assim que ele foi deixado de forma irresponsável lá no hospital.

Valter, quando tinha mais ou menos treze anos de idade tinha sido sequestrado na África juntamente com sua irmã mais velha, Valquíria, e seus pais, que desapareceram do navio no trajeto entre o meio do Oceano Atlântico e o porto do Rio de Janeiro.

Durante o percurso marítimo, a tripulação do navio e os sequestradores armados decidiram que os irmãos Valter e Valquíria haviam sido eleitos os escravizados mais bonitos da embarcação, e eles desfilariam completamente sem roupas. Em seguida haveria uma festa, e todos poderiam fazer sexo com Valter e Valquíria.

Na verdade, os dois irmãos seriam estuprados, como era comum acontecer nas viagens marítimas, quando as mulheres negras ficavam à disposição de quem quisesse usá-las.

Valter resistiu até ficar completamente desnorteado e cego pelo sangue no rosto e pelas dores que sentia por ter pés quebrados e braços enrolados no pescoço. Mesmo assim, Valter foi estuprado muitas vezes.

Valquíria resistiu até o fim e não deixou ninguém tocar no seu corpo, a não ser nos espancamentos de que era vítima. Valquíria cuspia no rosto dos bandidos. Isso cada vez mais enfurecia os canalhas.

Quanto mais Valquíria era espancada, mais ela cuspia e gritava. "Covardes, animais; nenhum de vocês vai tocar no meu corpo sem a minha permissão".

Quando Valquíria estava com os membros superiores e inferiores quebrados, prepararam-na para ser jogada no mar. Foi nesse instante que houve uma grande explosão no navio, que começou a rodopiar. Todas as pessoas presentes começaram a rezar.

No outro dia, o navio, muito avariado, aportou em Santos. Toda a carga humana foi desembarcada no porto, com exceção de Valquíria, que estava jogada num canto, ensanguentada e desmaiada. Quando a descobriram, já estavam longe de Santos, e o jeito foi entregá-la a quem a quisesse comprar no Porto da cidade de Rio Grande, na Província do Rio Grande do Sul.

Valquíria, cuja estrutura física mais parecia uma fortaleza, foi comprada por muito pouco para trabalhar na charqueada Santo Antônio, onde encontrou seu grande amor e a sua paz.

Valter, irmão de Valquíria, foi deixado num abrigo para doentes mentais, na cidade de Santos.

Depois de ser separado de seus pais e de ter passado o que passou na viagem no navio negreiro, Valter perdeu totalmente a coordenação das ideias. No porto de Santos, ninguém quis comprá-lo diante de seu evidente precário estado mental.

Não foi possível descobrir como Valter foi conduzido para um hospital psiquiátrico público em São Paulo. Seus primeiros dias foram algo terrível de assistir. Ele não fazia as refeições regularmente e tinha crises de choro constantemente, pedindo que não lhe batessem.

Um dia apareceu no hospital uma residente em psiquiatria, doutora Juliana, que estava preparando uma tese fundamentada em casos como o de Valter. Aos poucos ela foi trazendo Valter à sua realidade. Ele começou a cumprir pequenas e fáceis tarefas no hospital e em pouco tempo já era uma pessoa quase normal, equilibrada e otimista.

MARIA ANTONIETA, AFONSO E AS ALIANÇAS

Maria Antonieta e Afonso haviam combinado, desde que se declararam apaixonados, que somente teriam relações sexuais como marido e mulher após o casamento. Mas, naquela primeira noite juntos em São Paulo, Afonso estava com as alianças no bolso.

Lá pelas nove e meia da noite, Afonso, vestido apenas com um roupão, foi ao quarto de Maria Antonieta. Ela o deixou entrar, perguntando, surpresa, o que ele queria.

Ela estava apenas com uma camisola quase transparente que deixava Afonso ver coisas que ele até então somente havia imaginado. A sua realidade agora confundia-se com os melhores sonhos de sua vida.

— É que eu estava com saudades de estar a sós contigo, disse Afonso, humilde e suplicante. Como tu estás linda, Netinha! Eu nunca tinha te visto assim, meu amor. E ..., sabes, eu estou com um pouquinho de medo de dormir sozinho. Maria Antonieta começou a rir, mas, na realidade, ela estava ansiosa para entrar no clima.

— Vamos fazer assim, disse Maria Antonieta, com a voz já um pouco fraca. Tu te deitas e espero que tu durmas, e depois eu me deito ao teu lado... Mas, quando viram estavam colados um ao outro.

Embora ambos tivessem experiência quase zero em relações sexuais, nada deu errado. Foi como se estivessem no paraíso. Entregaram-se tanto um ao outro que em determinados momentos parecia que eram um só. Eram apenas dois jovens, mas acharam que não existiria felicidade maior.

No segundo dia em São Paulo, Afonso, Maria Antonieta, José Luís e seu pai, o deputado Juca Gonçalves, passaram em reunião discutindo seus planejamentos para a produção em grandes quantidades de café, não somente para o consumo interno, quanto para as exportações.

Juca Gonçalves já havia lido junto com seu filho Zé Luís os relatórios feitos por Maria Antonieta e Afonso e concordara plenamente com as ideias dos dois jovens. O problema estava na obtenção de mão de obra, só que não poderiam solucioná-lo fazendo como foi feito trezentos e cinquenta anos atrás.

A minha sugestão, disse o Deputado, é fundarmos uma Associação Incentivadora de Imigração. Já existe um Decreto Imperial regulando a matéria, que permite às Províncias legislarem, segundo os seus casos particulares.

Juntando Campinas e Ribeirão Preto, podemos encontrar mais de duzentas fazendas de café, sendo que sessenta e cinco por cento são de propriedade de vocês, família Lang, trinta por cento são de nossa família Gonçalves e cinco por cento são de pequenos produtores.

Tomei a liberdade de contatar com os pequenos produtores e já mandei preparar a minuta do contrato de fundação da Sociedade Incentivadora de Imigração, da qual já estou passando uma cópia para vocês e já mandei cópia também para os pequenos produtores.

Eu, como deputado Provincial, oficialmente não posso participar dessa sociedade, mas em meu lugar assinarão meus filhos Zé Luís e Marina.

O objetivo da Sociedade Incentivadora de Imigração tem por fundamento promover a imigração estrangeira em larga escala para a Província de São Paulo sem caráter especulativo ou de lucro, na forma de uma sociedade civil.

Como os dois jovens gaúchos expuseram brilhantemente em seus relatórios, temos que nos preparar para a mudança radical que haverá no Brasil nas relações de produção e trabalho após a abolição da escravatura que se aproxima.

Aquela seria a última noite de Maria Antonieta e Afonso na cidade de São Paulo, e Juca Gonçalves ofereceu a seus jovens associados, para que os quatro se divertissem por conta dele, a melhor e mais empolgante casa noturna de São Paulo.

Serviria também como parte de seu presente de casamento aos jovens gaúchos, falou com muita alegria o Deputado. Ele ficara sabendo que a cerimônia haveria de se realizar nos próximos dias de forma bem simples, praticamente sem convidados, a não ser os padrinhos.

Aqueles poucos dias de negócios e momentos de informalidade foram suficientes para que os quatro jovens ficassem amigos, embora o assédio muito discreto e educado que Zé Luís fazia sobre Maria Antonieta e a tentativa de assalto nada discreta que Marina fazia sobre Afonso.

A luxuosa casa noturna em que eles foram naquela noite era um lugar de sonhos. Era qualquer coisa de espetacular e maravilhoso que Afonso e Maria Antonieta nunca haviam nem sonhado em presenciar.

Afonso gostava de tomar bebida com álcool, mas tinha que ter cuidado, porque a recuperação lhe exigia quase doze horas de sono. Zé Luís e Maria Antonieta detestavam aquele tipo de bebida. Marina somente bebia espumante, em qualquer hora do dia ou da noite.

O ambiente era do tipo à meia-luz, ficando difícil identificar as pessoas que estavam dançando na enorme pista de dança encantadoramente mal iluminada. Os dois irmãos Zé Luís e Marina haviam discutido muito horas antes de irem para a casa noturna. Marina somente queria que seu irmão seduzisse a gaúcha linda com cara de boba. Depois ela saberia muito bem o que fazer com o gauchinho mimoso de quase dois metros de altura.

Zé Luís falava à sua irmã que jamais faria alguma coisa que magoasse Maria Antonieta, mas acabou aceitando porque vislumbrava uma possibilidade de conquistar alguém que ele considerava uma mulher verdadeira.

Afonso, que já havia bebido alguns drinques, achava engraçadíssimas as piadas contadas por Marina, mas Maria Antonieta ficava cada vez mais irritada, já falando em ir embora para casa, pois amanhã teriam que enfrentar uma viagem, embora pequena.

Em pouco tempo Marina tirou Afonso para dançar. Maria Antonieta aborreceu-se, mas educadamente procurou disfarçar. Marina não era tão linda como Maria Antonieta, mas sua beleza era estonteante, o que deixava Maria Antonieta preocupada.

Quando chegaram à pista de dança, Marina abraçou e se encaixou no gaúcho como ela mesma gostava de dizer. Com o pretexto de falar baixinho, Marina mordia a orelha de Afonso e quando passava a boca para a outra orelha roçava sua boca nos lábios de Afonso, que já estava ficando endoidecido.

— Não tem um lugar por aqui em que possamos ficar sozinhos? Afonso falou já meio descontrolado.

— Tem o camarote particular de papai. Por acaso eu trouxe as chaves, mas não podemos ficar lá muito tempo, porque senão tua pombinha vai estranhar.

Maria Antonieta começou a estranhar a demora de Marina e de Afonso e perguntou a Zé Luís se não seria melhor dar uma olhada para ver por onde eles andavam. Estou preocupada, está ficando tarde. Amanhã temos que viajar. Temos que arrumar as coisas.

– É melhor não, Maria Antonieta. Aqui eles não se perdem de nós. Você não dançou nenhuma vez comigo. Você não gosta mesmo de mim, não é Maria Antonieta? Tem alguma coisa que eu tenha feito de errado que você não gostou? Eu jamais me perdoaria se tivesse feito algo que desagradasse você. Eu gosto muito de você, Maria Antonieta.

– Não, tu nunca me fizeste nada de errado; pelo contrário, sempre foste muito gentil comigo. Tu queres dançar comigo, José Luís?

Caminharam os dois lado a lado em direção à pista, e Zé Luís apanhou sua mão e abraçou seu corpo para começarem a dançar. Zé Luís a puxou, mas ela não quis encostar-se no rapaz.

– Não vou machucá-la, Maria Antonieta, e ela juntou seu corpo ao dele. Zé Luís estava no céu. Maria Antonieta nunca tinha experimentado algo parecido, a não ser com Afonso. Os dois corpos estavam quentes e excitados. Seus olhos estavam próximos e as bocas pareciam ansiar uma pela outra. Maria Antonieta estava ficando assustada e nervosa, quando a voz de Zé Luís a acalmou.

– Como você é linda, Maria Antonieta. Eu nunca vou encontrar uma mulher como você.

– Eu sou apenas uma negra escravizada, Zé Luís. Se tu soubesses o que eu já passei por causa disso... Eu não tenho a mínima ideia de quem é meu pai. Minha mãe me abandonou no meio da rua quando nasci e há pouco tempo, em Londres, na Inglaterra, apareceu uma mulher que diz ser minha mãe.

Tu te casarias com uma mulher negra escravizada, Zé Luís? O pai de Afonso fez uma reunião de família para afirmar que eu sou propriedade dele e que ele jamais permitirá que uma mulher negra escravizada faça parte de sua família.

– Contigo eu me casaria agora sem pestanejar, disse Zé Luís. Mas eu não consigo entender o porquê de tanta maldade. Eu converso muito com meu pai, principalmente sobre a escravidão, algo inexplicável, porque atende a interesses escusos de países no mundo inteiro.

O que eu não consigo entender é que tipo de ódio é capaz de provocar tanta maldade. Onde anda a consciência das pessoas de bem? Por que torturar? Por que matar?

Os dois dançavam bem coladinhos, encantados um com o outro, e Zé Luís ia encostar seus lábios nos de Maria Antonieta quando notaram que Afonso e Marina estavam na mesa quase de bocas abertas, olhando para eles. Os dois voltaram imediatamente para a mesa com fisionomia de culpa.

– Onde vocês estavam, Afonso? Perguntou Maria Antonieta. Faz quase uma hora que vocês desapareceram. Eu já estava preocupada, comecei a ficar nervosa. O que houve, meu amor?

Afonso começou a dizer que eles estavam dançando e o calor o fez passar mal.

– Ainda bem que Marina tinha as chaves do camarote particular de seu pai e me levou lá para tentar me acalmar e, se fosse o caso, me dar alguma medicação.

O camarote do Dr. Juca Gonçalves é quase um apartamento, e Marina ajudou-me a deitar, tirar os sapatos e a camisa. Em seguida me deu um pouco de água e esperou para ver se era o caso de chamar um médico. Por precaução, resolvemos repetir a dose do remédio, e eu acabei relaxando e dormi por alguns instantes. Ao acordar, tomei um banho rápido para me recuperar.

– Mas parece que vocês não sentiram a nossa falta, provocou Marina, olhando para Maria Antonieta, cujo rosto estava muito vermelho.

Ao chegarem de volta à mansão, os quatro conversaram um pouco sobre a esplêndida noite e comentaram sobre o lugar, que era maravilhoso, mas havia um pouco de incerteza no ar.

Ao se desejarem boa-noite, Maria Antonieta e Afonso foram para seus quartos. Marina e Zé Luís foram para o quarto de Marina. Seu irmão foi quase caçado para dar explicações. Marina estava morrendo de curiosidade.

– Eu estou apaixonado por ela, disse Zé Luís quase chorando de tão emocionado. Ela é maravilhosa, é indescritível, muito inteligente e, acima de tudo, honestíssima. Não existe mulher igual a Maria Antonieta, Marina. Desculpe, você é minha querida irmã a quem eu também amo, mas Maria Antonieta é um anjo.

E seguiu:

– Claro! Como eu não me dei conta, Marina. Ela é um anjo. Eu estive com um anjo nos meus braços e somente agora estou me dando conta. O imbecil do Herculano Lang, pai de Afonso, não admite que seu filho se case com uma negra escravizada, mas ela não é escravizada ela é um anjo. Quando eu estava com Maria Antonieta nos braços, lembrei-me de nossa mãe. Somente ela seria capaz de viver com uma pessoa como papai, o qual nós não sabemos exatamente quem é. Quando falamos sobre isso, nós choramos só de lembrar os sacrifícios que mamãe fez para criar nós dois, e nossas conversas terminam sempre com a mesma conclusão: mamãe só pode ser um anjo. Mas agora eu vi, Marina, que estive com um anjo nos meus braços. Que sensação extraordinária ela é...

– Chega! Gritou Marina. Sou tua irmã e estou me sentindo um lixo. Ela é uma escrava, uma pobre negra. Maria Antonieta não tem pai nem mãe. Agora ela tem um sobrenome, mas com documentos falsificados. Ela nunca se casará com Afonso. Os avós de Afonso são europeus. O pai de Herculano, avô de Afonso é um Lorde inglês. Você conhece a história do preconceito, meu irmão. Mesmo ela sendo um anjo como você pensa que ela é, Afonso jamais se casará com ela. Sua família nunca aceitará uma negra escravizada.

– Mas, e vocês, minha irmã, que falta de vergonha foi aquela? "Por precaução resolvemos repetir a dose". Vocês subestimaram demais a inteligência de Maria Antonieta. Você acha mesmo que ela acreditou naquela história? Na verdade, vocês a ofenderam, Marina.

Para Afonso e Maria Antonieta, aquela última noite em São Paulo seria a segunda noite de amor, mas Afonso, alegando cansaço e precisando de tempo para arrumar as suas coisas, beijou Maria Antonieta e foi para seu quarto.

No dia seguinte, pela manhã, após o café, todos foram despedir-se do casal de gaúchos, menos o Dr. Juca Gonçalves, que estava viajando. Dona Marta pediu desculpas pelo marido e despediu-se dizendo que dois anjos haviam visitado sua casa, deixando Maria Antonieta emocionada.

Afonso e Marina se abraçaram como dois irmãos, mas o abraço pareceu um pouco demorado demais. Marina beijou Afonso quase em sua boca, deixando dona Marta preocupada. Zé Luís deu um abraço bem forte em Afonso e beijou as mãos de Maria Antonieta, deixando novamente dona Marta preocupada.

Afonso e Maria Antonieta chegaram a Campinas e em seguida rumaram para a fazenda de café Santo Antônio, fazenda-sede das fazendas de propriedade da família Lang. O lugar era também chamado pelos colonos de fazendão.

Foram recebidos muito bem pelo casal que administrava o local, que incluía oficina, serraria, ferraria, um pequeno armazém, um posto de saúde e o outros locais que davam apoio às atividades fazendárias. Na realidade, o fazendão era uma miniatura de vila.

A casa grande, muito confortável, tinha vários quartos e uma dependência especial mais espaçosa para quando havia visitas coordenadas e chefiadas por Dr. Herculano.

O casal administrador explicou depois que haviam preparado dois quartos, um de tamanho normal e o mais espaçoso, visto que não sabiam exatamente quem estaria vindo para a fazenda.

Algum tempo depois do almoço, Afonso e Maria Antonieta tiveram uma longa conversa com o administrador e montaram uma programação de visitas às outras fazendas de propriedade da família.

Eram mais de cem fazendas divididas em grupos de vinte, havendo um subadministrador em cada grupo, facilitando assim a coordenação, o comando e o controle administrativo.

Foi um dia muito cansativo, e após o jantar os dois pombinhos estavam a sós. O quarto maior e mais confortável da casa grande era realmente muito agradável, considerando a época em que fora construído.

Afonso e Maria Antonieta, já deitados na enorme cama de casal, pareciam estar um pouco cansados, mas Maria Antonieta virou-se para Afonso, dizendo que eles precisavam conversar.

— Tu conheces Valquíria, não é, Afonso? Ninguém sabe como, mas ela adivinha tudo o que vai acontecer. Ela não foi assassinada dentro do navio negreiro porque aconteceu um milagre. Tu conheces a história, Afonso. Os canalhas estavam prontos para jogá-la ao mar toda ensanguentada quando houve uma explosão no navio, e todos as pessoas que estavam dentro da embarcação começaram a rezar diante da possibilidade de afogamento total. Tu sabes também, Afonso, que tua mãe, dona Cecília, é minha madrinha, mas quem me criou como mãe foi Valquíria. Quando ela ficou sabendo que teu pai nos mandaria sozinhos aqui para São Paulo, ela me advertiu sobre as verdadeiras intenções de teu pai. A ideia dele era que, em pouco tempo, ou mesmo durante a viagem de navio, viéssemos a ser amantes, e eu voltaria às condições de negra escravizada.

Disse mais Maria Antonieta:

— Quanto a ti, meu amor, já está em curso um plano concebido por Dr. Herculano, teu pai, e Lorde Albert, teu avô, para ires viver por alguns anos na Inglaterra, sozinho, é claro. Talvez seja o caso de não resistirmos a essas atitudes da família e provarmos que nosso amor está solidificado e resistirá ao tempo. Um outro detalhe é que eu, agora com minha liberdade relativa, embora falsificada, necessite passar por uma espécie de teste que eu ainda não descobri qual é. A minha ideia, Afonso, é tentar adquirir algum bem durável para garantir minha liberdade e afastar-me da influência econômica da família Lang.

Em São Paulo, na mansão da família Gonçalves, ainda era horário de jantar, e dona Marta festejava o fato de que todos estavam à mesa, e o jantar assim adquiria um *status* de reunião da família Gonçalves.

O deputado Juca Gonçalves perguntou se os gaúchos haviam gostado da casa noturna e se tudo correra bem. Ele era um dos sócios proprietários da casa de *shows* e espetáculos, mas pouco tempo tinha para visitar o lugar.

— Foi tão boa aquela noite, pai, que Zé Luís encontrou lá um anjo. Voltou para casa quase em transe, sentindo-se o homem mais feliz do mundo e dizendo que, depois de mamãe, ele tinha encontrado a mulher mais encantadora do mundo.

— Mas então a coisa foi séria. Até agora eu não tinha visto o meu querido filho impressionar-se por ninguém. Digam-me logo o nome dessa joia, porque eu vou imediatamente comprá-la para meu filho.

— Um anjo não se compra, José, disse dona Marta com tom de repreensão. Você tem que perder essa mania de achar que pode comprar tudo. Além disso, você não sabe o que está dizendo. Quem acredita em Deus sabe que os anjos existem. É uma questão de fé. Os anjos são seres espirituais que fazem o meio de campo entre os homens e o Todo-Poderoso. Os anjos estão a serviço de Deus, prontos a nos ajudar. O anjo do Senhor acampa-se ao redor dos que O temem.

– Como foi esta história, meu filho, perguntou o deputado Juca Gonçalves com real interesse.

– Trata-se de uma pessoa chamada Maria Antonieta, meu pai. Quando eu estive com ela em meus braços, papai, eu juro que não havia mais ninguém em torno de nós. Como seria possível, naquela imensa pista de dança. Não era somente a sua beleza corporal. Eu me senti hipnotizado. Ela me disse que o pai de Afonso, o Dr. Herculano, jamais aceitará seu casamento com seu filho, porque ela é uma escrava negra e como tal pertence a ele, Herculano, até os vinte e um anos.

– Meu filho, eu conheço bem a história de tua amada, disse Juca Gonçalves, e realmente, pelo que eu sei de Herculano, aquele anjinho jamais se casará com Afonso. Maria Antonieta é afilhada de Cecília, esposa de Herculano, senhor da charqueada Santo Antônio, em Pelotas, na Província do Rio Grande do Sul. Herculano é filho de um cidadão inglês que fez fortuna com o tráfico de escravos. A menina foi criada como filha, mas dorme em um quarto com a governanta particular de dona Cecília, uma escravizada negra chamada Valquíria, que é irmã de meu assessor pessoal, Valter.

E prosseguiu:

– É uma longa história, meu filho. Valquíria tem paixão pela menina e garantiu a seu irmão Valter que realmente a menina tem um dom especial com o que certa vez salvou a vida de seu irmão de criação, Herculano Neto.

Mas se você, meu filho, está tão caído assim por essa menina, vá para Campinas cuidar das nossas fazendas de café e brigue pelo seu futuro com todas as suas forças. Eu posso ter muitos defeitos como pessoa ou também como político, mas ninguém poderá dizer que sou preconceituoso.

Afonso e Maria Antonieta, naqueles primeiros dias em Campinas, trabalharam tanto que quase não tiveram tempo para falar sobre as arestas que impediam de fluir com tranquilidade o grande amor que tiveram desde crianças.

Mas no primeiro domingo que passaram no campo tiveram uma merecida folga, e após o café da manhã Maria Antonieta disse a Afonso diretamente que ele parecia um cachorrinho que eles tiveram quando eram crianças. Quando fazia alguma coisa errada somente aparecia quando estava com extrema fome.

Afonso sorriu, dizendo a Maria Antonieta que ela tinha iniciado a rejeição sob o pretexto de que precisávamos conversar.

Maria Antonieta então decidiu falar a verdade a seu amor a respeito do que aconteceu na noite que eles passaram naquela casa noturna em São Paulo. Um pouco triste, ela falou que quase o traiu.

– Eu quase me deixei ser beijada por José Luís. Tu e Marina, irmã do Zé, desapareceram, e eu tive que dançar com Zé Luís. Quando ele pegou minha mão para me levar à pista de dança, eu me lembrei que nunca tinha sido conduzida por outro homem com tanto carinho. Quando ele me enlaçou para começarmos a dançar eu pensei que iria desabar. Pior ainda foi quando ele me puxou para junto de seu corpo. Eu fiquei totalmente descontrolada e parece que comecei a pedir socorro. Zé Luís foi extremamente gentil e educado ao tentar me acalmar, mas aproximou muito seus lábios contra os meus, e se nós não tivéssemos visto vocês nos olhando lá de nossa mesa, eu não sei o que seria de mim. E tu, Afonso, não tens nada a me dizer a respeito daquela noite?

– Estava muito escuro, minha querida, e eu e Marina saímos a procurar vocês, sem termos sucesso. Quando voltamos, nos deparamos com vocês dando aquele espetáculo ridículo.

– Peço-te perdão, meu amor. Eu estava ansiosa para confessar minha quase traição. Se quiseres acabar nosso noivado, terei que entender, mas espero muito que tu me dês uma nova chance.

A partir daquele momento, Afonso pareceu muito furioso; passaram a dormir em quartos separados e quase não falou mais com Maria Antonieta, a não ser para tratar de assuntos estritamente necessários e de natureza profissional.

AFONSO, MARIA ANTONIETA E ZÉ LUÍS

Um dia depois daquela conversa, até certo ponto ríspida e mentirosa por parte de Afonso e excessivamente verdadeira e humilde por parte de Maria Antonieta, Zé Luís chegou de São Paulo para trabalhar em Campinas e Ribeirão Preto e para cuidar dos interesses da família Gonçalves.

Zé Luís foi recebido friamente, mas foi convidado por Afonso para morar no Fazendão. Deu conhecimento ao amigo que ele e Maria Antonieta não eram mais noivos e que, de acordo com as instruções de seu pai, Dr. Herculano, Maria Antonieta continuava nas suas condições de escravizada, de acordo com a Lei do Ventre Livre.

Zé Luís não gostou nem um pouco do que tinha ouvido, mas em seguida pensou que as bênçãos, ou melhor, os ventos sopravam para seu lado, porque lhe dizia seu coração que a viagem dele não fora somente para trabalhar.

O filho do deputado Juca Gonçalves solicitou, antes de tudo, fazer uma reunião rápida entre ele, Afonso e Maria Antonieta, para que ficasse bem claro o que cada um estava fazendo lá e por quê.

Uma vez reunidos, Zé Luís foi o primeiro a falar, dizendo, antes de tudo, que gostaria de saber se nós três poderíamos trabalhar sendo amigos, sem mentiras, com sinceridade, enfim num ambiente de fraternidade. Zé Luís queria saber se era possível trabalhar esquecendo tudo que acontecera naquela noite na casa noturna de *shows*, espetáculos e dança em São Paulo.

– Com toda a sinceridade, eu afirmo a vocês que entendo e respeito a opinião de vocês se não quiserem que eu fique aqui. Não há problema, eu volto para São Paulo, vou dar as minhas aulas, e a vida continua.

Zé Luís fez questão de afirmar que não sabia que eles haviam terminado o noivado, que ficou sabendo agora. Isso lhe parecia algo incompreensível, mas que não era de sua conta.

Os três passaram a ser grandes amigos. Maria Antonieta estranhava um pouco porque nunca tinha tido um amigo fora de seu ambiente familiar. Além disso, ela também nunca tinha conhecido um homem tão educado como Zé Gonçalves ou Zé Luís, como ele gostava de ser chamado.

Os três jovens formaram uma equipe de trabalho sensacional. Resolveram rapidamente o problema da mão de obra com grande maestria, prometendo imediata remuneração para os escravizados para conservá-los nas fazendas após a abolição que se avizinhava.

Terminaram com os castigos e maus-tratos sobre os escravizados, a partir da conclusão dos três jovens de que aquela atitude de obrigar a trabalhar ia de encontro à produção intensiva.

Incentivaram a imigração de europeus para a região de uma maneira muito inteligente. Ao invés de excluírem dos grupos de imigrantes as pessoas idosas, ao contrário incentivaram a vinda de idosos e crianças, sem desmembrar a família.

Além de não desmembrar as famílias, os idosos tinham condição de ajudar a cuidar das crianças enquanto os pais saíam para as áreas de trabalho. Ficou provado estatisticamente que esse fato tornou os trabalhadores mais alegres.

A produção laboral cresceu em números nunca vistos, com evidentes perspectivas de que iria crescer muito mais, ao ponto de a imprensa paulista começar a comentar o trabalho quase milagroso que estava acontecendo em Campinas e Ribeirão Preto.

Em pouco tempo, pessoas vindas de outras regiões do Brasil passaram a investir em localidades próximas, vindo não somente para morar, mas também em busca de uma oportunidade de ter sucesso na produção do grão, como tantos já haviam tido.

A impressão que tinha a população de Províncias vizinhas era que na Província de São Paulo se havia descoberto ouro, mas a realidade é que não deixava de ser um tipo de ouro, pois as pessoas já estavam sonhando com fortunas.

Maria Antonieta ainda estava acordada quando em uma determinada noite bateram à sua porta. Ela ficou pensando quem seria, pois só existiam duas alternativas, e àquela hora só poderia ser Afonso.

– O que aconteceu, Afonso? Não estás te sentindo bem? Posso te ajudar em alguma coisa?

– Na verdade, sim, quer dizer, não. Eu só queria conversar um pouquinho contigo. Eu ando me sentindo muito só. Posso entrar?

Maria Antonieta deixou-o entrar, fechou a porta e quando viu ele estava deitado em sua cama.

– O que estás fazendo na minha cama, Afonso? Eu estou tão cansada hoje!

– Eu também, minha querida irmãzinha. Agora eu nem tenho mais quem goste de mim.

– Eu não sou mais tua irmãzinha, lembras? Eu agora sou tua... escravizada ou escrava de teu pai. Eu já nem sei mais a quem eu pertenço.

– Tu pertences a mim, és minha mulher, o grande e único amor de minha vida. Nós somos uma pessoa só. Por que foi que tu quase me traíste com aquele paulista traidor? O que foi que tu viste naquele almofadinha? Deita um pouquinho aqui do meu lado, minha escravinha.

– Andaste bebendo, Afonso? Amanhã temos que levantar cedo para ir a Ribeirão Preto.

– Vou mandar o chato do Zé Gonçalves embora.

– Zé Luís é um cavalheiro! A educação dele nem dá para comparar com a de um certo gaúcho que eu conheço. Nunca mais eu me deito ao teu lado, Afonso.

– Já dançaste com ele novamente? Afonso perguntou, furioso.

– Abre a boca, que eu quero ver se andaste bebendo, Afonso. Eu já cansei de te falar. Basta uma dose daquele vinte anos para que tu passes o próximo dia dormindo.

– Olha aqui a minha boca, ele falou juntando sua boca à de Maria Antonieta, que o rejeitou. Ele olhou para ela chamando-se a si mesmo de imbecil. Eu não sei como posso te amar tanto, Netinha. Lembras aquela vez que fomos ao colégio de mãos dadas. Naquela época acho que tínhamos oito anos de idade. Eu tinha certeza que passaria toda a minha vida contigo. Nós andávamos sempre juntos, correndo para todos os lados. Uma vez tu caíste e ias começar a chorar, e eu encostei minha boca em tua linda boquinha.

Nesse momento ela que colocou sua linda boquinha nos lábios dele e aí novamente eles passaram a ser uma pessoa só. Amaram-se até à exaustão. Parecia que estavam se despedindo.

No dia seguinte, pela manhã, chegou uma mensagem do pai de Afonso, Dr. Herculano. Afonso deveria imediatamente viajar para a cidade de Santos e à noite embarcar para Londres.

A mensagem era curta e objetiva. Já está tudo providenciado. A família estava esperando no porto de Santos. Toda a bagagem comportaria apenas duas malas; era para viajar imediatamente.

Quase no final da tarde a família toda estava no porto de Santos e seguiram para um hotel de propriedade do deputado. Lá estavam, além de Dr. Herculano, dona Cecília, Herculano filho e Felipe.

– O que aconteceu, pessoal? Fui convocado para servir na Marinha Britânica? O que eu vou fazer em Londres assim tão de repente? Aconteceu alguma coisa com o vovô e a vovó? Afonso perguntou, quase descontrolado e furioso, em razão daquela convocação inusitada.

Tua avó e teu avô estão te convidando para estudares Medicina em Londres. Nós achamos que tu não irias recusar o convite deles. Existe um calendário de eventos que tem que ser seguido. Tu conheces os ingleses e suas exigências de pontualidade.

No fazendão, nas imediações da cidade de Campinas, quando Maria Antonieta soube da notícia, ficou desesperada, pensando por que razão ele não se despedira dela?

Choramingando, perguntou a Zé Luís o que estava acontecendo:

– Nós ainda a procuramos por toda parte, mas foi inútil. Quem sabe você vai a Santos despedir-se dele. O navio parte no início da noite. Papai está viajando, e podemos usar a condução exclusiva de deputado, que, além de ser mais rápida, é muito confortável.

– Eu te agradeço muito, querido amigo, mas não podemos viajar sozinhos num trem particular.

– Eu vou pedir à Marina para ir conosco. Ela sempre demonstrou vontade de conhecer teus irmãos de criação. Eu tenho quase certeza de que ela vai aceitar. Marina adora uma atividade combinada assim de repente.

Zé Luís, Maria Antonieta e Marina almoçaram durante a viagem no pequeno restaurante do vagão do deputado e aproximadamente às quatorze horas estavam no porto de Santos.

Foram direto ao hotel de propriedade do deputado Juca Gonçalves e encontraram toda a família Lang na fase final do almoço, conversando alegremente.

Foi um momento de grande emoção. Maria Antonieta, quando viu dona Cecília, correu em sua direção gritando: – madrinha, minha dinda, atirando-se logo em seu colo. Dona Cecília não deixou por menos e passou grande tempo afagando os lindos cabelos de sua afilhada.

Zé Luís já era conhecido por ser filho e assessor do famoso deputado provincial de São Paulo Juca Gonçalves. Marina, quase um símbolo da beleza paulista, chamou atenção não só de Herculano pai como do filho. Felipe não conseguia tirar os olhos de Marina, que tinha seus olhos voltados para Afonso.

Herculano pai chamou logo a atenção para si, e todos fizeram aquele silêncio respeitoso.

– Maria Antonieta, falou Dr. Herculano com autoridade. O que achas do que será Afonso após cinco anos estudando Medicina em Londres?

– Será o melhor médico do mundo, disse Netinha, como era chamada quando estava em família.

Todos, menos Herculano pai, gritaram e bateram palmas, tornando o ambiente totalmente descontraído.

Afonso quis saber como seria matriculado numa Escola de Medicina na Inglaterra sem ter realizado qualquer exame de suficiência pelo menos em inglês e não ter pago nenhum centavo.

– Isso aí tu não precisas te preocupar, porque teu avô é uma pessoa de muito prestígio na Inglaterra. Além disso, tua avó, minha mãe, dona Glória, está enlouquecida de tão feliz porque aceitaste ir morar perto dela.

– Eu aceitei, papai? Pai, eu conheço tuas manobras. Tu fazes tudo para me afastar de Maria Antonieta. Eu tenho agora uma coisa importante para te falar. Preciso que me dês algum dinheiro e também para Maria Antonieta. Tens que assumir este compromisso perante mamãe, Felipe e Herculano.

– Vou te dar um pouco de dinheiro, Afonso, mas não muito, porque tua avó e teu avô Lorde Albert já disseram que na Inglaterra eles é que vão te sustentar, e tu sabes que não adianta discutir com eles, principalmente com tua avó.

Quanto à Netinha, ela não tem nada a receber. Ela ainda é minha escravizada e assim será até completar vinte e um anos. Depois vamos ver.

– Meu pai, disse Afonso levantando a voz. Isto chama-se enriquecimento ilícito.

– Como ousas levantar a voz para teu pai, Afonso? Gritou imediatamente Dr. Herculano.

Criou-se uma situação constrangedora, porque dona Cecília começou a chorar, e todos se aproximaram, Afonso também chorava, abraçou o pai e a mãe ao mesmo tempo, Herculano filho também entrou no abraço coletivo. Felipe pegou pela mão Maria Antonieta, e todos choraram juntos, despedindo-se de Afonso, que pedia desculpas a seu amado pai.

Ficou num canto da sala apenas o núcleo familiar, porque Netinha achou melhor afastar-se um pouco.

– Mais uma vez te peço perdão, papai, mas tu precisas ver o que Netinha tem feito naquela região do café. Agora ela está planejando estender nosso domínios até o sul de Minas. Pensa um pouco, papai. Poderias dar pelo menos um pouquinho de dinheiro para Maria Antonieta. Dá uma olhada no trabalho dela, pai. Tu vais te surpreender. Dizem na região e ouve-se nas conversas de senzala que Maria Antonieta não é deste mundo, papai. Pai, tu precisas ver o que Maria Antonieta fez na região, em termos de recursos humanos, implorava Afonso. Ela conseguiu com que trabalhassem relativamente próximos os escravizados negros e imigrantes recém-egressos da Europa e não apareceu qualquer problema de discriminação.

Felipe, que estava próximo e sempre amou a irmãzinha de criação, procurou ajudar seu irmão, pedindo que desse algum dinheiro para Netinha. Ela merecia.

Afonso veio com outro tipo de pedido, suplicando a seu pai que desse a Maria Antonieta, através de Felipe, todo o dinheiro que lhe pertencesse.

– Eu afirmo isso na frente de todas estas testemunhas.

Um mês depois, Dr. Herculano chamou Felipe.

– Olha só a fortuna que tens que entregar para aquela... menina. O que ela vai fazer com tanto dinheiro? Tem mais uma coisa, Felipe. Leva e entrega a ela este presente. Diga a ela que aceite, por tudo que ela fez ou por todo amor que ela nos deu. É uma carta de alforria.

— Tu sabes, não é, papai, do amor que eu tenho por ela, disse Felipe. Maria Antonieta não é uma pessoa comum, ela é diferente. Se eu soubesse o que é a perfeição, eu diria que ela é perfeita, pai.

Tu sabes que nós crescemos juntos. Ela sempre enrabichada com o Afonso e eu cuidando dos dois. Mas Maria Antonieta dispensa qualquer tipo de cuidados, pai. Ela é um anjo. Ela é que nos cuidava. Tu conheces alguma pessoa que nunca mentiu? E a inteligência dela, papai? De onde será que veio?

— Para mim, Felipe, ela é uma feiticeira, disse Herculano. Ela enfeitiçou todos vocês e hipnotizou Afonso.

— Com tua licença, pai, eu vou viajar amanhã para Campinas e cumprir a promessa que fiz para meu irmão Afonso.

Quando Afonso chegou a Londres, Lorde Albert e dona Glória o aguardavam no porto da cidade de Liverpool, no local reservado a autoridades. Foi uma festa. Dona Glória, sua avó, estava emocionada e sua felicidade não tinha limites. Lorde Albert, seu avô, mais comedido, também estava muito contente e abraçou o neto com muito carinho.

Dona Glória tomou conta do neto e não o deixava um instante. Mas Afonso gostava, ouvia, perguntava, fazia observações e queria saber de tudo. Dona Glória ficava encantada, porque Afonso tinha o dom de encantar.

— Foi uma pena, disse dona Glória, que não avisaste mais cedo que gostarias de estudar Medicina aqui em Londres, porque então teríamos nos preparado melhor, e foi aí que ela viu a fisionomia de reprovação do avô Herculano, e fez-se um pequeno silêncio.

— Sem problema, vovó, eu já estava desconfiado e durante a viagem entendi quase tudo que tinha que entender. Sabe, vovó, eu sou muito inteligente e com certeza é por causa da senhora.

A partir daquele momento Afonso conquistou de vez o amor de dona Glória.

— Senta aqui ao meu lado, meu querido. Disseste que durante a viagem entendeste quase tudo que precisavas entender. Tu sabes que teu avô Albert e teu pai Herculano resolveram decidir teu destino e tua vida. Mas tua juventude e teu amor te protegerão.

És muito jovem, Afonso, e no fim tudo dará certo. Quando quiseres falar no assunto, tua vovó está aqui.

Com o passar dos dias, Afonso contou tudo para sua avó sobre o que aconteceu na charqueada Santo Antônio, desde quando ele e Netinha, Maria Antonieta, nasceram, nas últimas horas do ano de 1871.

Ela ouvia todas as narrativas com a maior atenção. Dona Glória ficou lembrando de seu filho Herculano, pai de Afonso quando ele decidiu morar no Brasil. Parece que quanto mais ela era contra, mais ele corria atrás de Cecília, que em seguida passou a ser sua nora.

– O que me incomodou muito com o papai, vovó, foi o jogo sujo e o fato de ele não querer dar nenhuma compensação financeira pelo trabalho de Netinha só porque ela era sua escravizada. Tu precisas ver como Maria Antonieta trabalha, vovó, falava Afonso, entusiasmado. Nós sempre trabalhamos juntos. Nesses últimos meses nós ganhamos uma fortuna administrando as fazendas de café da família, e papai não quis dar um centavo para minha Netinha.

Afonso seguiu contando:

– Com muito menos dinheiro que as Empresas Lang lhe devem vovó, Maria Antonieta poderia comprar sua carta de alforria e ser uma pessoa tão livre quanto eu. Será que esse seria o grande receio de papai, vovó? Será que papai estaria com medo de que Maria Antonieta se transformasse em uma pessoa igual a nós? E tem mais, vovó. Em termos de inteligência e capacidade de amar, ela é superior a muitos de nós. Sem querer afrontar a autoridade de meu pai, eu pedi a ele que desse a metade do meu salário para Maria Antonieta, e ele brigou comigo, mamãe começou a chorar, Felipe também e no final todos choraram abraçados na minha despedida.

– Aquela princesinha linda, Netinha, como vocês a tratam, foi na tua despedida?

– Foi, e quando papai implicou com ela sobre minha viagem, ela gritou para que todo mundo ouvisse que eu ia ser o melhor médico do mundo. Mas não pense que eu vim obrigado para Londres, vovó. Papai me disse que houve um convite de vocês e que eu jamais poderia recusar. Além disso, eu sempre pensei em ter meus avós por perto. Eu acho, vovó, que papai tem ciúmes de Netinha e tem medo da conduta e do caráter quase perfeito dela, do amor de minha vida que ela é e sempre será. Eu e Maria Antonieta fomos feitos um para o outro, sem restrições, minha querida vovó.

Com o passar do tempo, Afonso sentiu um pouco a mudança do lidar com a terra e a fazenda para uma faculdade. Sentiu-se como se tivesse voltado aos bancos escolares, mas faltava Netinha a seu lado.

Um dia Afonso teve uma surpresa quando viu e ouviu um colega falando português com alguém que parecia ser uma professora. Ele se aproximou e ficou mais surpreso ainda ao perceber que havia encontrado um gaúcho.

Ao aproximar-se um pouco mais, Afonso teve a impressão de que já os conhecia. O homenzarrão parecia um vizinho conhecido na área das charqueadas de Pelotas, naquela linda região do sul do Brasil. Teria quase certeza de que seu nome é Jacaré e teriam os dois nascido naquele mesmo dia 31 de dezembro de 1871.

A senhora que estava com ele, evidentemente inglesa, ficou mais surpresa ainda, pois, observando bem Afonso, teve certeza de que o conhecia por tê-lo encontrado na mansão de Lorde Albert e Glória.

Ao ficarem bem próximos, Afonso teve certeza e foi logo dizendo quase sem pensar.

– Tu não és o Jacaré? Não foste tu que vieste de Pelotas a Londres nadando? Falou Afonso, evidentemente brincando. E a senhora é Mis. Elizabeth.

– Nós somos meio parentes, disse Elizabeth. Nada de senhora, Afonso. Nosso parentesco seria porque Dóris, que afirma ser tua sogra, é minha irmã de criação. Maria Antonieta está aqui em Londres contigo? Dóris vai adorar.

– Infelizmente não, Elizabeth. Eu vim sozinho para Londres para estudar Medicina. Foi um golpe baixo de meu pai para me afastar de Maria Antonieta. De qualquer forma, leva meu abraço para a Dóris e diz a ela que Maria Antonieta está cada vez mais linda e a cada dia que passa nós mais nos amamos, e não serão cinco anos em Londres que vão nos separar. Diz também a Dóris que, se ela quiser conversar comigo, estarei à disposição. Eu estou morando na casa de meus avós.

MARIA ANTONIETA E FELIPE EM CAMPINAS

Em Campinas, quando Felipe encontrou Maria Antonieta, ela estava desesperada, mas, como sempre, muito linda e amorosa.

Ele estava ansioso para ver Maria Antonieta. Era a oportunidade de conquistá-la. Ele não pensava em outra coisa. Felipe não era bobo, como Afonso. Ele tinha certeza de que Afonso nunca mais voltaria ao Brasil, pelo menos enquanto Lorde Albert e vovó Glória estivessem vivendo.

Felipe tinha ouvido quase sem querer a discussão entre seu pai, Herculano, e sua mãe, dona Cecília, sobre o futuro de Afonso e Maria Antonieta, e agora só pensava em sua chance de casar-se com Netinha.

Em Pelotas, gritava Herculano para Cecília, sua esposa: — Esta mulher é uma bruxa. Nosso filho é uma pessoa totalmente ingênua, Cecília. Será que tu não enxergas isso? Todo mundo gosta dela nesta casa. Todo mundo gosta dela aonde ela vai e está. É inacreditável que uma pessoa tenha tanto carisma assim. Temos que afastar Afonso definitivamente dessa negra, se não, não vai demorar, ela aparece grávida, e aí não teremos mais nada a fazer senão criar um neto negro com raízes na senzala.

Prosseguiu:

— Meu pai, Lorde Albert, jamais aceitaria isso. Papai fez fortuna ajudando a financiar o tráfico de escravos da África para toda a América. No início ele pensou que tudo não iria durar mais do que um ano, mas aí começou a ganância. Deveria ser um negócio comum como tantos outros negócios não muito limpos que já se fizeram neste mundo, mas este está durando demais. As pessoas querem cada vez ganhar mais dinheiro e estão esquecendo a dignidade. Papai está muito preocupado com o que está acontecendo no Brasil. É um massacre que não tem fim, e as lideranças brasileiras querem continuar se locupletando. As autoridades locais, provinciais e nacionais assistem a tudo e não conseguem controlar nada.

E arrematou Herculano:

— Papai, lá de Londres, já me avisou para tirar Afonso do Brasil antes que seja tarde. Só precisamos convencer aquele cabecinha dura do Afonso de viajar sozinho para Londres. De preferência sem mortos ou feridos.

— Eu não posso concordar com isso, disse Cecília, indignada. Nosso filho não é nenhum idiota, nem Maria Antonieta é uma bruxa. São, sim, duas pessoas com inteligência fora do normal. O carisma que ela tem foi-lhe outorgado por Deus. Maria Antonieta é um anjo, isto, sim, Herculano, e tu não és capaz de perceber. O que tem a pobrezinha a ver com o fato de teu pai, Lorde Albert, ter feito fortuna aproveitando-se da desgraça humana. Digam-me, qual é a culpa que ela tem por causa de erros perpetuados durante mais de trezentos anos.

Cecília seguiu argumentando:

— Maria Antonieta é uma mulher iluminada, inteligente, uma moça pura, e vive a sua vida com simplicidade, dividindo todo seu imenso amor com seus semelhantes. As pessoas como tu, Herculano e teu pai, Lorde Albert, pretendem eternizar as desigualdades. Por que, Herculano? Como conseguiriam isso? Seria mantendo as pessoas no anonimato, na miséria, sem qualquer tipo de instrução ou conhecimento?

E arrematou:

— Na verdade, vocês homens têm medo de perderem esta falsa dominação, e então tiram de imediato as oportunidades de quem pretende igualar-se a vocês. Deixa nosso filho seguir a vida dele com a mulher que ele sempre amou e não vai deixar de amar.

Em São Paulo, Felipe tornou-se um esteio para Maria Antonieta em sua nova vida sem seu grande amor, Afonso, justamente agora que se tornou uma pessoa livre. Mas ela sabia que podia confiar em Felipe. Ele era seu irmão.

Para Felipe ela era o amor de sua vida, mas não correspondido. Os dois estavam no interior de São Paulo no fazendão quando Maria Antonieta deu-se conta de uma grande novidade.

Naquele dia Felipe foi acordado por Netinha e pensou que estava no céu ao ver sua amada na porta de seu quarto somente vestindo uma camisola fininha. Ele demorou a acordar ao ver algo que sempre sonhara, mas que nunca tinha visto.

— Felipe! O que vou te dizer a partir de agora ninguém mais deve saber além de nós. Tu juras pela nossa enorme amizade que nunca falarás a ninguém sobre o que vou te dizer agora?

— Eu juro pelo nosso amor e por toda nossa calorosa convivência desde criança até a juventude. Podes falar o quanto quiseres, meu amor.

— Eu estou grávida. Estou esperando um filho ou uma filha de Afonso, o grande amor de minha vida, e logo agora parece que teu pai conseguiu nos separar para sempre.

— Por favor, Netinha, tu não estás me vendo aqui, minha irmãzinha? Eu estou muito feliz. Até que enfim. Eu cheguei a pensar que isto nunca iria acontecer. Eu vou ser titio e sempre estarei ao teu lado, Maria Antonieta, mas eu quero ser padrinho dele ou dela, é claro.

— Então presta atenção, meu querido irmão. Teu pai me mandou uma quantia em dinheiro e uma carta de alforria. Isso significa que agora sou uma pessoa livre e com algum dinheiro na bolsa. Eu pretendo ser costureira. Eu vou precisar muito de ti, principalmente a partir do sexto mês e até o nascimento da criança. Será que tu vais poder me ajudar?

— Minha Netinha, por que não nos casamos? Facilitaria tudo. A criança, parecendo-se com a mãe, nada de anormal e se for parecida com o pai será parecida comigo, porque eu sou irmão do pai. Estaremos sempre juntos, e ninguém poderá reclamar nada.

— Bem que eu gostaria muito, meu amor, mas Afonso foi o único homem da minha vida, e assim será para sempre, conforme juramento que fizemos quando nos deitamos juntos pela primeira vez.

Veja bem, Felipe, eu pretendo terminar alguns projetos que foram iniciados por mim e Afonso e depois vou cuidar de minha vida e de minha filha. O meu pedido, então, é para que me acompanhes até o sul da Província de Minas Gerais quando eu tiver que resolver problemas de parceria com fazendas daquela região.

Outro pedido meu é que tu me compres um imóvel mais ou menos no centro da cidade, em Pelotas. Não sei se o dinheiro vai dar, mas o que eu gostaria mesmo é de um prédio de alvenaria grande dividido em pelo menos quatro unidades independentes, sendo cada unidade com três cômodos, se possível.

Pretendo recomeçar minha vida trabalhando como costureira, utilizando uma das unidades para minha própria moradia e meu ateliê. As outras unidades eu pretendo alugar para me garantir nas ocasiões em que meu movimento de costura for pequeno.

Tudo isso que estou te falando é para ser guardado em absoluto segredo, principalmente para minha madrinha, teus pais e teus irmãos. Se puderes verificar para mim tudo isso a partir de amanhã, te ficarei muito grata. É claro que todas as despesas que tiveres que fazer serão por minha conta.

No dia seguinte, Felipe partiu para o Sul levando todo o dinheiro daquela que foi sua amada secreta durante anos. Ele já tinha todos os planos na sua cabeça. Pretendia realizar todos os pedidos de sua amada com o dinheiro que seu pai não quis lhe dar por ela ser sua escravizada.

Ele, Felipe tinha acesso a todo o dinheiro movimentado nos negócios da família e sabia o que fazer. Não gastará um centavo de sua amada e comprará o melhor imóvel que houver no centro de Pelotas, de acordo com as especificações solicitadas por Maria Antonieta. Depois sem que ela se dê conta, devolverá o dinheiro que ela lhe deu para a aquisição.

Assim que encerrou todos os seus projetos e programas nas Províncias de São Paulo e Minas Gerais, Maria Antonieta retirou-se para sua cidade natal. No ano seguinte, em Pelotas, nasceu Maria Francisca, filha de Netinha e de Afonso.

MARIA ANTONIETA, FELIPE E MARIA FRANCISCA

Felipe, praticamente rompido com seu pai e meio desligado de sua família, passou a viver em função de "sua família". Decidiu ser político e pai de Maria Francisca.

Entretanto, o que ele mais queria era ser marido de Maria Antonieta e viver para sua Netinha, que agora pedia que não fosse mais chamada assim.

Quando não estava na Câmara de Vereadores, Felipe era o pai de Maria Francisca, criança que veio ao mundo no final do século XIX como se fosse uma cópia de sua mãe, Maria Antonieta. A criança de saída conquistou Felipe, que insistia em registrá-la como pai.

Na economia brasileira, a notícia mais importante era que a produção de café tornar-se-ia a principal fonte de recursos econômicos do país, mas mesmo assim Felipe se voltou para a rizicultura e em pouco tempo transformou-se em grande produtor de arroz.

Nos momentos que antecederam o nascimento de Maria Francisca e até o restabelecimento total de sua mãe, Maria Antonieta, Felipe desempenhou fielmente o papel de enfermeiro, marido e pai, e assim que Maria Antonieta se restabeleceu plenamente, Felipe pediu-a em casamento.

— Veja bem, Maria Antonieta, esta menina não demora muito estará falando e provavelmente vai me chamar de pai. Não vem me dizer que ela vai me tratar como padrinho, que vai ser pior. Em seguida ela vai querer saber quem é o pai dela, e ficaremos sem saber explicar para uma criança como fica sua situação de ter e não ter pai.

— Felipe, meu irmão, meu amor, meu amigo, como eu fico feliz e envaidecida com este pedido teu. Tu és o homem que eu mais amo depois de Afonso. Eu fico me lembrando quando éramos pequenos, com menos de um ano eu e Afonso. Tu já tinhas quase três anos e não descuidavas de nós nem por um minuto. Parecias nosso pai. Eu e Afonso parecíamos gêmeos.

Quando um chorava o outro fazia a mesma coisa, e lá vinha Felipe correndo quase aos tropeços para acudir seus dois amores.

– Não mudes de assunto, Maria Antonieta. Tu sabes muito bem que Afonso não voltará mais para o Brasil. Ele tem respondido tuas cartas? Ele ainda fala de amor contigo? Ele te fez alguma promessa de que vai voltar?

– Na verdade, Felipe, eu temo que tenha cometido um grande erro com relação às comunicações entre mim e Afonso. Eu disse a ele que iria esperar suas cartas. Que eu não iria escrever até que recebesse notícias, dele, dizendo que ainda me ama e fornecendo um endereço para retorno. Entretanto, como bobos que sempre fomos, não lembramos de considerar a hipótese de que as cartas dele fossem interceptadas. Assim ocorrendo, eu não tenho o endereço dele e ele também não tem o meu.

– Deixa de devaneios, Maria Antonieta. Meu avô e meu pai montaram um esquema com o objetivo de separar vocês quase perfeito e em relação ao qual vocês não têm a mínima defesa. Os dois velhos não têm escrúpulos quando se trata de preconceito. Qualquer tipo de preconceito. Deves imaginar o pior, incluindo cartas anônimas, assinaturas falsificadas e qualquer outro tipo de baixaria. Para teres uma ideia, vovó Glória nem sabia que Afonso iria para Londres. É claro que ela ficou muito feliz com a ida de seu amado netinho para Londres, porque como todos nós, ela tem paixão por aquele bobão.

– De qualquer forma, Felipe, eu não posso aceitar o teu pedido, simplesmente porque nós somos irmãos. Nós sempre fomos irmãos. Tu és o melhor irmão do mundo, mas eu amo Afonso. Aconteça o que acontecer eu nunca vou deixar de amá-lo. Eu já te falei, meu querido, e vou repetir. Afonso foi o único homem com quem deitei numa cama, e assim será para todo o sempre.

Felipe ficou muito desanimado e resolveu que a partir daquele dia iria focar-se cada vez mais em seu trabalho, mas antes arriscaria sua última cartada.

– Se somos tão irmãos como dizes, Netinha, então podemos morar na mesma casa. O que achas, minha querida?

– Seria um grande prazer morar contigo na mesma casa, Felipe. Afinal de contas, isso aconteceu desde que nascemos. Por isso vou concordar com teu pedido, mas presta bem atenção. Vamos morar na mesma casa, mas não na mesma cama.

Felipe foi tomado por uma alegria indescritível. Sorria e chorava ao mesmo tempo, tentando abraçá-la, enquanto ela o empurrava e gritava: Nunca na mesma cama!

O contentamento de Felipe era real, porque ele amava demais sua irmãzinha, e se não poderia tê-la como mulher, ficaria contente em vê-la toda hora e todo dia.

O tempo foi passando, e Felipe já estava engajado na economia do Estado do Rio Grande do Sul como grande produtor de arroz. Maria Antonieta continuava suas atividades como costureira e ao mesmo tempo administrava os aluguéis do prédio que era sua única propriedade.

O Estado do Rio Grande do Sul, quando ainda Província, ao contrário das outras Províncias que tiveram preponderância na vida econômica nacional, sempre se inseriu de maneira diversa no conjunto daquelas atividades econômicas.

O Nordeste, com sua vocação açucareira, algodoeira e cacaueira; Minas Gerais, com sua vocação para minerador de pedras preciosas; o Sudeste, com vocação de cafeicultura, e o Norte extrativista, sempre se caracterizaram pela produção de um produto agrícola ou extrativo de alto valor comercial destinado ao mercado internacional.

Já o Rio Grande do Sul sempre esteve inserido na economia nacional como uma região produtora de meios de transporte, matérias-primas e alimentos destinados ao mercado interno.

Felipe era um produtor feliz e satisfeito porque sua atividade produtiva exigia um cenário geográfico ao qual ele esteve habituado desde guri. Eram as terras úmidas tão necessárias para as lavouras de arroz e a grande quantidade de cursos d'água, como o arroio Pelotas, com o qual Felipe tinha intimidade desde que nasceu.

Facilitou também para Felipe a estrutura de transporte que a região possuía. O Município de Pedro Osório, por exemplo, tinha as embarcações de pequena cabotagem. Com esse tipo de transporte era possível fazer o apoio à produção, transportando produtos de quase todos os estabelecimentos agrícolas, dos engenhos e das charqueadas, atendendo também o trânsito de cargas entre os portos das cidades de Pelotas e Rio Grande.

Para Felipe não foi difícil adaptar-se à sua nova atividade econômica chamada de rizicultura, visto que esta se utiliza de forma rigorosa da mesma topografia a que ele já estava habituado. A base do sucesso do plantio e da produção do arroz sempre esteve na menor ou maior irrigação das lavouras e de locais onde o agricultor pudesse obter água permanente.

Outro desafio apresentado pela rizicultura à Felipe, e que ele resolveu quase facilmente com o auxílio de Maria Antonieta, foram as questões de recursos humanos, que são aplicados na rizicultura de forma diferente daqueles treinados para a cultura do café.

A partir da experiência adquirida na cultura do café Maria Antonieta convenceu Felipe de que era necessário um mercado próprio de força de trabalho na rizicultura, em razão das variações e qualificações da mão de obra específica para cada estágio de amadurecimento do arroz.

Maria Antonieta e Felipe, os dois em raciocínio conjunto, perceberam logo que no Rio Grande do Sul eles dispunham de um sistema de mananciais hídricos realmente privilegiados, com numerosos arroios, lagos e açudes, o que garantiria safras de arroz abundantes e seguras.

Maria Antonieta, ainda durante o período da gravidez, esteve em auxílio de Felipe, mas com a proximidade do parto teve que permanecer mais em sua casa, assessorando Felipe à distância e através das conversas após o jantar.

Para o bem de todos, os esforços na produção extensiva e intensiva do arroz foram recompensados na medida em que contribuíram para o surgimento de Municípios como São João de Camaquã, desenvolvido em extensas várzeas planas, úmidas à margem da Lagoa dos Patos, que é um inesgotável manancial de águas para a irrigação e ao mesmo tempo uma excelente via de comunicação para o porto exportador de Rio Grande.

Essa intensa atividade girava, na época, em torno dos dois maiores núcleos urbanos do Estado, que eram Pelotas, Rio Grande e Porto Alegre.

Em função desses promissores núcleos urbanos, formou-se a concentração de uma ótima agricultura minifundiária e policultura de alimentos, agricultura esta que se constituiu num reservatório de matéria-prima e força de trabalho para as lavouras de arroz, sobretudo nas proximidades da Lagoa dos Patos.

Maria Antonieta, enquanto a gravidez permitiu, conseguiu assessorar Felipe, presenteando com seus planejamentos e projetos mágicos que somente ela era capaz de idealizar e que terminavam sempre em excelentes resultados financeiros.

Entretanto, ela não aceitava dinheiro de Felipe, apesar de seu querido irmão e compadre chamar sua atenção para o fato de que agora ela havia sido transportada para a comunidade de pessoas livres.

Maria Antonieta respondia ao segundo amor de sua vida que ela ainda sentia os odores horríveis da senzala. Afirmava categoricamente que ela precisava de pouco. Que procurava guardar a metade do que recebia em dinheiro. O seu objetivo era o grande Projeto Social, direcionado aos ex--escravizados, que precisavam muito mais do que ela.

Insistia Maria Antonieta que os ex-escravizados precisavam com urgência de um pedaço de terra. Poderia ser só um pedacinho e a partir daí o acesso à educação básica e do conhecimento.

Pouco adiantava a liberdade sem a pessoa ter as condições mínimas de exercê-la corretamente por meio da educação.

Felipe cada vez aumentava mais sua riqueza adquirida como produtor de arroz, e as perspectivas para o início do século XX eram extremamente animadoras. Ele tratou então de começar a pensar numa maneira de dividir aquela fortuna com a cabeça-dura de sua linda, inteligente e adorada irmã. Felipe percebeu que seria muito difícil, diante da visão social de Maria Antonieta.

A partir do nascimento de Maria Francisca, tanto os interesses particulares de Maria Antonieta quanto os de Felipe se arrefeceram, porque as energias de ambos foram direcionadas para acarinhar a nenê.

Nascendo de quem ela nasceu, Maria Francisca somente poderia ser linda e encantadora. Exibindo os mesmos olhos verdes do pai e da mãe, era impossível esconder as origens daquela bonequinha que já demonstrava que seria uma pessoa inquieta.

A pele de Maria Francisca era quase escura, sendo, a partir de agora, impossível esconder que a poderosa família capitaneada por Lorde Albert terá sangue negro nas veias ilustres. A verdade é que a filha de Afonso e de Maria Antonieta, bisneta de Lorde Albert, era uma pessoa negra, filha de uma ex-escravizada brasileira e, provavelmente, neta de Dóris, também ex-escravizada.

Quando Maria Francisca completou um ano de idade, ela já caminhava, corria e falava como gente grande. Ela se relacionava com Felipe como se ele fosse seu pai, mas o chamava de padrinho. Felipe tinha Maria Francisca como filha e a chamava de filha, não obstante as reclamações de Maria Antonieta. Por esse motivo, Felipe e Maria Antonieta brigaram pela primeira vez.

– Como vais colocar esta menina no colégio, Maria Antonieta? Vais matriculá-la como se não tivesse pai? Ela tem pai, Netinha! Eu duvido que Afonso se negue a reconhecê-la e registrá-la como filha. Se quiseres, eu mesmo posso comunicar a toda a família o nascimento de minha linda sobrinha. Por favor, Netinha, não me proíba de ter esse prazer.

– Tu sabes muito bem, Felipe, que teu pai e teu avô jamais permitirão que Afonso reconheça Maria Francisca como filha. Eu não vou permitir que minha filha seja rejeitada como eu fui quando nasci.

– É, acredito que chegou a hora de eu ir embora. Acho que não tenho mais valia por aqui. Eu não aguento mais. Vou partir amanhã cedo, para que Maria Francisca não me veja. Tu vais criar um menina revoltada com tudo, com todos, apenas para alimentar teu egoísmo e tua teimosia.

– Tu terias coragem de fazer isso comigo, Felipe? Tu queres me matar? Falou Maria Antonieta com lágrimas nos olhos, aproximando-se dele e o abraçando.

Ficaram alguns instantes abraçados, com os rostos próximos e chorando, mas em seguida Maria Antonieta se recompôs.

– Eu não posso fazer isso contigo, Felipe. Eu nunca menti para ninguém. Eu sempre enfrentei a realidade. Eu não posso te pedir para ficar, mas, por outro lado, não sei se suportaria a tua ausência. Eu não sei como explicar. Eu te amo muito, mas não como marido e mulher. Eu tenho que criar minha filha dentro da realidade e da verdade. Eu não minto nunca, e não será para as pessoas que eu mais amo que irei mentir. Eu não posso criar uma filha a partir de mentiras.

Prosseguiu Maria Antonieta:

– Dr. Herculano, teu pai e Lorde Albert, teu avô, não são os donos do mundo. Eles apenas têm muito poder e um poder que lhes foi atribuído pela utilização de bens materiais adquiridos de forma indigna, e não pela força do trabalho, que é um dos símbolos da dignidade humana. Qual seria o tipo de caráter que eles poderiam exibir? Para onde foi a virtude, Felipe? Aparentemente teu pai e teu avô apartaram-se da virtude, na medida em que se opõem tão diretamente contra a moral e os bons costumes. Teu avô, Felipe, Lorde Albert, com certeza não sabe o que é a verdade e a realidade. E ele provavelmente não se importa com isso, porque ele pensa que ele é a verdade e a realidade. Ele e quase todo o mundo ocidental sabem que a fortuna que eles amealharam foi às custas de crimes praticados sobre homens, mulheres e crianças, apoiando financeiramente a escravidão negra.

Maria Antonieta seguiu desabafando:

— Teu pai, Herculano, Felipe, é um homem riquíssimo. Eu e Afonso trabalhamos dia e noite em quase cento e cinquenta fazendas de café em Campinas e Ribeirão Preto. Arrecadamos um lucro fabuloso, e teu pai não quis me dar um mísero centavo, sob a alegação de que eu era sua escravizada. Tu conheces a minha origem, não é, Felipe. Se tua mãe não tivesse me acolhido, o que teria sido de mim? Todos os dias eu agradeço a Deus por ter sido criada junto com vocês. Se não fosse Afonso, talvez hoje eu fosse analfabeta e também não tivesse aquela joia que está dormindo lá no quarto. Mas nunca menti pra ninguém. Se eu aceitasse dormir contigo, Felipe, eu me sentiria uma prostituta. Eu te amo demais para querer te mentir ou fingir alguma coisa.

E concluiu:

— Se Afonso depender de mim para saber que tem uma filha, essa informação ele nunca terá. Eu te juro que não se trata de egoísmo e muito menos de teimosia. Apenas eu jamais permitirei que minha filha seja rejeitada por parentes de sangue. Antes terão que me matar. Eu simplesmente acredito que se Afonso um dia quiser saber de mim, ele me procurará, da mesma forma como deveria fazer uma senhora que diz ser minha mãe, e um pai a respeito do qual eu nunca ouvi falar. Perdoa-me, querido Felipe. Tu és um homem maravilhoso. Não me abandona. Se puderes, enquanto aguentares, fica conosco. Nós precisamos muito de ti. Eu e Maria Francisca te amamos muito.

Felipe ficou com seus amores e foi um quase excelente marido para Maria Antonieta e quase um excelente pai para Maria Francisca. Foi um período de muita felicidade para todos, porque o amor existente entre eles sempre superou a vontade de cada um e, como se sabe, nada consegue opor-se ao amor.

Quando Maria Francisca entrou na adolescência, começou a dar muito trabalho para sua mãe e seu padrinho. Faltava muito às aulas, vivia enfiada em bibliotecas, queria ouvir as pessoas da rua, principalmente os negros velhos mendigos.

Ela levava comida e distribuía na rua, justificando que em sua casa havia sobras. Felipe achava perigoso ela andar assim nas ruas. Ela distribuía às crianças de rua quase todos os presentes que seu padrinho lhe dava. Felipe não sabia o que fazer. Ameaçava não lhe dar mais presentes.

Maria Antonieta não gostava de dar palpite na vida daquelas duas pessoas maravilhosas. Aconselhava Felipe a dar somente livros para Maria Francisca e tentar conversar com ela a respeito do conteúdo daqueles livros.

Maria Francisca reclamava muito da situação que viviam os negros ex-escravizados e de negros e negras com idade avançada que foram liberados da senzala sem quaisquer condições de trabalhar.

— Temos que fazer alguma coisa, mamãe, dizia Maria Francisca. Nosso país é tão rico! O que está acontecendo? As negras velhas e as crianças pretas e brancas estão atiradas nas ruas. Vou ter que andar de máscara, padrinho, e fingir que não vejo essas desigualdades? Andei lendo por aí que tivemos ciclo de pau-brasil, ciclo do ouro, do açúcar, do café, do algodão... Onde foi parar toda essa riqueza, meu padrinho? Será que ninguém se importa com isso, mamãe? Eu o que eu sou, mamãe? Um dia destes, na minha sala de aula, que só tem brancos, eu disse que minha avó havia sido escravizada. Fez-se um silêncio na sala e uma das gurias mais exibidas veio correndo me cheirar, dizendo depois que eu não tinha cheiro de senzala.

E concluiu a pequena Maria Francisca:

— Por favor, mamãe, meu querido padrinho, digam-me o que podemos fazer para ajudar os ex-escravizados, as ex-escravizadas, os idosos dependentes e os jovens que nasceram há pouco tempo e que estão sendo tão discriminados?

MARIA ANTONIETA, MARIA FRANCISCA E O SONHO DA ASSOCIAÇÃO

— Estamos tentando fundar uma associação, minha filha, disse Maria Antonieta. Nesses últimos anos apareceram muitas pessoas interessadas em participar, sobretudo mulheres que, apesar de sofrerem muito com a discriminação, com a violência e outras maldades típicas da senzala, conseguiram sobreviver.

Por exemplo, a mulher que afirma ser minha mãe. Tudo indica que ela foi um dia violentada e no extremo de seu próprio desespero me abandonou no momento em que eu nasci, na rua e no meio da noite.

As pessoas que assistiram, relataram que, imediatamente ao meu nascimento, a escravizada fugiu, correndo para afogar-se no arroio Pelotas. Entretanto, no dia seguinte foi recolhida ainda viva, mas desmemoriada, por um casal de ingleses que velejava no canal São Gonçalo.

Ela foi adotada pelo casal Mr. e Mrs. Petersen e agora tem nome e sobrenome. Chama-se Dóris Petersen, é uma costureira respeitável em Londres, na Inglaterra, e confirmou presença na nossa associação.

Outro exemplo é Valquíria, que teu padrinho Felipe conhece muito bem. Valquíria foi sequestrada na África junto com sua família e atravessou o Atlântico sob pancadas e tentativas de abuso sexual. Aqui no Brasil ela foi separada da família.

Valquíria transformou-se numa especialista em trabalhos de melhoria da aparência feminina (principalmente o cabelo), e em confecção e organização de pequenas festas. Todo o dinheiro que conseguiu guardar está usando agora em favor dos necessitados, mas guardando uma parte para utilizar num projeto que está por vir.

Mulheres como Valquíria, minha filha, foram com certeza verdadeiras heroínas da senzala e agora estão dispostas a ajudar aqueles que por qualquer motivo sucumbiram, sobretudo os idosos que necessitam de cuidados especiais.

Com o tempo vais conhecer outras mulheres que foram envolvidas em situações semelhantes, mas receberam de Deus a missão de trazer o amor incondicional.

— E como vocês pretendem fazer todo este bem, mamãe? Será preciso ter muito dinheiro e talento, porque, pelo que tenho visto, é muito difícil chegar perto dos poderosos.

— Veja bem, minha filha. Presta bem atenção no que vou te dizer: "O conhecimento, a educação e a competência superam qualquer tipo de preconceito ou discriminação". Nesta direção nós utilizaremos todos os recursos da associação para levar conhecimento e a educação aos nossos jovens e assim dar-lhes condições de cidadania. Outro conteúdo importante que pretendemos incutir e desenvolver em nossos jovens é a autoestima. Tu sabes o que significa a autoestima de uma pessoa, seja ela jovem ou não, minha querida filha?

— Eu acredito que a autoestima seja o fato pelo qual a pessoa gosta muito ou pouco de si mesma, mamãe.

— É mais ou menos isso, minha filha, mas existe a autoestima interna e a externa. A interna é bem representada pelo que já falaste e a externa é representada pelo que existe de bom em torno de nós. Vamos examinar o exemplo de teu tio Felipe. Ele é capaz de ajudar a melhorar o teu sentimento pela vida?

Maria Francisca olhou para seu padrinho, que estava sentado ao lado numa cadeira, lendo um jornal, e jogou-se sobre ele, beijando-o e abraçando-o tanto, que ele, sentado no chão, sem fôlego, perguntou se era seu aniversário.

Maria Antonieta trouxe outro exemplo:

— Um outro exemplo de autoestima externa, minha filha, é o orgulho que o cidadão pode ter por sua pátria. O cidadão inglês de hoje, por exemplo, tem o maior orgulho por sua pátria ter assumido a liderança do mundo ocidental.

Foi muito difícil para Maria Francisca adaptar-se àqueles primeiros anos após a abolição da escravatura. Ela não via resultados imediatos do planejamento de sua mãe, e a miséria cada vez aumentava nas ruas do país. Seus amigos, todos já adolescentes, decidiram que apenas um plano mais radical poderia mudar os rumos de um país potencialmente tão rico.

Maria Francisca, com pouco mais de treze anos de idade começou a desaparecer de casa, deixando sua mãe muito preocupada. Tudo isso coincidiu com a ausência de Felipe, que teve necessidade de viajar a Londres em virtude da doença de seu avô.

A preocupação de Maria Antonieta diminuiu quando finalmente Maria Francisca iniciou um período de permanência em casa, mas logo aumentou quando ela falou para sua mãe que estava grávida.

Felipe, quando voltou da Inglaterra, ficou horrorizado, mas nada perguntou a respeito, esperando educadamente que alguém lhe desse ciência do que havia acontecido.

Na primeira oportunidade que ficou a sós com Maria Antonieta, Felipe tentou contar a ela o que trazia de novo em relação a seus parentes do Brasil e da Europa, mas Maria Antonieta o interrompeu.

– Meu querido Felipe. Tu não imaginas como estou contente de teres voltado, mas já se passaram muitos anos. Tu sabes do que estou falando. Vamos viver a nossa vida. Nossa filha, Maria Francisca, vai precisar muito de nós, principalmente de tua presença e de teu amor.

Em seguida, com a presença de Felipe em casa, Maria Francisca era a pessoa de sempre e melhor ainda, porque, segundo ela, como ela mesma dizia, o próximo membro da família teria nome e sobrenome.

Alguns dias depois, Afonso bateu à porta de Maria Antonieta. Maria Francisca abriu a porta e deparou-se com um homem parecido com seu padrinho, mas não falou nada.

– Bom dia, disse Afonso com sotaque de língua inglesa. Eu sou seu pai. Eu sei que te devo muitas explicações, mas...

– O senhor deve estar enganado, porque meu pai está dormindo em sua cama.

– Eu posso entrar? Perguntou Afonso, demonstrando preocupação.

– Por que deveria, disse Maria Francisca, já irritada.

Foi quando Maria Antonieta surgiu à porta e perguntou a Afonso se ele desejava alguma coisa.

Afonso disse que tinha direito a entrar naquela casa, que era também dele.

– Engano seu, Afonso. Esta casa foi comprada com meu dinheiro e quando eu já era uma mulher livre. Bom dia – e fechou a porta no rosto de Afonso.

Maria Francisca sentiu muita tristeza quando constatou que seu verdadeiro pai a procurou só depois de tantos anos após ela ter nascido, e por isso sentiu-se no direito de não revelar o verdadeiro nome de seu filho, chamando-o provisoriamente de Gonzaguinha, até quando ela bem quisesse divulgar todo seu nome.

Gonzaguinha, quando nasceu, pelos indicadores de saúde que exibiu, mostrou evidências de que seria muito parecido com seu avô Afonso, sem os olhos verdes e com a pele nem tão clara.

Com pouco mais de dois anos de idade, Gonzaguinha demonstrou que seria tão inteligente quanto sua avó Maria Antonieta, mas deixou ver também que seria contestador como a mãe, Maria Francisca.

Aos quatro anos de idade, Gonzaguinha já sabia ler e escrever, e, conduzido pelo entusiasmo de seu tio avô Felipe, ele era capaz de ler jornais, discutir política, ver quando ia chover ou não e antecipar para quem quisesse saber se sairia sol no fim de semana.

Aproveitando a inteligência do menino, dona Maria Antonieta, sua avó, começou a planejar, junto com a mãe, Maria Francisca, o que teriam de ensinar efetivamente para fazer de Gonzaguinha um cidadão.

CONTEÚDOS DO PROJETO GONZAGUINHA PRESIDENTE

Maria Antonieta e Maria Francisca, avó e mãe de Gonzaguinha, iniciaram o projeto com a melhor ideia que poderiam ter, na medida em que tiveram certeza de que seus conteúdos poderiam atender, além de Gonzaguinha, outros jovens negros de sua geração.

Era um enfrentamento de grandes desigualdades sociais que eles teriam que viver naquele início do século XX e havia somente um caminho: muita dedicação nos estudos, procurando aprender um pouco mais do que lhes for exigido, muito conhecimento básico e cultura geral.

Juntamente com esses conhecimentos deveria ser incluída a análise histórica da sociedade brasileira em seus principais aspectos, sobretudo aqueles relacionados à formação da nacionalidade e da estrutura territorial.

Dona Maria Antonieta e sua filha, Maria Francisca, concordavam que Gonzaguinha e os jovens negros de sua geração precisavam saber e se possível conhecer as gigantescas potencialidades econômicas, políticas e sociais de nosso país.

Otimistas a respeito do futuro de Gonzaguinha e dos jovens negros de sua geração, elas procuravam convencê-los de que a história, enquanto direcionada para a educação, significa conhecimentos profundos e de dimensões inimagináveis.

Sem o conhecimento não há solução para qualquer tipo de problemas. Assim sendo, é ele, o conhecimento, que realmente leva à liberdade de examinar, de coordenar e de decidir pela a melhor solução.

Dona Maria Antonieta, pensando, quase rezando, buscando toda sua energia de jovem avó, se perguntava se as grandes decisões na história do mundo teriam sido inspiradas pela política, pela economia, pelo bom-senso, por questões humanitárias, pela força das armas ou pela inspiração divina.

A verdade é que as convicções da pessoa independem de seu poder aquisitivo ou de sua posição social. O ser humano é livre para ter suas ideias e pensamentos; a questão é estar pronto para exercer sua liberdade.

A simples inspiração nem sempre leva a decisões corretas, mas acredita Dona Maria Antonieta que, quanto mais próximas do conhecimento estiverem as partes envolvidas, mais acertada será a decisão.

Um exemplo de fácil compreensão e que deverá ser imediatamente assimilado por Gonzaguinha e pelos jovens negros de sua geração é o que aconteceu na abolição da escravatura.

Após séculos de práticas ilegais, violentas, injustas, imorais e antiéticas sobre os escravizados no Brasil, não foram as reações a essas práticas que indicaram e muito menos impuseram a abolição.

A Guerra do Paraguai e a Inglaterra, com sua fantástica, inspiradora e poderosa Revolução Industrial e o crescente mercado consumidor, foram os fatores que mais pesaram em favor da abolição da escravatura no Brasil.

O objetivo de Dona Maria Antonieta seria prover seu neto e os jovens negros de sua geração com o máximo de conhecimento que suas cabecinhas pudessem absorver. E, sempre que houvesse oportunidade, dizer a todos: "Somente o conhecimento é capaz de libertar a pessoa e ajudá-la a enfrentar o preconceito e a discriminação".

Dona Maria Antonieta e Maria Francisca entendiam e tinham certeza de que o maior problema a ser enfrentado por Gonzaguinha, bem como para os jovens negros de sua geração, na recente sociedade gerada após a abolição, seria justamente o preconceito e a discriminação.

Por isso a frase sempre lembrada por dona Maria Antonieta: "A competência supera qualquer tipo de preconceito ou discriminação".

Por isso ela dizia para sua filha que elas teriam que preparar Gonzaguinha e os jovens negros de sua geração com o esmero de avó e mãe, e assim, com certeza, eles seriam muito competentes.

Mas competentes em quê? Eis o problema que se deparava diante daquelas duas lindas e jovens senhoras, que sofriam, estudavam e buscavam soluções para resolver ou atenuar problemas como o preconceito e a discriminação.

Tanto o preconceito como a discriminação não podiam, sob pena de muito sofrimento, se perpetuar no tempo, criando uma situação de ameaça à unidade social brasileira, que sempre se mostrou de forma coesa nos piores momentos vividos pela nação.

Para dona Maria Antonieta, Gonzaguinha e os jovens negros de sua geração deveriam estar preparados para exercer todo e qualquer tipo de profissão, de forma a poderem responder sempre à demanda da força de trabalho.

Além de história, geografia e política de seu país, Gonzaguinha e os jovens negros de sua geração necessitarão também assimilar noções básicas de liderança, administração, economia e trabalho de equipe.

Enquanto procurava organizar seu devaneio, uma visão assaltou a memória de dona Maria Antonieta. Não demora muito, talvez nos anos 2000, um negro será eleito Presidente do Brasil ou de um país muito importante no mundo.

Devaneio organizado, dona Maria Antonieta já iniciou a pensar e preparar o projeto de sua vida. O primeiro passo será convencer Maria Francisca, mãe de Gonzaguinha, de que seu filho e os jovens negros de sua geração podem ser preparados para serem alçados um dia à Presidência da República.

Os jovens negros da geração de Gonzaguinha, em sua maioria, têm sido totalmente alijados das oportunidades que os levariam a algo importante, na medida em que a maioria deles nasceu praticamente sem laços de família, destruídos que foram pela senzala e suas imediações.

É muito difícil esquecer a senzala, suas imediações e consequências, mas temos que olhar para a frente. Vejam que essa observação é muito importante, porque o conteúdo de hoje é sobre o Brasil colônia. Tentaremos discuti-lo e assimilar as informações mais importantes.

Maria Antonieta iniciou sua exposição:

– Antes de começar, vamos rever nossos objetivos, falou dona Maria Antonieta com seu sorriso acolhedor. O objetivo número um é melhorar a autoestima de Gonzaguinha e dos jovens negros de sua geração. Pois, muito bem, iniciou dona Maria Antonieta. Antes do Brasil Colônia existiu um período chamado de Período Pré-Colonial, que corresponde à época em que vieram ao Brasil os primeiros portugueses.

Esses primeiros exploradores da terra brasileira tiveram o privilégio de movimentar a primeira atividade econômica do Brasil recém-descoberto. Foi a exploração do pau-brasil, que existia em grande quantidade no Nordeste de nosso país.

Esclareceu Maria Antonieta:

– Esse período ficou conhecido como Ciclo do Pau-Brasil. Foi uma exploração meramente extrativista, e não deu origem a uma ocupação efetiva. O trabalho de derrubar árvores e preparar a madeira para ser embarcada era feito pelos indígenas e uns poucos europeus que permaneciam em feitorias na costa brasileira. A exploração de forma predatória provocou o desaparecimento das árvores de pau-brasil próximas da costa já na década de 1520. O Brasil Colônia, na história do Brasil, é a época que compreende o período de 1530 a 1822, ou seja, desde o início da colonização até a Independência. Em 1532 o governo português enviou ao Brasil a primeira expedição colonizadora, chefiada por Martim Afonso de Souza, que fundou o primeiro núcleo de povoamento no Brasil. O núcleo de povoamento recebeu o nome de Vila de São Vicente, no litoral do atual Estado de São Paulo.

Maria Antonieta justificou a estratégia portuguesa:

– Portugal tinha que estar sempre alerta, porque, além da colonização, tinha que reconhecer toda a costa brasileira, combater piratas e comerciantes de todo tipo. Martim Afonso de Souza, além de combater piratas, instalou em São Vicente um engenho para a produção de açúcar. Em 1534, com a finalidade de colonizar o Brasil e garantir a posse da terra, a Coroa portuguesa dividiu o território brasileiro em quinze capitanias hereditárias. As capitanias hereditárias eram imensos lotes de terra que se estendiam do litoral até o limite estabelecido pelo Tratado de Tordesilhas. Esses lotes foram doados a capitães (donatários), pertencentes à pequena nobreza lusitana. Os donatários, por sua conta, promoviam a colonização e a defesa do local.

Gonzaguinha, atento, fez a primeira pergunta ou provocou a primeira discussão:

– Vovó, o que vem a ser o Tratado de Tordesilhas? Fiquei curioso, pois me parece que estamos no início de tudo, e de repente aparece um tratado ou acordo dispondo sobre capitanias hereditárias. É isso mesmo, vovó?

— De fato, posicionou-se para responder Dona Maria Antonieta, avó de Gonzaguinha. O Tratado de Tordesilhas foi assinado em 7 de junho de 1494, entre Portugal e Castela (atual Espanha). Percebam, meus queridos jovens, que esse Tratado foi assinado antes do descobrimento do Brasil.

Ela explicou:

— Em 1492, o navegador genovês Cristóvão Colombo realizou uma das maiores descobertas do período das grandes navegações, financiadas pelos recursos da Coroa Espanhola. Esse navegador anunciou a descoberta de terras a oeste do continente europeu. Com a ascensão dos espanhóis na exploração de novas terras, o clima da disputa com os portugueses se acirrou. Para evitar conflitos de grandes proporções, o papa Alexandre VI foi convocado para negociar os limites de exploração colonial entre Portugal e Espanha. Como vocês podem observar, antes mesmo de o Brasil ser descoberto já havia uma limitação ao movimento de brasileiros para oeste do Tratado de Tordesilhas.

Voltando ao conteúdo sobre o Brasil colonial, Maria Antonieta apresentou aos ansiosos jovens o açúcar, outro produto que naquela época era muito procurado na Europa. Nas capitanias nordestinas de Pernambuco e Bahia havia, produção de açúcar em abundância.

— Entre meados dos séculos XVI e XVII, aquelas capitanias tornaram-se o centro dinâmico da vida social, política e econômica da região.

Agora foi a vez de Maria Francisca, mãe de Gonzaguinha, perguntar querendo saber por que capitanias hereditárias?

— Ao que parece, meus queridos, Portugal, naquela época, não tinha gente suficiente, nem condições financeiras para colonizar o Brasil, e por isso resolveu dividi-lo em capitanias hereditárias.

Gonzaguinha e os jovens negros de sua geração não entenderam nada, mas Maria Francisca já iniciava a disparar a sua raiva, dizendo que essa foi a primeira grande incompetência portuguesa ao colonizar o Brasil.

A respeito da observação de Maria Francisca de que o sistema de capitanias foi o caos no qual seria implantada a desordem, Maria Antonieta esclareceu que os portugueses agiram rápido. Em 1548 foi criado pela Coroa o sistema de Governo Geral, com o objetivo de organizar a administração na Colônia.

Ela seguiu com uma série de outros esclarecimentos: o primeiro governador foi Tomé de Souza (1549/1553), que recebeu do governo português um conjunto de leis a serem aplicadas na colônia. Essas leis determinavam as funções administrativas, judicial, militar e tributária do Governo Geral.

Em 1572, o governo português dividiu o Brasil em dois governos. Governo do Norte, com sede em Salvador, e Governo do Sul, com sede no Rio de Janeiro.

Com relação à pergunta de Gonzaguinha a respeito de ciclo, no caso de colonização de nosso Brasil, significa um período de tempo em que uma atividade econômica, com o suporte de determinado produto, deu certo e, sobretudo, deu lucros.

Dependendo do tempo de duração do ciclo e do local onde é desenvolvida a atividade econômica, costuma desenvolver-se um povoado. Este povoado pode transformar-se numa vila, e uma vila, quem sabe, pode até dar origem a uma cidade. Um exemplo muito eloquente foi o ciclo da cana-de-açúcar.

O ciclo do açúcar foi uma das principais bases econômicas, sociais e culturais no Brasil Colonial, entre meados dos séculos XVI e XVIII.

Outros ciclos econômicos aconteceram no Brasil, como o ciclo do ouro, do café, do algodão e da borracha.

O ciclo do ouro iniciou no final do século XVII.

Naquela época, os portugueses descobriram a existência de diversas jazidas de ouro no Brasil, em especial no território correspondente ao que hoje é ocupado pelo Estado de Minas Gerais. O auge do ciclo do ouro ocorreu durante o século XVIII.

Esse ciclo foi o esplendor da economia colonial, embora todo o ouro tivesse sido enviado para a Europa. Nessa fase, o Brasil apresentou um significativo crescimento populacional.

Houve também o ciclo do algodão, que passou a ser um dos principais produtos de exportação a partir do século XVII e início do século XIX.

Com o advento da Revolução Industrial na Inglaterra e a necessidade de obter matéria-prima para a indústria têxtil, o algodão passou a ter papel preponderante na economia do país.

Essa fase passou a chamar-se de Renascimento Agrícola, visto que muitos produtos tropicais para a aquela indústria começaram a ser simultaneamente cultivados pelo país.

Houve também o ciclo da borracha, que mostrou uma incrível capacidade econômica a partir do ano de 1890.

O látex, matéria-prima utilizada para a produção da borracha, chegou a ser o principal produto de exportação em sua época. As cidades em que o ciclo da borracha se desenvolveu mais amplamente foram Manaus, Belém e Porto Velho.

Dona Maria Antonieta ia chamando com os olhos a atenção de Gonzaguinha e do grupo de jovens negros de sua geração para aqueles ciclos econômicos que significavam a vocação produtiva de cada região do Brasil. Sem parar de pensar, ela dizia a ela mesma, bem baixinho: Meu Deus, quanta riqueza existiu e ainda existe neste país!

No mesmo instante, seus pensamentos, milagrosamente, ocuparam a cabecinha privilegiada de seu adorado neto, Gonzaguinha.

– Vovó, que maravilha! Quantas riquezas existem em nosso Brasil, e são todas nossas. Não são, vovó? É bem como a senhora diz: Deus existe e Ele é brasileiro.

– O que me dizes desta primeira fase de trezentos e vinte dois anos de história de nosso Brasil, Gonzaguinha? E vocês jovens brasileiros? Procurem perceber que não existe nada definitivo. Ainda há muita história, muito trabalho, muita luta para libertar de vez a alma brasileira. Não pensem que vocês vão aprender tudo de uma vez só. Vocês precisam assimilar os conhecimentos. Tentar entender as grandes decisões. Analisar suas consequências e, antes de concluir, perguntar, tirar dúvidas. Não tenham medo. Não existe aprendizado sem perguntas contestatórias. Olhem só a cara de Maria Francisca. É evidente que ela está ansiosa para fazer aquelas perguntas de esclarecer a vida e enterrar os mortos. É muita ansiedade.

– Olha, mãe, está tudo bem; nós temos um país maravilhoso, com riquezas de norte a sul. Mas o brasileiro é feliz? E quando eu falo de brasileiros, estou me referindo a todas aquelas pessoas que residem no território brasileiro. Brancos, pretos, indígenas, que, na minha opinião, teriam que ter uma participação maior naquelas riquezas.

Outra coisa importante diz respeito à mão-de-obra utilizada para a produção daquelas riquezas e a forma como essa mão-de-obra era tratada. Durante mais de trezentos anos a mão-de-obra utilizada em quase todos os ciclos econômicos foi a força humana escravizada, uma conduta altamente comprometedora para uma colônia que busca a liberdade de sua terra e de sua alma.

E seguiu externando seu pensamento:

— Na minha opinião, esse fato tira qualquer tipo de brilho e entusiasmo acerca dos resultados obtidos a partir de um trabalho realizado de maneira forçada e sem nenhum tipo de recompensa ou remuneração. Ao contrário, foi trabalho obtido sob castigos e torturas. O tratamento que era imposto aos infelizes negros pode ser resumido pela existência da senzala, suas imediações e de seus instrumentos de tortura.

O depoimento de Maria Francisca fez com que dona Maria Antonieta ficasse imóvel durante alguns instantes. Gonzaguinha fixou o olhar nos lindos verdes olhos de sua avó e teve certeza de que nunca os tinha visto tão tristes.

Recomposta, dona Maria Antonieta disse a seus pupilos que iriam começar a examinar e discutir em seguida o capítulo mais importante da história do Brasil.

A Independência do Brasil ocorreu no dia sete de setembro de 1822 e, a partir dessa data, a Pátria brasileira transformou-se em uma monarquia governada por D. Pedro I.

— Se vocês assimilaram bem os últimos conteúdos do projeto, perceberão que a transferência da Corte Portuguesa de D. João VI para a Colônia em 1808 e a elevação da Colônia Brasileira à categoria de reino em 1815 foram dois acontecimentos que contribuíram fundamentalmente para a Independência, ocorrida em sete de setembro de 1822. Estando na colônia, D. João VI autorizou a construção no Brasil de Universidades, teatros e bibliotecas, fazendo com que artistas e intelectuais estrangeiros viessem para o país, aumentando a circulação do conhecimento e da cultura no Brasil de forma considerável.

Dona Maria Antonieta seguiu com sua exposição:

— Além disso, outros sinais concretos da separação brasileira de Portugal começaram a aparecer a partir de 1820, com o advento da Revolução

Liberal do Porto, em Portugal. Os revolucionários da cidade do Porto exigiam o retorno do Rei para Portugal, mas D. João VI não tinha intenção de fazê-lo. Os portugueses também exigiam que o monopólio comercial fosse restabelecido no Brasil. Entretanto, essas exigências soavam para as elites brasileiras como desejo dos portugueses de rebaixar o Brasil à categoria de colônia.

Prosseguiu:

– Pressionado, D. João VI acabou retornando a Portugal em 21 de abril de 1821, deixando seu filho Pedro no Rio de Janeiro como príncipe regente do Brasil. Os portugueses reagiram, iniciando um movimento que exigia a vinda de Pedro para Portugal, mas o dia 9 de janeiro de 1822, que ficou conhecido como o Dia do Fico, oficializou a permanência de Pedro no Brasil. O caminho para a independência começava a abrir e a ideia de elaborar uma Constituição para o Brasil reforçava essa situação. A forma como D. Pedro conduziu o processo de independência foi muito influenciada por sua esposa, D. Leopoldina, e pelo conselheiro José Bonifácio.

A exposição prosseguiu:

– A situação agravou-se em agosto de 1822, quando chegaram ordens expressas de Portugal. As Cortes atacavam os privilégios dos brasileiros, acusavam José Bonifácio de traição e ordenavam o retorno de D. Pedro. Isso fez D. Leopoldina convocar uma sessão extraordinária, presidida por José Bonifácio, no dia 2 de setembro de 1822. Em 7 de setembro a independência foi declarada. Durante dois anos as Províncias do Pará, Bahia, Maranhão e Cisplatina decidiram isoladamente não aceitar a Independência brasileira, optando por manter sua lealdade a D. João VI. Ocorreram conflitos travados isoladamente entre rebeldes daquelas Províncias e tropas brasileiras durante quase dois anos. Vencidas aquelas resistências, Portugal aceitou reconhecer a independência brasileira, sendo o reconhecimento mediado pelos ingleses.

Dona Maria Antioeta continuou sua aula:

– Com a independência do Brasil, o país organizou-se como monarquia. D. Pedro foi coroado Imperador e nomeado como D. Pedro I, em 1.º de dezembro de 1822. José Bonifácio era o Ministro dos Negócios Estrangeiros de D. Pedro I e desde o início da independência buscava criar uma monarquia forte, constitucional e centralizada. Segundo o Ministro José

Bonifácio, esse modelo evitaria a fragmentação do país, como ocorreu na América Espanhola. Era também ideia de José Bonifácio abolir o tráfico de escravizados e a escravidão. Não houve entendimento entre os deputados, e o Imperador decidiu por ordenar ao Exército que fechasse a Assembleia Constituinte. Vários deputados foram presos, inclusive José Bonifácio, que teve que partir para o exílio com sua família.

A primeira Constituição:

– A Constituição de 1824 acabou sendo escrita por um grupo de dez pessoas e outorgada ou imposta por D. Pedro I. O regime de governo estabelecido foi a monarquia hereditária. A estrutura política foi estabelecida segundo quatro poderes, tais sejam. Poder Executivo, Poder Legislativo, Poder Judiciário e Poder Moderador. O Poder Moderador era exercido pelo Imperador e lhe dava o direito de intervir nos demais poderes, dissolver a Assembleia Legislativa, nomear senadores, sancionar e vetar leis, nomear ministros e magistrados, e os depor. O Poder Executivo também era exercido pelo Imperador, que, por sua vez, nomeava os Presidentes das Províncias. O Poder Legislativo, exercido pelos deputados e senadores, tinha os deputados eleitos por voto censitário e os senadores eram nomeados pelo Imperador. O Poder Judiciário era exercido pelos juízes, que eram nomeados pelo Imperador, sendo seus cargos vitalícios. A capital do Brasil independente era o Rio de Janeiro, que não estava submetida à Província do Rio de Janeiro. Esta tinha sua capital na cidade de Niterói. A próxima fase da independência brasileira seria o reconhecimento internacional do Brasil como nação livre e soberana, para poder livremente estabelecer o comércio com outras Nações.

A aula continuou:

– Segundo as regras de Diplomacia Internacional, o primeiro país a aceitar o reconhecimento de independência do Brasil teria que ser a Metrópole, ou seja, Portugal. Entretanto, o primeiro país a reconhecer a independência do Brasil foi os Estados Unidos da América – EUA, em consonância com a Doutrina Monroe – "A América para os americanos". Além disso, os Estados Unidos da América visavam ao domínio do mercado brasileiro, uma vez que o Brasil não poderia comercializar com as nações europeias enquanto não fosse reconhecido como Nação Livre, dentro das normas da diplomacia. Já a Inglaterra, temendo perder o mercado brasileiro para os EUA e não podendo reconhecer a independência brasileira antes que Portugal o fizesse, passou a pressionar Portugal para que aceitasse a independência de sua ex-colônia. Em 1825 Portugal reconheceu a independência do Brasil, mas exigiu uma indenização de dois milhões de libras esterlinas. Mas o Brasil tinha ainda de resolver dois grandes problemas para ver reconhecida sua independência pelos outros países do mundo. Um deles estava relacionado ao trânsito nos mares de navios negreiros. O outro se relacionava à manutenção da escravatura negra, que no Brasil já durava mais de três séculos.

Segundo dona Maria Antonieta:

– Esse histórico brasileiro foi levado em consideração por várias nações de forma negativa para o reconhecimento da independência do Brasil. Para a comunidade internacional era praticamente inadmissível que um país iniciasse sua independência política mantendo uma quantidade imensa de pessoas escravizadas como a principal força de trabalho do país. E é muito importante salientar que a elite política e econômica de nosso país sabia que o reconhecimento internacional de nossa independência, sobretudo no que se refere ao reconhecimento inglês, passava pela abolição do trabalho escravo. Os franceses, pouco tempo antes, em 21 de agosto de1789, haviam emitido sua Declaração de Direitos do Homem e do Cidadão conforme transcrito a seguir:

> *Representantes do povo francês, em 21 de agosto de 1789, reunidos em AS-SEMBLEIA GERAL, reconhecem e declaram, na presença do SER SUPREMO, os seguintes direitos do homem e do cidadão:*
> *Artigo 1.º Os homens nascem e são livres e iguais em direitos.*

– A partir daquela declaração, organizações de Direitos Humanos começaram a reunir-se na Europa, visando a convencer os Estados livres a adotar atitudes políticas que cooperassem no sentido de evitar crimes contra a humanidade. Essas organizações, nos últimos anos, haviam recebido denúncias de que no Brasil a prática da escravização de pessoas africanas estava sendo exageradamente cruel. Uma das piores notícias referia-se à utilização de jovens escravizadas sexualmente logo após a capacidade de procriar, com finalidade de uma manutenção de perpetuidade espúria da escravização. Seria uma conduta altamente criminosa que estaria ocorrendo no Sul do Brasil.

Todos aqueles acontecimentos mostraram a Gonzaguinha e aos jovens negros de sua geração que a Independência brasileira, para se consumar, dependeu de fatores políticos, sociais e econômicos.

GONZAGUINHA E OS JOVENS NEGROS DE SUA GERAÇÃO

Suas idades variavam entre nove e quatorze anos de idade. Eram todos negros, embora houvesse variedade em suas características raciais. Alguns eram inteiramente negros, mas a maioria tinha seus caracteres raciais variando entre negros e brancos.

Quase todos, como Gonzaguinha, nasceram algum tempo após a abolição da escravatura e, portanto, em tese, seriam pessoas livres. Entretanto, algumas dessas jovens pessoas não tinham pais nem mães.

Os que estavam protegidos pelo menos por suas mães não tinham certeza ou não sabiam quem eram seus pais. Algumas mães tiveram a sorte de arranjar algum trabalho, doméstico ou não, que pudessem realizar, mesmo que fosse no lugar onde antes viviam escravizadas, algo de bom para seus meninos. Entretanto, a maioria ficou entregue à própria sorte, que não foi das melhores.

Essa maioria acabou não tendo onde morar, nem como se alimentar, e as pobres mães começaram a achar que o gosto da liberdade que haviam alcançado em 1888, com a Lei Áurea, fora um pouco amargo. Muitas delas começaram a desesperar-se ante a perspectiva de não ter onde acalentar seus pimpolhos ou mesmo lhes dar um mínimo de alimentação.

Elas já não sabiam mais o que fazer, porque o tempo passava, o inverno no sul do Brasil estava chegando com rigor, e as crianças e os recém-nascidos não podiam esperar.

Até que elas ouviram falar na existência de dona Maria Antonieta e da Vila Valquíria, que passou a ser a esperança de muitos jovens e crianças que haviam perdido todas as suas referências após a abolição da escravatura e perambulavam sem rumo e sem esperança pela cidade de Pelotas.

O momento exigia medidas de urgência, e então Maria Antonieta não vacilou em apelar para seu querido irmão e talvez único amigo verdadeiro.

Felipe respondeu imediatamente, propondo uma reunião entre eles dois mais dona Cecília, sua mãe, e Valquíria, lá na charqueada Santo Antônio.

Maria Antonieta de início não queria aceitar o local em razão das lembranças que aquelas terras lhe traziam. Ela tinha receio de rever Herculano pai e a senzala onde ela tinha certeza que ocorreram muitas perversidades. Depois pensou melhor. As medidas a tomar teriam que ser concretizadas com urgência. Todos sabiam o que iria acontecer com os ex-escravizados logo após a abolição da escravatura se essas providências não fossem tomadas o mais rápido possível.

A Lei Áurea, com seus dois únicos artigos, excessivamente lacônicos, transformou a vida dos brasileiros e de seus escravizados de forma radical. De um dia para o outro, a força de trabalho brasileira estava totalmente desorganizada. Nesse mesmo tempo, setecentas mil pessoas que haviam sido sequestradas no outro lado do mundo para fins de escravização no Brasil estavam em liberdade.

Aquelas setecentas mil pessoas, ex-escravizadas em pouco tempo, se aperceberam da dificuldade que teriam para viver aquela liberdade que lhes foi devolvida, porque elas foram colocadas diante de uma nova vida para a qual não estavam preparadas. Além disso, não houve qualquer tipo de intenção governamental no sentido de prepará-las para aquela liberdade.

Para os homens adultos ex-escravizados e sem encargos de família, não seria muito difícil providenciar morada embaixo de uma árvore e alimentação na beira de um riacho. Seria uma medida de sobrevivência provisória, até o aparecimento de um emprego. Já com relação às mulheres ex-escravizadas, sobretudo as que estavam grávidas ou que já tinham encargos de família, tudo era muito diferente.

No momento da reunião, Maria Antonieta foi logo explicando que estava dando apoio às jovens ex-escravizadas que apareciam em sua casa, principalmente às menores de idade, mulheres grávidas e também às que apareciam com filhos no colo. Maria Antonieta explicou que estava disponibilizando uma cama por pessoa adulta mulher e armários coletivos com quatro divisões. Na prática, são pequenas portas que não têm chaves ou cadeados. Cada um deve saber do pouco que tem e do que pode dispor.

Há também uma cozinha e somente uma. No pátio, aos fundos do lugar, há um espaço que até se pode chamar de lavanderia.

— Decidimos, por absoluta falta de recursos, não receber homens adultos, visto que, por unanimidade, foi entendido que a prioridade seria: as mulheres grávidas, mulheres em estado de necessidade, meninas, meninos e, por último, casos a decidir, como idosos, por exemplo. Eu sei que é muito pouco, falou entristecida Maria Antonieta, e isso tudo existe graças ao amor e à amizade de meu querido irmão Felipe, que adquiriu para mim quase exatamente as instalações que pedi que ele comprasse.

Disse ainda que o ideal seria construir mais algumas unidades existentes no terreno ao lado, instalar mais uma cozinha e uma lavanderia mais completa com a finalidade de atender toda a demanda de roupa a ser lavada. Entretanto, tudo isso depende de dinheiro que precisamos dar um jeito de conseguir. Estou fazendo de tudo para reservar uma sala para funcionar como escolinha para aqueles que nunca tiveram a oportunidade de estudar.

Valquíria, que estava quieta, pediu a palavra, afirmando que seria breve, porque o momento era de agir rápido, visto que as decisões poderiam salvar muitas vidas e, se for possível, mostrar para os jovens pobres e negros que eles não estão abandonados.

— Em primeiro lugar, devo dizer que é uma alegria muito grande poder trabalhar com três das pessoas que mais amo neste mundo. Quanto a dona Cecília, seria totalmente dispensável discorrer sobre o seu senso de solidariedade humana. A respeito de Felipe, a quem eu conheço desde pequeno, posso afirmar que existem muito poucos homens como ele neste Brasil. Maria Antonieta é minha filha de criação, mas não é por causa disso que afirmo que ela não é deste mundo. Todos sabem que eu não nasci no Brasil, mas agora, após a abolição, pretendo ser cidadã desta terra que eu tanto amo. Infelizmente, devo confessar minha decepção, mágoa e tristeza pela forma como nossos ex-escravizados têm sido tratados a partir da abolição.

Dona Valquíria fez importante revelação:

— Certa vez, dona Cecília disse que me faria duas perguntas. Uma já foi respondida outro dia em Londres e a segunda referia-se ao destino que eu estava dando para o dinheiro que recebia pelo meu trabalho como cabeleireira e profissional de beleza na região das charqueadas. Naquela noite eu falei à dona Cecília que esse dinheiro estava sendo guardado para ajudar a atender a execução de um grande projeto social que estava por vir. Do que eu conheço de minha menina Maria Antonieta, o que ela está fazendo agora, é apenas o começo de um grandioso projeto social idealizado para apoiar jovens negros e negras.

Dito isso, Valquíria entregou uma sacola para sua filha de criação. A sacola estava quase cheia de dólares americanos e libras esterlinas, dinheiro que ela guardava havia quase vinte anos, recebidos de clientes que ela atendera em Pelotas, na cidade vizinha de Rio Grande e em outras cidades próximas quando havia grandes festas.

E assim foi feito. Com a orientação e a ajuda de Felipe na parte financeira, dona Maria Antonieta ampliou as instalações do local onde ela morava, que passou a ser conhecido como Vila Valquíria.

Lá foram recebidas todas as jovens mães com suas crianças, bem como aquelas ex-escravizadas que ainda não haviam conseguido qualquer tipo de emprego, e vários idosos. Ninguém ficava sem fazer nada na Vila Valquíria. Maria Antonieta em seguida montou um grupo de costuras, onde alguns talentos começaram a aparecer. As mais fortes ajudavam na limpeza do local e, dessa forma a vila Valquíria impressionava pela demonstração de asseio e higiene.

Quem passava pela Vila Valquíria naquele início do século XX percebia que se tratava de um lugar muito simples. Entretanto, para Juliana foi como se ela tivesse encontrado um lugar muito próximo do que pudesse ser o paraíso. Julinho estava para nascer e, na Vila Valquíria, Juliana teve a impressão de que seu filho nasceria realmente entre os anjos.

JULIANA, JULINHO, PRETA, LÍDIA E LEDA

Juliana havia sido mais uma das vítimas da senzala e de seus arredores. O começo da história era sempre o mesmo. Ela não sabia quem fora sua mãe e não tinha a mínima ideia de quem teria sido seu pai. Prosseguindo naquele caminho tão obscuro e incerto, Juliana tinha pouco mais de quinze anos de idade quando descobriu, naqueles primeiros dias do ano de 1888, que estava grávida. Outra certeza que ela teve foi que seu filho seria um menino.

Não obstante todos os problemas que ela ssabia ter que enfrentar, Juliana estava relativamente tranquila e até um pouco otimista ante a perspectiva de ter algo seu, um amor todo seu e para sempre. Ela nem sabia ao certo qual era sua idade. Sequer tinha noção de quem tinha lhe dado o nome de Juliana e se houve alguma razão para ser utilizado aquele nome.

A senzala e suas imediações constituía o ambiente ideal para que houvesse todo tipo de abusos sobre as jovens negras escravizadas que se submetiam por bem ou por mal aos homens brancos de modo geral. Elas não tinham como defender-se quando eram escolhidas para satisfazer a vontade criminosa de seus algozes. Mais triste ainda eram os resultados daqueles relacionamentos que geravam pessoas com variados tipos de caracteres. Podiam ser pessoas muito inteligentes, ou com dificuldades de raciocínio ou até pessoas geniais.

Nos seus aspectos físicos, também as vítimas da senzala podiam produzir todos os tipos de figuras humanas, dependendo dos cruzamentos realizados. Juliana foi uma dessas vítimas, mas depois transformou-se em heroína das senzalas.

A relativa euforia de Juliana fundamentava-se no fato de que estava em plena vigência no Brasil a Lei do Ventre Livre, o que garantia para seu nenê, que já tinha o nome de Julinho, no mínimo oito anos de liberdade garantida sob a responsabilidade e orientação do senhor do local onde ela e a criança estivessem ou onde ela, mãe, estivesse prestando trabalho como escravizada.

Além disso, estávamos na segunda metade do século XIX, período de tempo marcado pela pressão inglesa sobre o Brasil exigindo o fim do tráfico de pessoas sequestradas para fins de escravidão. Aquelas determinações da Lei do Ventre Livre animavam Juliana, porque ela teria oito anos para preparar seu filho e, era muito provável que antes desses oito anos a escravidão negra no Brasil fosse um problema já resolvido. Juliana apalpava Julinho, que ainda estava em sua barriga, e pensava na quantidade de homens e mulheres que se manifestavam de forma quase fanática pelo fim daquele regime de trabalho indigno.

Havia aqueles que defendiam a abolição gradual e que viesse acompanhada com indenização para os proprietários de pessoas escravizadas, mas havia também os que lutavam por uma reforma social. Era o que chamavam de democracia rural, que deveria combater o latifúndio e fomentar a educação dos ex-escravizados, dando-lhes condições de vida e capacidade para concorrer em um novo mercado de trabalho que estava por vir.

Juliana tinha alguma noção do que isso significava. Com a abolição da escravatura, ela e seu filho poderiam ganhar um pedaço de terra. Para Juliana era o suficiente para iniciar sua família com dignidade. Ela depositava quase todas as suas esperanças na reforma social e em alguns abolicionistas, como André Rebouças, que era neto de um português que vivia com uma negra escravizada. Sua luta sempre foi no sentido de defender a democracia rural e a monarquia.

Outro abolicionista em quem Juliana depositava seus anseios foi Luiz Gama, que era filho de uma mulher africana livre com um senhor de escravos. Ele foi vendido pelo pai aos dez anos de idade, tendo sido escravizado até os dezessete. Luiz Gama, apesar de tudo, tornou-se jornalista e advogado, o que lhe permitiu auxiliar escravizados em vários processos de alforria de forma gratuita.

Outro nome que impressionou muito Juliana foi José do Patrocínio, considerado por seus biógrafos o maior de todos os jornalistas da abolição, destacando-se também como monarquista. Ele foi também idealizador da Guarda Negra da Redentora, Princesa Izabel.

José do Patrocínio era filho do vigário da paróquia de Campos, Rio Janeiro, com uma jovem escrava de quinze anos de idade. Embora não reconhecendo a paternidade do filho, o religioso encaminhou o menino para sua fazenda, onde José do Patrocínio passou a infância como liberto, porém sofrendo alguns castigos de escravizado.

Mas o abolicionista que mais chamou a atenção de Juliana foi o baiano Rui Barbosa, que, sendo um intelectual de seu tempo, atuou como jurista, político, advogado e diplomata.

Juliana já estava com tudo planejado para quando nascesse seu filho. A Lei do Ventre Livre garantia à criança oito anos de liberdade desde o seu nascimento, e essa liberdade seria administrada por ela, sua mãe, e com os recursos de alimentação e moradia do local onde ela, Juliana, era escravizada. Ela esperava que Julinho nascesse mais ou menos no início de junho de 1888. Antes de passarem os próximos oito anos, ela tinha certeza de que já teria uma solução que conduzisse a vida de seu filho para ser um homem livre.

Entretanto, em 13 de maio de 1888 foi abolida a escravatura por meio da Lei Áurea com dois únicos e lacônicos artigos, que não atenderam aos grandes proprietários, nem possibilitaram o advento da tão sonhada democracia rural. Foi um duro golpe para Juliana.

O artigo 1.º simplesmente declarava extinta a escravidão no Brasil, enquanto o segundo revogava as disposições em contrário.

No caso de Juliana, escravizada na vigência da Lei do Ventre Livre, ela teria oito anos para criar seu filho com um mínimo de apoio material, como casa e comida. Entretanto, a partir de 13 de maio de 1888, com o advento da Lei Áurea, Juliana, embora em liberdade, sabia que tinha perdido aquele mínimo de apoio, além de passar a ser discriminada e sofrer preconceito.

A verdade é que a Lei Áurea concretizou um projeto com mecanismos de exclusão, relegando a população negra a uma condição de subcidadania.

A notícia daquele grande evento nacional foi comunicada à Juliana pela governanta da casa, dona Expedita, que ao mesmo tempo aproveitou para expulsar a jovem da mansão dos Monteiros.

Juliana fora trazida para a mansão alguns meses antes pela própria dona Expedita, a pedido de um amigo ao qual devia favores. Ao mesmo tempo, seu amigo guardaria segredos que deveriam ser levados para o túmulo.

Dr. Joaquim Monteiro, dono e senhor da mansão onde Juliana trabalhava como escravizada, era um homem muito rico. Seu trabalho consistia em administrar a importação e exportação de mercadorias para o sul do Brasil, mas ninguém sabia ao certo com que tipo de mercadorias ele lidava, e essa incerteza aumentou ainda mais quando a Inglaterra decretou o fim do tráfico de pessoas escravizadas em qualquer oceano do mundo.

Quando o Dr. Joaquim perdeu sua esposa, a viuvez o deixou transtornado, e ele tentava criar suas duas filhas com o auxílio da governanta, dona Expedita, que já ajudava a criar as meninas desde que elas nasceram.

Lídia e Leda sempre foram muito ajuizadas e amigas do pai, o qual auxiliavam na organização da enorme burocracia exigida pelo governo para exportar e importar mercadorias. Elas achavam um trabalho interessante, mas reclamavam às vezes de seu pai, o velho Joca, como o chamavam.

Quando a mãe delas faleceu, Leda e Lídia caíram em depressão, e a governanta, Dona Expedita, as ajudou muito, abafando sua própria tristeza pelo passamento da querida patroa e amiga.

Lídia e Leda ainda eram adolescentes quando a mãe faleceu, mas elas também tiveram que conter-se em benefício do pai, que estava inconsolável e não conseguia manter o domínio de si mesmo.

Algum tempo depois, o cenário domiciliar foi alterado com a chegada de Juliana. Ninguém sabia exatamente qual era a origem da jovem, que já há algum tempo havia sido incorporada ao grupo de empresas dos Monteiros.

Juliana parecia uma jovem branca, mas ela era filha de uma negra escravizada que havia desaparecido misteriosamente. Dizia-se na senzala e em seus arredores que Juliana era filha de Lorde Robert, um comandante aposentado da Marinha Mercante da Inglaterra.

Lorde Robert era o superintendente do porto da cidade de Liverpool, na Inglaterra. Por aquele porto haviam passado milhões de pessoas sequestradas na África e transportadas à força para a América, a fim de serem escravizadas em destinos diversos.

Leda e Lídia conheciam bem e gostavam muito de Lorde Robert, que pelo menos três vezes por ano viajava à América Central e do Sul. Nessas viagens, o lugar em que ele mais tempo permanecia era no Brasil, sobretudo na região Sul, área considerada estratégica para os interesses comerciais ingleses.

Quando Lorde Robert visitava os países do sul da América, ficava hospedado na mansão dos Monteiros, em Pelotas. Lorde Robert concordava com as meninas que chamavam Pelotas de Princesa do Sul. Ele sempre dizia a elas como era possível terem herdado um país do tamanho do Brasil. Em seguida lhes perguntava meio atrapalhado, com uma mistura de espanhol e português, o que elas tinham feito para ganhar aquela lagoa, que parecia maior do que a Inglaterra.

Quando estava falando sério, Lorde Robert explicava às gurias um termo gaúcho que ele adorava, o motivo de hospedar-se na mansão dos Monteiros. Permanecendo em Pelotas, o comandante tinha acesso relativamente fácil a Porto Alegre pela Lagoa dos Patos e quando era necessário ir a Montevidéu e Buenos Aires, seu navio estava pronto no porto de Rio Grande para enfrentar o Rio da Prata.

Leda e Lídia gostavam muito de conversar com Lorde Robert, mas algo naquele comandante elegante e bonito deixava as duas jovens preocupadas. Afora esse pormenor, elas, sempre que possível, estavam junto de Lorde Robert, pessoa que admiravam por sua inteligência e cultura geral.

Numa de suas visitas, Lorde Robert, ao mesmo tempo que conversava com as duas jovens, dava a impressão de que procurava alguém. Até que um dia ele perguntou a elas se não havia uma nova empregada na mansão. Foi nesse momento que Juliana entrou na sala, trazendo chá e doces.

Tanto Leda como Lídia eram fluentes no idioma inglês, superando seu pai, o velho Joca, que considerava o idioma britânico algo muito esquisito e um pouco difícil para sua idade. Talvez por essa facilidade de comunicação de Lorde Robert com Leda e Lídia o comandante fosse considerado quase uma pessoa da família.

A vinda de Juliana para a casa grande, que era como os empregados chamavam a mansão, em princípio deveu-se à fama que a jovem adquiriu administrando um dos depósitos de exportação das empresas que estava totalmente desorganizado.

Embora tivesse apenas um pouco mais de quinze anos de idade, Juliana, por sua experiência de vida, aparentava ter aproximadamente vinte, tal a autoridade com que coordenava e dirigia os trabalhos. Sua inteligência era surpreendente, e além de tudo, Juliana ostentava a fama de ser a pessoa com maior capacidade de reunir a gente do "Conglomerado Joaquim Monteiro", sendo capaz de organizar qualquer tipo de festa.

Leda e Lídia eram quase da mesma idade e receberam Juliana com cordialidade de irmã, e dessa forma foi o relacionamento das três a partir daquele dia, embora tal situação não tenha agradado nem um pouco a dona Expedita, governanta da mansão.

Dr. Joaquim também se encantou por Juliana, o que deixou Expedita ainda mais irritada e já arrependida de ter trazido a menina para trabalhar na Mansão, embora tenha sido para atender a um pedido de Lorde Robert, pessoa à qual ela nada podia negar.

Aos poucos Juliana foi ocupando uma posição de irmã de Leda e Lígia. As duas ficaram impressionadas com o fato de Juliana nunca ter frequentado uma escola, e decidiram fazer da "irmã" conhecedora de tudo que tinham aprendido, inclusive os idiomas.

A fome de conhecimento e a inteligência da jovem escravizada fizeram com que Juliana aprendesse tudo num tempo mínimo, fato que causou surpresa e a admiração de todos na mansão. Menos, é claro, com relação a dona Expedita, a governanta.

Além de ajudar Leda e Lídia no controle da burocracia das empresas da família, Juliana conseguiu utilizar também sua vocação de organizadora de festas em outros setores do Conglomerado Joaquim Monteiro e em pouco tempo era solicitada para trabalhos remunerados.

Aquelas circunstâncias fizeram com que quase todos na mansão de certa forma esquecessem que Juliana era uma pessoa escravizada. A exceção era dona Expedita, que a toda hora procurava colocar Juliana em seu lugar de origem.

Dr. Joaquim conversava muito com as três meninas, e cada uma tinha opinião diferente a cerca do Brasil e do mundo. As três tinham posição contrária à política de escravização no Brasil. Elas entendiam que era uma filosofia retrógrada pouco inteligente e que não tinha um mínimo de legitimidade.

A intimidade que Juliana cada vez mais tinha com seu patrão incomodava muito dona Expedita, a qual temia que o velho Joca se apaixonasse por Juliana, uma menina, o que na opinião de dona Expedita seria o seu fim.

O temor de dona Expedita tinha fundamento; disso a governanta tomou conhecimento pelo próprio Dr. Monteiro, que a chamou para uma conversa.

– Eu sei, Expedita, que tu não gostas de negros, mas eu acho que estou apaixonado por Juliana. A falecida e minhas filhas que me perdoem, mas eu nunca tinha conhecido alguém igual a essa menina.

– Essa menina! Exatamente assim como o senhor falou, Dr. Monteiro, falou Expedita com irritação. O senhor acha que ela o aceitaria como marido? Ela tem idade para ser sua filha, Dr. Monteiro! E o senhor se casaria com uma negra escravizada?

– Ela não é minha filha, Expedita! Ela é minha escravizada. Tem que fazer o que eu quero, e eu não pretendo me casar novamente. Ainda mais com uma mulher tão mais nova do que eu. Eu estou precisando apenas de uma amante, e vou precisar de tua colaboração.

No dia seguinte, dona Expedita chamou Juliana para uma conversa no horário em que Leda e Lígia estavam na escola.

– Presta bem atenção, menina! O Dr. Monteiro quer te ver hoje à noite no quarto dele, sentenciou dona Expedita, parecendo cinicamente satisfeita. Imagino que tu saibas o que ele pretende. Por isso te prepara o melhor possível para satisfazer teu senhor. Apenas te aviso que se houver algo de errado, passarás o resto de tua vida sem comida e sem água.

Dessa forma Juliana foi seduzida à base da fome e da sede, contando com a cumplicidade da governanta.

No outro dia, quando encontrou suas "irmãs", Leda e Lídia perceberam que havia algo de errado. Juliana era outra pessoa. Faltava-lhe entusiasmo, alegria, e seus olhos não tinham mais brilho.

Alguns meses após aquele primeiro encontro, Juliana percebeu que estava grávida, procurou conversar com seu patrão e foi muito mal recebida. Foi inclusive ameaçada de morte para que ficasse quieta e aguardasse ordens suas.

Entretanto, no dia 13 de maio, Juliana não era mais uma mulher escravizada. A abolição da escravatura no Brasil já havia sido proclamada, mas Juliana não tinha para onde ir.

Pediu para continuar na mansão fazendo o que sempre fazia. Juliana era uma excelente cozinheira e, embora muito jovem, teve chances de participar de alguns cursos de culinária em que Dr. Joaquim, então seu patrão e senhor, a inscreveu.

Juliana entendia que após a abolição da escravatura ela teria que ser remunerada, mesmo que fossem descontados do seu salário os valores despendidos com ela para alimentação e moradia.

Com relação a seu corpo, Juliana foi bem clara para Dr. Monteiro que, no seu entendimento amor remunerado significava prostituição e que ela não iria mais a seu quarto.

Dr. Joaquim não levava em consideração as reclamações de Juliana, significando que, na prática, ele pretendia mantê-la nas mesmas condições de escravizada como antes da abolição.

Dona Expedita, governanta da mansão, não suportava mais ver Juliana assumindo a liderança de empregados e determinando o que seria feito ou não em festas e reuniões. A governanta tinha ciúmes de Juliana, que, apesar de jovem, dava mostras de muita inteligência e beleza interior.

A juventude e a beleza de Juliana incomodavam muito dona Expedita, que dizia abertamente não permitir que aquela escravizada ocupasse o seu lugar, e, assim que pôde, expulsou-a da mansão, aproveitando-se da ausência do Dr. Joaquim, que estava em viagem.

Quando Dr. Joaquim voltou da viagem, dona Expedita afirmou-lhe que Juliana havia abandonado a mansão, levando o dinheiro que estava na cozinha para as compras da semana. A história não agradou nem um pouco Dr. Joaquim.

Juliana, ao ser expulsa, juntou as poucas coisas que possuía e foi embora sem olhar para trás. Quando estava um pouco longe do lugar onde tinha sido tão feliz e, em alguns momentos, tão infeliz, Juliana lembrou-se de que não tinha um centavo para comprar alguma coisa para comer, nem um lugar onde dormir.

Ela estava no centro da cidade em Pelotas, observava as lojas, as confeitarias, sentia fome, um grande aperto no coração e não conseguiu evitar as lágrimas, acreditando que havia chegado a sua hora.

Talvez seja melhor assim, pensou Juliana. Com o que, uma infeliz como eu poderá contribuir para um país tão grande e rico como o Brasil?

Pensou em seu filho, que já tinha nome, embora ainda não tivesse nascido. Concluiu que precisava ter calma, pensar melhor. "Tenho que dar uma chance a Julinho, meu filho, que ainda nem nasceu. Uma terra tão linda como esta, com tantas riquezas! Meu filho tem que ter a sua oportunidade. Eu preciso lutar."

Quando Juliana tentava recompor-se, começou a levantar a cabeça quase chorando e viu que um par de olhos curiosos a observavam com surpresa.

Era uma jovem, sozinha, também quase chorando e parecendo sem alimentar-se há muito tempo. Seu corpo todo pretinho chamava atenção, em contraste com o vestidinho branco miserável. Elas se olharam durante algum tempo, procurando conter as lágrimas, até que Juliana perguntou o nome dela.

– O meu nome é Preta ou pelo menos é assim que todos me chamavam lá na charqueada de São Gabriel. Logo após a chegada da abolição, fui mandada embora junto com mais algumas ex-escravizadas.

– Então somos duas, disse Juliana. Deus deve ter marcado este encontro entre nós. A partir de agora somos irmãs. O que achas? Jamais nos separaremos.

Preta começou a chorar, querendo beijar as mãos de Juliana.

– Eu nunca tive mãe, pai, nem amiga. Deus te abençoe minha irmã.

As duas, agora irmãs, ex-escravizadas, seguiram em frente, com Juliana carregando uma outra pessoa em sua barriga. Os seus primeiros passos juntas as levaram à frente da Vila Valquíria.

BEM-VINDOS À VILA VALQUÍRIA

Felipe nunca imaginou que aquela aquisição feita por ele em nome de Maria Antonieta seria o núcleo da Vila Valquíria. Ele conhecia muito bem sua querida irmã Maria Antonieta e sua amada afilhada Maria Francisca. Quanto mais ele pensava na pequena quantia que elas receberam pelo trabalho realizado por Maria Antonieta, sentia-se envergonhado, ainda mais em lembrar o quanto sua família ganhava num só dia de trabalho.

Olhando agora o quadro de injustiça social à sua frente, viu que tinha sido modesto quando adquiriu para Maria Antonieta aquelas instalações que sua Netinha chamava agora de Vila Valquíria.

Felipe tinha certeza de que poderia ter adquirido algo melhor. Menos mal que Maria Antonieta estava satisfeita. A Vila Valquíria era um lugar que honrava seu próprio nome. Valquíria nunca teve medo de enfrentar as adversidades. Quando perguntavam para Maria Antonieta quem era Valquíria, a resposta era imediata.

— Valquíria é a mais heroína de todas as heroínas da senzala. É também minha mãe adotiva, dizia Maria Antonieta, e o que me impressiona nela é o seu otimismo, que não tem limites.

— O que importa agora, dizia Maria Antonieta, é que todos são bem-vindos em Vila Valquíria, observadas as restrições necessárias.

Uma vez fazendo parte efetiva da vila, a única exigência de dona Maria Antonieta é uma reunião semanal com todos os habitantes da Vila, incluindo idosos e crianças.

Juliana e, agora sua irmã, Preta, foram entrando admiradas com o que viam na Vila Valquíria. A primeira pessoa que encontraram foi dona Maria Antonieta.

— A senhora é dona Maria Antonieta, não é? O meu nome é Juliana, esta é minha irmã Preta e este é Julinho, apontando para a barriga, referindo-se a seu filho, que esperava sua hora de pertencer à Pátria Brasileira. Neste momento, senhora, estamos precisando muito de ajuda.

— Sejam bem-vindas, disse Maria Antonieta.

Na mansão dos Monteiros, Dr. Joaquim sentia-se cada vez mais triste. Leda e Lídia não aceitavam a versão de dona Expedita de que Juliana havia fugido e muito menos que tivesse levado o dinheiro que estava na cozinha.

— O que está acontecendo, papai? Juliana ultimamente não era a mesma pessoa, dizia Lídia. Ela andava triste, havia perdido aquela vontade de viver, não queria estudar mais. Quando Lídia terminou de falar, percebeu um olhar velho conhecido entre seu pai e dona Expedita, o que significava que os dois haviam feito alguma coisa errada.

Durante o jantar houve pouca conversa. O velho Joca percebeu que suas amadas filhas exigiam uma explicação sobre o que estava acontecendo. O olhar de suas duas princesas era daqueles em relação aos quais, se não tivesse resposta, ele não conseguiria dormir.

— O que está havendo com vocês? Alguém morreu? Esqueci de pagar a mesada de vocês?

— Estamos pensando em mamãe, falou sua filha mais nova, Leda. Antes de morrer, ela disse que deveríamos cuidar de ti. Entretanto, fez questão de deixar bem claro que nunca deveríamos aceitar tuas mentiras, principalmente quando tu estivesses voltando do médico. Entretanto, agora estamos pensando em ir estudar na Europa.

O velho Joca ficou vermelho, sem saber o que dizer, mas sentiu que teria problemas.

— Um pai que ama muito seus filhos pode ter que mentir às vezes, minhas filhas. Pode ser um assunto grave que possa deixar os filhos escandalizados ou até mesmo prejudicar o futuro da família.

— Está bem, papai, então conte logo o que tu e dona Expedita fizeram com Juliana. Vocês a mataram? Por favor, papai, nos diga logo o que aconteceu.

— Juliana está esperando um filho meu.

◙◙◙

Na Vila Valquíria, Juliana e sua irmã Preta foram recebidas pela recepcionista número um, ou seja, por dona Maria Antonieta, cujo sorriso fez com que as duas irmãs se sentissem em casa.

— Venham primeiro comer alguma coisa antes de iniciarmos a conversar. A esta hora não temos nada pronto porque já passou a hora do almoço, e todos estão em seus afazeres. A cozinha também não está muito abastecida, mas amanhã vocês poderão comer melhor.

Dito isso, dona Maria Antonieta fez menção de dirigir-se aos gêneros alimentícios e Juliana disse imediatamente que ela, Juliana, faria tudo. Explicou sucintamente o que fazia antes de ser expulsa da mansão e, se fosse o caso, gostaria muito de ser útil na Vila Valquíria.

Terminada a refeição Maria Antonieta, com sua visão prospectiva, sentiu que a Vila Valquíria tinha adquirido uma profissional em artes culinárias e que poderia, é claro, ser muito útil, inclusive para o desenvolvimento do Grande Projeto.

E assim aconteceu. Juliana quase que imediatamente assumiu a responsabilidade por todo o setor de alimentação da Vila. Ao mesmo tempo, ministrou vários cursos de culinária para as jovens hóspedes e para as pessoas interessadas da vizinhança que podiam pagar alguma coisa que podia ser gêneros alimentícios, material de limpeza ou mesmo algum dinheiro.

Em pouco tempo, Juliana estava sendo convidada para organizar festas de aniversário, formaturas, reuniões dançantes, sempre contando com sua fiel irmã Preta, que assessorava Juliana de forma perfeita em todo e qualquer tipo de trabalho.

Quando Julinho nasceu, sua mãe, Juliana, teve problemas sérios após o parto e precisou ser internada no hospital da Santa Casa. Preta tomou conta de Julinho como se fosse seu filho, ao mesmo tempo trabalhando e cuidando de sua irmã Juliana no hospital durante quase dois meses.

Ao voltar para a Vila Valquíria, Juliana e Julinho foram recepcionados por uma festa que emocionou a todos, numa demonstração de que a Vila Valquíria não era um simples lugar de apoio aos desvalidos.

Uma das maiores perversidades que a escravidão negra praticou no Brasil foi destruir a família dos sequestrados africanos aqui escravizados durante tanto tempo.

Felizmente aí estava a Vila Valquíria, tentando corrigir algumas daquelas barbaridades. Lembrando tudo isso, Juliana não sabia como agradecer a união e o apoio de todos.

– Numa hora destas, disse Juliana, ao iniciar a festa realizada para festejar seu retorno do hospital, é que podemos avaliar o que significa ter uma família. Nesses dois meses em que estive no hospital nunca me senti sozinha. Cada vez em que eu acordava de medicamentos e outras aplicações, eu via um rosto amigo trazendo a sua solidariedade.

Para minha querida irmãzinha Preta eu não vou fazer nenhum agradecimento, porque eu sei que tudo que ela fez por mim e por Julinho foi por interesse na sua vaga de madrinha. Apenas vou comunicar que Preta batizará Julinho no domingo que vem.

Preta, com Julinho nos braços, desandou a chorar, gritando para quem quisesse ver e ouvir:

– Agora eu tenho uma família! Não estou mais sozinha neste mundo. Eu não sei quem me deu meu nome. Não tenho pai, nem mãe, mas agora eu tenho uma família.

Em seguida todos se abraçaram.

Em contrapartida, na mansão dos Monteiros o ambiente familiar estava sofrendo um duro baque. Leda e Lídia ficaram sabendo, pelo próprio velho Joca, que ele havia sido amante de Juliana, uma quase menina negra escravizada que vivia na mansão como se fosse da família. Desse envolvimento estaria para nascer ou talvez já tivesse nascido uma criança.

Dr. Monteiro repetiu às filhas a história contada pela governanta, dona Expedita. Juliana havia fugido da mansão e levado o dinheiro das compras da semana. Lídia e Leda desandaram a rir na frente do velho Joca, empurrando-se mutuamente, uma contra a outra, numa dança que evidenciava toda a imensa perplexidade e incredulidade das duas jovens.

– Pai, disse Lídia, agora já raciocinando a respeito das consequências daquilo que a governanta tinha inventado. Como foste acreditar na Expedita? Ela odeia nossa querida amiga Juliana. Seu ódio não era somente pelo fato de Juliana ser uma mulher negra escravizada.

Expedita tinha ciúmes doentios de Juliana, pela beleza exterior e interior da jovem, por sua inteligência, pela amizade que existia entre nós três e pelo tratamento que tu e Lorde Robert davam à Juliana, papai.

– Mas agora explique, seu Joca, disse Leda. Como essa história acabou em gravidez? O senhor gostava mesmo de Juliana, pai?

– Eu acho que vocês duas são muito jovens para entender esse tipo de assunto, mas...

As duas irmãs pegaram imediatamente a quatro mãos o pescoço do pai, que começou a gritar.

– Parem! Respeitem seu pai. Eu prometo contar tudo. Eu somente peço a vocês que não me julguem. Eu já sofri bastante. A mãe de vocês já apareceu para mim de madrugada duas vezes e já me avisou que se ela vier uma terceira vez, eu vou junto com ela.

Depois de ouvirem toda a história, as duas irmãs ficaram muito preocupadas. Elas tinham que encontrar Juliana e talvez mais uma irmã; ou um irmãozinho. Mas como?

Alguns dias após aquela discussão familiar, Lorde Robert aportou em Rio Grande com seu navio de comandante de Marinha Mercante. Em seguida pegou sua lancha particular, adentrou a Lagoa dos Patos, tomou o rumo do canal São Gonçalo e chegou a Pelotas como se estivesse voltando para casa.

Quando Lorde Robert olhou para a governanta Expedita, para o velho Joca e para as meninas, ele viu que algo de grave havia acontecido, e perguntou imediatamente por Juliana.

– O que aconteceu com minha filha? O que vocês fizeram com Juliana, perguntava, angustiado, Lorde Robert.

Foi nesse momento que o velho Joca sentiu-se mal, e todos correram em sua direção. Em seguida veio uma ambulância e levou Dr. Monteiro para o hospital.

Leda e Lídia tentaram por todos os meios dar atenção total ao pai, que estava hospitalizado, mas impunha-se a elas também a necessidade de procurar seu irmão ou irmã, que não sabiam onde estava e, pior, a criança e a mãe provavelmente estariam precisando de ajuda.

Lorde Robert também estava na mesma situação, pois poderia estar perdendo uma filha e um neto ou neta. Ficou mais angustiado ainda quando recebeu uma mensagem de Londres perguntando a razão pela qual ele ainda não estava em Buenos Aires.

O comandante então apelou para Leda e Lídia, as únicas pessoas que poderiam ajudá-lo. Deixou nas mãos das jovens quarenta mil dólares americanos para que elas fizessem o impossível para encontrar sua filha e prometeu mais sessenta se elas tivessem sucesso até ele voltar das terras portenhas.

Leda pegou uma vassoura que estava próxima e Lídia aproximou-se de um facão que estava em cima da mesa. O comandante levantou os braços apavorado e tentou explicar às meninas que elas poderiam precisar de dinheiro, inclusive para enfrentar uma possibilidade de doença ou necessidade quase intransponível. As duas jovens concordaram e Lorde Robert viajou um pouco mais tranquilo.

No final daquele ano, a turma que estava se formando no colégio de Lídia e Leda organizou uma festa de despedida, como faziam todas as turmas, já que no ano seguinte aqueles alunos e alunas não voltariam mais para o colégio, saindo alguns em busca de uma atividade profissional e outros talvez em preparação para cursos no exterior ou em cargos na atividade pública ou privada.

Aquela festa estava sendo organizada por Juliana, com algumas auxiliares e, como sempre com toda a supervisão realizada por sua irmã Preta. Quem tivesse conhecido Preta quando ela chegou com fome, sede e maltrapilha na Vila Valquíria naquela tarde do mês de maio de 1888, jamais a reconheceria.

Suas roupas agora eram confeccionadas na própria Vila Valquíria por especialistas cujo talento foi descoberto e desenvolvido na própria vila. Seu cabelo era tratado pessoalmente pelas mãos mágicas de Valquíria, cuja fama com cabeleireira já havia ultrapassado a região das charqueadas do arroio Pelotas.

Leda e Lídia observavam a festa de despedida da turma que saía da Escola já pensando numa festa de aniversário que desejavam fazer para o velho Joca.

Percebendo que aquela linda e bem-vestida negra que dava ordens e contraordens para o funcionamento da festa, tinha tudo a ver com a organização, Leda e Lídia foram até ela solicitar informações para poderem planejar o aniversário do velho Joca.

Sem problemas, disse Preta. Vou fazer as anotações aqui na minha agenda, mas vocês terão que falar com Juliana, minha chefe, que é quem dá a última palavra.

— Tu falaste Juliana, disse Leda? Será um pessoa que eu conheço? Como é ela, Preta?

– Olha! Lá vem ela entrando no salão. Vocês a conhecem?

Leda e Lídia ficaram com os rostos embranquecidos de tanta surpresa na medida em que Juliana se aproximava delas.

Quando Juliana começou a reconhecer suas "irmãs", ela foi caminhando mais devagar, abrindo os braços, admirada, como se não acreditasse no que estava vendo. Em seguida houve uma explosão de beijos, abraços, lágrimas, alegria e emoção.

Preta já conhecia a história e concluiu imediatamente que se tratava simplesmente das duas irmãs de Julinho por parte de pai.

Ainda bem que a festa já estava terminando e ninguém se deu conta daquela cena de tanta emoção. Era cedo e as quatro jovens aproveitaram para jantar num restaurante chique no centro de Pelotas.

De repente as atenções se concentraram em Preta, que até então assistia às três "irmãs" falarem, lembrarem, falarem novamente, rirem e darem vazão a uma alegria que não tinha fim.

Juliana, habituada à realidade, foi a primeira a concentrar-se para falar.

– Vejam bem! Se ainda continuamos irmãs, agora seremos quatro. A Preta, falou Juliana com carinho e emoção, salvou a minha vida e a do irmão de vocês, Julinho, que é seu afilhado. Preta foi o porto seguro que encontrei logo após ter sido expulsa da mansão sem um centavo no bolso. Quando nos encontramos eu e Preta, nos unimos para o enfrentamento da miséria, da tristeza e da descrença no ser humano.

– Mas, Juliana, onde está nosso irmãozinho? Gostaríamos de conhecê-lo logo. Com quem ele é parecido? Quantos anos ele tem? Ele já está indo à Escola? É inteligente?

– Amanhã, disse Juliana. Vamos almoçar aqui. Vocês vão conhecer a criança mais linda do mundo. Juliano é a cara do pai dele. Daqui a pouco completa quatro anos. Ainda não está indo à escola, mas já sabe ler e escrever.

Leda e Lídia não conseguiram dormir naquela noite, correndo do quarto de uma para o quarto de outra enquanto lembravam alguma característica de infância de uma ou de outra que Julinho poderia ter.

De repente pararam e começaram conversar.

– Qual será a reação de papai, disse Lídia? Vai assumir o filho? Irá repeli-lo? Nós teríamos direito de criá-lo se papai não o quiser?

No café da manhã, Dr. Monteiro percebeu que suas filhas estavam agitadas e mal haviam dormido.

— O que aconteceu ontem com vocês? Me pareceu que ontem à noite havia uma ansiedade muito grande por parte de minhas filhas. Não querem me falar? Eu tenho uma comunicação a fazer a vocês. Estou pensando em fazer uma pequena festa no dia do meu aniversário. Poderia ser um jantar para um número pequeno de pessoas. A surpresa seria a presença de Carlota. Eu acredito que vocês já a conheçam. Eu gostaria que ela tivesse uma atenção especial.

— Pode deixar, papai, que saberemos organizar a festa em todos os sentidos, inclusive a parte de alimentação. Existe uma pessoa conhecida nossa que organiza tudo, bastando que se informe a ela o número de convidados.

— Deixo por conta de vocês, então, disse Dr. Monteiro, pegando sua pasta e deixando a mansão.

Na hora do almoço, lá estavam as quatro irmãs e o irmão, filho e afilhado. Leda e Lídia ficaram enlouquecidas. Julinho era a cara do velho Joca. Elas trouxeram algumas fotos de quando eram pequenas e de quando Dr. Monteiro era gurizinho. A semelhança era impressionante.

Preta, com a precaução de quem já sofreu muito, de forma inteligente e descontraída, vendo aquele movimento de fotografias, levantou a hipótese de que as irmãs tivessem dúvidas sobre a paternidade de Julinho, o que criou um pequeno mal-estar.

— Dr. Monteiro foi o primeiro e único homem da minha vida, disse Juliana, tranquilizando a todos.

— Bom! Vamos agora programar a festa de aniversário, tendo muito cuidado, disse Juliana ao fazer a distribuição dos lugares, ainda mais que uma das convidadas, dona Carlota, é candidata à mãe de vocês.

— Se tu não te incomodares, Lídia, vamos utilizar este pequeno salão de jogos de vocês para depósito de materiais que podem ser necessários durante o jantar.

Na noite do jantar, estava tudo correndo muito bem e sem novidades, até que deu entrada na mansão uma senhora muito bonita, esbelta, um pouco espalhafatosa, e todos concluíram imediatamente ser dona Carlota.

Ao entrar, Carlota tirou o belo casaco, e vendo Preta por perto, a chamou e disse que ela ficasse com seu casaco.

Preta agradeceu e estava se afastando com o casaco quando foi interpelada por Carlota de maneira pretensiosa e grosseira.

– Volte aqui, menina! Onde pensas que vais com esse casaco?

Alguns convidados que estavam por perto pararam para ver o que estava acontecendo, e em pouco tempo já havia quase uma plateia.

– Tu sabes quanto custa um casaco desses e como ele deve ser conduzido para manter suas linhas sem amarrotá-lo? Um casaco com esse somente pode ser comprado em Paris, lugar provavelmente de que nunca ouviste falar.

– É claro, senhora, desculpe, disse Preta. Vou colocar o casaco no cabide. É realmente um casaco muito bonito. Sobre Paris, já ouvi falar e muito, na Escola, é claro. A senhora acredita que no curso noturno do Colégio Pelotense, que eu frequento, ao meu lado senta-se um libanês que fala francês...

– O que é isso, menina, interrompeu dona Carlota. As empregadas agora conversam com os convidados? Limite-se ao seu trabalho.

Logo após o jantar, Dr. Monteiro pediu a palavra, foi para o centro da sala de jantar, convidou dona Carlota para ficar ao seu lado, agradeceu a todos pela presença e disse que tinha um comunicado importante a fazer.

Entretanto, quando o chefe da casa começou a falar, foi interrompido por um menino de quase quatro anos que dele se aproximou com um presente.

– Quem é este negrinho, Joaquim? Perguntou dona Carlota, quase gritando.

– Ora, Carlota, é um menino que deve ter vindo me trazer um presente, respondeu Joaquim para sua namorada. Com certeza um cliente meu mandou este menino, filho de ex-escravizado para me fazer uma homenagem.

– Quem é você, meu menino? Perguntou Joaquim.

– Eu sou seu filho, respondeu Julinho. Feliz aniversário, papai.

Dona Carlota não conseguiu evitar o desmaio, estatelando-se no chão, recebendo imediatamente o socorro de Preta. Depois que terminou aquela festa, dona Carlota foi embora, gritando que nunca mais voltaria àquela mansão cheia de negros.

Alguns meses depois, o casamento de Joaquim Monteiro e Juliana, que não tinha sobrenome, foi realizado através de uma cerimônia bem simples na pequena capela da Vila Valquíria. Julinho, filho do casal conduziu as alianças. Dona Maria Antonieta, Felipe, Valquíria e Preta foram os padrinhos.

Vila Valquíria passou a ser o símbolo do aconchego, do amor ao próximo e do otimismo. Embora o espaço tenha sido idealizado, projetado e articulado para atender ex-escravizados do sexo feminino em situação de necessidade, começaram a aparecer na Vila outros tipos de desvalidos, inclusive brancos e idosos em situação de miserabilidade.

Em que pese a fortuna do pai de Julinho, a recepção oferecida pelos noivos foi modesta, porque a noiva ex-escravizada Juliana pediu a seu marido que ele doasse à Vila Valquíria todo o dinheiro que eles gastariam para oferecer uma recepção com gastos elevados.

Um pouco antes de encerrar-se a cerimônia, todos se levantaram e brindaram ao amor, à saúde e à felicidade dos recém casados, brinde aquele que foi feito com o café da maravilhosa e abençoada terra brasileira.

Em seguida, um dos clientes de Joaquim pediu a palavra. Disse que havia trazido uma caixa de espumante europeu fabricado nas terras de seu amigo, no continente europeu, e propôs outro brinde.

Logo depois os noivos viajaram em direção a Lisboa, em Portugal, onde Joaquim, além de resolver outros negócios, presidiria a cerimônia de inauguração de um hotel que sua empresa havia adquirido.

Junto com os noivos, viajaram o filho Julinho e a irmã, madrinha e cunhada Preta.

Os convidados permaneceram mais um pouco na Vila Valquíria e aos poucos começaram a conversar. Valquíria estava muito emocionada ao ver o que estava acontecendo no Brasil, naquele período pós-abolição. Em seguida teve certeza de que Juliana transformar-se-ia em mais uma das heroínas da senzala.

O comandante também estava muito emocionado e resolveu brincar com suas queridas Lídia e Leda, perguntando se elas haviam gastado todos os cem mil dólares que ele tinha oferecido a elas, tomando a precaução de esconder-se atrás de uma coluna.

A IMPORTÂNCIA DA AUTOESTIMA PARA OS JOVENS NEGROS DA GERAÇÃO DE GONZAGUINHA

Dona Maria Antonieta, quando olhava a Vila Valquíria cheia de hóspedes, ficava preocupada porque sabia que haveria mais procura por ajuda, inclusive pelos jovens, na medida em que sentissem esgotarem-se as oportunidades de trabalho.

Após a abolição da escravatura, a sociedade brasileira passou a ter mais um segmento social que buscaria também seu espaço. Com o advento da Lei Áurea e a consequente abolição da escravidão no Brasil, a sociedade brasileira foi acrescida de aproximadamente 700.000 pessoas ex-escravizadas que saíram do zero na escala de cidadania.

Dona Maria Antonieta e sua filha, Maria Francisca, mãe de Gonzaguinha, conversavam, discutiam e quase brigavam procurando descobrir qual a melhor estratégia a ser utilizada para preparar o neto e filho Gonzaguinha, juntamente com os jovens negros de sua geração, para pertencer àquela nova sociedade brasileira.

Com relação à providência mais premente, ambas concordavam: Era preciso com urgência melhorar, e muito, a autoestima de Gonzaguinha e dos jovens negros de sua geração.

Dona Maria Antonieta primeiramente certificou a todos de que eles iriam enfrentar uma grande competição, na qual começariam em grande desvantagem em todos os sentidos. Além disso, durante o percurso de sobrevivência social, eles seriam bombardeados através do preconceito e da discriminação.

Por isso a jovem vovó de Gonzaguinha pedia a todos eles que nunca esquecessem a seguinte frase:

"A competência e o conhecimento superam qualquer tipo de preconceito ou discriminação."

O grande problema era eles ainda serem primários na leitura e na escrita, e a filosofia que lhes foi imposta, durante trezentos e cinquenta anos, fazia com que eles não fossem estimulados a pensar ou agir de forma espontânea.

Foi-lhes concedida a liberdade, mas eles não tinham cultura, nem hábitos de vida familiar, e a ideia de acumulação de riquezas era praticamente estranha a eles.

— A verdade, nua e crua, minha filha, profetizava dona Maria Antonieta, é que temos que aproximar Gonzaguinha e os jovens negros de sua geração de seus colegas brancos. Essa aproximação deve acontecer em relação ao nível intelectual e cultural, é claro. Tu acreditas que nosso querido Gonzaguinha e os jovens negros de sua geração vão ser aceitos para frequentar um grupo estando eles, evidentemente, despreparados intelectual e/ou culturalmente para participar daquele grupo? Veja bem, minha querida filha, meu adorado neto e queridos jovens, a existência de analfabetos num país é um fator restritivo de desenvolvimento. Além disso, um país com muitos analfabetos não pode ser considerado um país sério.

— Mãe, falou Maria Francisca, mãe de Gonzaguinha, em tom desafiador, a senhora acredita que um dia um brasileiro negro possa chegar à Presidente da República aqui no Brasil?

— Eu acredito sim, Maria Francisca. E por que não nosso Gonzaguinha? Nós já o estamos preparando para isso. O conhecimento, o estudo e a competência são fundamentais e se sobrepõem a qualquer tipo de discriminação ou preconceito e, evidentemente, quando eu falo em preparar Gonzaguinha para ser Presidente da República, não quero dizer que ele vá se candidatar a Presidente da República.

Maria Antonieta deixa bem claro: o que vale mesmo é o conhecimento e o estudo. A competência seria a reunião de todas essas iniciativas aliadas à experiência.

Ela fala e repete para fique bem presente naquelas cabecinhas jovens:

"O conhecimento e a competência superam qualquer tipo de preconceito ou discriminação."

Em seguida, acrescenta Maria Antonieta que no esporte aquela frase se aplica inclusive no futebol, aproveitando para dizer que, por incrível que pareça, em algum momento, no Brasil, o futebol foi um esporte direcionado à elite.

— É do conhecimento de praticamente toda a comunidade desportiva que Charles Miller, um cidadão brasileiro e também britânico, nascido em São Paulo em 1875, é considerado o "pai" do futebol no Brasil.

Dona Maria Antonieta contou detalhes do advento do futebol no Brasil:

— O pai de Charles Miller era escocês e veio para o Brasil para trabalhar na São Paulo Railway Company. Aos dez anos de idade, Charles foi estudar na Inglaterra, e lá aprendeu a jogar futebol, tornando-se um entusiasta do esporte. Quando voltou, em 1894, trouxe na bagagem duas bolas usadas de futebol, um par de chuteiras, um livro com as regras de futebol, uma bomba de encher bolas e uniformes usados.

— Assim ocorrendo, o futebol no Brasil não iniciou entre os pobres, muito menos entre os negros escravizados, que há pouco tempo haviam sido libertados da senzala.

— Mas em seguida os brasileiros, tanto pobres com ricos, gostaram e passaram a praticar o futebol, dando a impressão de que aquele divertido esporte seria no futuro a válvula de escape para as classes cada vez mais empobrecidas.

— Os negros também gostaram de futebol e foram se destacando na sua prática, sendo que alguns demonstram vocação fora do comum.

— Diz a lenda futebolística que, bem no início deste século XX, já havia equipes de futebol famosas na cidade do Rio de Janeiro, como o Flamengo, o Fluminense, o Vasco, o América, e outras nem tão famosas.

— O Fluminense, com sua linda camisa tricolor, tinha a sede nas Laranjeiras, zona Sul do Rio de Janeiro.

— No início do século XX, os negros não eram bem-vindos ao futebol, sobretudo nos clubes como o Fluminense, que, se dizia, era pura aristocracia. Já em clubes que não tinham sede na zona sul, como, por exemplo, o América, que não era rico, todos eram bem-vindos. Quando um jogador de futebol se destacava no América, em seguida era negociado para outro clube de maior poder aquisitivo. Este foi o caso de um jovem negro chamado Carlos Alberto. Ao Fluminense interessava comprar Carlos Alberto, provavelmente por sua competência técnica, mas Carlos Alberto, sendo negro, poderia criar problemas com a torcida e, sobretudo, com os associados.

– O clube tinha dois tipos de camiseta para entrar em campo. Uma era a tradicional e sempre usada, mais conhecida, confeccionada em listras verticais em vermelho, branco e verde. Uma outra camiseta era totalmente branca e era utilizada quando o clube enfrentava uma equipe com camisetas semelhantes à tradicional vermelha, verde e branca, a camiseta tricolor.

– Ao contratar o jogador Carlos Alberto, do América, ficou decidido, em comum acordo com o jogador e o clube, que o jogador passaria talco no rosto antes de entrar em campo e a camisa totalmente branca não seria utilizada quando Carlos Alberto fosse escalado para jogar, evitando o contraste entre o branco da camisa e a pele do jogador.

– Evidentemente, esses fatos foram inventados pelas torcidas rivais, visto que nunca foram confirmados nem pelo clube nem pelo jogador. A versão correta que dizem ficou escrita no clube foi que Carlos Alberto, antes de ir para o Fluminense, ainda jogador do América, costumava passar uma substância branca no rosto após fazer a barba.

– Sobre a camiseta totalmente branca, o clube informou que desde o início do século XX o Fluminense informou que é improcedente o fato de que a camisa totalmente branca tivesse alguma relação com a cor da pele de Carlos Alberto, que nem tinha a pele escura, visto que era um mulato de pele clara.

Dona Maria Antonieta afirmou a Gonzaguinha, a Maria Francisca e aos jovens negros que acompanhavam o projeto que ela tinha um pressentimento muito forte: o futebol brasileiro iria precisar muito dos negros.

E que ela, até morrer, estaria puxando a orelha de todos para o seguinte:

"A competência e o conhecimento superam qualquer tipo de preconceito ou discriminação."

Maria Antonieta e sua filha, Maria Francisca, reiniciaram os estudos com Gonzaguinha e os jovens negros de sua geração falando a respeito de autoestima. Para começar, todos precisavam melhorar a própria aparência, o que incluiria uma boa postura. Se possível, exercer alguma espécie de liderança no grupo.

– Como foi aquele lance ocorrido numa sessão de cinema no Teatro Sete de Abril, Gonzaguinha?
– Que lance, vovó? Quem te contou? – Foi o Jacaré.
– Só podia ser o Jacaré. Com aquela boca...
– Quem é esse guri? Disse dona Maria Antonieta. E por que esse apelido horrível?
– De guri ele não tem nada, vovó. Ele talvez seja um pouco mais novo do que a senhora. A mãe é que conhece muito bem o Jacaré. Ele é apaixonado por ela. Ele vive se arrastando com aquela boca grande atrás da mamãe.
– Mas o que é isso, Maria Francisca, alterou-se Maria Antonieta. Dando bola para um coleguinha de teu filho.

Maria Francisca criticou sua mãe pelo que seria uma cena de ciúmes, e foi logo afirmando que Jacaré é uma pessoa do bem e com um passado semelhante ao dela.

Na avaliação de Maria Francisca, se não fosse o cabelo de negro de Jacaré, ele seria um deus grego. Trata-se de um homem de quase dois metros de altura. Tem a boca enorme, a pele clara, quase branca, e um físico perfeito. Não fosse o cabelo, pareceria mesmo um artista do cinema americano.

Francisca acrescentou que Jacaré nasceu quase nas mesmas circunstâncias ocorridas com sua mamãe. Ele foi encontrado recém-nascido numa pequena cesta, na entrada da charqueada São Francisco, na virada de um ano que nem ele sabe direito qual foi.

Jacaré apenas sabe que nasceu na vigência da Lei do Ventre Livre, ou seja, após setembro de 1871, porque dona Alice, esposa do Dr. Franco, senhor da charqueada São Francisco, resolveu acolhê-lo conforme a lei.

Quando recém-nascido, Jacaré foi colocado dentro de uma cesta, e escondido num canto da cozinha na charqueada São Francisco. Tudo indicava que o recém-nascido fora abandonado a quem quisesse pegar.

Depois ficou-se sabendo que havia sido uma estratégia de sua mãe biológica, que ficara espiando seu filho de perto, na esperança de que o recém-nascido fosse pego por alguém que se interessasse e pudesse lhe proporcionar uma vida digna.

Como era véspera de Ano Novo, a mãe do neném quase foi à loucura quando viu que não aparecia ninguém, ou seja, todos foram preparar-se para a festa da virada de ano. Na hora do foguetório, o recém-nascido começou a chorar de fome, mas parecia que não havia ninguém para acolhê-lo.

Os filhos do casal, Dr. Franco e dona Alice, como faziam todas as crianças naquelas festas, corriam desesperadamente para todos os lados, numa felicidade sem fim, sabendo que estava vindo um novo ano.

Paulinho e Alice eram inseparáveis. Do que um gostava o outro amava.

A mãe do recém-nascido já estava quase sendo vencida pelo sono quando apareceram Paulinho e Alice. Foi o momento mais feliz de sua vida, que não era nada fácil.

Quando passaram pela cozinha, ouviram a gritaria faminta do recém-nascido. Primeiro levaram um susto. Paulinho pensou em fugir, puxando logo a mão de sua irmã Alice, mas Alice puxou a mão dele. Era a primeira vez que discordavam.

— Vamos ver o que é, disse Alice a seu irmão, que parecia estar com medo.

— Vamos embora, falou Paulinho. Estou sentindo cheiro de encrenca. Onde tem criança chorando sempre tem encrenca.

A menina Alice ali mesmo na cozinha conseguiu alimentar o recém-nascido diante dos olhos surpresos e comovidos de seu irmão Paulinho. A criança pouco abriu os olhinhos, passando a dormir profundamente.

— Agora vamos embora, repetiu Paulinho, antes que comecem a nos procurar.

— Eu não vou deixar este anjinho aqui abandonado, falou Alice, preocupada.

— Não sejas boba, Alice, retrucou Paulinho. Daqui a pouco chega o pessoal da cozinha e cuidam dele. De qualquer forma, quero te cumprimentar pela forma como cuidaste do bebê.

Ainda na porta deram risadas, preparando-se para saírem correndo porta afora. Durante a correria comentaram o tamanho do nenê. Parece que já tem um ano de idade. E a boca dele parece a boca de um jacaré. De repente estancaram. Alice disse que ia ficar com o nenê.

A mãe biológica do nenê, que tudo espiava, teve o segundo momento mais feliz de sua vida. Assistiu a queima de fogos chorando. Era a primeira vez que chorava de felicidade.

IMPORTÂNCIA DE SABER LER E ESCREVER

Em plena reunião dos componentes do agora Projeto Gonzaguinha Presidente, dona Maria Antonieta voltou ao assunto do acontecimento ocorrido na sessão de cinema no teatro Sete de Abril. A avó de Gonzaguinha achou importante que os jovens negros da geração de seu neto tivessem ideia de como é fundamental para a cidadania saber ler e escrever.

Em razão do pequeno nível de estudos de seus amigos, Gonzaguinha já exercia certa liderança em seu grupo social. Seus amigos, que eram analfabetos, pagaram a sua entrada para que ele lesse as legendas de um filme do cinema mudo, no último andar do teatro.

A plateia do Sete Abril, como era chamado o magnífico teatro, estava lotada, mas no último andar havia alguns camarotes vazios. Os jovens subiram e se colocaram confortavelmente sentados, ficando Gonzaguinha na parte do meio, para não ter que ler muito alto e perturbar o restante do público. Era um filme romântico, e o enredo fazia com que todos fossem envolvidos pelo clima de amor.

Estava tudo normal, até que houve uma cena de amor um pouco mais forte. O silêncio envolveu a todos, mantendo todo o teatro em suspense. Quando o mocinho beijou a mocinha, ela, emocionada, falou:

— Puxa, meu amor, até perdi o fôlego!

Distraído e envolvido pelo clima romântico, Gonzaguinha fez a leitura para seus amigos esquecendo o acento circunflexo, dizendo:

— Puxa, meu amor, até perdi o "folego". As risadas tomaram conta do Sete Abril, que quase veio abaixo.

Maria Francisca, falou a mãe, Maria Antonieta, fazendo sua crítica, afirmando, sorrindo que, ou nossos conteúdos têm sido muito bons para o Projeto Gonzaguinha Presidente, ou, graças a Deus, temos em mãos uma inteligência diferenciada.

Agora era o momento de tentar discutir com Gonzaguinha e os jovens negros de sua geração, no contexto do Projeto Gonzaguinha Presidente, algumas considerações sobre a abolição da escravatura em 1888.

A primeira pergunta que Gonzaguinha fez foi no sentido de saber onde os ex-escravos iriam dormir naquele dia 13 de maio de 1888, quando foram libertados.

As duas mulheres baixaram a cabeça com visível tristeza, olhando para os próprios pés, envergonhadas ante à pergunta cuja resposta iria envergonhá-las mais ainda.

Gonzaguinha e os jovens negros de sua geração não entenderam as atitudes de suas mestras, porque as festividades tomaram conta do país. Os ex-escravizados sentiam-se como se tivessem nascido de novo. Saíram todos para a rua felizes.

Eles queriam ver onde moravam. Na senzala, ouviam tanto falar a respeito dos encantos da Princesa do Sul, cidade que poderia de agora em diante acolhê-los como cidadãos. Eles queriam sair à noite, ver as luzes de sua encantadora cidade. A vontade era muito grande de conhecer a acolhedora e linda praça, onde poderiam sentar-se e olhar de frente para o famoso Teatro Sete de Abril, que, segundo tinham ouvido falar, já havia sido visitado pelo Imperador D. Pedro II.

Mas era importante que Gonzaguinha e o grupo soubessem também que, passada a euforia, em seguida os libertos da senzala sentiriam a realidade. Em meio àquela fantástica felicidade, a liberdade começou a pesar.

Não havia trabalho para todos, e muitos nada conseguiam, e acabavam vagando pela cidade, dando origem à categoria dos vagabundos, categoria esta que logo foi considerada fora da lei.

Em razão da imprecisão e falta de alcance da Lei Áurea, ações judiciais foram ajuizadas por ex-senhores requerendo a manutenção de senhoria sobre os filhos de escravos. Por incrível que pareça, houve até casos de sequestros.

Tudo isso porque a Lei Áurea, com seus dois lacônicos artigos, deixou brechas abertas para muitas ações judiciais, inclusive indenizatórias.

Para sorte de Gonzaguinha e dos jovens negros de sua geração, o tempo que sua avó teve após ser libertada foi habilmente utilizado por ela, no sentido de traçar um plano para transformá-los em cidadãos. Ela sentiu que a ideia tinha que ser concretizada com rapidez e precisão, porque ela não queria ver em Gonzaguinha e naqueles jovens pessoas com ressentimentos e ódio no coração.

Dona Maria Antonieta sabia que podia apostar num grande trunfo que ajudaria a aumentar a autoestima externa de Gonzaguinha e também dos jovens negros de sua geração.

Tratava-se do encanto e da exuberância da terra em que eles haviam nascido. Gonzaguinha e os jovens negros de sua geração eram descendentes de africanos, terra sobre a qual eles quase nada sabiam.

Mas agora todos eles são brasileiros e nasceram em uma das mais encantadoras e charmosas cidades da região Sul do Brasil.

Pelotas, por sua localização geográfica, tradição de riqueza, cultura e beleza, é também chamada de Princesa do Sul, por ser um lugar de rara beleza e de inspiração para os pelotenses e seus visitantes.

Otimismo, liberdade e alegria sempre estão presentes no abraço de boas-vindas para quem visita aquele pedaço da terra gaúcha.

Até as últimas décadas do século XIX, a mobilidade social, interurbana e internacional ainda era realizada predominantemente pela via fluvial ou marítima.

Pelotas, a cidade natal de Gonzaguinha e de seus jovens amigos negros amparados no Projeto Gonzaguinha Presidente, foi fundada e desenvolveu-se às margens do canal São Gonçalo, que liga a Lagoa dos Patos com a Lagoa Mirim.

A Lagoa dos Patos, maior lagoa da América do Sul, não é para ser chamada de lagoa, mas sim de laguna, em razão de sua ligação natural com o Oceano Atlântico.

Fosse Gonzaguinha possuidor de uma ótima embarcação e tivesse autorização legal para conduzi-la, ele poderia sair do porto de Pelotas, adentrar a Lagoa dos Patos, passar pela cidade de Rio Grande, e logo estaria no Oceano Atlântico, de frente para o mundo.

A partir daí, o horizonte não teria fim, podendo ser a América do Norte, a Europa ou o ponto que ele escolhesse.

Não esquecendo que Gonzaguinha, em tese, poderia escolher ainda visitar todo o litoral de seu próprio país ou velejar na direção do Rio da Prata, em visita a Montevidéu ou Buenos Aires.

Visualizando uma possibilidade quase que remota e dependente das potencialidades de sua embarcação, seria possível a ele também, seguindo o mesmo esquema de viagem, fazer uma volta ao mundo e voltar à tranquilidade da Lagoa dos Patos e sua Praia do Laranjal.

Maria Antonieta sabia que ainda era cedo para expor determinados conteúdos para Gonzaguinha e seus amigos. Mas sabia também que tinha que ser rápida, porque o século XX prometia uma vida intensa e com muitas mudanças.

A família tinha um rádio em casa. Foi um aparelho vindo não sabiam certo de onde. Seria dos Estados Unidos ou da Inglaterra? Maria Antonieta recebeu-o de presente quando fez aniversário, mas ela não fala sobre em que aniversário recebeu nem quem lhe deu o presente.

Quando não estava chovendo e o vento não estava muito forte, ouviam transmissões da Argentina e até dos Estados Unidos.

– Vocês conseguem entender o que eles dizem? Perguntava Gonzaguinha.

– A tua avó sabe ler, escrever e falar alguma coisa em inglês, respondeu a mãe de Gonzaguinha. Eu acho até que teu avô é inglês.

Dona Antonieta repreendia a filha com severidade:

– Continuas falando sem pensar, não é, minha filha? Quando vais tomar juízo?

Normalmente, os três falavam sobre todo tipo de assunto, mas quando se tratava de pais ou mães de escravizados, não havia qualquer vontade que partisse de dona Maria Antonieta. Ela não gostava de falar, entendendo que Gonzaguinha ainda era muito jovem.

– Afinal, o que somos, mamãe? Onde agora estarão os negros ex-escravizados de meu Brasil? Esta era a pergunta que Gonzaguinha gostava de fazer a sua avó Maria Antonieta.

Gonzaguinha não via negros nos lugares em que gostaria de vê-los. Um juiz negro no foro? Um general negro no quartel? Nos campos de futebol Gonzaguinha via muitos negros.

Por que Gonzaguinha ouvia expressões que jamais gostaria de ouvir, como:

"Aquele negrinho recém saiu da senzala."
"Aquilo é coisa de preto."

Com relação àquelas expressões que Gonzaguinha detestava ouvir, ele não percebia qualquer existência de ódio, mas sentia grande desconforto.

Verdade seja dita: Gonzaguinha e os jovens negros de sua geração nunca sentiram violência ou proibição expressa de adentrar em qualquer ambiente, aqui ou ali, ou, se lá estivessem, lhes fosse imposto colocar-se em lugar específico para negros.

— A senhora nunca me mostrou qualquer foto sua, vovó. Nem naqueles documentos que todo mundo tem.

Maria Antonieta dizia para um Gonzaguinha incrédulo que não lembrava onde teria guardado seus documentos de identidade, se é que alguma vez os tivesse.

— E o dinheiro que a senhora ganhava no dia a dia? Era suficiente? A senhora conseguia guardar alguma coisa?

— É, meu querido netinho. Houve um tempo em que eu recebia dinheiro, muito dinheiro, mas entregava tudo ao meu senhor, que nada me dava. Do fruto de meu trabalho como costureira, aí, sim, recebi e ainda recebo algum dinheiro. Mas é uma situação que me entristece. Não é o trabalho que me entristece. Trabalhar é uma atividade fundamental para o ser humano. O trabalho é que dignifica o ser humano. O problema comigo era receber o dinheiro. O dinheiro recebido fazia com que eu me sentisse mal. Em determinados momentos, o dinheiro provocava náuseas em mim e também pensamentos lúgubres. Eu nunca me senti bem ao receber dinheiro; eu tinha a impressão de que era pecado recebê-lo, guardá-lo, pagar as despesas, algumas fúteis, e guardar o restante, como se o estivesse escondendo de alguém.

E concluiu:

— Na verdade eu me sentia mal em guardar qualquer quantidade de dinheiro. A origem daqueles traumas vinha dos fatos que eu havia testemunhado durante muito tempo nas proximidades da senzala. Eram cenas lamentáveis, nas quais muitas pessoas trabalhavam de sol a sol sem nada receber pelo fruto de seu trabalho.

— Explica isso melhor, por favor, vovó, falou Gonzaguinha.

— Um dia te explico, falava dona Maria Antonieta com os olhos verdes marejados. Quando tiveres mais alguns anos talvez eu consiga reunir coragem para te explicar.

Gonzaguinha, muito inteligente, assimilava tudo com a avidez do adolescente. Quando não entendia, perguntava. Ele sabia que sua avó, Maria Antonieta, era a pessoa mais calma e atenciosa do mundo.

Maria Francisca defendia com fervor a opinião de que todos os negros tinham direito a indenizações em razão de um grave erro histórico do qual teriam sido vítimas.

Dona Maria Antonieta, entretanto, defendia a existência de políticas públicas que possibilitassem a inserção dos ex-escravos negros como cidadãos.

Um dia, Gonzaguinha e os jovens negros de sua geração que já se consideravam também netos de Maria Antonieta pediram que ela contasse a história de seu nascimento, um assunto que quase todos os jovens da cidade de Pelotas gostariam de saber.

O NASCIMENTO DE MARIA ANTONIETA

Naquela última noite do ano de 1871, uma criança recém-nascida foi encontrada por tropeiros no portão de entrada da charqueada Santo Antônio, momentos após ter sido abandonada pela mãe.

Os tropeiros não sabiam, mas ao mesmo tempo, naquele mesmo estabelecimento, nascia o terceiro filho do senhor da charqueada Santo Antônio, o poderoso Dr. Herculano Lang.

As pessoas que atenderam à porta, estupefatas, perguntaram aos tropeiros o que estava acontecendo.

Os homens estavam muito assustados e com medo de incomodarem naquela hora da noite; ainda mais nas vésperas da chegada de um ano novo e tendo que relatar um fato inusitado e, quem sabe, desagradável.

– De onde saiu esta criança, gritou a governanta. Vocês estão loucos? Beberam demais?

O tropeiro que transportava a recém-nascida quase sem roupa no corpo não sabia como explicar.

– Foi aqui na frente, afirmava gaguejando. Aqui! Bem aqui na frente; eu juro.

– Entrem aqui na cozinha, limpem as botas, disse a governanta, e vamos esclarecer tudo isso.

Após tomarem as providências mínimas necessárias a um recém-nascido, começaram as explicações.

Disseram que estavam os três passando por aqui quando viram uma mulher deitada, meio sentada, que gritava, sendo possível perceber que a mulher estava dando à luz uma criança.

Então nos aproximamos, e ela ficou assustada. De repente, olhou para a criança já nascida e assustou-se mais ainda do que todos nós. Deu um grito! Olhos verdes! Mas como? Imediatamente ela cortou com a boca o cordão umbilical da criança e saiu correndo, mesmo sangrando, em alta velocidade, em direção ao arroio Pelotas.

A governanta Valquíria queria saber por que eles haviam trazido aquela coitadinha para lá, como se eles não tivessem feito a coisa certa.

– Ela estava bem ali; quase na frente da porta, retrucaram contrariados os tropeiros.

De repente, aproximou-se o Dr. Herculano.

Herculano de Oliveira Lang, brasileiro, descendente de portugueses e ingleses, era o senhor da charqueada Santo Antônio, uma das maiores charqueadas da região de Pelotas. Era dono também de quase duzentas fazendas de café em São Paulo e outros bens que herdara de ascendentes em Londres e Lisboa. Dizia-se na senzala e arredores que o Dr. Herculano era um dos homens mais ricos do Brasil.

Feitas novamente as explicações, o patrão pensava e olhava para aquele pequeno ser, parecendo emocionado; é uma bonequinha linda, uma menininha encantadora.

De onde terá tirado esses olhos verdes, pensava Dr. Herculano. De repente lembrou que na sua própria família quase todos tinham olhos verdes, inclusive ele, Dr. Herculano.

– Vocês conseguiram identificar a mulher que deu à luz? Perguntou o patrão.

Um dos tropeiros, muito prestativo, falou:

– Me pareceu ser a chefe das costureiras patrão; aquela linda mulata, alta, bem clara, que onde ia provocava a chegada de um enxame de homens em torno dela...

– Eu sei quem é, interrompeu Herculano, parecendo irritado.

– Na semana passada eu ainda a vi na oficina de costuras, e ela não parecia estar grávida, falou o segundo tropeiro. Em seguida, o terceiro tropeiro resolveu manifestar-se, explicando que as costureiras trabalham sempre com roupas penduradas pelos ombros e pela cintura, dificultando o aparecimento de gravidez.

Em seguida, um dos tropeiros, intrigado e desconfiado, afirmou que havia algo estranho, muito estranho, porque Zazá, como era conhecida a chefe das costureiras, era uma mulher trabalhadora, respeitada por todos e muito séria.

– Zazá era também muito querida na charqueada São Francisco, localizada nas vizinhanças da charqueada Santo Antônio.

O Dr. Franco, dono da charqueada São Francisco, e sua esposa, dona Alice, tinham muita afeição por Zazá, que cuidava pessoalmente das roupas de toda a família.

Com exceção das roupas que eram encomendadas para as grandes festas, todas as outras eram confeccionadas pela própria Zazá, sem ficar devendo nada para as roupas adquiridas, inclusive em Montevidéu e Buenos Aires.

Dr. Herculano e Dr. Franco eram amigos. As famílias se visitavam regularmente, e os filhos dos dois casais brincavam juntos quase todos os fins de semana e no verão quase todos os dias, aproveitando a demora do sol se pôr, o que em Pelotas era maravilhoso, aumentando as horas do dia com sol, às vezes até nove da noite.

Muitas pessoas, ao se referirem ao dono da charqueada São Francisco, em vez de dizerem Dr. Franco, falavam "Dr. Banco", apelido conhecido popularmente.

Nas conversas de senzala e arredores, dizia-se que ele era mais rico do que o Dr. Herculano. Era dono de bancos na região Sul do país, era coordenador de política creditícia entre bancos do Brasil, Uruguai e Argentina, e ainda administrava várias fazendas de café em São Paulo.

Na charqueada Santo Antônio, a discussão sobre o aparecimento da criança continuava sem controle entre os tropeiros.

– Chega de conversa, ordenou o Dr. Herculano. Acomodem a criança por aí e no dia dois de janeiro vamos ver o que fazer.

Como é muito comum naquela encantadora região de Pelotas, nas madrugadas de virada do ano sempre desaba um temporal; ou pelo menos vem uma chuva tentando limpar o ano velho. Mas os pescadores da Praia do Laranjal haviam previsto que dessa vez seria algo arrasador.

E foi o que aconteceu. Toda a região das charqueadas e imediações ficaram embaixo d'água. Não era possível delimitar as águas do arroio Pelotas com as do canal São Gonçalo e açudes adjacentes. Com a baixa das águas viria o lamaçal, e a mobilidade na região tornar-se- ia quase impraticável por dois ou três dias.

Dona Cecília, esposa de Herculano, era paulista, filha de portugueses, e, além de muito inteligente, era uma mulher de ideias avançadas para a sua época. Além de tudo, era uma morena alta, de olhos bem azuis e dona de um rosto muito lindo.

Seus atributos culturais, bem com sua capacidade de liderança ultrapassavam as fronteiras do Município de Pelotas. Além de diplomas e certificados na área de ensino, o currículo de Cecília ostentava um certificado de Conhecimentos Básicos em Ciências Jurídicas e Sociais, que lhe outorgara a Faculdade de Direito de São Paulo

Naquela noite de 31 de dezembro, Cecília havia dado à luz seu terceiro filho, que recebeu o nome de Afonso. Era mais um filho homem, juntando-se aos outros dois guris que ela e Herculano já tinham e tanto amavam.

Herculano e Cecília eram senhores de vários escravizados e escravizadas, e não estavam acostumados a serem contrariados. Eles queriam uma menina, mas desta vez tiveram que se conformar. Até porque Cecília, apesar de jovem e saudável, já havia combinado com Herculano. Teriam no máximo três filhos.

Afonso, recém-nascido, e a futura avó de Gonzaguinha, que ainda não tinha nome, nasceram quase na mesma hora daquele dia 31 de dezembro de 1871. Com relação a Afonso, já havia uma família pensando em seu futuro, enxoval prontinho, novo, importado da Inglaterra e mais algumas peças que haviam pertencido aos dois irmãos mais velhos.

Sobre a futura avó de Gonzaguinha, não se sabia o nome e muito menos o sobrenome. Também sua procedência era ignorada. Enxoval, nem pensar.

E assim seria até o dia dois de janeiro. Mas não foi o que aconteceu. Na manhã do primeiro dia do ano de 1872, houve muito sol, mas o terreno enlameado não permitiria que ninguém saísse, nem para ir à igreja.

Cecília, como sempre, teve um excelente parto, e logo após o café da manhã de 1.º de janeiro de 1872, ela e Herculano conversavam, como sempre o faziam nas manhãs de sol, na varanda da frente de casa.

Começaram a lembrar o passado. Os dois haviam se conhecido na Faculdade de Direito de São Paulo. Herculano era acadêmico de Direito e Cecília era secretária do Diretor da Faculdade de Direito de São Paulo.

O ensino de Direito no Brasil iniciou-se com a criação das Escolas de Direito de Olinda e de São Paulo em 1827. Naquela época, em que Herculano era acadêmico, meados do século XIX, havia somente aquelas duas Escolas de Direito no Brasil.

Ambas foram criadas conforme uma lei de 11 de agosto de 1827. Uma foi inaugurada em Olinda, e deu origem à Faculdade de Direito da Universidade Federal de Pernambuco.

O outro curso jurídico foi criado no mesmo ano em São Paulo e deu origem à Faculdade de Direito da Universidade de São Paulo.

A grande verdade é que naquela época, sobretudo no início do século XIX, existiam poucas pessoas letradas no Brasil, e grande parte delas ocupava cargos públicos.

Nosso país há pouco tempo havia adquirido sua independência política, e durante a Assembleia Constituinte de 1823 muito foi debatida a necessidade da criação de uma Universidade no Brasil e, em especial a criação de uma Faculdade de Direito.

A Faculdade onde Herculano foi acadêmico de Direito e Cecília foi secretária do diretor é a mesma que mais tarde ficou conhecida como Faculdade de Direito do Largo de São Francisco, ou das Arcadas, em alusão à sua arrojada arquitetura.

Ao longo desses mais de setenta anos, já formou inúmeras personalidades jurídicas famosas na história do Brasil. Preparando futuros governantes e administradores públicos, as Faculdades de Direito apresentaram-se como solução para atender à demanda de um país há pouco independente.

No final do penúltimo ano da Faculdade, Herculano, inconformado com seu relatório de aproveitamento, requereu revisão ao Diretor da Faculdade.

Foi atendido pela secretária do Diretor.

– Bom dia. Quem é a senhora?

– Meu nome é senhorita Cecília e tenho pouco tempo para atendê-lo.

– Perdão, senhorita Cecília. A senhorita é formada em Direito?

– Não, senhor Herculano, e o senhor?

Foi amor à primeira vista. O casamento foi logo após a formatura de Herculano. Uma rápida lua de mel na Europa e, em seguida, voltaram para administrar a charqueada Santo Antônio, em Pelotas, e as fazendas de café na Província de São Paulo.

Em casa, naquela noite do primeiro dia de 1872, Afonso, recém-nascido, tinha acabado de mamar e dormia profundamente.

Herculano chegou, contando a Cecília o que havia acontecido naquela noite. Com toda calma, Cecília pensou objetivamente como se estivessem num tribunal e sentenciou a seu marido:

— Herculano, meu marido; acabamos de ganhar dois filhos, em vez de um, nesta última noite do ano.

— O que estás a dizer, mulher? Estás ainda sob efeito do parto?

— Bem se vê, Herculano, que conheço mais Direito do que tu. Olhe o que está exposto na Lei do Ventre Livre:

A Lei do Ventre Livre ou Lei Rio Branco (Lei 2.040) era considerada a primeira lei abolicionista do Brasil.

Foi uma lei apresentada pelo Visconde do Rio Branco, do Partido Conservador, e sancionada pela Princesa Izabel em 28 de setembro de 1871.

A Lei do Ventre Livre, entre outras resoluções, concedia liberdade aos filhos de escravizadas nascidos a partir daquela data.

Dispunha a Lei do Ventre Livre:

> Art. 1.º Os filhos da mulher escrava que nascerem no Império, desde a data desta lei, serão considerados livres.
> Parágrafo 1.º Os ditos filhos menores ficarão em poder e sob a autoridade dos senhores de suas mães, os quais terão a obrigação de criá-los até a idade de 8 anos completos.
> Parágrafo 2.º Chegando o filho da escrava a esta idade, o senhor da mãe terá a opção ou de receber do Estado a indenização de 600 mil--réis ou de utilizar-se dos serviços do menor até a idade de 21 anos completos.

— Como podes ver, Herculano, disse sua mulher, Cecília, esta menina ficará sob nossa autoridade e responsabilidade até completar oito anos de idade. Onde está a miudinha? Falou dona Cecília. — Deixa para o dia dois, disse Herculano quase dormindo. Preciso dormir um pouco para encarar o novo ano amanhã.

— Herculano! Eu vou lá ver a pequenina.

Cecília mal disse a última palavra e Herculano já estava dormindo profundamente. Dona Cecília saiu do quarto e chamou a governanta.

– O que está acontecendo, Valquíria?

– Três tropeiros me entregaram uma recém-nascida. A coitadinha...

– Da estória eu já sei. Como está ela? Apanhe-a, que eu quero vê-la. Estou te esperando na antessala do quarto de dormir.

– Dona Cecília, o Dr. Herculano disse que iria dormir, disse Valquíria.

– Eu sei. O Herculano, quando está dormindo, somente eu consigo acordá-lo, disse dona Cecília. Não demore Valquíria.

– Que guriazinha linda, Valquíria. Quem é a mãe dela?

– Parece que é a costureira Zazá, mas só teremos certeza no dia dois, e isso se o seu corpo for encontrado.

– E o pai dela quem é? Cecília sentiu que Valquíria havia ficado vermelha. Entretanto, não tinha certeza, porque a pele de Valquíria era vermelha por natureza. – Tu nunca mentiste para mim, não é, Valquíria.

– A senhora sabe que eu jamais faria isso.

Valquíria ainda era uma mulher atraente, de ótima aparência, bonita e forte. Mesmo sendo escravizada, foi muito cortejada de maneira amistosa. Mas, o foi também, algumas vezes, de maneira nem tanto amistosa e uma ou outra vez foi cortejada mediante violência. Valquíria já nasceu escravizada e, não sabia por quê, sentia náuseas quando um homem lhe sorria. Dizia abertamente que estava para nascer o homem que a acariciaria sem sua permissão.

Dizia também, do alto de seus dezenove anos de idade, que era virgem e assim morreria.

Por causa desse comportamento, Valquíria levou várias surras, foi tentada a ceder através de todo tipo de crueldade, mas sempre conseguia resistir.

Nunca um desses desgraçados conseguiu me pegar, pensava Valquíria. Agora então, que descobri a bondade, a consideração, o carinho e... o amor, aí sim passei a ter nojo de todos eles.

– Estás dormindo de tanto pensar, Cecília reclamou. – Eu estava pensando no dia em que vi um anjo.

– Estou seriamente preocupada contigo, falou Cecília. Acho que a lei de abolição total chega em menos de dez anos.

– Mas eu jamais a deixarei, Valquíria, falou com medo nos olhos claros já marejados.

Cecília gostava demais de sua governanta e criada particular. Na prática não a considerava escravizada.

A primeira vez que a viu, Cecília não acreditou no que estava presenciando. Valquíria estava sentada embaixo de uma árvore, gemendo quieta, sangrando, o braço direito pendendo, parecendo estar prestes a separar-se do corpo.

Ela não chorava nem reclamava das tantas agressões que havia sofrido em várias partes do corpo.

Cecília, estarrecida, começou a gritar! Que horror, meu Deus! O que está acontecendo aqui? Aproximou-se de Valquíria como se pudesse e fosse salvá-la daquele martírio.

Em seguida aproximaram-se três homens armados, sendo que um deles, com aspecto de chefe, além da arma, portava ainda um chicote.

– Não se meta, senhora, disse o suposto chefe. Eu sou o capataz, responsável pela segurança da charqueada e pela disciplina dos escravos. Ela foi castigada de maneira correta.

– O senhor me conhece? Falou Cecília, vermelha de raiva.

– A senhora é dona Cecília, esposa do Dr. Herculano.

– Pois então leve imediatamente esta mulher para que lhe sejam prestados os devidos socorros médicos.

– Sinto muito, senhora, mas eu somente recebo ordens do Dr. Herculano, principalmente quando se trata da disciplina dos escravos.

Cecília imediatamente adiantou-se, levantou Valquíria e, abraçando-a pela cintura, preparou-se para transportá-la, sem se importar com o sangue de Valquíria, que já havia passado para suas próprias roupas.

O chefe da segurança esboçou um movimento de detê-la, mas desistiu ante o olhar furioso de dona Cecília.

Cecília levou Valquíria para a ampla antessala do quarto do casal e determinou todas as providências para que a escravizada fosse socorrida.

No outro dia, um pouco depois de começarem as atividades, tomando conhecimento de tudo por seu chefe de segurança, seu marido, Dr. Herculano, não parava de gritar.

– Tira esta negra daqui, Cecília! O que estás pensando? Passaste por cima de minha autoridade. O controle sobre os escravizados tem que ser muito rigoroso, justamente agora que estamos em plena discussão sobre a abolição total da escravatura no Brasil.

– O que estavas fazendo quando frequentaste a Faculdade de Direito de São Paulo, Herculano? Não aprendeste nada? Vamos admitir um crime bárbaro desses? Já não chega o enriquecimento ilícito que estamos praticando? Ainda vamos cometer este outro tipo de crime? Ela é quase uma menina, Herculano. O que ela fez para merecer tanta violência criminosa, ilegal e covarde? Não quero saber de conversa, Herculano! A partir deste momento, esta mulher está sob a minha custódia. Prestará seus serviços exclusivamente a mim. E não se fala mais sobre este assunto.

– Estás me afrontando, Cecília?

– Entendas como quiseres.

Em pouco menos de quatro dias, Valquíria estava em plena forma. Os lindos olhos claros brilhando, antevendo, quem sabe, dias melhores. Naquelas três noites de sono em berço esplêndido foi contemplada com sonhos maravilhosos, cheios de uma esperança que ela não conseguia decifrar. O fato é que ela estava radiante.

Dona Cecília explicou-lhe pacientemente quais seriam seus encargos como criada particular e, quem sabe, sua secretária.

Iniciaria cuidando de suas roupas, que deveriam estar sempre prontas para uma viagem. Outros encargos viriam com o tempo.

Valquíria era inteligente, lia com um pouco de dificuldade, mas falava muito bem, de maneira educada e respeitosa.

Em pouco tempo, Valquíria havia se tornado peça imprescindível no esquema de vida de Cecília.

Valquíria era uma mulher habilidosa. Revelou-se exímia cabeleireira, cuja competência e fama espalhou-se por toda a região das charqueadas, sobretudo junto às charqueadas de São Francisco e de São Luís, que eram as mais próximas.

Não demorou muito para que Valquíria fosse chamada pelas senhoras de outras charqueadas para prestar serviços de embelezamento pessoal. Valquíria parecia agir mediante magia, pela habilidade que demonstrava, tornando as mulheres mais jovens e mais belas.

Cecília permitia que Valquíria recebesse uma pequena remuneração pelo trabalho que realizava nas charqueadas vizinhas. O dinheiro era bem razoável, porque a "moda de fazer os cabelos" e "pinturas no rosto" pegou entre as mulheres de quase todas as charqueadas de Pelotas.

A partir de um determinado dia, Cecília resolveu também remunerar Valquíria pelo trabalho que realizava para ela, como recompensa de uma dedicação que ultrapassava os limites da obrigação.

Em que pese o fato de Valquíria ser escravizada, secretária e amiga íntima de Cecília, havia um respeito muito grande entre as duas mulheres. Por isso havia perguntas que Valquíria não respondia, sobretudo se a resposta pudesse entristecer Cecília.

– Quem é o pai da nenê abandonada, Valquíria? – O que fazes com o dinheiro que arrecadas trabalhando longe de mim?

Valquíria, emocionada sempre pedia um tempo.

Valquíria pensava no passado, no presente, na paixão que a estava deixando louca e feliz no momento.

– E Zazá? Por onde andará aquela valente guerreira? O que será de nossos projetos sem ela?

O ano de 1872 havia chegado com muito sol e calor.

O casal britânico Osvald Petersen e a esposa Mary Alda aproveitavam a manhã maravilhosa do dia primeiro do ano para velejar no canal São Gonçalo, adentrar a Lagoa dos Patos, sentir os ventos das praias do Laranjal e, quem sabe, esticar até um pouco mais adiante.

Osvald e Mary Alda Petersen eram médicos ingleses, ele infectologista e ela psiquiatra, e realizavam pesquisas sobre doenças tropicais no Brasil. Já estavam havia quase dois anos na região Sul e tinham como base de apoio a Santa Casa de Pelotas, onde eram muito bem recebidos, nos termos da excelente cordialidade que existia em Pelotas.

Ao passarem pela foz do arroio Pelotas perceberam um corpo humano em cima de pedaços de madeira. Era uma mulher, estava completamente nua e portava apenas uma corrente de ouro no pescoço, com uma chave. Junto à mulher, não havia qualquer sinal ou referência que pudesse identificá-la ou de onde poderia ter vindo.

O casal de médicos verificou que ela ainda estava viva, mas muito ferida e fraca. Deveria estar naquela situação há mais de dez horas. Estava num lamaçal à mercê de vários tipos de animais; menos mal que não era inverno, porque se fosse ela provavelmente estaria enregelada e sem vida.

Apesar de mais de uma semana de internação na Santa Casa de Pelotas, em tratamento, os ferimentos deixaram sequelas que a impediam de falar com precisão, e sua visão ficou um pouco reduzida.

A única palavra que a moça conseguia dizer com muita dificuldade era Zazá. Em termos de memória, teve que começar tudo de novo, visto que não lembrava seu nome, nem seu endereço.

Naquele último dia de 1871 tinha havido mais dois partos na região das charqueadas.

Ambos haviam ocorrido da mesma forma como ocorrera com dona Maria Antonieta, avó de Gonzaguinha. Oficialmente, ninguém sabia quem eram os pais. Restavam apenas as desconfianças oriundas das características apresentadas pelos recém-nascidos.

As parteiras da região das charqueadas tinham muito trabalho. Eram quase todas negras experientes que, com o tempo, foram conquistando a confiança inclusive das senhoras dos donos de charqueadas. Algumas parteiras tinham inclusive a confiança de jovens senhoritas da elite de Pelotas, que por vezes se descuidavam nas armadilhas do amor.

Existia uma parteira que se chamava Negraloira. Era a melhor parteira da região das charqueadas. Quando os partos que deveriam ser normais, por quaisquer motivos tornavam-se complicados, a Negraloira era chamada e, como num passe de mágica, tudo se resolvia.

Por causa desses poderes, a Negraloira passou a se chamar de mãos divinas, nome que com o tempo passou para mãe divina e logo em seguida para Mão Divina.

Mão Divina morava de favor em uma pequena casa na região da charqueada São Francisco.

No mínimo uma vez por semana, quase sempre de madrugada, aparecia alguém de charrete em busca de Mão Divina para que ela praticasse seu ofício. Mas quase tudo era secreto. Não raro a levavam de olhos vendados e assim a traziam após Mão Divina ter concluído seu trabalho.

Nesses casos ela cobrava um pouquinho mais. Pelo trabalho e pelos segredos, e havia um grande mistério com relação àqueles pagamentos. Mão Divina não tinha prazeres. Nunca se via Mão Divina comprando alguma coisa que não fosse de primeiríssima necessidade.

Dizia-se na senzala que Mão Divina, tendo em vista o volume de trabalho que realizava, era quase milionária.

Certo dia, quando Mão Divina não estava em sua modesta moradia, foi assaltada por bandidos que acreditavam recolher uma fortuna em dinheiro guardado embaixo de seu também modesto colchão. Ou, quem sabe, encontrariam o dinheiro dentro de lindos jarros, importados da Europa, que Mão Divina às vezes recebia de seus clientes.

Os bandidos revistaram minuciosamente a casa em busca de quaisquer valores ou objetos que tivessem algum valor, mas nada acharam. O mistério acabou persistindo. O que fazia Mão Divina com os honorários que recebia?

Valquíria voltou novamente seus pensamentos para sua querida amiga e valente Zazá. O que terá acontecido com ela?

O médico infectologista Dr. Osvald Petersen e sua esposa, Mrs. Mary Alda Petersen, obtiveram autorização das autoridades brasileiras para levar Zazá com eles, devidamente adotada, para a Inglaterra.

O parecer favorável fundamentou-se no fato de que o casal havia recolhido Zazá de um entulho de madeiras e folhagens na foz do arroio Pelotas com o canal de São Gonçalo, no dia 1.º de janeiro de 1872, após uma madrugada de intenso temporal na cidade de Pelotas, Província do Rio Grande do Sul, Brasil.

O casal de médicos prestou os fundamentais primeiros socorros à jovem mulher, salvando sua vida. Sendo a jovem mulher, evidentemente escravizada, necessitando de cuidados médicos permanentes e acompanhamento constante e não tendo havido nenhuma reclamação pela escravizada nos últimos seis meses, ficou autorizado o casal, ainda que estrangeiro, a adotar a jovem mulher, que passou a chamar-se Dóris Petersen.

Zazá, agora a cidadã inglesa Dóris Peterson, viajou para Londres com seus pais adotivos, linda e muito bem-vestida, segundo a moda da época, mas de hora em hora alisava em seu pescoço a corrente de ouro com a chavezinha pendurada.

IZABEL, ALICE E JACARÉ

Na casa de sua avó, Gonzaguinha parecia cada vez mais satisfeito e receptivo ao Projeto Gonzaguinha Presidente, porque o projeto atraía cada vez um número maior de jovens negros de sua geração.

Naquele dia de reunião todos ficaram surpresos e curiosos com a presença do companheiro Jacaré e queriam saber de sua história, sobretudo o porquê daquele nome.

Jacaré então contou que foi acolhido na charqueada São Francisco na mesma data, quase na mesma hora e de forma semelhante ao acontecido como a avó de Gonzaguinha, dona Maria Antonieta na charqueada Santo Antônio. Naquela última noite do ano de 1871, os irmãos Paulo e Alice encontraram um recém-nascido aparentemente abandonado numa das cozinhas da charqueada.

Por mais numerosas que fossem as contrariedades demonstradas pelo senhor da charqueada, Dr. Franco, e esposa, dona Alice, os filhos Paulo e Alice conseguiram fazer com que o recém-nascido permanecesse na charqueada São Francisco e sob os cuidados quase que exclusivos de Alice, não obstante sua idade de pouco mais de quatro anos.

Mas, não foram cuidados totalmente exclusivos, porque logo no segundo dia do ano novo apareceu uma escravizada negra que trabalhava nas cozinhas da charqueada, oferecendo-se para ajudar as crianças nos cuidados com Jacaré.

Paulo já tinha cinco anos de idade e, embora tivesse gostado de Jacaré, não pretendia perder seu tempo cuidando de criança. Alice, entretanto, já pretendia ser mãe, não obstante ter somente quatro anos de idade. Assim, Jacaré, que antes não tinha pai nem mãe, passou a ter duas mães, e, quem sabe, um pai, apesar de não ser muito presente.

A primeira mãe, que o descobriu para o mundo, que lhe ofereceu seu amor imediato, eterno e superior, seria Alice, que desejava ser mãe de Jacaré porque o amava e o considerava seu. Segundo a lógica infantil de Alice, seja lá quem foi que o tenha abandonado naquela noite de fim de ano naquela cozinha, sem sequer deixar um bilhete, não o queria mais e talvez nunca tenha amado seu filho.

Sobre a mãe biológica, tudo indicava que poderia ser a linda negra Izabel, que se apresentou voluntariamente, por razões que não quis explicar, para ajudar sinhazinha Alice a ser mãe de forma incondicional do superbebê.

Ela apresentou como justificativa uma história um tanto comovente, afirmando que tinha condições inclusive de amamentar o bebê. Assim ocorrera porque ela tinha dado à luz uma criança há pouco tempo e que o pai lhe havia roubado. Tratava-se de uma pessoa importante sobre a qual ela não poderia falar e muito menos citar nomes, sob pena de severas punições.

Com toda essa história, verdadeira ou não, a escravizada Izabel, obviamente, quase sem sombra de dúvidas, é quem seria a mulher com competência, digamos técnica, para assumir a função de mãe de Jacaré. Além disso, nas conversas de senzala e imediações dizia-se que Jacaré era muito parecido com Izabel. Com a boca fechada, é claro.

A escravizada chamava-se simplesmente Izabel, era uma mulata lindíssima. Era muito alta, considerando o padrão de altura das escravizadas, e tinha apenas quinze anos quando deu à luz Jacaré. Seus cabelos pretos pareciam ser intocáveis de tão finos. Homens e mulheres que tinham o privilégio de ter uma convivência fraternal com Izabel não conseguiam esconder sua admiração.

Como todas as negras escravizadas, Izabel não tinha sobrenome, nem quaisquer referências a pais desconhecidos. A maior curiosidade de todas era o fato de Izabel ser poliglota. Com a língua portuguesa Izabel tinha algumas desavenças. Entretanto, ela era fluente em espanhol, em francês e em inglês.

Ocorre que o Dr. Franco, senhor da charqueada São Francisco, tinha a jovem sob sua exclusiva proteção. Seu fortíssimo negócio de carnes produzia lucros extraordinários. Dr. Franco exercia também o controle dos principais bancos do sul do Brasil, coordenando a conexão com os principais estabelecimentos bancários de Buenos Aires e de Montevidéu. A charqueada São Francisco era uma das mais belas e ricas da região. Além das dependências básicas para a produção de charque, existiam outras repartições de apoio à atividade bancária do Dr. Franco, como um salão de conferências e um auditório, onde o Dr. Franco ministrava aulas de fundamentos de Ciências Contábeis e Econômicas, com foco nos assuntos direcionados ao interesse das pessoas ligadas à atividade bancária.

Havia também um restaurante que servia refeições dia e noite para as pessoas que iam e vinham do centro da cidade em viagem ou a passeio e não tinham hora para chegar ou retornar. Apesar de sua idade, Izabel ajudava a esposa do Dr. Franco, dona Alice, a coordenar todas as atividades pertinentes à alimentação e ao alojamento daquelas pessoas, sobretudo as refeições destinadas a europeus e sul-americanos. Ninguém sabia de onde aquela jovem havia conseguido tanto talento.

No início daquele grande projeto de produção de carnes e coordenação bancária, a esposa do Dr. Franco, dona Alice, cuidava das atividades de apoio logístico e administrativo, com ajudantes que escolhia entre jovens mulheres escravizadas com boa aparência. Entretanto, nunca conseguia alguém com inteligência suficiente para uma resposta razoável às demandas do complexo trabalho executado. Até que dona Alice experimentou Izabel, que demonstrou uma inteligência fora do comum. Ela aprendia tudo com muita rapidez, inclusive os idiomas que diariamente eram falados por pessoas que frequentavam as instalações da famosa charqueada São Francisco.

Não demorou muito e Izabel já funcionava como se fosse o braço direito de dona Alice, que aos poucos foi passando aquela complexa atividade para Izabel, que, por sua vez, escolhia auxiliares com rara habilidade.

Paralelamente com as atividades de trabalho, existia a possibilidade de um lazer de alto nível e bem diversificado, que a acolhedora cidade de Pelotas oferecia a brasileiros e estrangeiros que vinham a trabalho ou a passeio. As noites pelotenses ofereciam *shows*, peças de teatro, espetáculos variados e concertos de orquestras internacionais, eventos que muito pouco deviam aos apresentados na Europa. E para o deslumbramento, conforto e deleite de todos, existia no centro da cidade de Pelotas o famoso e moderno Theatro Sete de Abril, que havia sido fundado em 1834.

Dizia-se, naquela época do século XIX, que o teatro era considerado o principal meio de entretenimento e também um laboratório de modernidade.

O Theatro Sete de Abril foi um capítulo importante na história da província do Rio Grande do Sul. No século XIX, foi um espaço elitizado e viabilizado pela produção charqueadora, influenciada pelos acontecimentos no continente europeu.

Naquela época, o Sete de Abril recebia inúmeros artistas da região e também de projeção nacional e internacional, fato que o colocou no circuito das artes que ligava Rio de Janeiro, Porto Alegre, Pelotas, Montevidéu e Buenos Aires.

O Theatro Sete de Abril iniciou suas atividades no âmbito do ideal teatral parisiense, seguindo o movimento natural do período.

Izabel, com suas auxiliares, coordenava todas essas atividades, que eram por si maravilhosas, mas tinham que ser organizadas e articuladas para que todos pudessem realizar seus negócios e planejar seu lazer.

Dona Alice já havia entregue todas aquelas atividades nas hábeis mãos de Izabel e sua equipe de jovens escravizadas. Eram todas mulatas lindas, charmosas e inteligentes. Infelizmente, nenhuma delas tinha nome próprio.

A todas elas, como a Izabel, faltava um sobrenome e não tinham também quaisquer referências familiares. Mas elas estavam esquecendo a senzala, as humilhações, os estupros, as surras, e começavam a ter uma pequena noção de dignidade.

Provavelmente os pais que não conheciam, em relação aos quais lhes eram proibidas referir-se, tinham lhes deixado alguma herança invisível. Entretanto, é possível também que algumas possam ter trazido a inteligência de suas próprias famílias.

Izabel orientava todas as meninas para que tentassem aprender alguma coisa. No mínimo ler e escrever. Explicava a elas a importância do conhecimento e da educação.

Parece até que Izabel tinha algum contato secreto com dona Maria Antonieta, em razão das ideias sobre a educação. Ela afirmava veementemente às suas meninas que somente o conhecimento é capaz de trazer a liberdade.

Aceitem tudo que for possível receber sem perder a dignidade, Izabel falava a suas jovens auxiliares. Desconversem as grosserias dos franceses, procurem aturar os porres dos ingleses, desconfiem das gentilezas dos uruguaios e procurem não importar-se com o excesso de autoestima dos argentinos.

Aproveitem a convivência dessas pessoas e procurem aprender com elas o que for possível. Normalmente são pessoas que estudaram muito. A maioria já esteve na Europa, são educados e não as forçarão a fazer nada que vocês não queiram fazer.

Se quiserem e puderem fazer sexo, cuidem-se muito. Se houver paixão, cuidem-se mais ainda. Mas procurem não se apaixonar precipitadamente, para garantir que não vão sofrer.

NASCIMENTO DO MENINO JACARÉ

Izabel procurava passar a suas jovens auxiliares que tudo estava indo maravilhosamente bem, mas preocupava-se muito com o que havia acontecido com ela própria e que terminou ou talvez tenha começado quando ela, justamente ela, Izabel ficou grávida. Seu mundo quase caiu, mas ela era forte e em seguida começou a articular sua recuperação.

O sucesso naquele empreendimento foi tão grande que Dona Alice e seu marido, Dr. Franco, decidiram remunerar aquele trabalho tão valioso e rentável daquelas lindas mulheres. E assim o fizeram. Era pouco, mas já era alguma coisa. Izabel não cabia em si de contente, em razão dos maravilhosos acontecimentos que presenciava. Quem sabe agora poderia comprar alguma coisa para seu filho.

Izabel ainda era uma negra escravizada, não tinha qualquer referência familiar, mas desde já começaria a mover mundos e fundos para incluir seu filho no círculo da cidadania.

Os cuidados de Jacaré, por incrível que pareça, continuavam sendo realizados pela menina Alice, coadjuvada por Izabel, que agora já não mais disfarçava a sua maternidade biológica. Mas a menina Alice considerava Jacaré uma propriedade sua, o que às vezes irritava Izabel.

Um dia a menina Alice perguntou friamente a Izabel por que ela havia abandonado uma coisinha tão linda como aquela? Se ela não pensou que ele poderia ter morrido de fome? Ter sido levado por alguém que o criasse com maus-tratos e assim que pudesse o escravizasse? Izabel explicou que nunca havia abandonado seu filho. O seu objetivo era conseguir uma oportunidade de proporcionar a ele uma vida melhor da que ela tinha até então. Por isso ela criara aquela pequena encenação. Disse que arriscou tudo por seu filho, e o faria novamente. Nesse momento ela tinha certeza de que havia conseguido.

— Naquela noite da virada do ano eu meio que escondi meu filho para que alguém o encontrasse naquela cozinha. Eu te juro, sinhazinha, que, se alguém que não fosse de meu agrado pusesse as mãos em meu filhinho, eu me transformaria numa leoa e o mataria se necessário fosse. Quando vi vocês dois, sinhazinha e sinhozinho, entrarem naquela cozinha, naquela linda noite de Ano-Novo, senti que havia recebido de Deus muito mais do que eu merecia. Peço perdão.

Aquele relato emocionou a pequena Alice, que perdoou Izabel, convidando-a para ser mãe junto com ela a partir daquele momento. O tempo foi passando, e o menino Jacaré ia crescendo de forma surpreendente. Aos cinco anos de idade, seu físico era o de um jovem de dez, e era muito bonito. Ostentava um invejável físico de atleta, deixando seu irmão de criação Paulinho com visível inveja.

Quando iniciou o ano em que, ao seu final, o menino Jacaré completaria seus oito anos de idade, a sombra da Lei do Ventre Livre pairou sobre a menina Alice, sobre a mãe biológica Izabel e sobre o menino Jacaré, que, apesar de sua idade, sentia o perigo rondando sua liberdade.

O desespero começou a tomar conta da agora adolescente Alice, mãe adotiva do menino Jacaré, e mais preocupada ficou Izabel, que já não conseguia trabalhar com tranquilidade.

As duas juntas decidiram falar com Dr. Franco. Alice ameaçou seu pai, dizendo que não admitiria o menino Jacaré como escravizado. Izabel tentava acalmar Alice, para que seu pai não ficasse irritado. Sua proposta é que ele, Dr. Franco, poderia descontar em seu salário o dinheiro da indenização, preservando a liberdade de seu filho.

O Dr. Franco, olhando bem dentro dos olhos de Izabel, disse-lhe que ela ficasse tranquila, que ele resolveria tudo. Izabel tentou explicar a seu filho o que estava acontecendo, mas não foi feliz e acabou confundindo as ideias do menino.

Jacaré foi um menino nascido e criado nas imediações do arroio Pelotas, brincando nos alagados e nos açudes, onde caçava, pescava e tinha o grande prazer de viver sua liberdade, o que lhe era permitido por ter um físico avantajado em relação a sua idade. Ele não admitia ser escravizado e já havia decidido, embora sua idade, que lutaria até morrer para manter-se livre. A noção que ele tinha de liberdade vinha dos pássaros, dos peixes e de outros animais com os quais ele vivia diariamente.

Logo após iniciar o foguetório dos festejos da virada do ano em que completou oito anos de idade, Jacaré resolveu fugir. Tinha certeza de que era um homem livre, mas não queria discussão com ninguém.

Fora um noite muito quente aquela de 31 de dezembro de 1878. O menino, que já não era mais um menino, pegou sua pelota, que ele mesmo havia construído com pedaços de couro jogados ao lixo e galhos de cortiça e fugiu no rumo norte, subindo o arroio Pelotas. Estava descalço, sem camisa e com apenas um calção, que ele havia ganho de sua mãe biológica Izabel. Ele não queria, em hipótese nenhuma, ser apontado como ladrão.

Jacaré foi subindo o arroio Pelotas até uma distância de quinze quilômetros da foz com o São Gonçalo e estabeleceu-se num pequeno abrigo próximo a uma velha charqueada, que parecia estar abandonada.

O menino Jacaré não parecia ter apenas oito anos de idade. Qualquer pessoa diria que estava diante de um guri de onze anos, com as linhas do corpo já delineadas. Jacaré não sabia, mas em relação a seu aspecto físico, ele era muito semelhante ao Dr. Franco, senhor da charqueada São Francisco, que era descendente de uma família de pessoas gigantescas.

Mesmo com pouca idade, Jacaré já era corpulento e muito forte. Com as pernas e braços longos, ele nadava muito bem na modalidade de nado livre ou de costas, parecendo ter um fôlego interminável.

Jacaré e sua pelota eram inseparáveis. Para ganhar a vida, ele transportava em sua pequena embarcação qualquer tipo de carga não muito pesada ou de pessoas para cima e baixo do arroio Pelotas, ganhando mais do que o suficiente para manter-se com dignidade.

Com a passagem do tempo, Jacaré ficou famoso, sendo considerado o maior transportador de cargas e de pessoas da região. Com quatorze anos de idade, Jacaré tinha 1,80 metro de altura e pesava setenta quilos. Nas conversas de senzala, dizia-se que ele era um grande jacaré branco, com uma boca imensa e cabelos de escravo.

Em todas as apostas de natação, tendo por cenário de prova o cruzamento do canal São Gonçalo, Jacaré não perdia uma e, de lambuja, às vezes voltava nadando, saindo pela foz do arroio Pelotas, onde boiava, relaxava e às vezes pegava no sono.

Como transportador de carga, ou de pessoal em sua pelota, ninguém conseguia igualar-se a Jacaré, fosse em termos de eficiência do trabalho ou de velocidade e urgência requerida. O jovem Jacaré exercia sua liberdade de forma intensa. Ele parecia ter nascido dentro do arroio Pelotas. Jacaré tinha paixão pela água dos açudes e considerava as regiões ribeirinhas um lugar totalmente seu, particular, onde ele dizia que falava com todos os animais do ambiente. O arroio Pelotas era sua morada, sua referência e de onde ele tirava todo o seu sustento alimentar. Havia até uma lenda, ou quem sabe uma premonição.

"... Certa vez Jacaré, sem fazer movimento nenhum, relaxando seu corpanzil, boiando, desceu o arroio Pelotas até a sua foz. Ali chegando, pelo São Gonçalo, nadou dirigindo-se à Lagoa dos Patos. Em seguida, pelo canal de Rio Grande, chegou ao Oceano Atlântico, cruzou-o nadando e foi até Londres, na Inglaterra, cidade que ele sempre sonhou conhecer."

O que existe de verdadeiro e o que realmente ocorreu foi um erro cometido por Jacaré ao passar certo dia pela charqueada São Francisco. Na tentativa de rever a jovem mãe Alice e/ou a mamãe Izabel, Jacaré foi reconhecido por um dos caçadores de escravizados que andavam à procura de escravizados fugitivos.

Quando Jacaré viu aquelas duas mulheres tão amadas, ficou encantado, perdeu quase todos os sentidos e praticamente saiu do ar. No momento que acordou, viu na sua frente um dos caçadores de escravizados, tendo numa das mãos um chicote e na outra uma arma de fogo.

Praticamente não houve luta, porque na primeira tentativa de investir com o chicote contra ele, Jacaré puxou o homem junto com seu chicote, quebrou o pescoço de seu oponente e em seguida seu chicote.

As mulheres gritaram. Os demais caçadores, surpreendidos, levaram alguns segundos para socorrer seu colega, cuja aparência era fúnebre. Constataram que seu colega havia morrido, mas ao levantar a cabeça não viram mais ninguém por perto.

Jacaré já havia mergulhado no arroio Pelotas e nadava em direção ao canal São Gonçalo. Sabia que, se fosse apanhado, seria preso e condenado à morte por enforcamento. De nada adiantaria alegar que era um homem livre, que estava desarmado e que seu oponente portava um chicote e uma arma de fogo.

A pena de morte sempre foi a maior das punições e cabível em situações que exigissem a punição de crimes graves contra a vida. No passado, em nosso país a pena de morte foi largamente utilizada contra insurgentes em revolta e contra escravizados que se insurgiam contra seus senhores e familiares de forma violenta.

Após a independência, ocorrida em 1822, o Império do Brasil teve de abandonar as antigas Ordenações Filipinas, conjunto de leis que até aquele momento regiam o Império Português e por consequência as suas colônias, entre elas o Brasil.

Dessa forma, o Brasil independente precisava criar suas próprias leis. Nesse contexto, os principais grupos políticos eram, de um lado, os liberais e, do outro, os conservadores.

O país vivia um sonho dourado pela liberdade, com o rompimento com Portugal e, em princípio, as ideias liberais tomaram a frente com o advento do Código Penal de 1830 e o Código de Processo de 1832.

Nesses novos conjuntos de leis, a pena de morte era o maior grau de punição prevista.

O Império Brasileiro, entretanto, tinha sua força de trabalho representada de forma significativa na escravidão negra e as relações entre senhor e escravizados nunca foram pacíficas e muito menos amistosas.

Os escravizados e as escravizadas eram usados como objetos que serviam para o trabalho, para a produção e para o prazer. Eram sequestrados de sua terra natal e tinham suas famílias destruídas.

A verdade é que no Brasil aquelas pessoas escravizadas já chegavam castigadas. Viviam castigados e geravam filhos para serem castigados. No Brasil, os escravos e suas famílias, quando pisavam no solo brasileiro, já estavam condenados e punidos pela perda de suas liberdades e pelo trabalho forçado.

Naquelas circunstâncias, por óbvio, não havia como existir um ambiente de paz e amizade entre escravizados e senhores.

Os políticos liberais foram muito infelizes e incompetentes na medida em que não tiveram capacidade ou não se empenharam o suficiente para libertar os escravizados, no contexto da proclamação da Independência do Brasil, liberando assim grande parte da alma brasileira.

Se, naquele momento histórico de 1822, os pretensos liberais tivessem exigido a abolição da escravatura, teríamos um Brasil muito melhor e poder-se-ia acreditar que viveríamos num país sério.

Ao contrário, foi decidido pelo pior. As elites não quiseram abrir mão de seus privilégios e de sua situação de conforto de forma indigna. A ferida continuou sagrando por mais sessenta e seis anos.

Os conflitos entre senhores e escravizados aumentaram, provocando excessiva desunião nacional, condenando gerações à prática do ódio, do preconceito e da discriminação.

JACARÉ, MIS. ELIZABETH E DÓRIS

Com quatorze anos de idade, embora aparentasse dezoito, Jacaré percebeu que o melhor que faria de sua vida supersingela era fugir do Brasil. Ele sabia também que sua fuga teria que obedecer a critérios excepcionais, em razão da forte vigilância a que estaria submetida a região Sul da Província.

Jacaré caminhou e nadou quase vinte e quatro horas até chegar ao porto de Rio Grande, onde se escondeu, alimentou-se e descansou, já sabendo o que faria no dia seguinte.

Quando um navio de bandeira inglesa zarpou na madrugada quente do dia seguinte, poucas pessoas notaram que havia um homem nadando a uma distância razoável do magnífico e iluminado vapor inglês.

Aproximadamente uma hora depois, já com o navio em alto-mar, o jovem Jacaré fez-se notar e acabou sendo içado a bordo. Questionado sobre sua nacionalidade e as razões pelas quais estava naquela situação, Jacaré se fez de doente desmemoriado.

Vinte e quatro horas depois, Jacaré começou a surpreender a todos por sua força e capacidade de trabalho. A tripulação do navio nunca tinha visto uma pessoa trabalhar com tanta intensidade, em qualquer tipo de serviço, com aquela rapidez e eficiência.

Algumas semanas depois, o navio chegou a seu porto de destino. Jacaré imaginou que havia realizado seu sonho e que estivessem em Londres. Entretanto, estavam na cidade inglesa de Liverpool. Justamente a cidade portuária de Liverpool, que era a capital do comércio transatlântico de escravizados africanos e uma cidade sobre a qual nunca tinha ouvido falar.

Na imigração, Jacaré persistiu na postura segundo a qual ele não conseguia falar, nem lembrar-se de nada.

No navio, durante a viagem, não tinha havido qualquer comunicação proveitosa com Jacaré. O único entendimento e compreensão que ele demonstrava assimilar dizia respeito tão somente ao horário das refeições.

Todos que estavam a bordo o chamavam por *brasileiro*, visto que ele não falava nem portava qualquer tipo de documento.

O tempo foi passando e a impressão causada pelo comportamento de Jacaré era semelhante a de um jovem com aproximadamente dezoito anos de idade, sobrevivente do naufrágio de alguma embarcação e que tenha passado muito tempo exposto ao sol em alto-mar, sem água e sem alimentação.

Conforme a tradicional organização inglesa, o jovem Jacaré foi devidamente internado em um hospital de Liverpool para fins de pesquisa e tratamento.

Após um período de seis meses no hospital, o quadro clínico do *brasileiro* pouco havia evoluído; ele continuava sem nada falar, mas aos poucos foi aprendendo inglês. Naquele restante de ano, começou a prestar ajuda aos doentes, auxiliando de certa forma os médicos e enfermeiros.

O *brasileiro* não tinha medo de sangue e às vezes participava até do apoio à cirurgias, limpando o chão, carregando material usado, trocando o lixo, ou seja, Jacaré enfrentava qualquer tipo de serviço.

Alguém avaliou que o *brasileiro* levava jeito para enfermagem, e em seguida foi aconselhado a aceitar matrícula num curso de Enfermagem. Seria um curso de dezoito meses, com dois terços de aulas, práticas e um terço de aulas teóricas, realizado em Liverpool.

O estágio de seis meses seria em Londres, a cidade que Jacaré sonhava conhecer desde que era menino. Nesse estágio em Londres, os alunos seriam preparados para atuar no *front* de combate dos conflitos bélicos em que a Inglaterra estava quase sempre envolvida.

A boca de Jacaré, o *brasileiro*, ficou ainda maior porque ele não parava de sorrir. Será mesmo que vou conhecer a cidade de meus sonhos? A ansiedade tomou conta de Jacaré, que passou a ler revistas sobre Londres, os esportes em Londres, ou seja, tudo que acontecia em Londres agora passou a ser de seu interesse.

A sua ansiedade diminuiu um pouco quando ficou sabendo que parte do estágio poderia ser realizado nas colônias inglesas. O jovem Jacaré, *brasileiro*, foi designado para terminar seu estágio na cidade de Calcutá, na Índia, durante os últimos trinta dias.

Quando terminou o curso, o *brasileiro* foi classificado nos primeiros lugares, além de passar a falar fluentemente o idioma inglês, mas em termos de cidadania não havia ainda amparo legal para transformá-lo em cidadão inglês.

Quando o jovem Jacaré foi receber seu certificado de conclusão do curso, ele estava curioso para saber em nome de quem seria emitido o certificado de conclusão. Não ficou muito satisfeito quando viu que o certificado tinha como destinatário "o Sr. Enfermeiro Brasileiro".

A diretora de estágio na Índia era uma médica inglesa quase do tamanho de Jacaré e exigia perfeição em qualquer tipo de trabalho, do mais simples ao mais complexo.

Mis. Elizabeth era uma loura não muito bonita, de olhos azuis e sua postura elegante era sua aliada quando se tratava de discutir hierarquia e disciplina. Mis. Elizabeth jamais admitia qualquer tipo de intimidade no horário de expediente.

Quando ela examinou os papéis de identificação de Jacaré, ficou intrigada com o nome que constava na sua ficha e mandou chamá-lo imediatamente para uma conversa.

O jovem Jacaré contou toda a história. A doutora ouviu com muita atenção e surpresa.

– Como é possível uma pessoa sair do Brasil nadando e chegar até a Inglaterra, manifestou-se Mis. Elizabeth. Por favor, explique isso direito, senhor brasileiro.

– Não foi bem assim, Mis. Elizabeth. Na verdade, eu nadei muito disse Jacaré, explicando num inglês razoável. Mas no Oceano Atlântico eu não nadei muito mais de meia hora e fui recolhido como eu havia planejado.

Depois explicou mais uma vez que não lembrava exatamente o que aconteceu e inclusive não sabe ou não lembra como falar português. Jacaré explicou quase tudo a Mis. Elizabeth. Disse que nasceu e viveu num ambiente simples, bucólico, mas paradisíaco, cujas regras eram totalmente livres.

– De repente caçadores de escravizados queriam me levar para a senzala, submetendo-me à escravização. Lutei com todas as minhas forças pela minha liberdade, mas tive que matar um homem para não morrer. A partir daí tive que fugir do Brasil.

Seguiu contando:

– Amigos me mostraram a bandeira da Inglaterra e me disseram que no Porto de Rio Grande, uma cidade próxima de Pelotas, minha terra, eu conseguiria embarcar para a Europa. Meu sonho era conhecer a cidade de Londres, mas nem tudo deu certo. Eu tinha ouvido falar que em Londres existe muita liberdade, mas também existe muito respeito à lei.

A partir daquele momento ficaram amigos. Conversavam muito sobre coisas simples e corriqueiras. Mis. Elizabeth percebeu que seu amigo não conhecia nada da vida. Não tinha amigos e muito menos namorada. Usava roupas simples sem a mínima preocupação com a elegância. Mis. Elizabeth começou a gostar do *brasileiro* e um dia convidou-o para jantar em sua casa.

Jacaré, o *brasileiro*, chegou à residência de Mis. Elizabeth pontualmente, sem trazer sequer algumas flores, com uma postura formal, como se estivesse cumprindo uma missão de trabalho.

Ela estava linda, mas se Jacaré notou, não se lembrou de fazer aquele elogio mais corriqueiro do mundo e que homem nenhum do planeta esquece de fazer.

Jantaram, pode-se dizer alegres e satisfeitos. A música ambiental era romântica e sugestiva, e ela o convidou para dançar. Ele disse a ela que nunca havia dançado em sua vida. Ela disse que o ensinaria, e o puxou para junto de si. Ele aprendeu na hora e timidamente começou a se mexer, pra lá e pra cá e, em seguida, já estavam dançando.

Os corpos bem juntos um do outro, a intimidade, os rostos colados, o carinho e o romantismo da música parece que acordaram Jacaré, e ele desandou a falar português.

Na cama ele estava um pouco atrapalhado. Ela percebeu e falou baixinho em seu ouvido que lhe ensinaria. Ele aprendeu rápido. Em seguida pareciam uma só pessoa. Jacaré parecia incansável e Mis. Elizabeth estava quase alucinada.

Acordaram pela manhã mais felizes do que nunca. A boca de Jacaré que era grande, estava enorme. No momento em que tomavam o café da manhã, as histórias de cada um começaram a aparecer.

– Em seu país as pessoas não tem sobrenome *brasileiro*? Falou Mis. Elizabeth.

— Infelizmente, os filhos dos escravizados em meu país não têm sobrenome, falou o jovem Jacaré. A vida na senzala e seus arredores é promíscua, e essa circunstância estende-se a quase todo o resto do ambiente da charqueada. Os senhores e seus auxiliares brancos acham que são proprietários, inclusive da honra das negras escravizadas, e não assumem qualquer tipo de responsabilidade por eventual gravidez. Dentre todos os ambientes perversos que a escravidão negra produziu, o pior foi a destruição das famílias africanas, ele falou com lágrimas nos olhos. Esses fatos ocorriam logo no momento em que os africanos eram sequestrados e embarcados nos navios negreiros. As mulheres escravizadas, quando ficavam grávidas de seus senhores, superiores ou auxiliares, se deixassem nascer seus filhos, sabiam que estes jamais teriam uma referência familiar.

— Nada de tristezas, falou Elizabeth, tentando uma conversa mais amena. O que você está achando da Inglaterra? É tudo mais ou menos parecido com o Brasil?

— Para mim parece um outro mundo, falou Jacaré, que ficou meio atrapalhado. Eu tenho comigo que o Brasil ainda é um país de sonhos. A realidade ainda não existe. Quase nada ainda foi construído. Nada é essencialmente brasileiro. Talvez por isso eu seja um viciado em sonhos. Ou talvez porque os meus sonhos sejam o meu único patrimônio. Acho que por isso eu sonho tanto. Eu aumento meu patrimônio, como eu desejo, sem extorquir ninguém. Eu não tenho como explicar, mas a cidade de Londres sempre povoou todos os meus sonhos. Na minha terra eu efetivamente morava ou mais precisamente me escondia, quase dentro do arroio Pelotas, lá no sul do Brasil, mas vivia sonhando com Londres. Um dia falei isso para minhas duas mãezinhas. Uma delas disse que era um bom presságio, mas a outra baixou a cabeça entristecida.

E concluiu:

— Acho que depois de Pelotas a cidade de Londres é que sempre esteve mais perto de mim. Talvez por causa do rio Tâmisa, da história. Os meus conterrâneos dizem que Londres e Pelotas ocupam a primeira e segunda posições respectivamente, no *ranking* das cidades mais úmidas do mundo. Enfim, eu tinha certeza que alguma vinculação me prendia a Londres, embora eu nunca tenha imaginado qual seria. Agora eu já sei qual é, olhando-a carinhosamente.

Era a vez de ele perguntar:

– E tu, Elizabeth? Já estiveste no Brasil? É uma terra maravilhosa, mas que ainda tem sua alma presa pela existência da senzala e suas imediações.

– Não! Nunca estive no Brasil, mas sinceramente, meu amigo, a impressão que eu tenho de sua terra poderia ser melhor. O pessoal da área da saúde na Inglaterra é obrigado a estudar e tomar conhecimento da forma como ocorrem os problemas nas colônias britânicas e nas colônias e ex--colônias de Portugal, visto que, historicamente, Portugal sempre esteve diretamente envolvido com a Inglaterra.

Para Mis. Elizabeth, as lideranças brasileiras se acomodaram com a escravidão, dando a impressão de que nunca mais precisarão trabalhar. Um dos grandes erros daquelas lideranças brasileiras foi não perceber que a mão de obra do Brasil precisava ser melhorada de forma intensiva e urgente. Era preciso dar educação à sua população, para que os brasileiros estivessem em condições de enfrentar um mundo industrializado que estava se aproximando.

Ao contrário, as elites brasileiras têm conspirado com medidas contrárias, procurando de todas as maneiras adiar a abolição, inclusive contribuindo para a promulgação de leis intermediárias, visivelmente protelatórias.

As elites brasileiras precisariam entender que a Revolução Industrial veio para ser absorvida pelo mundo inteiro, resguardados os interesses de cada nação. Basta ver que os países que aceitaram a grande transformação tiveram ascensão econômica, juntamente com a Inglaterra.

Um dos resultados mais evidentes no mundo é que a cidade portuária de Liverpool passara de capital do comércio transatlântico de escravos para capital do transporte de algodão, ou seja, é necessário acompanhar as mudanças, sob pena de estagnação.

Mis. Elizabeth e o jovem Jacaré passaram mais uma noite juntos, e ela se apaixonou perdidamente. Convidou-o para morarem na mesma casa em Londres após o final do curso.

Jacaré ficou muito feliz. Estaria concretizando seu grande sonho de conhecer Londres em seus detalhes. Ficou também um pouco preocupado. Nunca havia experimentado esse tipo de amor por uma mulher. Ele achou que estava gostando demais de Mis. Elizabeth e temeu pela perda de sua liberdade.

Mas a maior preocupação que se apossou de sua mente foi a possibilidade de não conseguir emprego em Londres imediatamente. Elizabeth tranquilizou-o, dizendo que, na pior das hipóteses ele seria seu empregado doméstico. Jacaré não entendeu bem, mas gostou da ideia.

Com o término do curso rumaram para Londres em busca de uma nova vida. Ao entrarem no saguão do hospital do qual Elizabeth era acionista majoritária, encontraram a família Petersen.

— Bem que eu precisava falar com vocês falou Elizabeth, visivelmente alegre, e apresentou seu namorado.

— O meu nome oficial é Enfermeiro Brasileiro, mas meus amigos me chamam de Jacaré.

Mrs. Petersen gaguejou *Jaca...ré?*

— Muito bonito falou em português, disfarçando ao máximo o que sua educação inglesa permitia.

Elizabeth não perdeu tempo. Quem é muito bonito, Mary Alda? O meu pequenino ou o nome dele?

— Ambos, falou sua amiga e no fundo mãe adotiva..

Enquanto se acomodavam no quase luxuoso saguão do hospital, Elizabeth foi falando que eles estavam voltando de Calcutá.

Dr. Osvald Petersen perguntou como estavam as coisas naquela terra tão misteriosa.

Elizabeth disse que estava tudo bem, explicando em seguida que eles estiveram lá apenas para concluir um curso de enfermagem iniciado em Liverpool.

O casal Petersen convidou Elizabeth e seu namorado, Jacaré, para o jantar daquela noite, e assim poderiam ter mais tempo para conversar e colocar as notícias em dia.

Quando Jacaré e Elizabeth chegaram à casa dela naquele final de tarde, Jacaré ficou deslumbrado. Aquilo tudo era de sua namorada? Para que tantos espaços e tantas divisões, que sua namorada chamava de quartos? Qual a necessidade de tantas luzes, mesas, cadeiras? Um dos quartos era imenso, parecendo um quarto de hotel de luxo equipado com mesa, cadeiras e máquina de escrever.

De repente, Jacaré perguntou a sua namorada onde ele iria morar, visto que desde as moradas em cantinhos bem escondidos em Pelotas só havia estado em navios e hospitais.

Elizabeth explicou a ele com todo o carinho que sua moradia agora seria com ela junto, se ele quiser é claro e gostar dos quartos que viu.

Jacaré disse que gostou demais daquele bem grande com cadeiras, mesa e máquina de escrever. Seu receio, entretanto, era não poder pagar por ele. Ele tentou explicar a Elizabeth a sua dificuldade em ter dinheiro no bolso sem ser utilizado. Acho que tenho vergonha em tê-lo, na medida em que me lembro o que está acontecendo com os meus conterrâneos no Brasil. Jacaré tentou explicar melhor dizendo que utilizava o dinheiro absolutamente necessário para viver e tentava guardar o restante pensando que algum dia seus conterrâneos precisarão dele.

Elizabeth percebeu que precisaria usar todo o seu amor, carinho e paciência para civilizar seu exótico namorado.

Elizabeth procurou tranquilizá-lo, dizendo que aos poucos ele iria saber de tudo que era necessário. Em seguida, carinhosamente, explicou que iriam jantar naquela noite na residência de um casal de médicos muito conhecidos em Londres. É normal que o casal visitante leve flores para entregar à dona da casa e quando entregar as flores faça um elogio a respeito de sua aparência e de sua residência.

— Deve ser uma conduta muito simples e realizada sem exageros. Se você quiser, eu posso entregar as flores junto com você, mas o elogio à Mary Alda deve e tem que ser feito por você, pelo homem do casal visitante. Com relação ao jantar em si, mantenha a calma e procure fazer tudo que eu fizer. Toda vez que for necessário usar este ou aquele talher, eu o farei bem devagar para que tu possas me acompanhar.

O jantar foi um sucesso. Elizabeth estava radiante. Seu exótico namorado brasileiro, com corpo de europeu, cabelo de africano e boca de jacaré, encantou a todos, inclusive a filha do casal, Dóris, que, ele ficara sabendo há pouco, era brasileira.

Ao voltarem para o apartamento de cobertura de Elizabeth, Jacaré, seu namorado, um pouco cansado, meio bocejando, falou para ela que se ajeitaria ali na sala para dormir.

— Você conseguiria me pegar no colo, meu querido Jacarezinho e levar-me até meu quarto?

— Basta dizer onde é, falou o Jacarezinho, já com ela no colo.

Foi outra noite de amor maravilhosa para Elizabeth. Jacaré, entretanto, estava um pouco confuso. Sua vida havia mudado muito e de forma muito rápida. Antes de dormir, após o amor, pensou em suas duas mãezinhas. Esse era um amor diferente. Gostaria de dizer a elas que tinha mais um amor, além delas. Precisava falar a alguém que estava preso ao amor de Elizabeth.

– Passei a ser escravo de Elizabeth, questionou-se a si próprio? Amanhã tenho que conversar com ela.

A verdade é que naquele jantar de ingleses, na residência de Mr. e Mrs. Petersen, Jacaré confirmou para Elizabeth que era dotado de uma inteligência incomum. Apesar das poucas e rápidas instruções que recebeu antes de saírem de casa, Jacaré portou-se como um veterano.

A cada gesto que ele fazia, Elizabeth prendia a respiração e em seguida ficava aliviada. O mordomo, que no início olhava Jacaré com desdém, ao final do jantar queria cumprimentá-lo, surpreso com seu desempenho social.

A sala de jantar era imensa, possuindo quatro ambientes, o que possibilitava reuniões em grupos e assuntos separados, guardando total privacidade de assuntos, comportamentos e gestos a cada um dos pequenos grupos que fossem organizados.

O casal Petersen e Elizabeth ocuparam as acomodações de um canto da sala, enquanto Jacaré e Dóris, filha adotiva do casal Petersen, ocuparam outro ambiente na direção diagonal.

Elizabeth era para o casal de ingleses como se fosse filha. Quando eles adotaram Dóris no Brasil e a trouxeram para Londres, Elizabeth ganhou a irmã que sempre quis ter.

Elizabeth explicou a seus pais adotivos as circunstâncias em relação as quais encontrou o "Brasileiro" e, em seguida estabeleceu-se uma reunião com perguntas e respostas.

Elizabeth começou tentando explicar o que ninguém conseguia explicar; o Brasileiro, Jacaré, é indiscutivelmente uma pessoa rara. Ela confessou que às vezes ficava com dúvidas a respeito do que ele é exatamente. Explicou depois que o acompanhou durante quase dois anos em um curso de Enfermagem e quando foi fazer a avaliação, percebeu que nunca tinha visto um desempenho tão bom, comparando com qualquer outro aluno que tenha passado por suas mãos.

Os conteúdos foram assimilados de maneira extraordinária sem falar no idioma inglês, que ele aprendeu com uma rapidez extraordinária; até parece que fala melhor inglês do que português.

Elizabeth comentou ainda que o brasileiro nunca ficou sabendo quem é seu pai, não tem nome, nem sobrenome. Sua idade, oficialmente, está relacionada ao nascimento das outras três crianças no dia 31 de dezembro de 1871.

Continuando, Elizabeth comentou que a primeira vez que tinha visto Jacaré, ele estava completamente desmemoriado, acreditando que estivesse em Londres, aliás cidade de seus sonhos. Na realidade, ele estava em Liverpool, para onde veio de navio. A história é fantástica. Ele teria pego carona, nadando em alto-mar e quando recolhido ao navio o levaram direto para a enfermaria, em razão das queimaduras e outras lesões que tinha no corpo.

Antes de enfrentar essa aventura transatlântica, ainda lá em sua terra, em Pelotas, no sul do Brasil, teve que matar em legítima defesa um de três caçadores de escravos armados com arma de fogo e chicote. A única arma que ele tinha era a força de seus braços.

Confessou ainda Elizabeth que está perdidamente apaixonada por ele, ao qual se entrega de corpo e alma, mas ele não. Todas as vezes em que fizemos amor, a iniciativa foi minha, sendo emitida a impressão de que ele se comporta como se estivesse cumprindo uma obrigação.

– Mas ele gosta? Perguntou Dr. Osvald, que sentiu a reprovação no olhar de Mary Alda.

Ele agora pensa que é meu escravizado. Preciso de tua ajuda como psiquiatra, Mary Alda.

– Meu Deus, Osvald, disse Mrs. Petersen. O que a escravidão tem feito com essas pessoas. Será que havia necessidade de tanta maldade e violência?

Mr. Petersen, sentiu que era o momento de manifestar-se sobre o que estava acontecendo no mundo ocidental e até que ponto seu país, a Inglaterra, poderia ser responsabilizada por aqueles eventos que causaram as maiores transformações na área econômica, social e política.

– A grande verdade é que a escravidão é incompatível com os parâmetros da Revolução Industrial, que precisa fabricar produtos com rapidez e em grande quantidade, para satisfazer um mercado consumidor no qual os ex-escravizados devem ser incluídos trabalhando, recebendo seus próprios salários, comprando o que quiserem e ficando felizes e satisfeitos.

A Inglaterra aboliu a escravatura em todas as suas colônias em 1833. O Brasil somente deu liberdade a seus escravos em 1888, ou seja, mais de meio século depois. Quais seriam as razões brasileiras para manter aquela crueldade por mais tanto tempo? A Revolução Industrial não foi um acontecimento restrito ao território inglês. Foi uma mudança transcontinental que influenciou hábitos e costumes no mundo inteiro.

Elizabeth interveio:

– Na realidade, me preocupa muito o futuro do Brasil, porque, embora não saiba explicar, sinto-me com se fosse carioca, ainda mais agora que estou praticamente casada com um brasileiro. Infelizmente, o Brasil não me parece um país sério.

Elizabeth nem havia ainda terminado de falar e já estava olhando para o outro lado da sala com olhos de ciúme, pois lá estavam Dóris e Jacaré conversando alegremente. Algumas coisas falavam em inglês, outras em português. Riam muito e às vezes se tocavam. Elizabeth já não prestava mais atenção na conversa com seus pais adotivos.

Seu comportamento chamou a atenção de Mary Alda, que lhe perguntou onde ela andava. Sentindo o constrangimento de sua filha adotiva, procurou acalmá-la, dizendo que Dóris e Jacaré são conterrâneos. Procure lembrar que eu e Osvald estivemos uma temporada no Brasil, pesquisando doenças tropicais.

– Passamos dois anos no Rio de Janeiro e um ano no sul da Província que é agora Estado do Rio Grande do Sul. No sul estivemos muito tempo ligados à Santa Casa de Pelotas. A cidade de Pelotas, quase no extremo sul do Brasil, é uma cidade encantadora e estrategicamente situada a uma das portas do Oceano Atlântico e do Rio da Prata. Nós praticamente achamos Dóris, quase morta, na foz do arroio Pelotas, na manhã do primeiro dia do ano de 1872, quando velejávamos no canal São Gonçalo. Prestamos os primeiros socorros e levamos a moça para o hospital. Ela estava nua, não tinha documentos e, é claro, ninguém reclamou por ela. Quase um ano depois, com ela desmemoriada, mas pelo menos fisicamente curada, nós a adotamos com o nome de Dóris e a trouxemos para a Inglaterra. Ela tem um raro talento para lidar com a confecção de roupas femininas e, para sorte sua, ela chegou na Inglaterra com a Revolução Industrial em plena ascensão.

E seguiu:

– Dóris tornou-se uma referência nas confecções de roupa feminina, mas tem receio de receber dinheiro. A simples possibilidade de acumulação de qualquer tipo de bens ou de riquezas lhe causa náuseas. Dóris guarda algum tipo de segredo relacionado àquele comportamento e a uma pequena e inseparável chavezinha de ouro que nunca tira do pescoço.

Deixando de lado os problemas de Dóris, Elizabeth voltou aos seus, falando a seus pais adotivos que gostaria de transformar Jacaré num cidadão, com nome e sobrenome, mesmo que isso lhe custasse o sacrifício de perdê-lo. Ela não consegue se conformar que um homem, com "H" maiúsculo, como seu querido amor, viva assim demasiadamente alheio à sociedade.

Ao falar em homem com "H", Elizabeth não faz referência, a sua capacidade sexual, mas também ao coração de uma criatura que não tem defeitos. Um homem generoso ao extremo, não obstante ele não tenha referências familiares biológicas, porque foi condenado por um sistema perverso, covarde e imoral, que lhe foi imposto de forma ilegítima.

Elizabeth reconhece ser impossível devolver a uma pessoa a sua infância, a sua adolescência, a sua juventude e lhe dizer que está tudo bem, que foi uma questão histórica. A pessoa vai se confundir muito, ela vai sofrer, vai chorar e sentir muito medo. Isso se não enlouquecer.

Dr. Osvald tentou acalmar Elizabeth, dizendo que a primeira providência será colocá-lo a trabalhar em nosso hospital e assim podermos controlar o seu estado físico e mental. Mary Alda também manifestou-se sugerindo matricular Jacaré numa escola especializada em verificação do nível de escolaridade em que se encontra o estudante e a partir daí, imediatamente, prepará-lo para frequentar um curso superior.

Elizabeth disse então que, o mais rápido possível, conversaria com seu brasileiro e Dóris também resolveu ter um conversa com seus pais adotivos, porque se lembrou do porquê carregar aquela chavezinha de ouro no pescoço.

OS SEGREDOS DE DÓRIS E SUA CHAVEZINHA DE OURO

Ao começar a lembrar de antigos acontecimentos, Dóris decidiu revelar que a pequena chave simbolizava a existência de uma grande quantidade de dinheiro, que está muito bem guardada no cofre de um banco no sul no Brasil, na cidade de Pelotas, onde vocês me encontraram quase morta, na foz do arroio Pelotas, no primeiro dia do ano se 1872.

Mas o mais importante acontecimento de sua vida e que agora a enlouquece, está relacionado ao nascimento de sua filha, Maria Antonieta, que hoje exige provas de que eu seja sua mãe, assunto que vocês conhecem muito bem.

Sobre o dinheiro, ele foi juntado por mulheres escravizadas e ex-escravizadas, ao longo de anos. Eram todas mulheres com vivências semelhantes no aspecto familiar. Não tinham pai, nem mãe e viviam sem qualquer referência familiar biológica conhecida.

Foram mulheres que já nasceram escravizadas, nasceram para ficar à total disposição de seus senhores, que as usavam sexualmente quando queriam e bem entendiam e com a garantia do silêncio mediante ameaças.

Dóris confessou que foi usada durante um bom tempo pelo senhor da charqueada de São Francisco, Dr. Franco. Era um homem muito rico e inteligente e que talvez tenham respeitado minha alma, mas meu corpo era como se fosse para ele uma lixeira a cada encontro.

Em razão desses expedientes escusos, Dóris recebeu algumas vantagens, como poder exercer meus dons de costureira fora da senzala e da charqueada a que estava vinculada. Pôde também conhecer outras pessoas, fazer alguns amigos e guardar uma boa quantidade de dinheiro.

Dóris deixou bem claro que nunca guardou qualquer centavo que não fosse para sua sobrevivência. Um centavo que sobrasse iria para aquele cofre para atender e dar suporte a um projeto com o qual ela sempre sonhara.

Ela tinha certeza de que um dia aqueles recursos financeiros serviriam para ajudar um empreendimento de apoio aos ex-escravizados.

As conversas de Dóris com Jacaré os levaram a concluir que ele nasceu na mesma cidade, no mesmo ano, no mesmo dia e quase na mesma hora de sua filha. Foi na cidade de Pelotas, no sul do Brasil, no dia 31 de dezembro de 1871. Naquela noite da virada do ano, Dóris, então Zazá, deu à luz uma criança bem no portão da charqueada Santo Antônio.

– Três tropeiros que passavam por perto tentaram me socorrer, mas eu rompi o cordão umbilical com os dentes, e com as forças que me restaram desandei a correr na direção do arroio Pelotas.

A partir daí vocês conhecem a história muito melhor do que eu. Quando vocês me trouxeram para Londres, eu estava curada fisicamente, mas a cabeça não ajudava a contar meus segredos.

ELIZABETH, DÓRIS, SEUS PAIS E JACARÉ

Naquele final de tarde muito fria e úmida em Londres, Elizabeth e Jacaré chegaram em casa um pouco cansados. Ele teve a impressão de que Beth não estava disposta a conversar, e perguntou a ela se devia carregá-la até o seu quarto e providenciar aquele chá que ela gostava de tomar antes de dormir.

Beth explicou carinhosamente a Jacaré que ele não é seu escravizado, que ele é a pessoa a quem ela mais ama e com quem gostaria de ficar durante toda a vida. Em seguida, olhou bem no fundo de seus olhos e perguntou se ele a amava.

Um pouco confuso, Jacaré disse a Beth que não só a amava como lhe pertencia. Ele achava, sim, que era seu escravizado pelo amor que sentia e recebia. Com aquela maneira simples ele tentava explicar a Beth que, junto a ela, ele parecia que estava às margens do arroio Pelotas, onde praticamente nasceu, junto a seus pássaros, flores e frutas naturais que lhe davam tanto prazer. Na ideia de Jacaré, o seu amor por Elizabeth é que o faz ser seu escravo.

Dóris, que antes era a escravizada Zasá, seguindo as regras da senzala, não tinha pai nem mãe. Apesar de muito jovem, era uma das melhores costureiras da região e como escravizada atendia prioritariamente à charqueada Santo Antônio.

Com o passar do tempo, ela começou a ficar famosa, e Dona Cecília, esposa do Dr. Herculano, proprietário e senhor da charqueada Santo Antônio, permitiu que ela prestasse pequenas assessorias, uma vez por mês, nas oficinas de costureiras das charqueadas São Francisco e São Luís e recebesse remuneração pelo seu trabalho.

Nas conversas de senzala, falava-se que Zasá/Dóris e Valquíria eram as duas mulatas mais lindas da região das charqueadas. Ambas eram altas, de pele clara e cabelos lisos.

Falava-se também nas senzalas e em suas imediações que Zasá/Dóris e Valquíria eram muito amigas e que o fato de serem escravizadas não impedia que Valquíria, com sua habilidades de cabeleireira mantivesse as duas sempre com um penteado bem adequado ao próprio rosto, o que as deixava mais lindas ainda.

A voz corrente nas senzalas e em suas imediações era uma só: todos diziam que Zasá era daquelas mulatas que quando aparecia em qualquer tipo de ambiente chamava atenção de quase todos os homens e também de algumas mulheres do lugar.

Zasá/Dóris era uma escravizada e, sendo assim, como costumava acontecer com todas, não estranhou nem um pouco quando Dr. Herculano, senhor da charqueada Santo Antônio a chamou em seu gabinete, pedindo-lhe que costurasse algumas roupas suas, bem como pregasse alguns botões que estavam faltando em suas calças.

Dr. Herculano aproximou-se de Zasá, abraçando-a carinhosamente. Ela não se sentiu assediada; afinal de contas, ele era seu senhor. Em alguns momentos ela sentiu até um pouco de prazer. Era algo muito diferente para ela, que sentiu um calor muito forte, mas confessava a si mesma que havia gostado um pouco.

Em pouco tempo, como se estivesse ansioso, Dr. Herculano disse algumas coisas que Zasá não entendeu e em seguida conduziu-a para um enorme e confortável sofá que existia em seu gabinete. Começou a tirar suas próprias roupas e as dela.

Embora Zasá/Dóris fosse muito jovem e completamente inexperiente nesse tipo de relação, ela tinha uma vaga ideia do que iria acontecer, e deixou-se conduzir quieta, sem a mínima resistência.

Sua atitude foi de perplexidade quando sentiu que seu senhor estava se vestindo novamente e parecia muito irritado e insatisfeito. Zasá não conseguiu saber o que estava acontecendo ou se tivera feito algo que não lhe tivesse agradado.

Algum tempo depois, não mais do que dez dias, ela estava na charqueada São Francisco. Dona Alice, esposa de Dr. Franco, senhor da charqueada, havia solicitado sua presença em sua residência por três dias.

Dona Alice havia explicado para sua amiga Cecília, esposa de Dr. Herculano, que precisaria de alguém como Zasá para reformar algumas roupas da família. Fez questão também de dizer a Cecília que gostaria de dar a Zasá alguma recompensa pelo trabalho extra.

Ao chegar na charqueada São Francisco, Zasá sentiu-se mito bem. Dona Alice a tratou com todo o carinho e pessoalmente lhe explicou as reformas que precisava fazer, sobretudo nas suas roupas, que eram muitas e a maioria já não lhe servia mais.

A reforma visava a transformar todas aquelas peças, ainda novas, que já não mais serviam em dona Alice, de modo que, redesenhadas e modernizadas, servissem ainda para uso da filha Alice.

O Dr. Franco, como coordenador de atividades bancárias da região Sul, incluindo Buenos Aires e Montevidéu, tinha uma vida social muito intensa, e dona Alice o acompanhava na maioria dos eventos. Em razão da movimentada vida social do casal, havia uma necessidade de estarem os dois mais ou menos em dia com a moda, não só brasileira, mas também a portenha.

Assim, diante da necessidade de estarem mais ou menos em dia com a moda, compravam muitas roupas. No grupo social que frequentavam, as pessoas praticamente não repetiam roupas nas festas ou solenidades. Dessa forma sobravam muitas peças de roupa pouco usadas, que com certeza a costureira Zasá poderia reformá-las em roupas de uso também caseiro para o casal de filhos Paulinho e Alice.

O marido de dona Alice, Dr. Franco, senhor da charqueada de São Francisco deixou escapar evidências de que havia gostado de Zasá um pouco mais do que devia. Na primeira oportunidade em que teve, ele apressou-se em dizer a ela que estava totalmente apaixonado e precisava vê-la com urgência, caso contrário enlouqueceria.

Ao cair da noite, quando viu que sua mulher Alice já estava num sono profundo, Dr. Franco mandou chamar Zasá em seu escritório, que na verdade era uma peça enorme com móveis e instalações que pareciam um quarto de casal.

Além dos equipamentos necessários ao efetivo comando de toda atividade, o Dr. Franco tinha todo o conforto necessário que lhe permitisse permanecer naquele local por vários dias, em época de crise político-financeira.

Zasá/Dóris teve que reconhecer que o escritório do Dr. Franco a deixou deslumbrada. Ela nunca tinha visto algo semelhante. O seu mundo resumia-se às regiões das charqueadas Santo Antônio, São Francisco e São Luís e seus pertences pouco ultrapassavam suas roupas do corpo.

O senhor da charqueada São Francisco, Dr. Franco, não foi muito carinhoso ao receber Zasá. Ele, sendo um homem muito poderoso, não estava acostumado a pedir, mas sim a mandar e dessa forma quis apoderar-se de Zasá e de seu corpo.

Zasá percebeu as intenções de Dr. Franco imediatamente. Ele insinuava de forma grosseira que queria levá-la para a cama e que pagaria com sobras por sua companhia. Determinou à Zasá que viesse procurá-lo três vezes por semana;

Zasá argumentou que não podia trair a confiança de sua esposa, dona Alice, pessoa boa, gentil e educada que sempre a recebeu com todo carinho.

Dr. Franco disse a Zasá que dona Alice não desaprova seus pequenos delitos.

– Eu mesmo falarei com Alice e ela, com certeza, providenciará tua vinda a esta charqueada três vezes por semana, conforme minha determinação.

Zasá ficou um pouco entristecida e disse a Dr. Franco que sente vergonha por ser tratada como uma prostituta. Lembrou-lhe que ela não tem pai nem mãe. O pouco que ela tem é sua honra e que gostaria de compartilhá-la um dia com a pessoa que amasse, ou pelo menos admirasse muito. A respeito de dinheiro, Zasá confessou a Dr. Franco um segredo muito particular.

Zasá explicou a Dr. Franco que não se sente bem em acumular qualquer tipo de riqueza enquanto seus irmãos trabalham de sol a sol e recebem somente insultos, castigos e humilhações.

Ela, no seu simples entendimento, tem certeza que as oligarquias brasileiras jamais irão aceitar qualquer situação que as obrigue a enfrentar um trabalho honesto. Mas, se houver a anunciada abolição, ela gostaria muito de ajudar seu povo. Utilizaria todo o dinheiro recebido para ajudar os muitos negros necessitados, deficientes, doentes, velhos e crianças que com certeza estarão desamparados.

Emocionado, Dr. Franco parabenizou Zasá e disse que iria ajudá-la. Prometeu a ela disponibilizar um cofre para que pudesse guardar todo o dinheiro extra que conseguisse arrecadar.

Disse a Zasá que o cofre estará naquela parede interna da antessala do seu quarto e de Alice. O todo-poderoso Dr. Franco prometeu fornecer a Zasá uma chavezinha de ouro com corrente para que ela assim nunca a perca, visto que andará com ela no pescoço.

— Com relação às colocações do dinheiro no cofre, se quiseres e confiares em mim, posso me encarregar disso.

— Guria, teu senso de solidariedade me contagiou. Fica tranquila que teu dinheiro estará bem guardado e acho que cada vez que vieres abri-lo vais ter uma surpresa.

— Pensando bem, eu até estou gostando do senhor, falou Zasá/Dóris, revelando toda a sua ingenuidade.

— Não estou oferecendo dinheiro a tua pessoa, disse Dr. Franco, mas se me deres um pouco de carinho e amor farei o impossível para ajudar tua gente e teu projeto.

Em pouco tempo os dois tornaram-se amantes e, algum tempo depois, vieram as discussões e problemas oriundos da gravidez. Zasá/Dóris queria ter seu filho, com o que não concordava Dr. Franco. Com quase nove meses de gravidez, sob forte pressão, Zasá decidiu pedir auxílio à sua amiga Valquíria para ter seu filho.

Era véspera de Ano-Novo. Zasá/Dóris mal chegou ao portão da charqueada Santo Antônio, onde deu à luz sua filha, que ganharia o nome de Maria Antonieta, tão somente. Zasá, desesperada, não sabia mais o que estava fazendo. Depois vieram a tempestade, o sol e a lama daquele primeiro dia quente de 1872.

No dia dois de janeiro, no hospital, Zasá percebeu que tinha encontrado dois Anjos da Guarda para cuidar dela, olhando para o casal Mr. Osvald e Mrs. Mary Alda.

Agora, quase trinta anos depois, Zasá, cidadã inglesa, encarava seus pais adotivos, dizendo que teria de deixar Londres e voltar ao Brasil com urgência. Ela decidira que iria procurar e encontrar sua filha.

MARIA ANTONIETA E A CONTINUAÇÃO DOS PROJETOS

Estávamos no início do século XX. Oficialmente não havia mais pessoas escravizadas no Brasil. Mas, dona Maria Antonieta, avó de Gonzaguinha, estava preocupada. Será que um negro poderia dar certo neste Brasil após a escravatura?

Para um ex-escravizado tudo estava muito difícil na terra brasileira. Se estivesse desempregado, passeando na rua, era considerado vagabundo e poderia ser preso por vadiagem.

Pelo menos Gonzaguinha tinha uma avó e a mãe ao seu lado, colocando em prática um projeto de apoio social para ele e para os jovens negros de sua geração. Quase todos tinham nome e sobrenome. Não precisavam ter medo. Agora tinham a lei a seu favor. Eram pessoas destinadas a serem livres. Em pouco tempo estariam votando. Seriam cidadãos brasileiros.

Dona Maria Antonieta, com toda a paciência, experiência e sabedoria que Deus lhe deu, explicava a Gonzaguinha e aos jovens negros de sua geração que era muito difícil entender a escravidão negra no tempo, saber por que demorou tanto a terminar no Brasil e quais seriam seus reflexos na sociedade brasileira.

Ainda bem, ensinava a avó de Gonzaguinha, que a Revolução Industrial pelo menos veio mostrar que todos precisavam trabalhar e estudar para poder enfrentar uma atividade laboral, por mais simples que fosse. Mostrou também a Revolução Industrial que a existência da escravidão é incompatível com a liberdade que as pessoas precisam ter para adquirir o que quiserem e o que puderem com seu próprio salário. As decisões sobre as próprias vontades e necessidades, com certeza indicarão o futuro de cada um, segundo seus sonhos e ambições.

Dona Maria Antonieta procurava acalmar seus jovens, pedindo muita leitura e confiança no futuro. Houve muitos erros históricos em nosso

Brasil, frisava dona Maria Antonieta. Temos que admiti-los com coragem, estudá-los, entendê-los e, por fim, resolvê-los.

A Guerra do Paraguai talvez tenha sido a grande transformação político-social, administrativa e econômica ocorrida no Brasil no século XIX, em razão do alto custo que tem qualquer tipo de guerra.

A avó de Gonzaguinha procurava explicar a seu neto e aos jovens negros de sua geração que, na guerra, o custo de uma derrota, ou mesmo vitória para um país significa despesas financeiras que ás vezes saem do controle em nome de valores maiores, como a vida e a liberdade. Gonzaguinha e seus amigos não estavam entendendo, mas dona Maria Antonieta explicava.

É uma verdade indiscutível que em toda guerra morre primeiro o soldado, mas se não forem tomadas providências após a morte do soldado, a sucumbência vai até ao Rei, Imperador ou Presidente, seja ele quem for que estiver no comando do país.

Isso significa que na Guerra do Paraguai todos os brasileiros sem exceção foram envolvidos e parte dos guerreiros que salvaram o país eram as pessoas repugnantes que serviam o Brasil, na base da força e da violência.

Dona Maria Antonieta fez a si mesma a pergunta que estava na cabeça de todos os jovens. Por que então não foi abolida a escravatura em seguida à vitória na Guerra do Paraguai? Como se sentiria um pai, uma tia, um parente enfim de um ex-combatente que arriscara a vida pela Pátria Brasileira, ao ver seu ente querido voltar a ser escravizado?

Tais decisões, falava Maria Antonieta, são típicas de um país que é governado por oligarquias sustentadas por uma maioria praticamente analfabeta. Na minha opinião, um país que admite ter analfabetos em sua população não pode se considerado sério. Por que um país sério admitiria uma quantidade tão grande de analfabetos entre seus cidadãos?

OS GÊMEOS FILHOS DE PEDRO E FLORINDA

Na noite de 31 de dezembro de 1871, na charqueada São Luís um outro caso inusitado aconteceu, muito semelhante aos que aconteceram nas charqueadas Santo Antônio e São Francisco, naquela mesma data em que nasceu Maria Antonieta.

A grande diferença no ocorrido nas três charqueadas é que na de São Luís houve o aparecimento de um casal de gêmeos recém-nascidos que teriam sido jogados criminosamente para morrerem afogados no arroio Pelotas, ou no canal São Gonçalo.

Naquele dia da virada do ano de 1871, Pedrinho e Carolina, irmãos inseparáveis, filhos dos senhores da charqueada São Luís, brincavam às margens do arroio Pelotas. Já eram quase nove horas da noite, mas nessa época, no verão de Pelotas, o sol não se punha antes daquele horário.

Chamou atenção dos dois meninos uma pequena embarcação que descia lentamente o arroio Pelotas em direção à sua foz no canal São Gonçalo. Ao chegar mais próxima de Pedrinho e Carolina, a embarcação foi identificada pelos irmãos como sendo uma pelota que descia o arroio e de seu interior vinha um barulho ensurdecedor de choro de criança.

Tanto Pedrinho como Carolina se surpreenderam porque o barulho era tanto que corresponderia ao choro de umas cinco crianças. Em seguida acordaram para o fato de que, se não fizessem alguma coisa, a pelota entraria no canal São Gonçalo e ficaria sujeita a sucção de alguma embarcação.

Pedrinho sabia que era um excelente nadador e não teve dúvidas: jogou-se na água imediatamente, interceptando a pelota, conduzindo-a com movimentos firmes das pernas até a margem do arroio Pelotas.

Com o auxílio de Carolina, colocaram a pelota em terra firme. Paulinho em seguida começou a se vangloriar diante de sua irmã Carolina, explicando seu heroísmo e a força que tinha despendido.

As crianças recém-nascidas estavam completamente nuas, o choro não parava, e Pedrinho e Carolina não sabiam o que fazer. Foi a vez então de Carolina assumir o papel de heroína. Pegou alguns panos que estavam no fundo da pelota, envolveu as duas crianças, desnudou o próprio peito e ajeitou os nenéns em cada um de seus seios, que mal estavam nascendo.

Quando os nenéns pararam de chorar, Pedrinho já estava em disparada em busca de ajuda. Já era noite escura, Carolina começava a ter um pouco de medo, mas sentia-se forte e animada com os atos de heroísmo que ela e seu irmão estavam praticando.

A chegada em casa de todos sãos e salvos foi um acontecimento tão empolgante que a virada do ano quase foi esquecida. Carolina e Pedrinho não conseguiam esconder a alegria por terem salvado duas vidas. Sentiam-se como se tivessem salvado o mundo inteiro das garras de um inimigo feroz.

Os nenês foram lavados alimentados e examinados. Foi aí que houve outra festa, porque as pessoas não sabiam que se tratava de um casal de gêmeos. E mais, ambos eram lindos e capazes de hipnotizar qualquer ser humano com suas capacidades de atração.

A alegria parecia que não tinha fim e tomou conta da charqueada São Luís. A vida mudou de repente naquele pedaço do mundo ante a presença daqueles dois lindos seres que invadiram a vida de todos de forma tão informal e extraordinária.

Carolina era a pessoa mais feliz do mundo e nem ligou para a festa da virada do ano. Quando abria a boca era para dizer que Deus tinha lhe enviado dois filhos antecipadamente. Realmente, Carolina não cabia em si de tão contente. Ela se sentia como se fosse realmente mãe.

Luíza, sua mãe, tentava acalmá-la. Ela repetia que, sem dúvidas, ela e seu irmão Pedrinho estavam de parabéns. Mas não se sabe de quem são as crianças. Elas devem ter seus pais; eles existem e devem viver em qualquer uma das charqueadas arroio acima da nossa.

O futuro senhor da charqueada São Luís, Dr. Pedro, pai de Carolina e Pedrinho, não queria saber de muita discussão, mas ficava lembrando de sua própria história, de como apareceu por milagre na porta daquele bordel e de como foi acolhido.

— Vejam bem, disse Dr. Pedro um pouco irritado! A Lei do Ventre Livre promulgada há pouco tempo é muito clara. A responsabilidade sobre o filho ou filha da escravizada que desse à luz após a promulgação da lei seria do senhor ao qual pertencesse a escravizada durante os primeiros oito anos completos da criança.

Alguns dias se passaram e Dr. Pedro descobriu que casos semelhantes haviam acontecido nas charqueadas Santo Antônio e São Francisco, quase na mesma hora, no mesmo dia 31 de dezembro de 1871.

Mas sua filha Carolina nem pensava na hipótese de devolver as crianças para qualquer um. Ela suplicava a seu pai, Dr. Pedro, que ficassem com os gêmeos. Seu pai ficava emocionado com a disposição de sua filha Carolina em cuidar daquelas crianças. Ao mesmo tempo, pensava em sua mãe adotiva Cora e suas alegres madrinhas, que lhe haviam dado tanto amor.

Carolina repetia a toda hora o que havia acontecido. A pelota que carregava os gêmeos descia o arroio Pelotas com as crianças chorando lá dentro. Se a pequena embarcação chegasse ao canal São Gonçalo afundaria com os nenéns.

Dr. Pedro pensava, olhava para os gêmeos, que pareciam fitá-lo, lembrava-se de sua origem, conversou com sua mulher Luíza e decidiram ficar com os recém-nascidos até que alguém aparecesse para reclamá-los. Além disso, estariam atendendo a um veemente pedido de sua filha Carolina, que havia amado os gêmeos desde que os viu e os abraçou.

MARIA ANTONIETA E SEUS IRMÃOS DE CRIAÇÃO

Nos primeiros dias do mês de janeiro de 1872, na charqueada Santo Antônio, uma recém-nascida foi praticamente incorporada à família com o nome de Maria Antonieta. Seus irmãos de criação estranharam um pouco aquela intrusa. Herculano Filho, o primogênito, com quatro anos de idade, quando via Maria Antonieta, nem se aproximava do local onde ela estava.

Felipe tinha somente dois anos e simpatizou imediatamente com Maria Antonieta. Seu irmão Herculano era seu melhor amigo e fazia tudo que ele pedia. Até então, Herculano filho e Felipe, somente os dois, recebiam o amor e as honras de quase toda a charqueada Santo Antônio. Era um reinado de apenas dois príncipes, mas de repente aparece mais um príncipe e, pior ainda, vem junto com uma princesa. Herculano filho sentiu que seu reinado estava a perigo. Mas as coisas pioraram ainda porque Felipe obrigou Herculano a ajudá-lo a cuidar de Afonso e de Maria Antonieta, pois na sua avaliação ambos eram muito pequenos.

Afonso e Neta, como chamavam Maria Antonieta, cresceram como se fossem irmãos gêmeos. Nas conversas de senzala falava-se e comentava-se muito sobre aquela coincidência. Afonso e Maria Antonieta nasceram no mesmo ano, mês, dia, e na virada do ano. Eram dois bonequinhos lindos de olhos verdes, mas Afonso tinha a pele um pouquinho mais clara. Quase todos diziam nas senzalas e imediações que Afonso e Maria Antonieta eram gêmeos por parte de pai.

Entretanto, uma grande parte da senzala e imediações não aceitava aquela teoria. Esta parte dizia que se tratava de um milagre. Os pais de Afonso eram os senhores da charqueada. Os pais de Maria Antonieta eram desconhecidos. Para esta parte da senzala e imediações, eles nasceram um para o outro e teriam vindo ao mundo, os dois juntos, para provocar as grandes transformações sociais na Pátria brasileira.

Quando Neta ou Maria Antonieta e Afonso fizeram quatro anos, Felipe já tinha seis e Herculano já era um guri de oito anos. Netinha era a novidade do grupo por ser a única menina.

Ela e Afonso viviam agarrados em Felipe, que ficava muito feliz com isso. Felipe era apaixonado pelas duas crianças. Ele considerava os dois um casal de bonequinhos de sua propriedade. Neta e Afonso lhe pertenciam, através de um título articulado, projetado, concretizado e regido por um amor incondicional.

No quinto aniversário de Afonso, no dia da virada do ano de 1876/1877, Cecília e seu marido Herculano decidiram fazer um churrasco ao meio-dia para festejar o seu aniversário. Convidariam as famílias das charqueadas São Francisco e São Luís e, quem sabe, os senhores e famílias de mais uma ou duas charqueadas, com preferência daquelas onde houvesse crianças.

O planejamento da festa iniciou com uma discussão entre o senhor Herculano e sua esposa Cecília, por causa de Maria Antonieta, que também estaria completando cinco anos naquela data. A festa seria para Afonso e ela, ou simplesmente seria ignorado o aniversário de Maria Antonieta? Dona Cecília, madrinha de Maria Antonieta, falou com propriedade que esse assunto já havia sido encerrado há muito tempo. A festa seria para os dois.

Nas charqueadas São Francisco e São Luís também houve discussão e dúvidas relacionadas ao convite para os festejos do quinto aniversário de Afonso e Maria Antonieta. Na charqueada São Francisco, naquele mesmo dia também completava cinco anos o menino Jacaré, que havia sido recolhido após abandonado recém-nascido, por Alice, filha dos donos da charqueada. A menina tinha somente cinco anos quando recolheu Jacaré, junto com seu irmão Paulinho. Sem terem conhecimento, haviam recolhido seu irmão por parte de pai. Os proprietários, Dr. Franco e esposa, Alice, deveriam trazer os dois filhos, Paulinho e Alicinha, que já haviam comentado que jamais perderiam uma festa como aquela. Mas a dúvida era se levariam também Jacaré.

Da mesma forma ocorria na charqueada São Luís. Estariam presentes os proprietários Dr. Pedro, esposa Luísa e os filhos Pedrinho e Carolina. Mas existiam também duas crianças gêmeas que haviam nascido no mesmo dia, mês e ano de Afonso, Maria Antonieta e Jacaré. Tratava-se dos gêmeos Luís e Luíza, que foram recolhidos de dentro do arroio Pelotas por Pedrinho e Carolina, que jamais imaginariam que estavam salvando a vida de seus irmãos por parte de pai e primos por parte de mãe.

Aconteceu que no dia do aniversário estavam presentes na charqueada Santo Antônio todas aquelas quatro crianças que estavam completando cinco anos naquele último dia de 1876 e seriam os protagonistas das grandes transformações do final daquele século e início do século XX.

Talvez tenha sido a primeira vez que no Brasil tivessem se reunido brancos e negros em uma mesma mesa para uma festa. As mães de Maria Antonieta, de Jacaré e dos gêmeos Luís e Luíza eram negras escravizadas. Alguns amigos que moravam no centro da cidade, representantes comerciais e compradores também compareceram com suas famílias. Todos os convidados, sem exceção, trouxeram dois presentes. Um para cada uma das crianças anfitriãs. Eram tantos os presentes que Maria Antonieta, depois que terminou a festa, embrulhou-os novamente e os guardou num cantinho do quarto onde dormia com Valquíria.

Seu irmão de criação, Felipe, demonstrando a amizade de sempre, encontrou-a em seu quarto fazendo a arrumação e achou-a um pouco triste.

– O que estás fazendo, Netinha? Parece que tantos presentes te colocaram triste ao invés de te alegrarem. É dia de teu aniversário, Maria Antonieta! Nem aqueles livros de que tanto gostas vão para aquela tua linda biblioteca? E quero ver e ler contigo alguns deles. Não gostas mais de mim?

– Tu sabes que eu te adoro, Felipe. Estou contente com os presentes, com a presença de tantos amigos, com meu próprio aniversário, mas o que me deixa triste é a lembrança de outras crianças. Principalmente dos filhos dos escravizados. Na verdade, não sei explicar por que estou agindo assim. Felipe tomou sua mão e ambos saíram a correr em direção ao arroio Pelotas e da sua foz no São Gonçalo em busca de uma paisagem que naquele início de tarde de verão oferecia uma visão paradisíaca.

Próximo do canal São Gonçalo, Maria Antonieta percebeu a presença alta de seu irmão Herculano, de mãos dadas com uma convidada, dirigindo-se a uma pequena caverna, com certeza em busca de um local para protegerem-se do sol.

Maria Antonieta sentiu uma pequena dor de cabeça, e em seguida gritou.

– Não entrem aí, cuidado! Aí dentro tem um ninho de cobras. Umas cinco ou seis, e são todas venenosas.

– O que estás dizendo, miúda, disse Herculano filho? e o que vocês estão fazendo aqui? Estão nos seguindo por quê? Desapareçam já daqui!

– Espera, Herculano, manifestou-se sua acompanhante. Por que a menina diria o que disse? Vamos verificar se ela fala a verdade. Herculano pegou alguns arbustos e literalmente "cutucou as cobras com vara curta". Até ele se assustou com o que viu.

Em pouco tempo a notícia espalhou-se por todos os participantes da festa. Maria Antonieta teve que explicar tudo, e a todos. Assustada e mal sabendo ainda falar direito, conseguiu dizer apenas que quando tem uma pequena dor de cabeça é porque algo de estranho vai acontecer. Mas não é ela que provoca essa situação.

A festa foi um sucesso. Todos elogiaram o churrasco, que foi considerado digno de um Imperador.

Já estavam terminando de servir o cafezinho e a maioria dos convidados já havia regressado, quando, informalmente e em torno de uma mesa, aconteceu uma pequena reunião em que participaram o Dr. Herculano, anfitrião da festa, Dr. Franco, senhor da charqueada São Francisco, e o Dr. Pedro, que há pouco tinha assumido a senhoria da charqueada São Luís.

Dona Cecília e os filhos já haviam se recolhido para descansar e depois preparar as festas de Ano-Novo. Herculano convidou os dois colegas para irem sentar-se na varanda que fazia frente para o arroio Pelotas. Ele já havia bebido alguns cálices de vinho e percebia-se sua vontade de falar e tornar públicas suas opiniões, nem que fosse apenas para aqueles dois vizinhos. Eram três homens ricos e poderosos. Influenciavam quase que diretamente a vida de muitas pessoas pelos empregos diretos e indiretos que podiam oferecer. Eram proprietários de quase trezentos escravos, o que naquela época ainda significava *status* social de alto nível.

O ano de 1876 estava terminando e era um bom momento para discutir um pouco o presente, o passado e, quem sabe, o futuro do Brasil. O país há poucos anos havia sido vitorioso na Guerra do Paraguai, mas emergiu daquele grande conflito muito endividado com bancos ingleses. Outra consequência daquela guerra foi o enfraquecimento da Monarquia.

— Eu não aguento mais esse Imperador, desabafou Herculano! Ele não quer mais saber de governar. D. Pedro II está cansado, com a cabeça virada para a Europa, sobretudo para Paris. Sua filha mais velha, a princesa Isabel, não está interessada no trono. Vamos nos preparar porque a República logo em seguida vem aí.

— Vamos com calma, Herculano, falou Dr. Franco. Tu tens razão a respeito da inércia de Pedro II. O velho cansou, tem tido muitos problemas, trabalho e viagens desconfortáveis por este Brasil imenso. Na minha opinião, o pior momento de fraqueza de Pedro II, nos últimos anos de Império, foi o período de 1864 a 1870, quando o país teve que defender-se da agressão paraguaia. O Brasil não tinha Forças Armadas organizadas quando houve a invasão do Brasil. Pedro II sequer sabia do tamanho do inimigo que teria que enfrentar. Não existia um Exército organizado para a possibilidade de ter que atuar fora do território nacional, como exigia aquele conflito armado. A mobilização de tropas praticamente não existia, tendo sido necessário improvisar a reposição de pessoal não só no Exército, como também na Marinha Imperial.

E seguiu sua explanação:

— Com relação à abolição total da escravatura, ela obrigatoriamente teria que ter acontecido logo após o término da Guerra do Paraguai, seria uma consequência normal. Quando um país está participando de uma guerra, todas as pessoas estão arriscando a vida ou a sua própria liberdade. Para os escravizados do Brasil, o fato de terem lutado no Paraguai foi, para eles, a tentativa da conquista da própria liberdade, evidentemente para aqueles que não tivessem perecido no conflito. Entretanto, sete anos após termos vencido a guerra, ainda há vacilações, e o Brasil continua protelando a abolição tão esperada e necessária. Um grande exemplo da protelação é esta Lei do Ventre Livre, que está em vigor e que mais complica do que resolve.

Foi a vez então de Pedro, senhor da charqueada São Luís, manifestar-se, dizendo que, em parte Franco estava com a razão. O Brasil é um país independente desde 1822, ou seja, há mais de meio século. Entretanto, na terra brasileira nada mudou. Talvez algumas coisas tenham até piorado.

— A Constituição de 1824 foi um desastre. A primeira Constituinte brasileira foi dissolvida e rechaçada pelo Imperador Pedro I e alguns deputados foram até presos. D. Pedro escolheu dez pessoas de sua confiança para elaborar uma Constituição que representasse todos os interesses autoritários do Imperador e mantinha os mesmos privilégios das elites ou das oligarquias. A maior perda de todas foi aceitar o excesso de poder do Imperador. Poderíamos iniciar um processo de democracia, com a formação de líderes brasileiros.

– Vejam bem, meus amigos, manifestou-se o dono da casa, Dr. Herculano, retomando a palavra. É importante observar as mudanças estipuladas pelo Ato Adicional de 1834, principalmente a que determinou o término do Poder Moderador, a que permitiu a criação das Assembleias Legislativas provinciais, a que aumentou os poderes dos Presidentes de Províncias e a que determinou a substituição da regência trina por uma regência una. Com essas mudanças esboçava-se no Brasil um cenário republicano. Na minha opinião, o período regencial foi uma experiência republicana no meio de dois reinados. Nenhum de nós três é político, mas temos que admitir que o Período Regencial ficou marcado por intensa movimentação política no Brasil. Também ficou evidente que as correntes políticas que se debatiam calorosamente foram os embriões dos partidos políticos do segundo período imperial.

– Olha, vocês vão me desculpar, manifestou-se o Dr. Pedro. Na minha opinião, o Brasil está perdendo muito tempo com o império e principalmente com a morosidade em abolir totalmente a escravidão. Vocês sabem que o grupo empresarial que eu dirijo tem muitas lojas aqui no sul do Estado, mais algumas dúzias no Uruguai e umas quarenta em Buenos Aires, onde eu vendo roupas e peças de vestuário para homens e mulheres, e produtos para uso em todo o corpo. Todos aqueles produtos e peças, desde que são iniciados e confeccionados, até chegarem prontos nas lojas para vender, percorrem um ciclo de trabalho de excelente qualidade, compatível com a exigência das pessoas que compram os produtos.

Continuou o Dr. Pedro:

– Para isso é necessário que as pessoas tenham dinheiro para comprar o que desejam, cada um dentro de suas possibilidades. Para ter dinheiro é necessário trabalhar. Todos precisam trabalhar e cada um ganhar seu próprio dinheiro. Por isso eu acho que estamos atrasados na questão da escravidão. Todos esses milhares de escravizados que existem no Brasil poderiam estar trabalhando, recebendo seus salários e comprando o que quiserem e o que puderem. E mais importante do que tudo isto é que aquelas pessoas estariam felizes. O prazer mais simples e modesto, e que pode alegrar uma pessoa é a felicidade esboçada em um tímido sorriso. Em que momento um escravizado consegue sorrir?

Um pequeno silêncio e o dono da casa, Dr. Herculano, sugeriu que mudassem de assunto e, se possível, fizessem alguma previsão para quando seria a abolição total da escravidão.

– Por falar em escravidão, vocês não imaginam o que está acontecendo lá em casa, falou o Dr. Franco, proprietário da charqueada São Francisco. Eu, como tu, Herculano, também tenho um agregado à família que recebeu o nome de Jacaré e que da mesma forma está completando hoje cinco anos de idade. Meus filhos, Paulo e Alice o encontraram há exatamente cinco anos atrás na cozinha de nossa casa, num momento em que todo o pessoal estava no varandão, preparando as mesas para a festa da virada do ano. Depois daquele emocionante encontro, Paulinho e Alice nunca mais desgrudaram do recém-nascido. Eu ainda tentei descobrir a procedência do nascimento da criança, mas foi inútil, porque já havia sido decretado o silêncio na senzala, e ninguém falava mais nada. A criança realmente era muito grande. Braços e pernas com dimensões assustadoras para um recém-nascido. Mas o que chamava mesmo atenção era o tamanho de sua boquinha. É imensa e talvez por isso tenha recebido o nome de Jacaré. Alice e Paulinho assumiram o compromisso de cuidar de Jacaré como se fossem pais dele. O compromisso para Paulinho durou pouco, mas Alice já falou que vai criar Jacaré como se fosse seu filho.

– Interessante, manifestou-se o Dr. Pedro, senhor há poucos anos da charqueada São Luís. Lá em casa aconteceu quase a mesma coisa. Meus filhos Pedrinho e Carolina encontraram um casal de gêmeos dentro de uma pelota que descia o arroio Pelotas em direção ao canal de São Gonçalo. Os gêmeos também estão completando hoje cinco anos. Um grande mistério envolve o nascimento daquelas crianças.

A festa terminou, todos se cumprimentaram com votos de feliz ano novo, e as famílias seguiram seus destinos.

MUDANÇAS DE SENHORIA NA CHARQUEADA SÃO LUÍS

O senhor da charqueada São Luis, Dr. Luiz Germano, e sua esposa, dona Terezinha, estavam planejando voltar à terra de seus pais, na Alemanha. O clima em Pelotas apresentava-se cada vez mais úmido, chuvoso e com baixas temperaturas. Estava de esfriar os ossos, como dizia dona Terezinha. O clima de montanha na pequena aldeia alemã onde viviam ainda, em idade avançada, os pais de Dr. Luiz Germano, seria mais adequado para eles, também já pessoas idosas. Além disso, como era normal em todas as aldeias, todas as pessoas se conheciam, reuniam-se na pracinha ao final da tarde e assistiam aos concertos da bandinha aos domingos. Nunca havia qualquer problema difícil para resolver. Na verdade, não havia problemas. Os acontecimentos se repetiam a partir de uma rotina agradável que todos já esperavam.

Após uma demorada reunião de família, ficou resolvido que o Dr. Luiz Germano e dona Terezinha viajariam para a Europa logo após o casamento da filha Luíza. Em uma outra reunião da família, foram tomadas as decisões sobre o destino do imenso patrimônio que Dr. Luis Germano havia acumulado na venda de artigos de vestuário nas lojas no sul do Brasil, na Argentina e no Uruguai, sem falar nos lucros obtidos com a venda do charque.

Pedro, gerente do grupo empresarial e talvez no futuro senhor da charqueada São Luís, não quis participar da reunião, em razão da certeza de que não tinha o que fazer nela. Ainda não havia entrado na família e, se entrasse, o seria sem qualquer tipo de propriedade sua, e assim deveria continuar. Pedro considerava o salário que recebia, por seus trabalhos de arquitetura, ciências contábeis, organização e decoração de ambientes mais do que justos. Em alguns momentos, achava-os até demais, na medida em que no país em que vivia, a maioria da mão de obra era escravizada. Os negros e negras escravizados trabalhavam o dia inteiro e nada recebiam, a não ser humilhações e castigos da pior espécie. Além disso, Pedro não conseguia acumular riquezas. Quando isso acontecia, ele as guardava para um momento certo, que estava por acontecer.

Ficou decidido que o casal Dr. Luis Germano e dona Terezinha levariam para a Alemanha o que quisessem em valores monetários e ouro. A charqueada São Luís, a imensa fortuna patrimonial em lojas, o dinheiro, o ouro e as pedras preciosas seriam registradas e entregues à Luíza, filha do casal, que administraria tudo como quisesse.

A parte de floricultura foi herdada por Florinda, uma escravizada que tinha tratamento especial na charqueada São Luís. Ela não parava de chorar ante o advento daquele milagre e também da falta que sentiria de seus quase pais, Dr. Germano e dona Terezinha. Naquele primeiro dia do ano de 1877, na charqueada São Luís, todos almoçavam alegres e felizes por terem visto passar mais um ano com saúde.

Os jovens irmãos Pedro e Carolina comiam despreocupados e distraídos, olhando encantados os gêmeos Luís e Luísa, que no dia anterior haviam completado cinco anos de idade. Mas não tinha havido qualquer tipo de referência à data.

Luíza, esposa de Pedro, agora gerente da charqueada São Luis, mastigava e ao mesmo tempo olhava para seu marido e para os gêmeos e dos gêmeos para o lindo rosto do marido. São idênticos, pensava Luísa. Os três têm o mesmo rosto. É inacreditável! Temos quatro filhos. Como levei tanto tempo para chegar a essa conclusão! Meu Deus! Aconteceu um milagre. Luísa sabia como aquelas crianças tinham chegado até a charqueada São Luís. Mas quem teria colocado os pobrezinhos no arroio Pelotas para morrerem afogados? Teria sido Florinda? Claro que não!

Luísa conduziu sua memória a uma época maravilhosa. Naquele tempo, mais ou menos sete anos atrás, Luísa e Florinda viviam como irmãs.

Florinda chamava atenção por sua beleza física e interior, mas, como a maioria das escravizadas jovens, negras e atraentes, ela não tinha sobrenome ou qualquer outro tipo de referência. Assim era a vida de Florinda. Uma linda negra que vivia sozinha no mundo.

No caso de Florinda, talvez nem tão sozinha, porque ela foi dotada de certos dons que a faziam uma mulher fora do comum. Florinda lidava com as flores como se elas fossem parte de sua própria vida. Além disso, ela pintava quadros com as flores, como se elas tivessem vida e dialogassem com seus proprietários ou com quem olhasse os quadros fixamente com atenção pensando em sua própria vida.

Florinda também tinha todas as qualidades de uma mulher muito inteligente. Escreve e fala muito bem a língua portuguesa e, em pouco tempo de estudos, passou a ser fluente em espanhol, francês e inglês.

Nesses mesmos instantes de pensamentos em Florinda, Dr. Pedro, marido de Luíza, também pensava em Florinda. Ficava inquieto, excitado e quase fora de si. Procurava acalmar-se, pois conhecia muito bem a capacidade de sua mulher, Luíza, de ler seus pensamentos.

Foi ele mesmo, Dr. Pedro, agora senhor da charqueada São Luís que descobriu Florinda. Pedro também tem algumas vocações quase escondidas. É pintor de quadros nas horas vagas, e nas horas em que sua cabeça dá sinais de que vai explodir em razão do excesso de horas de trabalho. Nessas horas Pedro sai a pintar e cuidar das flores.

Pedro jamais esquecerá aquele dia em que viu Florinda novamente depois de quase seis anos. Foi num desfile em Buenos Aires. Era parte de um grande acontecimento que ele mesmo, Dr. Pedro, mandara organizar para exibir na América do Sul as últimas novidades da moda feminina na Europa, sobretudo as de Londres e Paris.

Florinda dava ordens e explicações para manequins franceses e ingleses que tinham vindo da Europa para desfilar a última moda que estava ocorrendo em seus respectivos países. O idioma falado era o francês. Na época era a linguagem utilizada na diplomacia.

Florinda explicava a todos, num francês perfeito, que a decoração do ambiente era fundamentada na capacidade das flores em dialogar, amar e de serem amadas. Todos os manequins deveriam usar flores numa das mãos, no cabelo ou onde quisessem. O importante era provar que bastava olhar para uma flor que a pessoa estaria em paz.

Pedro ficou impressionado. Chamou Floriano, seu braço direito no conglomerado de lojas, e pediu explicações sobre Florinda. Luíza, que a tudo assistiu sem nada falar, sentiu os sintomas de problemas conjugais na charqueada São Luís.

Floriano agendou para Florinda seu próximo compromisso. Na semana seguinte, quarta-feira, em Pelotas, às 16 horas, na charqueada São Luís.

Embora Florinda tivesse muita liberdade para realizar cursos no exterior, ela cumpria rigorosamente a agenda do conglomerado de empresas, porque ela ainda era uma escravizada da charqueada São Luís. Cumprindo a agenda na hora certa, como fazia com todos os seus compromissos, naquele dia, pontualmente, Florinda estava à frente de seu senhor.

Florinda usava trajes comuns, mas totalmente diferentes daqueles usados pelas outras escravizadas, que a olhavam com admiração e respeito. Mesmo assim, estava mais bela do que nunca. Dr. Pedro não a mandou sentar-se. Ela empinou-se esguia, parecendo ter faíscas nos olhos cansados de tanto trabalhar.

– Parece que tens trabalhado muito, falou Dr. Pedro. Assisti a teu trabalho em Buenos Aires; fiquei emocionado. Tu estavas linda como sempre, mas nem notaste a minha presença, mesmo sendo minha escravizada. Ou será que te dei uma carta de alforria?

– Vontade me deu de gritar teu nome, de gritar meu amor, meu amo, de me jogar em cima de ti e abraçar-te até morrer, ela respondeu. E nossos filhos? Ela perguntou com os olhos entristecidos, quase chorando.

– Estão comigo, em mina casa.

Florinda desabou no assoalho acolchoado do luxuoso escritório de Dr. Pedro. Ele correu preocupado e carinhosamente colocou-a deitada no sofá, preparou-lhe uma bebida e esperou sua recuperação. Mal ela se recuperara, Pedro já contou que as crianças estavam bem, lindíssimas como a mãe, mas com as carinhas do papai.

– Às vezes eu as sinto um pouco tristes, disse Pedro. E tudo parece muito claro. Basicamente a tristeza é por sentirem falta da mãe.

– Com quantos anos as crianças estão? Já sei, completaram cinco anos no final do ano passado. Parecem-se mais comigo ou contigo? E teus filhos, tratam bem os meus? Não brigam, perguntava desesperadamente Florinda.

Dr. Pedro respondeu com um pouco de rancor. Eles completaram cinco anos há pouco tempo. Os dois têm a minha cara. Meu filho Pedrinho tem paixão pelos dois e minha filha Carolina considera os gêmeos sua propriedade, quase filhos dela própria, e não os divide com ninguém.

– Agora me explica tu o que aconteceu para que meus filhos tivessem sido jogados dentro de uma pelota, para navegar no arroio Pelotas abaixo e depois irem morrer no canal São Gonçalo.

– Foi aquele desgraçado do Antônio Silva, senhor da charqueada São Gabriel, também conhecida por Charqueada das Flores. Tu já deves ter ouvido falar demais sobre essa charqueada.

– Ele dizia que as flores que estavam em meus quadros o enlouqueciam. Que eu tinha que ser dele, falava Antônio. Que se eu não fosse dele, imediatamente ele teria somente dois caminhos: o hospício ou a morte.

– Que relacionamento é este que tu tinhas com aquele maldito homem, a ponto de tratá-lo com tanta intimidade.

– O homem de que tu falas é um português alucinado por mim e pelas flores. Toda a charqueada São Gabriel foi ornamentada com flores. Sua mansão no centro da cidade de Pelotas parece um jardim. Antônio tinha a pretensão de dizer que os seus endereços dispensavam registro na prefeitura. Era só seguir o perfume das flores. Ele reclamava que gastava uma fortuna para manter esse pequeno capricho, mas reconhecia que até minha chegada ainda não havia experimentado algo tão fantástico e encantador.

– Não te esqueças, Pedro, que foste tu que me mandaste para aquele lugar quando fiquei grávida.

Quando cheguei na charqueada São Gabriel, a Charqueada das Flores, imediatamente comecei a ser perseguida por Antônio Silva. Ele dizia que uma mulata linda como eu, português nenhum poderia deixar passar em branco.

Dr. Pedro começou a lembrar que, com o tempo, Antônio começou a respeitar o trabalho de Florinda. A Charqueada das Flores começou a fazer jus a seu nome. A mansão do português, no centro da cidade, já era uma referência em Pelotas e no Rio Grande do Sul.

O nome de Florinda começou a ficar conhecido na região. Ela aproveitou para fazer alguns cursos, inclusive de Decoração de Ambientes. Antônio não gostava que ela saísse da cidade. Mandava sempre uma pessoa de confiança sua junto com ela.

Florinda começou a ficar famosa, sendo chamada não só para decorações, como para ministrar pequenos cursos e palestras. Algumas cidades da serra gaúcha, com suas festas famosas com flores, praticamente só trabalhavam com ela.

Florinda começou a ser assediada mediante propostas decentes e indecentes, e sua popularidade aumentou muito. Algumas vezes ela aceitava uma ou outra proposta que pudesse ajudar a promover seu trabalho, mas a cena final nunca passava de um beijo na face.

O ciúme de Antônio Silva cada vez aumentava mais. As propostas passaram a ter caráter de ameaça, e ele começou a perder o controle. Quando sua mulher, Madame Brigite, viajou para a Europa, o português ficou quase louco. Parecia que Antônio Silva não dormia mais.

– Um dia ele me encurralou, literalmente, em seu escritório, sob o pretexto de que precisava modernizar a decoração da sala.

De repente falou que de hoje não poderia passar; que eu tinha que ser dele e que Pedro meu senhor e senhor da charqueada São Luís, não precisava tomar conhecimento. Diante de minhas negativas, Antônio tentou obter o que queria mediante violência.

– Olhe bem para mim, Antônio. Eu já enfrentei muitos canalhas, e todos tiveram a mesma resposta. Eu não tenho medo da morte nem de qualquer tipo de violência. Já levei várias surras, pontapés e bofetadas. Mas ninguém terá meu corpo sem o meu consentimento.

– Deixa de bobagens, guria. Como aconteceu com teu senhor? Vais dizer que ele te amava?

Ele é meu senhor e meu amor. Eu amo Pedro como jamais amei alguém na minha vida, Antônio. Estou esperando um filho dele.

– Suma daqui então, sua vagabunda, gritou Antônio. Tu vais ver qual vai ser minha vingança. Desapareça de minhas propriedades.

Depois colocou pessoas de sua confiança para vigiar todos os meus passos, até que chegou o dia do parto. Eu mal consegui ver nossos filhos quando os capangas de Antônio arrancaram os dois de minhas mãos e fugiram porta afora, gritando que eles seriam jogados no arroio Pelotas. Não enxerguei mais nada e caí num sono profundo.

Florinda acordou bem mais tarde, rezando para que tivesse sofrido um pesadelo. Mas era tudo verdade. Começou a ficar deprimida e sentiu que estava perdendo a razão. Tudo aquilo aconteceu no final da tarde do último dia do ano de 1871.

– A minha salvação foi Floriano, teu braço direito nas empresas e que até parece meu irmão. Fiquei na casa dele, com orientação médica e graças a Deus fui salva quase na beira do abismo.

Florinda foi salva por suas flores e por uma pequena esperança de um dia ver seus filhos vivos. Ela procurou trabalhar e desenhar com todas as forças de que ainda dispunha, esperando por um milagre e pelo dia de hoje, por esta hora!

– Pelo que me falaste, o verdadeiro milagre aconteceu.

Florinda ajoelhou-se na frente de Pedro.

– Tu vais me levar para ver meus filhos, não vais? Fala com Luíza. Diz a ela que eu aceito qualquer tipo de condição. Diz a ela que me ajoelho diante dela. Por favor, meu querido!

PEDRO, A ESPOSA LUÍZA E FLORINDA

Naquela época, no linguajar pelotense, Pedro era um negro que passava por branco e, definitivamente, passou a ser branco quando contraiu matrimônio com Luíza, filha do proprietário do Conglomerado Logístico. O relacionamento do casal Pedro e Luíza sempre foi muito bom, provavelmente porque o casamento entre os dois sofreu muitas restrições por parte de parentes, amigos e sobretudo pelos dois irmãos de Luíza.

Pedro tinha poucos indícios de ser negro. A maioria de seus caracteres corporais indicava uma pessoa branca. Ninguém falava abertamente, mas todos achavam que Pedro era negro e além deste fato quase determinante, ele havia nascido pobre. Faltava-lhe ainda procedência familiar. Pedro não tinha pai nem mãe. Sua origem era totalmente desconhecida. Pedro era o único nome que ele tinha. Ele não tinha documento de identidade e quando começou a estudar foi necessário fornecer ao menino uma certidão de nascimento.

Como Pedro não tinha sobrenome, foi acrescentado ao seu nome o sobrenome Oliveira, mas os dados de filiação tiveram que ficar em branco. Pedro foi encontrado na porta da frente de uma casa de encontros localizada na pracinha do porto que ficava na frente do porto de Pelotas no canal São Gonçalo.

Dona Cora, a proprietária da casa, mandou suas meninas recolhê-lo, limpá-lo e alimentá-lo. Deram-lhe o nome de Pedro. Em seguida, Pedro já começou a caminhar e em pouco tempo transformou-se em uma pessoa muito útil à casa. A simpatia de Pedro a todos encantou, e todas as mulheres da casa o utilizavam para pequenos recados, pequenas compras no armazém, um comprimido na farmácia. Enfim, Pedro tornou-se uma pessoa importante na casa de dona Cora.

A complexão física privilegiada de Pedro chamava atenção. Braços e pernas compridas, espadaúdo e cintura fina, demonstravam que sua mãe ou seu pai ou ambos teriam ostentado corpo de atleta e um rosto muito bonito.

Com quatro anos de idade, Pedro parecia uma criança de sete. Quando tinha uma folguinha, sentava-se na praça do porto, olhando os movimentos de embarcações de todo tipo movimentando-se diante de seus olhos.

O porto de Pelotas é um porto fluvial que por suas características não tinha condições de receber embarcações de grande porte. Numa época em que existiam muito poucos veículos automotores e poucas estradas, a produção era escoada principalmente de navio. O porto de Pelotas funcionava como um porto intermediário para o escoamento da produção que vinha de Porto Alegre e do interior do Rio Grande do Sul.

As embarcações de porte médio que navegavam pela Lagoa dos Patos e seus principais afluentes, como os rios Jacuí, Taquari e Camaquã, tinham que respeitar o limite de calado, juntamente com o peso da carga. Para que não fosse excedido o limite de profundidade, não só na lagoa como no canal São Gonçalo, o canal de vez em quando tinha que ser dragado para melhorar sua profundidade.

Esses navios de porte médio reuniam no porto de Pelotas produtos que poderiam vir de Porto Alegre e de cidades do interior, como Veranópolis, Bento Gonçalves, Caxias do Sul, Estrela, Triunfo, Camaquã e outras.

Outras embarcações maiores selecionavam por destino todas essas cargas no porto de Pelotas, tomavam o rumo do porto da cidade de Rio Grande, que é porto de mar, e daí tinham a sua disposição o nordeste brasileiro, o mundo ocidental, atravessando o Oceano Atlântico e/ou, ao sul, o Rio da Prata, tendo à disposição as capitais Montevidéu ou Buenos Aires.

A população de Pelotas, em razão dessas facilidades de contato com o mundo, acabaram recebendo a fama de aristocrata. Tudo isso porque a cidade de Pelotas, a Princesa do Sul, nasceu estrategicamente por natureza, colocada diante do mundo ocidental.

Os grandes grupos artísticos, grupos de ópera, as maiores orquestras do mundo, grupos de dança, quando se deslocavam para visitar Montevidéu, Buenos Aires e Porto Alegre, por questões logísticas e estratégicas, davam uma pequena parada em Pelotas e porque sabiam que na Princesa do Sul havia um palco famoso, o Theatro Sete de Abril.

Pedro, com sete anos de idade, sentado na pracinha do porto, assistia admirado aquele movimento de vai e vem de cargas e descargas à sua frente e pensava: não é possível que esse imenso cenário de trabalho não ofereça algo para fazer para um guri de dez anos, idade com a qual se apresentou no porto à procura de trabalho. Qualquer trabalho, Pedro dizia a todos.

Ficou evidente que Pedro era dono de uma inteligência rara, porque ele se comunicava muito bem e calculava com muita facilidade. Em pouco tempo já conhecia todo o porto de Pelotas. Ganhava algum dinheirinho que lhe permitia dar-se ao luxo de levar uma flor toda semana para sua querida protetora, madrinha, avó e mãe, dona Cora, que o estava criando.

Pedro não tinha hora para trabalhar. O porto de Pelotas funcionava vinte e quatro horas por dia. Os gráficos que ele mesmo confeccionava ofereciam ao pessoal de bordo e aos trabalhadores de terra informações precisas sobre saída e chegada de embarcações, local de cargas, números de armazém. Por incrível que pareça, em pouco tempo, as estatísticas do porto de Pelotas estavam nas mãos de Pedro.

Os marinheiros e trabalhadores ficavam mais surpreendidos ainda porque os gráficos eram feitos sem qualquer auxílio de régua. Tudo era feito à mão.

Dona Cora, sua protetora, embora nunca tivesse frequentado uma sala de aula, aconselhava Pedro a reservar algumas horas para estudar.

– Pedro, meu filho, embora tu não tenhas aparência de negro, dá para perceber que tu tens um pé na senzala. Pessoas de nossa cor têm muito poucas oportunidades na vida. Por isso devemos estar preparados para quando chegarem essas oportunidades. Pelo que pude observar, tu tens boa cabeça, falou dona Cora no seu modo de expressar-se, e logo em pouco tempo estarás dando aula para os brancos. Tem uma negra velha que vive dizendo para minhas gurias que elas não precisam temer preconceito ou discriminação, separem um tempo para estudar.

Existe uma frase infalível e inspiradora para os discriminados:

> "O conhecimento e a competência superam qualquer tipo de preconceito ou discriminação."

– Grande frase, querida mamãe. Amanhã mesmo vou articular um projeto de vida para ser doutor. Ambos começaram a rir da pretensão de Pedro e se abraçaram.

Dona Cora, mais tarde, em seu quarto, ajoelhou-se, começou a rezar e chorar. Ela tinha muito medo de perder seu filho para o mundo. Um amigo íntimo dela, Juliano, um dos superintendentes do porto de Rio Grande, já tinha lhe alertado há um bom tempo em relação à capacidade de Pedro.

– Cora! Não percas tempo. Esse guri é um gênio. No sistema portenho de ensino, em menos de cinco anos de estudos, ele terá um diploma de Arquitetura ou de Ciências Contábeis ou do que ele desejar. Vamos adotá-lo para que ele tenha nome e sobrenome. Ele precisa sair do Brasil. Infelizmente aqui, sem este mínimo de cidadania, o pobrezinho não tem futuro.

– Eu não sei como te agradecer, Juliano, disse Cora abraçando-o, mas eu tenho tanto medo de perder um amor que foi tão somente meu!

APRESENTAÇÃO DE PEDRO NA CHARQUEADA SÃO LUÍS

Ao completar vinte e um anos de idade, no dia 2 de janeiro de 1859, Pedro apresentou-se na charqueada São Luis, às margens do arroio Pelotas, na cidade de Pelotas, sul do Brasil, portando um diploma de Ciências Contábeis, outro de Arquitetura e um terceiro de Técnico em Decoração de Ambientes.

Portava também um passaporte recebido no Uruguai de dupla cidadania. Juliano, seu pai de criação, mais tarde lhe explicou que, se ele, Pedro, entrasse no Brasil, com todos aqueles diplomas embaixo do braço e, sem o passaporte, seria preso e mandado para a senzala.

No trabalho de término de cursos, Pedro foi aprovado com menção honrosa, e convidado para trabalhar na Argentina, no Uruguai, na Europa e também no Brasil, tendo optado pelo convite brasileiro, mais precisamente na charqueada São Luís, na cidade de Pelotas, no sul do Brasil. Era o lugar onde ele tinha uma missão a cumprir. Primeiro com dona Cora, que tinha viabilizado sua vida, e depois com o seu povo, que vinha sofrendo humilhações e desumanidade há quase trezentos anos.

Pedro não foi muito bem recebido na charqueada São Luís. Sua aparência física era excelente e impressionou Dr. Luis Germano, senhor da charqueada, mas todos esperavam um homem branco. Houve um pouco de embaraço, mas Pedro já estava acostumado com o racismo.

— Tu tens carta de alforria? Perguntou Dr. Luís Germano com pouca paciência. Eu sei que tu estudaste fora do Brasil, mas tu sabes aqui ainda estamos em pleno regime escravagista.

— Eu tenho cidadania uruguaia, manifestou-se Pedro e pelo jeito vou ter que usá-la por aqui, porque eu trabalho como se fosse um homem livre, Dr. Germano.

– Bem, o contrato já foi assinado. Tu jantas conosco hoje. Às oito em ponto. Josué providenciará tuas acomodações.

– Boa tarde senhor, disse Josué, estarei vinte e quatro horas à sua disposição.

– Obrigado, Josué, disse Pedro. Vou precisar de ti somente durante oito horas do dia, e começaremos agora mesmo.

– Onde consigo algumas flores bonitas e que encantem uma mulher, Josué?

– Logo ali, senhor, eu pego elas para o senhor.

Foram os dois juntos encontrando dois jardins, sendo que um deles parecia uma visão do céu. Pedro dirigiu-se à visão do céu que o atraía, mas Josué colocou-se a sua frente de maneira respeitosa. Mais respeitosamente ainda, o negro Josué falou a Pedro que aquelas flores pertenciam a Florinda e que Pedro teria que comprá-las ou receber permissão de Florinda para colhê-las.

– Onde eu consigo encontrar Florinda, Josué?

– Venha, senhor, que eu levo o senhor até lá.

– Em dez minutos chegaram a uma pequena casa cujo interior parecia somente ter quadros e flores. O perfume interior era suave e ao mesmo tempo inebriante. Nos quadros também havia flores que pareciam recém-colhidas, tal era a qualidade da pintura. A decoração do ambiente deixou Pedro, que há pouco havia recebido um diploma na matéria, sentindo-se um amador.

Florinda sentiu-se um pouco perturbada com a presença de Pedro. Ela nunca tinha visto um negro tão bonito, educado e tão bem-vestido. Pedro também não conseguiu esconder seu embaraço, talvez porque também nunca tenha visto uma negra tão linda, elegante e encantadora. Florinda percebeu a perturbação de Pedro, mas ao mesmo tempo viu que ele entendia do assunto e se emocionou um pouco. Para descontrair apresentou-se.

– Boa tarde. Meu nome é Florinda.

Entretanto, Pedro continuava mudo olhando para aqueles lindos olhos verdes completamente hipnotizado. O negro Josué tentando ajudar seu senhor falou para Florinda que Pedro precisava de flores. Ela abriu um sorriso tão acolhedor, que Pedro acordou imediatamente.

– Desculpe, Florinda. Boa tarde. É que, por alguns momentos, eu pensei que estava no paraíso. Meu nome é Pedro. Eu tenho que comparecer hoje a um jantar com pessoas que não conheço e preciso levar flores para a dona da casa. A única pessoa da casa que eu conheci há pouco foi o dono. Chama-se Luís Germano. Florinda, aparentemente surpreendida olhou para Pedro como se quisesse saber o que Pedro iria fazer naquele lugar.

– Eu conheço a dona da casa, dona Terezinha, disse Florinda. É uma mulher simples, mas muito inteligente. Talvez nunca tenha sido homenageada com flores. Tu vais conquistá-la, Pedro.

Faltavam alguns minutos para as oito da noite e a família de Luís Germano e dona Terezinha já estava reunida nas proximidades da mesa de jantar junto com os filhos Gilberto e Salvador e as filhas Luíza e Germana. De saída o Dr. Luís Germano anunciou que todos teriam uma surpresa, mas era um fato inevitável, porque o contrato já havia sido assinado.

Antes que alguém pudesse fazer qualquer pergunta, a presença de Pedro foi anunciada, e ele dirigiu-se ao grupo conduzindo na mão esquerda um lindíssimo buquê de flores.

– Boa noite, disse Pedro, apertando a mão de Dr. Luís Germano e dando boa noite a todos em geral, enquanto Dr. Luís Germano assumia a palavra.

– Pessoal, permitam-me que apresente a vocês nosso mais novo funcionário. Pedro, esta é minha esposa, Terezinha. Pedro cumprimentou-a e ofereceu as flores, que ela aceitou alegre e um pouco emocionada.

Dr. Germano apresentou seu filho mais velho, Gilberto. Pedro levantou o braço para o normal aperto de mãos, mas Gilberto nem tirou a mão do bolso e deu as costas para seu visitante, procurando seu copo. Seu outro filho, Salvador, nem sequer levantou-se, lançando a Pedro um olhar de poucos amigos.

Depois Dr. Germano apresentou as filhas Germana e Luíza a Pedro. Germana levantou-se abanou para Pedro. Luíza deixou seu lugar, aproximou-se de Pedro e o beijou nas duas faces.

Dr. Luís Germano sentou-se à cabeceira da mesa, seus filhos sentaram-se um de cada lado da mesa, bem próximos do pai. Dona Terezinha sentou-se ao lado de Gilberto, Germana ao lado de Salvador e Pedro e Luíza ficaram sentados frente a frente. Dr. Luís Germano, Gilberto e Salvador comiam muito, bebiam mais ainda, gritavam e diziam palavrões, contavam piadas sujas, deixando as mulheres constrangidas.

A charqueada São Luís tinha uma movimentação financeira muito grande, porque não havia separação fiscal entre a produção de charque e as vendas efetuadas na gigantesca cadeia de lojas que tinha abrangência em todo o sul do Brasil, no Uruguai e em Buenos Aires.

Os filhos Gilberto e Salvador administravam a charqueada quase de forma autônoma, mas sempre prestando contas a Dr. Luís Germano, que cuidava quase que exclusivamente da cadeia de lojas.

O jantar daquele primeiro dia de Pedro na charqueada São Luís, deu a ele uma previsão do grau de dificuldades que ele teria de enfrentar como assessor especial da gigantesca Empresa Luís Germano e filhos.

Pedro gostou muito de Luíza e principalmente dos beijos que recebeu após as grosserias de seus irmãos. Pedro descobriu que Luíza também gostava de flores e de pintura. Luíza e Pedro, não obstante a diferença de cor e do *status* social, encontraram entre eles vários pontos em comum.

Os irmãos Gilberto e Salvador chamaram o pai num canto e lhe disseram para não se preocupar, porque fariam um teste no negrão. O Dr. Luís Germano deu de ombros e sentou-se sob uma fonte de luz com uma revista na mão, como se nada estivesse vendo ou ouvindo.

– Como foi que tu chegaste até aqui, negrão? Tens carta de alforria? Tens ideia de quanto é nossa fortuna? Que pretendes fazer com tantos diplomas? Vais dar aulas de flores na senzala amanhã? O que estás pretendendo de nós? Jantar conosco todos os dias? Namorar uma de nossas irmãs? Te enxerga, negrão!

– Vamos por partes, disse Pedro com toda a calma. Eu cheguei até aqui nadando. Assim que fui liberado lá em Buenos Aires, mergulhei no Rio da Prata, nadei até o canal de Rio Grande, busquei a Lagoa dos Patos, entrei no canal São Gonçalo, subi o arroio Pelotas e aqui estou.

Os dois irmãos começaram a gritar, chamando-o de crioulo nojento se fazendo de bobo em casa de branco. Já o Dr. Luís Germano, sua esposa e as filhas não conseguiam parar de rir, olhando para a cara de bobo dos dois irmãos.

– Com respeito à carta de alforria, nunca precisei de uma, porque, graças a Deus, nunca fui escravizado por ninguém. Eu sou e sempre fui um homem livre e faço somente aquilo que manda meu coração e minha obrigação profissional. Eu nasci na porta de um bordel perto do porto aqui de Pelotas. Quando a porta foi aberta pela manhã, eu estava meio morto de fome, de frio e de sede. Mas, graças a Deus, estou aqui. Comecei a trabalhar muito cedo, ganhando muito pouco, mas o suficiente para poder comprar uma flor de vez em quando e oferecer àquela que merecia todo o meu amor. A fortuna de vocês é muito importante e necessária para muitas pessoas, mas grande parte dela não foi adquirida com amor.

Esta última frase provocou um lapso de silêncio em todos. Quanto aos diplomas que trago, tenho certeza de que eles me ajudarão a humanizar a fortuna que vocês construíram com tanto sacrifício e fazê-la ser mais útil e atraente. Da senzala eu pretendo passar muito longe. Ela me entristece, lá eu não posso entrar com minhas flores, porque seria um contrassenso. As flores são alegres, livres e inspiradoras. Pretendo de vocês muita amizade, carinho e amor. Quanto ao namoro, nunca tive uma namorada, mas pelo que senti aqui hoje, pretendo me casar com Luíza o mais rápido possível.

A reação de Gilberto foi rápida e violenta, gritando que jamais entregaria sua irmã em casamento a um negro. Que sequer o deixaria aproximar-se de Luíza. Que antes o mataria. Gilberto apenas parou de gritar quando seu pai o mandou calar a boca, encerrou a festa e gentilmente pediu a Pedro que na manhã seguinte cedo o procurasse.

No outro dia, pontualmente, Pedro estava em frente do Dr. Luís Germano no seu luxuoso gabinete.

– Muito bem, Pedro, tu vens acompanhado de um diploma de Ciências Contábeis, outro de Arquitetura e um outro de Decoração de Ambientes. No meu entendimento, quem se diplomou nessas três áreas de atividades pode conquistar o mundo. Mas é necessário o principal, que é o dinheiro, é claro. Tu já estás ficando famoso por seres um decorador que utiliza flores no trabalho. Gostaria que me falasses um pouco a esse respeito. Pedro falou ao Dr. Luís Germano que gostaria de dizer novamente que era um prazer estar aqui com todos.

– Deus me concedeu esta oportunidade e eu não pretendo decepcioná-Lo. Essas três áreas de atividades em relação às quais o senhor falou, se forem desenvolvidas bem coordenadas entre si, garantirão sucesso a qualquer empreendimento. A quantidade de dinheiro investido e gasto no projeto não é o principal, mas é muito importante. Essa importância se avoluma na medida em que o dinheiro gasto no investimento jamais ultrapasse a quantidade prevista no planejamento. Com respeito à decoração do ambiente, trata-se da cartada mais usada pelo empreendedor hoje em dia para atrair o cliente. As pesquisas têm demonstrado que a decoração do ambiente participa em torno de trinta e cinco por cento da vontade do cliente de comprar o produto.

Pedro começou a falar com o Dr. Luís Germano a respeito das flores, dizendo que elas são a alma da decoração.

– Existem mais de quatrocentos mil tipos de flores em nosso planeta. A maioria são conhecidas por sua fragrância ou beleza única, mas a flor simboliza não somente a beleza. A flor simboliza, sobretudo, a perfeição, o amor, a glória, e acima de tudo a entrega a Deus. Enfim, a flor significa a evolução espiritual da pessoa, porque às vezes ela se confunde com a própria alma do indivíduo.

Dr. Germano teve ótima impressão a respeito de Pedro, inclusive achou que ele se saiu muito bem na noite do jantar de sua apresentação à sua família. Dr. Germano garantiu a Pedro que seus filhos não são cães, mas mordem com profundidade. Comentou também que as mulheres ficaram encantadas com ele. Dr. Germano disse também a Pedro que lhe falaria algo a seguir sobre um assunto que ele estava proibido de falar ou de fazer qualquer tipo de observação.

– Minha mulher, dona Terezinha, nunca havia recebido flores de um homem. Nem de mim. Ah! Tem uma outra coisa, Pedro. Luíza está de aniversário no sábado e vai receber alguns amigos a partir das oito. Luís Germano olhou longamente em silêncio demorado para Pedro e... depois falou: – Ela mandou te convidar.

– Mas não fica muito entusiasmado, porque casamento, nem pensar. Só se te pintares de branco.

Em seguida Dr. Germano chamou Pedro ao serviço, dizendo-lhe que a partir daquele momento ele andaria sempre em sua companhia e poderia perguntar à vontade.

– Isso porque de repente minha falta pode ser sentida e aí tu que vais dar as respostas.

No outro dia, Pedro foi procurar Florinda. Quando entrou na loja, ela estava atendendo uma cliente. Florinda era quase uma menina, tinha apenas dezesseis anos de idade, mas sua aparência era de uma mulher experiente. Ninguém sabia quem eram seus pais, nem de onde tinha vindo. Provavelmente teria sido uma filha indesejada que foi se criando por si mesma. Sempre havia alguém para dar um pedaço de pão para aquela negrinha. Em seguida, aquela menina passou a fazer pequenos serviços domésticos e em pouco tempo fazia parte da estrutura servil. Ninguém falava com Florinda a não ser para lhe dar alguma ordem. Ela não sabia quando era seu aniversário e nem exatamente qual era sua idade. Mas, num determinado dia, ela achou que estava completando dez anos de idade e após procurar alguém para falar sem obter sucesso, Florinda dirigiu-se às flores.

Florinda chorava muito quando notou uma pequena agitação das flores ao mesmo tempo em que passou a sorrir. Na senzala dizia-se que isso acontecia porque ela não falava com ninguém, mas nas flores ela encontrou com quem falar. Não demorou muito já se falava e comentava a respeito de diálogos daquela menina com as flores. Elas se perguntavam e se respondiam como se fossem amigas íntimas. Por isso o nome daquela menina passou a ser Florinda.

Num determinado dia, Dr. Germano, pai de Luíza, senhor da charqueada São Luís, decidiu, repentinamente, sem quaisquer explicações, levar Florinda para sua casa, colocando-a como ajudante de sua esposa, dona Terezinha, mudando completamente a vida de Florinda.

Florinda e Luíza descobriam que tinham muitas coisas em comum. Eram fisicamente muito parecidas, tinham quase a mesma idade e ambas gostavam de pintar quadros e lidar com flores. Passavam quase todo tempo juntas. Florinda ajudava muito dona Terezinha em casa, principalmente nos momentos em que Luíza estava na escola particular no centro da cidade.

Luíza, enquanto fazia os deveres de casa, os mostrava para Florinda, que demonstrou um interesse fora do comum em aprender. Em pouco tempo estavam quase no mesmo nível de conhecimento, e, além de aprender, divertiam-se muito. Dona Terezinha ficava muito satisfeita porque recuperava uma alegria que havia perdido quando os filhos foram estudar na Europa, inclusive a filha Germana, que havia decidido estudar na Alemanha, a convite de uma tia, irmã de seu pai.

Tanto Luíza como Florinda eram muito inteligentes, progrediram rapidamente na área do cultivo de flores, e Luíza não cansava de trazer revistas e documentos sobre o assunto, que eram devorados pelas duas, principalmente por Florinda, que, além de ler, fazia anotações e comentários. Sem dar-se conta, Florinda começou a se interessar por moda feminina, assunto que lhe chamava muita atenção quando tentava ler as revistas estrangeiras que apareciam na Casa Grande, vindas da Europa.

Dona Terezinha e Luíza ficavam impressionadas de ver como Florinda absorvia todos aqueles conhecimentos rapidamente, sem nunca ter pisado numa escola. Quem seria esta menina tão inteligente, perguntavam-se mãe e filha.

Não demorou muito Florinda foi ligando os conhecimentos de moda feminina aos detalhes da decoração de ambientes. Tudo era sempre fundamentado em arranjos florais de todo tipo e espécie.

Dr. Luís Germano, que era um empreendedor nato, não demorou muito para perceber que tinha uma mina de ouro ao seu alcance, através das mãos de Luíza e Florinda. Convidou as duas para uma reunião, para falar de um grande empreendimento para o cultivo e comercialização de flores. Luíza e Florinda pareciam que iam enlouquecer de tanta alegria. Dona Terezinha também quis participar da reunião, porque, afinal de contas, as três trabalhavam juntas, ou seja, ela, Luíza e Florinda eram colegas de pesquisas e leituras.

Os projetos, quase todos, eram elaborados por Florinda e Terezinha, embora as duas quase nunca saíssem de casa. O trabalho de rua era feito quase que exclusivamente por Luíza, mas as três concluíram que deveria haver rodízio. No início o Dr. Luís Germano não quis aceitar dona Terezinha na sociedade, sob o pretexto de que mulher dele não sai de casa para trabalhar. Entretanto, resignou-se quando concluiu que perderia por três a um.

O negócio desenvolveu-se com resultados cada vez melhores. O talento de Florinda sobressaía-se cada vez mais. A pequena empresa começou a ganhar nome nacional e internacional, sobretudo através dos países vizinhos Uruguai e Argentina, onde Florinda e Luíza atuavam alternadamente.

Os problemas começaram quando os irmãos Gilberto e Salvador voltaram da Europa, sem diploma e sem dinheiro. Queriam saber por que aquela negra morava na casa deles.

Ao tomarem conhecimento de tudo que aconteceu, entenderam que tinham que ter participação na sociedade, que Florinda tinha que ser afastada e sair da casa deles, porque lá não era lugar de negros, e a mãe deles, dona Terezinha, deveria ir para casa, lugar onde mulher deve estar.

– Calem a boca vocês, gritou Dr. Luís Germano, dando um soco na mesa e mandando os filhos ficarem quietos. Em primeiro lugar, quero ver os diplomas de vocês. Se não trouxeram diplomas, irão trabalhar em duas lojas recém-inauguradas no Paraguai. Florinda irá fazer alguns cursos na Europa. Quando voltar, irá morar num imóvel novo que foi entregue à empresa na semana passada e continuará na assessoria de artes da empresa. A mãe de vocês, Terezinha, continuará na empresa até quando ela quiser e bem entender.

Pedro assistiu àquela briga preocupado, pois ele já estava namorando Luíza há algum tempo e estava pensando numa boa estratégia que lhe permitisse pedi-la em casamento. Desde a festa de vigésimo aniversário de Luíza eles já estavam apaixonados e pretendiam marcar a festa de casamento antes que seus irmãos voltassem da Europa.

Florinda já sabia disso tudo e escondia sua tristeza como podia. Já tinha até programado com Floriano, a quem chamavam de subchefão da superempresa, uma outra viagem. Desta vez iria a Paris e a Milão, para ver de perto como ela poderia melhorar seus conhecimentos e progredir nos sistemas de acompanhamento da moda feminina internacional. Foi por essa época que Pedro apercebeu-se de que gostava também de Florinda.

Pedro não conseguia entender o que estava acontecendo. Achava que estava trabalhando demais e estava enlouquecendo. De repente parecia que Luíza e Florinda eram uma só mulher. O problema era que a paixão que existia entre Pedro e Florinda tinha que manter-se em segredo. Era um amor em relação ao qual ninguém poderia sequer comentar. Era um problema grave que tinha que ser resolvido. Mas a verdade é que Pedro amava as duas mulheres.

Luíza parecia dar-se conta da incerteza de Pedro e por isso acenava discretamente para seu namorado com uma fortuna da qual iriam apoderar-se logo após o casamento, visto que seus irmãos somente serviam para prejudicar as empresas.

Florinda e Pedro conversavam e levantavam hipóteses. Pela lei, Florinda era ainda apenas uma escravizada da empresa e da família. Entretanto, na senzala e em suas imediações, dizia-se que Florinda era filha do Dr. Luís Germano, portanto irmã por parte de pai de Luíza.

Foi marcado um almoço com reunião da família para aprovar ou não o casamento de Pedro e Luíza. A reunião iniciaria às nove horas da manhã. Bebida com álcool somente quando houvesse uma decisão irrevogável.

Na véspera, Pedro esteve na casa de Florinda. Ela viajaria novamente no dia seguinte. Tinham marcado um almoço de despedida, ou de fuga. Pedro chegou às dez da manhã. Ela não havia dormido. Estava sem pintura e colocou uma roupa de escravizada.

– Vamos fugir, Florinda, e morar na Itália, disse Pedro. Tu já estiveste lá. Disseste que é um país maravilhoso. Estaremos junto de Roma, próximo de Paris, de Londres. Luíza é muito jovem, esquecerá depressa.

– Tu não sabes o que Luíza representa para mim, Pedro, respondeu Florinda. Ela é mais do que uma irmã. Eu a amo muito; quase tanto quanto te amo. Me dói causar a ela qualquer tipo de tristeza. Pode ser que o preconceito fale mais alto e aqueles doidos irmãos dela resolvam por nós e te mandem para mim. Tudo indica, está evidente que a escola europeia não mudou a cabeça daqueles animais.

– Será, Florinda, disse Pedro, que o casamento com Luíza não abriria uma porta para melhorar o relacionamento entre pretos e brancos?

– Não brinca, Pedro! O racismo é uma coisa séria. Não vai se resolver com arranjos daqui e dali. Existe uma questão cultural, hábitos de convivência, questões de família, questões financeiras. Um negro quando se casa com uma mulher branca provoca transformações no futuro não somente dos dois. É muito mais do que isso, porque o negro vai passar a conviver com parentes brancos e vice-versa. Quando aparecerem filhos, então, é possível que aconteça uma divisão na família, embora possa ocorrer o contrário. Deveria ser uma situação normal, mas estamos muito longe ainda desse alcance social.

– O que eu faço, Florinda? Eu não vou suportar me encontrar todo dia contigo e fingir que não te vejo. Por que colocaste esta roupa de escravizada?

– Para cumprir tuas ordens de ir para a cama contigo sem trair minha irmã. Nunca te passou pela cabeça que eu seja irmã de Luíza por parte de pai? Existe noventa e cinco por cento de chances de que Dr. Luís Germano seja meu pai. Mas existe zero por cento de chance de este fato ser confirmado socialmente, e menos ainda legalmente.

— Será mesmo, Florinda, que a escravidão fez tantos estragos assim à sociedade brasileira? Veja que não temos saída. Eu fui criado pela dona de um bordel. Nunca saberei quem foram os meus pais. Meus filhos nunca terão avós paternos.

— E eu, Pedro? Minha origem é semelhante à tua. Não fossem os dons que eu recebi de Deus, fico apavorada só em pensar qual seria meu futuro. Mas temos que pensar no melhor para nós, para nossos amigos negros que daqui a pouco sairão por aí passando necessidades. Eu e tu, casando um com o outro, nossos filhos negros sofrerão discriminação normal e a discriminação por termos tido a audácia de esnobar Luíza. A primeira providência que a família de Luíza tomará se não cumprires a promessa de casamento com Luíza será exatamente contra nós. Seremos sumariamente banidos, tu e eu, do grupo empresarial e a seguir tomarão todas as providências para fechar todas as portas de trabalho que possam existir no planeta para nós. Depois, mandarão nos matar e jogar nossos corpos no arroio Pelotas.

Pela manhã, Florinda repetiu a ele a única jura de amor de que dispunha dentro de seu coração. Nenhum outro homem teve, nem terá este corpo além de ti.

O CASAMENTO DE LUÍZA E PEDRO

A reunião na casa de Luíza na manhã seguinte começou muito tensa. Germana mandou uma carta da Alemanha com decisão favorável incondicionalmente à irmã.

Dona Terezinha foi a primeira a expor seu voto, circunstanciado. Na avaliação dela até agora Pedro demonstra ser uma pessoa educadíssima e amorosa, qualidades que nada têm a ver com sua cor, mas sim com sua personalidade e caráter.

Depois foi a vez de Gilberto falar, e todos se prepararam para uma oposição ferrenha à aceitação de um negro na família. Gilberto afirmou que já havia falado quase tudo que achava a respeito de aceitar ou não um negro como parente e que se essa loucura permanecesse, ele estava fora da família. Queria toda sua parte em dinheiro do patrimônio familiar e sumiria do Brasil, pois jamais poria os pés em lugares nos quais um negro tivesse pisado.

Salvador manifestou-se de forma lacônica, dizendo que, se dependesse dele, a abolição da escravatura no Brasil jamais ocorreria. Agradeceria se lhe fosse adiantado sua parte na herança antes da data do casamento para não ter que participar dessa falta de vergonha.

Coube então ao Dr. Luís Germano falar por último e encerrar a reunião.

— Hoje é um dos dias mais tristes e ao mesmo tempo um dos mais felizes de minha vida. Triste porque falhei como pai em termos de orientação, educação e autoridade paterna. Meus dois filhos homens nem se aproximam de mim, encarando-me, para falarmos olhos nos olhos. Dirigem-se a mim de longe, como se eu fosse um vagabundo como eles e não seu pai. Não parecem meus herdeiros, aqueles homens que deveriam estar se preparando para um dia me substituir. Comportam-se como pessoas que não pretendem trabalhar. Os canalhas sequer tiveram respeito com a pessoa que os colocou no mundo e com a querida irmã que neste momento pede uma opinião sobre seu futuro. Onde está o carinho desses vagabundos para com a irmã? Onde está o respeito que eles deveriam ter com os sentimentos de Luíza. O pior é o fato de que suas decisões não têm qualquer fundamento racional. São levadas apenas pelo ódio. E esse ódio é gratuito, visto que se volta contra uma raça que nada fez para merecê-lo. Ao contrário, Pedro é vítima de um sistema perverso que vem durando séculos, condenando sem culpa milhões de pessoas.

E concluiu:

— Como pai e chefe de família, não posso vacilar diante de decisões a tomar a respeito dos fatos e do comportamento de meus dois filhos. A respeito da permissão do casamento, não tenho dúvidas que estamos diante de dois jovens apaixonados, e o amor, este sim é o fator determinante para uma união feliz. Desejo, portanto, aos meus queridos filhos Luíza e Pedro toda a felicidade do mundo e desde já ficamos no aguardo, eu e Terezinha, dos primeiros netinhos. A respeito de meus filhos Gilberto e Salvador, muito me entristecem suas atitudes, que revelam uma educação completamente distorcida da que eles receberam em seu lar.

O casamento foi uma festa digna de reis e rainhas. Os ambientes foram organizados, desenhados e decorados pessoalmente por Florinda, com suas flores e sua genialidade, que já era reconhecida internacionalmente.

Luíza e Florinda tiveram uma conversa particular algumas horas antes da cerimônia. Luíza já estava maquiada para a cerimônia e Florinda tinha estampadas em seu rosto duas olheiras que testemunhavam de forma inequívoca a intensidade de sua última noite de amor.

As duas faziam esforço para não chorar, mas era muito difícil. Era impossível controlar a emoção. De repente se abraçaram e disseram quase ao mesmo tempo uma para a outra: minha irmã querida! Eu te amo tanto!

— Tu já sabias? Surpreendeu-se Florinda. Tu tens certeza, minha querida irmã? Eu sempre desconfiei, mas nunca tive certeza. Por isso ele me tratava com tanto carinho, até com momentos de amor paternal.

— Papai me falou um pouco antes da decisão de viajar para a Europa, disse Luíza. Falou ainda que confiava em mim. Me pediu para nunca deixar minha irmã Florinda desamparada.

Como estava previsto, alguns dias após o casamento, Dr. Luís Germano e dona Terezinha embarcaram para a Europa. Pedro e Luíza passaram a ser oficialmente os senhores da charqueada São Luís e donos de uma fortuna quase incalculável.

Nenhuma das duas disse a Pedro que eram irmãs. Se já eram amigas, agora seriam inseparáveis. Os três estavam sempre juntos. Era evidente a existência de um grande amor entre os três. Um amor de irmãs entre as duas, que eram amadas desesperadamente por Pedro.

Florinda decidiu fazer alguns cursos de técnica e coordenação de moda em Buenos Aires e de lá foi direto para a Europa. Dedicou-se furiosamente aos estudos para aperfeiçoar cada vez mais sua incrível vocação.

Pouco mais de nove meses após o casamento de Pedro e Luíza, nasceu Pedrinho. Após o terceiro mês de gravidez, Luíza escreveu para sua irmã Florinda explicando que era uma gravidez de riscos e precisava de sua ajuda. Um mês depois, Florinda estava em Pelotas preocupada e alegre ao mesmo tempo diante da perspectiva de rever seus dois amores, os maiores amores de sua vida. Luíza, quando a viu, sentiu melhoras em sua saúde imediatamente. Não via sua querida irmã havia mais de sete meses. Pedro, quando se viu diante de Florinda, ficou paralisado.

— Luíza não aguentou e gritou, acordando Pedro. Diga a ela que ela está linda, que eu permito.

— Estás linda, minha querida. Seja bem-vinda, pronunciou Pedro, emocionado.

Abraçaram-se os três, até que Florinda gritou dizendo que Pedrinho tinha lhe dado um pontapé. Foi o primeiro contato com seu afilhado.

Ficaram conversando até que Luíza teve que retirar-se para descansar e dormir, o que fez somente depois de discutir meia hora com sua irmã para convencê-la e obrigá-la a instalar-se em sua casa.

Os meses seguintes foram de tranquilidade, até o dia em que Pedrinho nasceu. Foi um menino lindo, parecidíssimo com o pai e com a pele da mesma cor da pele da mãe. Um menino branco.

Agora a família tinha um pai negro, uma mãe branca, um filho branco e uma tia negra, detalhes que não impediam de forma alguma a existência de uma família feliz. Muito feliz.

Algum tempo depois, para alegria de Luíza, sua irmã Florinda decidiu que ficaria em Pelotas mais algum tempo para ajudá-la a cuidar de Pedrinho. E Luíza realmente iria precisar de ajuda, uma vez que, três meses após o nascimento de Paulinho, Luíza ficou grávida de Carolina.

Quando os três souberam da notícia, a alegria foi imensa, mas Florinda, pensando sobre a própria vida, imaginou que poderia ser ela a mãe daquelas maravilhas da natureza.

Depois, tentando fazer seus próprios planos, jurou a si mesma que após o nascimento de Carolina seguiria seu próprio destino. Talvez encontrasse algum homem decente. Até poderia ser burro. A gestação de Carolina foi muito difícil. Luíza passou muitas dificuldades, e mãe e filha correram risco de vida. A criança foi prematura e passou longo tempo no hospital.

Algum tempo depois, mãe e filha estavam em casa, mas a recuperação era lenta. Luíza preocupava-se porque Florinda havia cancelado todos os seus compromissos no Brasil e no exterior, mas Florinda deixava bem claro que não seria qualquer dinheiro que lhe tiraria a oportunidade de cuidar de seus únicos e verdadeiros amores.

Pedro viajava muito. Eram viagens longas, ainda mais que seus cunhados, irmãos de Luíza, que gerenciavam as lojas no Paraguai, haviam sumido com todo o capital em dinheiro das lojas. Havia suspeitas também de que as lojas estivessem vendendo produtos contrabandeados.

Na ausência dos dois irmãos, empresários gerentes das lojas, a polícia paraguaia fechou todas as unidades do país. Exigiam que Pedro apresentasse os dois fujões para responder pelas irregularidades cometidas. Pedro teve que confessar que não sabia do paradeiro dos cunhados, mas como sócio-presidente tinha competência para resolver todos os problemas. Pedro teve que pagar uma fiança milionária para não ter que experimentar a cadeia da polícia paraguaia.

Quando Pedro voltou ao Brasil, seu filho Pedrinho já caminhava, falava quase tudo e intitulava-se o homem da casa, mas vivia enrabichado na saia de Florinda, sua tia e madrinha, que amava demais o contato daquela criança tão linda e inteligente.

A recém-nascida Carolina, com alguns meses de vida, já estava totalmente recuperada e Luíza aos poucos ia ganhando as forças necessárias para reassumir o papel de dona de casa. Ela agradecia muito à sua irmã Florinda, mas admitia sentir muito ciúme dela por ter conquistado Pedrinho de forma tão contundente.

Aos poucos Luíza foi assumindo seu papel e trouxe para si todas as responsabilidades da casa. Florinda também voltou às suas atividades, embora tenha procurado se engajar em projetos que não a levassem muito longe da cidade de Pelotas. Florinda ainda estava preocupada com sua irmã Luíza, que ainda acusava cansaços e sonolências pela intensa atividade de administrar um patrimônio quase incalculável, cuidar da vida de duas crianças e apoiar seu marido Pedro, que viajava com frequência.

As atividades externas de Luíza relativas à floricultura que tanto a encantavam tiveram que ser praticamente abandonadas e entregues exclusivamente às habilidades de Florinda. A verdade é que as atividades extradomésticas de Luíza tiveram que ser praticamente esquecidas, em razão de sua saúde, cujos cuidados seriam permanentes e pela atenção para duas crianças naquela idade em que é necessário assistência direta dos pais.

Menos mal que havia Florinda por perto, que fazia seu próprio trabalho e o da querida irmã Luíza. Sob o pretexto de resolver problemas, visitava a irmã todo dia, toda hora e aproveitava para esfregar-se em seu afilhado Pedrinho e afagar sua linda sobrinha Carolina.

Florinda sempre dizia que existem muito poucos homens capazes de honrar seus documentos num mundo em que ela já conhece grande parte. Por isso Florinda garante que Pedrinho será o protótipo daquele homem ideal que ela tanto sonha.

LUÍZA VIAJA PARA A ALEMANHA COM PEDRINHO E CAROLINA

A vida ia transcorrendo maravilhosamente. Pedrinho já tinha quase quatro anos de idade, Carolina aproximava-se dos três, tudo ia muito bem, até que chegou às mãos de Luíza uma correspondência da Alemanha.

Era um envelope grande com passagens de primeira classe para ela e seus dois filhos viajarem à Alemanha. O principal objetivo era que os netos conhecessem seus avós. O convite era um pedido emocionado, dando a entender que aquela seria talvez a última alegria de suas vidas. Dessa forma o convite era quase uma ordem.

O que chamou a atenção dos três príncipes das flores e da beleza foi o fato de que Pedro, o pai, não foi convidado para ir à Europa.

Há muito tempo os habitantes da região vinham referindo-se a Pedro, Luíza e Florinda como os príncipes da floricultura, da beleza e das flores. O motivo teria sido as transformações positivas que aqueles três jovens vinham proporcionando à região.

Segundo os habitantes próximos à charqueada São Luís, a atmosfera do local ficou muito mais agradável e praticamente não se sente mais o cheiro horroroso da senzala, mas sim o cheiro agradável das inúmeras espécies de flores do local.

Alguns mais otimistas afirmavam que a violência diminuiu muito na região em razão do perfume forte das rosas, que acalma, conduz ao carinho e ao amor, isso sem falar em outros tipos de flores que a sabedoria popular afirma terem poderes afrodisíacos.

No início, as pessoas referiam-se a Pedro, Luíza e Florinda como príncipes da floricultura, da beleza e das flores. Depois a expressão foi abreviada para simplesmente os "Príncipes da beleza".

Naquela noite do dia de chegada do envelope da Alemanha, após as crianças terem ido dormir, houve uma pequena reunião entre os três *belos*, expressão criada por Pedrinho e imediatamente seguida por Carolina.

– Acho que vou perder minha mulher e meus filhos, Pedro adiantou-se em dizer, visivelmente irritado. É a velha história. Mulher e filhos saem para uma viagem longa e esquecem o caminho de volta.

– Pedro! Tuas palavras nunca me ofenderam tanto. Nem mesmo quando insinuaste que eu estava flertando com Floriano. Trata-se apenas de um convite de meus pais, que desejam conhecer seus netos.

– Mas por que eu não fui convidado? Diga-me, por favor. Será que a cor da pele tem alguma coisa a ver com isso? Acho que não deves aceitar este convite, e, se aceitares, não darei permissão para meus filhos viajarem.

– Calma, Pedro! Não radicaliza, falou a tia e dinda Florinda. Vamos examinar o problema com cabeça fria e jamais pensar em razões absurdas como o racismo.

– Absurdas nada; não para eles, retrucou Pedro, como se guardasse uma antiga mágoa. Eu queria que tu estivesses presente, Florinda, para ver a maneira como eu fui tratado quando pedi Luíza em casamento.

– Foram somente meus irmãos, Pedro. Explique isso para Florinda, retrucou Luíza.

– Esta reunião para mim está terminada, falou Pedro com irritação. Meus filhos jamais terão permissão para irem à Europa, a não ser junto comigo.

– Um momento, Pedro. Ouve minha ideia. Não sejas tão teimoso, falou Luíza. Quem sabe acabas concordando com meus argumentos. Presta bem atenção. Acho que deves ir comigo. Na mensagem está dito que as passagens pagas serão apenas a minha e a de nossos filhos. Não há qualquer tipo de menção ao fato de ires ou não ires. Tu sabes como é papai nos negócios. Se tu fores à Europa, as empresas ficarão meio abandonadas durante um bom tempo. Já chega o que aconteceu no Paraguai, quando meus irmãos Gilberto e Salvador provocaram um enorme escândalo e um imenso prejuízo para o sistema empresarial. Eu tenho quase certeza de que este pedido de ver os netos foi uma iniciativa dos pais de meus pais, que a última vez que me viram eu era do tamanho de Carolina. O que eles querem é ver os netos e a bisneta. Acho que não nos custa atender esta vontade dos velhos, e se quiseres podes ir conosco.

— Acho que tens razão, minha querida. Na verdade, eu não posso me afastar do Brasil durante muito tempo, porque a qualquer momento posso ter que prestar depoimento à Polícia Federal do Paraguai.

Nas vésperas de embarcar para a Europa, tudo já estava arrumado. Caía uma chuva miúda, as crianças, excitadíssimas, brincavam dentro do celeiro.

Luíza e Florinda conversavam bem à vontade e descontraídas, sentadas, meio deitadas na enorme cama de casal de Pedro e Luíza. Era o momento de confissão das duas irmãs.

Era sempre assim. Um dia chuvoso, as crianças sob controle, brincando e fazendo barulho sem incomodar a mãe e a tia dinda, que aproveitavam para trocar algumas confidências.

— Sabes, Florinda, que eu tenho a maior curiosidade de saber quem é o homem que mexe realmente com teu coração. Já me disseste tantas vezes que ele foi e permanecerá sendo o único homem de tua vida. Deve ser um homem muito especial, não é, Florinda, porque todos conhecem muito bem tuas exigências e rigores de tua vida particular. Na tua vida íntima, então, as cobranças seriam muito maiores. Que homem neste mundo teria qualidades suficientes para usufruir do amor de Florinda?

— Para com isto, Luíza. Eu sou apenas uma mulher... apaixonada. Eu te amo, amo Pedrinho e Carolina desesperadamente, amo Floriano, que parece meu irmão. Amo minhas flores, o meu trabalho, que considero uma dádiva indescritível. Enfim, amor não me falta. Entretanto, Luíza, eu sou uma negra, filha de uma escravizada que eu nunca vi. Nunca pude sentir o seu afago, seus beijos, seus gritos, sua raiva, seu afeto. Meu pai é o mesmo teu pai, mas quem se atreve a dizê-lo? Uma mulher branca em nosso país tem pouquíssimos direitos, imagina uma negra, escravizada como eu. Eu tenho que dar graças a Deus por poder viver normalmente entre as pessoas que mais amo. Quem sou eu, Luíza? Dinheiro não me falta; ao contrário, me sobra e muito, mas eu não tenho nada. Se não fosse tu, as crianças e... nossa família, o que seria de mim? Dinheiro, graças a Deus, eu tenho muito, mas ele está guardado para ser utilizado em um importante momento que eu sei que virá e ajudará muito nosso povo.

— Mas no homem misterioso nunca falas, nada dizes, Florinda. Mas não importa, porque eu sei quem é ele. E eu também o amo. É Pedro, não é? Olha pra mim, minha querida irmã. Nós amamos o mesmo homem.

Florinda baixou a cabeça, começou a chorar e falou a sua irmã.

— Na vida de Pedro só existe uma mulher. É sua esposa, e seu nome é Luíza. Ele só pensa em ti. E tu sabes muito bem que eu jamais te trairia.

— Que tu jamais me trairias eu sei. Mas o restante é mentira tua, querida irmã. Pedro tem uma inteligência superior, um caráter extraordinário, mas ele ama duas mulheres. Antes de mim tu foste a única mulher dele. Eu percebi isso quando nosso casamento foi marcado.

Pedro estava em dúvidas. No dia do casamento, algumas horas antes da cerimônia, estávamos somente eu e tu conversando. Eu já estava quase pronta e tu também, mas tuas olheiras denunciavam a noite de amor que havias tido no dia anterior. Eu tive certeza de que tu e Pedro se amaram a noite toda, despedindo-se um do outro.

— Mas nunca mais houve qualquer tipo de carinho entre nós, afirmou Florinda. Por favor, acredita em mim. Eu jamais te trairia Luíza. Só em pensar em te perder eu fico completamente sem rumo e a vida perderia qualquer sentido para mim. Eu te amo, minha querida irmã, e, muito mais do que isso, eu te respeito.

As duas se abraçaram e choraram tudo que tinham para chorar. Somente pararam quando Pedrinho e Carolina entraram no quarto apavorados.

— Mãe! Tia dinda! Pedrinho e Carolina gritaram ao mesmo tempo. O que aconteceu? Não vai ter mais a viagem? Foi a vovó e o vovô?

— Acalmem-se, disseram as duas mulheres ao mesmo tempo. Não houve nada. Apenas estamos contentes e emocionadas. Podem voltar a brincar.

Assim que as crianças voltaram para o galpão as duas irmãs recomeçaram suas revelações. Luíza estava séria e, evidentemente, tomara uma decisão importante e que poderia transformar a vida das duas irmãs para sempre. Foi logo atropelando sua linda irmã.

— Tu tens certeza, Florinda, que nunca mais terás um outro homem que não seja Pedro, aconteça o que acontecer?

— Não é uma questão de certeza, força de vontade ou qualquer tipo de paixão inevitável, Luíza. É algo que faz parte do meu ser, assim como eu adoro as flores, gosto muito do estudo da moda e sou apaixonada pela decoração de interiores.

— Pois bem, Florinda. Vou te emprestar o meu negrão. Mas nem eu nem tu vai falar para ele sobre nossa combinação.

— Estarás colocando o crioulo à prova, Luíza? E se ele não quiser nada comigo? Porque de mim não haverá nenhum tipo de iniciativa. Eu vou te repetir, minha irmã. Após aquela noite de amor, do dia antecedente ao teu casamento, eu e Pedro nunca mais nos encontramos sozinhos.

— Eu tenho plena confiança em ti minha irmã. Eu preciso te contar uma história, Florinda. Num daqueles dias do pós-parto de Carolina, eu tive quase certeza de que estava morta. Senti que fui preparada e vestida para o pior. Entretanto, tu apareceste, Florinda, e te ajoelhaste a meus pés. Eu não sei quanto tempo estiveste ali a rezar, porque acho que perdi a noção do tempo.

E seguiu contando:

— Fiquei sabendo depois, e quase não acreditei, que foram três dias e três noites de vigília. Quando viram que eu, milagrosamente, tinha voltado a este mundo, me medicaram rapidamente e em dois ou três dias eu estava em casa conversando com meus amores, embora com muita dificuldade. Também fiquei sabendo que tiveste que ser atendida no hospital, principalmente para medicar teus joelhos, que estavam em carne viva, e para reparar teu sistema de hidratação. Os médicos do hospital não souberam ou não quiseram explicar como te mantiveste viva durante três dias em uma mesma posição de joelhos, sem comer e sem nada beber. O negro Josué, auxiliar do Programa Superior de Floricultura e assistente pessoal de Pedro, disse para quem quisesse ouvir: "Luíza e Florinda são uma mesma pessoa".

Luíza continuou a contar:

— Depois que eu e milha filha fomos para casa com a saúde debilitada e com as forças mínimas para viver, tu operaste outro milagre. Pedro estava quase enlouquecido. Não sabia se dava atenção para Pedrinho, se cuidava de mim e de Carolina ou se atendia a Polícia do Paraguai. Tu chegaste, assumiste o comando da casa e arrumaste tudo. Quando Pedro voltou de Assunção, no Paraguai, parecia que nada de mais havia acontecido naquela casa. Eu e Carolina já estávamos recuperadas e Pedrinho com pouco mais de dois anos de idade vivia grudado em ti. Por isso, minha querida irmã, quero que cuides de meu negrão quando estivermos na Alemanha e faças com ele o que bem quiseres, porque ele também te pertence. Segundo a sábia e direta filosofia do negro Josué, eu e tu somos uma mesma pessoa.

Em seguida, Luíza, Pedrinho e Carolina viajaram para a Europa sem data para retornar ao Brasil. No fim, permaneceram na Europa durante quase seis meses.

Assim como combinaram as inseparáveis irmãs, Florinda passou a morar na Casa Grande, porque Pedro já adiantara antes da viagem da mulher e dos filhos que passaria uma temporada no Paraguai para resolver em definitivo o problema criado pelos cunhados e tentar tirá-los da cadeia.

Aproveitaria também para tirar do papel o Projeto Bolívia, que poderia abrir um mercado extraordinário de vendas, capaz de cobrir os prejuízos dos erros no Paraguai e trazer mais lucros para o Sistema Empresarial Luís Germano.

Pedro e Florinda moravam na ala privada do Sistema Logístico, mas pouco se encontravam. Alguns dias após ao da viagem de Luíza e das crianças para a Alemanha, Pedro e Florinda se encontraram na ala comercial do sistema, que ocupava os dois primeiros andares da Casa Grande.

– Florinda, disse Pedro, toma conta de tudo por aqui, porque vou passar um bom período fora. Quero aproveitar o tempo sem a família. Vou dar um giro completo no sistema empresarial, fazer algumas palestras, enfim aproveitar o tempo que eu terei até eles chegarem da Europa. Floriano será recambiado para Pelotas. Podes acomodá-lo na ala comercial da Casa Grande, mas fica de olho nele, principalmente quando ele resolver fazer festas para seus amiguinhos.

– E tu Pedro, falou uma Florinda quase irritada com o excesso de praticidade do cunhado. Pretendes conquistar o mundo? Estás com pouco dinheiro? Queres que te empreste algum? Como vocês conseguem controlar tanto dinheiro?

– No que me diz respeito, estás muito enganada, disse Pedro. Não há dúvidas de que estou interessado no futuro do Sistema Empresarial Luís Germano, porque nele eu recebi a maior oportunidade de minha vida e, além de tudo, trabalho para o futuro de meus filhos. Eu não estou interessado em dinheiro, Florinda. Eu considero o salário que recebo uma fortuna, mas o utilizo muito pouco para minhas despesas pessoais. A maioria do dinheiro que recebo como salário está sendo guardado para ser utilizado em um grande acontecimento que está por vir.

No outro dia, Florinda não viu mais seu amado Pedro. Seus interlocutores do dia passaram a ser Floriano e Josué. Floriano lhe provocava muitas curiosidades. Os dois tinham feições muito semelhantes. Florinda e

Floriano não eram somente os nomes; os dois, como pessoas, eram muito parecidos. Olhando o físico, era quase igual, embora Floriano fosse alguns anos mais velho. Quando se encontravam, ele demonstrava ter muito carinho por Florinda. Em qualquer dia, a qualquer hora da noite ou do dia, Florinda sempre recebia o carinho especial de Floriano.

Um dia, daqueles em que a gente levanta da cama já saindo em determinada direção, Florinda encarou Floriano.

– Acho que estou caidinha por ti, Floriano. Até pouco tempo eu somente te conhecia de nome. Agora, em razão das gentilezas que tenho recebido estou ficando encantada.

Floriano falou com alegria nos olhos, emocionado.

– Seria uma honra, mas e se fôssemos irmãos? O velho Luís Germano era uma fera! Tem filhos espalhados por toda a região. Se observares bem, Florinda, existem muitas pessoas nesta charqueada sem pai nem mãe. O próprio Luis Germano produzia seus escravos. Na senzala e em suas imediações, todos já haviam percebido que aqui não se compravam mais escravos. Eles eram feitos em casa. O Dr. Luís Germano intitulava-se o maior garanhão do Brasil. Ele não tinha nenhuma vergonha nem quaisquer escrúpulos ao dizer que todos os dias nasciam escravos que ele mesmo produzia. O silêncio das mães era exigido e cobrado na base da tortura violenta e às vezes até com a morte.

– Será mesmo? Manifestou-se Florinda, com um sorriso meio triste. E nossa mãe? Seria a mesma? É impossível saber para quem vive um sistema perverso como este nosso e a que somos submetidos, falou Floriano.

O negro Josué e Floriano foram os dois homens, que, na prática ficaram assessorando Florinda na administração de todo o Sistema Luís Germano. Josué, por incrível que pareça, tinha todos os principais lançamentos contábeis do sistema de memória e Floriano conhecia como ninguém o fluxo de todo o estoque a ser fabricado, comercializado e a reposição nas prateleiras de exportação.

Josué guardava dentro de si outras qualidades. Espalhou-se na região e afirmava-se na senzala e suas imediações que Josué sabia explicar o passado e prever o futuro.

Quando Pedro chegou da Bolívia, parecia um fantasma, tal deve ter sido o nível de cansaço a que se submetera para colocar pelo menos quase tudo em ordem. Florinda recebeu-o cordialmente e logo perguntou se ele tinha notícias da Alemanha. Pedro fez uma cara feia e demonstrou todo seu cansaço ao responder furioso que não tinha mais família, que havia sido esquecido e que qualquer dia iria sumir do mapa.

Os dois já estavam dentro da Casa Grande na ala privada, e Pedro só dizia que precisava tomar um banho urgente. Quando Pedro terminou o banho de quase uma hora, o jantar já estava pronto no forno, com a mesa posta para dois e o vinho pronto para ser degustado.

— Fazia tanto tempo assim que não tomavas banho, meu querido, perguntou Florinda? Abre o vinho para relaxares um pouco. É o teu preferido, não é? Temos todo o tempo do mundo.

— Obrigado, cunhadinha, falou um Pedro agora mais calmo. Tenho que te pedir desculpas. Eu deixo este doido deste sistema na tua mão todo esse tempo e chego falando grosso feito um imperador. Muito obrigado, Florinda. Mesmo nesta maratona doida que eu fiz, fui acompanhando os acontecimentos. Foste perfeita, disse, olhando nos olhos dela, quase entrando naqueles lindos olhos verdes, querendo-lhe passar sua mensagem de amor, que quase explodia seu peito. Deixa-me te olhar. Como és linda, como estás linda! Eu devia ter-me casado contigo.

— A ideia foi tua; lembras, negro sem-vergonha.

— Ainda bem que tenho muito trabalho, disse Pedro, conformado. Procuro te esquecer. Menos mal ou ainda bem que existem meus filhos. Poderiam ser nossos. Eles são lindos como tu.

— Quieto, meu amor, Florinda sussurrou, aproximando-se dele. Não encontraste nenhuma mulher bonita pelo caminho? Toma teu vinho, descansa. Temos toda uma noite.

— Florinda! Admirou-se Pedro. Pretendes trair tua irmãzinha? Também não encontraste ninguém por todo esse tempo? E aquele juramento? Não vais querer que eu acredite que não namoraste ninguém em todo esse tempo. O que houve contigo?

— Para mim juramento é juramento, disse Florinda e, além de tudo, eu tenho certeza de que jamais me apaixonarei por outra pessoa que não seja um negro desgraçado de nome Pedro.

— E que Pedro seria esse, Florinda? Existiria um homem que merecesse tanto amor de uma mulher quase divina, cujo amor ao próximo é indescritível, que nunca pede nada e vive se doando?

— O meu Pedro seria um meninozinho bobo nascido na porta de um bordel que foi recolhido tremendo de frio e fome. Aquelas mulheres que o recolheram não sabiam o que era o amor e viviam quase sem esperança na vida. De repente elas renasceram, porque encontraram o amor e o futuro na sua porta.

O jantar foi rápido e não havia mais o que falar. Subiram até o quarto e amaram-se até o amanhecer de forma quase selvagem. Era uma paixão recolhida há muito tempo. Estavam tão focados no amor, que nem lembraram de fechar a porta do quarto.

Depois de tanto sexo, quase sem perceber, mergulharam num sono profundo. Tão profundo, que lá pelas dez da manhã não perceberam o barulho de malas e sacolas sendo abertas, de gritos e de surpresas de quem tinha feito uma viagem desde o interior da Alemanha até Pelotas, quase no extremo sul do Brasil.

De repente, Pedrinho subiu as escadas correndo até o quarto de sua amada tia dinda querendo lá depositar os presentes que havia trazido da Europa, mas surpreendeu-se porque a porta do quarto dela estava trancada.

Por outro lado, a porta do quarto de seu pai e de sua mãe, um pouco mais ao fundo, estava escancarada. A cena que Pedrinho presenciou deixou-o muito surpreso e desconfiado. Desceu, como quem viu um fantasma, o que imediatamente chamou a atenção de sua mãe. Luíza, um pouco assustada, perguntou o que ele tinha visto lá em cima.

— Eu acho que vi no teu quarto papai e tia Florinda dormindo na tua cama feito anjos. Feito anjos era uma expressão que a própria tia dinda Florinda tinha lhe ensinado, e ele achava muito bonito, como tudo que vinha da querida tia dinda.

— Ah! Isto não é nada, respondeu Luíza, correndo e, já no meio da escada, gritando para Pedrinho e Carolina que não subissem de jeito nenhum. Chegando a seu quarto, a porta continuava escancarada. Lá estavam os dois dormindo profundamente, pelo menos tapados com os lençóis até a cintura. Luíza parou na soleira da porta observando-os e pensou: será que existe um amor maior do que o desses dois?

Em seguida fechou a porta com violência e começou a bater. — Tem alguém aí, ela gritava. De repente, Luíza ouviu a voz sussurrada de Florinda e a porta sendo trancada por dentro.

LUÍZA, PEDRINHO E CAROLINA REGRESSAM DA ALEMANHA

— Um minutinho, querida irmã. Nos fizeste uma surpresa. Não recebemos nada sobre tua volta. Foram bem de viagem? As crianças estão bem?

Quando Florinda abriu a porta, Luíza parecia uma fera.

— Que falta de vergonha é esta? Onde está aquele negro depravado? Gritava Luíza a uma Florinda de braços abertos.

— Enquanto não me deres um forte abraço não falo contigo, dizia Florinda, sua irmã por parte de pai.

Luíza acalmou-se, pensou durante alguns segundos e abraçou a irmã aos prantos, dizendo a Florinda que ela estava com fedor de prazer.

— Foi um acidente, minha querida irmã, e fez um resumo do que havia acontecido.

— Mas tinha que ser na minha cama? Com tanto lugar nesta ala privada da empresa.

— Foi uma fatalidade, Luíza, querida irmã. Não foi possível segurar. Quando vimos já havia acontecido.

Na hora do almoço todos se encontraram. Pedrinho e Carolina tomaram conta da tia dinda querida e amada, abraçando-a aos beijos sem querer largá-la. Não paravam de gritar que já estavam sentindo uma falta de doer. Carolina falava que haviam estado em outro mundo e que ainda estava pensando quais seriam as diferenças.

— Papai, quis saber Pedrinho de repente. Por que o senhor estava dormindo com minha tia na cama de mamãe?

Pedro quase se engasgou, mas respondeu.

— Pois é... então, meu filho, nós começamos a conversar, estávamos muito cansados e acabamos pegando no sono.

Pedro e Luíza, ainda um pouco constrangidos, falavam sobre a viagem. Pedro reclamava de notícias que não vinham e Luíza respondia com respostas sem fundamento. Pedro perguntava o que ela fazia lá durante todo esse tempo, e continuavam a vir as respostas de sempre.

Ao perguntar sobre os negócios na Bolívia, Luíza dizia que ele, Pedro, podia dar andamento no processo. Preocupado, Pedro perguntava o que estava acontecendo. Luíza se esquivava e dizia que precisavam conversar.

– Te apaixonaste por um alemão lá na aldeia de teus pais? Não gostas mais de mim?

– Eu não me chamo Pedro. E pensar que vocês ainda dormiram na minha cama, no meu quarto, de porta escancarada. – Eu já te pedi perdão, Luíza.

Os dois chegaram a um ponto insustentável que os fez parar, sentar e conversar. Era necessário resolver tudo que estivesse pendente de solução. Luíza, para começar, disse que seu pai estava muito doente e que ele confessou muitos erros que ele teria cometido de natureza moral e material que podem ser considerados crimes.

– O problema é que nem ele sabe exatamente os males que causou. Onde estão os filhos que ele gerou de forma ilícita, coagindo uma ou outra mulher negra, inclusive negras escravizadas, casadas. Disse que fez ameaças e até deu ordens para que a violência fosse utilizada. Papai pediu-me que o perdoasse, mas eu não quis perdoá-lo, e ele quase me bateu, brigou comigo, ameaçou-me com a retirada de meu nome de seu testamento, e eu quase o ofendi. Pedrinho e Carolina ficaram apavorados.

Seguiu narrando:

– Mamãe não fala mais com papai e o repreende de maneira intensa, dizendo que Gilberto e Salvador, seus dois únicos filhos homens, nem o respeitam mais. Papai disse que confia muito em ti e em Florinda para ajudá-lo a penitenciar-se do que não considera crimes, mas ilícitos cabíveis de algum tipo de indenização moral e material. Agora vem a parte mais terrível dos problemas. Papai me deu um documento em que confessa a autoria de várias atitudes e ações completamente fora da moral e dos bons costumes, inclusive alguns crimes contra pessoas. Entre as piores de todas foi a de expulsar da região da charqueada a mãe de Florinda logo após o parto, como se ela fosse um animal desprezível, negando-lhe qualquer tipo de apoio. Mas pior ainda foi mandar desaparecer sumariamente com um escravizado, marido revoltado e ficar com a mulher do infeliz.

E concluiu:

– Papai pediu-me que falasse contigo devagar, com calma e aos poucos, Pedro. Ele afirma que tu participas, ou pretendes participar, de um projeto que visa a preparar jovens negros quase abandonados, ensinando-lhes princípios básicos de conhecimento e cidadania que lhes possibilitem enfrentar uma sociedade que não se conforma com o fim da escravidão. Existe um contato do projeto na charqueada Santo Antônio, próximo aqui de nós. São duas mulheres. Uma é a esposa do Dr. Herculano, senhor da charqueada, dona Cecília. A outra, que eu sei que tu vais gostar, chama-se Valquíria. É uma linda escravizada protegida e assistente pessoal de dona Cecília. A líder do projeto chama-se Maria Antonieta, que praticamente põe sua propriedade à disposição dos mais necessitados sobreviventes da senzala. O local chama-se Vila Valquíria.

Depois daquele dia em que Luíza e os filhos voltaram da Europa, Florinda e Pedro não se encontraram mais para não chamar atenção das crianças para a existência de uma relação imprópria que elas não conseguiriam entender.

Pedro e Luíza voltaram à vida de antes, mas tentando articular uma forma de atender aos pedidos do pai e sogro Luís Germano, que estava do outro lado do mundo tentando conseguir uma absolvição pelas maldades que praticou e mandou fazer.

FLORINDA EUFÓRICA COM SUA GRAVIDEZ

Estávamos no início do ano de 1871. O movimento em favor da abolição da escravatura pressionava o Império para tomar atitudes, visto que quase todos os países da América já haviam resolvido aquele terrível problema social. Mesmo assim, o Imperador pedia aos legisladores que esboçassem projetos que extinguissem a escravidão no Brasil de forma gradual. Apareceram vários projetos a serem examinados, sendo que um deles previa a liberação do filho ou da filha da escravizada. Seria a Lei do Ventre Livre.

Florinda estava torcendo pela aprovação dessa lei, porque há pouco tempo havia descoberto que estava grávida, provavelmente há dois meses. Ela passou a guardar com rigor aquela novidade, porque seria um constrangimento muito grande aparecer grávida à frente de Pedro e Luíza, até porque Pedro não sabia sobre a combinação das irmãs.

Pedrinho e Carolina também não poderiam saber de jeito nenhum o que estava acontecendo. Eles jamais entenderiam por que Florinda, a superamada tia dinda deles estaria grávida de seu querido pai.

Florinda não levou muito tempo para perceber que teria que afastar-se da charqueada São Luís, visto que, na medida em que sua cintura fosse se avolumando, Carolina e Pedrinho iriam querer saber o que estava acontecendo.

Por intermédio de Floriano, ela ficou sabendo que na charqueada São Gabriel, que tinha o Dr. Antônio Silva como proprietário, havia trabalho para ela, não somente na área de floricultura, como na de decoração de ambientes.

A esposa do Dr. Antônio Silva, a francesa Madame Brigite, frequentou vários cursos na Europa de Decoração de Ambientes fundamentados em dispositivos florais, e já tinha ouvido falar da capacidade de Florinda.

Florinda foi muito bem recebida na charqueada de São Gabriel por Madame Brigite, mas não foi avisada que o Dr. Antônio Silva era um maníaco sexual e que usava sua autoridade para o exercício de coação e violência.

— Eu já conheço vários trabalhos seus, disse Madame Brigite, inclusive sobre moda feminina. Já não nos encontramos na Europa, Florinda? Talvez em Milão? Eu tenho certeza que jamais esqueceria um rosto tão lindo como o seu.

— É bem possível. Obrigada, Madame. A senhora também é muito bonita. Eu estive por lá durante quase dois anos e fiquei apaixonada pelo espaço que se tem para trabalhar na moda feminina. Infelizmente aqui no Brasil parece que nossos homens só querem saber de agricultura, que é muito importante, é claro, mas nós temos que trabalhar também a mente e a própria aparência. Precisamos melhorar nossos ambientes, ter mais conforto dentro de casa, dentro das lojas, nos hospitais. Precisamos cultivar mais beleza e alegria, que inspirem nossos jovens a estudar, criar, evoluir e depois desfrutar com prazer de nossas conquistas de natureza material, mas também de fundo social e moral. Os conhecimentos adquiridos nos cursos que tive a ventura de frequentar em Milão foram muito pouco aplicados aqui no Brasil, talvez porque, sendo eu negra, nunca tive espaço para inovar. Quase tudo foi feito por vontade de pessoas, mas nunca para dar mais conforto a ambientes públicos.

— Muito bem, minha querida Florinda. Tenho certeza de que vamos nos dar muito bem. Existe ainda a possibilidade de trabalharmos em Porto Alegre, participarmos também de um projeto a ser desenvolvido na Serra Gaúcha para plantio, acompanhamento e manutenção de hortênsias, mas são viagens curtas, com todo o conforto.

Florinda começou a viver seu novo ambiente que era a região da charqueada São Gabriel, lugar muito bem cuidado, com instalações confortáveis, jardins com vários tipos de flores cujos perfumes quase escondiam os terríveis odores da senzala que lá existia.

Florinda tinha um quarto somente para ela na casa grande. Era um ambiente confortável, com recursos que satisfaziam todas as suas necessidades básicas de repouso e treinamento teórico de suas atividades de trabalho. Ela entrava e saía de seu quarto sem nunca trancar a porta, como estava acostumada a fazer nos locais civilizados em que já trabalhara.

Infelizmente, na charqueada São Gabriel, onde naquela época Florinda estava trabalhando, era um local que deixava muito a desejar em termos de cidadania e respeito à pessoa humana. Dessa forma foi provado com o acontecimento daquela tarde de verão quente e ventoso de Pelotas. Florinda estava à vontade, com roupas leves, distraída, refazendo alguns detalhes de um projeto, quando um homem entrou sem bater em seu quarto. Florinda assustou-se com aquela falta de respeito.

— Mas o que é isso, falou Florinda, quase gritando. Quem é o senhor? Quem lhe deu permissão para entrar em meu quarto? Saia daqui imediatamente!

— Meu nome é Antônio. Você é muito linda mesmo, mulata, falou o invasor, como se nem tivesse ouvido Florinda. Nesta região quem manda sou eu, principalmente nesta casa.

Florinda começou a gritar.

— Saia daqui, seu canalha, já se desesperando quando Antônio estava bem próximo dela.

Quando Antônio estava com o braço quase na cintura de Florinda, Madame Brigite entrou.

— Você não tem vergonha, Antônio? Querer abusar de uma nossa convidada? Deixe de ser covarde. Mostre sua hombridade na hora certa. Que estás querendo provar? Ainda vais pagar todos os teus pecados, desgraçado.

— Ela ainda é uma negra escravizada, tem que me obedecer, falou Antônio bufando. Nesta charqueada eu sou o senhor de todos. Faço o que quero com as mulheres. Com os homens que ousarem me desobedecer, mando matar. Em seguida saiu como se estivesse enlouquecido.

— Você ainda é escravizada, Florinda? Madame Brigite perguntou, surpresa? Como consegues viajar pelo mundo sendo uma mulher escravizada?

— Aqui no Brasil eu ainda sou escravizada, respondeu Florinda. Estou subordinada ao Senhor da charqueada São Luís, mas tenho um passaporte uruguaio para circular fora do Brasil. Como a senhora pode ver, aqui no Brasil eu sou considerada um objeto, passível de venda, troca e outras coisas piores. Meu pai era o Senhor da charqueada de São Luís, mas minha mãe, eu não tenho a mínima ideia de quem seja. Meu pai era descendente de alemães e, ao adoecer, teve um ataque de arrependimento das crueldades que praticou ou mandou praticar. Confessou que é meu pai e que talvez eu tenha vários irmãos andando por aí. Eu não sei o que faço, Madame Brigite. Eu precisei me afastar de minha irmã e de meu cunhado, estou gostando daqui, da senhora, o trabalho é de altíssimo nível, mas pelo visto terei que ter cuidado com seu marido.

– Não há problema, minha querida, disse Madame Brigite em tom conciliador. Deixe sua porta trancada sempre. Cuide-se de Antônio. Ele é ardiloso e covarde. Se te sentires em perigo, pede socorro para Floriano, que fará qualquer coisa para te defender.

Florinda não sabia que o relacionamento entre Madame Brigite e Antônio já não vinha bem há mais de um ano, e este fato aumentava o péssimo humor do senhor da charqueada São Gabriel.

Florinda se deu conta de que quanto mais ela rejeitasse Antônio Silva mais aumentava a raiva daquele sujeito, que parecia cada vez mais enlouquecido.

Quando terminou a primeira fase do trabalho contratado, Florinda, já com quase nove meses de gravidez, pediu para ir embora. Antes de sair, dispensou definitivamente as pretensões amorosas de Antônio, que, inconformado, prosseguiu e aumentou as ameaças de ordem moral e material contra Florinda.

Antônio Silva, enlouquecido e raivoso, chegou ao extremo de ameaçar de morte Florinda, que quase foi assassinada. Isso somente não aconteceu graças à interferência de Floriano. Entretanto, Floriano não conseguiu impedir o sequestro dos filhos recém-nascidos de Florinda.

UM PAI, DUAS MÃES E QUATRO FILHOS

Após aquele emocionante encontro de Pedro e Florinda em que ela suplicou a ele que convencesse Luíza a deixá-la ver seus filhos, Pedro preparou-se para algo parecido com uma guerra. Ele sabia que o problema não seria somente Luíza, mas também Carolina, que se considerava mãe dos dois pequenos lindos gêmeos, mais negros do que brancos.

Pedro nunca teve ideia de quem teriam sido seus próprios pais. Sobre Florinda, ele sabia que seu pai era filho de alemães. Por incrível que pareça, o pai de Florinda era seu próprio sogro, o ex-senhor da Charqueada de São Luís, Dr. Luís Germano. Pedro não sabia, mas seu sogro agia como se fosse um animal. Ele havia expulsado da região a mãe de Florinda, logo após o parto, como castigo porque ela não cumpriu suas ordens de abortar sua filha. Na prática, significaria abortar ou matar Florinda, que agora não existiria, nem seus filhos gêmeos.

Assim, a possibilidade era muito grande de que os lindos gêmeos tivessem herdado do avô descendente de alemães, Dr. Germano, os cabelos lisos e aqueles olhos verdes que encantavam e quase hipnotizavam tanta gente.

Florinda foi para sua casa e não conseguia parar de lembrar daquele fatídico final de tarde do dia 31 de dezembro de 1871. Ela havia entrado em pânico, porque tinha quase certeza que Antônio Silva havia mandado matar seus filhos, os quais ela tinha visto apenas durante alguns minutos após o parto.

Floriano, seu irmão, tomou conta dela, procurou saber o destino das crianças, mas foi como se elas tivessem se evaporado. Depois ficou sabendo que os capangas de Antônio entraram no hospital fortemente armados e sequestraram as duas crianças. Florinda demorou muito a restabelecer-se de uma profunda depressão. Ninguém conseguia consolá-la. Ela foi acometida de um delírio que não tinha fim.

"Meu Deus, que vida é esta a minha, eu nunca fiz mal a ninguém, eu nunca tive nada de meu. Eu nunca tive pai, nunca tive mãe. Quem sou eu? O que devo fazer? Qualquer vagabundo acha que tem o direito de passar a mão em mim. Por favor, meu Deus, o que é que eu faço? Ajude-me."

Um dia Florinda recebeu a visita do negro Josué e conversou com ele o dia inteiro. No dia seguinte não foi Florinda que acordou. Foi uma outra pessoa com muito poucas lágrimas no rosto e quase otimista. Era uma nova mulher e sentia-se muito melhor.

Todos queriam saber o que afinal o negro Josué tinha feito desta vez. Florinda respondeu para quem quisesse ouvir as palavras de Josué: "Florinda! Teus filhos estão vivos em lugar seguro, mas este problema só estará resolvido daqui a cinco anos".

No outro dia Florinda recebeu uma correspondência da França. Em seguida viajou para Paris e foi trabalhar com Madame Brigite. Tornaram-se amigas, trabalharam e estudaram muito sobre moda feminina e decoração de ambientes com fundamento em flores, viajando por quase toda a Europa.

Pouco mais de quatro anos depois, Florinda era quase uma celebridade, mas ela trocaria a fama e todos os seus bens materiais pela notícia maravilhosa que havia recebido do pai de seus filhos. Eles estavam vivos, lindos, maravilhosos e muito bem cuidados. Só lhes faltava a mãe. Faltaram lágrimas para lavar aqueles lindos olhos verdes de Florinda.

No jantar daquele dia, Luíza sentiu que Pedro tinha algo de grave para falar, discutir e solucionar.

– Que tens para me dizer, meu amor, perguntou Luíza após as crianças irem dormir.

– Aconteceu um milagre, minha querida. A mãe de Luís e Luíza está no Brasil. Tu já sabes quem é ela, não é? Ou então eu não conheço mais minha mulher.

– Eu sei quem é a mãe e o pai também, negro sem-vergonha, retrucou Luíza, meio zangada e um pouco feliz. Bastou que eu olhasse outro dia na mesa para a cara dos quatro. Todos são teus filhos.

– Ela pediu que te implorasse, Luíza, para que tu concordes pelo menos numa visita para que ela veja os gêmeos. Ela diz que se ajoelha diante de ti, que cumpre qualquer obrigação que tu exijas, enfim ela pede pelo amor de Deus que tu permitas que ela veja as crianças.

– Como explicaríamos esse milagre para as crianças, Pedro? Sim, porque houve um milagre! Duas crianças sequestradas e colocadas dentro de uma pelota sendo soltas arroio Pelotas abaixo para morrer no canal São Gonçalo. Aí vem o herói Pedrinho, mergulha no arroio, resgata a pelota, e a heroína Carolina providencia alimentação psicológica aos bebês. Veja, Pedro! Nosso Pedrinho já tem sete anos, mas parece que tem dez. Carolina tem seis, mas parece ter nove. Os de vocês, meus sobrinhos, já têm cinco anos. Eles vão querer explicações e farão muitas perguntas. Eu não quero mais saber de mentiras, Pedro. Não seria bom contar primeiro para Pedrinho e Carolina?

– Não, Luíza, porque com certeza eles iriam logo contar aos outros dois.

No dia marcado para o jantar, Florinda chegou cedo com cinco lindos buquês de flores nas mãos.

Quando Pedrinho a viu, saltou em cima dela, derrubou-a no chão e não parava de abraçar e beijar sua adorada tia dinda. Carolina, refeita do susto, fez a mesma coisa, saltando em cima da tia querida, gritando, beijando, perguntando, beijando novamente e apertando a titia amada.

Os gêmeos Luís e Luíza pensaram que fosse uma brincadeira, e jogaram-se também aos abraços e beijos, sem saber que estavam beijando e abraçando a própria mãe. Florinda, que estava deitada no chão com as emoções à flor da pele, cada vez que sentia os beijos quentes de seus filhos, sentia-se no céu.

Quando Florinda realmente percebeu que não estava no céu, que estava sendo beijada e abraçada não somente por seus sobrinhos, mas também por seus próprios filhos, a emoção entrou na fase do descontrole, e suas lágrimas molhavam suas roupas, a das crianças e até o assoalho.

Carolina, não se sabe de onde, conseguiu um lenço e aos poucos ia secando as lágrimas da tia dinda. Pedrinho, também não se sabe como, colocou um travesseiro debaixo do pescoço dela, e ficaram dois de cada lado acariciando Florinda.

Carolina passava a mão no rosto e no cabelo de Florinda, dizendo que ela não se preocupasse mais, porque, a partir de agora, ela seria cuidada por eles. Pedrinho repetiu o mesmo, também alisando o cabelo da tia dinda. A partir de agora eles eram quatro e iriam cuidar dela, até mesmo quando ela estivesse trabalhando.

Os gêmeos resolveram também se manifestar, e repetiram quase em coro: nós também vamos cuidar de ti, querida titia.

– Ela é mãe de vocês, seus bobos! Pedrinho se manifestou gritando feliz pela notícia reveladora. Ela estava na Europa. Eu e Carolina já conhecemos a Europa. É longe. Tem que atravessar todo o oceano para chegar lá. Vocês foram roubados de titia quando uma quadrilha assaltou o hospital na hora que vocês nasceram. Quando a quadrilha estava querendo atravessar para o outro lado do arroio Pelotas, deixaram cair uma pelota com vocês dentro, que foi sendo levada pela correnteza em direção ao canal São Gonçalo. Aí que apareceu o herói aqui mergulhando no arroio Pelotas e salvando vocês.

– Mas quem alimentou teus lindinhos fui eu, titia, gritou Carolina, porque os pobrezinhos estavam quase nus e gritavam de fome. Quando eles colocaram a boquinha nos meus seios, eles pararam de chorar imediatamente.

– Mas tu não eras muito pequena para ter leite? Gritou a gêmea Luíza com espanto e desconfiança.

Durante uns quinze minutos, os quatro tomaram conta da reunião, com Florinda deitada no chão, chorando baixinho e com os olhos fixados em suas lindas crianças. Pedro e Luíza permaneciam sentados à mesa de bocas abertas e emocionados.

A melhor ideia então que ocorreu ao dono da casa foi encher um copo de água, que entregou para Florinda, agora sentada no chão com seus filhos gêmeos lindos e maravilhosos dependurados em seu pescoço.

Depois do jantar, o grude amainou um pouco, menos para os gêmeos, que não soltavam cada um dos braços da mãe. Pedrinho já tinha oito anos, mas parecia que tinha dez, e começou a fazer perguntas. Foi aí que os adultos começaram a ficar preocupados.

– Quer dizer que esses chatinhos que eu salvei são meus primos. É isso, perguntou Pedrinho com ar de superioridade?

– Não são chatinhos nem foram salvos somente por ti, Pedrinho, retrucou Carolina. Tu sabes muito bem que eles foram criados como se fossem "meeuus" filhos. Agora que minha querida titia dinda voltou, eles passam a ser meus irmãos, e ponto-final.

— Ponto-final não, minha filha querida, contestou Pedro pai, demonstrando preocupação. Vocês são todos irmãos. Eu sou o pai de Luís e Luíza. É uma história muito longa e impossível de ser contada neste momento.

— Como assim, pai? Perguntou Pedrinho, pouco satisfeito. Foi naquela noite que voltamos da Europa. Eu bem que desconfiei. Eu já sou um homem, pai. Vocês traíram a mamãe.

— Entre nós não existem traidores, Pedrinho, falou Luíza, sua mãe. Mas esse assunto por hoje termina aqui, e agora vamos jantar.

O jantar não foi com a mesma alegria do início da festa, mas Florinda continuava no céu com suas duas joias, uma em cada braço. Ao final, parecia que já estava tudo resolvido, mas um pequeno impasse preocupou a todos na hora da despedida.

Os dois gêmeos não desgrudavam dos dois braços de Florinda e não paravam de perguntar por que não poderiam ir com ela. A Luíza, dona da casa, arriscou dizer que talvez Florinda tivesse alguém esperando por ela em casa. A resposta foi curta e grossa.

— Eu sou mulher de um homem só, Luíza! E saiu porta afora escoltada pelos dois maiores amores de sua vida.

No outro dia, todos se encontraram novamente. Pedro, Luíza e Florinda sabiam que tinham muito que conversar. Pedro sabia que as duas irmãs conversariam e decidiriam como seria a vida deles daí para frente, por isso pegou seus quatro filhos e saiu para dar um passeio. Mas pelo menos uma ideia formada ele já tinha e a defenderia sem concessões.

As quatro crianças não poderiam mais ser separadas e viveriam como irmãos, como sempre viveram.

MARIA ANTONIETA, AFONSO E A ARMADILHA DA SEPARAÇÃO

Em Londres o inverno rigoroso fazia com que todos se abrigassem. Afonso e sua avó, dona Glória, conversavam sentados à frente da lareira e trocavam ideias a respeito do que seria feito da vida de cada um.

Lorde Albert falecera havia pouco mais de um mês e dona Glória sentiu que ficaria sozinha porque Afonso, muito tempo antes da morte de seu avô, Lorde Albert, tinha avisado a sua avó que precisava voltar para o Brasil.

Dona Glória não sabia que a vinda de Afonso para Londres, havia mais de sete anos, tinha sido planejada por seu filho Herculano e seu marido Lorde Albert com o único objetivo de separar Afonso de Maria Antonieta. Os dois, Lorde Albert e seu filho Herculano haviam decidido que jamais teriam na família um pingo que fosse de sangue negro.

Na época, a grande dificuldade foi convencer Afonso a abandonar o amor de sua vida para ir estudar Medicina em Londres. Tanto Lorde Albert quanto seu filho Herculano sabiam que era quase impossível separar Afonso de Maria Antonieta, porque os dois se amavam desde crianças.

Depois de levantarem inúmeras hipóteses, conseguiram vislumbrar uma ideia quase infalível. Eles sabiam que Afonso ansiava por uma carta de alforria para sua amada Maria Antonieta para que eles pudessem se casar. Da mesma forma sabiam que Afonso sempre quis que seu pai, Herculano, pagasse à Maria Antonieta parte do lucro das empresas da família, como todos os irmãos ganhavam.

Afonso sempre criticara pessoalmente seu pai, explicando-lhe que Maria Antonieta tem um cérebro privilegiado, uma capacidade de trabalho fora do comum e que merecia pelo menos uma parte dos lucros da fortuna que eles ganhavam todos os anos. Os três irmãos recebiam o correspondente a seu trabalho. Maria Antonieta trabalhava mais do que todos e nada ganhava. Tratava-se, portanto, de uma injustiça descomunal, porque se Maria Antonieta ganhasse a metade do que merecia, estaria quase tão rica como seus irmãos de criação.

Entretanto, Dr. Herculano tinha Maria Antonieta como escravizada e como tal, em sua opinião, não tinha direito a qualquer tipo de remuneração. Dr. Herculano não dava a mínima importância aos argumentos de Afonso de que a família estava praticando crime de enriquecimento ilícito.

Lorde Albert e seu filho Herculano montaram o plano a partir daquelas premissas. Segundo os entendimentos do velho pai e do filho Herculano, Afonso faria qualquer coisa para libertar Maria Antonieta, inclusive perdê-la.

Felipe, o outro irmão, que também amava Maria Antonieta, seria o intermediário, porque todos sabiam da confiança que havia entre os dois superirmãos Afonso e Felipe. Dessa forma, Maria Antonieta e Afonso foram separados. Maria Antonieta recebeu sua carta de alforria, uma quantia em dinheiro mínima, considerando o que havia trabalhado, e Afonso foi estudar Medicina em Londres.

Felipe foi obrigado a jurar que manteria segredo, o que o fez com certa alegria velada, pois sempre quis que Maria Antonieta fosse uma mulher livre, e que recebesse o que merecia por toda sua dedicação às empresas da família. Além disso, no fundo de seu ser, como homem apaixonado, entendia que seria a sua chance de ter Maria Antonieta para si mesmo, um sonho que acalentava havia muitos anos.

Dona Glória, após tanto tempo, ao saber de tudo aquilo, ficou furiosa e fazia de tudo para consolar seu adorado neto.

— Mas, meu querido netinho, tu nunca demonstraste qualquer tipo de contrariedade em estar aqui em Londres. Eu apenas estranhava que tuas namoradas tinham pouco tempo contigo. Vinha uma, em seguida arranjavas outra, como se estivesses deixando bem claro que não querias compromisso e que ainda tinhas esperança no teu grande amor.

— Foi por tua causa, vovó, porque eu jamais admitiria para mim mesmo que tu desconfiasses que eu estaria de má vontade em tua casa. Tu sabes que eu te amo e te garanto que o tempo que estive sob teu teto me deu um prazer imenso.

Dona Glória ficou muito emocionada e confessou a seu neto que o período em que ele estivera em sua casa foi um dos mais felizes de sua vida. Agora ela não sabe o que vai fazer sabendo da disposição de seu neto de voltar para o Brasil.

– Mas, meu querido, eu não quero que sofras. Tu nem sabes como estão as coisas por lá. Quem sabe sua Maria Antonieta já se casou com outro homem, tem filhos com ele, e eu não vou suportar qualquer sofrimento teu, ainda mais depois de teres sido tão feliz aqui.

– Eu sei de tudo que acontece com minha Maria Antonieta, vovó, através de meu irmão Felipe, que até já morou com ela na mesma casa e tentou em vão casar-se com ela. A verdade é que Maria Antonieta nunca quis mais saber de outro homem. Além disso, vovó, Felipe sempre fugiu do assunto, mas eu tenho quase certeza de que eu e minha amada temos uma filha já bem grandinha. Eu estive lá, vovó, há uns dois ou três anos e até conheci minha filha, Maria Francisca. É linda, é igualzinha à mãe. Ela mesma abriu a porta para mim e demonstrou a maior frieza, mas me deixou entrar. Maria Antonieta mal falou comigo, apenas dizendo que jamais imaginava que eu fosse fazer o que eu fiz.

Seguiu contando:

– Depois fiquei sabendo que Maria Antonieta está empenhada, dando todo seu esforço e todo o dinheiro que recebeu de papai num projeto de recuperação de jovens negros e pessoas recém-libertadas da escravidão, em estado de necessidade. Por incrível que pareça, vovó, os escravizados no Brasil foram libertados sem o mínimo apoio ou orientação a respeito de suas vidas futuras. Nenhuma indenização receberam, nem sequer recursos para morar e alimentar-se durante alguns dias. De um dia para o outro não tinham onde morar e nenhum centavo para tentar fazer pelo menos uma refeição. Mas agora eu me decidi, vovó. Volto definitivamente para o Brasil. Vou exigir participar da vida de minha filha e participar desse projeto de Maria Antonieta. Eu conheço muito bem aquela cabecinha. Ela jamais rejeita a ajuda quando se trata de projetos sociais.

E convidou dona Glória:

– Mas, eu estive pensando, vovó. Por que não vens comigo para o Brasil? Estás praticamente sozinha aqui. Lá poderás conhecer inclusive tua bisneta, minha filha, Maria Francisca. Herculano e Felipe gostam muito de ti e tenho certeza que mamãe também ficará contente de te ver.

— Estás falando sério, meu amor? E agora me lembro de alguns fatos muito interessantes. Teu avô, Lorde Albert, antes de morrer, teve pesadelos terríveis. Todos eles estavam relacionados à fortuna quase incalculável que ele conquistou financiando o tráfico de escravos para quase toda a América. Ele me pediu que eu utilizasse o dinheiro que fosse possível para ajudar os descendentes daquelas pessoas que sofreram tanto em razão de uma ganância espúria que se desenvolveu impunemente por vários séculos.

Dona Glória vendeu todos os bens que possuía na Inglaterra e preparou-se para uma viagem sem volta para o Brasil. Numa festa de despedida de amigos ficou sabendo que a suposta mãe de Maria Antonieta, Dóris, e seus pais adotivos, Mr. e Mrs. Petersen, também estavam voltando ao Brasil. Dóris queria ver sua filha, participar também do projeto "Gonzaguinha Presidente" e, quem sabe, ajudar na educação de seu bisneto ou bisneta. Por coincidência embarcavam também para o Brasil Mrs. Elizabeth e Jacaré, o brasileiro. Depois de muito conversarem, Elizabeth concluiu que não podia tomar conta da vida de seu amado sem um pesquisa mínima de suas origens, e Jacaré havia suplicado à sua querida Elizabeth que gostaria de participar do projeto de Maria Antonieta nem que fosse como mão de obra não qualificada.

Dóris vinha ao Brasil para participar do projeto e também tentar aproximar-se de sua filha Maria Antonieta e se possível oferecer-lhe seu sobrenome. Da mesma forma, Mis. Elizabeth queria também participar do projeto e tentar dar um nome ou sobrenome para seu Jacaré e, quem sabe, também para sua mãe, Izabel.

Chegando no Brasil, Afonso estava excitadíssimo e queria ir logo procurar Maria Antonieta, mas Dona Glória o conteve e pediu-lhe para ir sozinha, porque tinha um assunto a tratar com ela de mulher para mulher. Afonso deu o endereço de sua Maria Antonieta e dona Glória aprontou-se para aquele encontro. Dona Glória, embora já fosse bisavó e tivesse mais de setenta anos de idade, ainda era uma mulher bonita, estava muito bem-vestida e continuava elegante. Ela bateu à porta de Maria Antonieta. Maria Francisca, que estava na casa da mãe, abriu a porta.

– Boa tarde, falou dona Glória, num português com sotaque inglês. O meu nome é Glória e gostaria muito de falar com Maria Antonieta.
– Entre, por favor, disse Maria Francisca. A senhora é cliente?
– Não. Eu sou bisavó da filha de meu neto Afonso.

Maria Francisca não entendeu bem o que dona Glória lhe falou, mas foi chamar sua mãe. Maria Francisca tentou explicar para sua mãe, mas não conseguiu.

– É uma senhora muito distinta, com sotaque inglês.

Maria Antonieta deu-se uma arrumada e foi receber dona Glória, recepcionando-a com um sorriso quente, e ao mesmo tempo visivelmente emocionada por estar diante daquela pessoa tão querida.

– É a senhora, dona Glória? Que prazer vê-la por aqui! Meus sentimentos pelo falecimento de Lorde Albert.

– Maria Antonieta, a netinha que eu sempre quis ter. Como você está, meu amor? Pelo que ouço, não paras nunca de trabalhar, e agora estás empenhada num projeto de auxílio aos jovens negros, pobres e aos recém-libertados das senzalas. Que coisa linda, minha netinha querida! Eu acho que posso chamá-la de minha netinha, ou não posso?

– É claro que a senhora pode, dona Glória, mas eu não sei se tenho esse direito. Eu tenho uma filha de seu neto, mas ele aceitou sabe-se lá que tipo de chantagem feita por seu filho e seu marido, e assim não participou do crescimento de nossa filha, Maria Francisca. Menos mal que Felipe, seu outro neto, me ajudou a criar Maria Francisca e nessa condição Felipe mostrou o amor de irmãos que tivemos entre todos nós até a adolescência. Eu não sei se Afonso ainda gosta de mim. Mas se gostasse não se submeteria às chantagens preparadas por Lorde Albert e seu pai. Desculpe, dona Glória, afinal Lorde Albert faleceu há pouco tempo.

– A propósito, minha querida netinha, eu desejo te dizer que sou voluntária, apesar da minha idade, para trabalhar, reforçando, seja como for, o teu projeto. Estou trazendo alguns milhões de libras esterlinas com as quais tu podes contar. A origem dessa voluntariedade vem do falecido Lorde Albert, que em seus últimos momentos de vida achou que poderia amainar sua culpa por ter feito fortuna tão grande financiando o tráfico de escravos negros naqueles tempos infames.

— Evidente que sua disponibilidade está aceita, falou Maria Antonieta, e desde já agradecemos e temos certeza de que a sua ajuda vai ser decisiva na consecução de nossos objetivos. Agora, mudando de assunto, dona Glória, eu vou lhe fazer uma pergunta cuja resposta a senhora poderá responder ou não, e seja qualquer sua resposta, eu ficarei satisfeita e quieta no meu canto. A senhora acha que Afonso ainda gosta de mim?

— Eu não acho, meu amor! Eu tenho certeza de que ele ainda te ama. Ele gosta demais de ti, minha querida. Afonso é uma pessoa maravilhosa. Nos quase oito anos em que ele ficou em minha casa em Londres ele quase nunca dormiu fora de casa. Foi como se eu tivesse ganho um segundo filho. Ele saía de casa, ia para a Faculdade e da Faculdade para casa. Esta era uma rotina diária, quase todos aqueles anos. Tu sabes muito bem que Afonso é um homem bonito e atraente, e portanto era inevitável o aparecimento de garotas atrás dele. Ele as recebia, às vezes namorava, mas o namoro durava muito pouco.

Dona Glória seguiu:

— Eu era a pessoa com quem Afonso se confessava. Talvez eu não devesse te falar isso. A verdade é que ele não passava um dia sem falar em ti, e tu tens de acreditar que o que ele fez foi porque ele não aguentava mais te ver como escravizada. Por outro lado, quase sentia raiva do pai Herculano por ele não te dar pelo menos um mínimo de participação nos lucros das empresas, que eram fabulosos. Pelo que Afonso me contava, vocês resolveram problemas difíceis no cultivo de café em Campinas e Ribeirão Preto e em algumas cidades do sul de Minas Gerais. Esse trabalho proporcionou lucros enormes para as empresas da família, mas Herculano achava que a tua parte era dele por seres ainda escravizada.

— O que eu faço, dona Glória, perguntou Maria Antonieta, já angustiada pelo sentimento de falta de Afonso.

— Procura conversar bastante com tua filha, conta toda tua história para ela e depois chamem Afonso para jantar. Tudo vai dar certo.

Dona Glória saiu da casa de Maria Antonieta quase com a certeza de que havia ganho a netinha que ela tanto queria.

Quase uma semana depois, Afonso achou que já havia esperado demais, e decidiu que iria sequestrar Maria Antonieta. Quando chegou na casa de sua amada, foi recebido por Maria Francisca, que não ficou muito satisfeita com a visita.

— Por favor, Maria Francisca, vá chamar sua mãe e diga que preciso falar com vocês duas imediatamente.

As duas voltaram juntas em pouco tempo, ficando evidente que tinham discutido o tempo necessário para resolver um problema de anos de existência. Afonso perguntou o que queria perguntar sem mais delongas.

— Maria Francisca! Eu tenho a honra de pedir a mão de tua mãe em casamento.

Maria Francisca respondeu que estava concedida, abriu a porta e saiu rapidamente em direção à sua própria casa.

Afonso e Maria Antonieta se aproximaram, se olharam profundamente, se abraçaram e se beijaram com sofreguidão. Depois foram para o quarto de Maria Antonieta, que não tinha cama de casal. Era uma cama de dimensões adequadas para uma só pessoa. Mas eles nem notaram aquele detalhe. Os dois tinham pouco mais de trinta anos, mas já tinham vivido uma existência que correspondia, quem sabe, aos quarenta e cinco anos de idade ou mais.

Quando acordaram lembraram-se do passado feliz que desfrutaram até não serem mais considerados crianças. Eles nasceram os dois naquela mesma noite do dia 31 de dezembro de 1871. Nasceram um para o outro.

Não havia como esquecer o dia em que o colégio não queria aceitar Maria Antonieta pelo fato de ela ser escravizada e não ter sobrenome. Os dois, de mãos dadas, foram ao colégio e convenceram a diretora de que Maria Antonieta poderia ser analfabeta.

Agora estavam em lua de mel. Para os dois foi um momento muito esperado. Eles dormiam, acordavam, faziam amor e conversavam. Afonso falava com sotaque britânico e Maria Antonieta ria até cansar.

— Namoraste muito aquelas inglesas compridas e mandonas? Quem sabe não deixaste algum filho lá pela Europa.

Este tipo de pergunta Afonso nem respondia.

— Mas e tu? Sempre metida com os homens. Quantos se ajoelharam a teus pés? Felipe morou aqui nesta casa contigo. Se não me engano, ele é padrinho de nossa filha. Aquele sem-vergonha de meu irmão nunca tentou te levar para a cama? Tu sabes muito bem que ele te ama muito.

– Depois de ti Afonso, o Felipe é o homem mais maravilhoso que eu conheço. Para mim e para nossa filha, Maria Francisca, Felipe foi um anjo. Eu amo Felipe com se ele fosse meu irmão biológico e vou amá-lo sempre, mas tu sabes muito bem que tu foste e serás sempre o único homem da minha vida.

– Onde anda Felipe, aquele meu irmão querido? Ele vai ser nosso padrinho de casamento. Diz a ele que marque a data que ele pode vir e aí nós marcamos a data de nosso casamento, porque eu não me caso sem a presença de meu querido irmão Felipe.

Afonso e Maria Antonieta não viram o tempo passar, e somente acordaram de verdade quando Maria Francisca tentou arrombar a porta, que não era aberta há quase vinte e quatro horas. Além disso, Maria Francisca queria apresentar a seu pai o seu neto Gonzaguinha, o grande e verdadeiro produto de todas aquelas histórias de maldades, violência, ódio, mas também de muito amor.

Felipe ficou radiante em poder, ele mesmo, marcar a data do casamento de Maria Antonieta com seu irmão Afonso. Ele sempre gostou demais daqueles dois, e agora, olhando-os na frente do padre, ficava lembrando o dia em que eles nasceram.

Os dois eram muito parecidos, não fosse a pele de Maria Antonieta, que não era tão clara quanto a de Afonso. Ele, Felipe, já tinha um pouco mais de dois anos quando os viu pela primeira vez. Não deu muita importância para aquelas duas criaturinhas, mas um pouco depois apaixonou-se pelos dois geniozinhos.

Assim que eles começaram a caminhar, Felipe os seguia para todos os lados, brincando e ensinando aquelas criaturas extraordinárias. Na verdade, eles pareciam gêmeos. Quando Maria Antonieta começou a adquirir aspectos de menina-moça, um outro instinto começou a mudar a vida inocente que eles viveram durante tanto tempo.

Herculano, o filho mais velho, instintivamente começou a fiscalizar o comportamento de seus irmãos e dele mesmo, visto que Maria Antonieta cada vez mais mostrava a força e o encanto de uma linda mulher. A verdade é que ele também amava aqueles dois.

Seu irmão Afonso, ele sabia que era muito inteligente, mas em Maria Antonieta ele ainda não conseguia ver nada de extraordinário. Tratava-se de uma escravizada, e por isso não aceitava que seu irmão vivesse uma relação tão fiel com ela. Para Herculano filho, sendo Maria Antonieta o que era, como era de costume da época, Afonso aproveitar-se-ia da ingenuidade da menina, usando o corpo esbelto da jovem, e em seguida a esqueceria.

Mas isso nunca aconteceu; pelo contrário, Maria Antonieta, ainda adolescente, mostrava ser mais inteligente do que Afonso. No amor prevaleceu uma paixão sincera e interminável entre os dois. Não havia dúvidas. Eles viviam um para o outro, sem medo. Suas únicas preocupações eram agradar um ao outro, sem reservas.

O CASAMENTO DE AFONSO E MARIA ANTONIETA

Na casa grande da charqueada de Santo Antônio as notícias do casamento de Afonso e Maria Antonieta mudaram muitas coisas. Herculano pai, que tanto tinha tentado afastar aqueles dois, finalmente rendeu-se à vitória do amor. Na hora de cumprimentá-la, ele disse emocionado:

– Tu realmente és muito inteligente e competente, Maria Antonieta. Talvez eu já esteja ficando velho ou então tu me venceste no cansaço. Mas não foi assim. Tu me venceste na competência e na honestidade. A metade da fortuna de nossa família passou por tuas mãos competentes e de meu filho Afonso. Todas as vezes que mandei fazer auditorias nas empresas, recebi sempre as mesmas respostas dos auditores de que nunca tinham visto tanta honestidade. Eu acredito, minha filha, que existe uma forma de arrependimento que me resta por ter praticado tanta injustiça. Eu gostaria que aceitasses meu apoio para os financiamentos de teus projetos. Meus escritórios de advocacia estão a teu dispor. Conta comigo, minha filha.

Dona Cecília não cabia em si de tanta felicidade e alardeava que finalmente havia ganho a filha que ela sempre quisera. Ela sempre foi a favor do casamento dos dois e queria que todos festejassem a vitória do amor.

Valquíria não parava de chorar e sorrir ao mesmo tempo. Explicava a quem quisesse ouvir como aconteceu aquele milagre naquela noite de Ano-Novo em que Afonso e Maria Antonieta nasceram quase na mesma hora. Valquíria dizia, e pedia que todos acreditassem no recado de Deus vindo naqueles dias memoráveis: "Não se preocupem porque o amor triunfará".

Com o passar do tempo, o Projeto Gonzaguinha Presidente foi se consolidando e alcançando ótimos resultados. Outros meninos pobres procuraram participar do projeto, mas era difícil para eles, porque não dispunham do tempo adequado para ouvir a exposição dos conteúdos e a sua discussão para alcançar o objetivo de fixação.

Eram jovens que viviam abaixo da linha da pobreza que perceberam que precisavam estudar, mas tinham também que trabalhar para ajudar no sustento em casa e sanear outros problemas típicos e consequentes da desigualdade social que cada vez mais aumentava no Brasil.

Quando foi promulgada a Lei Áurea, em 1888, o Brasil tinha aproximadamente setecentos mil escravizados. Provavelmente cento e quinze mil estariam na região Sul do Brasil. Uma das partes mais cruéis da escravidão negra talvez tenha sido a destruição da família, e com isso a desagregação ou desorganização daquela parte da sociedade brasileira.

Essa parte da sociedade brasileira não tinha referência familiar, nem biológica. Eram pessoas que não tinham pai nem mãe e muito menos irmãos, tios, sobrinhos, ou primos. Para essas pessoas, a família não existia.

O número de participantes do Projeto Gonzaguinha Presidente começou a aumentar na medida em que a miséria se impunha nas ruas da cidade, e aquela situação recaía exatamente naqueles ex-escravizados que não haviam tido oportunidade de concorrer no mercado de trabalho, que exigia mão de obra cada vez mais qualificada.

ASSOCIAÇÃO DOS AMIGOS DOS EX-ESCRAVIZADOS DO SUL DO BRASIL

Foi então proposta no grupo de trabalho a ideia de criar uma associação que desse apoio ao Projeto Gonzaguinha Presidente e a outros projetos que porventura fossem criados de interesse social, destinados também aos jovens negros e em consonância com o desenvolvimento do país.

Na Assembleia Geral do primeiro trimestre do ano foi decidido por unanimidade criar a associação, e sua primeira providência seria ajuizar uma **ação indenizatória** contra a União Federal, requerendo que o Governo Brasileiro, a título de indenização por omissão generalizada sobre a escravidão negra no Brasil, disponibilizasse à associação um terreno basicamente urbanizado para que fosse construído o Recanto Brasil.

Ficou decidido também que nas preliminares da petição seria evidenciado que a associação possui em seus quadros pessoas que, pelo seu comportamento altamente comunitário, se dispuseram a colaborar no projeto de construção do Recanto Brasil.

A partir da divulgação dos nomes daquelas pessoas, a Administração deixaria bem claro que teria plenas condições de resgatar, no mínimo, a autoestima de pessoas desmoralizadas pela fome e pela miséria social.

Ficou decidido também que seriam revelados os nomes das mulheres que se transformaram em heroínas das senzalas.

A petição foi redigida na sede da associação, nos seguintes termos:

EXCELENTÍSSIMO SENHOR DOUTOR MINISTRO PRESIDENTE DO EGRÉGIO SUPERIOR TRIBUNAL FEDERAL – RIO DE JANEIRO – DISTRITO FEDERAL

A ASSOCIAÇÃO DOS AMIGOS DOS EX-ESCRAVIZADOS DO SUL DO BRASIL, sociedade civil sem fins lucrativos, devidamente criada e fundada com fundamentos no artigo 8.º da Constituição Federal de 1891, tendo sua sede na charqueada São Luís, em Pelotas/RS, situada na margem direita do arroio Pelotas, bem próximo de sua foz junto ao canal São Gonçalo, vem, por meio de seu advogado, que esta subscreve (procuração em anexo), respeitosamente perante Vossas Excelências propor a seguinte:

AÇÃO DE OBRIGAÇÃO DE FAZER C/C INDENIZAÇÃO POR DANOS MORAIS E MATERIAIS, COM PEDIDO DE ANTECIPAÇÃO DE TUTELA PROVISÓRIA DE URGÊNCIA.

Em face da Nação Brasileira, Estados Unidos do Brasil com sede no Rio de Janeiro, Distrito Federal, Pessoa Jurídica de Direito Público, em razão dos fatos e fundamentos jurídicos que a seguir passa a expor:

PRELIMINARES DA PETIÇÃO

Esta Associação expõe a seguir o nome de mulheres ex-escravizadas escolhidas por Deus que conseguiram driblar a duras penas as piores maldades da senzala, transformando suas vidas através da virtude para ajudar e atenuar a vida de tantas outras e outros que de alguma forma sucumbiram nas senzalas, naqueles séculos de barbárie, violência e atitudes sem escrúpulos.

Foram ex-escravizadas como Maria Antonieta que tiveram o privilégio de receber um pouco mais do que precisavam e guardavam este pouco para ser um dia utilizado em proveito de outras pessoas, ex-escravizadas ou não, que somente receberam da vida o que havia de pior.

Outra heroína das senzalas foi Valquíria, que, embora tenha sido espancada, quase assassinada para entregar seu corpo, conseguiu manter sua dignidade. Valquíria quase sem querer descobriu que tinha rara habilidade para melhorar a aparência de cabelos e rostos femininos. A partir dessa habilidade conseguiu receber valores que nunca pretendeu gastar porque algo lhe dizia que o momento para empregá-lo estava chegando.

A heroína Dóris, que foi recolhida quase morta na foz do arroio Pelotas por um casal de médicos ingleses que velejava no canal São Gonçalo. Mais tarde foi adotada como filha do casal, tendo ido morar em Londres, na Inglaterra. Depois de curada naquele país, ela deu asas à sua vocação de costureira. Entretanto, o dinheiro que ganhou foi todo guardado para uma necessidade que ela sempre sentiu que ia chegar.

Negraloura foi outra heroína da senzala que não tinha nome, nem sobrenome e praticamente adquiriu sua liberdade quando descobriu-se que ela era a melhor parteira da região. Da mesma forma como agiam as outras heroínas da senzala a Negraloura gastava o mínimo necessário porque algo lhe dizia que aquele dinheiro seria utilizado para uma causa maior.

Florinda foi uma das heroínas da senzala que apresentou um dos maiores potenciais de colaboração com os projetos da Associação. Ela lidava com as flores como se elas fizessem parte de sua vida. Era especialista também em moda feminina e em pintura de quadros que exibissem flores.

Quando estava hospitalizada, teve sequestrados seus filhos recémnascidos, dois filhos gêmeos que foram jogados no arroio Pelotas para morrerem afogados.

Outra heroína das senzalas chamava-se Izabel. Era o único nome que ela tinha e deu à luz um super-homem que recebeu o nome de Jacaré. Quando Jacaré nasceu, Izabel, sua mãe, foi obrigada a entregá-lo a alguém que pudesse cuidá-lo e alimentá-lo. Mas, a partir daquele acontecimento, como se ocorresse um milagre, Izabel descobriu sua grande vocação e foi muito bem remunerada assessorando o pai de seu próprio filho que provavelmente nem sabia que tinha um filho com Izabel.

Como todas as outras heroínas da senzala, Izabel guardou quase toda a pequena fortuna que ganhou para usar no momento adequado.

Juliana e sua irmã, Preta, contribuíram quase que com a própria vida para preparar um caminho digno para outros ex-escravizados que com certeza sucumbiriam ante a situação de miséria determinada pela Lei Áurea.

Independente daquelas heroínas das senzalas, **Eméritos Julgadores**, outras pessoas comprometeram-se a ajudar esta Associação materialmente, por motivos diversos que adiante vão assinalados, tudo no sentido de demonstrar a transparência e seriedade de propósitos das atividades desta Associação.

Desta forma, faz parte também dos quadros desta Associação o Dr. Pedro, gerente-geral da charqueada São Luís e do Sistema de Empresas Luís Germano, um conglomerado de lojas em todo o sul do país, em Buenos Aires, Montevidéu, Paraguai e Bolívia.

Após muitas dificuldades, ofensas e tentativas de humilhações, Pedro não somente foi aceito como casou-se com a filha e herdeira de todos os bens do Sistema Empresarial LG. Seu salário era assustadoramente alto, mas sua consciência dizia que deveria guardar muito para uma grande necessidade que viria.

Um outro associado de alto relevo estava representado por Mrs. Glória Oliveira Lang.

Dona Glória é viúva de Lorde Albert, falecido há quase um ano em Londres. Lorde Albert, em Londres, foi um dos maiores financiadores do tráfico de escravos negros no mundo inteiro. A fortuna que abarrotou os cofres de suas empresas foi algo incalculável.

Antes de morrer pediu à sua mulher, Mrs. Glória, que procurasse contribuir com projetos articulados no Brasil no sentido de diminuir um pouco sua culpa, se é que fosse possível.

Mrs. Glória vendeu tudo que a família tinha na Inglaterra e veio para o Brasil trazendo milhões de libras esterlinas para serem utilizadas no projeto Recanto Brasil.

Esta Associação, **eméritos julgadores**, conta também com a colaboração de três médicos ingleses que têm interesses familiares importantes no Brasil.

O casal Mr. e Mrs. Petersen, que acudiu a provável mãe de Maria Antonieta, Dóris, naquele primeiro dia de 1872, que estava quase morta na foz do arroio Pelotas. O casal adotou como filha aquela heroína das senzalas e agora voltam juntos ao Brasil para apoiar o projeto Recanto Brasil.

É importante citar ainda a médica inglesa Mis. Elizabeth, que acolheu Jacaré na Inglaterra e o transformou de um quase selvagem, num técnico em Medicina Desportiva. Os dois com certeza serão muito úteis ao projeto.

Muito importante também citar o negro Josué, com sua incrível capacidade de calcular sem auxílio de qualquer assessório ou aparelho. Josué, assessor de Dr. Pedro, arquiteto do projeto, já tem na cabeça todas as planilhas e cálculos a serem utilizados no projeto.

A – DA GRATUIDADE DE JUSTIÇA

Inicialmente, afirma esta Associação sob as penas da lei que não possui condições financeiras para arcar com o pagamento de despesas processuais e honorários advocatícios, visto que esta Associação é composta de voluntários cujas contribuições estão no nível mínimo possível e necessário para suportar as despesas básicas da sede, motivo pelo qual requer a Vossas Excelências o benefício da **Assistência Jurídica Gratuita**, nos termos da lei.

B – DOS FATOS

Por voltas de 1559, a Coroa Portuguesa permitiu a entrada no Brasil de pessoas sequestradas na África. Essas pessoas, após sequestradas, eram transportadas à força para o território brasileiro mediante graves ameaças, e no território Brasileiro eram escravizadas.

Não existem registros precisos acerca dos primeiros africanos que chegaram ao Brasil, mas a tese mais aceita é a de que em 1538 Jorge Lopes Bixorda, arrendatário de pau-Brasil, teria traficado para a Bahia os primeiros escravos africanos.

Cerca de 4,9 ou 4,8 milhões de africanos foram transportados para o Brasil e vendidos para serem escravizados ao longo de mais de três séculos e meio. Outros 670 mil morreram no caminho atravessando o Oceano Atlântico nos navios negreiros.

Era uma viagem feita sob severas ameaças e em condições miseráveis e desumanas. Aqueles 670 mil morreram vítimas de doenças, maus-tratos e fome, condições que eram também impostas às mulheres e crianças.

Os sequestrados que sobreviviam à viagem, ao chegar ao Brasil, eram logo separados de seus grupos linguísticos, culturais e familiares para que a comunicação entre eles fosse prejudicada.

A finalidade dos sequestros e vendas aqui no Brasil era para servir de mão de obra para seus senhores em todo e qualquer serviço que lhes fosse ordenado, sob pena de castigos violentos e imorais.

A maioria branca, a classe dominante socialmente, tentava aplacar sua consciência e aliviar suas almas através de teses religiosas e racistas que firmavam sua superioridade. Na verdade, tentavam justificar seus privilégios.

Além de servir de mão de obra, o escravizado significava riquezas, visto que para os portugueses os escravizados não eram pessoas, mas sim objetos inanimados e como tal poderiam ser vendidos em caso de necessidade.

Na verdade, os escravizados negros poderiam até ser alugados, doados e até leiloados, e tais leilões às vezes tinham até crianças como objeto.

Por incrível que pareça, **eméritos julgadores**, os africanos foram sequestrados de dentro de suas casas e trazidos à força para trabalhar no Brasil sem receber qualquer tipo de salário.

Ao contrário, se as ordens de seus senhores não fossem corretamente obedecidas, os castigos seriam terríveis. Na verdade, **eméritos julgadores**, é difícil entender como uma situação como esta tivesse perdurado mais de três séculos.

A atividade escravagista atendia à demanda dos portugueses por mão de obra, por trabalhadores braçais, tipo de trabalho que os portugueses desprezavam.

Acontece que foi uma instituição cruel e que persistiu por mais de trezentos e cinquenta anos.

Entende esta Associação, **eméritos julgadores**, que aquela crueldade não pode ser passada em branco. Aquelas violências, a extrema pobreza e a discriminação, temos certeza irão afetar para sempre grande parte da sociedade brasileira.

A partir de 1534, os portugueses implantaram as Capitanias Hereditárias e começaram a incentivar o cultivo da cana-de-açúcar, construindo engenhos para produzir aquele produto tão importante e necessário.

Esse tipo de atividade exigia uma parte muito grande de mão de obra. Os portugueses encontraram na escravidão uma saída para a falta de trabalhadores, visto que não era do feitio lusitano esse tipo de trabalho.

As primeiras levas organizadas de africanos que chegaram ao Brasil aconteceram na década de 1850 e foram trazidas por embarcações chamadas de navios negreiros.

O tráfico negreiro transformou-se em um negócio que fez a fortuna de muitas pessoas ao longo daqueles séculos de escravidão, em que o comércio escravista prosperava em longa escala.

O Brasil foi um dos países que mais recebeu africanos para serem escravizados no território colonial, comparando com todo o território americano.

Mas vejam, **eméritos julgadores**, com todo o respeito, por favor!

Esta Associação, através de seu Conselho Diretor e de seus associados, embora suas pesquisas, não conseguiu perceber de onde veio a permissão para a conduta cruel e mutiladora do corpo e da moral de escravizados e escravizadas.

Será que o Estado, **enquanto órgão fiscalizador da moral e dos costumes**, não tinha como impedir aqueles sádicos exageros?

Em algumas fazendas e engenhos os níveis de crueldade dos senhores de engenho e feitores atingiam o extremo da crueldade. A jornada de trabalho num engenho de açúcar podia estender-se por até vinte horas por dia.

O trabalho no engenho era perigoso e pesado, principalmente se comparado com o trabalho nas plantações. Nas moendas, local onde a cana-de-açúcar era moída para extrair seu caldo, os acidentes eram comuns, fazendo com que alguns dos escravizados perdessem mãos ou braços.

Nas fornalhas e caldeiras, local de cozimento do caldo de cana, as queimaduras eram acidentes comuns quase no dia a dia. Essa etapa de trabalho era tão dura que era reservada aos escravos mais rebeldes.

A violência praticada sistematicamente contra os escravizados tinha o objetivo de incutir-lhes o temor a seus senhores e impedir que fugas e revoltas acontecessem.

Já a violência contra as escravizadas levava a um dano mais cruel. Elas, além das violências normais e habituais, eram vítimas de estupros praticados por seus senhores e feitores.

A tortura era comum no ambiente da senzala.

O *tronco*, por exemplo, era um grande pedaço de madeira retangular aberta em duas metades com buracos maiores para a cabeça e menores para os pés e as mãos dos escravizados.

Existia também o *vira-mundo* que era um instrumento de ferro de tamanho menor que o tronco, mas com os mesmos mecanismos e a mesma finalidade de prender os pés e as mãos dos escravizados.

Havia também a *máscara*, que era feita de folhas de flandres. Ela tomava todo o rosto do escravizado, com pequenos buracos para a respiração. Essa máscara era para ser colocada no escravo que furtava cana-de-açúcar, impedindo-o de comer.

Não há dúvidas, então, **Excelências**. Africanos foram sequestrados em seus países, foram conduzidos para o Brasil à força, mediante ameaças e violências, foram escravizados no território brasileiro e para garantir este trabalho forçado foram submetidos a torturas de todo tipo.

Diante disso, não há como fechar os olhos para a incrível omissão da Pátria Brasileira.

Eméritos julgadores, para esta Associação, neste momento pouca importância tem apurar quais foram os culpados pela escravidão negra no Brasil.

O grande objetivo desta Associação é a busca de reparação indenizatória para os descendentes de pessoas que foram obrigadas a trabalhar na terra brasileira e aqui foram sistematicamente vítimas de crimes com a complacência das autoridades governamentais.

Esta Associação e o Brasil inteiro sabem quem foram os beneficiados com aquela conduta imoral, desumana e de enriquecimento ilícito.

Quem seriam então os culpados pela escravidão negra no Brasil?

Seriam os africanos? Esta Associação, por seu Conselho Diretor e a maioria de seus associados, entende que descobrir os culpados pela escravidão negra na América neste momento não tem a mínima importância.

Na realidade, a comercialização de escravizados assemelhou-se a um investimento rentável e de alto risco. No século XVIII, a cidade portuária de Liverpool, na Inglaterra, transformou-se na capital do comércio transatlântico de escravos. A população da cidade de Liverpool aderiu em bloco à atividade do tráfico de escravos, o que proporcionou a todos a oportunidade de ganhar muito dinheiro, desde simples artífices até famílias tradicionais, vinculadas à escravidão, assim como importantes bancos ingleses. Entretanto, todo aquele enriquecimento foi ilícito, visto que o fundamento daquela fortuna não tinha respaldo legal nem moral.

Além de haver muito pouca referência histórica sobre a escravidão no Brasil, o primeiro Ministro da Fazenda da recém-proclamada República brasileira mandou destruir e queimar todos os documentos que tratassem do tema.

Senhores Ministros, Excelências, esta foi a pura verdade!

Em 14 de dezembro de 1890, o senhor Ministro da Fazenda Dr. Ruy Barbosa assinou um despacho ordenando a destruição de todos os documentos referentes à escravidão negra no Brasil.

O jornal *O Estado de São Paulo*, edição de 19 de dezembro de 1890, publicou trechos da ordem.

No documento, o ilustre político baiano assim se referiu à escravidão negra no Brasil:

"Instituição funestíssima que por tantos anos paralisou o desenvolvimento da sociedade e infeccionou-lhe a atmosfera moral".

E ainda: *"A República é obrigada a destruir esses vestígios por honra da Pátria e em homenagem aos deveres de fraternidade e solidariedade para a grande massa de cidadãos que a abolição do elemento servil entraram na comunhão brasileira".*

Esta Associação, por seu conselho Diretor e à unanimidade de seus associados, não tem a mínima dúvida de que não existe em nossa jovem República brasileira alguém que tenha a audácia de opor-se à palavra de Ruy.

Ruy Barbosa de Oliveira é considerado um polímata brasileiro que vem se destacando como jurista, advogado, político, diplomata, escritor, filólogo, jornalista, tradutor e orador. Ruy atuou na defesa do federalismo, do abolicionismo e na promoção dos direitos a garantias individuais.

Em 1868, Ruy Babosa homenageou, em um banquete, o abolicionista liberal e então deputado José Bonifácio, o Moço, seu professor na Faculdade de Direito.

Em 1869, proferiu um discurso em praça pública homenageando os soldados que haviam retornado da Guerra do Paraguai.

Naquele mesmo ano de 1869, realizou uma conferência chamada "O Elemento Servil", onde defendia a ilegalidade da escravatura com embasamento jurídico na Lei Feijó, de 1831, que extinguiu o tráfico de escravos.

Anteriormente, Ruy já havia publicado no *Radical Paulistano* o seu primeiro manifesto abolicionista e ainda estudante de Direito estreou na *Tribuna Popular* defendendo um escravizado contra seu senhor.

Eméritos julgadores:
Esta Associação, após ter tido vistas de quase todas as iniciativas e calorosas afirmações de Ruy Barbosa em favor da abolição, não tem a mínima dúvida de que o ilustre Ministro, ao determinar a incineração dos arquivos de três séculos e meio de escravatura, não o fez com a intenção de esconder um passado vergonhoso da Nação Brasileira.

Esta Associação reforça perante Vossas Excelências que Ruy Barboza de Oliveira jamais teve a intenção de esconder a existência da escravidão, nem mesmo minimizar os efeitos decorrentes de uma atuação histórica repleta de crimes contra uma raça.

Esta Associação, por seu Conselho Diretor e pela unanimidade de seus membros, com todo o respeito à palavra de Ruy, tem a pretensão, neste momento, de interpretar sua mensagem emitida em 14 de dezembro de 1890, quando Ruy afirma: **"Uma instituição funestíssima"**.

Para esta Associação seria: **"uma instituição muito próxima da morte"**.

Quando Ruy afirma: **"Por tantos anos paralisou o desenvolvimento da sociedade"**, para esta Associação seria, novamente pedindo perdão ao ilustre baiano: **"que o desenvolvimento da sociedade brasileira ficou paralisado durante séculos por não ter como desenvolver-se diante de tantas desigualdades"**.

Quando Ruy afirma: **"Infeccionou-lhe a atmosfera moral"**, para esta Associação seria: **"o ar respirado pelos brasileiros naqueles três** séculos e meio estava quase morto e provocava náuseas em razão dos odores das senzalas".

A grande e terrível verdade, **Eméritos Julgadores**, é que o processo que conduziu à abolição da escravatura em nossa Pátria foi muito longo, parecendo que havia uma protelação programada.

Em 1871, **Excelências**, foi decretada a liberdade das crianças filhas de escravizadas, embora seus pais continuassem escravos. Em seguida foi decretada a liberdade de idosos, mas a expectativa de vida dos escravos era muito menor do que sessenta anos.

O conceito brasileiro na esfera internacional começou a ficar vexatório, visto que o Brasil era um dos últimos países da América que ainda mantinha pessoas escravizadas em seu território.

Finamente, **Eméritos Julgadores**, em 13 de maio de 1888 foi promulgada a Lei Áurea, com seus dois lacônicos artigos.

Nessa época existiam no Brasil cerca de setecentos mil escravos. Todas aquelas pessoas acordaram naquele treze de maio à procura de emprego, tendo que concorrer com imigrantes qualificados, instruídos e preparados para enfrentar o mercado de trabalho.

Eméritos julgadores:
Esta Associação, por seu Conselho Diretor e à unanimidade de seus associados, entende perfeitamente que Deus concedeu aos brasileiros um país continental.

Seria possível então que a Nação Brasileira, no que concerne a seus governantes, através daqueles três séculos e meio, houvesse tido muita dificuldade, ou lhe fosse impossível evitar a escravidão negra.

Mas por que foi permitida tanta violência, a utilização das torturas covardes. Por que foi permitida a destruição das famílias? Por que a omissão diante do assédio imoral e covarde sobre as escravizadas?

Esta Associação, por seu Conselho Diretor e pela unanimidade de seus associados, não vem pedir a Vossas Excelências que condene a União Federal à qualquer indenização em dinheiro.

Esta Associação, sim, vem requerer, respeitosamente, que a Nação brasileira seja condenada por omissão diante das maldades ocorridas durante mais de três séculos no solo brasileiro.

Vejam-se as palavras de Albert Einstein físico alemão (1879-1955):

"O mundo não está ameaçado pelas pessoas más, e sim por aquelas que permitem a maldade".

Dessa forma pretende esta Associação que seja determinado à União Federal o acesso à terra para todos os ex-escravizados e seus dependentes.

C – DO DIREITO
CONSTITUIÇÃO DA REPÚBLICA DOS ESTADOS UNIDOS DE BRASIL –
de 24 de fevereiro de 1891
A Nação brasileira adota uma forma de governo sob o regime representativo, **República Federativa,** proclamada em 15 de novembro de 1889 e constitui-se por União perpétua e indissolúvel das suas antigas Províncias em Estados Unidos do Brasil.

Artigo 72
A Constituição Federal assegura a brasileiros e estrangeiros residentes no país a inviolabilidade dos direitos concernentes à liberdade, à segurança individual e à propriedade nos termos seguintes:

Parágrafo 1.º

Ninguém poderá obrigar a fazer ou deixar de fazer alguma coisa senão em virtude da lei.

Esta Associação, por seu Conselho Diretor, afirma a Vossas Excelências que a Nação brasileira permitiu a utilização de pessoas humanas, no caso seus associados e ascendentes de associados, como mão de obra escrava no território brasileiro durante um período de três séculos e meio.

Não se conhece qualquer tipo de lei que tenha concedido respaldo a tal procedimento em território brasileiro.

Artigo 83

Continuam em vigor enquanto não revogadas as leis do antigo regime no que explícita ou implicitamente não forem contrárias ao sistema de governo firmado pela Constituição e aos princípios nela contidos.

Parágrafo 8.º

A todos é lícito associarem-se e reunirem-se livremente sem armas, não podendo a Polícia intervir senão para manter a ordem pública.

A Associação dos Amigos dos Ex-Escravizados do Sul do Brasil, autora desta ação, é uma sociedade civil sem fins lucrativos, organizada para atuar com finalidades pacíficas e tem por objetivo orientar, dar amparo e apoio a seus associados.

Cabe ao associado tomar conhecimento dos fatos que lhe dizem respeito, dar depoimento, funcionar como testemunha se for a respeito de assuntos relativos a esta demanda ou qualquer outra em relação à qual for chamado, convidado ou intimado dentro da lei.

Artigo 9º

É permitido a quem quer que seja representar mediante petição aos poderes públicos, denunciar abusos de autoridades e promover a responsabilidade dos culpados.

Eméritos julgadores:

A presente petição vem devidamente assinada por profissional competente (procuração em anexo).

O objetivo da presente demanda é requerer a condenação da Nação Brasileira, **ESTADOS UNIDOS DO BRASIL**, a indenizar os membros desta Associação, conforme pedido a seguir especificado.

Tal indenização, que não vem pedida em dinheiro, visa a conceder apoio digno a ex-escravizados que foram libertados em 13 de maio de 1888, sem o mínimo de possibilidade de sobrevivência como cidadãos brasileiros que agora são ou deverão ser.

Parágrafo 14

Ninguém poderá ser conservado em prisão sem culpa formada, salvo as exceções especificadas em lei, nem levado a prisão, nem nela permanecer, ser detido se prestar fiança idônea nos casos em que a lei admitir.

As determinações contidas neste parágrafo de natureza constitucional, **Eméritos Julgadores**, foram as mais desrespeitadas durante os três séculos e meio de escravidão negra.

Senão, vejam Vossas Excelências:

Após serem sequestradas na África, as vítimas eram conduzidas presas para os navios negreiros e continuavam presas nos locais onde eram vendidas.

Não obstante essa crueldade, nas horas ditas "de folga" ou destinadas às refeições, aquelas vítimas permaneciam presas pelos pés, para não deixar que acontecesse qualquer tipo de fuga.

Tudo isso acontecia **sem a existência de qualquer culpa formada**.

Ainda que após ser sequestrado, obrigado a viajar e ser vendido num lugar qualquer do mundo, neste local também o escravizado permanecia sob prisão, suportando instrumentos de tortura de todo tipo.

Artigo 78

As especificações das garantias e direitos expressos na Constituição não excluem outras garantias e direitos não enumerados, mas resultantes da forma de governo que ela estabeleceu e dos princípios que consigna.

A partir do conteúdo exposto no artigo anterior, podemos enumerar outros fatos delituosos graves que absolutamente não se coadunam com a **Constituição de 1891**.

Os autores desta ação gostariam de dividir os fatos delituosos cometidos em ilícitos penais e ilícitos civis.

– **Dos ilícitos penais:**

No entendimento desta Associação, por seu Conselho Diretor e à unanimidade de seus associados, o mais grave dos ilícitos de natureza penal cometidos durante a escravidão contra escravos e seus ascendentes foi o **SEQUESTRO.**

Esta conduta ilícita foi realmente muito grave, e era o início de outras condutas ilícitas dolosas e imorais contra pessoas humanas.

Com é do conhecimento de Vossas Excelências, o crime de sequestro é composto por dupla ilicitude, porque primeiro a pessoa é capturada e em seguida conduzida à força.

No caso do sequestro de pessoas africanas para escravizar, os fatos adquiriram natureza muito mais grave na medida em que o crime era cometido contra homens, mulheres e crianças.

Essas pessoas eram embarcadas à força em navios chamados negreiros, que atravessavam o Atlântico em direção à América. Aqueles infelizes faziam a travessia quase sem nenhuma alimentação.

Entende esta Associação que esse tipo de crime hediondo não pode ser atribuído totalmente a brasileiros.

Entretanto, ao chegarem os navios negreiros ao Brasil, entende esta Associação ser impossível que as autoridades brasileiras nada soubessem em relação à procedência daquelas pessoas.

Portanto, **Emérito Julgadores**, esta Associação, por seu Conselho Diretor e à unanimidade de seu associados, entende que, no crime de sequestro, a Nação Brasileira somente poderia participar como cumplicidade omissiva.

Crime de TORTURA

Chegando ao Brasil e vendidas, aquelas pessoas eram obrigadas a fazer o que lhe fosse mandado, mediante castigos cuja natureza ultrapassava o crime de tortura, como o tronco e a marca no corpo com ferro em brasa.

Esse tipo de crime iniciava-se quando os navios negreiros chegavam ao Brasil, na medida em que famílias inteiras eram destruídas, separando-se pais de mães, de filhos, etc.

Os portos brasileiros transformavam-se em palcos de peças de terror em que as pessoas choravam, as crianças gritavam desesperadas, mas os agentes públicos aduaneiros nada viam em relação àquelas arbitrariedades.

Nesse tipo de crime, **Excelências**, a Nação Brasileira pode ser enquadrada como omissa, porque todos os agentes públicos sabiam e nada fizeram para corrigir.

Crime de LESÃO CORPORAL GRAVE

Em locais sabidamente muito perigosos por ser necessário o uso de máquinas e aparelhos que podem oferecer perigo de vida durante a manipulação, não havia qualquer proteção ao escravizado, que às vezes perdia a própria vida.

Havia casos também de escravos serem espancados até a morte.

Os agentes públicos, **Eméritos Julgadores**, conheciam de sobra a situação, mas nada foi feito em direção da humanização dos hábitos de trabalho.

CRIME DE REBAIXAMENTO DE HUMANOS PARA COISAS

Há quem diga que os africanos, ao serem sequestrados para serem vendidos na América ou aonde fossem levados, eram rebaixados de pessoas humanas para simples coisas.

É impressionante, Eméritos Julgadores, porque os criminosos, não fosse a cor da pele, eram semelhantes a suas vítimas, que falavam, choravam, gritavam e odiavam seus algozes.

Mas quem teria tido a ideia de desafiar tanto a natureza para dizer que pessoas humanas eram coisas? Teriam as pessoas religiosas, os líderes do respeito à humanidade concordado com afirmação desta magnitude?

Como a Nação Brasileira pode ter concordado com tamanha barbaridade durante trezentos e cinquenta anos?

A OCORRÊNCIA DE ILÍCITOS CIVIS
A compra e venda de pessoas humanas

A compra e venda há milênios sempre foi um contrato onde as partes se responsabilizavam a entregar determinada coisa em troca de certa quantia em dinheiro.

Todavia, uma das mais importantes causas da anulação do contrato de compra e venda é a ilicitude do objeto do contrato, ou seja, é nulo um contrato de compra e venda de pessoas humanas.

Pior ainda a venda de crianças sem pai nem mãe, o que era feito após os traficantes de pessoas separarem toda a família. Durante aqueles trezentos e cinquenta anos até crianças eram leiloadas.

Todas essas ações de caráter imoral e indignas eram feitas em praça pública, com o beneplácito da Nação Brasileira. **Se não houve cumplicidade, pelo menos houve omissão.**

Todos sabiam que antecedendo à compra e venda tinha havido sequestro na África, o que sempre foi crime. Da mesma forma também é público e notório que transacionar com criminosos também era crime.

Assim ocorrendo, Eméritos Julgadores, a Nação Brasileira foi omissa ao aceitar navios de sequestradores nos portos brasileiros, sabendo que eles traziam pessoas humanas para serem comercializadas.

ENRIQUECIMENTO ILÍCITO

Podemos dizer que o enriquecimento ilícito ou enriquecimento ilegal é aquela situação fática em que alguém recebe vantagem econômico- financeira, sendo que o esforço ou trabalho foi realizado por outrem.

Foi o caso dos séculos de escravidão em que os senhores de escravizados e escravizadas tinham vantagem financeira em face do trabalho realizado por quem não recebeu salário.

Até o ano de 1822, era a Coroa Portuguesa que utilizava na colônia em regime de escravidão pessoas trabalhando sem receber salário. O fruto desse trabalho era todo ele absorvido pela Coroa Portuguesa, que enriquecia ilicitamente.

A partir de setembro de 1822, coube ao Império Brasileiro enriquecer ilicitamente. Foram anos e anos, em que riquezas diversas foram levadas à Coroa Portuguesa ou ao Império brasileiro, contando com a mão de obra trabalhista gratuita e de forma escrava.

Eméritos Julgadores:

Dados estatísticos sobre economia no período correspondente à época do Imperador Pedro II indicam que o governo imperial foi um grande incentivador da iniciativa privada, o que teria resultado em décadas de prosperidade.

Dados da época afirmam que o comércio internacional brasileiro tinha alcançado um valor total de setenta e nove bilhões de réis entre 1834 e 1839. Esse valor teria continuado a crescer até chegar em 472 bilhões entre 1886 e 1887.

Esta Associação, por seu Conselho Diretor e a maioria de seus associados, com todo o respeito, pergunta se desta quantia foi deduzido o salário de mão de obra que não foi paga por terem sido utilizados muitos escravos.

E essa dedução poderia ser maior ainda caso o Estado Brasileiro tivesse pago aos trabalhadores os devidos benefícios de Previdência Social.

Nesse caso e dessa forma, o Império brasileiro prosperou de forma ilícita.

Dados ainda daquela época imperial afirmavam que o crescimento econômico do Brasil após 1850 poderia ser comparado dos Estados Unidos e de outras Nações da Europa.

A renda nacional, que chegava em 11.795 bilhões de réis em 1831, foi parar em 160,840 bilhões de réis em 1889. A economia era a oitava maior do mundo em 1858.

Esta Associação, com todo o respeito, pergunta a Vossas Excelências: estariam corretos esses números? Uma organização pode festejar seus lucros se estes foram realizados com mão de obra escravizada?

E pedimos desculpas ainda a Vossas Excelências, mas existem ainda mais falsos louvores.

Desta vez a publicação foi feita na *Enciclopédia Barsa*: "Se o Brasil tivesse sido capaz de sustentar o nível de produtividade alcançado em 1870 e conseguido aumentar o ritmo das exportações em um igual àquele verificado na segunda metade do século XIX, sua renda *per capita* em 1950 teria sido comparável à média *per capita* das nações do oeste europeu."

Ora, Excelências, esta Associação, por seu Conselho Diretor e à unanimidade de seu associados, com todo o respeito, tem que contestar esses números.

É sabido que a renda *per capita* é divisão em números da produtividade do país pela quantidade de habitantes.

O Brasil foi um dos países que mais teve escravizados em seu território. O número de escravizados, por óbvio, não teria como participar daquele cálculo de mão de obra.

CONTROLE DE CONDUTA NA ESCRAVIDÃO – EFEITOS DA LEI N.º 4, DE 10 DE JUNHO DE 1835

Eméritos Julgadores:

A lei acima mencionada foi, com certeza, uma das maiores provas de que as oligarquias brasileiras não apresentavam a mínima vontade em abolir a escravatura. Ao contrário, se pudessem, a Lei Áurea jamais teria sido promulgada.

Na metade do século XIX a escravidão já estava difícil de ser aceita, porque durava mais de trezentos anos, e a opinião pública mundial era favorável à vida em liberdade, em todos os seus sentidos.

Não obstante a pressão inglesa a favor da abolição, a quantidade de escravizados negros no Brasil parece que aumentava, sendo que em algumas Províncias a população escrava era maior do que a das pessoas livres.

As relações entre senhores e escravos nunca foram pacíficas ou amistosas. Os seres humanos escravizados e trazidos à força da África sempre resistiram aos grilhões que os prendiam à escravidão.

O Império brasileiro, que teria a obrigação de terminar de vez com aqueles conflitos, promulgou a lei acima citada, que, na verdade, buscava acelerar e facilitar a condenação de escravizados que incorressem em determinados delitos.

Era uma lei muito simples, com apenas cinco artigos, apesar de sua grande importância.

Artigo primeiro:

"Serão punidos com a pena de morte os escravizados ou escravizadas que matarem por qualquer maneira que seja, propinarem veneno, ferirem gravemente ou fizerem outra qualquer grave ofensa física a seu senhor ou a sua mulher, a descendentes ou descendentes que em sua companhia morarem, a administrador, feitor e às suas mulheres que com elas viverem.

Se o ferimento ou ofensa física forem leves, a pena será de açoites na proporção das circunstâncias mais ou menos agravantes."

Artigo segundo:

"Acontecendo algum dos delitos mencionados no artigo primeiro ou qualquer outro cometido por pessoas escravas em que caiba a pena de morte, haverá reunião extraordinária do júri do Termo.

O artigo quarto prevê que se a condenação for a pena de morte por dois terços dos votos não haverá qualquer recurso."

Eméritos Julgadores:
É muito difícil entender o que estava acontecendo no Brasil. Como a Nação Brasileira pode ter aceito uma lei totalmente destituída de legitimidade que praticamente fortalecia a existência da escravidão.

Longe desta Associação querer impor o Direito a esta magna Corte, mas em nosso entendimento esta era uma lei excepcional, pois visava apenas e diretamente a escravizados e escravizadas.

É do conhecimento geral da área jurídica, e é inclusive uma das primeiras lições da faculdade de Direito, que a lei é uma norma geral e abstrata.

Entretanto, o referido diploma legal está claramente direcionado e perfeitamente indicando escravizados e escravizadas. Outra falta de legitimidade diz respeito ao julgamento pelo júri, que é também sabido tratar-se de um julgamento de iguais por iguais, ou seja, o acusado é julgado por seus pares.

Outra aberração da lei diz respeito ao processo, visto que a lei praticamente não admite recurso, o que levou a um grande número de execuções quase sumárias. Com a promulgação dessa lei, entende esta Associação, por seu Conselho Diretor e pela unanimidade de seus associados, que a Nação Brasileira foi totalmente omissa em relação às atrocidades ocorridas nas senzalas e suas imediações.

Nem mesmo a Revolução Francesa de 1789, que foi um marco na história da humanidade, com inauguração de um processo de vida com liberdade, inspirou a Nação Brasileira a pelo menos evitar que os escravizados negros fossem tão humilhados e torturados.

QUESTÕES DE ISONOMIA
O princípio da isonomia é também conhecido como princípio da igualdade.

No Direito, como é do conhecimento de **Vossas Excelências**, a isonomia é a equalização das normas e dos procedimentos jurídicos entre os indivíduos, garantindo que a lei será aplicada de forma igualitária entre as pessoas, levando em consideração suas desigualdades para a aplicação dessas normas.

Na Administração Pública, a isonomia exige que seja cumprido o princípio da impessoalidade, para que não haja favorecimentos e perseguições.

A Lei de 4 de junho de 1835, há pouco citada, posicionou-se totalmente contra os princípios da isonomia e impessoalidade, na medida em que seus efeitos foram direcionados exclusivamente para escravizados e escravizadas.

LEI N.º 3.270, DE 28 DE SETEMBRO DE 1885

Foi outra lei que desrespeitou os princípios da isonomia na Administração Pública, visto que teria por objetivo regular a extinção do elemento servil, mas na verdade foi uma demonstração de que a Nação Brasileira tinha por objetivo protelar ao máximo possível a abolição da escravatura.

Nos termos do artigo 3.º, § 17, tem-se uma ideia do tratamento que seria oferecido ao ex-escravizado: "Qualquer liberto encontrado sem ocupação será obrigado a empregar-se ou a contratar seus serviços no prazo que lhe for marcado pela Polícia".

Outra demonstração contrária à isonomia no serviço público ocorreu no tratamento que o governo brasileiro dispensou aos imigrantes que poderiam vir trabalhar no Brasil.

Foi estabelecido um sistema de imigração por contrato com reembolso da passagem ao imigrante ou família de imigrantes, ficando bem claro que deve vir a família com todos os seus integrantes, crianças e idosos, diante da ideia de que com a presença de familiares, todos ficam mais felizes e capazes para trabalhar. Entretanto, a lacônica Lei Áurea simplesmente libertou os escravizados sem lhes proporcionar qualquer coisa que os incentivasse à nova vida.

Eméritos Julgadores:

Esta Associação, por seu Conselho Diretor e pela unanimidade de seus associados, **apresenta a Vossas Excelências a prova** do desprezo nutrido pela Nação Brasileira em relação ao futuro dos ex-escravizados.

Vinte e um anos antes de abolir a escravatura, o governo brasileiro já estava preocupado efetivamente com a vinda de colonos imigrantes para o Brasil, nos termos do **Decreto 3.784, de 19 de janeiro de 1867**.

Senão vejamos o **artigo 1.º daquele Decreto**: "As colônias do Estado serão criadas por Decreto do governo Imperial, com designação do respectivo nome e distrito colonial previamente escolhido, medido e demarcado por engenheiro do Governo."

Artigo 6.º: "Os colonos, à sua chegada, poderão escolher livremente o lote a que derem preferência, pagando à vista o preço fixado segundo a respectiva classificação. Para os que comprarem a prazo se adicionará ao preço marcado 20% e será o pagamento feito em cinco prestações iguais, a contar do fim de segundo ano de seu estabelecimento."

Artigo 7.º: "Os filhos maiores de dezoito anos terão direito a escolhas de lotes com as mesmas condições, para se estabelecerem separadamente, quando assim o requererem."

Artigo 28: "Cada colônia terá um edifício especial, onde se recolherão provisoriamente os colonos recém-chegados até receberem seus respectivos lotes."

Artigo 29: "Durante os primeiros dez dias de estada, os colonos que o reclamarem serão sustentados à custa dos cofres da colônia, debitando-lhes a importância do adiantamento para ser reembolsado na forma do art. 6.º."

Artigo 30: "No dia em que o colono entrar na posse de seu lote lhe entregará o Diretor, como auxílio gratuito para primeiro estabelecimento, a quantia de 20$000; e ao que for chefe de família um donativo igual por pessoa maior de 10 e menor de 50."

Artigo 31: "Os colonos terão direito a receber na mesma ocasião as sementes mais necessárias para as primeiras plantações destinadas ao seu sustento, e bem assim os instrumentos agrários de que precisarem, sendo o custo destes, bem como o da casa derrubada, casa provisória e de quaisquer adiantamentos, reunido ao preço das terras, para ser pago conjuntamente com este e pela forma já declarada."

Artigo 40: "Nas colônias que d'ora em diante se fundarem é expressamente proibida, sob qualquer pretexto, a residência de escravos.

Igualmente não poderão nas existentes estabelecer-se pessoas que levem escravos em sua companhia."

Diante do exposto nos artigos acima do Decreto n.º 3.784, de 19 de janeiro de 1867, **Eméritos Julgadores**, esta Associação, por seu Conselho Diretor e pela unanimidade de seus associados não tem dúvidas de que a Nação

Brasileira, por seus agentes públicos, descumpriu totalmente o princípio da isonomia.

Como ficou evidenciado acima, a Nação Brasileira, através de seus agentes planejou a vinda para o Brasil de imigrantes europeus, concedendo a eles todo tipo de ajuda no que diz respeito à posse da terra e à facilidade instrumental para trabalhar a terra e preocupou-se com sua saúde e segurança.

No exposto acima ficou bem claro que a Nação Brasileira via com bons olhos a proximidade da família com o trabalhador imigrante, como fator psicológico positivo para seu desempenho laboral. Entretanto, vinte e um anos após a publicação do Decreto acima, quando foi promulgada a Lei Áurea nada foi feito, nem parecido para os ex-escravizados brasileiros.

Aos ex-escravizados não foi oferecido nem um pedaço de terra para que eles pudessem pelo menos tentar extrair o seu próprio sustento ou algo para poder matar sua fome.

Diante de todo o exposto, requer esta Associação, por seu Conselho Diretor e à unanimidade de seus associados, com todo o respeito, aos **digníssimos Julgadores** que examinem com rigor a presente petição, que denuncia e acusa a Nação Brasileira **de ter sido omissa, por seus agentes governamentais**, diante das barbaridades e torturas cometidas contra os ex-escravizados brasileiros e seus ascendentes durante mais de trezentos anos.

Da mesma forma requer esta Associação a condenação do Império Brasileiro pelo **enriquecimento ilícito** desde 1822, visto que os ex-escravizados e seus ascendentes deixaram de onerar os cofres públicos de suas obrigações, mesmo que mínimas.

Requer ainda esta Associação que Vossas Excelências condenem a Nação Brasileira **por omissão**, por ter aceito, sem nada fazer, que no território brasileiro pessoas humanas, homens, mulheres, jovens e crianças tenham sido rebaixadas ao estado de coisas.

Que seja condenada a Nação Brasileira **por cumplicidade**, por ter concordado com a promulgação da Lei n.º 04, de 10 de junho de 1835, diploma totalmente ilegal e inconstitucional.

Que seja também condenada a Nação brasileira **por omissão**, na medida em que, mesmo sabendo que aquelas pessoas chegavam ao Brasil mediante sequestro violento e monstruoso, **permitiu que fossem vendidas e leiloadas, inclusive crianças, em praça pública no território brasileiro**.

Ao final, esta Associação, por seu Conselho Diretor, ratifica seus argumentos citando novamente o físico Alberto Einstein:

"O mundo é um lugar perigoso de se viver, não por causa daqueles que fazem o mal, mas sim por causa daqueles que observam e deixam o mal acontecer."

Neste requerimento, **Eméritos Julgadores**, esta Associação, por seu Conselho Diretor e à unanimidade de seus associados, não vem em busca de indenização monetária, mas, sim, de um forte apoio que possa levar esta Associação a proporcionar a seus filiados um mínimo de saúde, educação, emprego, moradia, saneamento básico e justiça.

Diante de todo o exposto e do reconhecimento da Nação brasileira de que houve um **grande erro histórico**, com duração de mais de trezentos anos, no qual pessoas humanas, descendentes de africanos, foram escravizadas brutalmente no território brasileiro, **esta Associação, por seu Conselho Diretor**, requer o que a seguir passa a expor:

Que a Nação Brasileira, por seus agentes públicos, se digne a entregar a esta Associação um terreno para que os ex-escravizados e outras pessoas necessitadas, jovens ou idosas, sejam acolhidas em um lugar que poderão chamar de seu.

É importante esclarecer que esta Associação, após várias assembleias, muitas palestras ministradas por profissionais competentes e conhecedores da alma humana, opinaram por esta necessidade.

Não se trata de ir em busca de uma situação que leve brasileiros a marginalizar-se do restante da sociedade brasileira. Trata-se, sim, de buscar uma maneira segura, direta e objetiva de equiparar, em termos de conhecimento e educação básica, toda a sociedade com a qual convivemos.

Entende esta Associação, por seu Conselho Diretor e pela grande maioria de seus associados, que aquelas pessoas que foram de forma violenta repelidas, marginalizadas e sequestradas de seu próprio mundo tenham agora a oportunidade de viver num mundo real e afetivo.

Esta Associação, por seu Conselho Diretor e pela unanimidade de seus associados, pretende deixar bem claro, **Eméritos Julgadores**, que não se trata de um local isolado com cercas e portões. Muito pelo contrário, será um lugar aberto a todos aqueles que, por motivo de pobreza, abandono, indigência ou qualquer outro motivo, decidirem conviver com os ex-escravizados do sul do Brasil e seus descendentes.

Em decisão por unanimidade, ficou estabelecido que no **"Recanto Brasil"**, nome já escolhido para o empreendimento, ninguém será discriminado, nem sofrerá em razão de desigualdades, sejam elas quais forem.

Para a maioria dos associados desta Associação, num futuro calculado em aproximadamente vinte anos, os negros ou brancos, pessoas necessitadas que decidiram morar no **Recanto Brasil** estarão num nível suficiente de capacidade física, mental e intelectual que possibilitará a eles disputar em igualdade de condições todas as oportunidades que a sociedade brasileira oferecer.

É do entendimento desta Associação que o preconceito e a discriminação atingem também as pessoas pobres que não tiveram oportunidade de estudar nem de serem matriculadas numa escola.

Por tais motivos, esta Associação abrirá seu coração da maneira mais ampla possível para quem precisar viver no **Recanto Brasil**.

Foi uma decisão quase unânime dos associados desta Associação, ficando aprovado que o grande objetivo a alcançar seria o conhecimento e a educação para todos, sem exceção, no **Recanto Brasil**.

Não haverá analfabetos no Recanto Brasil, mas devemos salientar que este objetivo será planejado, articulado e, enfim, concretizado na base do incentivo, sem nunca serem utilizados meios ou instrumentos impositivos.

Diante de todo o exposto, requer esta Associação, por seu Conselho Diretor e pela unanimidade de seus associados, a Vossas Excelências que, além da condenação, determinem à Nação Brasileira, por suas autoridades governamentais, que disponibilize a esta Associação um terreno para poder cumprir seus objetivos já expostos, nos termos a seguir:

Um terreno pelo menos tendo em seu perímetro uma área equivalente 174.240,00 em léguas quadradas em lotes urbanos e rurais, com trabalhos já realizados na planta geral, demarcados o traço das estradas e pontes projetadas, bem com rios e grandes córregos; demarcação também das ruas, praças, logradouros públicos, igreja, escola, casa de administração de água e outros, tudo conforme planta mínima anexa a esta petição.

DA CONTESTAÇÃO APRESENTADA PELA UNIÃO FEDERAL

A Nação Brasileira, por seus órgãos de defesa, **não contestou a demanda, limitando-se a apresentar sua defesa** dizendo que hoje todos os brasileiros lamentam aqueles acontecimentos, que devem ser sempre lembrados, para que nunca mais aconteça algo semelhante no território do Brasil.

Defendeu-se ainda a Nação brasileira de ter tido conduta de cumplicidade, justificando-se pela imensidão do território nacional e o despreparo dos órgãos governamentais para o combate de uma conduta lamentavelmente espúria durante séculos.

Sobre o pedido, concorda com esta Associação e promete disponibilizar o terreno, antes discriminado, em brevíssimo tempo.

RETOMADA DO PROJETO GONZAGUINHA PRESIDENTE

Após o casamento de sua amada avó Maria Antonieta com Afonso, que seria oficialmente seu avô, houve muitas mudanças na pequena família de Gonzaguinha. Ele andava um pouco intrigado e estranhava muito porque agora tinha um avô, mas nunca teve pai. Sua mãe, Maria Francisca, agora tinha pai, ali próximo dela, mas ela tentava ignorá-lo. Afonso esforçava-se muito para assumir o papel de marido, pai e avô, mas a impressão de Gonzaguinha é que ele ainda não havia se encontrado com sua realidade.

Gonzaguinha, com sua inteligência fora do comum, percebeu que as mudanças vieram para melhorar, mas ainda havia alguns mistérios. Um deles estava relacionado à mãe de sua avó, que seria sua bisavó. Seria Dóris, que se esforçava ao máximo para conquistar aquela que seria sua própria filha, Maria Antonieta, que tinha muitas dúvidas.

Houve uma pequena solenidade no dia em que a Associação recebeu oficialmente o terreno onde seria construído o **Recanto Brasil**. A iniciativa de construí-lo foi muito elogiada pelo representante da Nação Brasileira.

Aquele representante dos órgãos públicos parabenizou de forma calorosa a Associação, ao mesmo tempo em que colocou-se à disposição para qualquer tipo de apoio público.

Ao final, a Nação Brasileira, por seu representante oficial na região, pediu a Deus que a futura localidade, o **Recanto Brasil**, não se transformasse em mais um foco de descriminação e preconceito no interior da Nação Brasileira.

Fez-se um silêncio respeitoso. Todos com certeza ficaram um pouco preocupados, lembrando que no pensamento de alguns membros da Associação não seria necessária a construção do **Recanto Brasil**.

Na verdade, a decisão de construir o **Recanto Brasil** não foi unânime. Uma minoria dos associados temia acontecer exatamente o que o representante do Governo Federal falou no momento em que fez a entrega solene do terreno para a construção.

Entretanto, a grande líder da ideia de construir o **Recanto Brasil**, Maria Antonieta, tinha a resposta na ponta da língua para quem quisesse ouvir. O maior preconceito que existe em nosso Brasil é dirigido contra a pessoa pobre. O preconceito e a segregação contra o pobre é algo tão infame em nosso país porque ele, pobre, é uma pessoa invisível para a maioria da sociedade brasileira.

Uma das provas disso se evidencia quando vamos ao cinema, apenas para citar um exemplo. A pessoa compra o ingresso e ao passar pelo funcionário que recebe o ingresso de entrada simplesmente entrega o pedaço de papel sem olhar na direção da pessoa que está ali trabalhando, sem sequer dar-se ao trabalho de uma pequena saudação de cabeça.

Isso jamais acontecerá no **Recanto Brasil,** porque as crianças serão educadas e orientadas desde que nascerem. A grande líder da Associação, dona Maria Antonieta, pretende que, associados ou não, aqueles que estiverem lá por necessidade, ou não, adquiram um mínimo de conhecimento e educação, visando ao respeito e à consideração entre todos.

Em seguida à parte básica, trabalharemos rapidamente no sentido de poder levar a nossos jovens ou adultos e idosos, se for o caso, à competência necessária para ser um cidadão e poder exercer seus direitos de cidadania sem qualquer tipo de restrição.

A ideia é que o **Recanto Brasil** seja uma grande família, onde todos possam labutar em busca de um mesmo objetivo sem haver desigualdades entre seus membros.

A NOVA VIDA DE MARIA ANTONIETA E AFONSO

Na vida particular da avó de Gonzaguinha, dona Maria Antonieta, muito pouca coisa havia mudado. Ela tinha certeza de que, mais dias menos dias, Afonso voltaria, e eles se casariam. Em sua cama, sempre coube apenas um homem, era Afonso, e assim seria para sempre. Ela e Afonso pareciam terem voltado ao tempo de crianças após o casamento. Duas lindas crianças eternamente apaixonadas que corriam de mãos dadas pela charqueada Santo Antônio, tomando banho de chuva juntos e pescando no arroio Pelotas.

Ele e Maria Antonieta constituíam um mundo à parte. Quando estavam juntos, parecia que não havia mais ninguém por perto e se houvesse seria discretamente ignorado. Sempre fora assim, desde o primeiro dia em que suas mãozinhas se tocaram pela primeira vez, quando tinham apenas um ano de idade. Inclusive os dois continuavam muito teimosos. Afonso vivia sua vida de médico e Maria Antonieta cumpria rigorosamente seus compromissos de costureira. Ambos se preocupavam muito com Maria Francisca e Gonzaguinha, que eram a extensão de suas vidas.

Às vezes, dona Maria Antonieta tinha que puxar carinhosamente as orelhas de Gonzaguinha, e isso acontecia quando ele pensava em relaxar com o Projeto Gonzaguinha Presidente, que ia enfraquecendo, na medida em que nos últimos dias engatinhava um outro grande projeto mais abrangente, com o nome de **Recanto Brasil**.

Afonso e Maria Antonieta guardavam os fins de semana para os dois. Fechavam a porta na sexta-feira à noite e a abriam somente no domingo, para o almoço da família. A única exceção seria para atender Gonzaguinha ou Maria Francisca.

O jovem Gonzaguinha já se considerava uma pessoa adulta, experiente e culta. Já não pensava mais em ser presidente. Ele pretendia trabalhar muito, ter muitos filhos e ganhar muito dinheiro com seu suor. Brincava muito com sua ciumenta e desconfiada mãe, Maria Francisca, que ainda não se considerava totalmente filha de Afonso. Ela fazia um esforço muito grande para gostar de seu pai, mas não lhe perdoava por tê-la abandonado.

– Mãe! Disse Gonzaguinha a Maria Francisca certo dia. Acho que não demora muito vou ter um priminho ou priminha; ou um tiozinho ou tiazinha. Acho que já nem entendo mais de parentesco. Aqueles dois passam o fim de semana em cima da cama; a vovó, mamãe, passa todo domingo com olheiras e o vovô não consegue nem ler os jornais de tanto sono. Será que eu vou encontrar também meu grande amor, mamãe?

– Claro que sim, meu filho, falou Maria Francisca. Um jovem bonito como tu já deve ter uma linda jovem pronta para ser amada. Eu sinto muito ciúme de mamãe. A minha mãe, tua avó, é uma mulher excepcional e tem um coração muito grande. Meu pai, teu avô Afonso, é igualzinho a ela. A intensidade do amor que eles têm um pelo outro é inexplicável. Eles encantam a todos que se aproximam deles. Embora mamãe já seja avó, ela é ainda uma mulher jovem, e eu concordo contigo; não demora serás... deixa eu ver; que confusão! Filhos de tua avó serão meus irmãos, logo devem ser teus primos. É isso? Não. Acho que serão teus tios. Imagina só! Veja, meu filho, as confusões familiares que essa maldita escravidão criou.

Dois meses depois do casamento entre Afonso e Maria Antonieta, veio a novidade. Maria Antonieta estava grávida. Afonso quase enlouqueceu de tanta alegria. Maria Antonieta ficou muito contente, mas preocupada. Ela era realmente jovem para ser vovó, mas não tão jovem para ser mãe novamente.

A linda e jovem vovó esperou uma semana. Como não recebeu nenhum sinal de alerta de seus anjos da guarda, ficou mais tranquila, mas alguma coisa a preocupava. Por isso Maria Antonieta decidiu procurar o negro Josué e a linda mulata Florinda na charqueada São Luís. Os dois conheciam havia muito tempo as profundezas da alma de Maria Antonieta, e os três se amavam como irmãos.

A notícia da gravidez de Maria Antonieta espalhou-se rapidamente pelas charqueadas localizadas junto ao arroio Pelotas. Dona Cecília não cabia em si de contente, e sua amiga e governanta Valquíria compartilhava daquela alegria dizendo que nunca tinha visto sua amiga tão feliz.

Afonso decidiu que ele próprio faria o acompanhamento médico durante a gravidez de sua amada Maria Antonieta. Agora ele quase não saía mais de casa. Diminuiu pela metade suas atividades profissionais e colocava toda sua atenção sobre o grande amor de sua vida, que estava em vias de lhe dar muito mais amor ainda, como se isso fosse possível. Aproveitando-se daquele ambiente de ternura e muito amor, Afonso procurou aproximar-se mais de sua filha, Maria Francisca, que sempre o tratou com um pouco de frieza, fazendo a ele perguntas constrangedoras e solicitando respostas inexistentes.

— Até quando vais continuar a me tratar assim, minha filha? Eu não sei se tu conheces bem a minha história e de tua mãe, Maria Antonieta; os problemas que tivemos que enfrentar ainda quase crianças. A chantagem que me foi imposta por meu pai juntamente com meu avô Lorde Albert. Eu amo tua mãe e ela a mim desde o momento em que entendemos o que fosse o amor, ou até antes. Nos oito anos em que passei em Londres eu nunca deixei de pensar nela, contando os dias para retornar aos nossos dias de felicidade. Assim que concluí o contrato que papai e meu avô, Lorde Albert, me obrigaram a assinar, deixei Londres imediatamente.

— Eu sei, pai, disse Maria Francisca, emocionada por tê-lo chamado de pai pela primeira vez. Eu acho que sinto ciúmes demais de minha mãe; considero-a uma supermulher, um caráter extraordinário. Eu gostaria de saber de onde ela tira energias para ser tão amorosa, tão compreensiva. Eu poderia levar uma hora citando as qualidades que ela tem, e seria pouco. Por que ela não passou para mim, pelo menos uma que fosse, daquelas qualidades. Eu te peço desculpas, pai, por ter sido inclusive rude contigo. Agora que eu vejo vocês dois nesse estado de graça eu sinto que o amor sentido por vocês não tem qualquer tipo de limite. Em seguida os dois se abraçaram emocionados e começaram a falar da saúde de Maria Antonieta e em seguida do futuro de Gonzaguinha, visto que Afonso gostaria muito que seu neto Gonzaguinha fosse médico, enquanto sua mãe, Maria Francisca, entendia que ele mesmo, Gonzaguinha, deveria escolher sua profissão.

A partir desse dia a ternura e o amor aproximaram pai e filha, duas pessoas que seriam para sempre amicíssimas. No outro dia, Afonso trouxe uma certidão de nascimento. Ele, sua mulher, Maria Antonieta, entregaram a Maria Francisca, filha do casal, a prova formal e oficial da existência de um grande e eterno amor.

No outro dia, Maria Antonieta foi até a charqueada São Luís para conversar com Florinda e o preto Josué. O negro Josué já era uma pessoa famosa na região das charqueadas, às margens do arroio Pelotas e próximo da foz do canal São Gonçalo. A sua chegada ao Brasil foi em meio a uma tragédia, porque no caminho marítimo entre a África e o Brasil ele havia sofrido as piores torturas que se pudesse imaginar, e no Porto de Rio Grande foi violentamente separado de sua mãe, da qual nunca mais teve notícias.

Josué não tem a mínima ideia de como chegou à charqueada São Luís, mas nesse local encontrou a escravizada Florinda, da qual nunca mais se separou. Os dois viviam como se fossem irmãos, ou pai e filha. A paixão que os dois nutrem por Maria Antonieta não tinha limites.

Florinda e o negro Josué, assim que viram Maria Antonieta, ficaram muito alegres, mas imediatamente o sorriso desapareceu dos rostos dos dois. O primeiro a disfarçar foi Josué, dizendo que estava diante de uma vovó grávida. Florinda, entretanto, não teve tempo para disfarçar, limitando-se a dizer à Maria Antonieta que ela estava mais linda ainda como vovó e futura mamãe de gêmeos.

Maria Antonieta abraçou os dois amigos ao mesmo tempo, dizendo que estava precisando de ajuda. Precisava fazer uma leitura do que diziam as flores olhando para Florinda e tinha que saber qual seria o seu caminho a seguir, olhando desta vez para o amigo Josué. As respostas não demoraram a chegar, porque os dois amigos trataram de acalmá-la imediatamente, dizendo que tudo correria bem. Os dois falaram quase ao mesmo tempo que haverá problemas, mas as duas meninas não demorarão, estarão aí em seguida para a alegria de todos.

Entretanto, Maria Antonieta ainda não poderia falar nada a ninguém sobre as conversas tidas com eles, a não ser que aconteça algo para cuja solução seja indispensável o conhecimento dessas informações. O tempo foi passando, Maria Antonieta já estava grávida de quase seis meses e Afonso começou a ficar preocupado. O volume da cintura de Maria Antonieta havia aumentado muito, os pés estavam inchados e a aparência de sua amada não lhe agradava nem um pouco.

Num dia em que houve reunião da Associação, após seu término, Afonso resolveu conversar com os médicos ingleses que ainda estavam em Pelotas dando apoio ao projeto Recanto Brasil. Era o casal de médicos Mr. e Mrs. Petersen e sua outra filha adotada, além de Dóris, Mis. Elizabeth, o grande amor de Jacaré.

O agora Lorde Osvald Petersen, com sua vida profissional ligada à pesquisa sobre doenças tropicais, conhecia tudo sobre a vida das pessoas em razão da variedade de seres humanos que passavam por suas mãos.

Mrs. Alda Petersen, sendo psiquiatra e com sua enorme experiência sobre conduta humana, conversava muito com Maria Antonieta e a via como uma pessoa muito segura, mas tinha certeza dos riscos que Maria Antonieta poderia correr com um parto de gêmeos naquele início do século XX.

Mis. Elizabeth era a pessoa mais tranquila de todos. A partir da experiência adquirida como médica nas colônias do imenso Império Britânico, ela já tinha visto quase tudo que acontecia na área médica. Por isso ela dizia a todos que era o momento de calma e otimismo.

Elizabeth pensava no único amor de sua vida, Jacaré, que também havia nascido naquela noite de virada do ano de 1871, quase nas mesmas circunstâncias dos gêmeos de Florinda e da extraordinária, irrepreensível e quase perfeita Maria Antonieta.

Focada na situação de Maria Antonieta, Elizabeth pensava também em Jacaré, homem do qual se apropriou, é verdade, mas o transformou num cidadão. Talvez ela o tenha sufocado um pouco com seu amor, mas ela o ama com uma intensidade tal que a animou e a fez pensar e acreditar que é possível transformar o mundo para melhor.

Além disso, ela e Jacaré começaram a participar intensamente na construção do **Recanto Brasil.** Elizabeth juntou recursos financeiros seus aos que Jacaré tinha guardado para concretizar seu grande sonho, que era criar um departamento de esportes no **Recanto Brasil**, para incentivar desde cedo a cultura desportiva entre os jovens negros e outras pessoas interessadas.

O grupo de trabalho que discutia como seria o parto de Maria Antonieta ainda tinha Dóris, que andava sempre em volta de Maria Antonieta, tentando conquistá-la e encontrar uma prova ou pelo menos uma evidência de que ela, Dóris, era a sua mãe e que também estava preocupadíssima.

A reunião dos médicos para examinar Maria Antonieta foi liderada pela doutora Mis. Elizabeth, cuja experiência adquirida atuando nas colônias inglesas era incontestável. Durante anos de atendimento a mulheres nas regiões de combate, atendendo homens, mulheres, jovens e crianças de várias nacionalidades, Mis. Elizabeth não teve dúvidas sobre o diagnóstico que fez no primeiro exame em Maria Antonieta.

– Afonso! Falou Mis. Elizabeth com forte sotaque. Tua mulher está esperando gêmeos. Temos que nos preparar. Maria Antonieta já não é mais uma menina; será necessária uma cirurgia, para a segurança da mamãe e dos bebês.

Sem querer desmerecer esta linda e encantadora cidade de Pelotas, onde estamos tão felizes, precisaremos de um hospital com todos os recursos, e um doador de sangue do mesmo tipo do de Maria Antonieta à nossa disposição. Será difícil encontrar um doador, porque ele poderá sofrer riscos, dependendo da quantidade se sangue que for necessária.

Afonso começou a ficar nervoso sem saber se abraçava e beijava sua amada, ou abafava a vontade de alegrar-se sem poder rir. De repente começou a chorar no colo de sua querida esposa, Maria Antonieta, que evidentemente não estava muito surpresa, em razão da conversa que havia tido com o negro Josué e Florinda.

Dona Glória, quando ficou sabendo, foi imediatamente acarinhar seu neto preferido. Ela acariciava as costas de Afonso enquanto pensava na complicada situação que teriam que enfrentar. Ela tinha que fazer alguma coisa. Começou a lembrar-se do tempo em que Afonso havia passado morando com ela e o avô Lorde Albert durante oito anos em sua residência em Londres.

Afonso chegou do Brasil cansado, desanimado e abatido após uma viagem longa, com pensamentos amargos que lhe martelavam a cabeça, lembrando que iria passar oito anos sem ver sua amada Maria Antonieta. O único consolo é que seu grande amor finalmente teria sua alforria e ganharia sua cota de dinheiro correspondente aos lucros fabulosos que as empresas da família Lang haviam usufruído com as exportações de café em São Paulo.

Mas o que Afonso não sabia era que Lorde Albert, além da chantagem que havia lhe imposto, havia lhe preparado uma outra surpresa. Ela tinha nome e sobrenome; todos a chamavam de Carol, mas seu nome completo era Caroline Lang. Ela já havia conquistado vários títulos de beleza, e todos em Londres a conheciam. Carol era a sobrinha-neta predileta de Lorde Albert, que já havia decidido que Afonso se casaria com ela.

Afonso e Carol seriam colegas na Faculdade de Medicina, de propriedade de Lorde Albert e logo de início ficaram amigos. Praticamente não havia problema com idiomas entre eles, pela intimidade de Afonso com a língua inglesa e porque Carol, muito inteligente, aprendeu português com enorme facilidade com dona Glória, que era portuguesa.

Os dois jovens estudavam juntos às vezes até a madrugada em época de provas, sempre na casa de dona Glória e Lorde Albert. Carol acabava dormindo num dos inúmeros cômodos que havia na mansão, enquanto Afonso dormia em seu próprio quarto. Na manhã do outro dia, seguiam juntos para a Escola de Medicina e por isso, em seus devaneios, Lorde Albert já dizia para quem quisesse ouvir que aquela sua Escola de Medicina já estava destinada a ser propriedade de seus lindos netinhos Afonso e Carol. Nesses momentos, dona Glória repreendia seu marido.

— Não atropele as coisas, Albert. Os dois são jovens, nem pensam em casamento, são idealistas, pretendem construir um mundo melhor, fazer novas descobertas, muitas pesquisas cujos resultados objetivem uma sociedade sem tantas desigualdades. Além de tudo, nosso Afonso tem um amor por Maria Antonieta que somente Deus pode explicar, evidentemente para aqueles que têm fé. E anote senhor Lorde Albert que o amor de Maria Antonieta por Afonso está acima de qualquer chantagem e sobretudo de qualquer poder absoluto que tu pensas que tens.

— Deixe de bobagens, Glória. Essa tua protegida lá do Brasil é uma escravizada. Jamais uma pessoa escravizada ostentará nosso nome. Afonso nunca mais voltará àquela terra. Eu já decidi que ele casará com Caroline, e ponto-final.

Caroline realmente parecia uma princesa. Ela e Afonso, indiscutivelmente, formavam um belo par, como se comentava na sociedade londrina. As restrições que a alta sociedade de Londres tinha contra o brasileiro Afonso se dissipavam quando ouviam o jovem falar com real sinceridade de si mesmo, de seu Brasil, de sua Maria Antonieta e de sua encantadora cidade de Pelotas, no sul do continente brasileiro.

Dona Glória lembrava emocionada quando Afonso a procurava e deitava no seu colo para desabafar, e ela afagava seus cabelos louros.

– A senhora, vovó, e minha querida colega Caroline foram as melhores coisas que aconteceram na minha vida depois de Maria Antonieta. Eu já havia desistido de encontrar pessoas como vocês, vovó. Eu não sei o que seria de mim se não tivesse encontrado a senhora aqui para me apoiar. Caroline também gosta muito de mim. À vezes eu penso até que ela me ama. Entretanto, eu não posso enganá-la, senão como eu poderia te encarar, minha querida vovó? De que forma eu tentaria ser pai de minha filha, que está lá em Pelotas, quase no extremo sul do Brasil?

Pensando em Caroline, dona Glória já sabia o que fazer para ajudar no parto de seus bisnetos e na segurança de sua neta Maria Antonieta. Dirigiu-se imediatamente ao grupo, causando surpresa a todos ao dizer com convicção:

– Meus bisnetos nascerão em Buenos Aires.

NASCIMENTO DAS GÊMEAS EM BUENOS AIRES

Todos ficaram surpreendidos e Afonso foi o primeiro a perguntar.

– Como deslocaremos Maria Antonieta grávida desse jeito até lá, vovó? Eu sei que em Buenos Aires existem excelentes hospitais e muitos médicos competentes, mas como seriam feitos os contatos? E o deslocamento com segurança, vovó, embora sendo uma viagem de deslocamento próximo da costa?

– Te lembras, Afonso, do Dr. Charles, aquele médico tio de Caroline, que sempre foi nosso amigo? Ele tem função chave no comando da Marinha Mercante Inglesa. Vou entrar em contato imediatamente com ele para que ele traga com urgência até o porto de Pelotas ou até o porto de Rio Grande uma Corveta ou uma Fragata-Hospital da Marinha Mercante Inglesa, para que essa operação seja planejada, articulada e por fim executada com sucesso. Tudo dará certo. Nem que eu tenha que gastar o restante das libras esterlinas que teu avô, Lorde Albert, me deixou quando morreu.

Agora existia um novo e urgente projeto, que passou a chamar-se "Boas-Vindas". O grupo tinha por objetivo buscar todas as chances possíveis, impossíveis e inimagináveis capazes de levar Maria Antonieta a Buenos Aires e trazê-la sã e salva com seus dois gêmeos. Dóris convenceu a todos de que merecia uma chance de participar daquele projeto, porque se tratava de problemas graves de alguém que ela tinha certeza ser sua filha, mas não tinha como provar. Havia ainda a oportunidade de doar seu próprio sangue no momento da transfusão, se necessário. E o mais importante de tudo é que Dóris sabia que os médicos ingleses estavam desenvolvendo um método de confirmar filiação com quase cem por cento de certeza.

Em seguida, começaram as providências para a vinda da embarcação-hospital para levar Maria Antonieta e seu séquito até Buenos Aires. Os primeiros testes indicaram que era arriscado tentar entrar com a Fragata-

-Hospital 121 na Lagoa dos Patos e seguir até o porto de Pelotas. Ficou certo então que o Major Dr. Charles atracaria a Fragata-Hospital 121 no porto de Rio Grande e lá aguardaria ordens. Em suas trocas de mensagens com dona Glória, o Major Dr. Charles lhe garantiu que a Fragata-Hospital 121 era veloz, confortável e recém-construída; e que ela, dona Glória, ficasse tranquila que a missão seria cumprida de forma perfeita. Para atender à hipótese porto de Rio Grande, Afonso teve que providenciar em Pelotas uma embarcação adaptada com recursos hospitalares e que pudesse transportar Maria Antonieta via canal São Gonçalo, Lagoa dos Patos até o porto de Rio Grande. Assim foi feito, mas no porto de Rio Grande havia uma surpresa que deixou Maria Antonieta boquiaberta e Afonso quase sem fala. Caroline tinha vindo da Inglaterra junto com seu tio Charles. Evidentemente ninguém pediu explicações, mas Charles explicou que Caroline, sendo especialista em partos, foi convidada para ajudar a cumprir a missão.

Dona Glória não escondeu sua euforia. Afonso gaguejou, mas conseguiu dizer a Caroline que ela estava cada vez mais linda e pediu desculpas por não ter lido o cenário com a devida atenção, e por isso nem tinha trazido aquelas flores de que ela tanto gosta.

Maria Antonieta ficou surpresa com a perspicácia do marido e procurou ajeitar-se um pouco, tranquilizando-se quando Caroline a beijou e disse a ela, Maria Antonieta, que agora entendia a paixão de seu querido amigo.

A missão foi cumprida realmente de maneira perfeita, e a cirurgia somente não recebeu idêntica performance porque foi necessária uma transfusão de sangue que quase consumiu com a vida de Dóris. Com tanto sangue de Maria Antonieta e Dóris sendo manuseado, os doutores Caroline e Major Charles, num rápido teste dos tipos de sangue de ambas, concluíram que, num percentual de noventa e nove vírgula nove por cento, o sangue doado e o sangue recebido eram de mãe e filha.

Maria Antonieta e Afonso sozinhos com as duas lindas filhas gêmeas combinaram em dar a elas os nomes da bisavó Glória e da avó Dóris. Quando todos se encontraram, a emoção tomou conta de uma tal maneira que pareciam todos pertencerem a uma só família. Dois dias depois, o ambiente era só festa, e as duas recém-nascidas passaram a ser atração turística na região. Caroline e Charles haviam combinado de ficar em Pelotas durante uma semana após o parto para se certificarem de que tudo estava indo bem. Dóris passou a participar mais e até a liderar alguns subprojetos do Recanto Brasil que sua filha Maria Antonieta havia idealizado e que estavam em andamento.

UM PASSEIO PELO SÃO GONÇALO E PELO ARROIO PELOTAS

Num daqueles dias, Dóris convidou a todos para um passeio pelo canal São Gonçalo, para mostrar, sobretudo a sua própria filha, Maria Antonieta, e para Elizabeth o lugar em que ela, Dóris, havia sido recolhida quase sem vida naquele dia 1.º de janeiro de 1872 pelo casal Mr. e Mrs. Petersen. Depois, Dóris solicitou para o condutor da embarcação que desse uma pequena parada, quando então Dóris mostrou para Elizabeth, bem à frente deles, uma região da foz do arroio Pelotas. Explicou então Dóris que aquele arroio era um dos que tinham em suas margens várias charqueadas que produziam o charque que era vendido como alimento para os escravos do Brasil e de outros países do mundo. A produção era escoada em pequenas embarcações pelo arroio Pelotas, chegava ao canal São Gonçalo, onde estamos, depois para a Lagoa dos Patos, ao porto de Rio Grande e daí para o mundo.

Dóris explicava a seus parentes e amigos ingleses, com fala mansa, que sempre foi muito religiosa, uma pessoa de convicções direcionadas para o bem, e reconheceu que fraquejou justamente no momento em que deu à luz a sua filha Maria Antonieta naquela noite do último dia de 1871.

— Entretanto, eu juro a todos que jamais pensei em mandar minha filha ao encontro da morte. Ao contrário, eu queria mandá-la ao encontro da vida, esperando que mãos caridosas acolhessem meu bebezinho, que eu nem cheguei a saber se era menino ou menina.

É difícil de explicar, mas eu cheguei a um momento de minha vida em que eu não conseguia mais suportar os assédios covardes, as humilhações, a falta de respeito e as agressões. Quis a natureza que eu sobrevivesse e a vida me foi devolvida, graças a meus queridos, pais que estão aqui à minha frente. Depois Dóris procurou explicar o estado de angústia de sua filha Maria Antonieta e de outras heroínas da senzala que sempre guardavam mais da metade do que ganhavam visando à materialização dos projetos cujos objetivos seriam apoiar ex-escravizados, crianças e jovens meninas negras desamparadas.

– A forma pela qual a abolição foi feita no Brasil, continuava Dóris, criou uma geração de pessoas miseráveis que vagabundeavam pelas cidades à procura de um emprego e ameaçadas de prisão pela polícia, que poderia prendê-las por vagabundagem. Felizmente, Maria Antonieta e outras ex-escravizadas iluminadas conseguiram fundar uma associação que pudesse acolher aquelas pessoas que vieram para nossa terra brasileira mediante sequestro e obrigadas a trabalhar como escravizadas através da violência.

Essa associação, como alguns de vocês sabem, reivindicou através de uma ação judicial contra o Governo Federal do Brasil, um terreno onde se pudessem construir instalações básicas para acolher os ex-escravizados e também aqueles que estivessem vivendo abaixo da linha de pobreza.

Vencida a demanda e recebido o terreno, está sendo construído o **Recanto Brasil** que tem ultrapassado todas as expectativas projetadas e acolhido muito mais pessoas do que foi previsto em sua construção.

No início apresentaram-se no **Recanto Brasil** os ex-escravizados completamente dependentes de um auxílio externo para viver, mas em seguida foi se formando um pequena sociedade de pessoas idosas, adultos, jovens e crianças, doentes, enfim todas de certa forma precisando de ajuda.

Quando a embarcação parou por alguns minutos na foz do arroio Pelotas, o pai adotivo de Dóris lembrou-se de um detalhe que lhe chamou atenção naquela linda manhã do primeiro dia do ano de 1872, quando Dóris foi resgatada quase morta.

– Minha filha, falou Mr. Petersen, eu lembro bem, embora tenham se passado muitos anos, que tu estavas quase nua quando te recolhemos, mas em teu pescoço havia uma corrente com uma pequena chave de ouro. Era apenas uma lembrança, ou teria outro significado?

– De fato, meu pai. Tua memória ainda está excelente. Aquela era a chave de um cofre que existe num banco aqui de Pelotas. Muitas de nós, escravizadas consideradas especiais que nasciam com algum tipo de habilidade diferente do comum e de interesse coletivo, recebiam algum dinheiro extra quando exerciam aquela habilidade em outra charqueada que não aquela onde ela era escravizada. Esse dinheiro extra era guardado para atender a uma necessidade futura que envolvesse direta ou indiretamente a todos aqueles que foram prejudicados por mais de trezentos anos de escravidão no Brasil. Aquela necessidade acontece agora e está sendo materializada pela articulação, projeto e construção do **Recanto Brasil.** Muitos recursos para viabilizar a construção desse grande sonho vêm daquelas economias que as ditas escravizadas especiais fizeram, porque elas sentiam e sabiam que um dia aquele dinheiro guardado seria muito útil. Ninguém sabe explicar como algumas dessas negras ou negros escravizados eram dotados de uma capacidade especial ou uma inteligência diferenciada das demais. A teoria mais corrente vinha do fato de que aquelas infelizes negras sequestradas para o Brasil eram fecundadas, à força ou não por pessoas, no caso homens, das mais diferentes origens, resultando muitas vezes em filhos ou filhas de inteligência fora do comum.

Dóris seguiu explicando:

— E o mais importante, meu pai, é que eu não sou a única ex-escravizada considerada especial. Modéstia à parte, eu cito o nome de minha genial filha, Maria Antonieta. Ela nunca gastou mais do que necessitava para viver pelo mesmo motivo que eu. Na charqueada São Luís são dois os ex-escravizados com habilidades especiais. Começando com o senhor da charqueada Dr. Pedro, que era negro, quando foi contratado como assessor financeiro, mas passou a ser branco quando casou com a filha do senhor da charqueada e dono da Sistema Logístico. Pedro foi encontrado recém-nascido junto à porta de um bordel na praça do porto de Pelotas. Foi criado por várias mães carinhosas e teve a chance de estudar em Buenos Aires, na Escola de Arquitetura, de Ciências Contábeis e Decoração de Ambientes. Todo dinheiro que ele julga ter ganho, além do que ele precisava, está sendo utilizado agora na construção do **Recanto Brasil,** que ele, Pedro, pessoalmente arquitetou e está construindo.

E concluiu:

— A ex-escravizada da charqueada São Luís Florinda tem suas habilidades especiais ligadas às flores, além de sua alta capacidade de decorar ambientes, é claro, fundamentados em todo tipo de flores. Como o senhor pode ver meu pai, minha mãe, meus parentes e amigos, houve uma ideia central e espontânea que nos levou todos a pensar no futuro dos descendentes dos ex-escravizados. Acreditamos que toda essa atividade em favor de nossos jovens negros passa pelo **Recanto Brasil**.

Após o término do passeio de barco pelo canal São Gonçalo e pela foz do arroio Pelotas, Dóris lembrou a todos do jantar do dia seguinte, quando serão apresentados os devidos agradecimentos a quem de qualquer forma ajudou naquela missão Buenos Aires, inclusive pela presença da Fragata--Hospital 121 da Marinha Mercante inglesa aqui no Brasil.

JANTAR DE AGRADECIMENTOS E DESPEDIDAS

No outro dia, ao final da tarde, Afonso conseguiu reunir toda a família e os amigos na casa em que todos os irmãos, inclusive Maria Antonieta, nasceram e se criaram. Entretanto, isso somente foi conseguido após muita discussão.

A própria Maria Antonieta não queria voltar a um lugar em que fora considerada escravizada. Afonso, com toda a paciência, lembrava sua adorada esposa que agora eles eram todos parentes, e a prova concreta estava em Maria Francisca, nas gêmeas Glória e Dóris e em Gonzaguinha. Na hora marcada, todos estavam lá.

Maria Antonieta estava linda e as duas gêmeas pareciam duas joias valiosíssimas que atraíam a atenção de todos para aqueles olhinhos verdes que pareciam quatro esmeraldas. Maria Francisca também estava muito bem-vestida e deslumbrante num vestido longo que parecia de grife, o que sua mãe se recusava a acreditar, visto que ela cansava de dizer a quem quisesse ouvir que jamais jogaria dinheiro fora num vestido daqueles. Gonzaguinha, que estava por perto, disse a sua avó que o milagre estava vindo da Inglaterra.

De repente, Maria Antonieta surpreendeu-se com a presença de Caroline olhando fixamente para as gêmeas, talvez pensando que aquelas duas princesinhas poderiam ser dela.

— Não tenta ler meus pensamentos, Maria Antonieta, disse Caroline. Eu sei que tu tens capacidades especiais, mas tu somente as utilizas quando existe perigo iminente. Mas se tiveres algo parecido com Afonso que tenha sobrado de teus inúmeros admiradores, me avisa que eu o carrego para a Inglaterra.

— Pois eu tenho, sim, e vou te apresentar agora mesmo. Felipe, vem cá, gritou Maria Antonieta. Eu quero te apresentar a mulher mais correta do mundo.

Felipe aproximou-se sorridente, beijando Maria Antonieta e abraçando-a e apertando-a um pouco mais do que devia. Caroline, surpresa, ficou espantada porque o homem realmente era muito parecido com Afonso.

– Podes ficar tranquila, Caroline. Os dois são irmãos. Eu quero te apresentar Felipe, a melhor pessoa do mundo.

Eles se cumprimentaram e saíram caminhando juntos a conversar. Em seguida chegou Afonso e encontrou sua mulher pensando.

– O que foi meu amor? Perguntou Afonso alegremente. Estás pensando em mim, na Maria Francisca, nas duas Dóris ou em Glória?

– Estou achando que a Fragata-Hospital 121 não vai voltar sozinha para a Inglaterra.

Em seguida todos se dirigiram até a mesa para ocuparem seus lugares, e Gonzaguinha pediu a palavra.

– Eu apenas gostaria de agradecer a todos que de alguma forma estiveram envolvidos nesta grande operação que exigiu não somente a presença, mas também orações próprias de cada um, para que tudo corresse bem. Devo confessar a vocês que alguns anos atrás eu tinha somente na minha vida a presença de duas pessoas. Eram minha mãe, Maria Francisca, e minha avó, Maria Antonieta. Agora eu tenho até duas tias, que por enquanto nem me dirigem a palavra, mas eu quero ver quando elas começarem a exigir a bênção.

Todos riram e levantaram um brinde à vida.

Após o nascimento das gêmeas, dona Maria Antonieta decidiu entrar em férias, e em seguida licenciar-se por trinta dias, reservando o tempo para a dedicação integral às recém-nascidas, a Dóris e Glória.

Seus projetos da Associação passaram para sua mãe, Dóris. Além disso, ela e Afonso precisavam reorganizar a família com as adaptações necessárias à chegada das recém-nascidas e pensar num lugar maior para morar, o que não agradava muito Maria Antonieta, porque ela sabia que Afonso queria mudar-se para a luxuosa mansão de propriedade da família, no centro da cidade de Pelotas.

Após muitas discussões e também muitos beijos e abraços carinhosos, Maria Antonieta teve que render-se às ideias de Afonso, na medida em que ele contou à sua amada os detalhes da promessa que ele havia feito para que tudo corresse bem na operação Buenos Aires. Olhando para as duas gêmeas,

Afonso falou que o quarto das meninas seria muito semelhante a um parque de diversões infantil, e no pátio da mansão já estava sendo construído um parque de diversões verdadeiro, ao qual terão acesso todas as crianças que desejarem utilizá-lo gratuitamente, sem qualquer tipo de distinção.

Dona Dóris, mãe de Maria Antonieta, assumiu momentaneamente o lugar de sua filha e já começou a trabalhar.

– Nesta fase, destes dois projetos tão importantes para nossa Associação, falou a gestora Dóris, faremos pequenas modificações em seus conteúdos enquanto aguardamos o regresso de minha filha, Maria Antonieta, que nos solicitou alguns dias de folga. Como gestora do projeto **Recanto Brasil**, solicitei na primeira reunião ordinária ao Conselho Diretor e demais diretorias que fizéssemos um rápido estudo sobre a identidade da instituição. Acreditamos que a identidade do Recanto Brasil será definida pelas principais diretrizes aprovadas de preferência por unanimidade e logo publicadas no Boletim Oficial, por sua importância na conduta dos associados.

Seguiu com uma sugestão:

– Como pré-pauta, os conselheiros podem já ir pensando nos seguintes itens:

- A mensalidade a ser paga pelo associado não obedece a qualquer tipo de quantia ou tabela e é absolutamente voluntária.
- Não haverá qualquer tipo de desigualdade, preconceito ou discriminação no Recanto Brasil, sob pena de desligamento da Associação.
- A Associação não incentiva qualquer tipo de discussão político--partidária em público, visando a evitar qualquer tipo de distúrbio ou aglomeração indesejada.
- A Associação, na medida de suas possibilidades, incentivará e convidará todo tipo de pessoas em evidente situação de vulnerabilidade a associar-se em seus quadros sem qualquer pagamento ou despesas de ingresso.
- Será criado um plano de enfrentamento às temperaturas de inverno e situações de calamidade, sempre priorizando o atendimento aos mais necessitados.

- A Associação terá um plano de incentivo direcionado às artes, com ênfase à música, ao teatro e aos esportes.
- Haverá uma central de intermediação de empregos, realizada entre possíveis associados desempregados e as prováveis vagas no mercado de trabalho.

– Aproveito a oportunidade para comunicar que nosso arquiteto, Dr. Pedro, apesar de suas atribuições como senhor da charqueada São Luís, não tem perdido tempo em razão da urgência que todos temos. Isso porque, quase quinze anos após a abolição, ainda se sente o constrangimento na cidade, onde se observam pessoas perambulando pelas ruas, mendigando um emprego, sob pena de serem presas acusadas de vagabundagem. Além disso, os ex-escravizados das cidades próximas de Pelotas têm se dirigido a esta cidade na esperança de encontrar trabalho numa cidade maior.

PEDRO INICIA A CONSTRUÇÃO DO RECANTO BRASIL

Assim que a Prefeitura liberou o terreno, o arquiteto Dr. Pedro convocou todo o pessoal da carpintaria, da ferraria e dos serviços gerais de sua charqueada para colaborar no grande projeto. Imediatamente aquele grupo de homens, sob a orientação do arquiteto e empresário Dr. Pedro, em pouco tempo construiu no fundo do terreno vários galpões, para ali ter o apoio às obras principais. Primeiramente foi construída uma cerca em torno do terreno, depois o escritório do Dr. Pedro e em seguida o alojamento dos trabalhadores. Ainda preferencialmente foi construído um posto médico, uma enfermaria e uma unidade de repouso, de modo que em poucos dias já poderia acolher, embora precariamente, aquelas pessoas em situação de extrema pobreza.

— Felizmente, ressaltou a senhora Dóris, gestora em exercício do projeto Recanto Brasil, os recursos financeiros não têm sido problema, visto que Mrs. Glória, viúva de Lorde Albert, ex-cacique do tráfico de escravos no mundo ocidental, fez questão de dizer a todos que essas providências preliminares correriam por conta dos milhões de libras esterlinas que ela havia herdado, com certeza oriundos daquela atividade pouco digna. Da mesma forma, nosso arquiteto Dr. Pedro recebeu quantias milionárias de sua esposa Luíza, que por sua vez, havia recebido de seu pai, ex-senhor da charqueada São Luís. O Dr. Luís Germano entregou a função de senhor da charqueada São Luís a sua filha e seu genro Pedro e retirou-se para sua terra natal, na Europa, aparentemente arrependido de todas as maldades que praticara no Brasil de forma irresponsável e criminosa.

— Como os senhores podem ver, falou para encerrar dona Dóris, nós vivemos num mundo de muita injustiça e maldade, mas ninguém está proibido de arrepender-se e tentar corrigir o que fez de errado. Tudo indica que os acontecimentos que envolveram a conduta de Dr. Germano, ex-senhor da charqueada São Luís, são impossíveis de serem desfeitos pela manifestação de um simples pedido de desculpas, mas o reconhecimento do erro é fundamental diante daqueles fatos.

Algum tempo depois, dona Maria Antonieta, já totalmente recuperada e tendo dado organização à sua nova vida, retomou o controle de seus projetos. De saída ela chamou a atenção de seu neto, Gonzaguinha, e dos jovens negros de sua geração para a necessidade de estudar muito e analisar com calma a situação do país nesses primeiros anos de República. Com o Brasil República, tudo vinha mudando muito rapidamente, e Dona Maria Antonieta queria que Gonzaguinha e os jovens negros de sua geração ficassem atentos à utilização e à importância do voto.

– Pensem bem, enfatizava dona Maria Antonieta. O voto é o único instrumento capaz de neutralizar as oligarquias no Brasil ou pelo menos diminuir os seus poderes. Através do voto é possível melhorar e aperfeiçoar a democracia, sempre em favor do bem comum. Mas vocês precisam estar preparados para votar, insistiu dona Maria Antonieta, muito interessada em falar sobre o voto e suas possibilidades reais. Vocês precisam ficar muito atentos porque o voto é a maior arma que tem o cidadão para mudar e transformar o seu país. O valor do voto é incalculável. O voto não tem preço.

– Me permite, mamãe? Eu gostaria de colocar minha opinião a respeito do voto, disse Maria Francisca. Olhem pessoal, prestem atenção, meus queridos. O voto é um dos pressupostos da democracia e da República, ou seja, não existe democracia, é inviável a existência de uma República sem a prática de utilização do voto. Quanto maior o número de eleitores, mais as decisões governamentais estarão próximas da vontade popular. Infelizmente, nossa primeira Constituição Federal foi um documento de exclusão popular, impedindo que a maioria da população tivesse acesso ao voto. Tratou-se, portanto, de um sistema eleitoral defeituoso, e antidemocrático.

– Em grande parte tu tens razão, Maria Francisca, disse sua mãe, mas esse tipo de situação não muda de repente. Foram séculos de obscurantismo. Estamos somente agora enxergando as primeiras luzes da liberdade política, e esta somente será praticada e aperfeiçoada através do estudo e do conhecimento. Se um analfabeto não pode votar, cabe à sociedade como um todo providenciar que o país não tenha analfabetos. Vejamos o exemplo do **Recanto Brasil**. Naquela instituição, nos empenhamos para que todos votem e sejam candidatos. Pedimos para que todos auxiliem nas eleições e entendam bem o significado delas e do valor de seu voto. Pretendemos, com todo respeito às autoridades públicas, que o Recanto Brasil seja um modelo para quem quiser segui-lo e compreendê-lo. Que seja um lugar onde brancos e pretos tenham educação escolar semelhante sem preocupação com o poder aquisitivo de cada um.

As notícias sobre o *Recanto Brasil* se espalharam e muitas pessoas começaram a procurar auxílio nas suas dependências, como ex-escravizados, inclusive de outras cidades próximas, como Rio Grande, Canguçu, Camaquã, Caçapava e Lavras do Sul.

Estávamos iniciando o século XX e o **Recanto Brasil** já estava quase pronto, mas não pronto, porque, como dizia Dr. Pedro, seu grande arquiteto e construtor, o *Recanto Brasil* nunca estará terminado, porque sempre estaremos dispostos a nele acrescentar mais alguma coisa no sentido de melhorar a vida das pessoas.

Florinda, uma das melhores especialistas em floricultura do mundo, já havia transformado parte do **Recanto Brasil** num imenso e perfumado jardim. Todos diziam que aquele perfume fazia com que as pessoas sentissem um otimismo tal que fazia com que fossem esquecidos os odores terríveis que outrora vinham das senzalas.

Gonzaguinha estava satisfeito e otimista com os projetos em andamento, mas ele sentia que precisava trabalhar. O ambiente de trabalho no Recanto Brasil era contagiante, e ele sentiu que tinha que participar de atividades que tivessem remuneração.

— Penso que está na hora de eu dar um rumo à minha vida, vovó. Estou pensando em trabalhar com o cultivo e comercialização do arroz. Meu avô Afonso tem me dado muito apoio, sobretudo agora que minha mãe, Maria Francisca, decidiu deixar o Brasil. Ela e o comandante da Fragata-Hospital 121 entenderam que tinham muita coisa em comum e foram juntos para a Inglaterra.

A verdade é que Maria Francisca, mãe de Gonzaguinha, estava muito revoltada com o que vinha acontecendo em nossa Pátria. A última esperança de Maria Francisca fora o advento da República. Ela achou que as coisas deveriam melhorar, mas parece que pioraram. No tempo do Império, a legitimidade para governar o Brasil vinha de uma dinastia familiar indiscutível, onde as oligarquias próximas do Imperador determinavam à população o que fazer e sem nada receber, a não ser ordens e mais ordens. Com o Brasil republicano, pretendendo ganhar ares de democracia a legitimidade para governar deveria ser pelo voto. Mas, infelizmente, as oligarquias continuam, porque as eleições são realizadas pelos votos de uma parcela mínima da população.

Maria Francisca ainda deu uns tabefes em seu filho Gonzaguinha antes de partir. Determinou a ele que saísse debaixo das asas de sua vovó, e incentivou-o a criar coragem e seguir o seu destino sem medo. Maria Francisca determinou a seu filho que fizesse nascer muitos filhos, que os obrigasse a estudar muito, adquirindo capacidade para mudar este país. Ela foi bem clara ao dizer ao seu filho que este Brasil que aí está não tem jeito. Chamou atenção com veemência para o fato de que menos de dez por cento da população do país tem permissão para votar.

– As oligarquias continuam explorando a população, como sempre fizeram. O Brasil nunca será um país sério. Olha o que fizeram com os negros, a maioria já nascidos no Brasil. Estão quase todos na miséria e discriminados socialmente. Por outro lado, os estrangeiros que vieram trabalhar no Brasil foram cobertos de regalias.

– Eu fiquei triste, vovó, disse Gonzaguinha. Em compensação, eu e meu avô Afonso estamos ficando muito amigos, mas eu já disse a ele que eu não pretendo aceitar qualquer ajuda que inclua dinheiro usufruído do trabalho escravizado. Eu acho que vou encarar a produção de arroz, vovó, disse Gonzaguinha. A indústria vem aí, eu gosto de comprar e vender e acho que vou seguir por esse caminho.

DECLÍNIO DAS CHARQUEADAS EM PELOTAS

Uma das causas do declínio das charqueadas foi a abolição da escravatura. Não havendo mais escravizados, desapareceram os compradores de charque que alimentavam os escravizados nas minerações de ouro de Minas Gerais, nas plantações de cana-de-açúcar da América Central e do Sul. Outra causa do declínio das charqueadas foi o advento dos frigoríficos, que possibilitavam o armazenamento de alimentos por um bom tempo em condições de consumo.

O frigorífico Anglo, por exemplo, construído às margens do canal São Gonçalo e próximo do porto de Pelotas, foi projetado para fazer tudo o que era feito nas charqueadas, mas com a vantagem de, no mesmo local, congelar o produto, armazená-lo e distribuí-lo na data que fosse conveniente.

A partir dessa nova conjuntura, nos primeiros anos do século XX, o número de charqueadas em Pelotas começou a diminuir. A charqueada Santo Antônio, já quase desativada, acabou sendo entregue a Afonso por ser ele o único dos herdeiros a interessar-se por ela e também o único membro da família a continuar morando em Pelotas.

O **Recanto Brasil** era uma realidade graças aos fatos ocorridos relacionados àquelas quatro crianças filhas de ex-escravizadas, nascidas naquela noite da virada do ano de 1871. Tanto eles, já adultos, como seus descendentes, cada vez mais trabalhavam no sentido de melhorar a vida dos jovens negros da geração de Gonzaguinha.

Maria Antonieta finalmente havia casado com Afonso, um dos homens mais ricos da região, mas permanecia com sua oficina de costuras, atendendo quase gratuitamente. Afonso exercia a medicina sempre com o olhar complacente ante as condições financeiras do paciente. O casal havia perdido Maria Francisca para a Europa, mas ganhara duas lindas gêmeas.

Jacaré havia realizado em Londres um curso técnico de medicina desportiva bem ao estilo inglês e havia decidido que o Recanto Brasil em breve forneceria muitos atletas para as competições de que o Brasil participasse. Mas Jacaré tinha que resolver um problema muito sério, relacionado a três pessoas. Mis. Elizabeth, a mulher que ele amava e tinha certeza que não poderia ser feliz sem ela e suas duas mães, Izabel e Alice, que não somente se consideravam as duas mães de Jacaré, como não queriam que ele voltasse para a Europa. Elizabeth estava apreensiva porque que não tinha qualquer vínculo de natureza legal com Jacaré e, sendo inglesa, precisava voltar para a Inglaterra.

Entretanto, quando Elizabeth recebeu a notícia do negro Josué de que estava grávida de trigêmeos, sentiu que todos os problemas estavam resolvidos. Jacaré ficou quase enlouquecido. As avós Izabel e Alice desde já disputavam seus lugares na família e impuseram imediatamente o casamento do filho das duas com Elizabeth.

A discussão entre Jacaré, Elizabeth, negro Josué, Izabel, Alice e até Florinda foi difícil e longa na procura de uma conduta viável e segura para que Elizabeth tivesse um parto seguro, tendo em vista sua idade e ela estar esperando três crianças.

Ao final foi decidido que Elizabeth viajaria imediatamente para Londres, com Jacaré, onde teria apoio de tecnologia avançada e apoio médico de seus pais adotivos, o casal Mr. e Mrs. Peterson.

Os gêmeos Luís e Luíza cresceram juntos com seus irmãos por parte de pai, Pedrinho e Carolina. Os quatro também eram primos, porque as mães eram irmãs, embora somente por parte de pai. Os quatro foram estudar na Alemanha, como último pedido de Dr. Luís Germano, pai das duas mães e avô dos quatro jovens.

Os quatro primos e irmãos ao mesmo tempo, quando voltaram da Alemanha, trouxeram uma herança material fabulosa, proveniente da venda de terras que eram da família. Em questões de conhecimento, trouxeram diplomas de Agronomia e Botânica, bem como certificados de cursos de extensão ligados a questões da terra.

Felipe, agora deputado federal, casado com Caroline, tinha moradia em Porto Alegre e na capital federal. Afonso, sem saber exatamente o que fazer com as instalações da charqueada Santo Antônio e seus imensos terrenos adjacentes, ofereceu-a a Gonzaguinha, para que ele concretizasse seu sonho de produtor de arroz e de produtos alimentícios.

Gonzaguinha aceitou a oferta, desde que fosse na base da parceria associativa, e deixou bem claro para seu avô que jamais aceitaria lucros excessivos provenientes de uma terra onde, tinha certeza, ocorreram diversos tipos de maldade. A ideia de Gonzaguinha era no sentido de aplicar todos os lucros considerados acima do razoável em melhorias do Recanto Brasil. Para isso ele já contava com a parceria dos engenheiros filhos do arquiteto Pedro, que assimilaram imediatamente e ficaram muito satisfeitos com as ideias de Gonzaguinha.

Pedro, embora presidente do grupo de empresas que eram do pai de sua esposa, Luíza, aceitava apenas o salário correspondente a seu trabalho, utilizando o que considerava exagero nos lucros em obras no **Recanto Brasil.**

Mas eles não se sentiam satisfeitos e seus planejamentos de melhoria de apoio ao Recanto não tinham fim. Nos mais próximos e principais objetivos estava a construção de um Cine-Teatro junto ao Recanto Brasil, possibilitando às crianças desde cedo exercitarem seus talentos e terem uma visão maior do significado de cultura.

Jacaré, antes de embarcar para Londres, com a ajuda de Pedro como arquiteto, já estava planejando um parque esportivo com todos os recursos possíveis para que não faltasse aos jovens a oportunidade de verificarem e desenvolverem suas potencialidades no esporte em geral.

Florinda estava planejando um Clube Cultural e Social que pudesse recepcionar os jovens com música ambiental, dançante e que fosse um local adequado e em condições de homenagear futuros talentos. Estava também dentro dos objetivos a fundação de um órgão de comunicação pública para divulgar os acontecimentos do **Recanto** e aproximá-lo o mais possível da sociedade de Pelotas.

Afonso às vezes ficava preocupado com seu neto Gonzaguinha, entendendo que ele poderia estar exagerando em sua preocupação filantrópica, e um dia tentou conversar com ele a respeito.

– Veja bem, meu querido neto, falou seu avô Afonso. Nem todo o dinheiro que circulou no Brasil foi gerado sob a influência da escravidão negra. Muitas atividades foram articuladas, planejadas e desenvolvidas sem a utilização do braço escravizado.

– Eu não consigo concordar, meu avô. Os fundamentos da economia brasileira têm vindo sempre do campo, seja da agricultura ou da pecuária. A mão de obra utilizada nesses dois segmentos durante séculos foi a do braço escravizado. Os dois lacônicos artigos da Lei Áurea, se por um lado deram liberdade aos escravizados, condenaram os já infelizes a uma vida miserável, quase desprezível, como se as barbaridades cometidas durante séculos fossem obras dos escravizados e não consequências da conduta omissiva da Nação Brasileira.

E concluiu:

– Entendo, meu avô, que cabe a nós pelo menos tentar reabilitar tantos brasileiros que estão sendo desprezados no meio da rua e elevar sua autoestima, fazendo com que eles esqueçam o que passou ou adquiram dignidade suficiente para enfrentar o dia a dia.

Afonso e Maria Antonieta concordavam quase sempre com todas as ideias de seu neto, mas lhe pediam calma. Com calma, carinho e amor lembravam Gonzaguinha que ele não encontraria dificuldades. Além disso, ele deveria guardar um tempo para sua própria vida, para divertir-se e, acima de tudo, amar. Tudo isso também porque os dois avós estavam contando com seu adorado neto para serem bisavós.

Gonzaguinha ficava feliz com as expectativas de seus avós, mas lembrava também que precisava apoiar os jovens negros de sua geração. Por isso já estava pensando nos fundamentos de superprojeto que seria desenvolvido no entorno do **Recanto Brasil**. O aval dos principais membros da Associação e maiores acionistas ele já tinha. Simplesmente eram seus avós. Sua preocupação do momento era com a disponibilidade de mão de obra com alguma especialização. Gonzaguinha foi surpreendido e contemplado pela sorte na medida em que, ainda na segunda metade do século XIX, Pelotas passava por um importante processo de imigração por europeus não ibéricos (franceses, germânicos, italianos), fato que influenciaria aquele Município, tanto no crescimento populacional, quanto na reestruturação das atividades produtivas.

Com as transformações sociais advindas da industrialização, houve a liberação de trabalhadores braçais na Europa que não foram absorvidos pelas novas unidades fabris surgidas com a Segunda Revolução Industrial.

Em seus planejamentos para o projeto de produção de arroz e gêneros alimentícios, Gonzaguinha sentiu que poderia contar também com a mão de obra existente no **Recanto Brasil,** onde havia muitas pessoas necessitando trabalhar e aguardando uma oportunidade.

Gonzaguinha não perdeu tempo e percebeu que, além daquela mão de obra europeia, poderia contar com a força de trabalho específica formada e treinada no Recanto Brasil. Para isso Gonzaguinha sabia que podia contar com aulas teóricas e práticas ministradas no Recanto Brasil, com a colaboração gratuita dos quatro filhos de Pedro, o grande arquiteto, idealizador e construtor do já famoso **Recanto Brasil.**

Os jovens engenheiros Pedro, Carolina, Luíza e Luís, filhos de Pedro, ficaram encarregados de ministrar as aulas no Recanto Brasil, ficando responsáveis pela formação de mão de obra específica para as diversas vertentes da futura industrialização.

Diante dessa relativa facilidade de oferta de mão de obra e de um grande potencial para o cultivo de hortaliças e frutas, Pelotas vai colocando-se como um dos polos industriais em evidência no Rio Grande do Sul, ao lado das cidades de Rio Grande e Porto Alegre.

A partir de pesquisas realizadas, Gonzaguinha ficou muito satisfeito com a escolha em direção da industrialização. O otimismo aumentou ainda quando ele teve conhecimento de uma estatística feita no país, no ano de 1907. Conforme aquela estatística oficial, das cem maiores empresas então instaladas no Brasil, cerca de vinte e seis se encontravam no Rio Grande do Sul e dessas vinte e seis empresas, um número significativo são oriundas do eixo Pelotas-Rio Grande, destacando-se as do ramo de beneficiamento de matérias-primas de origem animal, como a carne seca e a banha. E o mais importante, pensou Gonzaguinha, é que seu projeto previa justamente aproveitar a parte charqueadora, digamos assim, que ainda restava na Charqueada Santo Antônio e em seguida organizar-se para a indústria do arroz.

Maria Antonieta ficava muito feliz ao assistir e participar das conversas de dois idealistas como demonstravam ser seu marido, Afonso, e o neto, Gonzaguinha. Agora tornara-se hábito jantarem juntos todos os dias e conversar sobre os projetos em andamento, sob os olhares curiosos das gêmeas, que agora já eram duas menininhas espertas continuando lindas.

Gonzaguinha explicava com entusiasmo que ainda existia mercado para o charque, não com a intensidade do passado, é claro, e, além disso, era possível e conveniente partir com força para a indústria alimentícia usando matéria-prima de origem animal e a mão de obra disponível, incluindo os jovens instruídos e formados no **Recanto Brasil**.

– Enfim, meu querido avô, precisamos modernizar um pouco a velha charqueada Santo Antônio, principalmente na parte de fornecimento de energia elétrica. Outro aspecto importante é a instalação de trilhos para o transporte de animais abatidos nas dependências da charqueada, melhorando, assim, a rapidez do fluxo do trabalho e proporcionando um pouco mais de conforto aos trabalhadores.

Não podemos esquecer também da formação e especialização de trabalhadores para as diversas etapas de produção. Ainda bem que, neste caso, para isso podemos contar com os professores do Recanto Brasil.

Gonzaguinha não tinha quase momentos de descanso, não obstante as recomendações de sua avó e de Afonso. Suas desculpas vinham da velocidade com que a transição da economia agrária para indústria estava ocorrendo e que as pessoas não podiam parar de trabalhar.

Finalizadas e checadas as planilhas de investimento no plantio do arroz, Gonzaguinha e Afonso começaram modestamente plantando quarenta sacos de sementes em trinta hectares, nas proximidades da velha charqueada Santo Antônio. A prioridade na aquisição de mão de obra era sempre no sentido de empregar trabalhadores ligados à Associação e moradores do **Recanto Brasil.**

Entretanto, as coisas não eram nada fáceis a ponto de ser suficiente fazer a plantação e esperar os resultados. Acontece que Gonzaguinha estava orientado e assessorado pelos quatro filhos de Pedro, arquiteto e construtor do agora já famoso **Recanto Brasil.**

Os quatro irmãos por parte de pai haviam feito Faculdade de Engenharia na Alemanha, a convite do avô dos quatro jovens. Florinda, entretanto, na época, quando consultada, não queria que seus dois filhos gêmeos atendessem ao pedido de seu pai nunca declarado oficialmente. Dr. Luís Germano, além de nunca ter reconhecido Florinda como sua filha, havia contribuído diretamente para a morte de sua mãe, que seria avó dos dois gêmeos.

Os quatro jovens conheciam a história de seu avô, menos o fato de que ele praticamente havia matado a mãe de Florinda, expulsando-a violentamente de sua charqueada, ainda sangrando, logo após o nascimento de Florinda. Pedro, zeloso pai dos quatro jovens, em princípio também não concordava, mas depois pensou no nível de conhecimento científico e cultural que os quatro jovens poderiam alcançar, tendo a chance de frequentarem uma Faculdade de Engenharia na Europa naquele final do século XIX.

O assunto que envolvia a ida ou não para a Alemanha dos quatro jovens irmãos por parte de pai já havia provocado muita discussão entre Pedro, Luíza, Florinda e os quatro filhos, que agora, com pouco mais de dezessete anos, achavam que podiam decidir suas próprias vidas.

Aliás, discussão é o que não faltava naquela família, que tinha um pai de quatro filhos, sendo dois de cada uma das mulheres irmãs por parte de pai. Os quatro filhos eram, portanto, irmãos por parte de pai e primos, porque as mães eram irmãs. A primeira grande discussão entre os sete belos havia sido para decidir em que casa iriam morar os gêmeos a partir da constatação da sua filiação. As pessoas da vizinhança, os conhecidos e amigos, impressionados com aquela família incomum, apelidaram a todos de sete belos, porque eles eram todos parecidos e, realmente, suas aparências estavam um pouco além da beleza.

Ninguém jamais iria imaginar que os dois gêmeos recém-nascidos deslizando água abaixo, dentro de uma pelota no arroio Pelotas, fossem filhos de Pedro e Florinda. Pedro, ao pretender devolver as crianças, conforme determinado na Lei do Ventre Livre, evidentemente não sabia que eram ele e Florinda os pais das crianças. Aconteceu que as crianças foram ficando onde tinham que ficar, mas as desconfianças de parentesco começaram a aparecer somente quando os gêmeos chegaram aos dois e meio a três anos de idade por comparação de traços biológicos e comportamentais.

Após aquela incrível e emocionante noite do jantar do encontro de Florinda com seus filhos, ela os levou para casa ao final da festa. Mas no outro dia os gêmeos sentiram falta, não só dos irmãos por parte de pai, mas de Pedro e de Luíza. Assim ocorrendo, ficou fácil para o pai das quatro crianças, Pedro, cumprir sua decisão de que seus filhos permaneceriam juntos e nunca mais se separariam. Florinda teve que aceitar. Seus filhos tinham apenas cinco anos e foram salvos e criados pelo pai e Luíza, mas ela ficou por perto.

A discussão sobre a decisão de os quatro jovens morarem na Europa para cursarem Faculdade na Alemanha foi mais difícil de ser resolvida, em razão do passado confesso de Luís Germano, pai de Luíza e Florinda e avô dos quatro jovens. As barbaridades que Luís Germano cometeu no Brasil foram quase todas consideradas atividades criminais, classificadas como crimes hediondos.

Os quatro filhos de Pedro aos poucos foram sabendo, quando adultos, que a história que eles não conheciam de seu avô era bem pior do que a que eles conheciam. Os gêmeos não se conformavam e não conseguiam conceber tanta maldade. Como era possível ficar impune o fato de o velho ter praticamente matado a avó deles, mãe de Florinda!

Pedro, Luíza e Florinda chegaram à conclusão de que os quatro jovens teriam que resolver entre eles e depois comunicar a decisão. Só pediam a eles que fossem os quatro irmãos, ou então nenhum. A decisão foi de irem os quatro, mas quando voltassem ao Brasil, já diplomados, durante quinze anos, trabalhariam doando parte do que recebessem para o **Recanto Brasil**.

Os quatro, muito inteligentes, formaram-se com louvor e cinco anos depois voltaram com um Diploma de Engenharia, especializando-se em Engenharia Civil e Administração Agrária, especialidades que vinham atender a demandas importantes para os projetos da Associação, sobretudo para **o Recanto Brasil.**

Gonzaguinha soube aproveitar muito bem quando alguns anos depois os quatro irmãos, já veteranos, dedicaram-se a trabalhar, com maior frequência no campo, guardando sempre muitas horas por semana para darem aulas gratuitas no já famoso **Recanto Brasil**.

O primeiro grande problema que os jovens engenheiros tiveram que resolver foi a respeito da irrigação no terreno a ser plantado o arroz. Gonzaguinha nunca tinha pensado nisso. Para ele água não poderia ser problema em um Município como o de Pelotas. Os jovens engenheiros explicaram a Gonzaguinha que uma plantação de arroz necessita de um terreno irrigado para garantir boa colheita, e este terreno deve ser perfeitamente nivelado. Em seguida, os doutores Luís e Luíza providenciaram o nivelamento do terreno e logo depois a construção de um sistema de canais e calhas para a irrigação da lavoura de arroz.

O sucesso alcançado no cultivo de arroz foi levando a região à adoção de uma nova estratégia empresarial. Algumas das antigas charqueadas passaram a chamar-se engenhos, na medida em que eram construídas as granjas e as empresas de beneficiamento de arroz nas imediações da cidade, como o Engenho São Gonçalo.

Mas os sonhos de Gonzaguinha o levavam na direção de uma estrutura industrial relativamente leve, com empresas diversificadas em suas produções e seus produtos. Existia em seu coração algo que o obrigava a esquecer as antigas estruturas pesadas e quase prisionais das velhas charqueadas.

Na verdade, seus pensamentos estavam voltados para o grande empreendimento projetado por sua amada vovó Maria Antonieta e construído junto com outras heroínas da senzala, amigos e colaboradores no projeto. Na verdade, tratava-se do **Recanto Brasil,** uma instituição planejada, inicialmente, para apoiar ex-escravizados e os jovens negros nascidos logo após a abolição da escravatura. Tal instituição estava orientada segundo objetivos da maior amplitude possível.

A partir dessas perspectivas, a orientação educacional no Recanto Brasil passou a ser a formação rápida e perfeita de uma mão de obra voltada para mercados de trabalho mais modernos e coerentes com a vocação econômica e social da região pelotense.

Parece que os pensamentos de Gonzaguinha foram perfeitamente acolhidos pelos deuses dos negócios, porque o século XX estava chegando e deixando claro que a indústria alimentícia seria um setor muito importante para a cidade de Pelotas.

Isso porque era possível perceber a continuidade e a afirmação do processo de implantação de unidades industriais advindas de investimentos, seja de imigrantes europeus, seja de estancieiros e charqueadores, estes na tentativa de modernização da produção pecuária.

Com isso a cidade de Pelotas, desde a segunda metade do século XIX, colocava-se como um dos polos industriais mais em evidência no Rio Grande do Sul, ao lado de Rio Grande e de Porto Alegre. Entretanto, Gonzaguinha ainda não estava satisfeito com o cenário social, que ainda não oferecia segurança para os trabalhadores. Na cabeça de Gonzaguinha, era inadmissível que viesse a acontecer novamente o que aconteceu com o término do ciclo do charque e suas consequências de desemprego em massa.

Gonzaguinha utilizava todos os seus argumentos para defender a tese segundo a qual a única maneira de evitar desemprego na entressafra seria diversificar a produção de modo que na entressafra de um produto, conduzir-se-ia a mão de obra sem trabalho para a produção de outro produto.

Este era um assunto a ser ventilado no jantar daquele dia de aniversário de Afonso, 31 de dezembro, que era o mesmo dia de Maria Antonieta e o último dia do ano. Ao vê-los, Gonzaguinha começou a gritar, assustando as gêmeas Dóris e Glória.

– Eu nunca vi ninguém mais pão-duro. Aniversários no mesmo dia de dois líderes comunitários ricos, e nem uma festa para comemorar.

– Eles estão de aniversário hoje, meu sobrinho?

As duas meninas perguntaram ao mesmo tempo e em seguida abraçaram os pais, beijando-os como elas gostavam de beijar e eles de serem beijados. Depois fecharam-se todos num abraço total, festejando com alegria incomum.

Depois do jantar e mais um pouco de brincadeiras, as crianças foram dormir, e aí veio a conversa de adultos a respeito de economia, política, sobre a família e até sobre a vida particular de Gonzaguinha.

Embora Afonso tivesse dado a Gonzaguinha toda a liberdade para agir na empresa da qual os dois eram sócios, Gonzaguinha resolveu falar com seu avô e sua avó, porque as decisões que pretendia tomar poderiam não ser de agrado de Afonso.

– Vejam, meus queridos avós. A nossa região de Pelotas sempre foi uma área de produção de alimentos, começando pelo charque, que foi o primeiro sustentáculo econômico da região, passando posteriormente para o arroz e seguindo-se a industrialização de frutas. A indústria de conservas de hortaliças e frutas surgiu nas últimas décadas do século XIX e início deste século XX, quando se formaram pequenas fábricas junto às propriedades de produtores rurais. Essas pequenas fábricas não têm qualquer proteção financeira em condições de salvá-las num momento de crise. O resultado é que os trabalhadores dessas pequenas empresas e seus familiares, num momento de crise, poderão ter sérios problemas de sobrevivência, não tendo qualquer órgão protetor institucional. Entendemos que, para uma emergência, teríamos o Recanto Brasil, muito bem planejado e executado por nossa Associação, cujos associados fizeram e fazem o possível para construir uma instituição autossustentável. Procurando melhorar mais ainda esta sustentabilidade, Dr. Pedro, nosso arquiteto, presidente/gestor de uma superempresa que coordena lojas de vestuário masculino e feminino em vários países da América, prometeu num futuro próximo levar algumas de suas lojas para funcionar no entorno do Recanto Brasil.

Seguiu Gonzaguinha:

– Todos conhecem a origem de Pedro e suas oportunidades de acesso ao conhecimento. Nos dias de hoje, ele mesmo afirma que recebe bem mais recursos financeiros do que precisa para viver. Entretanto, ele sabe que essa diferença pode estar vindo de um passado onde pessoas foram escravizadas para criar um falso bem-estar.

Por isso, Gonzaguinha e Pedro juntaram seus esforços no sentido de buscar um equilíbrio social e econômico que não produza muitas desigualdades.

– Dessa forma, meus queridos vovô e vovó, a ideia minha e de Pedro é que nossas empresas e as que Pedro preside mantenham uma parceria informal com o Recanto Brasil e a partir da aquisição de terrenos próximos possamos construir outras instalações, como uma Escola Politécnica e, numa explosão de otimismo, até um Centro Universitário. O nosso objetivo é que não existam mais pobres no Recanto Brasil. Talvez não seja exatamente essa a frase adequada, mas o que queremos dizer é que não haverá pessoas invisíveis em nosso famoso Recanto e em suas imediações.

No entendimento de Pedro e Gonzaguinha, invisível é aquele modesto trabalhador, do tipo guardador de cavalos, por exemplo. Os donos, ao receberem ou entregarem o animal após usá-lo, sequer olham para o funcionário, não se dignando a lhe desejar sequer um bom-dia. Todas as pessoas ligadas ao Recanto Brasil aprenderão desde pequeno qual é o devido respeito que merece todo o cidadão.

A finalidade da Escola Politécnica será preparar e capacitar a todos que o desejarem, servir como mão de obra especializada, técnicos graduados e supervisores agrícolas. Dessa forma estaremos em condições de disponibilizar mão de obra de todos os níveis para poder oferecer a todo tipo de produção que a região de Pelotas pode oferecer.

– Eu afirmo a vocês, falava um Gonzaguinha entusiasmado. As pesquisas realizadas pelos engenheiros, filhos de Pedro, dão conta de que Pelotas pode ser um dos maiores produtores de pêssegos do Brasil. Da mesma forma, a produção de ervilhas pode também ser uma das maiores da região e com o acompanhamento de uma tecnologia razoável, a cidade tem condições de compor um excelente grupo de indústrias de doces, frutas, químicas, têxteis, de bebidas, de couros e de madeiras. O grande objetivo nosso é transformar o **Recanto Brasil** numa instituição autossustentável que não dependa dos humores do mercado internacional ou quaisquer outras circunstâncias que possam interferir na saúde econômica e social de nossa grande instituição.

Gonzaguinha continuava falando e dizia que há poucos dias havia conversado muito com Pedro, e ele achava que está ficando velho e tem pressa de mostrar que as oportunidades que estamos tendo têm que ser aproveitadas para o bem do futuro de nossos jovens negros e necessitados.

– Eu tinha que dar conta de tudo isso para vocês. Afinal, eu sou o sócio minoritário de nossa empresa familiar.

Seus avós concordaram com tudo, discordando apenas de Pedro e que acha que está ficando velho, e aproveitaram para mandar, através de Gonzaguinha, um grande abraço ao Pedro e os agradecimentos por tudo que ele e sua família tem feito no sentido de colaborar com os projetos em andamento da Associação.

Em seguida o assunto mudou para os acontecimentos políticos do país, e Gonzaguinha novamente usou da palavra, desta vez para manifestar seu desagrado com quase tudo que estava acontecendo. Olhando para todos e demonstrando cansaço, sentenciou que estava difícil de entender o que acontece em nosso país. Por incrível que pareça, o país continua governado pelas oligarquias. Em mais de trinta anos de República, o Brasil continua governado por uma minoria. Queixou-se Gonzaguinha de que paulistas e mineiros se revezam no poder, tentando legitimar uma República que eles chamam de café com leite e que consome quase todos os recursos financeiros do país. Afonso respondeu logo, dizendo que essa situação não vai muito longe e que a reação sai daqui do Sul.

Dona Maria Antonieta ficava preocupada ao ver seu amado netinho angustiado. Essas circunstâncias a deixavam muito incomodada, e ela pensava em alguma coisa para acalmá-lo e desviar sua atenção de tantos projetos e projeções para o futuro.

GONZAGUINHA, HUMILHADO E DISCRIMINADO EM PÚBLICO

No jantar da sexta-feira seguinte havia uma novidade. Quando Gonzaguinha chegou à casa de sua querida dinda, avó e conselheira, ele conheceu Laura. Quando ela lhe sorriu, Gonzaguinha sentiu que alguma coisa estava mudando em sua vida. Ele ficou meio gago, surpreendido pela simpatia da jovem. Recuperou-se, sonhou por alguns instantes e começou a pensar na vida. Sem saber o que dizer, Gonzaguinha não disse nada, ficou mudo, todos riram e as gêmeas que falavam ao mesmo tempo enquanto se admiravam não deixaram de fornecer seu diagnóstico: "nosso sobrinho ficou embasbacado".

Em seguida veio o período de descontração, e Afonso tomou a iniciativa de apresentar a todos a jovem Laura. Ela fora sua aluna na Faculdade de Medicina e agora frequentava o curso de pós-graduação em Ginecologia e Obstetrícia. Disse em seguida Afonso que Laura já era médica e dedicava algumas horas por semana de sua profissão para atender gratuitamente pessoas necessitadas que muitas vezes a procuravam na Santa Casa.

Após o jantar, começaram as conversas por grupos de pessoas, e Laura e Gonzaguinha foram empurrados estrategicamente para um dos cantos da sala, acompanhados pelas duas gêmeas, que se encantaram pelo casal. Laura e Gonzaguinha começaram a conhecer-se. Ela havia nascido no Brasil, mas era filha de imigrantes italianos e franceses. Era fluente nos idiomas francês, italiano, inglês e espanhol. Desde pequena quisera ser médica, sobretudo quando soube das dificuldades que seus antecessores passaram ao chegar ao Brasil e tiveram que enfrentar grandes dificuldades para manter a saúde e poder trabalhar.

— Eu nasci nesta cidade de Pelotas, que fica quase no extremo sul do Brasil, contava Gonzaguinha. É uma cidade encantadora por vários motivos, mas principalmente por sua localização estratégica em relação ao mundo ocidental. A cidade foi construída praticamente junto à Lagoa dos Patos, uma das maiores concentrações de água doce do mundo, mas que mantém uma saída para o Oceano Atlântico. Além de tudo isso, Pelotas situa-se bem próximo de duas importantes capitais da América do Sul, que são Buenos Aires, na Argentina, e Montevidéu, no Uruguai.

– Eu não conheço bem tua cidade ainda Gonzaguinha, porque há pouco tempo cheguei aqui e quase sempre estou estudando. Eu moro numa vila chamada Santa Cecília, próximo de Caxias do Sul. A comunidade da vila escolheu-me para estudar em Porto Alegre, e agora estou eu aqui me especializando em Ginecologia e Obstetrícia, onde teu avô é professor. Os imigrantes da vila Santa Cecília, na realidade, estão investindo em mim para num futuro poder ajudar meu povo e pessoal das imediações e, quem sabe, ter um consultório na vila Santa Cecília.

Aqui em Pelotas eu tenho uma colega que está estudando Direito, nas mesmas condições que eu, com relação aos investimentos feitos pelas lideranças de vila Santa Cecília. O nome dela é Sofia e também está gostando muito de Pelotas.

– Tu precisas conhecer o Recanto Brasil, disse Gonzaguinha. É algo parecido com o que vocês, imigrantes, estão fazendo, mas nós não recebemos qualquer auxílio governamental. Tivemos que enfrentar muitas dificuldades para chegar onde estamos. Se quiseres, podes trazer mais alguém para conhecer nosso grande projeto.

No dia e hora marcados, lá estavam na frente do Recanto Brasil as duas descendentes de imigrantes. Feitas as apresentações, Gonzaguinha encantou-se novamente, mas dessa vez por Sofia, cujos pais eram alemães. Antes de adentrar o território quase venerado por Gonzaguinha, as duas jovens já haviam sentido o encanto e o espírito acolhedor do **Recanto Brasil** que não tinha exatamente um lugar de entrada. Poder-se-ia entrar por qualquer lugar e as restrições de acesso somente eram feitas ao posto médico, às estações de força e luz e ao controlador de água potável.

Gonzaguinha convidou as jovens a acompanhá-lo e irem fazendo as perguntas que desejassem fazer. Gonzaguinha foi explicando a elas que o **Recanto Brasil** não foi construído apenas para abrigar ex-escravizados. Foi projetado também para receber os jovens negros de sua geração, bem como aos ex-escravizados que receberam uma falsa liberdade de nosso governo.

— Vocês podem perguntar o que quiserem, inclusive para os moradores. Só não perguntem a eles, por favor, a razão de eles estarem aqui, porque tal pergunta pode gerar constrangimentos para o morador.

Sofia, estudante de Direito, fez logo a primeira pergunta, querendo saber como foi conseguido um terreno tão grande e com uma localização tão favorável aos objetivos antes fixados? Gonzaguinha explicou que, na realidade, foi uma conquista. Primeiro foram reunidos todos os nossos colaboradores e foi fundada uma associação com legitimidade para reivindicar na Justiça direitos de interesse próprios. Foi a Associação dos Ex-Escravizados do Sul do Brasil.

Em seguida foi ajuizada uma Ação de Indenização junto à Justiça Federal. Essa indenização requerida não pediu dinheiro para o governo, nem para ninguém. O pedido foi, sim, de um terreno para a Associação. A futura advogada Sofia não perdeu tempo e perguntou logo, querendo saber qual foi o fundamento do pedido, visto que a Escravatura no Brasil não foi uma iniciativa do governo brasileiro, mas, sim, um movimento internacional planejado, articulado e executado não oficialmente. Ou seja, praticamente à sombra da lei. Na realidade, foram muitos anos de ilegalidade, com resultados obtidos pela força.

Gonzaguinha então explicou que no entendimento da Associação e de seu Conselho Diretor, todos os governos que atuaram no Brasil naqueles séculos de escravidão foram omissos em relação ao que sofreram todos aqueles negros, negras, velhos e crianças em território brasileiro.

— A partir desse pressuposto nosso pedido sustentou-se na ilicitude omissiva dos governos brasileiros, que nada fizeram em relação ao tratamento violento e desumano nos escravizados durante séculos.

— A Associação está de parabéns, Gonzaguinha; foi um argumento e tanto.

Agora foi a vez da doutora Laura se manifestar. Que garantias teria a Associação de que o Recanto Brasil sobreviveria no tempo?

Gonzaguinha explicou que na verdade não existiria qualquer garantia formal de continuidade do Recanto Brasil. A Associação tem, sim, garantia através de nossos Estatutos, devidamente registrados em cartório. Se forem cumpridos, garantirão a continuidade *ad eternum* da instituição.

– Além disso, a Associação tem um patrimônio razoável, que inclui ações de uma charqueada em processo de modernização, bem como de várias indústrias que foram e estão sendo criadas para dar sustentação ao Recanto Brasil. Mantemos uma Escola Politécnica, cujas vagas são destinadas prioritariamente aos associados e seus descendentes e, também, damos preferência a nossos jovens negros ao reservar as vagas de trabalho em nossas indústrias, aos jovens formados em nossas escolas. Tudo foi planejado para que o Recanto Brasil seja eterno e possa manter-se por si só, sem depender de qualquer tipo de ajuda externa. É claro que tudo vai depender muito das lideranças da época. Por isso nos preocupamos em formar líderes, além de cidadãos, e isso somente se consegue com o conhecimento, estudando muito com foco no amor ao próximo.

As duas jovens parabenizaram Gonzaguinha, visivelmente convencidas de que estavam diante de um projeto revolucionário, grandioso e altamente promissor.

– A propósito, Gonzaguinha e Sofia, falou a doutora Laura. Eu tenho aqui alguns convites para um excelente jantar dançante no fim de semana. É uma festa beneficente no clube mais chique de Pelotas. Com o dinheiro pago por este convite, disse Sofia, eu poderia viver um mês inteiro, mas bem que eu gostaria de ir, porque o *show* vai ser espetacular.

– Neste caso eu estou te convidando, disse Gonzaguinha à Sofia. Pode ser, Laura?

– Claro, Gonzaguinha, aqui estão dois convites, disse Laura, satisfeita.

– Pronto, aqui está o cheque. Fica com teu convite, Sofia, e nos encontramos lá dentro do clube.

O traje para usar na festa marcava passeio completo para os homens, e Gonzaguinha teve que pedir uma gravata emprestada para seu avô Afonso, que teve dificuldade para emprestar, visto que ele também tinha um compromisso que exigia gravata, em data semelhante a de Gonzaguinha.

Na noite do dia e hora marcados, Gonzaguinha chegou à portaria do clube, mas não foi bem recebido. O porteiro recebeu seu ingresso, olhou-o de cima a baixo, e mandou-o aguardar um pouco ao lado. Daí a instantes chegou um segurança, examinou seu ingresso, olho-o de cima a baixo também e perguntou onde ele o havia conseguido.

Gonzaguinha começou a perceber o que estava acontecendo e tentou acalmar-se. Aproximou-se uma outra pessoa, uma senhora, perguntando a mesma coisa.

– Eu comprei da doutora... ã... da doutora Laura.

– Tem certeza, disse a mulher? Chama logo a Laura, disse a mulher ao segurança. E tu, meu jovem, não precisas ficar nervoso. Se quiseres, podes ir embora.

– Eu não estou nervoso, estou envergonhado. Eu nunca havia passado por semelhante vexame.

Com a chegada de Laura, já havia um grupo de pessoas na portaria de entrada do clube, olhando, comentando e esperando assistir a algum tipo de confusão. Laura! Quase gritou a mulher, falando bem alto. Nós não havíamos combinado que não era para vender ingressos para gente de cor e para descendentes de escravizados?

A jovem ficou vermelha e já ia começar a falar, quando viu chegarem os convidados de honra, Dr. Afonso e Maria Antonieta. Agora quem ficou vermelha foi a mulher, dizendo a Gonzaguinha que se afastasse, para que ela desse boas-vindas ao casal a ser homenageado.

Maria Antonieta, com a calma de sempre, olhou para todos e disse que iria embora diante do que tinha visto e ouvido. Ela e seu neto Gonzaguinha, pelo visto, não eram bem-vindos àquele local.

A mulher imediatamente pôs-se à frente de Dr. Afonso e de Maria Antonieta, pedindo desculpas, dizendo que não sabia que Gonzaguinha era seu parente e que cumpria uma determinação da diretoria do clube, mas viu-se falando sozinha, porque Gonzaguinha e os avós já estavam indo embora.

Quando chegaram em casa, os três não sabiam o que dizer diante daquela demonstração explícita de discriminação, falta de educação e preconceito. E o pior é que nada poderiam fazer, pois tratava-se de um entidade particular, embora os ingressos tenham sido vendidos ao público em geral. Só que havia uma recomendação para não vender ingressos a negros e ex-escravizados.

A doutora Laura, ao encontrar-se com Afonso no hospital, queria devolver o dinheiro que Gonzaguinha havia gasto, mas Afonso, de maneira um tanto fria, alertou-a que o problema tinha que ser resolvido com seu neto, e não com ele.

Sofia procurou Gonzaguinha, tentando ajudar a diminuir a grosseria, desculpando-se, mas ela, na verdade, nada tinha que ver com o acontecido. Os dois começaram a sair juntos, mas o namoro parecia não dar certo, em razão de desconfortos que aconteciam em lugares em que havia preconceito ou discriminação.

Gonzaguinha estava desolado. Após quase quarenta anos de ter sido abolida a escravatura, a sociedade brasileira continuava a discriminar os ex-escravizados e seus descendentes do convívio social brasileiro.

A Nação Brasileira, se antes foi omissa por seus governantes ao aceitar tanta violência e tortura contra os escravizados, novamente o foi, libertando-os da senzala sem um mínimo de horizonte possível, no sentido de minimamente reorganizarem suas vidas.

A Pátria Brasileira parece dividida em brancos e ex-escravizados negros e seus descendentes. Havia lugares em que predominavam os negros e outros em que predominavam os brancos. Nestes os negros não eram bem-vindos e naqueles, onde havia predominância negra, os brancos eram aceitos com desconfiança.

– E agora, vovó? Perguntou Gonzaguinha, desanimado. Não existem mais escravizados, mas a população negra tem seu poder aquisitivo muito menor do que o contingente branco. Isso cria muitas desigualdades e baixa muito a autoestima do negro. O que podemos fazer? Até quando a sociedade brasileira estará dividida? Os melhores empregos são para as pessoas brancas. Resta aos negros um mercado de trabalho com atividades mais rústicas, sem exigência de escolaridade e evidentemente com salários mais baixos.

– Temos que fazer aquilo que eu te falava quando eras bem jovem, meu neto, dizia Maria Antonieta. Estudar muito, procurar ser o mais competente possível em tudo que for feito. Para vencer diferenças é necessário trabalhar e estudar a respeito daquilo que faz a diferença e, com o estudo, com o trabalho duro e competência procurar no mínimo igualar-se no quesito que provoca diferença. O ideal para os negros seria ultrapassar o nível de competência exigido no grupo social. Os conteúdos provocadores das diferenças precisam ser enfrentados e eliminados, através da educação, do estudo. O conhecimento significa a verdade, a virtude e o que é certo, qualidades indispensáveis para a aceitação no grupo social. É difícil, mas é o único caminho. Não esqueça, meu querido Gonzaguinha:

"A competência supera qualquer tipo de preconceito ou discriminação".

A verdade é que os negros, nossos ascendentes, não vieram ao Brasil para serem brasileiros. Eles foram sequestrados e forçados a vir para o Brasil para, mediante violência e tortura, servir aos brasileiros. Os mentores dessa desgraça humana não deram importância para o que aconteceria com aquelas pessoas quando houvesse necessidade de desfazer aquela conduta, com características de monstruosidade.

— De qualquer forma, acho que acertamos em cheio, vovó, com a criação do **Recanto Brasil**. Talvez nossa instituição seja o caminho para superar as desigualdades. Lá ninguém é discriminado, todos têm as mesmas oportunidades. O estudo está ao alcance de todos, bem como o trabalho, e ninguém está sujeito à humilhação que estivemos submetidos durante séculos. Às vezes me lembro de mamãe, vovó! Ela e suas teorias sobre racismo, discriminação e preconceito. Antes de viajar para a Inglaterra, ela ainda me falou muito sobre o assunto. Ela dizia que tudo isso é bobagem e que nã realidade resumia-se a questões de pobreza e falta de educação. Antes de ir embora, ela me disse que eu me casasse com mulher branca, porque pelo menos meus filhos não sofreriam discriminação. Isso não é tão simples assim, mamãe, eu dizia a ela. A minha convivência com pessoas brancas, principalmente com jovens brancas, restringe-se a professores e alunos do Recanto Brasil.

Continuou Gonzaguinha:

— Minha mãe, Maria Francisca, insistia e afirmava que a única forma de acabar com discriminação racial no Brasil seria não ter mais negros e não ter mais brancos em nosso Brasil, e isso dependeria muito de nós, negros, homens e mulheres. Seria necessário que estudássemos muito, num patamar que ultrapassasse o estudo dos brancos. A partir de um bom emprego, com autoestima elevada e excelente apresentação pessoal, conquistaríamos os brancos e seríamos conquistados por eles. Numa geração não muito distante estaríamos diante de uma raça própria, feita no Brasil, que poderia chamar-se simplesmente de raça brasileira.

Gonzaguinha começou a dar mostras de que ia perdendo as esperanças, decepcionado com as perguntas e respostas racistas que recebia no dia a dia, com as piadas sobre negros e com o desenvolvimento insatisfatório de seu país. Começou até a pensar que sua vida amorosa seria um desastre. Por fim, decidiu que iria debruçar-se totalmente sobre o trabalho para fortalecer o máximo possível o Recanto Brasil, que, por enquanto, era sua última esperança.

Na política, as coisas não andavam melhores. Na avaliação de Gonzaguinha, o país continuava a ser governado pelas oligarquias. A escravidão foi abolida, mas os ex-escravizados foram condenados à miséria. Entretanto, ele, Gonzaguinha, não arredará um passo de seus princípios. Fará o possível e, quem sabe, o impossível para não utilizar dinheiro com cheiro de senzala. Até poderá recebê-lo, mas o encaminhará para o Recanto Brasil. Dinheiro oriundo de toda e qualquer produção advinda de mãos escravizadas somente terá serventia naquela instituição.

Como se Gonzaguinha tivesse recebido uma resposta aos seus anseios de mudança política no país, a década de trinta do século XX iniciou com novidades no cenário político nacional com a Revolução de 1930. Foi um movimento revolucionário que deu fim ao predomínio das oligarquias paulistas e mineiras no comando da República Brasileira. O líder da Revolução, o gaúcho Getúlio Vargas opunha-se diretamente à política oligárquica e dependente da situação econômico-financeira internacional. Por isso o seu plano de ação trazia promessas de utilização de um conjunto de medidas reformistas, como o voto secreto, uma legislação trabalhista e o desenvolvimento e proteção da indústria nacional.

O golpe civil/militar foi articulado a partir da suspeita de eleições fraudulentas, e assim foi iniciada a era Vargas, que procurou a aproximação do líder Getúlio com as massas populares, enfraqueceu o Poder Legislativo, reforçou o Poder Executivo, e concedeu direitos aos trabalhadores.

Gonzaguinha entusiasmou-se com os primeiros passos do novo governo, embora o preocupasse o perfil ditatorial de seu conterrâneo. No jantar daquela sexta-feira, quando se encontravam quase todos os membros da família, até as gêmeas Dóris e Glória queriam dar palpite e saber, sobretudo, o que era o voto secreto.

Dona Maria Antonieta pediu para ser a primeira a manifestar-se, dizendo que éramos forçados a admitir que o nosso Brasil iniciava um nova era. Um país de dimensões continentais como o nosso não poderia ter sua economia condicionada somente a uma, duas ou três regiões e muito menos conduzir eleições presidenciais de modo a favorecer a quem quer que seja.

– Quanto ao voto, vocês conhecem minha opinião a respeito dele. Numa República, o voto talvez seja o único instrumento que tem a população que lhe possibilite, efetivamente, buscar seus interesses, e ele, o voto, deve ser absolutamente secreto. O voto precisa ser encarado como um ato de amor pelo país, visto que entregamos nossos destinos mediante uma parceria extremamente séria. A respeito de leis relacionadas aos direitos trabalhistas, parece que estamos vivendo um sonho. Há pouco mais de quarenta anos, tínhamos um cenário de terror em relação a direitos de pessoas que trabalhavam e sustentavam a economia brasileira.

Gonzaguinha seguiu:

– Efetivamente, deveremos começar a sentir uma diminuição de importância do setor primário na economia brasileira. Entretanto, o Estado precisa tomar iniciativas e providências no sentido de estimular a criação de indústrias básicas e ao mesmo tempo colocar em vigor mudanças visando à instituição, à criação ou ampliação de direitos sociais.

– Vovó, disse Gonzaguinha, estou começando a me entusiasmar novamente. Vou conversar com Pedro e seus filhos. Eles comungam comigo a ideia de operacionalizar ao máximo o Recanto Brasil e jamais depender de recursos herdados daqueles tempos de trevas. A ideia é formar e capacitar o máximo de mão de obra para que os investidores brasileiros ou estrangeiros fiquem certos de que não faltarão trabalhadores qualificados para todo tipo de investimento. Aliás, este é um dos grandes objetivos do Recanto Brasil, ou seja, estimular nossas indústrias a produzir e processar os recursos naturais da região, que, segundo pesquisas de nossos jovens engenheiros agrônomos, tornará a cidade de Pelotas um grande destaque no cenário produtivo nacional e até mundial. O Recanto Brasil estava ultrapassando todas as expectativas do projeto, e os recursos financeiros vinham de todo o país e do exterior. A maioria das pessoas preferiam não se identificar, mas deixavam claro que aquelas doações pouco significariam diante das injustiças cometidas num passado que gostariam muito de esquecer.

Os jovens engenheiros, filhos de Pedro, arquiteto do Recanto Brasil não perdiam tempo. Percorriam todo o terreno do Recanto Brasil, verificando necessidades, anotando problemas e agora estão planejando a construção de uma vila residencial, com apartamentos de dois e três dormitórios e uma ala especialmente projetada para idosos.

Florinda, amiga de Gonzaguinha, mãe de Luís e Luísa, filhos de Pedro, aproveitando seu talento de Decoradora de Ambientes, criou um espaço totalmente florido, com perfumes suaves, para que as crianças do Recanto Brasil aprendessem a cantar, declamar poesias, estudar teatro, cinema e exercitar-se em outras manifestações artísticas. Foi nesse ambiente que Gonzaguinha conheceu Maria Assumpção. Ele ficou encantado ao ver a forma como ela cantava e ensinava as crianças a cantar. Depois Gonzaguinha ficou sabendo que ela não tinha nenhum diploma, nunca havido frequentado uma escola de música, mas havia provas de que ninguém, no **Recanto Brasil** era capaz de lidar com crianças como ela.

Foi Florinda quem a descobriu num acontecimento social de médio porte ocorrido no centro da cidade de Pelotas. Florinda exercia sua genialidade decorando, com flores, é claro, o ambiente para uma solenidade de formatura. Maria Assumpção era a encarregada da disposição geral de todos os objetos de decoração, seguindo o projeto estabelecido e articulado por Florinda. Maria Assumpção realizou as tarefas tão bem que chamou demais a atenção de Florinda. A jovem Maria Assumpção foi logo contratada por Florinda. As duas se completavam, porque Florinda já não era mais tão jovem para fazer alguns trabalhos que exigiam um pouco de força e mobilidade. Florinda e Maria Assumpção passaram a fazer muitos trabalhos juntas, encontrando-se quase todos os dias, e, em seguida, tornaram-se verdadeiras amigas.

Quando foi aberta a vaga de treinamento de crianças no Recanto Brasil, Florinda não teve dúvidas em indicar Maria Assumpção para o cargo. Maria Assumpção, por sua vez, ficou eufórica com o emprego, porque melhorou sua renda mensal, que era quase insuficiente para atender todos os seus compromissos. Mas o que ela mais havia apreciado naquele emprego era o fato de ver vários dias por semana aquele lindo e elegante negro que atendia pelo nome de Gonzaguinha.

Nos dias em que ele não aparecia, Maria Assumpção ficava um pouco triste, as aulas assumiam um tom mais positivo e as músicas eram mais rápidas e meio sem graça, como as meninas e os meninos diziam. Mas quando Gonzaguinha aparecia, as meninas brincavam com a professora, dizendo que hoje seria um dia especial e as músicas teriam muito romantismo. Florinda, que conseguia ler o que estava escrito nas flores, em pouco tempo leu o que se passava no coração de sua amiga e auxiliar executiva. Em seguida, sem demorar muito, foi sondar como quem não quer nada seu também amigo Gonzaguinha. A supersensibilidade de Florinda concluiu imediatamente que em breve haveria um casamento.

Num daqueles fins de semana em que se reunia quase sempre toda a família, inclusive as gêmeas Dóris e Glória, que até já davam palpite em tudo, Gonzaguinha disse que tinha uma declaração a fazer.

— Eu acho que posso adivinhar, disse seu avô Afonso, sorrindo com a certeza de que receberia uma boa notícia.

— Nós também, disseram as gêmeas ao mesmo tempo como sempre faziam. Nosso sobrinho está apaixonado.

Todos riram muito, menos dona Maria Antonieta, avó de Gonzaguinha, que permaneceu séria olhando para seu adorado neto, que ela praticamente havia criado e ainda sentia-se responsável por ele.

— Eu estou muito contente, disse sua avó, mas eu vejo alguma preocupação nos teus olhos, meu filho. Eu estou certa ou errada?

— A senhora está certa, vovó. Ela se chama Maria Assumpção, é pobre e negra.

— Eu espero, meu negrinho querido, que tua preocupação seja qualquer coisa a respeito do nome dela, que para mim parece muito bonito, manifestou-se Maria Antonieta um pouquinho furiosa.

— Para mim, vovó, nem o nome nem o fato de ela ser pobre, mas a cor da pele dela, falou Gonzaguinha, quase com raiva. Não sai da minha cabeça a humilhação que eu passei na frente do clube mais chique de Pelotas naquela noite de um fim de semana cheio de tantas festas. Eu me senti como se fosse um criminoso, sendo qualificado e interrogado por uma autoridade policial.

— Calma, meu querido neto, interveio Afonso, com carinho. Quem estava errado naquela noite? Tu não havias cometido nenhum crime e se houve crime tu foste a vítima. Tu conheces a minha história como tua avó, mas tu não tens ideia do que exatamente nós passamos. Presta bem atenção, meu neto. Esta batalha tem que ser ganha por nós, porque não fomos nós que a propusemos. Não tenhas medo. Se tu amas esta menina, confia no amor. Foi assim que aconteceu comigo e tua avó. Quanto mais armadilhas preparavam para derrotar nosso amor, mais ele florescia. Vocês precisam confiar. A fé não costuma falhar.

Por outro lado, a jovem Maria Assumpção, um pouco assustada, não tinha tantas vozes a seu favor que lhe proporcionassem tanta segurança. Mas ela tinha a amizade de Florinda e, não obstante a diferença de idade, as duas já tinham muitas coisas em comum.

– Olhe só, Maria Assumpção, disse Florinda carinhosamente, eu não sei exatamente quando nasci. Só sei que foi na charqueada São Luís, que praticamente não existe mais. Meu pai, eu fiquei sabendo mais tarde, fora o Dr. Luís Germano, senhor daquela charqueada, um maníaco sexual que expulsou minha mãe, esvaindo-se em sangue, das terras dele assim que eu nasci. Eu nem cheguei a conhecê-la. Sorte minha que fui entregue ao negro Josué, uma espécie de bruxo que vivia na charqueada e todos o respeitavam porque ele tinha acesso a informações futuras. O negro Josué comunicava-se com as flores, tinha uma memória privilegiada que lhe permitia receber e transmitir mensagens e receber recados sem escrevê-los e fazia qualquer tipo de cálculo de forma imediata, sem o auxílio de qualquer instrumento ou máquina. Quando Pedro, pai de meus filhos, que tu já conheces, continuava, Florinda chegou à charqueada São Luís, vindo de Buenos Aires cheio de diplomas embaixo do braço pedindo emprego, jamais ele seria capaz de acreditar no que o destino lhe havia planejado. O Dr. Luís Germano, quando viu aquele lindo negro, jovem tão inteligente, falando feito um professor, apaixonou-se por ele e imediatamente nomeou-o seu assessor pessoal. Naquele mesmo dia, altamente impressionado com o jovem, convidou-o para jantar em sua mansão. Entretanto, a preferência de Pedro pelas mulheres era evidente, haja vista que ele acabou se apaixonando por Luíza, filha do Dr. Luís Germano e ao mesmo tempo por mim, negra, escravizada e filha de ninguém. Dr. Germano, filho de alemães, era amigo do português Antônio Silva, senhor da charqueada São Gabriel, outro pervertido sexual que tentou matar os filhos que tenho com Pedro, os gêmeos Luís e Luíza, que tu conheces muito bem aqui do Recanto Brasil.

Vendo que sua amiga estava apavorada, Florinda tentou acalmá-la, dizendo que este era apenas um resumo de nossas histórias e daquilo que nós, os negros ex-escravizados, temos passado.

— De qualquer forma, Maria Assumpção, o pior eu acredito que já passamos nos últimos três séculos e meio. Portanto, minha querida, enfrenta teu destino, porque, no mínimo, tu viverás um grande amor.

— Mas eles são tão ricos, Florinda. Eu nem vou saber como me comportar dentro da mansão em que eles vivem. Ouvi falar que Gonzaguinha tem uma avó ou bisavó que é inglesa, viúva de um homem que se chamava Lorde Albert. Parece coisa de filme.

— Fica tranquila, Maria Assumpção, disse Florinda tentando acalmá-la novamente. Maria Antonieta, avó de Gonzaguinha, foi escravizada na charqueada Santo Antônio, mas foi criada junto com os três filhos do casal de senhores daquela charqueada. Na sua adolescência e juventude, Maria Antonieta trabalhou muito junto com seus três irmãos de criação, produzindo charque aqui em Pelotas. Junto com Afonso, seu amor desde criança, os dois juntos, um pouco além da adolescência, lideraram a organização e a venda de café em mais de cem fazendas na Província de São Paulo e mais outras no sul de Minas Gerais, todas de propriedade da família. Entretanto, todo aquele dinheiro, que foi uma fortuna quase incalculável, estava impregnado com o cheiro da senzala. Quando Maria Antonieta conseguiu receber algo proveniente daquele trabalho, ela nunca o utilizou para si própria. Empregou tudo na Vila Valquíria e no Recanto Brasil.

Prosseguiu Florinda:

— A avó de Afonso, marido de Maria Antonieta, Mrs. Glória, fez quase a mesma coisa com os milhões de libras esterlinas que herdou do marido Lorde Albert, que financiava o tráfico de escravizados. Confia nos desígnios de Deus, Maria Assumpção, sem te preocupares muito com as voltas que o mundo dá, falou categoricamente Florinda. Confia no amor que tu tens por Gonzaguinha. Eu o conheço desde que nasceu. Ele foi criado pela avó, Maria Antonieta, que o protegeu do mundo e lapidou-o como se fosse um joia.

Maria Assumpção ficou mais animada após a conversa com sua amiga Florinda, mas o namoro entre ela e Gonzaguinha iniciou meio morno. A família de Maria Assumpção morava longe e ela dormia na ala residencial do Recanto Brasil, junto com o pessoal da saúde, que dá plantão no Posto Médico e na enfermaria do Recanto Brasil.

Numa daquelas sextas-feiras em que quase toda a família de Gonzaguinha se reunia, Maria Assumpção foi convidada a comparecer para jantar. Naquele dia ela quase não trabalhou de tão preocupada com o que a esperava. Ela sabia que aqueles momentos poderiam ser decisivos para sua vida.

Maria Assumpção foi muito bem recebida. Dona Maria Antonieta quase pegou a jovem no colo de tão contente que estava com sua presença. Todos os assuntos foram pré-escolhidos de modo a não constranger Maria Assumpção. Após o jantar, Maria Assumpção estava bem à vontade, respondendo as perguntas que lhe faziam com alegria, principalmente as das gêmeas, que queriam saber exatamente qual o parentesco que elas teriam com os filhos dela, Maria Assumpção, e do sobrinho Gonzaguinha.

Maria Assumpção estava muito feliz, mas sabia que teria de retribuir em sua casa o imenso carinho com o qual ela havia sido recebida na residência de Gonzaguinha e também para mostrar que ela era pobre, mas era educada, tinha pai e mãe, ainda que adotivos.

Explicou a todos que gostaria de fazer um festa à altura desta com que havia sido recepcionada, mas sua casa era pequena e modesta e sendo assim ela somente poderia receber dona Maria Antonieta, seu Afonso, dona Dóris e dona Glória, e ficou olhando para as gêmeas. As duas meninas retrucaram imediatamente a uma só voz, como sempre faziam:

– Mas, e nosso sobrinho não será convidado?

Gonzaguinha e Maria Assumpção estavam muito felizes e quanto mais se encontravam, mais aumentava o desejo de terem um ao outro com mais frequência e intimidade. Decidiram então que ficariam noivos na festa programada para dentro de quinze dias, quando as famílias se encontrassem, e marcariam a data do casamento.

Ficou combinado que Maria Assumpção continuaria a trabalhar fora de casa, mas quando viesse o segundo filho, ela deixaria o trabalho imediatamente. Quanto à moradia, eles alugariam um imóvel próximo ao Recanto Brasil e quando pudessem, com seus próprios recursos, comprariam um imóvel para morar.

Esta última resolução provocou muita polêmica e choradeira, porque a bisavó Glória e o avô Afonso deixaram bem claro que ficariam extremamente ofendidos se Gonzaguinha e Maria Assumpção não aceitassem um imóvel como presente de casamento.

Maria Assumpção ficava muito constrangida com a teimosia de Gonzaguinha, e este explicava pela décima vez que somente aceitaria dinheiro ou bens em relação aos quais tivesse certeza de que não tinha cheiro ou marcas deixadas pela senzala.

A discussão era intensa e muito forte, e as gêmeas também gritavam que eram tias e tinham direito também de dar presentes. Elas tinham economias de mesadas polpudas que recebiam da família inteira. Ficou decidido, então, que os noivos aceitariam como presente de casamento um imóvel mobiliado com os principais móveis para iniciar uma vida de casados, mas seria um único presente, em que todos contribuiriam com uma cota dentro de suas possibilidades.

O CASAMENTO DE GONZAGUINHA E MARIA ASSUMPÇÃO

A cerimônia de casamento foi conduzida seguindo um protocolo muito simples, com presenças muito restritas. Além dos familiares mais próximos, compareceram apenas os amigos mais íntimos, como a família de Pedro, os sete belos, que chamavam muito a atenção de todos por ser composta por apenas um homem, duas mulheres irmãs e quatro jovens que eram ao mesmo tempo irmãos e primos.

Naquele dia de seu casamento, Gonzaguinha pensou muito em sua mãe, Maria Francisca, e em seus conselhos.

"Te casa com uma mulher branca, meu filho, e pelo menos teus filhos não sofrerão o preconceito e a discriminação, como se tivessem cometido um crime ou somente pelo fato de terem nascido negros."

"As elites brasileiras jamais admitirão abolir a escravidão no Brasil." "O Brasil não é um país sério, meu filho."

Mas Gonzaguinha pensava também em sua avó, Maria Antonieta.

"Estuda muito, meu neto, procura adquirir o máximo possível de conhecimento e faz a mesma coisa com teus filhos. Ensina cada um a parecer o mais competente de todos, em todas as situações. Não te esqueças de que somente o conhecimento leva à verdadeira liberdade. E mais, a competência e o conhecimento superam qualquer tipo de preconceito ou discriminação."

A lua de mel foi um presente exclusivo de Maria Antonieta, que na véspera chamou seu neto para uma última conversa.

— Agora serão somente vocês dois que decidirão suas próprias vidas. Não existem mais escravizados no Brasil. Muitos brasileiros não queriam que a abolição acontecesse. Essas pessoas acreditavam que poderiam apossar-se da alma alheia segundo suas vontades, através da violência e para sempre. Elas se enganaram redondamente. Quem lhes teria dito que isso seria possível? Entretanto, nem tudo acabou, meu querido. Eles ainda estão agindo por aí, tentando destruir o que restou de nós. Tentam destruir exatamente aquilo que eles não conseguiram nos tirar, que foi a nossa alma, a nossa fé e nossa autoestima. Muitos de nós sucumbiram sem nada poder fazer, mas nós tivemos melhor sorte e temos que usá-la com todas as nossas forças. Peço-te, meu querido neto, que esqueças o ódio, mas não aceites humilhações. Usa tua força física apenas para o trabalho, para amar ou amparar alguém que necessite de tua ajuda ou ainda para defender a ti mesmo ou amparar tua família. Cria teus filhos para competir com conhecimento, com boa educação, com competência, bem preparados, sem medo e com dignidade. Pensa sempre que vocês poderão se organizarem-se como uma família, embora esta felicidade nos tenha sido proibida por três séculos e meio.

E concluiu:

– Com certeza tua família será uma das bases da sociedade de uma grande Nação. Que Deus abençoe vocês, e deixo um conselho que tem servido muito e para muita gente: procurem obstinadamente viver um para o outro. Busquem com avidez o amor. Sejam esforçados sempre, mas no limite da dignidade, em todos os momentos de suas vidas. Cultivem a todo momento a virtude, sem restrições e sem medo.

A lua de mel foi curta, por exigência de Gonzaguinha, mas a intensidade do amor deve ter-se prolongado além do tempo disponível, porque Maria Assumpção voltou da lua de mel suspeitando de que estivesse grávida. E estava mesmo, porque com pouco mais de dez meses de casados já havia nascido um menino, que teve o nome de Clóvis. A família toda ficou muito contente, mas as gêmeas Dóris e Glória ficaram alucinadas quando viram aquele bebezinho que veio para ser mais um parente.

Gonzaguinha e Maria Assumpção convidaram os jovens engenheiros Luís e Luíza, filhos de Pedro e da heroína da senzala Florinda, para serem padrinhos do recém-nascido Clóvis. A alegria tomou conta do Recanto Brasil porque tanto Gonzaguinha como Maria Assumpção eram pessoas muito queridas por todos naquela instituição.

Parecia que a vida tomava seu curso normal, com Gonzaguinha engajado em seus projetos, contribuindo para industrializar a economia da região e Maria Assumpção retomando suas atribuições com as crianças do **Recanto Brasil**. Mas, para surpresa de todos, logo em seguida, Maria

Assumpção teve que se conformar em não mais voltar a seu emprego no Recanto Brasil. Ela havia dado à luz quatro homens e três mulheres numa sequência de pouco mais de nove anos. Depois de Clóvis, chegaram Neuza e Nizah, ainda na década de trinta. Iniciando a década de quarenta, Maria Assumpção deu à luz, Clodovil, Clodoveu, que todos chamavam de Gordo, Zilá e Celso, entendendo o casal que era o suficiente para a formação de uma grande família e com muitos descendentes.

De certa forma, Gonzaguinha e sua encantadora esposa, Maria Assumpção, cumpriram um dos desejos da querida mãe e sogra Maria Francisca a respeito de preconceito e da discriminação.

Antes de viajar para o exterior, Maria Francisca, mãe de Gonzaguinha, havia deixado uma mensagem para seu filho cujos dizeres estavam sempre martelando sua cabeça.

– Meu amado filho: **"Te casa com uma mulher branca e rica, se possível. Procura ter muitos filhos e faz com eles estudem muito e sejam muito competentes para enfrentar as desigualdades existentes neste país. Assim tua família sofrerá pouco preconceito e discriminação."**

Maria Assumpção passava por branca, como diziam os amigos, mas de riqueza material ela não tinha nada. Já os sete filhos seus e de Gonzaguinha eram cercados pela existência de muita riqueza material, embora originária de seus bisavós, avós, tios e padrinhos, o que irritava um pouco Gonzaguinha.

Infelizmente, a pequena Neusa deixou sua família e sua casa de forma prematura com poucos anos de vida, e sua lembrança nunca mais deixou o coração de todos. Foi uma tristeza enorme na família, como também na comunidade. Maria Assumpção quase chegou ao desespero, mas teve que reprimir um pouco suas lágrimas diante do quadro que tinha à sua frente e que de certa forma a consolava. De Clóvis, já com dez anos de idade, até o pequeno Celso, recém-nascido, assistia-se a um desfile de encanto, beleza e otimismo. As gêmeas Glória e Dóris apossavam-se das crianças todas as vezes que as viam. Tudo isso de certa forma aliviava um pouco as tensões e os afazeres de Maria Assumpção.

A menina Nizah, com nove anos de idade, não tinha como ser mais parecida com sua bisavó Maria Antonieta, quando se observava o interesse dela pelo conhecimento, pela vontade de estudar e o gosto pela educação e cultura. Mas o tempo de Nizah não era somente dela, porque, em determinados momentos, ela era quase a salvação de sua mãe, Maria Assumpção, porque, sendo filha mulher e mais velha, Nizah ajudava a cuidar dos outros quatro mais novos, até porque Maria Assumpção tinha outras atribuições domésticas, além da alimentação daquele pequeno batalhão.

Os comentários que se faziam no Recanto Brasil e em suas imediações era de que aquela era uma família abençoada por Deus, na medida em que fora iniciada pela líder e heroína da senzala Maria Antonieta. No seguimento familiar, Gonzaguinha, Maria Assumpção e família se encarregaram de ocupar os espaços físicos e psicológicos que dariam continuidade a um excelente ambiente de cordialidade, respeito e amor.

Quando as crianças se recolhiam para dormir, único momento em que havia silêncio naquela casa, Gonzaguinha e Maria Assumpção mal conseguiam colocar a conversa em dia. Os assuntos dela eram sempre a respeito das crianças, da maneira como suas inteligências iam evoluindo diante do sistema de ensino. As tias gêmeas, já adolescentes, Dóris e Glória estavam sempre por perto e tinham ótimas observações a respeito do aproveitamento escolar das crianças.

Por outro lado, Gonzaguinha falava quase sempre de negócios, do comportamento dos políticos, do preconceito e da discriminação contra os negros.

Mas para ele o mais importante é que sua família não fosse influenciada pelo dinheiro sujo que vinha do passado. Gonzaguinha queria ter certeza de que aqueles terríveis odores da senzala não interferissem no futuro de seus filhos

– Celso! De repente falou sua esposa Maria Assumpção, como se tivesse se lembrado de um questionamento que ela sempre quisera lhe fazer. Por que todo mundo te chama de Gonzaguinha?

– Olha, Maria Assumpção, é uma história um pouco triste. Tu casaste com um homem que nunca teve pai. Minha mãe, Maria Francisca, provavelmente não sabe quem é meu pai. Eu fui criado por minha avó, dona Maria Antonieta, que também não teve pai nem sobrenome. Minha avó começou a me chamar de Gonzaguinha, porque eu nasci no dia de São Luís Gonzaga. Quando eu nasci, não fui registrado. Até o casamento de minha avó com Afonso, nem minha avó nem minha mãe tinham sobrenome. Quando vovó esteve trabalhando em São Paulo junto com Afonso, deram a ela documentos falsos expedidos pela secretária de segurança que lhe permitiriam casar-se com Afonso. Entretanto, o casamento não saiu, porque Afonso foi chantageado pelo pai e pelo avô, que tentavam evitar o casamento dele com minha avó, uma negra escravizada. O pai, Herculano, e o avô de Afonso, Lorde Albert, obrigaram, mediante chantagem, Afonso a ir estudar em Londres durante quase oito anos, pensando que assim separariam duas pessoas que nasceram uma para a outra. O problema, minha querida esposa, era que ninguém sabia que vovó já estava grávida de minha mãe, Maria Francisca. Quando ela nasceu alguns meses depois, Afonso já estava em Londres e somente ficou sabendo que tinha uma filha alguns anos depois. Em razão de todos esses fatos, minha mãe demorou muito a aceitar Afonso como pai. Quando, finalmente, houve o casamento entre minha avó e Afonso, minha mãe, Maria Francisca, ganhou de seu pai, Afonso, uma certidão de nascimento, mas ela desprezou a certidão, e eu continuei Gonzaguinha. Quando minha mãe resolveu ir morar em Londres, meu avô Afonso disse que iria me adotar e me trazer uma certidão de nascimento. No cartório, Afonso foi informado que Maria Francisca, minha mãe, já havia me registrado com o nome de Celso Gonzaga Machado.

Maria Assumpção já estava quase dormindo sentada, bocejou um pouco e se lembrou de dona Maria Antonieta, de Afonso, das lindas gêmeas e de todas as pessoas com as quais ela, Maria Assumpção, estava tendo intimidade, e chamou a atenção de seu marido.

– Por incrível que pareça, Celso, dona Maria Antonieta, tua avó ou de Gonzaguinha, conseguiu o milagre de juntar brancos e negros, pobres e ricos, brasileiros e estrangeiros, liberais e conservadores, todos ao abrigo de uma cidade charmosa como a Princesa do Sul.

– É verdade, minha querida. Minha avó, Maria Antonieta, tem um senso enorme de bondade maternal. Ela pediu para eu não te falar, mas ela te considera como nora, Maria Assumpção. E acha também que és uma heroína por seres ao mesmo tempo babá, cozinheira, faxineira, secretária, psicóloga, esposa atraente, charmosa e acima de tudo mãe.

Depois de tantas palavras agradáveis, Maria Assumpção foi dormir tranquila, mas a verdade é que, com poucos anos de casados, Maria Assumpção conhecia todos os hábitos ou, melhor dizendo, todas as manias de Gonzaguinha e de forma muito carinhosa e objetiva sempre tinha a resposta para ajudá-lo ou acalmá-lo.

Ela sabia que Gonzaguinha era um homem perfeccionista e na medida certa o deixava falar, agir e até desabafar a respeito de fatos nem sempre agradáveis com os quais marido e mulher às vezes são obrigados a conviver. Para enfrentar os momentos de desabafo, Maria Assumpção sabia que tipo de remédio o acalmaria. Na maioria das vezes, era um prato de sopa. Exatamente isso, um prato de sopa bem quente, e Gonzaguinha transformava-se em criança.

Com relação aos seis filhos, Maria Assumpção tinha tratamentos diferentes para cada um. Eles não são iguais, dizia sempre. Cada um tem a sua história, seus problemas e, é claro, suas angústias bem particulares. Maria Assumpção era daquelas mães que não precisavam marcar hora ou reunião com seus filhos. Ela resolvia tudo na hora do almoço ou do jantar. Eram horários sagrados e imutáveis em relação aos quais Gonzaguinha pai não abria mão em hipótese alguma.

O casal tinha muitos sobrinhos. Na realidade, todos eles eram sobrinhos, parentes de Maria Assumpção, visto que Gonzaguinha não tinha irmãos. Ele tinha as gêmeas Dóris e Glória, que pareciam suas sobrinhas, mas, como elas mesmas gostavam de dizer, elas que eram tias de Gonzaguinha.

Os sobrinhos de Maria Assumpção gostavam de vê-la, tinham paixão por ela, pelas crianças, por seus hábitos carinhosos e ao mesmo tempo sentiam orgulho em contemplar a tia, até então uma pessoa muito simples, e agora casada com o neto do Dr. Afonso, um dos homens mais ricos da região.

Os parentes de Maria Assumpção não entendiam por que ela não tinha empregados para ajudá-la em casa e por que os seis irmãos não tinham mais conforto, não estudavam em colégios melhores. A resposta era sempre a mesma.

Gonzaguinha somente aceitava o dinheiro de negócios que não envolvessem ou tivessem tido origem e/ou fossem influenciados ou realizados nos tempos das senzalas. Se fosse necessário participar daqueles negócios por dever de ofício, a metade do lucro Gonzaguinha encaminhava ao Recanto Brasil.

Este aspecto da vida de Gonzaguinha era elogiado por sua avó Maria Antonieta e criticado por seu avô Afonso, embora este também procurasse usufruir apenas o dinheiro de seu trabalho como médico.

Maria Antonieta, agora uma senhora com mais de sessenta anos, elogiava toda e qualquer iniciativa de seu único neto, que lhe havia dado, junto com Maria Assumpção, é claro, seis bisnetos. Por isso ela conversava muito com sua quase nora, Maria Assumpção, afirmando que respeitava a opinião de seu teimoso netinho, mas deixava bem claro que seus bisnetos tinham que ter o de melhor que toda a família lhes pudesse proporcionar.

– Veja bem, minha querida Maria Assumpção: é impossível esquecer que a senzala existiu, com todas as suas maldades, seus odores horríveis e inesquecíveis. Mas agora ela não existe mais e já se passaram mais de quarenta anos. O trabalho de pessoas escravizadas produziu muito dinheiro para a Nação Brasileira, e ninguém sabe exatamente de quem foi a culpa por ter havido a maldita senzala e suas consequências. Meus bisnetos, teus filhos, eu tenho certeza que nada têm a ver com o que aconteceu em três séculos e meio de tanta infelicidade e tristeza. Por isso eu te peço, minha querida nora. Eu sei que tu tens argumentos decisivos para convencer meu Gonzaguinha. Quando quiseres e bem entenderes, podes colocar qualquer tipo de culpa em mim, mas, por Deus, não deixa faltar nada a meus bisnetos.

Já Afonso era direto com Gonzaguinha, e os dois discutiam e brigavam até o momento em que Maria Antonieta os acalmava com beijos e abraços. O ciúme era visível entre os dois. Ambos amavam demais Maria Antonieta.

– Gonzaguinha, meu neto, presta atenção e abre esta cabeça dura, dizia carinhosamente Afonso. Já se passaram muitos anos. Não existe mais no Brasil mão de obra constituída por pessoas escravizadas. Tu tens seis filhos que precisam estudar, de preferência nas melhores escolas que pudermos pagar. Esse fato em si significa outros gastos cuja obrigação também é nossa de lhes garantir.

– Eu agradeço tua preocupação, meu avô, mas as obrigações de que falas dizem respeito somente a mim e minha esposa, Maria Assumpção. Eu não posso habituar minha família a viver um padrão de vida que eu não possa sustentar. Ainda existe muita miséria neste país, meu avô. As pessoas trabalham de sol a sol, e mesmo assim seus filhos estão mal alimentados e tristes. Eu acho que todos nós temos uma parcela de culpa neste sistema desigual. A senzala permaneceu por mais de três séculos. Quem se preocupou em mudar aquele estado de coisas? Muito poucas pessoas, vovô. Tão poucas que ninguém se importou com aqueles fatos. O que mudou em nosso Brasil meu avô?

— Não há como não concordar contigo, Gonzaguinha, disse Afonso, voltando à discussão com sua amabilidade de avô.

— E as mudanças, vovô, que tu disseste que um líder político aqui do sul estaria preparando com a finalidade de trazer modificações estruturais à área política e econômica do país?

— Olha só, Gonzaguinha, a notícia que vem dos Estados Unidos, na edição do dia 6 de outubro de 1930 do *The New York Times*. Oitenta mil homens estiveram em luta no Brasil.

Em seguida os dois ficaram sabendo pelo rádio que no dia 1.º de novembro de 1930 uma junta militar tomou o poder e passou-o a Getúlio Vargas no Palácio do Catete, encerrando a chamada República Velha e derrubando quase todas as oligarquias estaduais.

Gonzaguinha não se conformava com o que via acontecer no seu país. Era muito difícil entender como um Presidente podia ser eleito, viajar para o exterior como Presidente eleito e não assumir o cargo porque seu antecessor havia sido deposto por golpistas civis e militares. Ele ficava impressionado com a quantidade de dinheiro gasto na aquisição de armas, munições, no deslocamento de pessoas, material para ferir e matar seus semelhantes por questões político-ideológicas.

Gonzaguinha procurava não pensar naqueles acontecimentos tão desagradáveis. Era uma sexta-feira, e ele chegaria em casa, voltando de uma pequena viagem, onde conseguira articular vários pontos de venda de produtos de que ele tinha representação. A recepção em casa era sempre a mesma. Maria Assumpção, linda como sempre, abraçava-o e logo o beijava antes que os filhos Clóvis e Nizah o fizessem primeiro. Depois iriam jantar na casa dos avós Maria Antonieta e Afonso, como faziam todos os fins de semana.

Ao chegarem à casa dos avós tão queridos, faltavam braços e fôlego para tantos abraços e beijos. As gêmeas Glória e Dóris tomavam conta dos bisnetos de sua mãe, Clóvis e Nizah afastavam-se rápido para brincar. O jantar, como sempre, transformava-se em festa, mas naquele dia os adultos falavam pouco, tentando não comentar as desgraças do momento.

– Tu que moraste na Europa, meu avô, por favor me explique! Até quando vai esta dificuldade de administração estrutural no Brasil? Como fazer para substituir as armas por palavras, as convenções por atitudes que resolvam os problemas do país? Será que seria muito difícil, meu avô, transformar as obrigações políticas em leis e, da mesma forma, sancionar outras leis também que vinculassem a atuação política na direção do desenvolvimento do país como um todo?

– Essas são as grandes perguntas. Esses são os grandes questionamentos, meu neto, e neste momento eu sou obrigado a me reportar às palavras de meu grande e único amor da minha vida, que é tua avó Maria Antonieta. Ela não cansa de dizer e falar bem alto sobre educação, conhecimento, cultura, competência, boa-fé e honestidade. Dona Maria Antonieta insiste sobre a valorização do voto. Ele, o voto, é o único instrumento que pode fazer as transformações estruturais e legitimar os objetivos e as atitudes das grandes lideranças.

Então, meu querido neto, precisamos investir na educação sem medo de estarmos preparando competidores dentro do próprio país. A competição é saudável, na medida em que existe boa-fé, respeito e sinceridade. A verdade é que o Brasil é um país de baixo nível intelectual, e isso só faz atrasar o seu desenvolvimento.

Afonso e Gonzaguinha continuaram conversando, enquanto as gêmeas tentavam ensinar Clóvis e Nizah a cantar, enquanto os menores dormiam. Maria Antonieta tomou Maria Assumpção pela mão e levou a mulher de seu neto até seu quarto. Começou a falar e parou olhando para a linda mulher que tinha à sua frente.

DÉCIMO ANIVERSÁRIO DE CASAMENTO DE GONZAGUINHA E MARIA ASSUMPÇÃO

— Como tu estás linda, minha querida! Eu preciso conversar um pouquinho contigo, Maria Assumpção, disse Maria Antonieta. Vocês completam dez anos de casados no próximo sábado e eu pretendo fazer uma grande festa. Será um jantar dançante no restaurante do Grande Hotel, um belíssimo lugar inaugurado há pouco tempo, bem no centro de Pelotas.

— Eu fico muito contente, minha avó, mas eu tenho as minhas dúvidas se isso será possível para mim e Gonzaguinha. Para começar, eu não tenho roupas adequadas para frequentar um lugar chique como aquele. O Grande Hotel tem sido recentemente visitado por pessoas famosas, inclusive estrangeiros, e pelo que eu tenho visto nos jornais lá é tudo caro. Além disso, com quem vou deixar as crianças, que ainda são muito pequenas?

— Já está tudo planejado, minha filha. Quanto às tuas roupas, eu tenho uma surpresa. Vem comigo até o quarto de hóspedes.

Maria Antonieta abriu o roupeiro e mostrou à Maria Assumpção uma grande quantidade de vestidos adequados para festas que Maria Francisca havia deixado em Pelotas antes de partir para Londres.

— Podes escolher à vontade os vestidos que quiseres, levá-los para casa e combinamos mais tarde para que eu mesma faça os reajustes para grávidas elegantes como tu. Quanto a teus filhos, meus bisnetos, podes ficar tranquila, porque Gilda, nossa governanta, já está preparando tudo para acolhê-los durante a noite inteira de sábado.

— Muito obrigada, minha avó. Eu nem sei como posso lhe agradecer por tanta gentileza. Eu, por mim, não tenho a mínima objeção; pelo contrário, sinto-me até muito feliz, mas a senhora sabe, o Gonzaguinha, ele está traumatizado até hoje em razão daquele escândalo quando foi barrado na frente daquele clube famoso, estando com os ingressos na mão. Pelo que ele me fala e não cansa de falar, ele foi acusado em público de ter roubado os ingressos que ele havia comprado para ele e uma amiguinha. Eu brinco com ele dona Maria Antonieta dizendo que aquele fato aconteceu porque, mesmo sem o sabermos, ele já estava apaixonado por mim e eu por ele, e que o nosso casamento já estava marcado há muito tempo. Gonzaguinha sempre acha graça quando falamos sobre isso, mas em seguida ele se entristece, lembrando e perguntando por que ele foi tratado daquela forma tão humilhante? Com que direito aquelas pessoas fizeram tudo aquilo comigo? Por isso eu acho que ele não vai aceitar, vovó. Ele não acredita que tenha havido alguma mudança desde aquele dia. A senhora o conhece muito bem.

Maria Assumpção seguiu:

— E existe outro problema, vovó. Agora que meu marido já está coordenando vendas, inclusive fora do Brasil, parece que ele está conseguindo inimigos. Enquanto ele era um simples vendedor, limitando suas atividades às nossas fronteiras, ninguém se preocupava com ele. Agora que ele já está coordenando atividades inclusive fora do Brasil, a inveja começa a mostrar suas armas. O ciúme é maior ainda quando seus concorrentes sabem que Gonzaguinha é amigo de Pedro e eu de Florinda. Por isso, vovó, vai ser difícil Gonzaguinha aceitar reunir-se festivamente com pessoas que o discriminam e de repente pretendam humilhá-lo novamente. Em uma das vezes que lembramos e falamos naquela tragédia social, Gonzaguinha me fez jurar que eu jamais admitiria que nossos filhos passassem por semelhante vexame.

— Eu te entendo, Maria Assumpção, mas peço-te que faças um esforço. Nós temos que enfrentar a realidade. O pior nós já passamos e conseguimos, que foi a abolição, em que pese aqueles dois lacônicos e evasivos artigos da Lei Áurea. Está na hora de irmos buscar o espaço que temos direito de manter na sociedade brasileira. Agora vem o momento de demonstrar nossa competência através do que temos estudado, no nível de conhecimento que já alcançamos e na educação e cultura que já possuímos. Já estamos vivendo o momento de mostrar que somos iguais a eles. Quando falo eles, não me refiro em hipótese nenhuma a inimigos. Muito pelo contrário, estou me referindo a companheiros e amigos com os quais iremos ombrear sempre com o objetivo de construir um Brasil que tenha um mínimo de desigualdades. Por isso eu te digo, minha querida neta Maria Assumpção, que temos que ocupar nosso espaço com dignidade, sem qualquer tipo de ódio, com a cabeça erguida de quem olha para o futuro. Eu repito sempre que posso, que o conhecimento e a competência superam qualquer tipo de preconceito ou discriminação.

— Eu concordo plenamente com a senhora, dona Maria Antonieta. Nossos filhos, sobrinhos, primos e demais parentes somente aprenderão a andar de cabeça erguida se nós, adultos, tomarmos essa iniciativa. Hoje à noite mesmo convencerei Gonzaguinha a aceitar a festa que a senhora pretende nos oferecer. Direi a ele que já concordei com tudo e que as providências já estão sendo tomadas para que seja uma festa inesquecível.

E foi realmente uma festa inesquecível. Maria Antonieta, com pouco mais de sessenta anos de idade, ainda desfilava elegância, beleza e o mesmo encanto que um dia tinha quase hipnotizado os homens mais poderosos da charqueada Santo Antônio e imediações.

O Grande Hotel, local onde foi realizada a festa, havia sido inaugurado havia pouco tempo e compunha uma relação dos prédios mais tradicionais que contornavam a praça principal de Pelotas junto com a Prefeitura Municipal, a Biblioteca Pública e o famoso Theatro Sete de Abril.

Pedro e Florinda se encarregaram de fazer a decoração do ambiente com fundamento nas flores, é claro. A envolvência do local alcançou um determinado nível de classe e beleza que chamou atenção dos hóspedes brasileiros e estrangeiros que visitavam Pelotas naquele fim de semana.

Havia muitos convidados, e Afonso não largava a mão de Maria Antonieta, como faziam desde que eram crianças a correr, a brincar na chuva e mergulhar no arroio Pelotas no verão. Eles ajudavam os dois jovens cônjuges na recepção dos convidados. Estavam próximos à porta de entrada, junto com Gonzaguinha e Maria Assumpção, quando se ouviu um barulho que parecia um início de tumulto com aquelas características já conhecidas, deixando Gonzaguinha e Afonso muito preocupados.

Quando se deram conta do que acontecia, quase perderam a fala. Era simplesmente Herculano filho, irmão mais velho de Afonso, acompanhado de uma linda morena italiana, cantora conhecidíssima no Brasil. No momento em que ela desceu do veículo, Herculano percebeu que deveria ter tomado providências para que aquele espetáculo não houvesse acontecido.

Herculano Lang Filho, Deputado Federal pelo Estado de Minas Gerais, provocou muitas emoções em sua mãe, Dona Cecília, pois fazia mais de cinco anos que ela não via pessoalmente o filho. Ela chegou até a pensar que não o veria mais, face ao que vinha acontecendo no país ultimamente.

Gonzaguinha e Maria Assumpção não conheciam Herculano nem a cantora italiana Albertina de Sordi, sendo que esta já tinham visto no cinema e em capas de revistas.

Em seguida ocorreu uma nova surpresa, que, por sinal, não agradou nem um pouco a Maria Antonieta. Foi a chegada de Felipe e sua esposa Caroline. Maria Antonieta sabia que a linda inglesa Caroline e seu amado Afonso haviam se conhecido e talvez namorado em Londres, na época em que o pai e o avô de Afonso haviam preparado uma forte armadilha para separar definitivamente Maria Antonieta de Afonso. Felipe mediara a armadilha, querendo muito que Maria Antonieta recebesse o dinheiro a que tinha direito pelo esforço realizado e pelo talento demonstrado trabalhando para a família. Mas, no fundo do coração, Felipe sonhava em ficar com Maria Antonieta e tê-la para sempre.

Na festa daquela noite, houve um momento em que os dois casais se encontraram. Os irmãos Afonso e Felipe eram quase iguais em tudo, inclusive no amor por Maria Antonieta.

Felipe tirou Maria Antonieta para dançar e ninguém sabe por que a orquestra que tocava um samba passou imediatamente para uma música romântica muito conhecida dele, Maria Antonieta e Afonso, levando os três de volta a um passado maravilhoso. Assim que começaram a dançar, Felipe encostou levemente seu rosto no de Maria Antonieta e lhe disse algumas palavras em seu ouvido, já com os lábios úmidos.

— Cafajeste tu nunca foste, Felipe. Por que agora esta baixaria? Teu irmão Afonso está ali nos olhando sem dar a devida atenção para Caroline. Talvez seja melhor pararmos.

— Por favor, Maria Antonieta! Já somos dois velhos com mais de sessenta anos. Lembra quando nós mergulhávamos grudados quase sem roupa no arroio Pelotas, naquelas tardes quentes de janeiro? Tu te seguravas no meu pescoço tremendo de medo e de frio.

— Nós éramos crianças, Felipe, tu eras mais velho e meio sem-vergonha, querendo me ensinar aquelas respirações de boca a boca. Agora eu vejo mesmo que não existem mais homens como Afonso.

Nesse meio tempo Afonso e Caroline entraram na pista de dança de mãos dadas, como se fossem namorados.

— Olha lá, Maria Antonieta. Aqueles dois moraram juntos em Londres durante quase oito anos. Eram vistos grudados um no outro em todos os recantos de Londres.

Caroline apertou bem Afonso contra seu corpo esbelto, fechou os olhos e sussurrou-lhe que estava no céu. Disse-lhe ainda em seu ouvido que iria aproveitar porque sabia que jamais teria outra oportunidade como aquela.

— Como pudeste fazer comigo aquelas maldades, Afonso? Eu te amava tanto, meu querido! Eu faria qualquer coisa por ti. Lorde Albert e Mrs. Glória gostavam tanto de mim. Ela tinha quase certeza, mas eu tinha certeza do teu amor por mim. Naquela noite, lembras, eu quase tive certeza, mas tu estavas totalmente embriagado e acordaste perguntando por Maria Antonieta. Naquela noite de Natal eu tive quase certeza que me casaria com um brasileiro, mas tu acordaste tentando explicar que estavas muito carente, pediste um mundo de desculpas.

— Tu és uma mulher maravilhosa, Caroline, disse Afonso, um pouco emocionado.

— Albert Neto é a tua cara.

— Nós temos um filho? Gritou Afonso, obrigando as pessoas presentes no restaurante a ouvirem muito bem, na medida em que todos os convidados acompanhavam a conversa, desde o momento em que a orquestra havia terminado a música. Somente os dois continuavam dançando sem música, um pouco agarradinhos demais.

Toda a região das charqueadas próximas ao arroio Pelotas estremeceu quando Maria Antonieta pegou sua bolsa e saiu pisando firme, quase correndo em direção ao banheiro com as gêmeas Dóris e Glória atrás dela gritando:

— Mamãe, mamãe!

OS SETE BELOS E A INCRÍVEL FORTUNA DA FAMÍLIA

Um outro grupo que chamou muita atenção na festa estava na mesa do Dr. Pedro, Presidente do Sistema Lojista Luís Germano, em companhia da esposa Luíza, Dona do Sistema Luís Germano, e de Florinda, assessora especial do Sistema, parecendo mais secretária do casal. Na extensão da mesa de Dr. Pedro, estavam seus quatro filhos, os jovens Engenheiros Pedro, Carolina, Luís e Luíza, o negro Josué e Floriano, irmão de Florinda e braço direito do Dr. Pedro.

Dr. Pedro era um negro diferente da maioria dos ex-escravizados africanos e de seus descendentes que nasceram no Brasil. Ele tinha a pele morena e os cabelos bem pretos, muito lisos, o que lhe dava a aparência de um índio. Carolina dizia desde pequena que seu pai era muito bonito para ser um índio. Para ela índios bonitos somente existiam nos filmes americanos.

Os dois filhos que Pedro tivera com Luíza tinham garantida a descendência alemã, visto que Luíza era filha legítima do Dr. Luís Germano, antigo proprietário do Sistema Empresarial, e sua esposa, também alemã, dona Terezinha.

Entretanto, o casal de gêmeos, filhos de Pedro com Florinda, tinham descendência alemã apenas por parte do pai de Florinda, que era filha ilegítima do Dr. Luís Germano. A mãe de Florinda fora uma escravizada, que foi banida e praticamente assassinada assim que Florinda nasceu.

Os quatro filhos de Pedro, em que pese serem dois de cada mãe, eram muito parecidos e com a mesma cara de Pedro, como dizia Luíza, sua esposa. Em termos de inteligência, os quatro foram testados em várias etapas do ensino superior na Alemanha e todos apresentaram um incrível nível superior de capacidade intelectual.

A família de Pedro, composta de duas mulheres e quatro filhos, morava toda no mesmo andar de um prédio, como se estivessem num hotel de luxo. O prédio, todo ele, de fato muito luxuoso, na realidade era a ala privada do sistema lojista, com acomodações para vários diretores simultaneamente, com garantia de privacidade total para cada Diretor e sua família.

A família de Pedro já havia tomado uma decisão que talvez viesse compor a melhor solução para todos e resolver ou atenuar os sérios e terríveis problemas provocados pelo Dr. Luís Germano quando ele era senhor da charqueada São Luís.

As notícias que Luíza, esposa de Pedro, ultimamente vinha recebendo da Alemanha vinham preocupando toda a família, pela gravidade de seus conteúdos. A situação chegou a certo ponto que os quatro jovens engenheiros começaram a pressionar seus pais, Pedro e Luíza, por providências concretas que aliviassem um pouco suas consciências e dentro do possível tornasse público que a família não havia ficado indiferente às barbaridades cometidas pelo senhor Dr. Germano, enquanto dono e Presidente do Sistema Lojista Luís Germano e senhor da charqueada São Luís.

Comentava-se muito no Recanto Brasil e em suas imediações a existência de atividades criminosas tendo como cenário não só a charqueada São Luís, mas também a sua vizinha, charqueada São Gabriel, pertencente ao português Antônio Silva.

Da Alemanha vieram relatórios noticiando que tanto Luís Germano como Antônio Silva eram maníacos sexuais e executavam seus crimes de maneira autoritária, covarde e violenta, sob o manto de suas autoridades funcionais.

Entidades europeias de direitos humanos relatavam que na charqueada São Gabriel teria havido um torpe esquema de reprodução humana visando a *fabricar* escravizados para serem utilizados na região e exportados para o restante do país.

Era um odioso esquema que tomava como vítimas meninas escravizadas e até meninos, obrigando e submetendo aqueles jovens às mais torpes situações íntimas que seus corpos jamais poderiam suportar, destruindo com certeza o equilíbrio mental daqueles infelizes.

Afirmou uma Comissão Internacional de Direitos Humanos que o crime mais grave de Luís Germano, ex-Presidente do Sistema Empresarial Luís Germano e ex-senhor da charqueada São Luís, foi o assassinato da mãe de Florinda Germano (sobrenome ainda a ser reconhecido judicialmente).

A jovem escravizada com aproximadamente quatorze anos de idade nunca recebeu um nome próprio e foi mantida sob cárcere privado durante quase dez meses, tempo em que Luís Germano a teve como mulher. Luís Germano fazia a mesma coisa com todas as jovens adquiridas por sua gigantesca empresa.

A verdade é que existiam naquele ambiente diabólico certos rituais macabros de que as jovens eram obrigadas a participar. Quando as infelizes negras escravizadas engravidavam, elas eram entregues a um casal de feiticeiros que estavam a serviço de Luís Germano e sua quadrilha.

O casal de feiticeiros examinava as jovens grávidas com mais de quatro meses de gestação e informava ao chefe da quadrilha, com noventa por cento de acerto, se nasceria um menino ou uma menina. Quando a gravidez era de um menino a gestação seguia normal e Luís Germano contabilizava mais um escravizado em sua horrenda e macabra contabilidade.

Muito pouca gente sabia, mas Luís Germano e Antônio Silva, senhor da charqueada São Gabriel haviam criado um centro de reprodução de escravizados. A triagem era feita nos navios negreiros, quando os infelizes eram separados de suas famílias e Luís Germano e Antônio Silva compravam mais barato as meninas, já pensando na reprodução criminosa que fariam em suas terras.

Quando o produto da gravidez seria uma menina, os feiticeiros recebiam ordem de realizar um aborto, e tudo iniciava novamente como se as jovens negras escravizadas fossem máquinas cuja produção passaria pela vontade de Luís Germano, que teria o supremo poder de decidir se era fruto defeituoso ou não. Tudo isso era feito em absoluto segredo, pensava o prepotente Luís Germano.

Entretanto, a jovem, quase menina, que não tinha nome, mãe de Florinda, teve a audácia de discordar daquele sistema macabro e por isso pagou com a sua vida de apenas quatorze anos. A mãe de Florinda foi espancada mesmo estando grávida, mas conseguiu esconder-se até dar à luz sua filha, que receberia mais tarde o nome de Florinda. Antes de morrer, a mãe conseguiu contemplar por alguns segundos seu bebê, fazer uma oração e dar graças a Deus por pelo menos ter visto sua filha.

Ainda sangrando, a pobre jovem morreu esvaindo-se em sangue a poucos metros do portão da charqueada São Gabriel. Alguns anos depois, Luís

Germano se deu conta de que havia provocado a morte da pessoa que poderia ter sido avó de seus próprios netos.

Esses fatos foram confessados por escrito em carta à sua filha Luíza, esposa de Pedro. Luís Germano confessa que ao ter tomado para si a menina de quatorze anos, mãe de Florinda, apaixonou-se por ela, mas não suportou a sua desobediência com relação às ordens do esquema macabro.

LUÍZA VIAJA PARA A EUROPA PARA INDENIZAR CRIMES PRATICADOS POR SEU PAI

A Comissão de Direitos Humanos na Europa estava com um processo aberto contra o senhor Luís Germano, o qual vinha mantido sob custódia dirigida até que uma pessoa da família assumisse a responsabilidade sobre o processado e apresentasse indenização às vítimas ou a seus descendentes diretos.

Assim que ficou sabendo do processo, Pedro começou a pensar no que fazer, visto que as maiores vítimas da conduta criminosa de Luís Germano foram Florinda e os filhos Luís e Luíza, que são também dele, Pedro.

O Dr. Pedro e sua esposa, Luíza, juntamente com Florinda e os quatro filhos decidiram que todos eles renunciariam aos lucros trimestrais da empresa da família e com essas quantias pagariam as indenizações conforme decisão do processo.

Outro problema grave a resolver seria a respeito de quem iria para a Alemanha para, formalmente, responsabilizar-se pelo senhor Luís Germano, administrar sua vida, de certa forma zelar pela sua saúde e fazer a remessa mensal para o Brasil do dinheiro que o velho recebia de suas empresas espalhadas pelo sul do Brasil e por quase toda a América do Sul.

A ida dos jovens engenheiros estava fora de cogitação. Eles tinham certeza de que seriam mais úteis ajudando a dar cada vez mais viabilidade ao **Recanto Brasil.** Alem disso, os jovens gostavam demais da encantadora Princesa do Sul e pretendiam ajudar a deixá-la mais encantadora ainda por meio de seus talentos já demonstrados em várias obras construídas em Pelotas e no sul do país.

Florinda era uma das principais beneficiárias da fortuna a ser indenizada, mas acreditava não poder olhar nos olhos de uma pessoa, mesmo sendo seu pai, que havia torturado e praticamente matado sua mãe. Luíza, esposa de Pedro, passou a ser a única opção. Todos poderiam visitá-la quando quisessem. O mundo estava ficando cada vez menor.

Poucos dias antes de viajar, Luíza procurou ter uma conversa bem franca e aberta com sua irmã Florinda. Seria uma conversa muito dolorosa, mas necessária. Os assuntos debatidos provavelmente definiriam suas vidas para sempre e sua decisões tinham que ser corretas, na medida em que uma verdadeira fortuna estava em discussão. De outro lado, havia as questões sentimentais, que com certeza iriam interferir na vida de todos, no destino de Pedro e dos quatro jovens e inquietos engenheiros.

As duas ainda lindas mulheres sabiam que a parte mais difícil da conversa seria a respeito de Pedro. Entretanto, elas eram mulheres fortes e inteligentes, e já conheciam a solução.

Luíza, esposa de Pedro, tomou fôlego e falou, meio sem jeito:

– Eu acho que mereces ficar com ele, Florinda. Aquele negro sem-vergonha e maravilhoso começou a te amar no momento em que te viu e nunca mais deixou de pensar em ti, mas sempre me respeitou. Além disso, não há como esquecer o que se passou contigo. As maldades, com as quais tentaram te destruir. A tentativa de matar teus filhos que são como se fossem meus também, embora de sangue, somente sobrinhos, aqueles danadinhos. As barbaridades realizadas por nosso pai e por Antônio Silva afetaram demais a nossa família, nosso patrimônio e nossa reputação, mas muito pior foi o que aconteceu contigo. Agora nossos quatro amores são adultos, profissionais realizados, e o que eu estou fazendo jamais poderá ser interpretado como abandono. Eu jamais os abandonaria. A minha casa continuará sendo deles quatro, como sempre foi. Daqui a pouco os quatro estarão lá no outro lado do mundo para o meu aniversário ou qualquer outro tipo de visita.

– Acho que tens razão, como sempre, minha irmã, disse Florinda. Vai e faz o que puderes por nosso pai. Eu, infelizmente, não consigo perdoá-lo. Por causa dele eu fui uma criança triste. Do que eu me lembro, eu mais parecia um animalzinho pegando uma sobra de comida aqui ou ali. Meu nome era "aquela negrinha", "aquela guriazinha". Eu nem sei como eu fui bater na tua porta. Eu acho que foi obra do preto Josué e sua magia utilizada para estimular nossas vidas. Quando eu me senti menina, fui levada para ajudar tua mãe na cozinha e na arrumação da casa. Em seguida, comecei a te sentir como irmã, mesmo sem conhecer a realidade. No início eu era uma pessoa invisível para nosso pai. Com o tempo, ele passou a me notar. Eu me lembro que nosso pai às vezes olhava para mim e ficava um pouco assustado, como se me conhecesse de algum lugar, mas nunca me dirigiu a palavra. Tu vais ao encontro de uma missão muito difícil, Luíza, mas eu sei que farás o melhor de ti. Procura viver tua vida. Tenho certeza de que ainda teremos um grande futuro pela frente. Nossos filhos são lindos, inteligentes e capacitados para a vida, mas ainda dependem um pouco de nós.

Luíza também teve uma conversa particular com seu marido, Pedro. Os dois estavam muito tranquilos, mas portavam-se como pessoas que talvez nunca mais fossem se ver.

– Eu não tenho escolha, Pedro. Eu sou a única parente viva e legítima de meu pai. Trazê-lo de volta para o Brasil será muito pior e muito mais doloroso, pelo que já aconteceu aqui. Nossos filhos já estão mais do que crescidos, e os quatro, desde pequenos, adoram Florinda. Eu vou tentar fazer o melhor. Já assinei todos os documentos que te fazem, na prática, proprietário de todo o Sistema Lojista Luís Germano. Tenho certeza de que fizeste por merecer, visto que nos últimos anos foste tu que mantiveste as empresas de pé.

Quanto à Florinda, Luíza foi clara:

Florinda foi a mais prejudicada com tudo que aconteceu. Tu sabes muito bem que ela merece até muito mais do que vai receber, e o que ela perdeu não há como recuperar, como o carinho de mãe, os gritos e as risadas da infância, bem como as certezas e desconfianças da adolescência. Florinda é uma mulher muito forte e inteligente, ficará com seus filhos e os sobrinhos, que a adoram e vice-versa. E contigo, é claro. Tudo isso eu acredito e espero que a console em parte do que ela já passou.

As notícias a respeito de pessoas que vivem de forma quase comunitária são assimiladas rapidamente. Falava-se no **Recanto Brasil** e imediações que Luíza tinha ido para a Alemanha cuidar dos pais, que estavam já muito idosos e doentes.

HERCULANO FILHO, FELIPE E A POLÍTICA

No domingo seguinte à festa de aniversário de casamento de Gonzaguinha e Maria Assumpção, Herculano Filho, Deputado Federal pelo Estado de Minas Gerais, ofereceu um churrasco no Clube Campestre para toda a família. Sua amiga cantora italiana já havia regressado paro o Rio de Janeiro, e Herculano Filho queria fazer campanha política, formando uma base política no sul do Brasil. A estratégia de Herculano era unir-se a seu irmão Felipe, Deputado Federal pelo Rio Grande do Sul e começar uma forte campanha que o levasse à Presidência da República nas próximas eleições.

Maria Antonieta disse logo para Afonso que não iria, porque não pretendia encontrar-se novamente, em hipótese nenhuma, com uma mulher casada que se enrosca em marido alheio para dançar. E pior ainda, grita em público que tem um filho com o sem-vergonha.

— Eu já te expliquei várias vezes, meu amor. Será que tu nunca ouviste falar que uma criança pode sair a cara de um tio? Albert é muito parecido comigo, mas não é meu filho. Ele é meu sobrinho.

— Eu vou te perdoar desta vez, Afonso, mas fica longe daquela inglesa, mas podes te aproximar um pouco da mãe de meu sobrinho Albert, que realmente é muito parecido contigo.

Durante a festa, Caroline aproximou-se de Maria Antonieta e começou a desculpar-se, mas sua cunhada a abraçou e a beijou com afeto.

— Eu é que tenho que me desculpar, Caroline. As minhas filhas ficaram nervosas, pensando que realmente houvesse acontecido algo de grave. E, na verdade, tenho que te agradecer por ter cuidado tão bem de meu amor. Se quiseres, podes me contar como foi aquela noite de Natal.

— Não seria somente a mim que tu terias que agradecer, mas principalmente à Mrs. Glória, que não sabia que haviam preparado uma armadilha para vocês dois e pensava que o pobrezinho tinha ido estudar em Londres para conhecer a Inglaterra. Tu deves imaginar como apareciam pretendentes, amigas, parentes e conhecidas de Mrs. Glória. Todas querendo apossar-se do neto brasileiro, que era para ela um filho. Mas a preferida de Mrs. Glória era eu, até que ela descobriu a armadilha que havia sido preparada por Lorde Albert e o filho Herculano. A partir desse dia, Mrs. Glória, furiosa com seu marido e com o filho, passou a ajudar Afonso mais ainda e pediu-me que eu a ajudasse também, porque ela já te conhecia e sabia do amor que existia entre vocês. No final daquele ano da formatura, Afonso pensou que já poderia voltar para o Brasil e para sua Maria Antonieta, mas recebeu da direção da escola uma notificação comunicando que ele teria de permanecer mais um ano e meio, conforme comunicação de seu avô Lorde Albert.

A narrativa de Caroline continuou:

– Quando chegou o Natal, Afonso começou a desabar e Mrs. Glória implorou que eu fosse para sua casa, porque ela estava temendo pela saúde mental de seu neto. Eu fui imediatamente, porque eu já estava completamente envolvida. Após a meia-noite eu o levei para minha casa, mas nada aconteceu, porque ele já estava muito embriagado. Contou-me três vezes a história na qual vocês foram envolvidos, o amor durante a infância, a primeira vez que se beijaram, o amor de adultos. Pedia-me perdão e repetia que vocês nasceram num mesmo dia exatamente um para o outro, até que caiu num sono profundo. Doze horas depois, acordou sem saber onde estava e cheio de culpas e desculpas. Durante aquele ano e meio que faltava para ele voltar, nos transformamos em amigos inseparáveis, confidentes e fiéis. Nossa vida passou a ser igual à de dois irmãos que se amavam muito. Um pouco depois que vocês se casaram, eu e Felipe nos casamos em Londres e em seguida nasceu nosso filho, que se chama Albert, homenagem feita a seu bisavô inglês. Mrs. Glória ficou muito contente, porque tu e Afonso já a haviam homenageado colocando seu nome em uma das gêmeas.

– Eu não sei como te agradecer, Caroline, falou Maria Antonieta, evidentemente sincera. Eu fiquei muito contente quando soube de teu casamento com Felipe. Eu sei que é de teu conhecimento que Felipe morou comigo e minha filha numa mesma casa durante anos. Quando Afonso viajou para a Inglaterra, eu não sabia da chantagem que fora armada contra nós. Além de ter direito, eu precisava do dinheiro para empregar num projeto urgente para apoiar os jovens negros da geração de meu neto Gonzaguinha e aos que nasceram logo após a abolição, principalmente as meninas. Além de eu receber bem menos do dinheiro a que eu tinha direito pelo meu trabalho, meu sogro e Lorde Albert aprontaram uma armadilha quase perfeita, não somente para mim, como para Afonso.

Maria Antonieta seguiu:

— Mas o mais importante e trágico, se é que seja possível falar assim, é que nem eu nem Afonso sabíamos que eu estava grávida de nossa primeira filha, Maria Francisca. Minha gravidez foi complicada, e eu estaria sozinha se não fosse Felipe, que me proporcionou um apoio de verdadeiro pai de minha filha.

Após ter conhecimento de tudo que aconteceu, Maria Antonieta sentiu-se bem melhor. Ela agora estava em paz com o passado e ansiosa para conversar com seu sobrinho nascido em Londres, Albert, que estava chegando com suas duas primas nascidas acidentalmente em Buenos Aires.

— Mamãe, disseram as duas quase ao mesmo tempo, como sempre faziam. Este é nosso primo Albert, filho do tio Felipe. Mamãe não é linda, Albert? E imediatamente sentaram-se uma de cada lado da mãe, carinhosamente, deixando Albert de pé, evidentemente surpreso e impressionado com a beleza de sua famosa tia.

Albert abriu um sorriso largo em direção a dona Maria Antonieta e falou entusiasmado:

— Puxa, titia, agora eu vejo por que papai fica meio abobado quando fala em ti e mamãe se enche de ciúmes. Deixe-me abraçá-la e beijá-la também. O seu nome, quando é pronunciado no âmbito desta família, causa um frenesi. A famosa Maria Antonieta! É verdade que a senhora foi escravizada? Minhas primas Dóris e Glória são encantadoras. Vou levar as duas comigo para estudarem em Londres.

Maria Antonieta abraçou e beijou seu sobrinho, filho de Felipe e Caroline, e imediatamente foi levada a um passado de muito amor e de muita luta em que foi muito feliz e, agora, neste contexto social, acredita que tenha iniciado o cumprimento da missão que lhe foi confiada por Deus.

— Eu não cheguei a ser escravizada, Albert, fato que eu devo à inteligência superior e à visão otimista de tua avó, dona Cecília, que é minha madrinha. É uma história longa, meu amor, na qual eu tenho vivido intensamente e com muita sorte. Ninguém consegue explicar a existência da escravidão negra no Brasil, e por que ela tenha permanecido por quase trezentos e cinquenta anos. Minha mãe foi uma mulher escravizada, mas quando eu nasci já havia uma lei que libertava os recém-nascidos da influência da senzala. Eu e teu tio Afonso, graças a Deus, nascemos no mesmo dia, mês e ano. Eu não tenho dúvidas de que nascemos um para o outro. Teu pai, Felipe, nasceu um pouco antes, para que houvesse alguém para cuidar de mim e de Afonso. Teu tio Afonso e teu pai, Felipe, foram os dois únicos homens que eu amei de verdade. Entretanto, meu coração sempre pertenceu a Afonso e minha amizade a Felipe. Olhe só para minha sorte, Albert! Ter o amor desses dois homens.

Maria Antonieta continuou:

— Pouco tempo depois de ser abolida a escravatura em nosso país eu ganhei uma filha de Afonso, que somente a conheceu quando ela tinha quase dez anos de idade. Como eu pensei que Afonso havia me abandonado, minha filha demorou muito a ficar sabendo quem era o seu pai. Diante de um cenário quase ameaçador contra os ex-escravizados, nos termos da Lei Áurea, eu e minha filha, Maria Francisca, sentimos que a vida no Brasil, após a abolição, seria muito difícil para seu filho, meu neto Gonzaguinha, bem como para os jovens negros de sua geração. Seria necessário um sistema de apoio intelectual, psicológico, cultural e moral muito eficiente para enfrentar a enorme diferença de nível social e financeiro entre descendentes de ex-escravizados e pessoas que nunca estiveram perto de uma senzala. Mas vamos combinar uma coisa: Albert. Dóris e Glória te levarão pra conhecer a **Vila Valquíria** e o **Recanto Brasil**. Essas duas instituições constituem os símbolos de nossa luta para transformar ex-escravizados e seus descendentes em cidadãos brasileiros.

Durante a festa, Herculano Filho, que era o anfitrião, procurava formar alguns grupos com os quais pudesse conversar e ir articulando sua candidatura à Presidência da República.

Para Gonzaguinha, a situação política do país havia melhorado muito pouco. Esperava-se que o governo Vargas não fosse interferir tanto na organização dos sindicatos, retirando dos trabalhadores a liberdade que eles tinham para se organizarem e lutar pelos seus direitos. Gonzaguinha tinha esperança de que o novo governo trouxesse mudanças que fossem beneficiar e proteger os operários, uma classe emergente da tão esperada industrialização do país.

A verdade é que naquele início da década de 1930 o mundo vivia um momento de embates políticos e de polarização ideológica. Aqui no Brasil havia sido criada em 1932 a Ação Integralista Brasileira, sob a liderança de Plínio Salgado, de inspiração fascista. Como resposta, no início de 1935, foi criada a Aliança Libertadora Nacional.

Gonzaguinha e Pedro, apesar da diferença de idade, tornaram-se mais amigos ainda após a ida de Luíza, esposa de Pedro, para a Europa, já que a ligação entre as duas mulheres, Maria Assumpção e Florinda, cada vez se acentuava mais.

Gonzaguinha havia proibido Maria Assumpção de trabalhar fora de casa após a chegada do terceiro filho. Entretanto, as despesas agora eram para seis filhos. Florinda e Maria Assumpção, embora tenham deixado de trabalhar juntas, permaneceram amigas, e às vezes Florinda arranjava alguns trabalhos para Maria Assumpção que pudessem ser feitos em casa. Dessa forma, as duas amigas haviam encontrado uma maneira digna de ajudar Gonzaguinha a sustentar seus seis filhos.

Pedro não se considerava dono das empresas que Luíza, sua esposa, antes de viajar para a Alemanha, havia deixado sob sua administração, praticamente incondicional. Mensalmente ele contabilizava a quantia em dinheiro que seria seu salário em níveis de mercado, e o restante dos lucros eram entregues a seus filhos e de Luíza, que comunicavam o recebido à mãe, que estava na Europa. Os jovens e talentosos engenheiros não gostavam de receber aquele dinheiro, que ainda tinha cheiro de senzala, e lembravam as terríveis torturas impostas aos ex-escravizados, principalmente a sua tia Florinda, que eles tanto amavam. Entretanto, após o final da discussão de sempre, os jovens recebiam o dinheiro e o encaminhavam logo como doação ao Recanto Brasil, na tentativa de pelo menos diminuir a culpa do avô.

De forma semelhante a Pedro, Gonzaguinha recusava-se a receber os lucros oriundos da exploração econômica da região que incluía a charqueada Santo Antônio. Quando acabava o semestre e havia a distribuição de lucros, a discussão era sempre a mesma. Gonzaguinha não aceitava dinheiro com cheiro de senzala. Afonso gritava, que a senzala já havia sido destruída havia mais de quarenta e cinco anos, e ninguém o impediria de utilizar seu dinheiro em proveito de seus bisnetos.

Maria Antonieta admirava os dois jovens. Pedro, nem tão jovem, mas sim um veterano que ainda trabalhava como aquele menino que um dia teve em suas mãos a escrituração básica de movimentação do porto de Pelotas no canal São Gonçalo. Gonzaguinha tinha mais de vinte e cinco anos e demonstrava a sua capacidade e inteligência no comando dos negócios e empreendimentos que mais pertenciam a seu avô Afonso do que a ele, que era sócio minoritário. Dessa forma, Gonzaguinha recusava receber em seu próprio proveito quaisquer valores que estivessem relacionados aos horrores ocorridos durante séculos de escravidão negra.

Gonzaguinha e os quatro jovens engenheiros filhos de Pedro entendiam-se muito bem e aproveitavam as vocações do pai arquiteto para irem concretizando os sonhos acalentados no contexto do projeto Recanto Brasil.

Chegara a hora de tirar do papel o Recanto Brasil Dois, um empreendimento imobiliário destinado a tornar realidade o sonho de adquirir casa própria às pessoas de baixa renda vinculadas à Associação dos ex-escravizados do sul do Brasil. Essas residências, em princípio, seriam direcionadas àquelas pessoas descendentes de ex-escravizados que nasceram logo após a abolição da escravatura e aos jovens negros da geração de Gonzaguinha. Segundo os cálculos e avaliações feitas por Pedro e seus quatro filhos, essas pessoas já teriam uma pequena família e uma ocupação regular que lhes permitissem pagar por algo concreto, bem modesto, mas de sua propriedade.

O projeto geral Recanto Brasil era grandioso, muito ambicioso, mas foi planejado para ser autossustentável, evitando toda e qualquer possibilidade de que houvesse um mínimo de retrocesso ou interferência governamental. Segundo o parecer do grande arquiteto Pedro, muito bem assessorado pela secretária particular Florinda, para viabilizar um projeto daquela envergadura seria necessária a construção simultânea de um prédio de vários andares com apartamentos destinados a famílias de média ou alta renda. Dessa forma, a venda de imóveis mais caros e quase luxuosos capitalizaria recursos financeiros para serem gastos na construção dos imóveis mais simples. E assim foi feito.

O PARQUE ESPORTIVO IDEALIZADO POR JACARÉ

Jacaré havia muito tempo guardava uma ideia e agora lhe aparecia a oportunidade de concretizá-la. Assim fazendo, ele solicitou ao Conselho Diretor da Associação permissão para ampliar a área desportiva do Recanto Brasil. Em sua exposição de motivos, Jacaré expôs suas ideias ao Conselho Diretor da Associação, defendendo que a educação, a cultura e o esporte constituem um caminho muito importante para a humanização e a solidariedade.

Nesse contexto estaria incluído o futebol e o cinema.

— Eu tenho orgulho de dizer que fugi do Brasil quando tentaram me jogar dentro da senzala. Também não posso dizer que fiz o que quis em Londres, mas lá eu fui muito bem recebido, respeitado; aprendi a respeitar e como fazer para viver em grupo. Sobre futebol, eu posso assegurar a todos os conselheiros que é a prática desportiva que mais consegue superar problemas de locais para a sua prática. Qualquer pedaço de chão é suficiente para todo menino, pobre ou rico, branco ou preto, mostrar seu talento. Parece-me importante chamar atenção, senhoras e senhores do Conselho, que nos últimos anos, tanto o futebol como o cinema têm sido as principais atividades de lazer da população brasileira.

Jacaré informou que teve participação em vários eventos desportivos na Inglaterra e afirmou, a partir de toda sua experiência, que o esporte é uma atividade fascinante, porque, sobretudo, conta lindas histórias de superação.

— O esportista maximiza todos os seus meios e força pessoal em busca de seus objetivos. Assim acontecendo, podemos observar o quanto é positiva a vontade de cada um. Entretanto, é necessário que todos tenham pelo menos uma oportunidade.

Aprovada a proposta de Jacaré, o problema, evidentemente, seria conseguir financiamento suficiente para uma obra de tamanha grandeza.

Pedro imediatamente fazia cálculos com sua cabeça privilegiada. Além disso, agora ele estava assessorado por quatro extraordinários engenheiros e pela iluminada Florinda, uma especialista em definição e decoração de ambientes.

Nesse momento voltaram à cena as heroínas da senzala, todas elas conselheiras da Associação dos Amigos dos Ex-Escravizados do Sul do Brasil, juntamente com outros associados.

Maria Antonieta, no exercício da Presidência da Associação, convocou Florinda, Valquíria, Izabel, Juliana e outros associados para uma reunião de emergência. Florinda, seguindo sua enorme vocação de viver em ambientes tranquilos e acolhedores, propôs que se incluísse no projeto Recanto Brasil Dois, um centro cultural, um cinema ou uma emissora de rádio. As ilustres heroínas da senzala optaram por construir um prédio de doze andares no centro da cidade de Pelotas, um cinema, também no centro, e no bairro Areal um conjunto residencial de casas cujos preços de aquisição seriam perfeitamente acessíveis à emergente classe de cidadãos brasileiros, ex-escravizados e também àqueles nascidos logo após a abolição da escravatura, como os jovens negros da geração de Gonzaguinha.

Seria também incluída no projeto a ampliação da área desportiva do Recanto, transformando-a em parque desportivo, com acréscimo de mais um campo de futebol, uma piscina térmica e uma quadra de tênis, nos moldes especificados no projeto apresentado por Jacaré.

Pedro preparou logo as planilha de cálculos, sempre assessorado por Florinda e pelo negro Josué, e concluíram que, juntando os recursos financeiros que as heroínas guardavam e o dele mesmo, teriam mais do que suficiente para adquirir o terreno e iniciar as obras.

Os quatro engenheiros filhos de Pedro assumiram a obra planejada pelo pai e decidiram comprar o material com o dinheiro oriundo das empresas de seu avô que ninguém queria receber, em razão do caráter espúrio de sua origem.

Ficou combinado que caberia a Gonzaguinha a venda das unidades habitacionais ainda na planta, para que desde logo houvesse arrecadação suficiente para iniciar e manter o projeto.

Dona Maria Antonieta ficou contente com aquela possibilidade de Gonzaguinha poder aumentar sua renda mensal a partir de uma atividade que nada tinha a ver, ou lembrar da senzala. Além disso, seu querido neto exerceria a vocação da qual ele mais se orgulhava, que era a de comerciante vendedor, embora ainda não tivesse saído de sua cabeça o projeto Gonzaguinha Presidente.

De fato, a compra e venda é uma atividade laboral que sempre agradou Gonzaguinha, por suas características e natureza essencialmente pessoal. Além disso, é uma atividade que premia aquele que mais esforço realiza e mais tempo se dedica ao seu objetivo. Outro fator positivo refere-se ao horário de trabalho do vendedor, que é flexível, independe de horário de expediente e números de horas trabalhadas. O vendedor é remunerado na medida exata de seu esforço e de seu suor. Além disso, Gonzaguinha já podia contar com a ajuda de sua filha Zilá, que havia herdado a vocação de vendedora de seu pai.

Desde menina, Zilá, com sua paciência e simpatia, comunicava-se com desenvoltura e sentia-se bem na atividade comercial ajudando seu pai. Da escola a menina Zilá tirou apenas o necessário para poder trabalhar logo que pudesse e assim ter seu próprio dinheiro, seguindo a filosofia reinante dentro da família.

Com a filha mais velha, Nizah, as coisas eram bem diferentes. Tudo indicava que ela nascera influenciada pela vontade de estudar de sua bisavó Maria Antonieta, que, mesmo sendo já uma senhora de mais de setenta anos, exercia grande influência intelectual em toda a família.

Por outro lado, as influências relacionadas à vida material da família recaíam sobre Afonso. As atividades pertinentes ao patrimônio econômico-financeiro eram lideradas também por Afonso, que era igualmente um senhor de mais de setenta anos, como sua amada.

O FALECIMENTO DE HERCULANO PAI

No dia anterior ao que Afonso e Maria Antonieta festejariam seus quarenta anos de casamento, chegou a notícia de Londres informando que Herculano pai havia falecido, alguns dias antes de completar noventa e cinco anos de idade.

Ele e sua esposa, dona Cecília, haviam se separado de fato há mais de trinta anos. A separação judicial ocorreu logo que deixaram o Brasil, quando dona Cecília tornou público que viveria o resto de sua vida em união estável com Valquíria, o que seria confirmado publicamente e de forma legal fora do Brasil. Era uma situação de fato que Pelotas inteira já sabia há muito tempo. Após aquele acontecimento ter sido publicado em seus detalhes na imprensa pelotense, Herculano pai ficou desesperado e decidiu ir morar em Londres com seus pais.

Valquíria e Cecília comemoraram discretamente a união oficial, entre os amigos e parentes das duas. Dona Cecília era filha única e pouco tempo atrás havia recebido uma herança de seus pais, tornando-a um pouco mais rica do que ela já era. O conjunto de todos esses fatos causou um escândalo de proporções nunca vistas em Pelotas. Afinal, tratava-se da união estável, quase um casamento de dona Cecília, senhora da alta sociedade pelotense, com uma negra ex-escravizada.

As duas curtiram seu amor oficialmente durante quase vinte anos, enquanto dona Cecília ainda viveu. Após esse dia Valquíria recebeu de herança uma pequena fortuna, que Cecília ainda em vida destinou por meio de documentos registrados em cartório para Valquíria.

A ilustre heroína da senzala, Valquíria, recolheu-se para o Recanto Brasil, oferecendo gratuitamente seu trabalho até seus últimos dias, e doou tudo o que tinha ganho de valores materiais àquela instituição que havia ajudado a fundar.

Valquíria foi uma mulher extraordinária. Por pouco ela não foi atirada aos tubarões no meio do caminho, na viagem entre a Continente

Africano e o Rio de janeiro. Ela e toda sua família foram sequestrados na África na segunda metade do século XIX. Durante os momentos de embarque, Valquíria e seu irmão Valter foram separados dos pais para servirem sexualmente a tripulação do navio. Valter tinha apenas quatorze anos e não conseguiu resistir após o primeiro braço quebrado com porretes. Valquíria já tinha dezesseis, não se importou com as surras, cuspiu nos rostos dos animais e lhes disse que não existia no mundo um homem que a tocasse sem sua permissão. Quando os agressores viram que Valquíria tinha os dois braços quebrados e se arrastava pelo chão sangrando, eles a juntaram para jogar ao mar. No mesmo momento houve uma explosão dentro do navio, fazendo com que a navegação começasse a rodopiar velozmente.

Cecília, quando era esposa de Dr. Herculano, conheceu Valquíria em circunstâncias semelhantes àquelas da viagem, com a diferença de que o espetáculo de horror estava acontecendo no pátio de sua própria casa, na charqueada Santo Antônio. Contra a vontade de seu marido, Dr. Herculano, dona Cecília acolheu e salvou a vida de Valquíria, fazendo-a sua camareira. Naquele momento Cecília apaixonou-se por Valquíria. Elas nunca mais se separaram.

Valquíria transformou-se numa penteadeira famosa nas charqueadas situadas às margens do arroio Pelotas. Ela passou a acreditar que recebera um dom especial, visto que havia nascido e renascido mais duas vezes. Em certos casos lhe era permitido prever o futuro. Essa percepção levou-a a um passado de horas difíceis com sua filha de criação Maria Antonieta, que dividia com ela um mesmo quarto na casa grande da charqueada Santo Antônio.

No tempo em que viveu com Cecília, Valquíria recebeu de sua amada quase todos os conhecimentos que ela havia adquirido como chefe de secretaria na Faculdade de Direito em São Paulo. Aquele importante acervo foi muito importante para que Valquíria orientasse e ensinasse a ler a muitas crianças que foram abandonadas nas portas do Recanto Brasil.

Sua chegada ao Recanto Brasil foi muito festejada, e Valquíria recebeu um pequeno apartamento para viver o tempo que desejasse lá permanecer. Foi uma decisão unânime do Conselho Diretor daquela instituição, que considerou a dádiva modestíssima, comparando com as quantias financeiras recebidas de Valquíria no início da construção do Recanto Brasil.

Afonso herdou de seus pais uma fortuna quase incalculável quando houve a divisão da herança. De comum acordo, ele e seus irmãos Herculano e Felipe optaram por não vender os imóveis e fazendas existentes no Rio Grande do Sul, em Minas Gerais e no Estado de São Paulo, porque agora eram políticos e não queriam abrir mão de um patrimônio que lhes poderia ser útil em algum momento de suas vidas. Pretendiam investir suas partes da herança recebida em suas carreiras políticas. Deixaram a administração de tudo com Afonso e Maria Antonieta, duas pessoas em que eles confiavam e amavam demais. De comum acordo entre os três irmãos, os imóveis que incluíam terras próximas do Canal São Gonçalo e do arroio Pelotas seriam propriedade de Afonso. As fazendas de café que a família possuía em São Paulo e no sul de Minas Gerais seriam reunidas numa sociedade comercial liderada por Afonso.

Afonso também herdara alguns milhões de libras esterlinas de sua falecida avó, Mrs. Glória, que o considerava o filho que ela sempre quis ter e o teve por oito anos em Londres, numa época em que dona Glória dizia ter passado os melhores momentos de sua vida.

Com relação à herança deixada pelos pais, Herculano e Cecília, entendia Afonso que ela era para ter sido dividida por quatro e não por três, visto que Maria Antonieta fora criada como filha do casal e trabalhara mais do que todos na família. Entretanto, mais uma vez Maria Antonieta fora prejudicada.

A parte da herança que coube a Afonso impressionava Maria Antonieta pelos valores alcançados, e ela perguntava a seu amado o quanto daquela fortuna poderia ser atribuída ao esforço do braço escravo.

Afonso, um tanto sem jeito, dizia a Maria Antonieta que era muito difícil fazer aqueles cálculos. Por isso seria muito bom que eles fizessem de tudo para que Gonzaguinha estivesse à frente dos negócios da família, administrando as terras e as pequenas indústrias, ainda mais que Afonso e Maria Antonieta tinham absoluta confiança de que a administração realizada por Gonzaguinha estaria visualizando um futuro que incluiria os direitos de suas tias gêmeas Dóris e Glória, filhas do casal milionário.

É certo também que nos planos particulares de Afonso e Maria Antonieta existia o objetivo muito claro de que a remuneração de Gonzaguinha fosse a melhor possível e que possibilitasse a ele e sua esposa, Maria Assumpção proporcionarem uma educação digna aos seus seis filhos e bisnetos deles, Afonso e Maria Antonieta.

Eram assuntos já não mais ventilados nas reuniões de trabalho, visto que Gonzaguinha quase havia rompido com seu avô Afonso em discussões sobre a legitimidade de receber quaisquer recursos financeiros que lembrassem a senzala. Dona Maria Antonieta não podia criticar seu neto, porque ela mesma, em que pese toda a riqueza de Afonso, continuava trabalhando como costureira. Os pobres das imediações sabiam que poderiam contar com ela sempre para confeccionar uma roupinha simples para atender uma festinha de última hora, com pagamento mínimo.

Mesmo com tudo isso, reinava muita paz naquela casa. As reuniões para jantar nos fins de semana nunca deixaram de existir e o número de pessoas cada vez aumentava. Além dos donos da casa, Afonso e Maria Antonieta, as gêmeas Dóris e Glória, Gonzaguinha e Maria Assumpção e os seis filhos do casal. Quando existia qualquer comemoração, por mais simples que fosse, ela ocorria no almoço de sábado, e o grupo era acrescido com as presenças de Pedro, seus quatro filhos, a tia e mãe Florinda, muito mais mãe do que tia. Após o almoço, Maria Assumpção entregava seus seis filhos às gêmeas Dóris e Glória, que sumiam com as crianças, fazendo com que a mãe do sexteto, Maria Assumpção, às vezes tivesse que ir verificar se estava tudo bem. O quarto de Dóris e Glória era um local muito semelhante a um cinema, ou melhor, a um parque de diversões, mandado construir quando Dóris e Glória nasceram.

Após o parto das duas filhas gêmeas e de todos os riscos passados junto com a mãe, assim que elas receberam alta do hospital de Buenos Aires, tanto Maria Antonieta quanto Afonso decidiram pagar suas promessas da forma como cada um havia prometido a si mesmo.

Maria Antonieta passaria o resto de sua vida costurando gratuitamente para crianças pobres. Afonso mandou reformar a mansão que herdara de seus pais no centro de Pelotas, sendo que o quarto de Dóris e Glória foi idealizado e decorado por Florinda com um carinho todo especial.

Afonso determinou a importação dos Estados Unidos e da Inglaterra de todo e qualquer tipo de material que fosse necessário para que o quarto das crianças parecesse um parque de diversões. Elas tinham que ganhar um presente inesquecível. Dentro do quarto delas o ambiente teria que ser como se elas estivessem em um mundo encantado, fantástico e maravilhoso.

Dóris e Glória, agora adolescentes, conservaram tudo como receberam, com todos os brinquedos funcionando e enlouquecendo, agora, alguns anos depois, outras crianças, ou seja, os filhos de Gonzaguinha e Maria Assumpção e convidados que apareciam.

Clóvis, Nizah e Clodovil eram os que mais aproveitavam, tanto os brinquedos como os aparelhos. Clodoveu, que todos chamavam de Gordo, Zilá e Celso Luís, ainda pequenos, ao final da tarde de sábado, somente lhes restava dormir pelo cansaço.

MAIS UM ANIVERSÁRIO DE CASAMENTO DE GONZAGUINHA E MARIA ASSUMPÇÃO

Em datas como estas, ninguém era mais feliz do que Maria Antonieta. Ela via e abraçava a todos com carinho. Aproveitava para aproximar mais politicamente aqueles dois homens que ela tanto amava. Ela sabia que era muito difícil. Afonso, quando nasceu, já era um latifundiário e conhecia muito bem o valor da terra.

A autoestima de Afonso sempre foi muito alta. Ele conhecia todas as suas potencialidades, sabia tirar proveito dessas qualidades e ao mesmo tempo viver bem com seu semelhante. Afonso não escondia sua única limitação. Chamava-se Maria Antonieta, porque ele a amava demais e nunca conseguiu limitar ou controlar aquele amor.

Gonzaguinha era quase ao contrário. Sendo negro e tendo nascido alguns anos após a abolição da escravatura, ele e os jovens negros de sua geração tinham autoestima baixa. Para eles era difícil até criar expectativas, diante de uma enorme descrença no futuro. O relacionamento de Gonzaguinha e dos jovens negros de sua geração com a sociedade brasileira parecia cada vez mais difícil, diante do preconceito e da discriminação. A ansiedade de seu grupo era sempre muito grande na busca de oportunidades que não vinham ou não eram dignas.

Naquele dia de sábado a família estava comemorando mais um ano de casamento de Gonzaguinha e Maria Assumpção. A família de Pedro, como era de costume, estava presente.

Falava-se de qualquer assunto, mas a conversa preferida e dominante era sobre o Recanto Brasil Dois, que estava em pleno andamento. O cinema, que fora construído no centro de Pelotas, já estava funcionando quase cem por cento, e as rendas com bilheteria serviam para ajudar a financiar outras áreas do projeto.

A Segunda Guerra Mundial também era assunto que atraía muito a atenção de todos. Os comentários gerais davam conta de que o Brasil participaria do esforço de guerra com o envio de militares do Exército e da Força Aérea Brasileira para se juntarem aos aliados. O acordo com os Estados Unidos incluía ainda a autorização brasileira e permissão para que os americanos utilizassem cidades da costa nordestina, como Natal e Recife, para serem utilizadas como bases aéreas. Tudo isso traria grandes vantagens econômico-financeiras para o Brasil.

No Recanto Brasil e imediações falava-se que os Estados Unidos comprariam do Brasil toda a borracha que precisassem para o esforço de guerra e ainda financiariam com vinte cinco milhões de dólares a construção de uma siderúrgica no Brasil.

Uma grande siderurgia parecia muito importante para um país como o Brasil, que buscava seu desenvolvimento tentando adaptar-se à nova realidade internacional por meio da indústria. Além disso, já estava mais do que na hora de nossa Pátria deixar de exportar seu próprio minério e depois importar trilhos para as ferrovias brasileiras feitos com aquele minério que havíamos exportado.

Naquele dia, após a refeição, de forma espontânea, iniciou-se uma discussão leve sobre política, economia e direitos sociais. O movimento liderado por Getúlio Vargas em 1930 havia imposto um ambiente semelhante ao de uma guerra civil, provocando derramamento de sangue. Dizia-se que o movimento revolucionário justificava-se porque a Pátria brasileira precisava de mudanças estruturais. O que iria acontecer de agora em diante, todos se perguntavam.

– Veja bem, meu avô! Falou Gonzaguinha, olhando para Afonso e em seguida para todos os seus queridos parentes e amigos. Com a proclamação da República pensávamos que estavam eliminadas as oligarquias, e iniciaríamos um período de democracia que por certo não seria plena, mas daríamos os primeiros passos em direção àquele objetivo. Até porque nossa primeira Constituição republicana, de 24 de fevereiro de 1891, estabelecia como princípios a forma republicana, o regime representativo e um sistema eleitoral que permitisse a participação do máximo possível de brasileiros.

Entretanto, em 1894, na primeira eleição direta para Presidente da República ocorrida no país, apenas 2,2% da população cumpriu com aquele dispositivo constitucional. A população brasileira na época era de aproximadamente quinze milhões de habitantes, havia pouco mais de um milhão de eleitores inscritos e apenas trezentos e cinquenta e seis mil eleitores compareceram às urnas.

Isso porque a maioria dessa população, incríveis 82,6%, era analfabeta.

Que tipo de República democrática seria essa em que uma minoria da população manipula a coisa pública?

Eventos semelhantes continuaram acontecendo durante toda a chamada República Velha, ocorrida no período de 1889/1930, porque na nossa primeira Constituição Republicana, de 1891, o voto havia sido restrito aos homens maiores de 21 anos, com a exclusão de analfabetos, religiosos e militares. Além disso, o voto não era secreto, sendo possível, portanto, saber-se em que candidato o eleitor havia votado, permitindo aos representantes das oligarquias conduzirem a eleição segundo seus próprios interesses.

Os Partidos Republicanos paulista e mineiro disso se aproveitaram durante mais de trinta anos e compuseram alianças com a finalidade de se revezarem no poder, na Presidência da República. Esse período de tempo ficou conhecido como República do Café com Leite. Era a força do café paulista e do leite mineiro representando a liderança da economia brasileira. O voto não sendo secreto estava sempre submetido à perniciosa influência dos coronéis, pessoas que detinham o Poder Executivo municipal e militar na região.

Continuaram então as oligarquias, sistema político concentrado nas mãos de poucos, e o voto, que deveria ser uma das principais fontes da manifestação democrática, ficou restrito a uma minoria da população, permitindo a presença nefasta das oligarquias no país, com suas políticas de interesse privado, mesmo após a Proclamação da República.

Gonzaguinha pediu desculpas. Afinal de contas, estavam reunidos para comemorar, mas ele considerava importantes aquelas pequenas discussões promovidas sem pauta organizada porque se falava a respeito dos problemas da Pátria Brasileira, jovem República que nos prometia mudanças e transparência na condução da sociedade no Brasil.

– Talvez minhas reclamações aconteçam porque a Revolução de Getúlio Vargas em 1930 trouxe muito poucas melhorias. A questão da participação popular e do voto, na realidade, nada mudou. Além de tudo, a conduta ditatorial do governo de Getúlio descumpriu quase que totalmente suas promessas de proteger os trabalhadores e seus direitos de natureza social, avanços que o próprio Getúlio havia jurado defender. A impressão que se tem é de que, para Getúlio Vargas, aquelas atitudes seriam garantia suficiente para viabilizar a tão sonhada e necessária industrialização com ordem e progresso por meio de um controle bem centralizado do governo e da sociedade. Entretanto, é do entendimento geral que o desenvolvimento somente acontece na medida em que existe simultaneamente a melhoria das condições de vida da população.

Gonzaguinha, parecendo cansado, disse que gostaria de saber de quem lhe pudesse dizer, até quando a população brasileira continuará a ser escravizada? A abolição do trabalho escravo ocorreu há mais de meio século, mas as desigualdades e a miséria continuam e, como sempre, os negros, os pobres e as mulheres permanecem aquém dos projetos governamentais.

No caso de Getúlio Vargas houve um investimento muito grande em transporte e energia. Entretanto, a inflação, a burocracia elevada, a insuficiência do ensino público e a corrupção em todos os níveis vêm corroendo a esperança dos brasileiros por uma vida melhor.

Com a abolição da escravatura em 1888, ficou definido de uma vez por todas quais seriam os povos formadores da nacionalidade brasileira. Já existiam os indígenas, depois vieram os europeus colonizadores, em seguida os negros e após, os imigrantes.

Mesmo contrariando uma grande parte da sociedade brasileira, a abolição da escravatura aconteceu e foi a grande ruptura no sistema econômico social da Pátria brasileira. O Brasil teve que aceitar os negros como componentes da sociedade brasileira. Entretanto, bem antes da abolição, o Império brasileiro já planejava a importação de imigrantes para compor a mão de obra nacional. Já os negros escravizados não mereceram sorte semelhante. Ao contrário, não houve qualquer tipo de fiscalização ou repressão aos crimes cometidos contra pessoas humanas em território brasileiro. Além disso, o processo de abolição não teve acompanhamento de qualquer projeto de integração social dos ex-escravizados.

Com a abolição, o escravizado passava a não ser mais visto juridicamente como um objeto. Essa mudança de objeto para pessoa humana, entretanto, foi ignorada pelos vários setores da sociedade, que marginalizaram e empurraram essas ditas pessoas para fora dos centros urbanos.

Com o advento da República os oito milhões e quinhentos mil quilômetros quadrados de território brasileiro passaram a ser coisa pública, ou seja, uma imensidão de terras passou a pertencer a todos os brasileiros. Naquela noite do dia treze de maio de 1888, setecentos mil escravizados ficaram sabendo que havia sido abolida a escravidão no Brasil, conforme uma lei chamada de Lei Áurea, que havia sido assinada por uma princesa.

A pergunta mais frequente ouvida entre homens, mulheres e jovens nas senzalas e nas suas imediações, e que não tinha resposta, era: onde vamos morar a partir de amanhã?

Gonzaguinha, ao mesmo tempo em que expunha suas mágoas a respeito do tratamento que haviam dado a seu povo, lembrava-se de Valmir, um coleguinha seu da escola primária.

Valmir da Silva Lira e Gonzaguinha se conheceram em 1949 no Grupo Escolar Dr. Joaquim Assumpção, uma escola primária de referência na época, situada no centro da cidade de Pelotas. Algumas semanas após o início das aulas, os dois já eram amigos. O menino Valmir morava na várzea de Pelotas, na rua General Telles, quase na esquina com a rua Garibaldi, a poucas quadras do canal São Gonçalo. O pai de Valmir, seu Duca, às vezes conversava com Gonzaguinha, Valmir e outros jovens que jogavam futebol frequentemente ali por perto. O seu Duca trabalhava no porto de Pelotas, onde ganhava o suficiente para sustentar sua família. Ele e sua esposa, dona Júlia, eram muito admirados por vizinhos e amigos pela forma como educavam o filho Valmir e suas três irmãs. Gonzaguinha, curioso como sempre, ansiava pelo momento em que seu Duca um dia explicasse como ele fazia para manter aquela família tão linda. Na verdade, Gonzaguinha gostaria de saber que tipo de milagre seu Duca fazia para manter os quatro filhos estudando, em situação razoável de conforto, e com um digno padrão de vida.

Seu Duca era uma pessoa muito séria e educada. O termo que se usava naquela época descrevia seu Duca como um homem de fino trato que convivia com todos os moradores da várzea com atenção e muito respeito. Todas as pessoas da várzea pelotense gostavam demais de seu Duca. As crianças tinham um pouco de medo dele porque ele era muito alto, muito branco e nunca tirava os óculos do rosto. Um dia seu Duca explicou a todos os jovens com os quais convivia, inclusive Gonzaguinha, os mistérios de sua vida. Era um final de tarde do verão pelotense com seus dias longos, e num dos intervalos do jogo de futebol, seu Duca pediu aos jovens que olhassem em direção ao frigorífico Anglo construído na margem pelotense do canal São Gonçalo.

Seu Duca explicou que de onde eles estavam até chegar à margem do canal São Gonçalo seria possível delinear vários campos de futebol. Mas, o grande problema era que não se sabia ao certo a quem pertenciam aquelas terras, se é que havia dono. Num determinado dia, seu Duca ficou sabendo que poderia ter um pedaço daquelas terras para ele e sua família. Aquele foi um dos dias mais felizes da vida de seu Duca. Quando ele chegou em casa, ao final da tarde, e deu a notícia, dona Júlia, eufórica, anunciou que o jantar daquele dia seria inesquecível. Mais tarde, com a alegria mais contida, sua esposa, dona Júlia, perguntava e exigia que seu Duca explicasse como faria para pagar um terreno onde pudessem construir um cantinho para viver.

Já está tudo certo, mulher, dizia um seu Duca, agora com os pés no chão, expondo um dos seus melhores sorrisos. Tudo vai ser descontado semanalmente em nossos salários. E tem mais: quatro engenheiros, filhos do famoso Dr. Pedro, que arquitetou e dirigiu a construção do Recanto Brasil I e II, já avisou que no almoxarifado velho do porto existe muito material de construção já usado, sem serventia para as instalações portuárias. O referido material estará à disposição de todos os funcionários do porto que o quiserem levar, por sua conta, num prazo de dez dias.

Enquanto isso, os jovens engenheiros filhos de Dr. Pedro vinham dando explicações a respeito da melhor forma de usar a terra do quintal doméstico. Segundo eles, nesta maravilhosa terra brasileira em que vivemos, os restos de alimentos jogados fora no pátio, no final do dia, renascem no dia seguinte como se tivessem sido plantados. E dizem mais os simpáticos jovens engenheiros: "Quem possuir um pedaço de terra e esforçar-se em tratá-lo bem, jamais passará fome".

Seu Duca, juntamente com quatro colegas, levaram o material necessário para construir e cercar o correspondente a cinco unidades domiciliares, onde moram até hoje com as respectivas famílias.

Gonzaguinha, com a metade de seus pensamentos voltada para a exposição, quase uma queixa, que fazia de seu país, e a outra metade do pensamento fixada na situação vexatória a que a Lei Áurea havia submetido setecentos mil ex-escravizados no Brasil, perguntava-se por que a Pátria Brasileira não teria cedido, mesmo que fosse por empréstimo, para cada ex-escravizado um pedacinho dos oito milhões e quinhentos mil quilômetros do Brasil?

Pedro, que estava quieto ouvindo seu amigo, pediu a palavra, afirmando que ele passou bem perto desse tipo de desigualdade, tendo em vista a sua origem.

– Como todos aqui já sabem, eu nasci na porta de um bordel que existia na pracinha do porto aqui de Pelotas. Sempre que falo sobre isso, eu noto um desconforto em meus filhos, que não gostam que eu mencione essa circunstância tão trágica. Entretanto, não é possível fugir da verdade. Florinda diz que agora eu sou um negro velho saudosista querendo viver do passado. Entretanto, é necessário lembrar o passado, na medida em que as verdadeiras lições vêm de lá e não há como reescrever a história. Aquelas pessoas tão simples que me acolheram com tanto amor tiveram uma visão otimista em relação ao meu futuro, independente da cor de minha pele. Elas sabiam que iriam me perder, mas pensaram no meu futuro e simplesmente me mandaram para a escola. É interessante que meus dois filhos gêmeos tidos com Florinda foram também recepcionados pela vida de forma milagrosa, ainda mais se considerarmos que seus receptores, parece impossível, foram seus próprios irmãos, embora somente de origem paterna.

Pedro seguiu sua narrativa:

– Eu sei que cada um de nós tem sua história, seus princípios e suas crenças, mas a educação e o conhecimento, como afirma nossa grande líder Maria Antonieta, estes sim são princípios que têm a capacidade de igualar ou diferenciar as pessoas. Uma situação como esta que vivemos, conquistada com sacrifício e com tantas lutas, não pode ser entregue a interesseiros tão facilmente. Se os analfabetos não podem votar, precisamos levar o conhecimento e o estudo a todo esse contingente de brasileiros e não excluí-los de nosso convívio. Uma Nação, um Estado ou um País somente tem identidade na medida em que existe consenso entre os membros da comunidade em aceitar a autoridade vigente. O problema é que é quase impossível existir consenso quando entre os membros da comunidade há um desnível muito grande de renda, conhecimento e educação.

Pedro fazia questão de dizer que ficava imaginando em que lugar ele estaria se não fossem minha mãe Cora e minhas madrinhas.

A verdade é que vivemos num país em que a distribuição de renda permanece entre as mais injustas do mundo, e essa situação piorou após a abolição da escravatura.

ALGUNS ANOS DEPOIS, UM BRASIL MELHOR?

Na medida em que o tempo passava, novas gerações ocupavam o espaço social que as heroínas da senzala haviam conquistado com tanto sacrifício, dando tudo de si para oferecer um Brasil melhor, com cada vez menos desigualdades, sobretudo para os jovens negros da geração de Gonzaguinha.

Dona Maria Antonieta e Afonso, em que pese a idade avançada, ainda exerciam liderança muito positiva na Associação dos Ex-Escravizados do Sul de Brasil, fazendo visitas de cortesia às várias regiões dos Recantos Brasil I e II, apoiando realizações festivas e participando ativamente como conselheiros nas reuniões.

O núcleo de ação mais eficiente e que ultimamente vinha sendo mais ativo nos projetos Recanto Brasil era liderado por Pedro, que, embora seus quase setenta anos de idade e todas as responsabilidades que tinha na presidência das empresas de propriedade de seus filhos mais velhos, não se desligava dos projetos que norteavam a Associação.

Além da obsessão de Pedro pelo trabalho, ele confessava ser escravo de uma outra obsessão que somente suas filhas Luíza e Carolina conheciam. Ele nunca deixava de pensar em reencontrar sua querida mamãe Cora. Suas duas filhas, uma de cada mãe, uma quase branca, outra de raça indefinida, se encarregavam, de vez em quando, de consolar o pai, que não se conformava pelo fato de não ter conseguido reencontrar sua mãe adotiva, dona Cora, e poder cuidar dela como ela merecia. Pedro ficava ainda mais preocupado quando pensava na situação em que ela poderia estar vivendo diante da miserabilidade em que vivia a maioria dos brasileiros.

Com o amigo Gonzaguinha, Pedro dividia as preocupações que estavam causando os acontecimentos recentes no Brasil, e os dois tentavam adivinhar quais seriam os rumos da Pátria Brasileira. Eles não viam perspectivas de mudanças que pudessem trazer algo de melhor à vida dos brasileiros menos favorecidos.

Embora fosse um dia de festa, num momento em que conversavam distraidamente os dois amigos e o casal Afonso e Maria Antonieta, Gonzaguinha fez um comentário a respeito de uma outra nova força política, fundada há pouco tempo no Brasil. Era o Partido Comunista Brasileiro, influenciado por operários anarquistas vindos da Europa. Entre as lideranças do partido recém-fundado no Brasil estava um ex-oficial do Exército brasileiro chamado Luís Carlos Prestes.

Prestes não tinha dúvidas a respeito de qual era a fórmula a ser utilizada para derrubar a situação de miséria em que vivia o povo brasileiro.

O ex-Oficial do Exército tinha certeza de que somente o estudo e o conhecimento em massa para toda a população brasileira, sem exceções, poderiam tirar o Brasil da situação em que se encontrava. Além disso, o Partido Comunista defendia a ideia de ter no Brasil um governo de base popular que tivesse capacidade de promover uma reforma agrária no país e abolir a dívida externa.

Dona Maria Antonieta, percebendo o olhar de perplexidade de Afonso, concluiu imediatamente que a situação se encaminhava para se transformar de amigáveis diálogos entre os três grandes amigos para discussões políticas acirradas. Antes que Afonso pedisse a palavra, ela pegou a mão de Maria Assumpção, levantou-se, antecipou-se a seu marido, pediu a palavra e começou a falar.

– Pessoal, falou Maria Antonieta, tentando olhar para todos sem largar a mão de Maria Assumpção, mulher de seu neto Gonzaguinha. Hoje é um dia de comemoração, não de queixas nem reivindicações políticas que possam nos causar tristezas pelo que vem acontecendo em nossa Pátria. Prestem bem atenção, porque a palavra será da mãe dos meus seis bisnetos. Vocês sabem quantos sobrinhos meu neto Gonzaguinha ganhou quando se casou com Maria Assumpção? Vocês têm ideia de quantos cunhados Gonzaguinha tem? E que um deles é um dos maiores músicos desta cidade de Pelotas? Pois vão saber em seguida. Mas antes deixem-me dar uma boa notícia, principalmente para meu querido Pedro, a respeito de um sinal de bons presságios que acabei de receber.

Todos olharam para Pedro, e ele começou a chorar, imaginando o conteúdo da notícia que iria receber.

– É isso mesmo, Pedro. Tu vais reencontrar tua mamãe Cora num breve espaço de tempo.

Todos aplaudiram e em seguida voltaram os olhos para as duas senhoras que estavam de pé, quase abraçadas.

Maria Antonieta curvou-se, fazendo uma reverência a Maria Assumpção e dizendo com muito carinho:

– A palavra é tua, supermãe.

MARIA ASSUMPÇÃO E OS SOBRINHOS DE GONZAGUINHA

— Olha, pessoal, para mim é muito difícil falar diante de um grupo que tem como líderes meus queridos avós Maria Antonieta e Afonso. Eu nem sei se tenho o direito de chamá-los assim.

Maria Assumpção foi imediatamente interrompida por todos, que gritavam: Tem sim! Tem sim!

— Pois bem, meus queridos, eu sempre sonhei poder desfrutar deste direito de neta, mas acho que meu sonho somente foi concretizado quando começaram a nascer meus filhos com Gonzaguinha. Na verdade, eu tenho vários irmãos, como falou minha avó, e, por consequência, muitos sobrinhos, que desde pequenos fazem a minha alegria, da mesma forma como as gêmeas Dóris e Glória encantam e são encantadas pelos pequenos Clodoveu, chamado de Gordo, pela Zilá e pelo Celso Luís. Todos os meus tios, tias e sobrinhos são pessoas pobres e obrigadas a trabalhar muito duro em busca de uma sobrevivência modesta, simples e com poucas perspectivas, diante das dificuldades enfrentadas por nosso país.

Todos me admiram muito e me têm em alto conceito por pertencer à grande família constituída por todos vocês.

— Todos nós, alguém gritou.

— Isso mesmo, todos nós, Maria Assumpção, o restante gritou com entusiasmo e assovios.

— Muito obrigada, meus queridos! Eu posso assegurar a vocês que o motivo dessa admiração nada tem a ver com bens materiais. Quase todos vocês conhecem minha história, que não tem nada de original na comparação feita com a vida de milhões de brasileiros que parecem ter sido esquecidos pelos agentes governamentais. Meus familiares são todos pobres e tanto os homens como as mulheres começaram a trabalhar na idade adolescente, para poder compor um salário familiar mínimo e digno e fazendo com que pelo menos a família possa viver em paz e com alguma esperança. O fato de ser a mais nova da família me permitiu estudar um pouco mais do que os mais velhos e conseguir um emprego com melhores perspectivas de futuro. Apesar do pouco tempo que estudei, eu senti que a minha vida mudou completamente. O projeto Recanto Brasil transformou minha vida e melhorou muitíssimo a minha autoestima. Além de tudo, é claro, foi lá que eu encontrei o amor da minha vida.

Continuou Maria Assumpção:

Toda vez que eu faço referência a pessoas de minha família que venceram pelo estudo e pela competência, eu me lembro de meu sobrinho Nei. Neizinho, como sua irmã Neiva o chamava carinhosamente. O Nei e a Neiva haviam perdido seus pais muito cedo, mas foram acolhidos por sua tia Nena, minha irmã, que já tinha dois filhos. A Nena trabalhava dia e noite costurando para pessoas pobres, como ela, para compor o salário familiar com o marido, Silvino. Sobreviver era o único e imediato objetivo. Durante muito tempo e com muito sacrifício, o Nei, meu sobrinho, concluiu um curso superior com direito a formatura com traje a rigor e com a imprescindível gravata-borboleta. A novidade correu entre os negros da várzea de Pelotas, e a prima Elsa não deixou passar a oportunidade de fazer sua crítica construtiva, acrescentando que era a primeira vez que ela iria ver um negro vestido com traje a rigor. Na verdade, meu sobrinho Nei havia desmitificado duas regras que persistiam como um desafio para os jovens negros de sua geração. Uma delas era ver um negro dentro do escritório de uma empresa que não fosse o faxineiro. A outra dizia respeito ao definitivo fechamento da senzala. Oficialmente, a senzala já havia fechado, conforme as determinações da Lei Áurea, de 1888. Entretanto, alguns jovens negros entendiam que era preciso uma cerimônia de impacto para celebrar aquele fechamento. O que se comentava no Recanto Brasil e suas imediações era que meu sobrinho Nei havia ido após a formatura à senzala mais próxima e fechado a sua entrada com sua gravata-borboleta. Seria um ato símbólico da vitória do estudo e do conhecimento sobre a estupidez.

Fez-se um pouco de silencio e Maria Assumpção, um pouco constrangida, pediu desculpas, dizendo que jamais seria sua intenção provocar qualquer tipo de desconforto.

Eu peço desculpas a todos, mas eu não podia deixar de falar. Até porque eu estou diante de grandes lideranças do sul de meus país. E, sendo assim, eu preciso dizer que me dói muito saber que em nossa Pátria existam tantas pessoas analfabetas. A quem interessaria um país com tantas desigualdades? Um outro sobrinho meu foi designado para prestar serviço militar em uma cidade próxima de Pelotas. Naquele quartel da fronteira ele recebeu seus uniformes todo contente com as novidades da caserna, mas, ao iniciar a instrução militar, o conhecimento sobre o funcionamento das armas e instrução de tiro, meu sobrinho, que já fixava seus pensamentos em ingressar na Faculdade quando terminasse o serviço militar, ficou chocado com o nível de conhecimento de seus jovens colegas. Dos novecentos soldados do Regimento, noventa por cento dos jovens eram analfabetos. Eles não sabiam ler nem escrever, o que causava uma dificuldade enorme. Para eles era difícil ter conhecimento até de uma simples ordem de operações. O que mais surpreendia e intrigava meu querido sobrinho era o fato de saber que ali dentro daquele quartel estava uma amostragem do futuro do Brasil.

Outros casos foram lembrados:

– Outro de meus sobrinhos preferidos leva o meu nome. O Assumpção era uma pessoa dedicada à música, como empresário e músico. Aliás, diga-se a bem da verdade que a música está na alma da família de meu sobrinho Assumpção. A manifestação de talento foi iniciada por seu pai, Francisco, meu irmão, que ficou famoso em Pelotas e recebeu o apelido de Xico Pandeiro, tal era a sua maestria na utilização daquele instrumento. Um outro irmão meu ganhou celebridade por ter-se destacado de maneira brilhante no futebol, e neste momento eu lembro do que sempre fala nosso conselheiro Jacaré, grande benfeitor e diretor esportivo de nossa Associação. O Jacaré, apesar da idade, ainda é considerado um atleta, veterano, é claro, com diversos cursos realizados na Inglaterra e que tem incentivado ao máximo o esporte de todas as modalidades em nosso **Recanto Brasil.**

Maria Assumpção seguiu:

– Afirma com toda a convicção que lhe é característica, nosso amigo Jacaré, que a educação e o esporte constituem um caminho muito importante para a humanização e a solidariedade. O futebol, particularmente, tem a capacidade de revelar talentos em locais que dispensam qualquer tipo de sofisticação material. Basta um pedaço de chão e, se possível, a orientação de um profissional em educação física. Foi exatamente o que aconteceu com Luís Carlos, meu irmão. Ele foi descoberto jogando futebol na várzea de Pelotas, ficou famoso jogando num dos times pelotenses e em seguida foi contratado para jogar num dos clubes mais famosos do Rio de Janeiro e do mundo.

Ele e sua esposa, Dilma, minha cunhada, tiveram que mudar radicalmente a vida simples que viviam. Duas pessoas pobres e negras que nunca haviam saído de Pelotas, em regime de urgência, tiveram que se mudar para morar em Ipanema, no Rio de Janeiro. A esposa Dilma teve que transformar-se numa heroína, na medida em passou a conviver com pessoas brancas e preconceituosas que frequentavam o bairro de Ipanema, próximo ao Leblon, quase à margem da Lagoa Rodrigo de Freitas. O marido de Dilma, Luís Carlos, meu irmão, viajou de Pelotas quase direto para a Europa, onde seu time estava excursionando, sem passar pelo Rio, enquanto Dilma teve que construir o novo lar do casal, enfrentar mudanças de hábitos, clima, e resolver problemas junto a pessoas que ela nunca havia encontrado antes. Ainda bem que Dilma é daquelas mulheres fora do comum que nunca veem as coisas como problemas, mas sim como acontecimentos que precisam de uma atenção especial, sobretudo quando o tratamento inclui muito carinho. Dilma foi perfeita e agiu como se tivesse ingressado em uma nova escola, enfrentando a nova vida com coragem e otimismo. Menos mal que era época em que estava surgindo a Bossa Nova e, próximo à sua casa só se falava na garota de Ipanema. Com sua inteligência e bondade, Dilma preparou sua casa para receber com todo o carinho todos os parentes de Pelotas que certamente iriam visitar o jovem casal.

Encerrando, falou Maria Assumpção:

– Eu gostaria de dizer a todos que estou perfeitamente adaptada e contente com minha nova vida. Agradeço o abraço que todos vieram oferecer a mim, ao Gonzaguinha e a todos os meus filhos, por mais um ano de casamento. Peço desculpas novamente por ter feito referência a alguma parte de um passado que todos gostaríamos muito de esquecer.

Ouviram-se aplausos, gritos, assovios e vivas ao casal aniversariante. Maria Antonieta estava radiante e confessou ao ouvido de Maria Assumpção que ela fora perfeita, na medida em que seu pequeno discurso desarmou os ânimos daqueles que já se preparavam para uma discussão política provavelmente muito dolorosa.

AS MUDANÇAS NO CENÁRIO POLÍTICO DO BRASIL

A grande discussão política, à qual se referia dona Maria Antonieta na reunião de comemoração de aniversário de casamento de seu neto com Maria Assumpção, na realidade teria sido provocada por um grave problema nacional. Quase naquele momento havia sido noticiado o suicídio do Presidente Getúlio Vargas, obrigando o país a mergulhar numa das maiores crises políticas de sua história republicana, há pouco iniciada.

Entre as grandes mudanças no cenário político do Brasil, nos primeiros cinquenta anos de República, foi o aparecimento do jornalista, empresário e político Carlos Lacerda. Ele era considerado um brilhante orador e utilizava todo o seu talento para opor-se ferrenhamente às ideias políticas de Getúlio Vargas. Quando jovem, Lacerda chegou a defender as ideias comunistas e em 1934, com vinte e quatro anos de idade, leu o manifesto da Aliança Nacional Libertadora, organização que congregava militantes do Partido Comunista Brasileiro e pessoas insatisfeitas com os rumos que a Revolução de 30 havia tomado sob a liderança de Getúlio Vargas.

Gonzaguinha sentia-se mal com o que via e com o que acontecia sem que ele pudesse ver. Sempre que encontrava sua avó ou seu amigo Pedro, perguntava se eles poderiam lhe garantir que nosso Brasil era uma República. Gonzaguinha não conseguia entender como poderia haver um governo absolutista numa República. Ele conversava muito com seus avós e com seu amigo Pedro. Queixava-se de que seu país não dava mostras de ter um mínimo de organização. Seus avós, Maria Antonieta e Afonso, e Pedro tentavam acalmá-lo.

Eles procuravam demonstrar a Gonzaguinha que o Brasil era uma República muito jovem, quase recém-nascida. Seria necessário entender primeiro o que realmente estava acontecendo e ter um pouco de paciência. Os três procuravam convencer Gonzaguinha de que o cenário político republicano era muito diferente daquele cenário imperial que durou até 15 de novembro 1889.

Maria Antonieta, Afonso e Pedro lembravam Gonzaguinha que estava chegando a grande novidade. O poder do voto, que iniciava a mostrar sua força. O voto popular na República é o que dará legitimidade aos nossos governantes para agir. Temos que nos preparar para ter eleições sempre. Não podemos mais deixar de indicar e nomear os governantes do país. O voto é o único instrumento capaz de neutralizar a intenção de grupos que possam tentar levar vantagem na política ilegal.

Quanto maior o número de eleitores, maiores serão as possibilidades dos cidadãos de participarem das decisões a respeito de política do país e dos problemas com a economia, a cultura e a educação.

Em nosso caso, explica Afonso, a República brasileira foi proclamada a partir da insuportável situação de um Império em decadência. Primeiro, a sociedade brasileira modificou-se radicalmente com a abolição da escravatura e em seguida foi proclamada a República. Afonso procurava demonstrar a seu querido neto que a grandeza dos acontecimentos históricos fundamenta-se na capacidade das lideranças locais de realizar as mudanças.

A Proclamação da República era necessária. Foi um acontecimento histórico de grande importância na vida política brasileira. Já havia passado o momento de mudar. A Primeira República foi um período marcado por tensões populares que resultaram em conflitos por diferentes regiões do Brasil. Tudo isso significava que a República brasileira estava sendo testada.

Gonzaguinha acompanhava os acontecimentos quase da mesma forma como o fazia seu avô, mas entendia que o estopim para o final da Primeira República foi a eleição presidencial de 1930. Infelizmente, aquela eleição deu uma demonstração para o mundo que em quarenta anos de República o Brasil assimilou muito pouca coisa de bom para seu futuro.

– O que se viu naquela eleição foram rompimentos de compromissos, acordos ilegais feitos de última hora e desconfianças mútuas de corrupção eleitoral. O resultado da eleição somente poderia ser mais um golpe de Estado que privilegiaria grupos com atitudes totalmente contrárias ao recente regime republicano.

Gonzaguinha, na medida em que os anos passavam, via com mais desconfiança o que acontecia em seu Brasil. As coisas que precisavam acontecer não aconteciam e as que aconteciam pouco tinham a ver com uma República.

Maria Antonieta aproveitava as incertezas de seu neto Gonzaguinha para lembrar-lhe a importância da educação. Tanto parecia importante que grande parte do discurso republicano preconizava a necessidade de estabelecer o ensino primário no Brasil como forma de promover seu desenvolvimento material e social. Entretanto, aquela parte do discurso foi esquecida, e o Brasil, em 1920, com trinta e um anos de República, com pouco mais de vinte e seis milhões de habitantes, tinha mais de dezoito milhões de analfabetos.

Como a Constituição Federal não permitia o acesso às urnas de pessoas analfabetas, as principais decisões do país continuavam a ser tomadas sem a participação da maioria da população.

Gonzaguinha, inconformado, perguntava a seus avós e a seu amigo Pedro a quem interessaria um Brasil com a maioria da população analfabeta?

Maria Antonieta e Afonso, do alto da experiência de vida que possuíam, procuravam acalmar seu querido neto, chamando sua atenção para o dinamismo político, social e econômico que orientavam o crescimento de nosso Brasil.

Em seguida, insistiam que as mudanças poderiam vir com o exercício do voto. Seus avós falavam quase ao mesmo tempo, tentando justificar que o governo de Getúlio Vargas foi muito importante para a República que se iniciava, na medida em que freou os privilégios da República do Café com Leite.

Os avós de Gonzaguinha sabiam que sua juventude exigia respostas rápidas. Entretanto, a velocidade do tempo não muda, e Maria Antonieta e Afonso procuravam mostrar a Gonzaguinha que tudo tem seu tempo.

A verdade é que os dois velhos chamavam a atenção, aconselhavam e tentavam convencer um jovem pai de seis filhos de que ele precisava ter paciência. Pelo menos a República já tinha uma Constituição Federal, nossa primeira Constituição republicana. O voto popular era uma realidade que com certeza seria regulamentada com o tempo.

É uma pena que aquela Constituição não adotou um mecanismo ou instituição que garantisse a legalidade do processo eleitoral. Diante disso, as eleições nos primeiros anos de República ficaram marcadas por manipulações e fraudes quase insuportáveis.

Na medida em que a Carta Magna de 1891 excluía do grupo eleitoral os pobres, os analfabetos e os militares de baixa patente, ficava evidente a intenção daqueles que elaboraram a Constituição. Sem dúvidas, os objetivos eram a manipulação de votos e ao final a busca de um governo de minorias que mantivesse as desigualdades.

Gonzaguinha sentia-se mal, ficava apreensivo, pensava no que seria o futuro de seus filhos diante de tanta injustiça e discriminação. Por que a concentração de renda nas mãos de tão poucos? Por que tantas extensões de terras administradas por uma minoria que sequer tinha condições de dar ao solo brasileiro os devidos cuidados?

Gonzaguinha amava muito seus avós, mas tinha preocupações com relação a seu avô Afonso. Diferentemente de Maria Antonieta, que teve uma noção real da desigualdade e da discriminação durante grande parte de sua vida, Afonso era um dos protagonistas daquela tragédia social que era a desigualdade no Brasil. Ele estava vinculado a uma fortuna quase incalculável fundamentada em lucros obtidos de forma duvidosa.

Por outro lado, Pedro sentia-se muito bem diante da certeza de que jamais havia recebido algo que não lhe pertencesse. Tudo que havia recebido tinha origem em seu próprio suor, em razão de seu trabalho pessoal. Por suas mãos passava uma fortuna talvez comparável à de seu amigo Afonso, mas Pedro tinha certeza de que nunca aceitara um centavo que pudesse ter passado pela senzala. Ele ficava mais tranquilo ainda na medida em que seus filhos, embora de mulheres diferentes, comungavam as ideias paternas, ou seja, são pessoas quase que totalmente dedicadas ao bem comum.

A única mágoa da vida que incomodava aquele líder comunitário é ainda não ter encontrado sua mãe de criação. Mamãe Cora, a pessoa que realmente lhe concedeu as condições de viver a vida maravilhosa que ele tem noção de que vive. Pedro sabe da real impossibilidade de encontrar seus pais biológicos. Então ele reza todos os dias por sua mãe biológica, que, há mais de setenta anos, em seu desespero o abandonou na porta daquele bordel no porto de Pelotas. Mas, por outro lado, ele não perde as esperanças de encontrar dona Cora.

Pedro lembra da celebração de seu quinto aniversário.

— Dona Cora parecia uma menina, era linda e parecia muito feliz ao me afagar no seu colo.

Antes de começar a chorar novamente, o negro velho Pedro pensa na esperança de encontrar aquela que de fato havia lhe dado a vida.

Enquanto isso, a grande preocupação de Maria Antonieta estava relacionada a uma possível desavença entre avô e neto, na medida em que este aceitasse filiação à alguma instituição partidária radical que estivesse a exigir transformações muito profundas na maneira de viver dos brasileiros. Com muito amor, carinho e compreensão, dona Maria Antonieta começou a explicar a Gonzaguinha que ele não era o único opositor daqueles que davam forma e rumo aos desígnios que a República do Brasil merecia.

A imprensa, que aos poucos se organizava na República, teve papel de destaque na campanha e nos primeiros passos dirigidos à fiscalização do que era feito na República brasileira. Isso ficou demonstrado na medida em que a atuação de líderes poderosos como Getúlio Vargas foi direcionada para tentativas de perpetuação no poder. Nesses momentos críticos, a imprensa sempre atuou como porta-voz da democracia para defender o ideário republicano.

Insistia dona Maria Antonieta com seu neto, procurando convencê-lo de que o país estava procurando sua identidade desde a Independência, em 1822, quando as lideranças brasileiras começavam a aparecer com suas propostas para o desenvolvimento do país. A avó de Gonzaguinha explicava a ele que um dos exemplos recentes e mais fortes foi Getúlio Vargas. Mal ou bem, o grande mérito do gaúcho foi frear as oligarquias, que consumiram quarenta anos de República sem abrir mão de seus interesses particulares.

MARIA ANTONIETA, AFONSO, GONZAGUINHA E AS EMERGENTES LIDERANÇAS BRASILEIRAS

Gonzaguinha tinha muita dificuldade para entender o que estava acontecendo no Brasil. O que ele sabia e sentia é que muitos erros foram cometidos no passado, levando a população ao sofrimento e à miséria. Para Gonzaguinha, aqueles erros aconteciam justamente nos momentos em que a riqueza brasileira teria que ser distribuída. Os equívocos ocorridos naquelas oportunidades teriam sido a causa dos prejuízos às classes menos favorecidas.

Maria Antonieta esforçava-se para mostrar a Gonzaguinha a dificuldade que as lideranças em geral enfrentavam para propor e depois colocar em prática os planejamentos necessários para o desenvolvimento de um país como o Brasil. Sua avó, com muita paciência, explicava a seu querido neto que as lideranças e os partidos políticos brasileiros começaram a aparecer de fato no Período Regencial, uma época da história do Brasil entre os anos de 1831 e 1840.

Gonzaguinha ficou surpreso com o conhecimento histórico de sua avó, visto que tais acontecimentos haviam ocorrido quarenta anos antes de ela ter nascido.

Em sua explicação, dona Mara Antonieta expunha com propriedade que naquele período o Brasil foi governado por regentes. Eram pessoas nobres ou políticos que governavam o país em nome do Imperador, porque Pedro de Alcântara, o futuro Imperador, tinha idade insuficiente para assumir o trono.

D Pedro I havia abdicado do poder em 1831 em favor de seu filho herdeiro, D Pedro de Alcântara, que tinha pouco menos de cinco anos de idade. A Constituição brasileira da época previa que nesse caso o país deveria ser governado por regentes até o herdeiro atingir sua maioridade de dezoito anos.

Os Regentes desse período tiveram que enfrentar uma série de revoltas ocorridas no país, que basicamente reivindicavam o retorno de D Pedro I, ou melhores condições de vida para as populações de baixa renda, ou ainda maiores poderes para as elites. A verdade é que aqueles movimentos aproveitaram-se do aparente vácuo do poder para articular suas reivindicações, o que provocou graves crises políticas no país.

Os políticos brasileiros e grande parte da população acreditavam que os problemas que o país enfrentava eram principalmente pela falta de comando de um Imperador forte e com legitimidade para enfrentar a situação.

Em 23 de julho de 1840, com o apoio do Partido Liberal, foi antecipada pelo Senado Federal a maioridade de D. Pedro de Alcântara, que contava apenas pouco mais de treze anos de idade. Esse episódio ficou conhecido como o Golpe da Maioridade. Foi uma forma encontrada pelos políticos brasileiros de conferir poder e autoridade ao jovem Imperador, para que as revoltas pudessem ser debeladas e a ordem restaurada no Brasil.

Maria Antonieta continuou sua aula de história para Gonzaguinha porque acreditava ser imprescindível para seu neto ter conhecimento das ameaças que a Pátria Brasileira sofreu com o risco de ter diminuída sua extensão territorial. Além disso, a grande líder sabia que era importante para seu neto saber que todas as grandes conquistas brasileiras foram alcançadas com muito sacrifício e às vezes até com derramamento de sangue.

A verdade é que Maria Antonieta não queria que seu neto fosse um simples sonhador, como sua mãe o fora. Seu desejo é que Gonzaguinha adquirisse muito conhecimento, cultura e competência para enfrentar e resolver problemas com coragem e discernimento.

Durante o período regencial, explicava Maria Antonieta com muita paciência, aconteceu a Guerra dos Farrapos ou Revolução Farroupilha aqui no sul. Foi uma das revoltas provinciais que ganhou notoriedade pelo maior tempo de duração e por ter apresentado maior ameaça à integridade territorial do Brasil. A Revolta dos Farrapos, não obstante o nome, foi um movimento organizado pela elite de nossa terra gaúcha e teve a duração de dez anos. Entre outras insatisfações, a maior delas era a inconformidade de estancieiros e charqueadores com os altos impostos cobrados pelo Governo Imperial.

Um pouco mais tarde, foi cogitada inclusive a separação da Província. Para conter a revolta em nossa Província, o governo brasileiro nomeou Luís Alves de Lima e Silva, o Barão de Caxias. A ação de Caxias à frente de doze mil homens foi muito eficiente, na medida em que conseguiu sufocar os farrapos com ações militares estratégicas e com a diplomacia levá-los à negociação.

Ao final da guerra, nem todos os itens do acordo foram cumpridos; entre eles, a autonomia gaúcha para escolher o próprio Presidente da Província e a alforria aos escravizados que lutaram ao lado dos farrapos.

Outro ponto que dona Maria Antonieta quis chamar com rigorosa atenção de Gonzaguinha, dizia respeito à possibilidade ou não de os revolucionários serem abolicionistas.

Apesar de estar nos planos dos revolucionários a proclamação de duas Repúblicas, sendo uma na Província gaúcha e outra em Santa Catarina, em nenhuma delas havia previsão de liberdade para os escravizados.

Outra indicação contra a abolição foi o fato de que parte da Guerra dos Farrapos foi financiada com a venda de escravos no Uruguai. Outra polêmica foi o acontecimento da Batalha de Porongos, em 14 de novembro de 1844. Essa batalha aconteceu durante as negociações de paz, e existem evidências de que esse ataque tenha sido um acordo feito entre líderes farrapos e o governo imperial, com prejuízo da própria vida para muitos escravizados.

Outra rebelião que deixou marcas indeléveis no Período Regencial foi a Balaiada, que eclodiu na Província do Maranhão no período de 1838 a 1841. Os combates aos chamados balaios foram violentos. Cerca de doze mil sertanejos e escravos morreram nos embates. Os revoltosos presos foram anistiados pelo imperador D. Pedro II. O Coronel Luís Alves de Lima e Silva foi condecorado pelo Imperador com um título de nobreza, passando a chamar-se Barão de Caxias.

Gonzaguinha cada vez sentia-se mais surpreso com tanto sangue derramado sobre o território da Pátria Brasileira. Sua avó Maria Antonieta aproveitava para mostrar a seu neto que aquele século XIX tinha realmente sido ofertado aos brasileiros para conduzirem com decisões próprias os destinos do Brasil, mas nada seria entregue de forma gratuita.

— Mas eu vejo um pouco de tristeza em seus olhos, vovó, falou de repente Gonzaguinha. Será que temos líderes de menos para uma Nação tão exuberante, para governar um território tão imenso? O que será que falta para a felicidade dos brasileiros, vovó?

A resposta de Dona Maria Antonieta foi a mesma que ela repetia havia muitos anos.

— Falta conhecimento e educação. Os líderes brasileiros estão aparecendo, com suas ideias, promessas e projetos para o desenvolvimento do país. Entretanto, não se vê qualquer tipo de projeto específico para a educação do povo brasileiro. Veja-se a Revolução Industrial. É um processo que já está num estágio muito avançado e quanto mais o tempo passe, maior será a exigência de mão de obra especializada. Ou seja, meu querido neto, é imperioso que o trabalhador esteja sempre se especializando. A questão educacional num país do tamanho de nosso Brasil é algo que precisa estar sendo sempre planejado, executado e aperfeiçoado. Infelizmente, têm sido assustadores os números brasileiros quando se fala da existência de analfabetos no país.

Maria Antonieta mostrava nos arquivos de sua imensa biblioteca que, no ano seguinte ao de seu nascimento, em 1871, nosso país tinha quase nove milhões de pessoas com mais de cinco anos de idade. Destas, sete milhões e trezentos mil eram analfabetos, ou seja, mais da metade da população não sabia ler nem escrever. Quase vinte anos depois, a situação era quase a mesma.

Maria Antonieta pedia a seu neto Gonzaguinha e aos jovens negros de sua geração que prestassem muita atenção a esses dados, que já são históricos, mas são muito importantes para efeito de estudos e planejamento.

— A grande verdade é que os movimentos revolucionários no Brasil têm sido quase sempre armados, políticos, e em busca de antigas vantagens e prerrogativas de pequenos grupos sociais. É importante lembrar que o Segundo Império no Brasil iniciou-se por meio de um golpe, o chamado Golpe da Maioridade. Os partidos, Conservador e Liberal, tinham uma pequena diferença ideológica entre si, mas eram representantes dos mesmos interesses e pertenciam às mesmas classes sociais. A política do Segundo Reinado era complexa. D. Pedro II tinha que dar uma atenção extra aos partidos políticos, para manter a estabilidade de seu reinado. O Brasil era governado como se estivesse em uma monarquia parlamentarista. Havia um Gabinete que chefiava o governo e os parlamentares. Dessa forma, quando o Imperador não estava satisfeito com a atuação do Gabinete ou dos deputados, ele poderia dissolver o parlamento e convocar novas eleições. O problema era que o sistema eleitoral não garantia que houvesse mudanças significativas.

Dona Maria Antonieta seguiu com sua aula:

— Uma liderança do Segundo Império e que rapidamente transformou-se em símbolo do período industrial foi Irineu Evangelista de Souza, o Barão de Mauá, um dos maiores empreendedores brasileiros do século XIX. Ele foi responsável pela realização de grandes obras de infraestrutura no Brasil. Irineu Evangelista nasceu em Arroio Grande, no Rio Grande do Sul, e ainda muito jovem passou a trabalhar como caixeiro de uma Companhia Inglesa especializada em importação e exportação. Em 1836, com 23 anos de idade, já fluente em inglês e outros idiomas, tornou-se sócio da companhia. O Barão de Mauá tinha uma forma especial de tratar seus empregados, aos quais chamava de auxiliares. Criou antipatia dos senhores de engenho e também da Corte por dar abrigo a escravos foragidos. Daí pode-se ver que as lideranças daquele tempo com os meios e instrumentos da época vinham construindo, sobretudo no Segundo Império, um país para os brasileiros. A verdade é que a segunda metade do século XIX demonstrou ser uma etapa muito dura, porque as disputas políticas começaram a definir o futuro do Império e, preparar o país para, mais adiante, construir a libertação total de sua alma com a abolição da escravatura e a proclamação da República. Temos que ter coragem, meus queridos netinhos, e nunca esquecer a importância do conhecimento e da educação. Uma mudança política pode ser feita com uma assinatura, mas um líder necessita muito tempo para estudar e aprender.

Concluiu dona Maria Antonieta:

— Agora é nossa vez. Não podemos deixar passar nada em branco. Precisamos despertar junto com nossos líderes. Uma liderança somente se aperfeiçoa com o conhecimento. Se o brasileiro tem autoestima baixa, ele precisa estudar melhor seu país, conhecer as potencialidades da terra brasileira, e em pouco tempo sua autoestima vai melhorar.

Gonzaguinha ficava assustado. Pensava em seus seis filhos, que em pouco tempo teriam que enfrentar um mercado de trabalho muito competitivo, com problemas típicos de um país em desenvolvimento. Gonzaguinha não pretendia utilizar-se da fortuna de seu avô. Sua parte, como sócio, e ao mesmo tempo executivo da metade da fortuna da família teria que ser correspondente exatamente ao que ele trabalhava. Ele lembrava isso a seu avô quase todos os dias.

Afonso ficava irritado, mas sempre dava um jeito de colocar no bolso do neto um pouco de dinheiro junto com um bilhete dizendo que era um presente para seus bisnetos. Afonso sabia que ele não recusaria qualquer coisa que fosse endereçada a seus filhos com tanto carinho.

Mas a grande preocupação de Gonzaguinha, que ele dividia com sua avó, seu avô e Pedro, estava na política e nos políticos, que bem ou mal teriam que governar este país continental. Pelo que viu, e ouviu até agora de sua avó, Gonzaguinha percebeu que o único líder empreendedor que planejou e colocou em prática suas ideias visando ao bem comum foi Irineu Evangelista de Souza, o Barão de Mauá.

Diante do conhecimento, de todas essas movimentações políticas, econômicas e sociais, sobretudo daquelas em que houve a sucumbência de vidas a lamentar, dona Maria Antonieta espera que Gonzaguinha conseguira absorver a forma como está sendo conduzida a República. O importante para todos os brasileiros, com todo respeito àqueles que sucumbiram pela Pátria, é que o território brasileiro continua intocável dentro de seus limites constitucionais e territoriais.

Maria Antonieta já estava ficando velha, como ela mesma gostava de dizer a seu neto Gonzaguinha, mas ela nunca deixaria de dar sua opinião. Afonso e ela discutiam muito pouco sobre política. Ela já falava com algum cansaço, mas não podia deixar de conversar com seu neto, principalmente sobre liderança. Maria Antonieta só queria que seu neto conhecesse sua opinião para comparar com a sua própria, e assim decidir como seu coração mandasse.

Para ela, uma das lideranças mais importantes do início de nossa República foi Getúlio Vargas, na medida em que a Revolução de 1930, conduzida por ele, conseguiu neutralizar a atuação das oligarquias do café com leite no país.

Entretanto, ou ainda bem, Vargas não pôde evitar que novas lideranças se organizassem em oposição à filosofia getulista. Dessa forma surgiu um grupo heterogêneo de intelectuais, militares, socialistas e comunistas. Além disso, havia os grandes proprietários de terras, como Afonso, que nunca perderam o poder que sempre tiveram.

Aparentemente alheio a todas essas movimentações políticas, Getúlio Vargas avocou a si as questões nacionais e a defesa do povo brasileiro, inclusive criando seu próprio partido político, que chamou de Partido Trabalhista Brasileiro, o PTB. O objetivo de Getúlio era manter a aproximação com os trabalhadores urbanos e as lideranças sindicais. Evidentemente, outros partidos políticos nasceram e cresceram naquela época, como o PSD – Partido Social Democrático e a UDN – União Democrática Nacional. Compunham esses grupos sociais pessoas insatisfeitas com os métodos de desenvolvimento do país e com a falta de projetos visando a melhores condições de vida aos grupos sociais mais carentes, como os negros ex-escravizados e os negros nascidos livres, da geração de Gonzaguinha.

Com o passar do tempo, parecia que Getúlio Vargas seria para sempre o Presidente do Brasil, mas a participação do país na Segunda Guerra Mundial mudou os pensamentos e as ideias das pessoas em todo o mundo. Ficou evidente que não havia como conciliar uma conquista universal de liberdade nos campos de batalha com um governo ditatorial na terra Brasileira.

Nas reuniões festivas de final de semana que ocorriam na residência de Afonso e Maria Antonieta, todos queriam dar seu palpite, começando por Gonzaguinha, que não confiava na política getulista, na medida em que não eram corretos os métodos autoritários do Presidente. Pior ainda, entendia Gonzaguinha que Getúlio teve o país nas mãos durante muitos anos e poderia ter feito, se o quisesse, as reformas sociais que produzissem as tão sonhadas igualdades entre os brasileiros ou, pelo menos, diminuíssem as desigualdades.

A opinião de Afonso já era conhecida. Para ele o país havia progredido substancialmente em algumas áreas, como a produção de energia elétrica, de cimento e a extração de minérios. A partir dessas iniciativas o país estava se preparando de forma eficiente para uma relativa independência econômica e industrial.

Pedro concordava com Afonso e Gonzaguinha em alguns aspectos, mas sentia que o projeto getulista carecia de um planejamento mais claro e efetivo para a educação de base. Pedro não conseguia entender por que havia tantos jovens analfabetos no país.

Maria Antonieta, como sempre, pedia calma, lembrando que o Brasil é um país emergente de acontecimentos históricos que mudaram de forma definitiva o seu perfil político, social e econômico.

Em outubro de 1945, tudo indicava que Getúlio Vargas seria deposto e desapareceria do cenário político brasileiro. Vargas percebeu o clima e procurou mudar sua estratégia política. Foram marcadas eleições para o final do ano de 1945. Presos políticos ganharam liberdade, anistias foram concedidas e houve permissão para o surgimento de novos partidos políticos. Mesmo assim Getúlio Vargas não alcançou legitimidade política para negociar, e foi deposto. O cargo de Presidente da República passou a ser exercido pelo Presidente do Supremo Tribunal Federal.

Ficou bem claro então que as lideranças brasileiras já procuravam agir com equilíbrio político e com isso limitar o poder pessoal, na forma da lei. Para concretizar essas intenções republicanas, em 2 dezembro de 1945 houve eleições gerais, sendo eleitos 177 parlamentares do Partido Social Democrata, 87 da União Democrática Nacional, 24 do Partido Trabalhista Brasileiro, 15 do Partido Comunista e 17 dentre partidos pequenos da época. Os eleitos formaram a Assembleia Nacional Constituinte, que elaborou a Constituição Federal de 1946.

A Assembleia Nacional Constituinte manteve as conquistas sociais obtidas desde a década de 1930, mas com garantias de democracia e do exercício dos direitos políticos. Além disso, a Constituição de 1946 garantiu o direito ao voto secreto, concedeu importantes direitos individuais, como a liberdade de imprensa e de opinião. Infelizmente, a Reforma Agrária ficou inviabilizada na Constituição de 1946.

A Constituição Federal, promulgada em 18 de setembro de 1946, trouxe o Brasil de volta ao regime democrático. Entre outras medidas adotadas, estava o fim da censura e da pena de morte, o restabelecimento do equilíbrio entre os três poderes e mais autonomia aos Estados e Municípios.

AFONSO E MARIA ANTONIETA COMPLETAM SETENTA E CINCO ANOS DE IDADE

Em 31 de dezembro de 1946 Afonso e Maria Antonieta estavam, os dois, completando setenta e cinco anos de idade. Um dos presentes que eles mais gostaram veio alguns meses antes. Foi a Constituição Federal, promulgada em 18 de setembro 1946. Os dois heróis da senzala viram transformar-se em Lei Maior tudo que eles demonstraram ao mundo que seria possível fazer, como respeitar, valorizar a pessoa humana, não discriminar e amar sem restrições. Viram também que os direitos individuais seriam respeitados.

O Conselho Diretor do Recanto Brasil preparou uma homenagem especial ao casal, sobretudo à Maria Antonieta, cuja liderança e sacrifício pessoal foram fundamentais para a realização do projeto.

Aconteceu também que grande parte da população da cidade de Pelotas quis participar da homenagem, tal era a importância social e econômica que o casal possuía na Princesa do Sul. As pessoas mais novas tinham os avós de Gonzaguinha quase como uma lenda. Elas afirmavam que Maria Antonieta e Afonso haviam nascido um para o outro na mesma hora daquele dia da virada do ano de 1871. Essa união significaria o início da verdadeira igualdade entre todas as pessoas. E tudo isso foi provado durante os setenta e cinco anos que eles têm vivido juntos.

Dessa vez foi Gonzaguinha e sua esposa, Maria Assumpção, que providenciaram e organizaram a reunião de toda a família para homenagear Afonso e Maria Antonieta, pessoas incríveis que tanto já haviam feito pelo bem comum.

O irmão mais velho de Afonso, Herculano, estava próximo de completar oitenta anos de idade. Havia sido eleito Senador da República, vivia no Rio de Janeiro, não tinha filhos e sua vida resumia-se à política partidária. Felipe, o irmão que sempre fora apaixonado por Maria Antonieta, também era político, Deputado Federal e vivia praticamente viajando entre Porto Alegre e Rio de Janeiro. Sua esposa, a inglesa Caroline, e o filho, Albert Neto, moravam em Porto Alegre, base eleitoral do Deputado.

Naquele último fim de semana do ano de 1946 a família foi reunida na mansão em que viviam Afonso e Maria Antonieta e que era frequentada quase que diariamente por Maria Assumpção e seus filhos, o que deixava a bisavó Maria Antonieta numa alegria invejável.

Dóris e a irmã gêmea, Glória, viriam de Porto Alegre juntamente com a tia Caroline e o primo Albert. As novidades eram muitas. As gêmeas andavam preocupando demais a quase velha mãe e o quase velho pai Afonso. O primeiro motivo não assustava os dois aniversariantes, porque era um fenômeno que a natureza poderia explicar com certa facilidade. Dóris e Glória, por serem gêmeas, nasceram praticamente iguais, com aqueles lindos olhinhos verdes hipnotizantes. Entretanto, após a adolescência a pele de Dóris começou a escurecer e, agora adulta, não se poderia mais dizer que Dóris era uma mulher branca. Até então as duas jovens eram tratadas como mulheres brancas, mas, após essas alterações de pele, Dóris começou a ser vítima de preconceito e até de discriminação. O segundo motivo de preocupação era muito mais delicado. As duas irmãs estavam apaixonadas pelo primo Albert, mas este era apaixonado apenas por uma, pela prima Dóris, que de repente começava a retrair-se socialmente, em razão de sua cor. A amizade entre os três era algo de extraordinário. Eles andavam quase sempre juntos. Os três eram formados em Medicina em Porto Alegre, na mesma Faculdade. Em termos de aproveitamento escolar, eles disputavam as três primeiras posições da turma. Para elas era imprescindível tirarem melhores notas do que o primo, porque este vivia dizendo que o ensino em Londres, onde ele havia nascido, era muito melhor do que no Brasil. A verdade é que os três, sendo muito inteligentes, a diferença de aproveitamento entre eles era muito pequena. A partir da discussão sobre aproveitamento intelectual, o primo Albert tentou convencer as duas a fazerem um curso de pós-graduação em Londres, o que não agradou nem um pouco a mãe Maria Antonieta, mas deixou radiante a tia Caroline. Logo depois, Maria

Antonieta ficou mais tranquila ao saber que Caroline iria acompanhar os três, e todos iriam morar juntos na casa dela e de Felipe em Londres.

As duas reservaram aquele dia para curtir a famosa mamãe. Logo que chegaram de Porto Alegre se trancaram as três no quarto, e os outros convidados tiveram que esperar mais de duas horas, quando Afonso decidiu arrombar a porta. Fazia tempo que elas não viam a mãe e queriam saber o que fazer com as próprias vidas.

Elas se deitavam em cima da mãe, a mãe em cima delas, beijavam, eram beijadas e não viam o tempo passar. Mas desta vez o problema era sério. Elas queriam saber o que fazer dos lábios de sua querida mãe. Entre elas a decisão já estava tomada. Dóris se casaria com Albert e não teriam filhos naturais, porque sendo primos há uma grande probabilidade de a prole vir a sofrer. Portanto, eles já decidiram que irão adotar crianças internas do Recanto Brasil. As três não tiveram muito mais tempo para continuar a conversa, porque Afonso já estava arrombando a porta, furioso, fúria que acabou logo quando as duas o derrubaram em cima da cama.

A experiência do curso de graduação em Londres foi das melhores possível, e em seguida eles já estavam voltando de Londres, alegres, barulhentos e felizes, como era da natureza deles. Os três estudaram muito e receberam o certificado de pós-graduação em Medicina da Família. As duas inquietas e lindas jovens médicas tiveram que dar razão ao lindo inglês e jovem primo a respeito do que ele dizia sobre o ensino na Europa de uma maneira geral.

Em compensação, foi lá, na Europa, que eles descobriram o quanto amavam a Pátria Brasileira. Foi também no Velho Continente que eles descobriram que deveriam ser ainda mais inseparáveis, crentes no futuro do Brasil, e não desistirem de ser idealistas. Eles pareciam três revolucionários, e estavam prontos e dispostos a mudar o mundo.

Quando encontraram a mãe e tia Maria Antonieta, beijaram-na até ela quase perder o fôlego. Depois lhe disseram que os princípios de organização britânicos influenciaram muito eles. Maria Antonieta não parava de rir, e os três não paravam de falar. Disseram que tentaram comparar a história do velho mundo com os quatrocentos e sessenta anos do Brasil.

A mãe e tia somente parou de rir quando eles contataram a novidade mais importante que ela poderia ouvir. Eles não sabiam como, mas já haviam decidido construir um hospital de Medicina da Família junto ao Recanto Brasil, totalmente gratuito às pessoas de baixa renda. Dessa vez Maria Antonieta parou de falar, sem saber o que dizer. Antes que ela falasse alguma coisa, eles ainda disseram que contavam com sua ajuda para atrair ao projeto o velho Pedro, Florinda e os quatro simpáticos engenheiros. Agora foi a vez de ela beijar os três, caindo os quatro no chão sem conseguir parar de rir de tanta felicidade.

Uma pena que Dóris não acompanhava aquela alegria com toda a intensidade. Ela começou a sentir-se diferente, e a vida mudou um pouco para os três. A primeira sensação de desconforto ocorreu na cerimônia de formatura, em Londres. A nacionalidade dos formandos era muito variada, podendo-se dizer que o curso tinha sido frequentado por alunos de quase todo o mundo. Durante o coquetel de despedida os três primos estavam alegres, conversando e festejando junto a um grupo de ingleses e brasileiros quando apareceu uma daquelas americanas distraídas que fazem qualquer tipo de pergunta, indiscreta ou não.

– Você é africana? Eu nunca tinha visto uma negra de olhos verdes!

Diante do olhar frio e direto de todos, a mulher baixou os olhos e retirou-se sem ter retorno de sua pergunta.

Mas os três primos preocupavam-se com o que acontecia no Brasil, onde a discriminação em relação ao negro, ao pobre, à mulher e a todas as minorias parecia que aumentava sem que houvesse qualquer medida dissuasiva por parte do poder público.

Dona Maria Antonieta ficava também preocupada. Ela sabia muito bem o que era discriminação. Já havia acontecido com ela mesma, com seu neto em público, fazendo-o passar o maior vexame. Entretanto, o momento era de festa, e ela sabia que em seguida seria saudada por sua querida e muito amada neta, juntamente com seus adorados bisnetos. Foi o que aconteceu, e Maria Assumpção com seus filhos abraçados à mãe começou a falar.

– Quando meus queridos avós Maria Antonieta e Afonso nasceram, há exatos setenta e cinco anos, a Pátria Brasileira lutava para aliviar parte daquele peso que a imobilizava e sufocava sua a alma. Era um grave conflito social que persistia por mais de duzentos e cinquenta anos e tinha que ter seu final. De uma forma geral, todos os brasileiros sabiam que estavam cometendo um grande erro. Algumas pessoas até acreditavam que era tudo parte de uma horrenda faceta do destino. Outros tinham consciência da existência daquelas barbaridades, mas não conseguiam abrir mão das falsas vantagens, bem como daqueles enganosos tempos de conforto e tentar raciocinar dignamente. Nós já vivíamos na segunda metade do século XIX e tudo indicava que a escravidão negra no Brasil jamais teria fim. Foi nesse contexto histórico que estas duas criaturas maravilhosas, Maria Antonieta e Afonso chegaram juntos a este mundo com o objetivo de mudá-lo. A oportunidade de poder estar aqui com vocês neste momento muito me honra. Eu pedi a meus filhos que me acompanhassem, que estivessem ao meu lado nesta homenagem mais do que merecida. Eu gostaria muito que este momento ficasse gravado em suas memórias, porque ele significa a vitória do amor sobre o preconceito e à discriminação.

Maria Assumpção explicou:

– Quais foram as armas que meus queridos avós utilizaram nesta batalha? O amor e somente o amor. Eu combinei com meu marido, Gonzaguinha, a construção e o desenho deste belíssimo cenário, onde nossos filhos representariam as cores da esperança e para que todos pudessem ver e sentir a energia que advém de seus bisavós. Eu estarei sempre rezando, meus queridos avós, para que a chama que os mantém seja eterna. A verdade é que a humanidade precisa muito de vocês e da luz com a qual vocês iluminam todos nós. Feliz aniversário, meus amores!

Todos aplaudiram emocionados e saíram de seus lugares para o abraço.

Mais tarde, um pouco antes da virada do ano, reuniu-se numa das salas da magnífica mansão um grupo liderado por Afonso, do qual fazia parte seu irmão Felipe, o neto Gonzaguinha e o amigo Pedro. O assunto era a Constituição Federal que fora promulgada havia pouco tempo. Afonso estava ansioso por saber de seu irmão Felipe, Deputado Federal, que juntamente com outros parlamentares confeccionaram aquela Carta Magna. A curiosidade de Afonso basicamente estava em saber quais os princípios que nortearam aquela Constituição.

Felipe explicou que somente depois de mais de cinquenta anos de República parece que tínhamos um documento que garantia um pouco de liberdade e dignidade para a população brasileira. Na opinião do Deputado Felipe, a Constituição de 1946 teria inaugurado a primeira experiência verdadeiramente democrática no Brasil.

Gonzaguinha adotou logo sua postura de contrariedade, como sempre fazia em relação às decisões políticas. Para ele, aquela Constituição continha ainda sensíveis limitações no campo social. A maior crítica de Gonzaguinha referia-se ao voto. A nova Constituição determinava que os analfabetos fossem excluídos dos pleitos, mas não sugeria ou determinava que fossem articuladas políticas públicas que levassem o conhecimento e o estudo àquelas pessoas.

Outra limitação constitucional diz respeito à Reforma Agrária, que ficou inviabilizada porque o documento definia sua realização apenas por meio de indenização em dinheiro. Outro direito social que desagradou a população foi o de greve. Embora fosse reconhecido pela nova Constituição, aquele direito somente teria validade após sua regulamentação, que deverá ser feita mediante lei futura.

Afonso, avô de Gonzaguinha, estava satisfeito com a nova Constituição. Uma das grandes preocupações do marido de Maria Antonieta era o dispositivo constitucional sobre a reforma agrária. Afonso era um dos maiores latifundiários da região e iria sentir-se muito mal caso suas terras fossem objeto de um processo de reforma distributiva.

Na opinião de Pedro, a Constituição Federal de 1946 possibilitou à Pátria Brasileira dar um grande passo à frente, na medida em que formalmente assegurava ao cidadão a garantia de direitos à vida, à liberdade, à segurança individual e à propriedade. Pedro, entretanto, como Presidente do Sistema Logístico Dr. Germano que movimentava uma fortuna quase incalculável oriunda das vendas de vestuário de todo tipo, fabricado no Brasil e na Europa, via-se muito constrangido com a omissão constitucional relacionada aos compradores. Em muitas situações, o cliente fazia verdadeiros sacrifícios economizando para adquirir um aparelho doméstico ou um vestuário que muito lhe agradou e, em pouco tempo apareciam defeitos que deveriam ser corrigidos imediatamente pelo vendedor. Entretanto, o comprador, na maioria das vezes, sequer é orientado a quem procurar

Ainda no que diz respeito à nova Constituição, Pedro lamentava muito a ausência de políticas públicas no sentido de livrar os cidadãos brasileiros do analfabetismo e assim torná-los cidadãos em condições de votar, serem votados e finalmente contribuírem efetivamente para o desenvolvimento do país.

Com o término da festa para comemorar os setenta e cinco anos de Afonso e Maria Antonieta, cada família foi para sua casa, feliz por testemunhar a existência de tanto amor. Entretanto, algumas preocupações ficaram no ar por conta das disputas por vitórias contra a discriminação e o preconceito.

A POLÍTICA SOB A CONSTITUIÇÃO DE 1946

Com a chegada do ano novo de 1947, caberia agora, cada um de seu jeito, acompanhar com crítica construtiva ou não ao governo do General Eurico Gaspar Dutra, que havia sido eleito e assumido a presidência do país em janeiro de 1946.

Maria Antonieta sabia que três pessoas, em especial, acompanhavam com muita atenção a atuação do General Presidente da República do Brasil. Era seu neto Gonzaguinha, seu marido Afonso e ela mesma. Ocorre que, após o término da Segunda Guerra Mundial, estabeleceu-se uma Guerra Fria entre os Estados Unidos e a União Soviética. Daí a importância de saber qual a postura brasileira em relação àquele conflito.

O Brasil optou pelo rompimento das relações diplomáticas com a União Soviética. Entretanto, o Partido Comunista havia adquirido força na política brasileira com uma postura aparentemente moderada, obtendo inclusive algumas cadeiras no Parlamento.

A política externa de Dutra em prol dos Estados Unidos e contra a União Soviética, não aceitou o Partido Comunista, que teve sua legalidade cassada. Foram alvos também daquela política os sindicatos, que passaram a sofrer intervenção federal. O Partido Comunista tentou reagir pela luta armada, mas nada conseguiu.

As reações de Afonso e seu neto Gonzaguinha foram adversas, havendo necessidade da intervenção de Maria Antonieta como pacificadora, tentando explicar, como sempre, que nossa República ainda é muito jovem, a população aumenta muito depressa e a Nação cada vez exige mais de seus dirigentes. Enfatizava ainda Maria Antonieta que as lideranças brasileiras aos poucos estão aparecendo e precisam de tempo para articular, planejar e por fim agir.

Gonzaguinha criticava duramente o Presidente Dutra. No seu entendimento, um partido político com representação no Parlamento, como o

Partido Comunista, não pode ter sua legalidade cassada de forma sumária. Da mesma forma, os sindicatos, que foram criados para proteger os trabalhadores da ação governamental e patronal, não podem sofrer qualquer tipo de intervenção.

Sobre a economia, para Gonzaguinha o governo Dutra não poderia ter aderido tanto aos princípios liberais, a ponto de reduzir os investimentos públicos e promover tanto arrocho salarial.

Gonzaguinha teve de aceitar e concordar que foram alcançados alguns resultados, como o Hospital dos Servidores do Rio de Janeiro, a rodovia Presidente Dutra, ligando as cidades do Rio de Janeiro e São Paulo, a construção das hidroelétricas de São Francisco e de Paulo Afonso, na Bahia, às margens do rio São Francisco.

Em outubro de 1950, foram realizadas eleições para a sucessão presidencial. A figura de Getúlio Vargas apareceu novamente, desta vez como candidato pela coligação entre o Partido Trabalhista Brasileiro e o Partido Social Progressista. Vargas obteve a maioria dos votos (48,7%). O partido da UDN contestou a vitória de Vargas, sob o fundamento de que Getúlio não teria obtido a maioria absoluta dos votos. A Justiça Federal não aceitou a referida contestação, e Getúlio Vargas assumiu a presidência do Brasil em 31 de janeiro de 1951, sucedendo ao general Eurico Gaspar Dutra.

Gonzaguinha foi novamente procurar sua avó Maria Antonieta em busca de explicações. Era difícil para ele entender como uma liderança completamente desgastada como Getúlio Vargas iria novamente ocupar o cargo máximo da República.

Dona Maria Antonieta tentava explicar a Gonzaguinha que Getúlio era favorecido por sua enorme experiência adquirida no exercício daquela função por vários anos. Além disso, para um grande número de pessoas, Getúlio era considerado o Pai dos Pobres.

Mas Gonzaguinha queria também aproveitar a festa para conversar com o irmão de seu avô, Felipe, Deputado Federal e um dos membros da Assembleia Constituinte. Foram os políticos dessa Assembleia que confeccionaram e deram vida à Constituição Federal promulgada em 18 de setembro de 1946.

Gonzaguinha gostaria de saber como colocar em prática o parágrafo primeiro do artigo 141 da Constituição Federal de 1946, que determina que todos são iguais perante a lei. Ele e Felipe combinaram de encontrar-se na casa de Afonso no fim de semana seguinte, e assim Felipe aproveitará para dar um beijão na velha Maria Antonieta, outro naquelas lindas gêmeas e discutirá um pouco com seu irmão bobão Afonso. Entretanto, aqueles fatos não aconteceram como combinado, porque Felipe teve que viajar para Porto Alegre e, em seguida, com urgência, para o Rio de Janeiro, convocado que foi pelo Presidente da Câmara de Deputados.

Getúlio iniciou seu último mandato como presidente em 31 de janeiro de 1951. O Presidente procurou investir muito em transporte, uma área cada vez mais carente em razão do aumento populacional que ocorria, numa progressão coerente com o tamanho do território brasileiro. Vargas procurou também investir em energia diante da necessidade de atender à demanda da produção nacional. Outros investimentos eram também necessários na busca de infraestrutura de apoio ao desenvolvimento que exigia a Pátria Brasileira.

Entretanto, o desenvolvimento exige um círculo obrigatório composto pela mão de obra qualificada, matéria-prima abundante e produção. Nossa mão de obra está longe de ser qualificada. Matéria-prima sempre houve em abundância, mas na maioria das vezes somos obrigados a exportar nossa matéria-prima e importar o produto acabado. Todas essas atividades provocam preços maiores do que o normal do produto, e em seguida vem a inflação.

Outros atos do governo Getúlio haviam provocado polêmica e oposição, porque eram contrários aos interesses dos grupos sociais mais abastados. Como exemplo foi citada a Lei n.º 1.521, de 21 de dezembro de 1951, sobre crimes contra a economia popular. Da mesma forma, a Lei n.º 1.522/51, que autorizava o governo federal a intervir no domínio econômico para assegurar a livre distribuição de produtos necessários ao consumo do povo. Ainda o Decreto n.º 30.546/52, que dispunha sobre o retorno de capital estrangeiro. Por fim, o Decreto n.º 31.546/52, que regulava o trabalho do menor aprendiz.

Dona Maria Antonieta, sempre atenta às reações emocionais de seu neto Gonzaguinha, tentava chamar sua atenção para que ele meditasse sobre o que significa a busca pelo poder e sua manutenção. Em princípio, dizia sua avó, todas aquelas medidas tomadas por Getúlio Vargas seriam no sentido de favorecer a população. Entretanto, as pessoas que estavam contra essas mudanças, provavelmente seriam aquelas mesmas ligadas às oligarquias que visavam aos interesses privados e quase pessoais.

Gonzaguinha não aceitava, mas procurava entender as razões de sua avó. Em seus pensamentos, ele concluía que o Brasil já era uma República há mais de sessenta anos e ele não via nada de melhor para o povo brasileiro. Para os negros de sua geração, então, não havia quaisquer perspectivas de progresso pessoal. Gonzaguinha era sincero com sua avó ao lhe dizer que nossas lideranças pareciam estar apenas em disputa pelo poder, sem se preocupar com o essencial, que seria o interesse público.

Dona Maria Antonieta salientava para seu neto que o trabalho de Getúlio Vargas era condizente com os valores republicanos e visavam a diminuir as enormes desigualdades existentes entre os brasileiros. Mas, ao mesmo tempo, ela concordava com seu querido neto que também não via a promoção de políticas públicas que visassem à educação de crianças e jovens, por exemplo.

Na verdade, no fundo de seu ser, a grande preocupação de Maria Antonieta era de que seu neto Gonzaguinha se voltasse para aqueles partidos orientados por princípios radicais. Ela sabia que, se isso acontecesse, haveria sérios atritos entre seu adorado neto e seu marido, Afonso.

A época era de grandes polêmicas. Em junho de 1952, foi criado pelo governo Vargas o Banco Nacional de Desenvolvimento Econômico e Social (BNDES). Em julho, o Banco do Nordeste e em 1953 a Petrobras. Com o BNDES, pretendia a equipe governista de Getúlio Vargas promover o necessário desenvolvimento do país como um todo, sem privilégios de desenvolvimentos regionais. A Petrobras, dizia Vargas, seria a estatal mais importante do Brasil e se encarregaria de materializar o monopólio da exploração e produção de petróleo no Brasil.

Entretanto, todas as iniciativas do governo de Getúlio Vargas, que implicavam a utilização de muito dinheiro público eram fiscalizadas pela imprensa e várias vezes o conteúdo das publicações não era favorável ao governo de Getúlio.

Em 1949 havia sido fundado o jornal *Tribuna da Imprensa*, no Rio de Janeiro, pelo jornalista Carlos Lacerda. O objetivo quase específico daquele jornal era o de fazer oposição a Getúlio Vargas. Em contrapartida, o jornal *Última Hora*, de propriedade de Samuel Wainer, era o único órgão de imprensa a apoiar Getúlio Vargas. Mas Samuel Wainer era acusado por Carlos Lacerda de receber dinheiro do Banco do Brasil para apoiar Getúlio Vargas em seu jornal *Ultima Hora*.

Na madrugada de 5 de agosto de 1954, um atentado a tiros de revólver em frente ao edifício onde residia Carlos Lacerda, em Copacabana, no Rio de Janeiro, matou o Major da Força Aérea Brasileira Rubens Florentino Vaz, tendo ferido levemente Carlos Lacerda.

Uma crise política sem precedentes instalou-se no país. A Força Aérea Brasileira criou uma investigação paralela do crime, que recebeu o apelido de República do Galeão. A crise acabou levando Getúlio Vargas ao suicídio na madrugada de 23 para 24 de agosto de 1954.

Com a morte de Getúlio Vargas, faleceu também seu projeto nacional de atender aos trabalhadores, que desejavam usufruir de melhores salários e, ao mesmo tempo, atender também aos empresários, reduzindo seus custos elevados, na esteira de um sistema econômico mais moderno e com uma legislação fiscal mais suportável.

Após a morte de Vargas, o Vice-Presidente João Café Filho assumiu a Presidência do Brasil. Tratava-se de um político de oposição ao falecido Presidente e por isso, naturalmente, ele nomeou uma nova equipe de Ministros e deu nova orientação ao governo. Conforme a Constituição de 1946, a eleição para Vice-Presidente da República era separada da eleição para Presidente, daí a possibilidade, como foi o caso, de Presidente e Vice seguirem princípios políticos, econômicos e sociais diferentes um do outro.

Embora tenha ficado no poder pouco mais de um ano, Café Filho deu uma reviravolta na economia com seu ministro da Fazenda, Eugênio Gudin, um economista ultraliberal. A política econômica de Gudin era a antítese da de Getúlio. O ministro tinha objeção a propostas desenvolvimentistas e priorizava ações anti-inflacionárias, baseadas no controle da emissão monetária e do crédito.

Com todas essas mudanças de rumo na Administração Pública Federal, Gonzaguinha sentia-se inseguro e, como sempre, desabafava com sua amada avó, mas distanciava-se aos poucos, politicamente, de seu avô Afonso.

– Eu fico pensando, minha avó, dizia Gonzaguinha, naquelas aulas que a senhora ministrava a mim e aos jovens negros de minha geração, no contexto do projeto Gonzaguinha Presidente. Já se passaram mais de quarenta anos. A senhora dizia que a palavra *república* deriva do latim *res publica*, expressão que pode ser traduzida como "assunto público". Ficava assim bem claro que as condições fundamentais para a existência de uma república seriam a comunidade de interesses e o consenso de direito.

– Com todo o respeito, minha avó, mas me parece que nossos líderes esqueceram que vivemos em uma República, como assim determina nossa Constituição Federal. Meu entendimento leva a crer que todos eles se apossaram da coisa pública com atitudes nada republicanas. De uma forma ou de outra, nossa República tornou-se quase propriedade particular de pequenos grupos, por tantos anos, de forma ilegítima. Nosso país precisa mudar, vovó. Se não aparecerem as mudanças, então terei que dar razão à minha mãe quando ela dizia que o Brasil não é um país sério.

Gonzaguinha seguiu com sua explanação:

– A abolição da escravatura ocorreu há mais de sessenta anos, e os negros de minha geração e seguintes continuam a ser discriminados e a sofrer preconceitos. A negra velha Valquíria, que já deve ter quase cem anos de idade, ainda faz suas premonições. As pessoas que convivem com ela não ouvem as palavras de otimismo que gostariam de ouvir sobre nosso Brasil. A Constituição Federal de 1946, que já vai completar dez anos de promulgação, é considerada e aceita como uma Carta Liberal, mas até agora nenhuma legislação ordinária eficaz foi elaborada para nos proteger do preconceito e da discriminação.

Dona Maria Antonieta sente-se um pouco mal, abençoa seu neto e recolhe-se para dormir. Ela não tinha a mínima ideia de como era a vida de sua filha Maria Francisca, mãe de Gonzaguinha. Afonso também se culpava muito por ter sido um pai ausente para Maria Francisca. Na época Afonso estava morando em Londres, era refém de seu avô Lorde Albert e de seu próprio pai, Dr. Herculano. Ele não sabia que Maria Antonieta estava grávida de um filho seu. Lorde Albert e seu pai estavam gastando seus últimos recursos na perseguição do objetivo de separar definitivamente ele, Afonso, de sua amada Maria Antonieta. Valquíria havia previsto tudo isso, mas pouco pôde fazer na época para ajudar Maria Antonieta, sua filha de criação.

A verdade é que Maria Francisca, primeira filha de Afonso e Maria Antonieta, teve como pai de criação o querido e amado tio Felipe, irmão de Afonso. Maria Francisca viveu sua infância e juventude sob reflexos paternos do irmão de seu pai. Maria Francisca nunca se conformou com aquela situação que insistia em indicar que ela vivia uma vida paternal falsa. Fisicamente, com exceção dos olhos, Maria Francisca era igualzinha à sua mãe. Animicamente, entretanto, eram completamente diferentes. As duas nasceram muito inteligentes, curiosas e positivas. A mãe estudava e lia todo papel ou livro que passasse a sua frente. A filha lia apenas artigos que comentassem as grandes desigualdades existentes no Brasil e no mundo. Maria Antonieta era calma e sabia acalmar a quem lhe pedisse ajuda. Maria Francisca era ansiosa e tinha pouca paciência com pessoas humildes. A mãe acreditava no futuro da Pátria Brasileira e tentava explicar que os erros históricos assim ocorriam pela falta de conhecimento e pelo baixo nível de educação da população brasileira. Maria Francisca não demonstrava a mínima confiança no futuro do Brasil e atribuía os erros do passado à quantidade imensa de analfabetos que existia na terra brasileira e à vontade dos políticos que assim continuasse. Ela afirmava que não tinha as mínimas condições de viver no Brasil, onde a existência da segregação, do preconceito e da discriminação são fatos normais do dia a dia.

Maria Antonieta e Afonso, quando pensavam em sua filha Maria Francisca tinham ciência de que perderam algo muito importante em definitivo. Eles sabiam que em algum momento teriam falhado, mas eles foram enganados de forma vil, e a motivação de seus carrascos fundamentou-se em motivos fúteis, preconceituosos e indignos.

Gonzaguinha confessava a si mesmo que não sentia falta de sua mãe. Ele tinha sua avó. Mas muitas vezes ele acabava concordando com o que sua mãe falava. Afinal, ele e sua família nada fizeram de errado para serem tratados em sua pátria de forma segregada, com preconceito e discriminação.

Gonzaguinha ficava pensando que essas pretensas superioridades da cor acabavam doendo em sua gente de forma pior do que as chibatadas e as violências de todo gênero que tinham a conivência da sociedade brasileira na época da escravidão. Gonzaguinha já estava quase dormindo e sonhando que não havia esperanças de que houvesse melhoras na vontade pública no Brasil por meio de condutas republicanas.

O RACISMO NO FUTEBOL E A PRIMEIRA LEI

Quando ele acordou de todo, começou a ficar convencido de que a problemática racial no Brasil, assim como a política, não tinha solução. Estávamos em 1950 e, no Rio de Janeiro, atletas brasileiros e uruguaios iniciavam a última rodada da Copa do Mundo de Futebol, sendo que Brasil ou Uruguai seria o campeão do mundo.

Mais do que a equipe de futebol, quem provavelmente ganharia aquele campeonato era a nação brasileira. Em campo, na seleção brasileira, estariam também vários atletas negros, que, embora estivessem em posição de destaque, tinham muitos parentes e amigos que ainda viviam em dificuldades advindas da escravidão, como a miséria, o analfabetismo, o racismo e a reduzida civilidade, que persistia mesmo com a abolição.

Infelizmente, houve uma decepção total com a derrota do Brasil, e o que se viu foi todo um povo de cabeça baixa, com lágrimas nos olhos, sem fala, ao abandonar o Estádio Municipal do Rio de Janeiro. Via-se um povo derrotado, e mais que derrotado, sem esperança. De repente, chegou-se à decepção maior: a ideia fixa de que éramos mesmo um povo sem sorte.

Como sempre acontecia, em seguida iniciou-se uma "caça às bruxas": as palavras do prefeito do Rio de Janeiro cobrando o título dos jogadores; as comemorações da conquista antes da partida final; o frango do negro Barboza. Falou-se também que os brasileiros não tiveram a bravura e a coragem necessárias para enfrentar os valentes uruguaios.

Mas o evento capital teria sido o "tapa na cara" do negro bigode, zagueiro da seleção brasileira, aplicado por um atacante uruguaio. Ficou a discussão se foi realmente um tapa na cara. Mas aconteceu que, após o duvidoso evento, o atacante uruguaio sempre levou a melhor sobre o zagueiro brasileiro.

A partir daquele dia, criticar Bigode e o goleiro Barbosa foi uma constante. Chegou-se a falar que o jogador negro não possuía condições psicológicas para disputar um grande evento esportivo como uma Copa do Mundo. Barbosa e Bigode foram acusados de medrosos, covardes, bêbados e outros tantos adjetivos. O técnico da seleção teria acrescentado ainda um terceiro culpado, o negro Juvenal, por não ter jogado bem.

Entretanto, esses acontecimentos não foram os primeiros a escancarar o preconceito e a discriminação contra o negro no Brasil. Gonzaguinha teve notícias de que em 1921 o então Presidente da República, Epitácio Pessoa, "recomendara" que o Brasil não levasse jogadores negros à Argentina, onde se realizaria o Campeonato Sul-Americano. Segundo o Presidente, era preciso projetar no exterior "uma outra imagem nossa, composta pelo melhor de nossa sociedade".

Gonzaguinha começou a ficar desesperado. Sessenta e três anos após a abolição da escravatura no Brasil, as coisas pareciam ter piorado. A constituição Federal de 1946 já tem quase cinco anos, tentando garantir a igualdade para todos os brasileiros, e nada acontece. Gonzaguinha chegou a pensar em mudar-se com toda a sua família para a Inglaterra, para desgosto de sua avó Maria Antonieta. Quem sabe não encontrariam no outro lado do oceano sua mãe e aí concordar com ela que o Brasil não tem jeito.

Estávamos em 1951, e parecia surgir um milagre. Era a Lei Afonso Arinos, publicada no Diário Oficial da União em de 10 de julho de 1951. Era uma lei que incluiria entre as contravenções penais a prática de atos resultantes de preconceito de raça ou de cor.

O seu artigo primeiro não deixava dúvidas: **"Constitui contravenção penal, punida nos termos desta lei, a recusa por parte de estabelecimento comercial ou de ensino de qualquer natureza, de hospedar, servir, atender ou receber cliente, comprador ou aluno, por preconceito de raça ou de cor"**.

O parágrafo único deste artigo deixa bem claro a respeito de quem será **considerado o agente da contravenção: "Será considerado agente da contravenção o diretor, gerente ou responsável pelo estabelecimento"**.

Gonzaguinha recuperou seu ânimo com aquelas notícias, mas, em seguida, deu-se conta de que a Lei Afonso Arinos poderia ter o objetivo de resolver um problema particular do deputado, e não o de um grupo de brasileiros que vem sendo humilhado gratuitamente desde 1888.

O Deputado Afonso Arinos, na justificativa do projeto de lei, escreveu:

"A tese da superioridade física e intelectual de uma raça sobre outra, defendida por escritores do século passado, encontra-se definitivamente afastada, graças a novas investigações e conclusões da antropologia, da sociologia e da história. Atualmente, ninguém sustenta a sério que a pretendida inferioridade dos negros seja devida a outras razões que não ao seu *status* social. Urge que o Poder Legislativo adote as medidas convenientes para que as conclusões científicas tenham adequada aplicação."

O Deputado Afonso Arinos, autor do projeto de lei, referia-se ao racismo científico.

Entretanto, o Deputado Plínio Barreto (UDN-SP), um dos relatores do projeto de Arinos na Câmara, parecia não concordar com seu colega, mas aprovou seu projeto, com as anotações que seguem:

"O preto, o índio e o português concorreram para a formação de nosso povo. Queiramos ou não, temos que considerá-los nossos antepassados. Temos que aceitar a herança africana com os seus ônus e com as suas vantagens, integralmente, sem possibilidade de renunciar a qualquer das suas parcelas. Biológica e historicamente, o negro é parte essencial de nosso povo. Seja um bem, seja um mal, seja uma coisa que nos orgulhe, seja uma coisa que nos deprima, essa é a realidade". Muito desconfiado, Gonzaguinha descobriu que, coincidência ou não, o motorista particular do Deputado Afonso Arinos, um homem negro, havia sido vítima de discriminação havia pouco tempo. O motorista era casado com uma catarinense de descendência alemã, e o casal, juntamente com os filhos, tentou entrar em uma confeitaria no Rio de Janeiro para fazer um lanche. Entretanto, o proprietário da confeitaria impediu a entrada do motorista por ele ser negro. Os filhos, que não eram brancos nem negros, não entenderam o que estava acontecendo.

Além disso, a história da legislação contra o racismo no Brasil foi influenciada também, de forma involuntária, pela bailarina, coreógrafa e educadora norte-americana Katherine Dunham. Ela era proprietária da companhia de danças "Katherine Dunham Company", composta praticamente só por negros. Numa terça-feira à noite, quando fazia sua estreia no

Teatro Municipal de São Paulo, ela aproveitou o intervalo entre o primeiro e o segundo ato para fazer uma denúncia aos repórteres que cobriam o espetáculo. Revoltada, a artista relatou que, dias antes, o gerente do Esplanada, o luxuoso hotel vizinho do teatro, se recusara a hospedá-la ao descobrir que ela era uma "mulher de cor".

Katherine Dunham, além de especializada em danças de origem africana, era formada em Antropologia Social pela Universidade de Chicago. Era também ativista social nos Estados Unidos. Foi ela quem abriu o caminho para as danças negras na Broadway, tendo também coreografado e dançado em Hollywood. Ela era, portanto, uma mulher orgulhosa de sua pele negra.

Para o sociólogo Gilberto Freyre, autor do clássico livro *Casa Grande e Senzala*, aquele "ultraje à artista admirável" fazia o Brasil "amesquinhar-se em subnação". O sociólogo, que também era Deputado Federal naquela época, discursou na Câmara no mesmo dia em que Afonso Arinos apresentou o projeto contra o racismo.

Em seu pronunciamento, o deputado sociólogo retomou o argumento de sua célebre obra:

— Se é certo que um hotel da capital de São Paulo recusou acolher como hóspede a artista americana Katherine Dunham por ser pessoa de cor, o fato não deve ficar sem uma palavra de protesto nacional nesta casa. Entre nossas responsabilidades está a de vigilância democrática. Este é um momento em que o silêncio cômodo seria uma traição aos nossos deveres de representantes de uma nação que faz do ideal (se não sempre da prática) da democracia social, inclusive a étnica, um de seus motivos de vida, uma das suas condições de desenvolvimento.

A denúncia de racismo caiu no Brasil como uma bomba. Primeiro, por ter partido de um estrela internacional. Depois porque o país se julgava o mais perfeito exemplar de democracia racial. O *Correio Paulistano* classificou o episódio de "revoltante incidente". O *Jornal de Notícias*, de "odioso procedimento de discriminação".

No final de semana, quando conversava com seus avós, com os amigos de sempre e pensava em seus filhos, olhando-os com atenção, Gonzaguinha confessava que sentia-se melhor diante da existência de uma lei para combater o racismo.

Por outro lado, a tia de Gonzaguinha, Dóris, que andava sentindo-se prejudicada por manobras racistas, afirmou que a Lei Afonso Arinos estava sendo utilizada para desmontar um crescente movimento negro e impedir a explosão de conflitos raciais no Brasil. A recente lei, portanto, beneficiaria os brancos, não os negros, mantendo intocado o *status quo*.

A cabecinha inteligente da doutora Dóris explicava que o Brasil passava por um momento especial em que, ao mesmo tempo em que se urbanizava, precisava se industrializar. O processo de desenvolvimento e prosperidade melhorava a qualidade de vida de boa parte da população. Os negros percebiam que estavam à margem dos benefícios e começavam a se organizar para cobrar mudanças.

Consciente do racismo velado que regia as relações sociais no Brasil, o ativismo negro começou a se estruturar na década de trinta. Entretanto, após o silêncio de Getúlio Vargas na ditadura do Estado Novo (1937-1945), a militância voltou com força total.

O movimento negro conseguiu levar à Assembleia Nacional Constituinte de 1946 um artigo que proibiria o preconceito por raça. Mas, após acalorados debates, o pedido foi rejeitado pelos parlamentares e não entrou na Constituição.

Dóris manifestou-se também afirmando que a Lei Afonso Arinos fora elaborada para não funcionar. Ela teria vindo com o objetivo de restaurar o poder do mito da democracia racial que existiria no Brasil. Daí ter sido uma lei branda, de eficácia relativa e pouco acionada, como se apenas a sua existência já fosse satisfatória. Disse ainda a jovem médica que, com a Lei Afonso Arinos remediavam-se os efeitos mais aparentes do preconceito de cor em situações urbanas, para não tocar nas dimensões estruturais do racismo. A verdade é que a Lei Afonso Arinos produziu um resultado perverso para a luta do movimento negro.

Ao final do jantar de família, que acontecia todos os fins de semana, todos pareciam estar satisfeitos e felizes. Não obstante a dúvida sobre o objetivo real da Lei Afonso Arinos, ela existe e com certeza deverá contribuir para um melhor relacionamento social, falou dona Maria Antonieta com pouca convicção.

A grande maioria parecia estar feliz, ou pelo menos satisfeita com a Constituição Federal de 1946, que dava uma organização mais objetiva ao

Estado brasileiro. Agora dependia de todos e de cada um, cumprindo suas obrigações para melhorar as condições de vida das pessoas mais carentes.

Um grande exemplo era o projeto gaúcho de educação, denominado "Nenhuma criança sem escola no Rio Grande do Sul", que levou a todos a retomar seu otimismo, principalmente de dona Maria Antonieta, que sempre colocou acima de qualquer projeto público a busca do conhecimento, do estudo e da cultura geral.

O investimento gaúcho em educação chegou ao patamar de 36% do orçamento com a construção de quase cinco mil escolas, visando a erradicar o analfabetismo no Estado. Era visível a alegria de Maria Antonieta, porque ela sabia que sua bisneta Nizah, filha de Gonzaguinha, estava esperando uma oportunidade como aquela para iniciar sua profissão como professora. Todos torciam agora para que os próximos Presidentes fossem felizes em suas escolhas para o desenvolvimento do País.

O que deixava Gonzaguinha preocupado era a constatação de que os grandes problemas brasileiros tinham solução de forma quase casual, e poucos eram resolvidos para atender as verdadeiras reivindicações da sociedade. Infelizmente, durante séculos, em nosso Brasil, tem sido necessário um acontecimento externo à equação para que haja uma solução para ela.

No caso da aprovação da Lei Afonso Arinos, foi necessário quase um incidente internacional, evolvendo uma estrela negra de fama indiscutível para que o assunto merecesse a atenção do Congresso Nacional brasileiro.

O BRASIL SEM A INFLUÊNCIA DE GETÚLIO VARGAS

A morte de Getúlio Vargas provocou uma lacuna na vida política brasileira. Quem pretender examinar e conhecer a Pátria Brasileira em seus primeiros sessenta anos de República, obrigatoriamente terá que dedicar algumas horas de sua atenção e refletir sobre o fenômeno Getúlio Vargas.

Durante os anos em que governou o Brasil, Getúlio preocupou-se, ou pretendeu passar a ideia para a população brasileira de que ele não era apenas um Presidente. Na sua concepção e propósitos, ele seria um pai para o povo brasileiro. Talvez Getúlio Vargas tenha cometido um grande erro de avaliação a respeito do potencial humano e material que estava a seu dispor e ao final lhe tenha faltado o essencial, na medida em que não providenciou, ou não quis providenciar, a educação de seu povo.

Gonzaguinha conversava muito com sua avó sobre os vários anos em que Getúlio Vargas esteve à frente da Administração Pública no Brasil, na maior parte do tempo governando com *status* de ditador.

Entende Gonzaguinha que, naqueles momentos de tirania, Getúlio poderia também obrigar, quem sabe, aqueles brasileiros truculentos a estudarem um pouco.

Outra ideia que não saía da cabeça de Gonzaguinha era o fato de não existir um Plano Diretor com *status* de lei para o país que fosse atualizado de dez em dez anos, evitando que a cada mudança de governo as prioridades fossem modificadas, com evidente prejuízo para as obras já iniciadas.

Sua avó achava muito boas as ideias de seu neto, mas alertava-o para o fato de que falávamos de política e de políticos, agrupados em agremiações partidárias que podem iniciar hoje, terminar amanhã e recomeçar depois de amanhã com um outro nome e provavelmente uma outra ideologia.

Gonzaguinha parecia conformar-se, mas assaltava-lhe uma vontade de gritar e fugir. Em seguida pensava em seus seis filhos, emocionava-se um pouco e depois erguia a cabeça.

Após o desaparecimento daquele estadista gaúcho, seu substituto, o Presidente Café Filho, juntamente com partidários da UDN e de outros grupos políticos, queria que a decisão sobre o nome do próximo governante fosse resultado de uma grande união nacional. Entretanto, a ideia não foi avante. O que aconteceu foi a instalação de um imenso vazio no campo político nacional. De qualquer forma, nas eleições, foi escolhido um presidente que algum tempo depois ganharia o apelido de Presidente Bossa Nova.

A Bossa Nova foi um movimento musical que surgiu no Rio de Janeiro, em Copacabana, zona sul carioca, mas que ganhou vida, movimento e identidade na praia, também carioca, de Ipanema.

No governo do Presidente Bossa Nova, o Brasil viveu momentos de euforia, desenvolvimento e crescimento econômico como nunca havia acontecido. Novos produtos, de empresas multinacionais invadiram o mercado brasileiro. O automóvel era um dos símbolos de um governo diferente, que incentivava e procurava motivar o povo brasileiro, sobretudo a classe média, a comprar televisão, enceradeira, rádio, toca-discos, ar-condicionado e outros aparelhos que eram chamados na época de eletrodomésticos.

O esquema tático do Presidente Bossa Nova era ofensivo e tinha o nome de "Cinquenta anos em cinco". Seu objetivo era fazer o Brasil crescer cinquenta anos no período dos cinco em que ele seria Presidente. Logo no início de seu governo, o Presidente apresentou à Nação o seu projeto para o desenvolvimento do Brasil. Era um plano de metas que tinha como prioridade o investimento nas áreas de energia, transporte, indústria pesada e alimentação. Além disso, o Presidente Bossa Nova investiu amplamente no desenvolvimento dos portos e aeroportos de nosso país continental.

Era evidente, e todos os brasileiros percebiam que o Presidente do Brasil era uma pessoa otimista, extrovertida, simpática, risonha, original, gostava muito de música e era considerado um pé de valsa, em razão de sua performance nos salões de dança. Passou a existir naquela época no Brasil uma atmosfera envolvente de otimismo e valorização de tudo que fosse novo, moderno e alegre.

Um dos principais projetos do Presidente Bossa Nova era construir uma nova capital para o Brasil, com o nome de Brasília, edificada em pleno centro do país. Já estava tudo planejado. A nova Capital seria inaugurada em 1960 e distanciaria a classe política das antigas pressões vindas dos setores organizados da sociedade carioca.

Uma nova capital para o país, a ser construída no interior, era algo já estipulado nas Constituições brasileiras desde 1889. Evidentemente, aquela Constituição não estipulava a data em que seria construída a nova capital. A construção de Brasília era vista pelo Presidente Bossa Nova como uma forma de integração econômica e social do país.

A mudança para uma nova capital e a transferência do poder nacional para o centro do país foram assuntos muito criticados pela mídia e pelos partidos de oposição. Esses segmentos consideraram totalmente utópica a ideia do novo Presidente.

Além disso, era público e notório que não havia recursos financeiros suficientes no país para um empreendimento daquela envergadura e, em consequência, seria gerado um endividamento interno e externo incontrolável. Falava-se também na possibilidade de um abandono da cidade do Rio de Janeiro. Evidentemente, tratava-se de uma brincadeira, porque impossível abandonar Copacabana, Ipanema, Vila Izabel...

Apesar das críticas de políticos e jornalistas, como Carlos Lacerda, o plano de construção de Brasília foi aprovado, e o Presidente Bossa Nova recebeu quase carta branca para executar o projeto. Em seguida, começou a mobilização de materiais, trabalhadores e recursos para erguer a cidade em pleno deserto. Calcula-se que a cidade tenha atraído cerca de sessenta mil operários, vindos de todo o Brasil. Esses trabalhadores ficaram conhecidos como candangos. Para abrigá-los, foram construídos barracões com estruturas mínimas de comodidade. Em 1957, o entorno de Brasília já contava com mais de doze mil habitantes.

A cidade mais próxima da nova capital que tinha aeroporto estava a mais de cem quilômetros, e as estradas de ligação eram de terra. Todo o material levado para a construção era conduzido de avião, o que tornava os custos de transporte mais elevados do que o normal.

A realidade demonstrada durante as obras foi muito pouco alvissareira, em razão de acidentes e mortes por falta de segurança e pelas condições precárias de trabalho diurno e noturno.

Houve falhas no planejamento financeiro, tendo sido os recursos, em consequência, mal administrados. Os gastos ocorreram de maneira desenfreada, sem qualquer controle ou fiscalização. Com isso muitas verbas foram desviadas de seus objetivos.

Seis meses antes do fim das obras, a verba destinada à construção de Brasília havia terminado. Sem conseguir mais empréstimos junto ao Fundo Monetário Internacional, o Presidente Bossa Nova vendeu títulos da dívida pública e emitiu moeda. Esses dois fatos acarretaram aumento da inflação e do custo de vida. Nos anos seguintes, a inflação disparou, a população ficou mais empobrecida e a desigualdade social cresceu assustadoramente. No último ano do prazo, quase tudo foi construído às pressas, houve altíssimo custo financeiro e o desgaste humano foi impressionante.

A verdade é que a construção da nova capital representou um rombo nos cofres públicos. No final do ano de 1959, calculava-se que Brasília, até aquela data, teria custado mais de 45 bilhões de dólares. Ao final, estimava-se que foram gastos com a construção de 40 a 80 bilhões de dólares.

Os trabalhadores também sofreram pressões de todos os tipos para apressar a construção, desde a utilização da jornada de dois turnos até a retenção de pagamento e cortes de água. Não havia equipamentos de proteção pessoal e estima-se que mais de três mil operários tenham morrido durante as obras em razão de acidentes que poderiam ter sido evitados.

O Presidente Bossa Nova conseguiu inaugurar Brasília antes de passar o cargo a seu sucessor, mas deixou um terrível caminho aberto para agravar problemas crônicos já existentes na terra brasileira. Os baixos investimentos nas áreas de educação e alimentação contribuíram para piorar o problema da produção de alimentos, da distribuição de terras produtivas e da disponibilidade de vagas nas universidades. Todas as contas públicas estavam com saldo negativo, em razão das dívidas assumidas e não pagas. A dívida externa alcançou a cifra de três bilhões de dólares, e com isso as relações do Brasil com o Fundo Monetário Internacional tornaram-se difíceis.

Mas o principal motivo de insatisfação da população brasileira ficou por conta da inflação, que em 1957 era de 7%, tendo alcançado os patamares de 39,4% em 1959.

Em Pelotas, no sul do Brasil, nas reuniões de família, que aconteciam todos os fins de semana após o jantar dos dias de sábados, na mansão em que residiam Afonso e Maria Antonieta, as discussões eram cada vez mais acirradas. As opiniões eram as mais surpreendentes possíveis a respeito do que estava acontecendo no Brasil e no governo revolucionário do Presidente Bossa Nova. Ninguém tinha dúvidas de que o Brasil precisava mudar, crescer e desenvolver-se rapidamente para atender uma população que aumentava muito e rapidamente. Entretanto, todos sabiam que o desenvolvimento tinha que obedecer a determinados parâmetros, sob pena de permanecerem as desigualdades, que teimavam em não diminuir no país.

Será que haveria justificativa para que o Presidente Bossa Nova concentrasse tantos recursos financeiros para construir às pressas uma cidade destinada a ser a capital do Brasil? E as tais prioridades que haviam sido estabelecidas pelo próprio Presidente no Plano de Metas?

Maria Antonieta, como sempre, pedia calma, e era sempre atendida, em razão do respeito que todos tinham por ela. Todos conheciam a capacidade daquela avó, que, quanto mais idosa ficava, mais parecia melhorar os níveis de seus conhecimentos. Já Gonzaguinha, o irrequieto pai de seis filhos, como sempre, procurava dar ouvidos às repercussões populares advindas contra as decisões tomadas pelo governo. Suas preocupações continuavam as mesmas. Os lideres brasileiros viam apenas a necessidade do desenvolvimento puro e simples, deixando em segundo plano o bem-estar da população.

As eleições presidenciais seguintes foram as primeiras realizadas após a inauguração de Brasília. O Presidente eleito seria o primeiro a tomar posse na nova capital federal.

A campanha presidencial de quase todos os candidatos fundamentou-se em demonstrar os erros e os maus-tratos com o dinheiro público que teria havido nas obras da construção de Brasília.

O símbolo da campanha do vencedor das eleições foi uma vassoura com a qual ele prometera utilizar-se para varrer a corrupção do país e desviar para o lixo as más condutas e, se possível, junto com seus condutores.

Entretanto, um governo que, embora tenha sido eleito para presidir a Pátria Brasileira por cinco anos, durou apenas sete meses, e o Homem da Vassoura foi o Presidente da República que ficou menos tempo no poder na história republicana.

Apesar da curta duração, o governo do Homem da Vassoura foi marcado por medidas esdrúxulas, como proibições de rinhas de galo e do uso do biquíni pelas mulheres.

Em 25 de agosto de 1961, o Homem da Vassoura renunciou ao cargo de Presidente da República, alegando a existência de forças terríveis agindo contra seu governo. Esse ato inesperado provocou uma crise civil, militar que por muito pouco não terminou em guerra civil.

Vale ressaltar que não havia sido a primeira vez que o temperamento do Homem da Vassoura flertava com a ideia de renúncia. No comando de outros cargos políticos, ele se manifestara de forma semelhante ao ser contrariado por parlamentares. Em 1959, quando já tratado como futuro candidato a Presidente da República, ele se indispusera com o Presidente do partido e chegou a redigir uma carta renunciando à candidatura.

A verdade é que a renúncia do Presidente Homem da Vassoura expôs o país a uma forte crise institucional, na medida em que as explicações sobre as causas que o levaram à renúncia eram vagas e nada esclarecedoras.

Dessa forma, foram muitas as teorias que tentavam explicar ou esclarecer quais teriam sido as verdadeiras intenções ou as verdadeiras razões que levaram o Presidente a renunciar a um mandato de cinco anos, tendo cumprido sete meses apenas.

Algumas correntes políticas viram o gesto do Presidente Homem da Vassoura como se fosse uma traição a seus eleitores, que confiaram num símbolo de campanha que prometia redenção política. Outras viam o Presidente que tentava equilibrar-se entre duas facetas. A do moralismo autoritário do qual se utilizava com a vassoura na mão e a daqueles que acreditam em um governo acima dos partidos.

Um pouco antes da renúncia, o Presidente Homem da Vassoura adotou algumas medidas polêmicas, bem a seu estilo pessoal, e de um jeito tumultuado, revelando vestígios de totalitarismo personalista vindo do governo. Uma delas foi condecorar em Brasília o ministro cubano Ernesto

Che Guevara. Outra foi utilizar-se de uma ortodoxa tentativa de estabilização cambial, reforma que ensejou sérios problemas na economia.

Quando ocorreu a renúncia do Presidente Homem da Vassoura, o Vice-Presidente estava de viagem diplomática à China, fazendo discursos elogiosos ao governo local, o que era malvisto pelas elites dominantes do Brasil. Na realidade, havia um clima de incertezas e apreensão das elites naqueles momentos que antecediam a posse do Vice-Presidente do país, porque a faixa presidencial não havia sido devolvida pelo Presidente que recentemente havia renunciado.

O Vice-Presidente, que estava na China, foi informado de que deveria ser alçado à presidência em seu retorno, mas a comunicação incluía o aviso de que a instabilidade política era muito grave. O Vice-Presidente havia sido Ministro do Trabalho do falecido Getúlio Vargas e tinha contra si a fama de comunista. A impressão deixada aos brasileiros era de que o Vice, na realidade Presidente, estava em dúvidas se voltava ou não a seu país. Ele sabia que havia uma reação dos militares, de partidos políticos e outros segmentos da sociedade, que o consideravam um comunista subversivo e aliado perigoso dos sindicatos.

Aquelas forças da sociedade brasileira agruparam-se rapidamente em torno de um novo consenso político e acabaram por fomentar a criação de um sistema parlamentarista. O país parecia estar à beira de uma guerra civil, o que causou grandes preocupações aos ministros militares. Os setores conservadores foram se organizando diante de uma crença de que a esquerda iria tomar o poder.

Além disso, havia uma sucessão de fatores que contribuíam para a instabilidade política, como a inflação, a crise financeira e todo o caos decorrente da inabilidade política do Homem da Vassoura. Talvez a solução seria mesmo transformar o Brasil, no ínterim da ausência do Vice-Presidente, numa república parlamentarista, enfraquecendo o poder do Presidente da República.

Entretanto, brotou uma resistência inesperada no Rio Grande do Sul. O Governador do Estado insurgiu-se contra uma situação que considerava golpista, e convocou a polícia e o povo para defender a legalidade. Depois de muitas negociações e com acordo do Vice-Presidente, chegou-se a uma solução de conciliação. Criou-se um regime parlamentarista híbrido, em que o poder central da República seria dividido entre o Presidente e um Primeiro-Ministro.

Gonzaguinha estava furioso e evidentemente procurava sua avó Maria Antonieta para que ela lhe explicasse até quando o Brasil viveria de golpes de Estado. Maria Assumpção tentava acalmar seu marido, trazia as crianças para perto, porque sabia que aquele cenário era um dos que a bisavó mais gostava de ver. Se fosse possível, dona Maria Antonieta teria os bisnetos sempre a seu alcance, embora eles já nem fossem mais crianças. O primogênito Clóvis e o irmão Clodovil estavam longe de casa, cursando a Escola Militar. Nizah seguia a passos largos os ensinamentos de sua bisavó, Maria Antonieta, e procurava convencer seu pai, Gonzaguinha, de que pretendia estudar e muito. Zilá havia herdado as qualidades de seu pai e era uma excelente comerciante. O Celso ainda não tinha revelado uma profissão, visto que havia pouco começara a estudar.

Nesses momentos, Dona Maria Antonieta fazia o que mais gostava, que era paparicar seu neto, Gonzaguinha, com todos os meios de que dispunha. Além disso, tudo que aquela velha danada possuía era um conhecimento quase total dos mistérios da vida que ela jurava que antes de morrer os passaria todos para ele, seu adorado neto Gonzaguinha.

Com relação aos acontecimentos e mistérios que envolviam a renúncia do Presidente Homem da Vassoura, Maria Antonieta sabia o que aconteceu em seus mínimos detalhes. Inclusive ela já havia recebido mentalmente o sinal do que iria acontecer desde que o Presidente tomou posse no início do ano. Tudo já estava planejado desde a época da campanha eleitoral. O Homem da Vassoura preparou seu instrumento de propaganda para varrer do território nacional tudo de ruim causado pela construção de Brasília e em seguida transformá-la num santuário político-administrativo da Pátria Brasileira. Seria um local de onde seriam lançados todos os princípios de virtude e exemplos a serem seguidos para que o Brasil se transformasse num exemplo de maior democracia do mundo. Entretanto, nos primeiros momentos após ter sido colocada em seu peito a faixa presidencial, ele sentiu uma forte dor no peito. No outro dia, o Presidente, ao iniciar seu primeiro dia de trabalho, colocou sua vassoura no ombro e iniciou sua caminhada por Brasília. O tamanho da falência era tão grande e pesado que lhe impedia de tirar a vassoura do ombro e de iniciar sua faxina.

No fim de semana, o Presidente Homem da Vassoura viajou para São Paulo. Ao final da tarde do sábado foi encontrar-se com seus amigos no botequim do Severino. Na realidade, não era um botequim, mas um enorme prédio, localizado no centro da cidade de São Paulo, especializado em servir bebidas de origem internacional. O prédio tinha sete andares, cada um deles com pelo menos dois apartamentos privativos.

No botequim do Severino não era possível pagar despesas com moeda nacional. Nos seis primeiros andares, o dólar americano era bem-vindo. Entretanto, no sétimo e mais luxuoso andar, o pagamento das despesas somente poderia ser realizado com libras esterlinas.

Dentre seus amigos, o Presidente Homem da Vassoura era íntimo de um deles. Era o Marechal Reformado Firmino Machado Lobo. Quando o Presidente foi Governador do Estado de São Paulo, Firmino era Coronel e Secretário de Segurança de seu amigo governador. Naquele dia, Firmino sentiu que seu amigo não estava muito bem. O Presidente contou ao Marechal o que viu e o que sentiu da situação de Brasília. Não havia um centavo em qualquer tipo de conta pública e o crédito brasileiro era algo inexistente.

De repente, o Presidente Homem da Vassoura começou a pensar em Severino, proprietário do Botequim. De onde Severino teria conseguido dinheiro para construir este imenso prédio? Após a segunda dose, o Marechal Firmino contou a seu amigo Presidente toda a história. Severino é mais um dos tantos nordestinos que abandonaram sua terra para tentar uma vida melhor no Centro-Oeste. Severino morava no Estado da Paraíba quando soube da convocação de mão de obra para a construção de Brasília. No primeiro caminhão destinado à nova capital, ele e sua mulher já estavam viajando. Três dias depois, o casal já fazia parte da legião de candangos. Após seis meses no local da construção, Severino fazia parte da equipe que transportava material destinado às obras. Foi numa destas viagens que Severino conheceu a cidade de São Paulo e ficou encantado. Quando Severino se deu conta, ele tinha um pequena moradia no Nordeste e uma outra moradia em São Paulo.

Seu chefe era o assessor de um Deputado, que assegurava a Severino que, se ele trabalhasse bem, de olhos muito abertos e boca fechada, em pouco tempo estaria rico. Assim começou a construção do Botequim do Severino. No início era apenas um botequim, mas, juntamente com a construção de Brasília foi se transformando no grande espetáculo de entretenimento que é, sob a face de um modesto botequim. Parte do material adquirido para seguir para o Centro-Oeste ficava no botequim, da mesma forma acontecendo com pedreiros e outros profissionais que eram pagos como se estivessem em Brasília, mas estavam em São Paulo, construindo o Botequim do Severino.

Passado o devaneio, sem mais delongas, o Presidente falou ao Marechal que o Brasil estava irremediavelmente quebrado. A única forma de reconstruí-lo e torná-lo novamente governável seria através de uma ditadura e para isso precisava de sua ajuda. O Marechal entusiasmou-se, mas desde já tinha uma exigência a fazer. Ele e seus amigos militares queriam um projeto que extinguisse sumariamente o comunismo do Brasil.

Ficou então combinado que o Presidente Homem da Vassoura renunciaria a seu cargo e no outro dia bem cedo voltaria como ditador apoiado pelo Marechal Firmino e um grupo de militares amigos seus.

Entretanto, apesar do acordo realizado com o Marechal Firmino, o Presidente Homem da Vassoura abriu-se ao diálogo diplomático e tratativas comerciais com países da chamada cortina de ferro, com a União Soviética, com Cuba e com a China. Dias antes da renúncia, o Presidente condecorou em Brasília o então ministro de Cuba Ernesto Che Guevara. Dias depois, em 25 de agosto de 1961, quando o Presidente Homem da Vassoura renunciou, ele estava só.

Quase exatamente sete anos após Getúlio Vargas ter cometido suicídio, o país estava novamente sem Presidente. O Vice, que estava viajando, optou por não se apresentar para assumir o supremo cargo eletivo. O Presidente Homem da Vassoura havia desprezado os votos recebidos e o Vice resolveu fazer a mesma coisa. Foi necessário então mudar o sistema de governo do país.

Gonzaguinha desta vez não esperou a reunião do fim de semana para conversar com sua avó, Maria Antonieta, e seu avô, Afonso, e foi correndo procurá-los, porque ele não suportava mais tanta afronta à Constituição do Brasil.

— Minha querida avó, meu querido avô: eu estou me filiando ao Partido Comunista do Brasil.

O rosto de Afonso ficou completamente vermelho, a voz começou a falhar, veio uma tosse e Afonso tombou sem conseguir falar uma palavra. As jovens médicas Dóris e Glória aproximaram-se rapidamente para atender o pai e o levaram imediatamente para o hospital. Gonzaguinha ficou em casa com sua avó Maria Antonieta. Conforme determinaram as duas jovens médicas, "a mãe não tem mais idade para andar passeando em hospital".

Gonzaguinha e Maria Antonieta ficaram em casa preocupados, e começaram a conversar. A velha senhora, já com seus oitenta e sete anos de idade, não demonstrava cansaço, mas preocupava-se muito com as decisões que seu neto Gonzaguinha poderia tomar. Mas, naquele momento, com Afonso no hospital, os dois falavam, mas nenhum conseguia entender o que o outro dizia.

Algumas horas depois, retornaram as duas lindas jovens médicas abraçadas uma de cada lado do pai. Disseram apenas que estava tudo bem e seguiram para o quarto de dormir, onde o velho Afonso teria um bom sonho com os anjos.

Em seguida chegou Maria Assumpção, esposa de Gonzaguinha, preocupada com o bisavô de seus filhos, Afonso, em relação ao qual ela tinha um carinho todo especial.

Assim que Afonso adormeceu profundamente, as duas médicas convocaram Gonzaguinha e as duas Marias para uma reunião na sala de jantar.

— Papai não esta bem, disseram Dóris e Glória quase ao mesmo tempo, como faziam quando eram meninas, visivelmente emocionadas.

Em seguida, Glória assumiu o comando da situação, avisando que seu pai não poderia se incomodar, principalmente participar de discussões sobre assuntos delicados de cunho político.

— Não sei como vamos conseguir isso, falou a mãe, Maria Antonieta. Se suspendermos as reuniões de fim de semana, ele ficará furioso. Se limitarmos os assuntos, tirando a política, será muito pior.

Depois de muito conversarem, conseguiram de Gonzaguinha a promessa de que ele jamais mencionaria nas reuniões de almoço ou jantar que havia a possibilidade de ele, Gonzaguinha, aceitar filiação no partido comunista.

A NOVA DIRETORIA DA ASSOCIAÇÃO DOS EX-ESCRAVIZADOS

Maria Antonieta e Afonso já haviam passado dos oitenta anos de idade e por isso já não pertenciam mais ao Conselho Diretor do Recanto Brasil. A influência dos dois restringia-se a acompanhar e dar pareceres às decisões do Conselho Diretor daquela Associação, principalmente quando havia algum problema grave para ser estudado e resolvido.

As jovens irmãs gêmeas Dóris e Glória, que haviam optado por estudar Medicina em Porto Alegre, não pareciam mais irmãs gêmeas. Logo após o término do curso em Porto Alegre, elas já sabiam que haveria um convite da tia Caroline e do primo Albert para fazerem curso de pós-graduação na Inglaterra.

Já estava tudo combinado entre os três jovens e tia Caroline, que tinha paixão pelas duas sobrinhas. Em seu íntimo, ela jurava que casaria uma das duas com seu filho Albert. Segundo sua intuição, seria com Dóris.

Após o término do curso, Glória voltaria a morar em Pelotas e, seguindo a cartilha de sua mãe, Maria Antonieta, exerceria a Medicina preferencialmente para os pobres e não pensava em qualquer hipótese de fama ou enriquecimento material. Já sua irmã Dóris, ficaria morando em Porto Alegre e suas especializações na Medicina objetivavam nitidamente a ideia de ganhar muito dinheiro, sem qualquer compromisso com atividades filantrópicas ou assistenciais.

O que Dóris não esperava encontrar era o preconceito e a discriminação. Por incrível que pudesse parecer, ela havia se formado em Medicina, mas sua aceitação social havia diminuído, e a situação se agravava na medida em que, desde a adolescência, sua pele começara a ficar escura, e ela, não obstante seus lindos olhos verdes e sua beleza estonteante, era tratada como uma mulher negra que estivesse usurpando um lugar que não era propriedade de ninguém. Nada demais se não houvesse no tratamento sinal de repulsa ou tentativa de exclusão. O fato é que ela não era tratada como uma cidadã, mas como raridade quase desprezível.

– Como pudeste aceitar tudo isso, mamãe? Era a pergunta raivosa que Dóris fazia à sua adorada mãe Maria Antonieta. Neste ano já fui preterida duas vezes à promoção por ser negra. Que país é este, mamãe?

– É exatamente o que eu venho dizendo há muito tempo para Gonzaguinha, sobrinho de vocês. Ele já sofreu muito com o preconceito e a discriminação. No início deste nosso século vinte era muito pior, porque os negros, ex-escravizados, logo em seguida à Lei Áurea passaram a viver à margem de qualquer possibilidade de vida digna. O Recanto Brasil foi a salvação de muitas mulheres negras, ex-escravizadas grávidas ou com crianças no colo ou mães com filhos pequenos. O caos social provocado pela Lei Áurea foi algo inacreditável. Logo após a abolição, apareceram na cidade muitos jovens e adultos com fome, frio e totalmente desorientados. Os infelizes perambulavam nas ruas sem saber onde estavam, sem saber para onde ir e sem quaisquer referências que os pudessem orientar.

Maria Antonieta, como sempre fazia com Gonzaguinha, pediu calma à sua filha Dóris. Lembrou-a que a recente Constituição de 1946, em seu artigo 141 e seus parágrafos, abre oportunidade para lutar pelos direitos, sem violência ou qualquer outro tipo de conflito. Maria Antonieta aconselhou sua filha, se possível, a ser mais competente do que suas colegas.

– Enquanto o Poder Público não assume sua obrigação pela paz social, esta seria a única forma de combater as desigualdades. Se o negro não tiver capacidade de trabalho muito maior do que o branco, certamente haverá discriminação. Esse tem sido um dos piores reflexos da escravidão negra no Brasil. Após séculos de humilhações e agressões físicas, agora temos que enfrentar o distanciamento e a falta de aceitação afetiva.

Era tudo muito triste, e Maria Antonieta quase enlouquecia de dor ao ver as lágrimas sentidas de sua filhinha Dóris. Imediatamente sua memória a conduzia àqueles anos de sua infância em que ela corria de mãos dadas com Afonso implorando ser aceita como aluna no colégio.

Tentando acalmar-se, a mãe lembrou à filha o exemplo de Pedro.

Ele venceu todos os obstáculos. Alcançou o maior posto numa superempresa internacional, superando vários nomes também competentes. Por suas qualidades profissionais, ele é um dos homens mais procurados na área concorrida da arquitetura. Pedro é um dos mais idosos de nossos associados, mas não se distancia da administração dos já famosos Recanto Brasil I e Brasil II, que lhe deram a fama de melhor e mais competente arquiteto da região. Quem estiver pensando que Pedro utiliza sua posição em busca de bens materiais, em seguida estará constatando que ali está uma pessoa íntegra e dessa forma estão sido criados seus quatro filhos.

Sua esposa Luíza havia falecido há pouco tempo na Alemanha, mas antes disso havia remetido para seus dois filhos que teve com Pedro o que restara da enorme fortuna que seu pai havia deixado. Mesmo após terem sido pagas todas as indenizações previstas e cobradas pelos órgãos de direitos humanos europeus, o dinheiro que sobrou poderia enriquecer qualquer pessoa. Entretanto, os dois filhos de Pedro e da falecida Luíza, Pedro Filho e Carolina, que eram um pouco mais velhos que os gêmeos Luís e Luísa, seus irmãos por parte de pai e primos por parte de mãe, não queriam saber daquela imensa fortuna em dinheiro e bens imóveis, por considerá-la ganha e recebida de forma ilícita.

Pedro Filho, que agora não era mais chamado de Pedrinho, e sua irmã Carolina afirmavam que toda aquela fortuna deveria ser entregue à tia Florinda e seus filhos gêmeos Luís e Luísa. Seria um mínimo de indenização pelas maldades e crimes que cometera o avô dos quatro Dr. Germano. O principal fundamento do argumento dos filhos da falecida Luíza estava no fato de, Dr. Germano ter praticamente assassinado a mãe de Florinda, que seria a avó dos gêmeos. Entretanto, não havia provas sobre o que realmente havia acontecido e, como sempre, as decisões sobre aquele assunto muitíssimo desagradável eram postergadas até que milagrosamente surgisse uma boa solução.

O APARECIMENTO DE DONA CORA, MÃE ADOTIVA DE PEDRO

Naquele final de um dia de verão pelotense, toda a família estava reunida, como de costume. Pedro, Florinda e os quatro filhos de Pedro haviam terminado de jantar na cobertura do luxuoso prédio de dez andares construído próximo à foz do arroio Pelotas com o canal São Gonçalo. O prédio havia sido projetado para receber e abrigar os diretores e famílias das diversas empresas do Complexo Empresarial Luís Germano. Aquelas pessoas vinham a Porto Alegre, a Pelotas, a Montevidéu ou a Buenos Aires com finalidades diversas, podendo ser a serviço, em férias, ou simplesmente como turistas.

Os três andares mais altos eram destinados ao Presidente do Complexo Empresarial e sua família. No primeiro andar, existiam elevadores exclusivos para o Presidente do Grupo Empresarial e seus familiares. Carolina e Luísa deixaram a sala de jantar após a refeição e foram para a sala de entrada da cobertura, ficando Florinda e os homens discutindo a respeito do que fazer com aquela quantia tão grande de dinheiro e imóveis que ninguém queria, porque tinham forte cheiro de senzala.

As duas irmãs por parte de pai e primas por parte de mãe estavam conversando tão distraídas que não se deram conta de que havia entrado na sala uma senhora idosa. A aparência da mulher indicava que uma velha mendiga tinha entrado no prédio, após ludibriar toda a segurança. Sem dúvidas, a aparência era a de uma mulher bem idosa a pedir esmolas.

– Como a senhora entrou aqui, disse Carolina, quase rispidamente? Quem abriu a porta para a senhora? Como a senhora utilizou um elevador exclusivo e particular?

– Quem é a senhora, disse Luíza? Onde estão os seguranças deste prédio, falou quase gritando e ao mesmo tempo preocupada, olhando para a porta escancarada.

Um pouco assustado pelos gritos, em seguida aproximou-se Pedro Filho, que antigamente era chamado de Pedrinho, juntamente com seu irmão por parte de pai e primo por parte de mãe, Luís. Os dois rapazes chegaram juntos à idosa como se ela os tivesse atraído com uma força incomum e milagrosa. A mulher idosa fixou o olhar nos quatro jovens, examinando-os um a um e começou a sorrir, como se tivesse finalmente encontrado algo que ela procurava havia muito tempo.

– Não há dúvidas, a idosa falou com lágrimas nos olhos, começando a soluçar. Vocês todos são filhos de meu filho Pedro. Digam-me pelo amor de Deus que meu Pedrinho está bem, parecendo que ia desabar. Os quatro correram para ampará-la após terem entendido, numa fração de segundos, o que estava acontecendo e quem seria aquela senhora. Carolina correu para buscar um copo d'água, quase tropeçando em Florinda. Na sala de jantar e na volta, explicou tudo rapidamente, dizendo a sua tia que preparasse o negro velho. Pedro em seguida voltou do banheiro meio com cara de sono, mas acordou imediatamente quando examinou o semblante de sua Florinda tão amada.

– O que aconteceu, minha querida? Estás te sentindo mal? Bem que eu te falei daquela carne de porco recheada de gordura. A verdade é que não estamos mais em condições de comer como o fizemos, sobretudo a esta hora da noite.

– Pedro! Florinda disse como se o tivesse acordando. Te prepara para uma grande emoção. Senta aqui nesta poltrona. Toma um pouco desta água. Eu acho que aconteceu um milagre.

– O que foi, disse Pedro? Aconteceu alguma coisa com as crianças? Tem alguém chorando lá na sala? O que houve, meu amor?

Pedro não chegou a iniciar a caminhada até a sala de entrada da cobertura, porque Dona Cora já entrava na sala de jantar amparada pelos quatro filhos dele. A emoção tomou conta de todos, que logo começaram a chorar ao assistir à cena da mãe velha e do quase velho filho abraçados, emocionados e agradecendo a Deus pela graça recebida.

– Primeiro eu vou explicar como consegui este endereço e como entrei aqui, disse dona Cora. A história deve começar com o incêndio criminoso imposto à casa que nós mantínhamos com tantos sacrifícios. Numa determinada noite, que eu gostaria de ter esquecido, mas não consigo, a polícia entrou em nossa casa sem bater e nos fizeram as piores ameaças. Eram coisas tão horríveis que nos fez pensar nos piores momentos da senzala. Nos deram meia hora para que abandonássemos o lugar. Quando acordamos na manhã seguinte, a casa estava pegando fogo e as portas e janelas estavam todas escancaradas. O tudo que tínhamos a pegar de fato era pouco, mas a tristeza, a humilhação e a vergonha era tanta que algumas amigas enlouqueceram imediatamente e nunca mais recobraram a razão. Eu encontrei abrigo e trabalho num acampamento de obras junto ao porto aqui de Pelotas, onde estava sendo construída uma igreja que teria o nome de Sagrado Coração de Jesus. Era um local de muito trabalho e de orações. Quase todas as pessoas trabalhavam por conta da fé e não pelo salário diminuto que era pago. A maioria dos trabalhadores vinha ao canteiro de obras nas horas de folga de seus próprios trabalhos, inclusive aos sábados e domingos, para cumprir sua devoção.

Cora seguiu contando:

– Logo que cheguei fui utilizada na cozinha e no trabalho de limpeza. Como eu tinha todo meu tempo livre, imediatamente fui admitida com o pequeno salário, que para mim era imenso, não só pelo benefício que me proporcionava, mas também porque eu o estendia a outras mulheres que tinham filhos para criar sozinhas e sabiam que poderiam contar comigo. A primeira parte a ser construída da igreja foi o altar para permitir que todos os domingos fosse pelo menos uma missa rezada, onde os fiéis encontrassem o ambiente adequado para suas preces e para a demonstração e prática de sua fé. As flores do altar, que eram frequentemente substituídas, eram lindíssimas e muito perfumadas, dando a impressão de que o custo delas fosse muito dispendioso. Outro fato curioso é que aquelas flores pareciam comunicar-se com as pessoas, cumprimentando-as e incentivando-as à fé. Alguns religiosos juravam que tinham respostas de seus pedidos, recebendo informações de como alcançá-los.

Cora continuou:

– Num determinado dia, eu recebi um recado dizendo que um preto velho estava à minha procura. Era o negro Josué, e foi então que eu entendi os milagres atribuídos àquelas flores, o valor espiritual e material delas e suas substituições no altar com tanta frequência. As flores vinham dos campos de plantações de flores do conglomerado Dr. Germano, eram administrados por Florinda, e de fato tinham comunicação com as pessoas de bem, através do perfume exalado. Aqueles perfumes estimulavam o humor das pessoas que tinham fé, levando a todos a possibilidade de perguntar e receber respostas. Pode parecer incrível, mas no momento que a pessoa postava-se a admirar as flores, o perfume exalado delas obrigava esta pessoa a pensar na própria vida e de seus próximos. Quando eu conversei com o negro Josué e ouvi a sua história, até pensei que ele pudesse ser o meu filho que arrancaram de meus braços quando o navio negreiro de nosso sequestro chegou ao Rio de Janeiro. Fazendo contas e comparando datas, vi que era impossível mas eu senti que o negro Josué era uma pessoa especial e chegara a hora de devolverem meu filho Pedro, que criei com a ajuda das madrinhas do bordel. Faltava-me agora somente saber como fazer para ultrapassar as barreiras concretas existentes entre nós, meu filho, visto que tens a fama de ser um empresário inalcançável para as pessoas comuns. Fiquei imaginando então como uma pessoa como eu conseguiria aproximar-se do Presidente de um conglomerado de empresas...

Foi nesse instante que Pedro a interrompeu.

– Mãe! Me dê um colinho, e Pedro aninhou-se carinhosamente naquele colo que o acolheu recém-nascido e lhe permitiu viver.

REUNIÃO DAS "CRIANÇAS" COM NOVENTA ANOS DE IDADE

No dia 31 de dezembro de 1961, Maria Antonieta e Afonso estavam completando noventa anos de idade. As filhas Dóris e Glória sorriam e choravam, alternadamente. Além das presenças costumeiras, elas convidaram as outras três "crianças" que haviam nascido naquele mesmo dia, mês e hora em 1871 e que deram vida aos heroicos acontecimentos ocorridos durante quase um século, visando a corrigir as consequências funestas provocadas pela Lei Áurea.

O primeiro a chegar foi Jacaré, com seus três filhos gêmeos, Osvald, Elizabeth e Izabel. Com noventa anos de idade, Jacaré afirmava ter apenas sessenta e desafiava qualquer um na disputa pela travessia do canal São Gonçalo, nadando. A esposa, Elizabeth, havia falecido em Londres com quase cem anos de idade. Izabel, mãe biológica de Jacaré, passou seus últimos dias junto ao filho e seus netos em Londres. Sendo especialista em administração de alimentos, Izabel trabalhou quase vinte anos assessorando Elizabeth no seu hospital. Todo o dinheiro que Izabel ganhava, ela entregava para seu filho Jacaré com pedido expresso de que tudo fosse usado no Recanto Brasil, em Pelotas, numa demonstração inequívoca de que ela foi e continuaria sendo uma das heroínas da senzala.

O filho de Jacaré, Osvald, ostentava o mesmo tipo físico de seu pai, que nunca quis ser chamado com outro nome que não fosse Jacaré. A diferença para seu pai era que Osvald havia herdado a cor um pouco escura da avó Izabel e do cabelo liso da mãe inglesa Elizabeth. Ainda diferentemente de seu pai, Osvald não via interesse nas atividades físicas e optou por doutorar-se em Ciências Contábeis. Eles eram três irmãos gêmeos, filhos de um pai meio negro e de uma inglesa branca. As jovens Elizabeth e Izabel, não fosse a cor da pele, seriam iguaizinhas à mãe, Elizabeth, o que causava um pouco de inveja na avó Izabel.

Ninguém sabe ao certo de onde veio a inteligência daquelas duas meninas, mas a verdade é que as duas irmãs diplomaram-se com louvor em Medicina, em Londres, especializando-se em Psiquiatria Pediátrica. Após a perda de Elizabeth e da avó Izabel, a tristeza tomou conta de todos e foi a única vez que se viu Jacaré deprimido, a ponto de não querer mais viver. Os três filhos gêmeos, preocupados, conversaram muito com o pai e o convenceram a voltar definitivamente para o Brasil. Na sua terra, ele poderia agora passear livremente, quem sabe até sentar-se à margem do arroio Pelotas ou do canal São Gonçalo e espantar de vez os fantasmas daquelas pessoas que um dia tentaram escravizá-lo e até matá-lo.

Em Pelotas, os filhos de Jacaré, conversando com as filhas de Maria Antonieta, descobriram que a administração do Recanto Brasil estava planejando a construção, em seu entorno, de um hospital para prestar apoio de saúde de qualidade e baixos custos à comunidade do Recanto Brasil I e II e necessitados. A impressão que se teve foi de que tinha havido uma combinação porque de repente somou-se aos meios disponíveis para a obra do hospital uma grande quantidade de recursos financeiros vindos de Londres, sem falar na mão de obra especialíssima de duas médicas e de um Doutor em Ciências Contábeis.

A alegria de Afonso e Maria Antonieta não tinha fim. A antiga casa que ela adquiriu com dinheiro de seu suor, onde ela foi morar quando Afonso foi para Londres, já havia sido transformada em um núcleo de posto médico. Agora, juntando os recursos humanos e financeiros trazidos de Londres por Jacaré e sua família, transformar-se-á em realidade a construção do hospital e em seu anexo a escola de formação básica de enfermeiros.

Completando a presença daquelas quatro "crianças" que estavam chegando aos noventa anos naquele dia, compareceu o casal de gêmeos Luís e Luíza, filhos de Pedro com Florinda. Eles eram os últimos descendentes da família de Pedro. Luís e Luíza, filhos de Florinda, ao final, acabaram herdando toda a fabulosa fortuna construída de forma ilícita e cruel pelo Dr. Luís Germano, antigo senhor da charqueada São Luís.

O filhos gêmeos de Pedro, se não fosse um casal, seriam quase iguais, como engenheiros e em seus aspectos físicos, mas, animicamente, eram completamente diferentes. Luís decidiu ingressar na carreira eclesiástica e internar-se em um convento. Ele decidira passar o resto de sua vida rezando pela alma de seu avô, Dr. Germano, que tinha cometido e confessado a autoria de inúmeros crimes contra escravizados e escravizadas, incluindo sua avó, mãe de Florinda.

Por outro lado, sua irmã Luíza, assim que Pedro, Florinda e seus irmãos por parte da pai faleceram, tomou conta do complexo empresarial Dr. Germano. Ela já havia tido uma filha com um homem branco, o qual fez desaparecer mediante altíssimo suborno. Luísa deu a sua filha o nome de Florinda, homenageando sua falecida avó.

Com dezesseis anos de idade, Florinda neta era uma negra lindíssima e muito parecida com sua avó, inclusive tendo herdado todo o talento misterioso que sua avó possuía e esbanjava ao dialogar com as flores. Quando sua filha estava chegando aos dezessete anos, Luíza decidiu utilizar quase todo o dinheiro sujo que havia herdado de seu avô para transformar Florinda neta em uma *pop star*. A partir daí, Luíza queria ver quem discriminaria sua filha.

Tudo correu como Dóris e Glória haviam planejado. Foi uma linda reunião, protagonizada por quatro pessoas que o destino reuniu para fazer o bem, sem qualquer tipo de pedido feito em troca. Começava a chegar agora a vez daquelas pessoas maravilhosas de descansarem ou passarem o bastão para os filhos ou netos, porque muito pouca coisa havia mudado em nosso Brasil. A prova concreta do exercício de bravura praticado por eles com muito sacrifício e renúncia é a presença eterna do Recanto Brasil I e II.

Maria Antonieta, Valquíria, Florinda, Dóris, Izabel e tantas outras foram as heroínas que transformaram a senzala numa espécie de lenda. Uma lenda horripilante que não enriqueceu a história do Brasil, mas foi um sinal de alerta para todos aqueles que acreditam poder enriquecer por meio de qualquer tipo de forma ilícita.

Como todas as lendas, alegres ou tristes, a senzala perpetuou-se no tempo e muitas vezes é utilizada para lembrar horrores e sofrimentos. Muitas pessoas, com maldade ou não, com propósitos preconceituosos ou não, de maneira cínica ou não, ainda citam a senzala, brincando ou não.

Nizah, a extraordinária líder da família construída por Maria Assumpção e Gonzaguinha, foi várias vezes vítima do uso daquela lenda. Quando Nizah foi ser professora da Escola Normal Assis Brasil, em razão de sua indiscutível competência, foi indicada para um cargo importante de coordenação e controle escolar daquele famoso estabelecimento de ensino de Pelotas. Uma invejosa colega sua largou a seguinte frase, utilizando-se de um sorriso falso:

– O quê? Já está aberta a senzala?

Ainda bem que, no sul do Brasil, na região de Pelotas, as heroínas da senzala concretizaram seu grande e ambicioso projeto. O principal objetivo era proporcionar aos ex-escravizados do sul do Brasil e aos jovens negros nascidos logo após a abolição as condições mínimas de cidadania para sobreviver ao terrível e injusto projeto social proposto na Lei Áurea, com seus lacônicos dois artigos.

Mas aquelas heroínas ficavam pensando como os ex-escravizados e jovens vítimas de tamanha crueldade enfrentaram aquela situação de falsa liberdade em outras regiões do Brasil.

Gonzaguinha, que viajava com muita frequência, fiscalizando o planejamento e execução das vendas da empresa, estava sempre muito bem informado. Assim, todos ficaram sabendo que no Nordeste os proprietários rurais já não tinham mais condições de manter a mão de obra ex-escravizada, porque o sistema fundiário havia falido.

O algodão e o açúcar estavam sem capacidade de concorrência no mercado internacional, e o mercado interno não tinha como absorver uma produção em larga escala. A produção muito diminuída fazia com que os ex-escravizados permanecessem nas fazendas como agregados ou dependentes, num regime de trabalho semisservil.

No centro-sul a situação foi um pouco diferente, visto que a região possuía um bom equipamento de trabalho urbano, estimulado pelos investimentos do capital da indústria do café. O problema era que os ex-escravizados eram analfabetos e não estavam preparados para concorrer com a mão de obra de imigrantes europeus alfabetizados. Tal fato transformou um contingente de ex-escravizados em massas marginais à sociedade.

A Associação dos Ex-Escravizados do Sul do Brasil, na avaliação de seu Conselho Diretor, tinha a certeza de que as heroínas da senzala cumpriram sua missão na busca de uma vida digna para os ex-escravizados, sobretudo as mulheres grávidas, jovens com filhos e idosos.

Entretanto, permaneceu um sério problema que nem os projetos Recanto Brasil nem a bravura das heroínas da senzala tinham como solucionar. Era o preconceito e a discriminação que a maioria da população negra costumava sofrer, sobretudo no mercado de trabalho.

De uma forma quase espontânea, foi percebido que a comunidade negra precisava unir-se, e a tarefa de socializar-se caberia aos próprios negros. A partir daí começaram a aparecer entidades dedicadas à questões de informação, sociabilidade e recreação. Dentro desse contexto, apareceu o jornal *Primeiras Horas*.

Foi um jornal que procurou manter a preocupação com a cultura e a educação do grupo negro. A direção do jornal e seus colaboradores compunham-se de vários militantes operários que poderiam se chamar de intelectuais negros. De certa forma, pareceu evidente que os negros, diante do preconceito e da discriminação, precisavam proteger-se em seus próprios grupos sociais, na medida de seus poderes aquisitivos e da influência social que o trabalho de cada um pudesse proporcionar.

Dessa forma começaram a formar-se entre os negros duas tendências. De um lado aqueles que buscavam a integração social de qualquer forma, perdendo a perspectiva social. De outro, um grupo bem coeso que, baseado nas tradições coletivistas dos trabalhadores em geral, tentava construir uma proposta de inclusão social efetiva de classe e de raça.

AFONSO, MARIA ANTONIETA, GONZAGUINHA E AS LIDERANÇAS BRASILEIRAS

Diante do cenário estabelecido pelo passar do tempo, Gonzaguinha já havia sido nomeado por suas tias Dóris e Glória para administrar os bens da família. Ele também já havia sido nomeado por Pedro para assumir seu posto nas empresas, como gerente, prestando contas periodicamente de sua administração. Não era pouca coisa para quem tinha uma família de seis filhos, Mesmo assim, Gonzaguinha não descuidava da política, nem das decisões de ordem econômica e financeiras que eram tomadas pela alta administração do país.

Agora que Gonzaguinha, de fato e de direito, gerenciava quase todos os bens de duas famílias, as discussões com Afonso eram estritamente técnicas. Ele já não tinha tanto tempo para discutir com seu avô os acontecimentos políticos. Tudo acontecia quase exatamente conforme recomendações da avó Maria Antonieta. Ela estava muito feliz, porque agora seu amado netinho administrava negócios ligados à terra da própria família e ao mesmo tempo administrava empresas pertencentes ao mundo do comércio, em razão da confiança absoluta que Pedro tinha nele.

Mas tudo isso não impedia que Afonso, Maria Antonieta, Pedro e Gonzaguinha continuassem tendo suas discussões sobre os rumos tomados pela Pátria Brasileira. Eram quatro grandes lideranças brasileiras que poderiam ter pontos de vista diferente, mas os quatro tinham em mente a certeza de que o Brasil tinha carência de líderes para ocupar os postos mais importantes da República.

Afonso sempre foi um dos maiores latifundiários da região; daí sua preocupação com as decisões governamentais sobre uma política delicada e historicamente discutida como a fundiária. Pedro era arquiteto, administrador contábil e sabia que tinha de haver equilíbrio nos gastos efetuados pela administração pública. Gonzaguinha considerava-se o pobre que ascendia socialmente mediante seu trabalho. Sua grande preocupação eram as políticas públicas destinadas à proteção dos trabalhadores. Afinal de contas, eram os trabalhadores que sustentavam a economia do país. Maria Antonieta, como sempre, tranquilizava-se quando ouvia falar em educação de base e diminuir o analfabetismo. Os dois velhos já tinham mais de noventa anos de idade e agora, mais do que nunca, Maria Antonieta pedia calma para todos e não deixava de achar graça da cumplicidade do neto com o avô, o que antes era muito difícil, para não dizer impossível.

Apesar de tudo, em alguns momentos de lucidez, misturados com um pouco de saudade, Afonso perguntava a seu neto como estava indo nossa República. Nesses momentos, em que apareciam perguntas delicadas, Gonzaguinha olhava para sua avó e recebia um aviso mudo, pedindo calma e muita cautela por parte de seu neto.

Gonzaguinha então insistia aos poucos com seu avô que, embora tenham passado mais de setenta anos de República, nosso país ainda carece de um mínimo de educação básica para toda a população.

Todas as vezes em que houve mudanças estruturais na terra brasileira foi promulgada uma Constituição Federal. Mas para quê? Quem tinha capacidade para entender o que era e o que significava uma Constituição Federal? Quantos brasileiros seriam capazes de falar alguma coisa sobre uma República Democrática? Quem falava no país em igualdade ou distribuição de renda?

Afonso, aparentemente atento a todos os detalhes do que acontecia, concordava com Gonzaguinha de que nossa República começou a dar seus primeiros passos conduzidos por oligarquias regionais, que se revezavam no poder em busca de seus interesses particulares.

Estávamos com mais de quarenta anos de República, quando já se falava em desenvolvimento, industrialização e em mão de obra adequada ou especializada. Entretanto, a maioria da população do país continuava analfabeta, empobrecida e cada vez mais longe das tantas riquezas que se dizia existirem no Brasil.

Pedro, que estudou fora do país durante vários anos, defendia a tese segundo a qual o Brasil, enquanto Império, não foi capaz de preparar, ou não quis preparar lideranças para administrar uma República. Até porque o Império não queria a República, ou seja, o Império e a República são formas de governo antagônicas. Assim, o Brasil República nasceu sem lideranças, e isso ocorreu porque a sociedade brasileira não abria oportunidades para que isso acontecesse.

— Vejam, meus avós, dizia Gonzaguinha, o Brasil demorou muito a entender que a liderança inicia nas salas de aula da educação de nível primário. No nível secundário, elas começam a se aperfeiçoar, e a partir daí as verdadeiras lideranças começam a aparecer. Não é possível construir uma República de um dia para o outro com uma população em sua maioria analfabeta. Uma República pressupõe a utilização correta do voto, visto que, este sim, confere legitimidade política ao governante. Foram quarenta e nove anos de Império, uma situação política protegida rigidamente pela lei, com previsão de penas rigorosas para quem pensasse em agir contra aquele estado de coisas. Além disso, a sociedade brasileira estava habituada havia mais de três séculos a uma cômoda situação em que não precisava esforçar-se pela busca do pão de cada dia.

Prosseguiu Gonzaguinha:

— O evento República sucedeu imediatamente à abolição da escravatura. A partir daquela grande mudança política, econômica e social foram necessários protagonistas para assumirem aquelas novas formas de governar. Os protagonistas desse novo cenário seriam as lideranças, que na República agora são indicadas pelo voto. Como o voto, nestes primeiros setenta anos de República, sofreu muitas restrições, não há como o brasileiro ter a República de seus sonhos. Infelizmente, meus avós, dizia Gonzaguinha, Getúlio Vargas, que governou a Pátria Brasileira por tantos anos, não foi capaz de uni-la. Ele poderia tê-lo feito por meio do conhecimento, da educação e do ensino. Mas Getúlio Vargas fez pior. Ao invés de mandar ensinar, permitiu que representantes do Estado dessem um péssimo exemplo sobre o relacionamento social, sobre a fraternidade e do bem comum. Foi necessário um conflito mundial com todos os seus reflexos de estupidez para frear a ganância do poder ditatorial de Getúlio Vargas. Parece incrível, meus avós, contava Gonzaguinha, mas Getúlio tentou perpetuar-se no poder pela força, e acabou saindo somente após forte pressão civil e militar.

Seguiu Gonzaguinha:

– Coube ao General Eurico Gaspar Dutra, eleito Presidente da República com 55% dos votos, em janeiro de 1946, tentar melhorar a vida republicana no Brasil. Dutra foi um militar que pautou sua carreira pelo estrito legalista. Em seu governo aconteceu algo inédito em nosso Brasil. Foi a instauração no país de um regime representativo, previsto na Constituição de 1946. Essa Constituição ficou conhecida como um documento liberal que inaugurou a primeira experiência democrática no Brasil, embora tenha mantido alguns aspectos conservadores, como a proibição do voto ao analfabeto e algumas restrições à liberdade administrativa dos sindicatos. Em compensação, determinava expressamente que a educação era um direito de todos e deveria ser ministrada no lar e na escola. Na divisão política do país, os Municípios e Estados ganharam mais autonomia, e aí sim o Brasil iniciou sua era republicana, porque é no Município que as coisas acontecem. É no Município que aparecem as lideranças. É na sala de aula que o jovem começa a sentir o gosto pela política. É no Município que os jovens ganham sua primeira eleição para vereador. A partir daí vai se formando o verdadeiro líder.

Gonzaguinha continuou:

– Em 31 de janeiro de 1951 Getúlio Vargas estava de volta, desta vez pela força das urnas, tendo governado o país durante três anos e meio. Juntando com o tempo anterior, ele foi o Presidente que mais tempo permaneceu no cargo na história do Brasil. Em 24 de agosto de 1954, com setenta e dois anos de idade, Getúlio cometeu suicídio, mas deixou sua marca em muitas instituições políticas, econômicas e sociais, que, segundo opinião de especialistas, seriam de longa duração. Há quem diga, meus avós, que num futuro relativamente próximo Getúlio Vargas será reconhecido como um dos heróis da Pátria. A sucessão do falecido Getúlio foi conturbada, ficando provada a carência brasileira de líderes disponíveis à Nação para que pudessem ser feitas as melhores escolhas. Menos mal que a Constituição Federal de 1946 ofereceu a possibilidade de termos um Estado organizado. A concessão de autonomia aos Municípios poderia ser a oportunidade para a formação de líderes locais, do lugar, na medida em que eles poderiam trabalhar suas ideias em concreto, politicamente, desde cedo. Para a sucessão do falecido Getúlio, os grupos políticos brasileiros queriam um nome de consenso nacional, mas foi impossível. Então, meu avô, dizia Gonzaguinha, o Brasil teve um período presidencial que o colocou novamente diante de muitas dúvidas sobre sua própria seriedade e de seus políticos. Em 1955, foi eleito Presidente do Brasil um político que teve o apelido de Presidente Bossa Nova, com direito à música que caracterizava o líder da Nação e o momento pelo qual passava o país. O principal projeto do Presidente era construir uma nova capital para o Brasil no centro do país. Entretanto, era necessária uma enorme quantidade de recursos financeiros, materiais e humanos. Além disso, tratava-se de mobilizar materiais, trabalhadores e recursos para erguer uma cidade no deserto.

Gonzaguinha contava apavorado a seus avós que, seis meses antes do fim das obras, a verba destinada à construção de Brasília já havia terminado. Calcula-se que Brasília teria custado mais de 45 bilhões de dólares. A inflação chegou a níveis sufocantes em razão de o Presidente Bossa Nova ter se utilizado de maneira abusiva de recursos externos ao orçamento e descontrolado a emissão de moeda.

– A sucessão do Presidente Bossa Nova foi outra grande surpresa, meus avós, porque foi vitorioso nas eleições de 1960 um outro Presidente com apelido, desta vez chamado de Presidente Homem da Vassoura. Sua campanha presidencial foi baseada na moralidade política e no combate à corrupção. Era uma época de inúmeras denúncias de corrupção nas obras de construção de Brasília. O Presidente Homem da Vassoura prometia varrer a corrupção do país.

A posse do novo presidente aconteceu em 31 de janeiro de 1960 em Brasília. A Capital Federal ainda não estava totalmente pronta e o evento aconteceu em meio a poeira e prédios inacabados.

No dia 25 de agosto de 1961, o Presidente Homem da Vassoura enviou um bilhete ao Congresso Nacional comunicando sua renúncia ao cargo, com a justificativa de que "forças terríveis" o impediam de governar.

Naquele momento grave da história, o Vice-Presidente não estava no Brasil. Havia viajado em visita oficial à China Comunista. A guerra fria dividia o mundo entre capitalistas e comunistas. Os militares brasileiros, aparentemente, não queriam o Vice como Presidente, alegando suas ligações com comunistas. O pretexto estava ligado a uma desconfiança, segundo a qual o Vice-Presidente pretendia reduzir as Forças Armadas a milícias comunistas. Além disso, o Vice pretendia entregar os sindicatos brasileiros ao comunismo.

O clima político no Congresso e no país ficou muito delicado. Os governadores do Sul e de Goiás, com apoio de militares do sul, posicionaram-se a favor da posse do Vice-Presidente. A perspectiva era de guerra civil no país dividido.

Para tentar afastar o risco, lideranças políticas do Congresso decidiram fazer tramitar com máxima urgência uma Emenda Constitucional que introduziria no país o sistema parlamentar de governo. A proposta desrespeitava até mesmo os prazos regimentais das instituições políticas.

A alternativa conciliatória garantiria o mandato presidencial de quatro anos do Vice-Presidente e após haveria uma consulta popular a respeito. A resistência dos militares cessou quando o Congresso Nacional aprovou o parlamentarismo, reduzindo os poderes do Presidente.

O primeiro Gabinete da República Parlamentarista Brasileira renunciou em bloco, diante das proximidades das eleições parlamentares. O segundo não foi aceito por suspeita de comunismo por parte de seu líder. Com isso, a instabilidade política permanecia no Brasil.

A consulta popular sobre parlamentarismo ou presidencialismo aconteceu em clima de ofensiva presidencialista, e o Presidente, em pleno exercício de seu mandato, tentou demonstrar à população que era necessário restaurar um Executivo forte para que fossem feitas as reformas de base.

Depois de todo esse relato de conduta de nossos últimos Presidentes, Afonso ficou pensativo, sem entender o que havia acontecido com nosso Brasil.

– Como o Congresso Nacional pode ter competência para diminuir poderes de um político eleito diretamente pelo povo?

No plebiscito, onze milhões de pessoas votaram e aprovaram o presidencialismo, que existia antes do parlamentarismo.

Durante o rápido período do parlamentarismo, alheia às confusões políticas do país, a cultura brasileira avançava no exterior em várias frentes. No cinema, o filme *O Pagador de Promessas* ganhou a Palma de Ouro em Cannes. No futebol, a Seleção Brasileira vence a Tchecoslováquia no Chile e tornou-se bicampeã mundial. Da mesma forma, na música, enquanto os Beatles estouram na Inglaterra, a *Noite de Bossa Nova* tem destaque em Nova Iorque.

Dessa vez, Gonzaguinha nem pedia explicações a sua avó Maria Antonieta. Ele mesmo tentava compreender por que o Brasil estaria indo tão bem em alguns setores e nossas lideranças políticas não se entendiam.

– O que vai ser de nós, meu querido neto, principalmente de vocês que ainda são jovens. Como é possível um Presidente gastar todo o dinheiro do país para construir uma cidade, quando existem outras prioridades relacionadas diretamente com o desenvolvimento do país, como educação e a saúde da população?

– Me parece pior, meu avô, um Presidente que renuncia sem oferecer explicações. Um Vice que não fez questão de exigir o poder que os eleitores a ele tinham confiado. E agora, meu avô. O que será de nós?

– Na minha opinião, disse Maria Antonieta, tudo vai mudar quando este país não tiver mais analfabetos.

A LIDERANÇA TRANSMITIDA PARA UMA SUPERBISNETA

Dona Maria Antonieta, apesar da idade avançada, a tudo assistia e procurava perceber qual a reação daquelas pessoas que ela amava tanto. Em seguida ela se posicionava como sempre, defendendo a educação como o remédio para todos os males e problemas sociais, sobretudo os relacionados à sociedade e à política.

A questão de liderança de que tanto se fala e se discute, Maria Antonieta diz que pode afirmar, sobretudo agora, do alto de seus noventa anos, que, na verdade, é algo que pode ser adquirido desde a escola primária, porque é lá que aparecem os jovens líderes, e às vezes até crianças que desde cedo, em casa, assumem a liderança mesmo sem o saber.

Gonzaguinha não perdeu a chance lançada por sua avó, e foi logo lhe dizendo que ele e sua esposa Maria Assumpção tinham uma grande novidade para lhe contar.

— Não vão me dizer que eu e Afonso vamos ganhar outro bisneto.

— Não, minha avó, mas o assunto é sobre sua bisneta Nizah. Queremos lhe dizer que ela talvez seja sua maior herdeira no que diz respeito ao conhecimento, aprendizado e liderança. Quando ela completou sete anos de idade, parecia que completara dez ou mais. Embora criança, suas vontades estão sempre direcionadas para além de um simples trabalho. Tudo começa em casa, com seus irmãos e a irmã Zilá. Ela sabe tudo sobre seus irmãos, com os quais participa em quaisquer atividades. Na avaliação sempre otimista de Nizah, seus irmãos são as melhores crianças do mundo. Ela é muito parecida com a senhora vovó, falava Gonzaguinha com entusiasmo, explicando que desde pequena Nizah fazia de seus assuntos grandes projetos, mesmo sem saber exatamente como seria projetar alguma coisa. Todos eles sempre voltados para a educação e o conhecimento seus, próprios, e de seus irmãos. Ela, evidentemente, por ser criança, não tinha a mínima ideia do que era um projeto, mas sua conduta e planejamentos junto às atividades de seus irmãos pareciam ter sido minuciosamente planejados.

Nizah parecia ser muito adiantada em relação a seu tempo, porque iniciando a adolescência, ela já conversava muito com suas primas e primos, que, como ela, sofriam a discriminação em razão da cor da pele. Nesses momentos, Nizah repetia sempre a eles que precisavam estudar, mas estudar muito. Nenhuma melhora de nível intelectual evitará o preconceito e a discriminação, mas é muito mais difícil discriminar uma pessoa com capacidade de liderança em seu grupo.

– Chegava a ser emocionante, dizia Gonzaguinha, ver uma menina com pouco mais de dez anos de idade tecer considerações sobre seu país e sobre o comportamento de políticos. E o mais importante é que Nizah deixava bem claro que num país com a maioria da população pobre, como o nosso, era necessário estarmos muito bem preparados, porque a concorrência seria sempre muito grande, mesmo entre os brancos. Não esqueçam aquela famosa frase de autoria de nossa bisavó, que ela diz sem medo: "O conhecimento e a competência superam qualquer tipo de preconceito ou discriminação".

No que diz respeito às qualidades de liderança, falava Gonzaguinha, o comportamento de Nizah é algo fora do comum, e isso ele dizia com muito orgulho.

– Todos sabemos que a liderança é a capacidade de motivar pessoas de forma positiva. É saber unir o grupo e levá-lo na direção de objetivos e metas. É também saber inspirar a turma com atitudes estratégicas bem pensadas e portar-se de forma que incentive as pessoas a seguir seu líder. O que existe de mais importante na liderança é gerar nos liderados uma disposição autodeterminada que seja necessária para o sucesso do grupo social. Para conseguir comandar, incentivar e liderar com sucesso é preciso entender o comportamento humano. É preciso, no mínimo, saber em detalhes o que motiva cada uma das pessoas que está liderando. Acontece que a forma mais eficaz de descobrir a motivação de uma pessoa é procurar saber o que e como aquela pessoa pretende lidar com o problema. Saber a verdade é ponto-chave e mais importante para uma boa liderança. E é importante que a comunicação seja constante e a mais calorosa possível.

— Nizah é quase tudo isso, falava Gonzaguinha à sua avó de forma carinhosa. Ela interfere diretamente de forma positiva na vida de todos os que a aceitam, e o faz com muito amor e carinho. Os irmãos, inclusive Clóvis, o mais velho de todos, procuram aconselhar-se com Nizah em assuntos que a mãe, Maria Assumpção, tem algumas dificuldade, ou mesmo quando o casal está conferindo relatórios de vendas das empresas.

Clóvis e Nizah estão naquela faixa etária em que o jovem começa, ele mesmo, a cobrar de si atitudes de vida, mas eles não têm certeza de nada. Clóvis, o irmão mais velho, estava vivendo aquela idade em que era necessário definir-se e pensar nas ofertas e procuras existentes no mercado.

Nizah, numa daquelas tardes quentes do verão de Pelotas, em que os dois estavam sentados numa sombra, na margem rio-grandina do canal São Gonçalo, procurou mostrar a seu irmão que a carreira militar poderia ser uma boa ideia. Entretanto, era necessário estudar muito, porque o ingresso só era possível mediante concurso público de nível nacional. Além disso, era sabido que nas Forças Armadas não há qualquer tipo de discriminação, e ele iria viver um ambiente onde se praticava muito esporte.

Na primeira vez em que o Clóvis fez o exame de admissão, foi reprovado. Nizah não admitiu que seu irmão ficasse desanimado, incentivando-o a prestar concurso no próximo ano. Entretanto, por algum motivo que não foi divulgado, as provas foram anuladas, havendo nova convocação para os exames. Nizah não teve dúvidas em assumir o problema, para alegria da mãe, Maria Assumpção, que agora estava dividida entre mãe de seis filhos e assessora administrativa de seu marido, Gonzaguinha.

Nizah preparou as matérias, explicou a seu irmão o tipo de dificuldades que ele iria encontrar, procurou algumas cópias de provas de anos anteriores, e o resultado foi uma vaga conquistada por Clóvis, que seguiu feliz em busca de seu sonhos na Escola Militar.

A partir desse acontecimento, Nizah assumiu a liderança entre os irmãos, orientando-os, inclusive, sobre que tipo de direção educacional tomar, quais as melhores relações de amizade a manter e até os lugares de diversão mais adequados para frequentar.

No ano seguinte, foi a vez de Nizah decidir a respeito de qual o caminho profissional a tomar. Seu pai, Gonzaguinha, tinha dúvidas se Nizah continuaria em frente, em busca de melhores índices educacionais para si mesma, pelos conhecimentos mais profundos ou se preferia trabalhar com ele na administração de bens alheios e comércio, atividades que constituíam a razão de se ser do pai Gonzaguinha. Naquele momento houve uma conversa muito séria entre os dois, e Nizah não deixou dúvidas de que era bisneta e profunda admiradora de sua bisavó dona Maria Antonieta.

Sem pestanejar, em seguida, carinhosamente, ela afirmou a seu pai que desejava ser professora, na medida em que ser professor, na sua avaliação, é muito mais do que exercer uma profissão. Além de ensinar e educar, o professor aprende também com seus alunos e constantemente renova suas aprendizagens. Terminada a aula, o professor sai da escola carregando no coração e no pensamento, via de regra, as preocupações e necessidades que viu nos rostos de seus alunos.

Falou ainda Nizah a seu pai que a profissão de professor significa sentir-se realizado com as conquistas de seus alunos, talvez por indicar-lhes caminhos que possam escolher segundo suas vontades, ambições e admiração. Na verdade, Nizah tem certeza de que nasceu para ser professora.

Alguns dias depois, Gonzaguinha, ao conversar com sua avó, explicou a ela que Nizah conhece, por ouvir falar, é claro, todos os detalhes de sua vida, "desde o momento em que a senhora foi deixada na porteira da charqueada, da rejeição à sua presença pelo pai de Afonso, do amor incondicional recebido da mãe de Afonso e de Valquíria, que a tomou como filha".

Mas o que deixou Nizah mais impressionada, foram as lutas empreendidas pelos dois bisavós, ainda pequenos, para que Maria Antonieta pudesse ser aceita no colégio para estudar, sendo uma criança escravizada. E depois, sem qualquer demonstração de cansaço, a sua luta pelos jovens negros da geração de Gonzaguinha.

Dona Maria Antonieta não cabia em si de contente, porque ela havia recebido aquele sinal e agora constatava que tinha uma substituta para lutar pela educação de todos, independente de quaisquer outros fatores. O fato é que Maria Antonieta sempre sonhou com alguém muito próximo dela, conversando com os alunos dentro de uma sala de aula. Concentrando-se bem, ela viu perfeitamente sua bisneta Nizah estudando num lindo e majestoso colégio de Pelotas, mais impressionada ficou quando enxergou nitidamente sua bisneta no quadro de professores daquela linda escola.

Coincidência ou não, na metade do século XX, surgiu na conjuntura da sociedade gaúcha o educandário Assis Brasil, instituto de ensino que buscava formar e educar meninas tanto para o mercado de trabalho quanto para a vida doméstica após o casamento. Foi uma época em Pelotas em que as mães, de uma forma geral, sentiam falta de uma escola para formação de normalistas, e de professoras para atuar no Ensino Primário.

Essa necessidade era compartilhada com outras famílias, além das pelotenses, que moravam nas cidades vizinhas de Pelotas. Até então as jovens dessas localidades cuja vocação era o magistério necessitavam deslocar-se a Porto Alegre para realizar seus sonhos.

Na evolução dos acontecimentos, em 13 de fevereiro de 1929, foi fundada a Escola Complementar, instalando-se em Pelotas, primeiramente localizada na rua XV de Novembro esquina com a rua Uruguai, ocupando posição central na cidade Princesa. Foi uma importante construção da época, visto que seguia o estilo arquitetônico dos grandes casarões do centro de Pelotas. Depois a Escola se fixou em outros dois endereços até 1942, ano em que, definitivamente, se instalou na rua Antônio dos Anjos n.º 296, prédio considerado adequado para abrigar uma Escola Normal.

Nizah teve que enfrentar um difícil concurso público para conseguir uma vaga que a pudesse transformar em uma futura professora primária do Município de Pelotas. Foi com certeza o primeiro teste de doer a barriguinha que aquela menina teve que enfrentar. Mal ela sabia, entretanto, que, além do conhecimento, ela enfrentaria também algo que a incomodaria, punindo-a injustamente por muitos anos.

Naquele Brasil da primeira metade do século XX, a maioria da população negra estava alijada da educação formal e do diploma escolar. Tanto o acesso ao conhecimento bem como seu certificado estavam reservados a poucos e tais atributos eram exigidos para o acesso à sociedade brasileira.

A formação socioeconômica do Rio Grande do Sul, o Estado mais ao sul do Brasil, havia sido marcada profundamente pela existência das charqueadas. As pessoas que viveram naquele tempo jamais esquecerão o que aconteceu às margens do arroio Pelotas e nas proximidades do canal São Gonçalo. Foi no entorno dessa região que se aperfeiçoou a prática de charquear, tendo transformado a cidade de Pelotas no grande centro saladeiril do Estado. Poucas pessoas acreditavam, ou sequer imaginavam, que aqueles acontecimentos e fatos marcantes fossem ter papel tão importante no desenvolvimento e na posterior urbanização de uma cidade originalmente simples como Pelotas.

A constituição do espaço urbano da cidade esteve diretamente vinculada ao desenvolvimento econômico proporcionado pelas charqueadas, devido à fixação à terra do grande contingente de escravos e ao desenvolvimento de indústrias derivadas do charque, como curtumes e outras. A cidade, inevitavelmente, acabou surgindo como aparato administrativo, espaço de representação política, de comércio e vida social. A indústria do charque, com sua vocação voltada, sobretudo, para a exportação, oportunizou aos pelotenses rápidas e estreitas relações com a Europa, o que significava manter contato com o que acontecia no mundo. Tais circunstâncias permitiam à população de Pelotas algumas leituras diferentes das existentes no Brasil. Revistas e jornais estrangeiros circulavam em Pelotas, com noções mais concretas de sociabilidade, certo requinte e uma boa aproximação com as artes.

Foi nesse cenário social que Nizah apresentou-se na Escola Normal Assis Brasil em busca de um vaga que poderia introduzi-la na sociedade de Pelotas. Nizah talvez não tivesse noção e pouco sabia que seria concorrente no interior de uma disputa onde estavam outras jovens que talvez já conhecessem a Europa, os Estados Unidos, sem falar na facilidade de contato com nossos vizinhos uruguaios e argentinos.

Dona Maria Antonieta e seu neto Gonzaguinha passaram por momentos de angústia até receberem a notícia de que Nizah havia sido aprovada com louvor, na primeira grande exigência de sua vida.

Ficou difícil perceber qual dos três estava mais contente com aquele resultado. A bisavó, com todo o seu acervo de cultura e conhecimento, dizia que não encontrava as palavras e parecia petrificada olhando para sua bisneta. Dona Maria Antonieta ficava lembrando sua infância, quando foi com Afonso mendigar uma vaga na Escola Primária e recebeu uma resposta negativa porque naquela escola não aceitavam negros escravizados.

Gonzaguinha, que não depositava muita fé nos empreendimentos de iniciativa pública, estava alegre, mas preocupado porque sua adorada filha mais velha estava dando os primeiros passos para uma independência inevitável.

Quanto ao racismo e ao preconceito, alguns fatos estavam deixando Gonzaguinha mais tranquilo. Ele ficara sabendo que havia uma quantidade considerável de candidatas para cerca de apenas quarenta e quatro vagas e, segundo, era do conhecimento dele que as vagas foram distribuídas rigorosamente por critérios de merecimento intelectual, e ocorreu a aprovação de quatro jovens negras, incluindo sua filha.

A candidata aprovada Nizah não conseguia conter sua alegria diante da possibilidade de tornar-se uma professora. Nizah conhecia a força do conhecimento, do estudo e da competência. As outras jovens negras que foram aprovadas eram suas conhecidas e, sem dúvida, elas foram merecedoras da aprovação.

Mas quem ficou mesmo mais contente de todos na família foi a mamãe Maria Assumpção, que, como todos, não sabia o que fazer com tanta alegria, enquanto enchia de perguntas sua filha a respeito de datas, uniformes, onde era a escola, quando era a matrícula e outras providências que toda mãe quer logo saber para tomar as medidas necessárias.

No primeiro dia de aula, Nizah parecia que estava no céu. A escola era deslumbrante, a menina fora muito bem recebida, assim como as outras três jovens negras aprovadas no exame de Admissão. Na aula inaugural, foi chamada a atenção de todas as jovens alunas para o respeito e a importância que se tem com a profissão de professor. É na escola primária que tudo começa, dizia a representante do Secretário de Educação. Ela salientou de forma veemente que uma criança de sete anos de idade é quase como se fosse uma joia bruta a ser lapidada. A grande diferença é que entre professor e aluno, criança, ou adulto, existe uma relação de amor, carinho e às vezes até de cumplicidade.

Chamou ainda a atenção aquela autoridade que em casa estão os pais, esperançosos e confiantes de que seus filhos todos os dias voltem para casa sabendo mais de si, da vida e do que pode ser o futuro.

Quando a jovem Nizah foi declarada professora primária, seus pais, Gonzaguinha e Maria Assumpção, decidiram, mesmo diante da contrariedade da bisavó, Maria Antonieta, que desta vez a festa seria na residência da professora Nizah.

No dia da festa, a bisavó, no início daquela noite de sábado, lá estava sentada em sua cadeira de rodas, dizendo que pretendia discursar, mas que falaria durante muito pouco tempo.

— Em primeiro lugar, eu quero dizer a vocês que este é um dos momentos felizes da minha vida. O magistério é a profissão mais nobre e importante que alguém pode escolher. Como todos vocês sabem, eu precisei lutar muito e contar com a ajuda do maravilhoso e único amor de minha vida para ter algumas lições que me tiraram da escuridão. Talvez o maior crime contra a humanidade seja o de proibir as pessoas de terem o conhecimento, fazendo com que o indivíduo tenha uma limitação cuja dimensão ele jamais poderá imaginar. A educação é o único caminho existente para emancipar uma pessoa. A prova do que eu estou dizendo está aqui diante de nós. A jovem Nizah de Freitas Machado. Há poucos anos, o que víamos à nossa frente era uma menina dependente de seus pais, a cuidar de seus irmãos, ajudando sua mãe. Nada demais, diante de seu maravilhoso aspecto familiar, ainda mais com o exemplo vindo de uma família muito bem constituída.

Dona Maria Antonieta fez um alerta:

— Entretanto, homem ou mulher deve estar preparado para enfrentar a vida com conhecimento, estudo e competência, levando em conta e visualizando todas as surpresas que sociedade nos exige. Um exemplo que não devemos esquecer e que ficou muito bem marcado na vida dos ex-escravizados e seus descendentes foi materializado nas consequências da Lei Áurea, com seus dois lacônicos artigos. A Lei Áurea libertou todos os escravizados a partir de 13 de maio de 1888, mas condenou-os à marginalidade e à miséria. Embora a Princesa Izabel soubesse que aqueles setecentos mil ex-escravizados do Brasil, no dia 14 de maio, dia seguinte à abolição, mal ou bem, seriam incorporados à sociedade brasileira, ela nada fez constar na lei que garantisse àqueles infelizes um prato de comida ou qualquer abrigo, pelo menos durante alguns dias, para as adaptações às grandes mudanças. Todos os ex-escravizados eram analfabetos, constituíam uma espécie de mão de obra que dificilmente teria como evoluir, justamente pela inexistência por parte deles de qualquer tipo de conhecimento, educação ou escolaridade. Com seu projeto de exclusão social e discriminação, a Lei Áurea condenou os ex-escravizados a uma vida de total marginalidade, sem previsão de inclusão social. Um dia após a abolição, setecentos mil brasileiros, incluindo mulheres, jovens e crianças, caminhavam sem rumo e com fome pelas ruas do Brasil.

Ao final de seu discurso, dona Maria Antonieta desejou muito êxito à sua bisneta, bem como muita força para poder lutar contra qualquer tipo de preconceito ou discriminação. Salientou ainda que, há mais ou menos noventa anos os negros sequer tinham um nome. Pais e mães eram substituídos por padrinhos e madrinhas para os escravizados que tinham essa sorte.

– Hoje, vemos em minha bisneta Nizah uma cidadã investida de todas as armas, aquelas armas invisíveis, cujas eficiências estão na alma de seu portador, para serem usadas na exata medida da necessidade, com muito carinho, amor e afeto.

Todos aplaudiram emocionados.

A verdade é que Nizah fazia jus aos elogios que recebia e, sem dúvida, ela era uma jovem de sorte, porque no ano em que ela estava para receber o seu diploma de professora, governava o Estado do Rio Grande do Sul um político dos mais atuantes na defesa da educação pública de qualidade, em especial para os trabalhadores. Naquela época foram investidos na educação cerca de trinta e seis por cento do orçamento do Estado.

Estava sendo desenvolvido no Estado o projeto educacional denominado "nenhuma criança sem escola no Rio Grande do Sul". Foi uma iniciativa magnífica, que resultou em significativa ampliação das oportunidades de acesso ao ensino. Foram construídas quatro mil e oitocentas escolas para abrigar o plano de escolarização que visava a erradicar o analfabetismo no Estado do Rio grande do Sul.

O número de professores, que na época era pouco mais de quatro mil, saltou para vinte e dois mil. Com isso foram garantidas mais de quinhentas mil matrículas por todo o Estado.

Foi nesse contexto que Nizah recebeu o diploma de professora primária e imediatamente foi contratada para trabalhar na localidade próxima de Pelotas, chamada Cerro da Buena. Esses acontecimentos foram apenas o início do trabalho de uma futura educadora.

Algum tempo depois, Nizah frequentou o curso universitário de Pedagogia, foi aprovada com louvor e regressou à Escola Normal Assis Brasil para ser professora, em razão exclusivamente de seus méritos.

A ETERNA SABEDORIA DE MARIA ANTONIETA

O tempo passava e a existência de dona Maria Antonieta parecia eterna. Ela já estava com quase cem anos de idade, tinha boa memória e comparecia com frequência ao Recanto Brasil para ver as obras que não paravam. Sua capacidade verbal e de lembrar pequenos detalhes, evidentemente, já não era mais a mesma, mas as lembranças dos acontecimentos mais importantes jamais abandonaram sua mente, como ela mesma cansava de dizer, contar e comentar.

O coração do único homem de sua vida resolveu parar, imobilizando-a tanto que parecia que naquele momento haviam levado também sua alma. Bem que o negro Josué sempre falava que ela e Afonso eram uma só pessoa. Os dois nasceram no mesmo lugar, na mesma hora e dia e assim estiveram juntos durante quase noventa anos.

A escravidão negra no Brasil foi uma tragédia social em que Maria Antonieta esteve diretamente envolvida desde que nasceu. Ela nunca ficou sabendo quem poderia ter sido seu pai. Teve certeza de quem fora a mulher que a colocou no mundo por meio de uma grande manobra do destino.

Do seu tempo de escravizada ela guarda muito do que viu em torno de si e das maldades que fizeram naqueles seres humanos que não eram culpados de nada do que vinha acontecendo durante séculos.

Quando Maria Antonieta nasceu, ela imediatamente teve noção da presença de Afonso. Ela nem tinha nome, mas o perfume dele havia permanecido na banheirinha do primeiro banho, e então, naquele momento, seus destinos foram absolutamente selados.

Ela percebia que o momento da abolição da escravatura cada vez mais era adiado e não havia planos de inclusão social para os ex-escravizados. Eram necessárias atividades de caráter heroico para enfrentar o que estava por acontecer.

Sabe-se que os heróis habitam o espaço onde imaginação e realidade se encontram. Com seus superpoderes em defesa do bem e por suas capacidades de salvar o mundo, os heróis podem impactar a vida de crianças e adultos que se dediquem a acompanhar suas jornadas.

Esse foi o maior dos traços da capacidade de Maria Antonieta. A realidade era sombria, triste e assustadora, mas com sua imaginação e trabalho, ela iluminou o ambiente daqueles que se aproximaram dela. Um pouco mais do que isso, ela trouxe a alegria proporcionada pela conduta amorosa que dispensava a todos que dela se aproximavam. E o mais importante, ela passou a ideia de coragem àqueles que tinham medo da senzala.

Foi exatamente isto que Maria Antonieta sentiu que precisava fazer por seu neto Gonzaguinha e pelos jovens negros de sua geração. Eles não teriam como enfrentar sozinhos um cenário tão desfavorável às pessoas recentemente escravizadas, tão desorientadas e sem qualquer qualificação profissional.

A fé inquebrantável de Maria Antonieta tinha fundamento num gigantesco e inclusivo projeto de educação, conhecimentos, cultura geral e projeção da autoestima. Esta foi a grande batalha que ela enfrentou para incluir Gonzaguinha e os jovens negros de sua geração na sociedade brasileira de forma digna.

Ela descobriu que os jovens, ao adquirirem conhecimento e cultura geral, passavam a gostar mais de si mesmos, sentiam-se mais felizes, mais úteis e, indiscutivelmente, mais fortes em todos os sentidos.

Ela acreditava tanto que batizou o projeto de Gonzaguinha Presidente e nunca deixou de acreditar que seu neto, ou um dos jovens negros de sua geração, um dia usasse aquela faixa verde e amarelo tão linda, inspiradora e a dignificasse como brasileiro número um.

Maria Antonieta não comemorava mais aniversário, nem aceitava ser envolvida em qualquer tipo de festas, mas vivia cercada pelas filhas, netos e bisnetos, aos quais ela contava muitas histórias. Todas com assuntos relacionados à superação e heroísmo, onde o amor, a virtude, o conhecimento e a educação venciam sempre as trevas da ignorância, do preconceito e da discriminação.

Naquele final de tarde de verão, ela ouvia o rádio e assistia à televisão ao mesmo tempo, sendo esta sem o som, como ela gostava. Também cochilava e sonhava em momentos alternados. De repente algo lhe chamou atenção na televisão. Quando Maria Antonieta conseguiu aumentar o volume do aparelho, lhe apareceu um negro de faixa no peito discursando como Presidente da República recém-eleito. Imediatamente ela gritou por Glória, sua filha, que estava na cozinha.

– O que foi, mamãe? Tiveste outro pesadelo ou desta vez foi um lindo sonho? Eu já sei. Numa tarde de verão pelotense linda como esta, tu e papai estavam navegando no arroio Pelotas, em direção ao canal São Gonçalo e depois iriam velejar na Lagoa dos Patos.

– Nada disso, minha filha! Eu vi muito bem! Tinha um negro discursando na televisão com a faixa de Presidente no peito. Eu demorei um pouquinho para aumentar o volume da televisão, mas me pareceu que o discurso estava sendo transmitido em língua inglesa...

– É isso mesmo, mamãe. Não me olhe assim! Deve ser nos Estados Unidos! Quem sabe, um dia, teremos um Presidente negro no Brasil!